STATE OF DENIAL – RISKANTES SPIEL MIT DIR

FIRST FAMILY, BAND 5

MARIE FORCE

ÜBER DAS BUCH

Im Leben der Familie von Präsident Nick Cappuano und Lieutenant Sam Holland will einfach keine Ruhe einkehren: Nicks Mutter ist verhaftet worden, er muss die nächste Krise seiner Amtszeit meistern und die Berichterstattung schlägt in der Presse immer höhere Wellen. Unterdessen wird Sam an den Tatort eines schrecklichen Verbrechens gerufen, bei dem eine ganze Familie ausgelöscht wurde, und im Weißen Haus müsste sie sich eigentlich um ihre von einem Infekt außer Gefecht gesetzten Kinder kümmern. Da ist es wahrlich kein Wunder, dass es selbst Sam einmal zu viel wird. Doch wie immer zeigt sich: Sie kann sich auf ihr Team verlassen, zu Hause wie bei der Arbeit. Dank der tatkräftigen Unterstützung durch Freunde, Kollegen und Familie umschiffen Nick und Sam alle Klippen und finden in all dem Trubel sogar ein wenig dringend benötigte Zeit für sich …

Originaltitel: State of Denial © 2023 HTJB, Inc.

Copyright für die deutsche Übersetzung: © 2023 Oliver Hoffmann

Lektorat: Ute-Christine Geiler, Birte Lilienthal, Agentur Libelli GmbH

ISBN 978-1958035580

Deutsche Erstausgabe

Cover: Kristina Brinton

Buchdesign und Satz: E-book Formatting Fairies

KAPITEL 1

Es war noch viel zu früh, als sie von einem hartnäckigen Klopfen an der Tür nach einer sehr kurzen Nacht aus dem Schlaf gerissen wurde. Mit einem Stöhnen drehte sie sich um und beschloss, es zu ignorieren.

Das Klopfen hörte nicht auf.

Ihr Telefon klingelte. Es war ihre Nachbarin Janice, die drei Häuser weiter in der Wohnanlage wohnte.

„Du gehst besser an die Tür", eröffnete ihr Janice. „Es ist die Polizei."

„Was?"

„Der Parkplatz ist randvoll mit Polizisten und Presse."

„Was wollen die von mir?"

„Das weißt du vermutlich besser als ich."

„Warte, bis sie herausfinden, wer ich bin."

„Karrieren werden enden, und Köpfe werden rollen."

„Ganz genau. Danke für die Vorwarnung."

Sie stieg aus dem Bett, schlüpfte in einen roten Morgenmantel aus Seide und nahm sich die Zeit, sich das Haar zu kämmen und die Zähne zu putzen, bevor sie sich auf den Weg nach unten machte und die Tür öffnete.

„Sind Sie Nicoletta Bernadino?", fragte ein ernst aussehender Mann und hielt einen Ausweis hoch.

„Allerdings."

Er streckte ihr ein Stück Papier entgegen. „Wir haben einen Durchsuchungsbefehl und einen Haftbefehl für Sie."

„Haftbefehl? Weshalb?"

„Ihnen werden die Anbahnung von entgeltlichen sexuellen Dienstleistungen und Prostitution vorgeworfen, und die Bundespolizei sucht Sie wegen Geldwäsche."

„Weiß das FBI, wer ich bin?"

„Ma'am?"

„Mein Sohn ist Ihr Chef."

„Wer ist denn Ihr Sohn?"

„Präsident Nicholas Cappuano."

Der Mann zeigte keine Reaktion auf den Namen des Präsidenten der USA. „Das müssen Sie mit dem FBI klären, Ma'am. Wir haben Anweisung, Sie in Gewahrsam zu nehmen, während unser Team Ihr Haus durchsucht."

Im Haus würden sie nichts finden. So dumm war Nicoletta nicht.

„Genau wie Ihre Geschäftsräume."

Verdammt. Das war nicht gut.

„Ich möchte einen Anruf machen."

„Sie werden die Möglichkeit zu einem Anruf erhalten, nachdem wir Sie erkennungsdienstlich behandelt haben. Wenn Sie sich umziehen möchten, kann ich Sie von einer Beamtin begleiten lassen."

„Das wird nicht notwendig sein." Wenn sie schon die Mutter des Präsidenten verhafteten, würde sie wenigstens den Medien eine Show liefern. Woher hatten die überhaupt von der Verhaftung erfahren? Ihre Schwiegertochter, dieses Miststück, hatte ihnen vermutlich einen Tipp gegeben. Das traute sie ihr durchaus zu. Es war beunruhigend, dass die Erwähnung ihres Sohns dieser ganzen Farce kein Ende gesetzt hatte. Dann kam Nicoletta in den Sinn, dass der Beamte ihr vielleicht nicht glaubte.

„Sie haben gehört, was ich über meinen Sohn, den Präsidenten, gesagt habe?"

„Jawohl, Ma'am."

„Sie sollten darüber nachdenken, was Sie tun, solange Sie noch eine Karriere haben, die Sie retten können."

„Ich arbeite nicht für den Präsidenten, sondern für die Bürger des Bundesstaats Ohio, und Sie haben das Recht, zu schweigen."

Die Nachricht von der Verhaftung seiner Mutter wegen Prostitution und Tatbeständen im Zusammenhang mit Organisierter Kriminalität beherrschte die Nachrichten am Montagmorgen. Präsident Nick Cappuano stand in der Suite, die er sich mit seiner Frau teilte, vor dem Fernseher und verfolgte, wie sich der Wahnsinn in Ohio entfaltete. Man hatte ihr Handschellen angelegt, bevor sie in einem roten Seidenmorgenmantel, der ihre üppigen Kurven betonte, aus ihrem Haus geführt wurde.

Es bereitete ihm eine perverse Genugtuung, dass sie verunsichert wirkte. Ihr langes dunkles Haar umrahmte ihr altersloses Gesicht in unordentlichen Locken. Die Leute sagten, sie würde an Sophia Loren erinnern. Ihn erinnerte sie vor allem an ständige Enttäuschungen und Vernachlässigung.

Er fragte sich, ob sie schon versucht hatte, seinen Namen in die Waagschale zu werfen, und lachte dann. „Natürlich hat sie das."

„Was denn?", erkundigte sich seine Frau Samantha, als sie sich zu ihm gesellte, fertig angezogen für einen weiteren Tag als Leiterin der Mordkommission des Metropolitan Police Department.

„Ich habe nur überlegt, ob sie schon meinen Namen ins Spiel gebracht hat, und hab mir gleich selbst geantwortet, dass sie das selbstverständlich getan hat."

„Keine Frage", pflichtete ihm Sam bei. „Doch es scheint ihr nicht geholfen zu haben. Sie hatten verschiedene Herangehensweisen dafür zur Auswahl, sie zu verhaften." Mit einem Blick auf den Fernseher fügte sie hinzu: „Und sie haben sich für maximales Tamtam entschieden. Außerdem hat jemand den Medien einen Tipp gegeben, damit die das alles für die Nachwelt festhalten."

„Wahrscheinlich jemand, der glaubt, dass ihr Sohn zu Unrecht Präsident ist."

Sam setzte sich neben ihn und lehnte den Kopf an seine Schulter. „Ich weiß, ich habe das schon häufiger gesagt, aber ich möchte noch mal wiederholen, wie leid es mir tut, dass ich dir das eingebrockt habe."

In einem Anfall von Wut auf Nicks Mutter hatte Sam vor Monaten ihren Kollegen und Freund, den FBI-Agenten Avery Hill, gebeten, gegen Nicoletta zu ermitteln. Nick war wütend gewesen, als er vor Kurzem erfahren hatte, dass das FBI seine Mutter aufgrund der Ergebnisse dieser Ermittlungen verhaften wollte. Nachdem er Zeit gehabt hatte, darüber nachzudenken, hatte er sich jedoch wieder beruhigt. Seine Mutter bereitete ihm grundsätzlich Kummer. Er wollte auf gar keinen Fall, dass sie auch noch eine Ehekrise auslöste.

„Hast du nicht. Das war sie ganz allein. Wenigstens waren wir vorgewarnt, was wir ohne Avery vielleicht nicht gewesen wären."

„Haben sie gesagt, was man ihr vorwirft?", fragte Sam.

„Prostitution und Geldwäsche."

„Der Vorwurf der Prostitution ist, abgesehen von der Skandalträchtigkeit, nicht sehr schwerwiegend, aber Geldwäsche ist was Größeres. Da geht es fast immer um eine RICO-Anklage."

„Das musst du mir genauer erklären."

„Nach dem Racketeer Influenced and Corrupt Organizations Act kommt es zu einer RICO-Anklage, wenn jemand wiederholt kriminelle Handlungen im Zusammenhang mit einem Unternehmen begeht. Wenn sie das Geld aus ihrem Bordell über ein anderes Unternehmen gewaschen hat, erfüllt das die Voraussetzungen für eine RICO-Anklage."

„Hat man so nicht auch Mafiosi drangekriegt?"

„Häufig. Korrekt."

„Na toll. Meine Mutter wird also mit Mafiosi und anderen berühmten Puffmüttern in einen Topf geworfen."

Nicks privates Handy klingelte. Es war sein Vater. Er nahm den Anruf an, da er wusste, dass Leo die Nachrichten verfolgt hatte und sich nach seinem Befinden erkundigen wollte. „Morgen, Dad."

„Nick … Ich kann das nicht glauben."

„Nein? Echt nicht?"

„Nun, doch, aber es ist unerhört. Hast du gewusst, dass das passieren würde?"

„Ich wusste, dass es kommt, allerdings nicht genau, wann."

„Es tut mir leid, dass du dich damit herumschlagen musst. Sie hat dir schon genug Ärger bereitet. Das ist wirklich das Letzte, was du jetzt brauchst."

Das war sicher richtig. Er hatte die letzten Monate damit verbracht, das amerikanische Volk davon zu überzeugen, dass er das Amt, in das er nie gewählt worden war, ausfüllen konnte, und dass seine kriminelle Mutter auf allen Fernsehbildschirmen in Amerika zu sehen war, würde ihm nicht helfen. „Wir haben das im Griff."

„Ich wünschte wirklich, ich könnte etwas für dich tun."

„Danke für deinen Anruf, Dad."

„Melde dich später, ja?"

„Mach ich."

„Ich würde dir ja einen schönen Tag wünschen, aber …"

Nick lachte humorlos. „Bis später, Dad." Er beendete das Gespräch und steckte das Handy in die Tasche seines Anzugs.

„Was hat er gesagt?"

„Er ist angewidert von ihr, wie immer."

„Wie wollen wir das handhaben?", fragte Sam.

„Ich habe vorhin mit Terry und Christina gesprochen", antwortete er. Das waren sein Stabschef und seine Pressesprecherin. „Wir werden eine weitere Erklärung herausgeben, die besagt, dass der Präsident keinen Kontakt zu seiner Mutter hat, nie eine echte Beziehung zu ihr hatte und darüber hinaus keinerlei Kommentar über ihre Verhaftung abgeben wird."

„Ja, ich denke, das ist die richtige Vorgehensweise. Nicht, dass ich bei diesen Dingen einen Plan hätte."

„Dank mir weißt du mehr über Krisenkommunikation, als du je gedacht hättest."

„Das stimmt wohl, Mr President."

Nick hielt sie noch eine Minute lang fest, ehe sie sich für den Tag trennten. Er schöpfte fast seine ganze Kraft aus ihr und ihrer Beziehung, die in Zeiten wie diesen, wenn die Außenwelt in ihre geheiligte Blase einzudringen drohte, ein helles Licht war.

„Ich wünschte, ich könnte dir irgendwie helfen", seufzte sie.

„Das hier hilft schon." Er atmete ihren vertrauten Duft nach Vanille und Lavendel ein und hoffte, er würde in seiner Kleidung hängen bleiben und ihn durch den endlosen Tag begleiten. „Und was steht bei dir heute auf dem Programm?"

„Wir arbeiten weiter an dem Chaos, das Stahl hinterlassen hat, sehen all seine alten Fälle durch und finden heraus, bei welchen er ermittelt und bei welchen er die Berichte frei erfunden hat."

„Verdammt, das ist bestimmt kein Spaß."

„Wir müssen alle Zeugen abklappern, die er angeblich befragt hat, um sicherzustellen, dass sie tatsächlich mit ihm gesprochen haben. Einige haben es, andere nicht, also kontaktieren wir alle."

„Wird das zu Wiederaufnahmeverfahren führen?"

„Zweifellos. Malone versucht weiter, herauszufinden, wer Stahl geholfen hat, die gefälschten Berichte zu archivieren. Er hat die leitenden Beamten inzwischen ausgeschlossen und ist jetzt an den

IT-Leuten dran, die zum Zeitpunkt der Archivierung der Berichte für die Polizei gearbeitet haben."

„Was für ein Albtraum."

„Du hast ja keine Ahnung ... Und ich fürchte, es wird noch viel schlimmer werden, bevor wir fertig sind."

„Also verbringen wir beide den heutigen Tag damit, das aufzuräumen, was jemand anders verbockt hat."

„Gute Zeiten."

Nick lächelte, als er sie küsste. „Die besten. Sehen wir uns zum Abendessen?"

„Ich werde hier sein. Das Gute an der Aufarbeitung von alten Fällen ist, dass wir pünktlich Feierabend machen können."

„Das mag ich. Später müssen wir über diese Überseereise sprechen, die ich ganz dringend planen muss. Ich hätte gerne meine Frau dabei."

„Wohin soll es gehen?"

„Europa – London, Paris, Den Haag und Belgien, für den Anfang."

„Diese langweiligen alten Orte?"

„Ja, nichts Tolles." Außer bei ihren Trips nach Bora Bora war Sam noch nie außer Landes gewesen.

„Gib mir die Daten, und ich schau, was ich tun kann."

„Küss mich noch einmal, aber richtig gut, damit ich lange etwas davon habe."

„All meine Küsse sind richtig gut."

„Mhm", bestätigte er dicht an ihren Lippen. „Es sind sogar die besten der Welt."

Sam frühstückte mit Scotty, Alden und Aubrey und schickte sie mit ihren Bodyguards vom Secret Service zur Schule. Dann ging sie nach unten, um mit ihren eigenen Personenschützern Vernon und Jimmy zum Polizeihauptquartier zu fahren. Ihre gebrochene Hüfte war vollständig verheilt, und sie hatte die Erlaubnis erhalten, sich wieder selbst hinters Steuer zu setzen. Aber auf dem Weg zur Genesung war etwas Seltsames passiert: Sie hatte entdeckt, dass es ihr gefiel, sich durch die berüchtigt verkehrsreiche Hauptstadt chauffieren zu lassen, und sie hatte beinahe angefangen, ihre Personenschützer zu mögen.

Wer hätte das gedacht? Sie ganz sicher nicht. Doch sie hatte festgestellt, dass die zusätzliche Zeit, die sie dadurch hatte und in der sie Anrufe tätigen, ihre Nachrichten durchsehen und ihren Tag planen konnte, bevor sie mit der Arbeit begann, viele Vorteile hatte. Da sie sich so lautstark verärgert darüber geäußert hatte, sich chauffieren lassen zu müssen, hatte sie niemandem gegenüber erwähnt, dass sie wieder selbst fahren durfte, nicht einmal Nick gegenüber.

Da sollte noch mal jemand behaupten, dass sie ihre Meinung nicht ändern oder sich nicht an neue Vorgehensweisen anpassen könne. *Haha*, dachte sie. Sie war tatsächlich geradezu berühmt dafür, sich nicht besonders anpassungsfähig zu zeigen, aber in diesem Fall machte sie eine Ausnahme.

„Guten Morgen, Mrs Cappuano", begrüßte sie Jimmy, der jüngere der beiden Secret-Service-Männer, als er ihr die Hintertür eines schwarzen SUV aufhielt. Er war jung, blond und attraktiv.

„Morgen." Sie stieg ein, in der Hand den Kaffeebecher für unterwegs, den sie oben aufgefüllt hatte, wobei sie weiterhin der Cola light nachtrauerte, die sie dank ihres empfindlichen Magens hatte aufgeben müssen. Kaffee war kein Ersatz, doch sie trank ihn, weil er dafür sorgte, dass sie einigermaßen sozialverträglich war. Im Nachhinein betrachtet hätte sie sich vermutlich einen Job aussuchen sollen, bei dem sie wenig bis gar keinen Kontakt zu anderen Menschen hatte. Über diesen Gedanken musste sie lachen.

„Was ist so lustig?", erkundigte sich Vernon, während er den Wagen zum Tor lenkte. Er war Ende fünfzig und hatte ergrautes Haar, das er kurz trug.

„Ich hab gerade überlegt, dass ich besser einen Beruf hätte wählen sollen, bei dem man nichts mit anderen Menschen zu tun hat."

Nach einer Pause, in der er wahrscheinlich versuchte, nicht zu lachen, erkundigte sich Vernon: „Wie kommen Sie denn darauf?"

„Ich habe darüber nachgedacht, dass ich Koffein brauche, um zu verhindern, dass ich allen, denen ich bei der Arbeit begegne, den Kopf abreiße."

„Ah, verstehe."

Jimmy räusperte sich, um ein Grinsen zu kaschieren.

„Sie sind echt eine Marke, Ma'am", sagte Vernon lächelnd.

„Das höre ich nicht zum ersten Mal."

„Wie überraschend." Vernon hatte sie mit seinem Sarkasmus für sich eingenommen. Das und die Art, wie er sich mit fast väterlicher Fürsorge um sie kümmerte, hatten ihm einen festen Platz in ihrem notorisch wählerischen Herzen eingebracht. Nachdem sie im vergangenen Oktober ihren geliebten Vater verloren hatte, suchte sie in anderen nach ihm und wurde an den unwahrscheinlichsten Orten fündig.

Vernon war ein guter Mann, genau wie Jimmy auch, und sie glaubte, dass beide im Fall der Fälle tatsächlich eine Kugel für sie abfangen würden. Sie betete, dass es nie so weit kommen würde.

Ihr Telefon klingelte. Es war Darren Tabor vom *Washington Star*, der einzige Reporter, mit dem sie je freiwillig sprach – wenn auch selbst mit ihm nicht gern. „Fragen Sie mich nicht nach Nicks Mutter, Darren. Darüber weiß ich nichts."

„Es verletzt mich, dass Sie so gering von mir denken."

Er brachte sie außerdem zum Lachen. Manchmal. „Was kann ich dann an diesem wunderschönen Morgen für Sie tun?"

„Ich arbeite noch unser letztes Gespräch auf und habe mich gefragt, ob Sie eine Minute Zeit hätten, um einige Details zu bestätigen." Sie hatte sich in der vergangenen Woche zwei Stunden lang von ihm interviewen lassen, während sie und ihr Team an Stahls ungeklärten Fällen gesessen hatten, und ihm gesagt, er solle das Beste daraus machen.

„Ich habe etwa zwei Minuten."

„Ich bemühe mich, es kurz zu halten. Ist es richtig, dass Sie einen Abschluss von der Wilson High haben?"

„Ja, doch inzwischen heißt sie Jackson-Reed." Die rassistische Sichtweise des ehemaligen Präsidenten Woodrow Wilson war der Auslöser für die Namensänderung gewesen. Der neue Name stand für zwei wichtige Persönlichkeiten in der Geschichte der Schule: Edna B. Jackson, die erste schwarze Lehrerin dort, und Vincent E. Reed, den ersten schwarzen Direktor der Schule.

„Richtig, ja. Unser Grundsatz ist es allerdings, den Namen zu verwenden, der zur Zeit des Schulbesuchs in Gebrauch war."

„In meinem Fall könnte man vielleicht sagen: ‚die ehemalige Wilson High School', denn ich unterstütze die Namensänderung voll und ganz."

„Alles klar. Ich wollte außerdem ein Zitat bestätigen lassen."

„Welches denn?"

„‚Ich habe drei sehr wichtige Aufgaben. Zuallererst bin ich Ehefrau und Mutter dreier junger Menschen. Zweitens leite ich als

Lieutenant die Mordkommission des Metro PD, und schließlich bin ich stolz darauf, die First Lady der USA zu sein.' Ist das korrekt?"

„Ja."

„Die Chefredaktion lässt fragen, ob Sie die Rolle der First Lady nicht etwas mehr hervorheben wollen."

Sam dachte einen Moment lang darüber nach. „Der Sinn dieser Geschichte, zu der Sie mich überredet haben, ist doch, dass die Leute mich besser kennenlernen, oder?"

„Ja."

„Dann ist es mir wichtig, dass sie wissen, wo meine Prioritäten liegen."

„Es wird wahrscheinlich nicht so gut ankommen, wenn Sie die First Lady als Letztes nennen."

„Damit kann ich umgehen." Sie notierte sich im Geiste, Lilia und Roni in ihrem Büro im Weißen Haus vorzuwarnen, damit sie auf alles vorbereitet waren.

„Na gut. Ich denke, dann haben wir alles."

„Das wird aber kein Verriss, oder?"

„Sam … Ich dachte, wir wären Freunde."

„Das sind wir. Jedenfalls im Augenblick."

„Ich verspreche Ihnen, der Artikel wird Ihnen gefallen. Danke, dass Sie mir das Exklusivinterview gegeben haben. Das werde ich Ihnen nie vergessen."

„Man tut, was man kann."

„Tja, ich bin froh, zu Ihrem Team zu gehören."

„Wann habe ich das gesagt?"

„Schönen Tag noch, Ma'am."

„Wenn Sie mich so nennen, werden Sie nie zu meinem Team gehören." Sie klappte das Handy zu, um ihren letzten Worten Nachdruck zu verleihen, und hoffte, dass sie das mit dem Interview nicht bereuen würde.

Vernon fuhr sie zum Eingang der Gerichtsmedizin auf der Rückseite des Polizeigebäudes, um das übliche Gedränge vor dem Haupteingang zu vermeiden. Sie hatte gelernt, darauf zu warten, dass Vernon ihr die Tür öffnete, weil es ihm so viel bedeutete. Sie hätte es lieber selbst getan, aber sie hatte sich damit abgefunden. Es schien fast so, als würde sie erwachsen werden.

„Wir sehen uns nachher, meine Herren."

„Einen schönen Tag im Büro, Teuerste", wünschte ihr Vernon und erntete ein Grinsen über ihre Schulter.

Es hatte sie große Mühe gekostet, ihn dazu zu bringen, sie anders als „Ma'am" zu nennen.

Als sie in den antiseptischen Geruch der Gerichtsmedizin trat, kam ihr ihr Partner Detective Freddie Cruz entgegen. „Morgen", sagte Sam.

„Es gibt neue Tote."

KAPITEL 2

„Tote? Plural?", fragte Sam.

„Leider ja." Freddie begleitete sie zum Großraumbüro der Ermittler. „Wir haben eine sechsköpfige Familie, erschossen aufgefunden in Cathedral Heights. Der Vater ist ohne Erklärung nicht zur Arbeit erschienen, also hat einer seiner Kollegen bei der Polizei angerufen, um das überprüfen zu lassen."

„Was wissen wir über die Opfer?"

„Bisher noch nicht sehr viel."

„Ich will das ganze Team dabeihaben", sagte Sam.

Freddie und Sergeant Tommy Gonzales trommelten die anderen Detectives der Tagschicht zusammen – Green, O'Brien und Charles.

Sie wollten gerade losfahren, als Captain Malone im Großraumbüro erschien. „Sie sind über die Sachlage in Cathedral Heights informiert?"

„Ja, Sir", antwortete Sam. „Wir sind gerade auf dem Weg dorthin."

„Halten Sie mich auf dem Laufenden."

„Selbstverständlich."

„Sam."

Sie drehte sich wieder zu ihm um.

„Ich habe gehört, es ist sehr unschön. Da sind vier Kinder betroffen. Ziehen Sie bei Bedarf Trulo hinzu."

Mit einem Nicken wandte sie sich ab und beeilte sich, um ihre Leute einzuholen, während sie sich innerlich auf das vorbereitete, was sie erwartete.

„Was hat er gesagt?", erkundigte sich Gonzo.

„Dass es übel ist."

„Ist es das nicht immer?"

„Manche Fälle sind schlimmer als andere."

Während Sam und Freddie in den Secret-Service-SUV stiegen, gingen die anderen zu ihren Autos. Freddie nannte Vernon die Adresse.

„Verwenden Sie bitte das Blaulicht, Vernon", wies Sam den Personenschützer am Steuer an.

„Ja, Ma'am."

„Ist schon irgendetwas darüber online zu finden?", fragte Sam Freddie.

Er scrollte auf seinem Mobiltelefon. „Noch nicht, dafür verdammt viel über Nicks Mutter."

Sam seufzte. „Das ist meine Schuld."

„Es ist kaum deine Schuld, dass sie einen Prostitutionsring geleitet hat, Sam."

„Aber es ist meine Schuld, dass das FBI gegen sie ermittelt."

„Hast du das mit Nick geklärt?"

„Jap. Wie immer triggert sie ihn, doch er war furchtbar sauer, als ich ihm gestanden habe, dass ich Avery gebeten hatte, sie mal unter die Lupe zu nehmen, ohne das vorher mit ihm zu besprechen. So wütend habe ich ihn schon lange nicht mehr erlebt."

„Er ist nicht wütend auf dich, sondern auf sie."

„Das weiß ich, trotzdem habe ich es abbekommen. Das war schon heftig."

„Kann ich mir gut vorstellen, aber zumindest war er so vorgewarnt. Wenn du Avery nicht eingeschaltet hättest, hätte euch die ganze Geschichte aus heiterem Himmel treffen können."

„Vermutlich schon. Als heute Morgen die Berichte im Fernsehen liefen, hat Nick sich gefragt, ob sie wohl versucht hat, den Beamten gegenüber mit seinem Namen Eindruck zu schinden."

„Natürlich hat sie das."

„Glauben wir auch."

„Sie ist eine Kriminelle, und bald wird die ganze Welt erfahren, was wir schon immer gewusst haben."

„Ich hoffe es", sagte Sam. „Bei allem, was er sonst so zu tun hat, ist das das Letzte, was Nick jetzt gebrauchen kann. Gerade gelingt es ihm, die Leute davon zu überzeugen, dass er ein legitimer Präsident ist, und jetzt das."

„Auch das wird vorübergehen. Es wird etwas anderes passieren, das die Sache mit Nicks Mutter aus den Schlagzeilen verdrängt. So ist das immer."

„Ich hoffe, dass das, was es verdrängt, nicht noch schlimmer ist."

„Sicher nicht", beruhigte Freddie sie.

„Ich wünschte, ich könnte so zuversichtlich sein. Es ist immer etwas Furchtbares. Das ist einer der Gründe, warum ich so froh war, als er erklärt hat, er werde keinen Vorwahlkampf machen." An Vernon und Jimmy gewandt fügte sie hinzu: „Das ist streng vertraulich, Jungs."

„Wie alles, was in diesem Wagen gesprochen wird", bestätigte Vernon.

„Vielen Dank."

„Wie kommt eigentlich Angela klar?", fragte Freddie.

„Ich habe gestern Abend mit ihr telefoniert, und sie hörte sich alles in allem ganz gut an. Sie hat gesagt, die Kinder seien problemlos eingeschlafen und zum ersten Mal seit Spence' Tod habe Jack vor dem Zubettgehen nicht geweint."

„Der Arme."

„Er tut mir am meisten leid."

„Es ist so furchtbar."

Sams Schwager Spencer war vor Kurzem an einer Überdosis durch mit Fentanyl verunreinigte Schmerztabletten gestorben, und die Familie hatte gerade erst begonnen, den erschütternden Verlust zu verarbeiten. „Wir haben nächste Woche die erste Anhörung in dem Fall." Dabei würden sie die Ergebnisse ihrer Ermittlungen gegen die Produzenten und Verkäufer der tödlichen Medikamente präsentieren und hoffen, dass eine Verhandlung angesetzt werden würde.

„Gonzo kann das übernehmen."

„Da werde ich mich persönlich drum kümmern."

„Das musst du nicht."

„Angela wird dabei sein wollen, also begleite ich sie."

„Manchmal ist das alles echt zu viel", seufzte Freddie.

„Nur manchmal?"

„Meistens."

„Niemand sagt, dass du diesen Job für den Rest deines Lebens behalten musst."

Er warf ihr einen gespielt gekränkten Blick zu. „Versuchst du etwa, mich loszuwerden?"

„Nicht mal ansatzweise, trotzdem gibt es vieles andere, was du tun könntest."

„Ich würde mich zu Tode langweilen", erwiderte er.

„Wahrscheinlich. Aber du wärst nicht täglich mit traumatisierenden Erlebnissen konfrontiert und müsstest dich nicht regelmäßig in Gefahr begeben."

Freddie wandte sich ihr auf seinem Sitz zu und starrte sie an.

Sam rieb sich die Wange. „Was ist? Hab ich was im Gesicht?"

„Woher kam das denn?"

„Woher kam was?"

„Dass du sagst, ich müsse diesen Job nicht mehr machen, wenn ich nicht will. Woher kam das?"

„Nirgendwoher. Ich weise nur auf die offensichtliche Tatsache hin, dass du keinen Vertrag auf Lebenszeit mit der Polizei geschlossen hast."

„Das hast du auch nicht."

„Nein."

„Sprichst du für dich selbst oder für mich?"

„Ich meine ja nur ... Du hast Möglichkeiten. Es gibt viele Dinge, die du tun könntest, die besser wären als das hier."

„Früher hast du immer gesagt, es gebe nichts Besseres als das hier."

Sam hasste es, wenn man ihre eigenen Worte gegen sie verwendete. „So empfinde *ich*. Das heißt ja nicht, dass du das ebenfalls musst." Sie wünschte, sie hätte diese Büchse der Pandora nie geöffnet, die Freddie dazu brachte, sie anzuschauen, als sähe er sie zum ersten Mal, obwohl er sie besser kannte als die meisten anderen Menschen.

Sie war irgendwie neben der Spur, seit sie die Leute verhaftet hatten, die ihrem Schwager die mit Fentanyl versetzten Pillen verkauft hatten. Es war letztendlich ein wertloser Sieg gewesen, wie so viele ihrer Erfolge für die Familien der Opfer. Die Verhaftung der Dealer hatte Spence nicht wieder lebendig gemacht. Tatsächlich änderte sie nicht viel für ihre Schwester, ihre Kinder oder die anderen, die ihn geliebt hatten.

Als Sam aus dem SUV ausstieg und Freddie zur Eingangstür eines großen Hauses mit Backsteinfassade inklusive Säulen und Verzierungen folgte, hoffte sie, dass es für Angela und ihre Kinder eines Tages von Bedeutung sein würde, dass Spence Gerechtigkeit widerfahren war. Im Augenblick war es nur ein schwacher Trost.

Die Streifenbeamten Phillips und Jestings begrüßten sie an der Tür zum Tatort, die mit gelbem Flatterband gesichert war.

„Lieutenant, Detective", sagte Phillips.

„Was haben wir?"

„Marcel und Liliana Blanchet und ihre vier Kinder." Phillips schluckte schwer, während er in seinem Notizbuch blätterte. „Laut den Nachbarn sind das Eloise, zwölf Jahre alt, Abigail, zehn Jahre, Violet, sechs Jahre, und August, genannt Gus, vier Jahre. Nach allem, was man hört, eine freundliche und beliebte Familie."

„Gibt es Informationen darüber, was die Eltern beruflich gemacht haben?", fragte Sam.

„Er war Gynäkologe, ein bekannter Experte für Reproduktionsmedizin. Sie war Anwältin."

Berufe, die uns vermutlich viele Ansatzpunkte liefern werden, dachte Sam.

„Möglich ist auch ein erweiterter Selbstmord", fügte Jestings hinzu. „Neben der Leiche des Vaters haben wir eine Pistole gefunden."

„Führen Sie uns herum." Sam zog sich, genau wie der Rest des Teams, Handschuhe an. „Gonzo, du fotografierst."

„Alles klar."

Sie betraten das Haus, in dem ein Duftpotpourri oder etwas Ähnliches den Geruch des Todes fast überlagerte. In einer großen Gourmetküche lag die Ehefrau und Mutter mit Schusswunden in Brust und Stirn auf dem Boden. Sie war eine schöne schwarze Frau mit langen Zöpfen und mehreren Armbändern. Sam bemerkte, dass sie einen Mantel trug und Einkaufstüten auf dem Boden verstreut waren. Wer immer das getan hatte, hatte sie direkt nach ihrer Ankunft hier erwischt.

Der Ehemann, ebenfalls ein Schwarzer, war gut einen Meter neunzig groß. Sie fanden ihn in einem Arbeitszimmer auf dem Boden, mit einer Schusswunde an der Schläfe. Auf dem dunklen Holztisch hinter ihm war Hirnmasse zu erkennen. Neben seinem Leichnam lag eine Neun-Millimeter-Handfeuerwaffe. „Nachdem Gonzo Fotos gemacht hat, tütet ihr die Waffe und seine Hände ein", ordnete Sam an. „Ich will eine Untersuchung auf Schmauchspuren, und wenn ihr schon dabei seid, verfahrt so auch mit den Händen der Frau."

Während die anderen ihre Anweisungen ausführten, folgten Sam und Freddie Phillips und Jestings nach oben, wo die Kinder in ihren

Betten lagen, mit Kopfschüssen getötet. Der Älteste der vier hatte drei erkennbare Wunden, seine Geschwister hatten je eine.

Ihre unschuldigen Gesichter und die liebevoll eingerichteten Zimmer sorgten dafür, dass Freddie ein paar Tränen wegblinzeln musste.

Das passierte Sam nicht mehr, was wahrscheinlich ein Grund zur Sorge war. Sie würde nie verstehen, wie jemand einen Mord begehen konnte, geschweige denn an unschuldigen Kindern, aber aus irgendeinem Grund fühlte sie sich seltsam distanziert von der brutalen Szene vor ihr.

„Haben Sie die Gerichtsmedizin verständigt?", fragte sie.

„Sie sind mit zwei Vans auf dem Weg hierher", antwortete Jestings.

Als sie unten eine Frau schreien hörten, eilten Sam und Freddie zurück ins Erdgeschoss, während Gonzo und die anderen Detectives oben weiter Fotos, Messungen und Notizen für ihre Ermittlungen machten.

Eine grauhaarige Schwarze, die einen roten Mantel trug, stand vor dem Absperrband und verlangte Einlass. Ein weiterer Streifenbeamter versperrte ihr den Weg.

„Das ist meine Familie! Lassen Sie mich rein!"

„Wer sind Sie?", erkundigte sich Sam.

Die Frau riss die Augen auf, als sie Sam erkannte. Das passierte in letzter Zeit viel zu häufig. „Graciela Blanchet", stellte sie sich vor. Ihr Kinn zitterte. „Das ist das Haus meines Sohns."

Sam und Freddie duckten sich unter dem Flatterband hindurch und führten Mrs Blanchet von der Eingangstür weg. „Glauben Sie mir, Sie wollen da nicht rein", sagte Sam.

„Sind sie … sind sie tot?"

„Ja", bestätigte Sam und erwiderte den Blick der Frau ruhig.

„Alle?", hakte sie in schrillem Tonfall nach.

„Es tut mir leid, ja."

Graciela brach vor ihren Augen zusammen. Nur Freddies schnelles Eingreifen bewahrte sie davor, zu Boden zu fallen, während sie laut schluchzend die Namen der vier Kinder rief.

Sam beobachtete die Szene mit einer seltsamen Teilnahmslosigkeit, als wäre sie eher eine Beobachterin am Rand als mitten im Geschehen.

Das hier erinnerte sie in gewisser Weise an den Fall Reese, bei dem der Vater Clarence seine Frau und seine drei kleinen Kinder ermordet hatte, ehe er die Flucht ergriffen hatte. Sie dachte nur ungern an diesen schrecklichen Fall zurück und daran, dass er bloß einen Meter von ihr entfernt mit Selbstmord geendet hatte. Vielleicht reagierte sie deswegen so seltsam auf diese neue Situation.

„Alles in Ordnung, Lieutenant?", fragte Jestings, der sich ihnen näherte.

Sam wurde klar, dass sie gerade dabei gewesen war, in eine Vergangenheit abzudriften, die sie viel lieber vergessen hätte. „Ja, klar. Wann müsste die Gerichtsmedizin da sein?"

„In etwa zehn Minuten."

„Danke. Was ist mit der Spurensicherung?"

„Die brauchen vermutlich knapp fünf Minuten länger."

„Gute Arbeit, Jestings. Vielen Dank."

Der Rest ihres Teams kam aus dem Haus. Sie alle schienen von dem, was sie da drinnen vorgefunden hatten, erschüttert zu sein. Und wer konnte ihnen das verdenken? Sam ging zu ihnen, während Freddie bei der Großmutter der ermordeten Kinder blieb. Als die anderen Detectives sich um Sam versammelt hatten, sagte sie: „Bitte holt euch Hilfe, wenn ihr sie nach dem, was ihr gerade gesehen habt, braucht. Es ist keine Schande, sich in einem solchen Moment an Dr. Trulo zu wenden." Sie sprach die Worte routinemäßig, wusste natürlich, dass sie wichtig und richtig waren, auch wenn sie selbst im Moment nicht das Bedürfnis nach derartiger Hilfe verspürte.

Detective Charles, das neuste Mitglied ihres Teams, wischte sich verstohlen eine Träne weg. „Ich werde niemals verstehen, wie ein Vater seiner Familie so etwas antun kann."

„Es ist möglich, dass der Täter uns nur glauben machen will, dass der Vater sie getötet hat", warf Green ein.

„Das werden wir sehr gründlich untersuchen müssen", stellte Sam fest.

„Sie glauben, mein Sohn hat das getan?", rief Graciela. „Er hätte seiner Familie nie etwas angetan! Marcel hat sie von ganzem Herzen geliebt. Er wäre für sie gestorben."

Sam hatte nicht bemerkt, dass Graciela ihnen zugehört hatte. „Ma'am, wären Sie bereit, uns ins Hauptquartier zu begleiten, um einige Fragen zu Ihrem Sohn und seiner Familie zu beantworten?", erkundigte sie sich so behutsam wie möglich.

„Wenn es irgendwie weiterhilft."

„Das tut es", versicherte ihr Sam. „Es würde uns sogar ungemein helfen."

„Wir werden in der Zwischenzeit die Nachbarn befragen", warf Gonzo ein.

„Wartet auf den Gerichtsmediziner und die Spurensicherung, und findet dann heraus, mit wem sie befreundet waren." Sam warf einen Blick zu den Schaulustigen, die sich unweigerlich jedes Mal einfanden, wenn sich eine solche Tragödie ereignete. Es stieß sie ab, dass die Leute offenbar den Drang verspürten, der Katastrophe ganz nahe zu sein, als wollten sie sich dadurch vergewissern, dass es ihnen selbst gut ging. Oder was für ein anderer seltsamer Wunsch auch immer sie dazu trieb, in der Kälte auszuharren und ein Haus anzustarren, in dem ein Mord geschehen war. „Wir brauchen Informationen von denen, die ihnen am nächsten standen."

„Bin schon dabei", erklärte Gonzo. „Wir kehren ins Hauptquartier zurück, wenn wir hier fertig sind."

„Kommen Sie mit, Mrs Blanchet." Sam führte die Frau zum SUV des Secret Service. „Zum MPD bitte, Vernon."

Freddie stieg auf der anderen Seite ein.

„Jawohl, Ma'am."

Als der Wagen vom Tatort wegfuhr, schluchzte die ältere Frau leise in ein Taschentuch mit gehäkeltem Saum. Sam musste an ihre Großmutter Ella denken, die erfolglos versucht hatte, ihr und ihren Schwestern das Häkeln beizubringen. Sie hatten es alle nicht kapiert. Die Erinnerung daran hätte sie zu jeder anderen Zeit zum Schmunzeln gebracht.

„Gibt es jemanden, den wir für Sie anrufen können?", erkundigte sich Sam.

„Meinen anderen Sohn ... Raphael. Er lebt in Richmond."

„Wenn Sie meinem Partner Detective Cruz die Nummer geben, wird er den Anruf für Sie tätigen."

Mit zitternden Händen holte die ältere Frau ihr Handy aus der Tasche und nannte eine Nummer, die Freddie sich notierte.

Sam schätzte es, dass sie ihn nicht eigens bitten musste, zu warten, bis die Frau außer Hörweite war, ehe er den Anruf machte. Er wusste solche Dinge, ohne dass man es ihm sagen musste, und das war einer der vielen Gründe, warum Freddie der beste Partner war, den sie je gehabt hatte.

„Wann haben Sie das letzte Mal mit Marcel oder einem Mitglied seiner Familie gesprochen?", fragte sie. Die Zeit arbeitete in solchen Fällen gegen sie, und es hatte keinen Sinn, zu warten, bis sie im Hauptquartier waren, bevor sie mit dem Gespräch begann.

„Gestern Nachmittag, und dann habe ich nichts mehr von ihnen gehört, deshalb bin ich heute vorbeigekommen. Es ist nicht normal, dass ich so lange nicht mit ihnen rede. Die Kinder und ich sind in ständigem Kontakt. Sie … sie haben mir beigebracht, ein iPhone zu benutzen, damit wir uns schreiben können." Graciela begann erneut haltlos zu schluchzen. „Wie können sie alle tot sein? Meine Kleinen. Meine wundervollen Kleinen."

Sam setzte sich ihr gegenüber und legte den Arm um sie, und die andere Frau akzeptierte den angebotenen Trost und lehnte sich an sie. „Mein aufrichtiges Beileid."

„Mein Sohn war das nicht. Das kann ich nicht glauben. Er war der hingebungsvollste, liebevollste Ehemann und Vater der Welt. Erst vor Kurzem hat er seine Arbeitszeit reduziert, damit er mehr Zeit mit den Kindern verbringen konnte, weil sie älter wurden, Sport trieben und an allen möglichen Aktivitäten teilnahmen." Sie ergriff Sams Hand und hielt sie fest. „Jemand hat ihnen das angetan. Er war das nicht."

„Wir werden jede Möglichkeit gründlich untersuchen", versicherte ihr Sam.

„Sie sollten mit Rory reden", meinte Graciela mit einem bitteren Unterton.

„Wer ist Rory?"

„Einer von Marcels Partnern in der Praxis. Rory war sauer, als Marcel seine Arbeitszeit verringert hat, um mehr Zeit für die Familie zu haben. Liliana hat erwähnt, dass die beiden Männer sich deshalb heftig gestritten haben. Rory hat Marcel vorgeworfen, egoistisch zu sein und nur an sich zu denken."

Sam warf einen Blick zu Freddie, der sich eifrig Notizen machte.

„Wie lauten Rorys Nachname und der Name ihrer Praxis?"

„McInerny, und ihre Praxis heißt District OBGYN. Die dritte Ärztin bei ihnen ist Oriana Harvey."

„Wen müssen wir noch über ihren Tod informieren, bevor wir ihre Namen an die Öffentlichkeit geben?", fragte Sam.

„O Gott, Lilianas Mutter ist schwer dement. Liliana hat sich zusammen mit ihrer Schwester Esme um sie gekümmert."

„Wissen Sie, wie wir Esme erreichen können?"

Graciela zückte wieder ihr Handy, fand die Nummer und las sie Freddie vor. „Ich helfe den beiden, wann immer ich kann, bloß deshalb habe ich die Nummer überhaupt."

„Gibt es sonst noch etwas, das wir wissen sollten?", erkundigte sich Sam.

Die Frau zögerte, als müsste sie überlegen, ob sie die Frage beantworten sollte.

„Jedes Detail, auch das kleinste, kann bei einer solchen Untersuchung wichtig sein." Sam wollte nicht das Wort „Mordermittlung" benutzen, bis sie sicher sein konnten, dass nicht doch Marcel selbst der Täter war. „Wenn Sie etwas wissen, wäre jetzt der richtige Zeitpunkt dafür, es uns zu sagen."

„Marcel hatte den Verdacht, dass Liliana eine Affäre hat."

KAPITEL 3

Christina und Terry warteten schon auf Nick, als er über die Ostkolonnade ins Oval Office kam – an manchen Tagen die einzige Gelegenheit, mal frische Luft zu schnappen.

„Wir haben die Presseerklärung fertig, Mr President." Christina legte das Blatt Papier auf den ansonsten leeren Resolute Desk.

Wie konnte es sein, dass er sich bei all den Problemen, mit denen das Land und die Welt konfrontiert waren, als Erstes mit seiner gottverdammten Mutter befassen musste?

Nick überflog die Presseerklärung. *Wie in der Vergangenheit schon mehrmals dargelegt, unterhält Präsident Cappuano keine Beziehung zu seiner Mutter und wird sich auch nicht zu ihrer Verhaftung äußern.*

„Wir wollten es kurz und bündig halten, damit man nicht zwischen den Zeilen lesen kann", bemerkte Terry.

„Sehr gut", erwiderte Nick. „Das kann so raus, Christina."

„Danke, Sir."

Nachdem sie den Raum verlassen hatte, nahm Terry auf dem Besucherstuhl Platz. „Geht es dir gut?", fragte er als Nicks Freund, nicht als sein Stabschef.

„Es ist, wie es ist", antwortete Nick. „Oder besser gesagt, *sie* ist, wie sie ist. Sie wird sich niemals ändern, und ich habe es schon vor Jahren aufgegeben, auf eine richtige Mutter zu hoffen. Ich habe es nur deiner Mutter zu verdanken, dass ich überhaupt weiß, was eine richtige Mutter ist." Laine O'Connor hatte ihm das immer wieder gezeigt, seit er sie in seinem ersten Semester in Harvard kennengelernt hatte, als Terrys unterdessen verstorbener Bruder John Nick mit nach Virginia genommen hatte.

„Ich habe heute Morgen auf dem Weg hierher mit Dad gesprochen", meinte Terry. Sein Vater war der ehemalige Senator Graham O'Connor, der für Nick eine Art Ersatzvater und Mentor war. „Meine Eltern sind in deinem Namen empört."

„Ob du es glaubst oder nicht, es hilft mir, das zu hören."

„Wir wissen besser als so ziemlich jeder andere, was für eine Mistzicke sie ist."

Nick lachte. „Danke für die Unterstützung. Das bedeutet mir wirklich viel."

„Ist alles in Ordnung mit dir und Sam? Beim letzten Mal, als ich sie gesehen habe, hatte ich den Eindruck, dass das Verhältnis zwischen euch etwas angespannt war."

„Wir haben das inzwischen geklärt. Ich war nicht glücklich darüber, so von der drohenden Verhaftung meiner Mutter zu erfahren, aber zumindest hat Sam mich vorab gewarnt, dass sie bevorstand."

„Sam hat Avery gebeten, gegen deine Mutter zu ermitteln?"

Nick nickte. „Sie sagte, sie habe ihn in einem Wutanfall wegen des beschissenen Interviews kontaktiert, das meine Mutter gegeben hat."

„Ah. Nun, ich kann es ihr nicht verübeln, dass sie wegen des Interviews wütend gewesen ist. Es war schlicht Verleumdung, von vorne bis hinten."

„Wie auch immer, genug von dieser Frau. Ich bin sicher, wir haben Wichtigeres, um das wir uns kümmern müssen."

„Jede Menge", bestätigte Terry und erhob sich. „Wir müssen in zehn Minuten zur morgendlichen Sicherheitsbesprechung im Lagezentrum sein."

Nick griff nach dem Ordner, den er am Vorabend mit nach oben genommen hatte und in dem er Fragen und Gedanken für das Briefing notiert hatte, das er als seinen täglichen kleinen Horrorladen betrachtete. Hätten die Menschen eine Ahnung, was wirklich in der Welt vor sich ging, würde sich niemand mehr sicher fühlen. Ihm war wohler gewesen, als er solche Dinge noch nicht gewusst hatte.

～

„Kann ich Ihnen etwas zu trinken bringen?", fragte Sam Graciela, als die im Konferenzraum des Hauptquartiers Platz genommen hatte. „Wasser, Kaffee?"

Graciela schüttelte den Kopf und griff nach einem weiteren Taschentuch aus der Box, die Sam vor ihr auf den Tisch gestellt hatte. „Nein, danke."

„Detective Cruz ruft Ihren Sohn und Lilianas Schwester an. Gibt es jemanden in der Nähe, den ich herbitten könnte, damit er Ihnen zur Seite steht?"

„Ja, meine Nachbarin Bertie Dawson. Sie würde sicher herkommen."

Sam notierte sich die Nummer, die Graciela ihr nannte. „Ich bin gleich wieder da."

Graciela nickte abwesend, als sei es ihr völlig gleichgültig, was Sam tat. Und wer konnte es ihr verübeln? Die Menschen, die sie am meisten geliebt hatte, waren tot.

Sam lehnte sich an die Wand vor dem Konferenzraum und wählte die Nummer, die Graciela ihr gegeben hatte. „Ist da Bertie Dawson?"

„Ja."

„Hier spricht Lieutenant Sam Holland vom Metro Police Department in D. C."

„Die First Lady!"

Sam schloss die Augen und betete um Geduld. „Ja. Ich habe hier Graciela Blanchet bei mir."

„Warum ist sie bei der Polizei?"

„Vor Kurzem hat man ihren Sohn Marcel und seine Familie tot in deren Haus aufgefunden."

Bertie schrie bestürzt auf. „O nein! Nicht die Kleinen. O nein, nein, nein. Die arme Graciela. Sie waren ihr Ein und Alles."

„Wäre es möglich, dass Sie ins Hauptquartier kommen und bei ihr bleiben, während wir sie befragen?"

„Warum befragen Sie Graciela? Sie hat garantiert nichts damit zu tun."

„Graciela hilft uns, Informationen zusammenzutragen, die wir für unsere Ermittlungen benötigen. Das wird eine Weile dauern, und sie könnte eine Freundin an ihrer Seite gebrauchen, denn ihr anderer Sohn ist in Richmond."

„Natürlich, ich bin so schnell wie möglich da."

„Danke sehr."

Sam klappte ihr Handy zu, wobei ihr das knallende Geräusch heute nicht die übliche Befriedigung verschaffte.

Captain Malone erschien auf dem Flur und wirkte überrascht, sie zu sehen. „Ich habe gehört, der Tatort war übel", sagte er.

Sam nickte. „Ich muss wieder zur Großmutter."

Freddie kam aus dem Großraumbüro und trat zu ihnen. „Ich habe Marcels Bruder und Lilianas Schwester erreicht." Man merkte, dass ihm die ohne Zweifel schwierigen Gespräche ziemlich zugesetzt hatten. „Sie sind auf dem Weg hierher."

„Danke, dass du dich darum gekümmert hast."

„Gern."

„Bringen Sie mich auf den neuesten Stand", bat Malone.

Sam erläuterte ihm die bisherigen Fakten des Falls.

Malone verzog das Gesicht. „Mein Gott, vier kleine Kinder."

„Marcel Blanchets Mutter Graciela wartet im Konferenzraum. Sie besteht darauf, dass Marcel seiner Familie niemals etwas angetan hätte. Nach allem, was man hört, war er ein liebevoller Ehemann und Vater. Allerdings hat sie erzählt, er habe den Verdacht gehegt, dass seine Frau eine Affäre hatte. Dem werden wir als Nächstes nachgehen."

„Halten Sie mich auf dem Laufenden. Ich werde Dr. Trulo bitten, sich bei Ihrem Team zu melden."

Sam wollte gerade entgegnen, das sei nicht nötig, als sie Freddies Gesichtsausdruck bemerkte. „Danke." Sie hatte ein paar Dinge darüber gelernt, was passierte, wenn man bei diesem Job seine Emotionen unterdrückte. „Machen wir weiter, Detective Cruz."

Als sie in den Konferenzraum zurückkehrten, schluchzte Graciela gerade in ein Taschentuch. „Ich weiß nicht, was ich tun soll. Sagen Sie mir, was ich tun soll."

„Wir werden Sie bei jedem Schritt begleiten, Mrs Blanchet", versprach Sam, auch wenn ihre Hilfe den Schicksalsschlag, der der Frau widerfahren war, kaum auffangen würde. Es war alles, was Sam für sie und den Rest der Familie tun konnte.

Sam setzte sich wieder auf ihren Platz am Kopfende des Tisches. „Wären Sie bereit für ein paar weitere Fragen?"

Graciela zuckte die Achseln. „Ich denke schon."

Während sich die Frau das Gesicht mit einem Papiertaschentuch abtupfte, überflog Sam ihre Notizen. „Sie haben erwähnt, Marcel habe vermutet, dass seine Frau eine Affäre hatte. Was können Sie mir darüber erzählen?"

„In letzter Zeit war zwischen den beiden eine gewisse Spannung spürbar." Graciela wischte sich weitere Tränen weg. „Ich hatte es bemerkt und Marcel gefragt, ob alles in Ordnung sei. Er sagte, er frage sich, ob es da einen anderen gebe."

„Wissen Sie, ob er etwas unternommen hat?"

„Ich bin nicht sicher. Wir haben erst letzte Woche darüber geredet, und ich wollte ihn bei unserem nächsten Treffen danach fragen."

Sam notierte sich, dass sie Lieutenant Archelotta von der IT bitten wollte, als Erstes Lilianas Handy zu checken. „Wie würden Sie die Ehe Ihres Sohnes beschreiben, bevor das passiert ist?"

„Als liebevoll", flüsterte Graciela. „Sie waren von Anfang an ganz verrückt nacheinander."

„Wo haben sich die beiden kennengelernt?"

„An der Uni. Marcel hat an der UVA Medizin studiert, Liliana war an der American Law School. Seit ihrem Abschluss vor fünfzehn Jahren leben sie in Washington."

„Hat sich Ihrem Empfinden nach in letzter Zeit etwas in ihrer Beziehung verändert?"

„Soweit ich weiß, nicht, doch es gab die erwähnten Spannungen. Ihre älteste Tochter Eloise war Turnerin auf olympischem Niveau. Die Anforderungen, die die Wettkämpfe und das Training mit sich brachten, haben die ganze Familie belastet."

Sam beschloss, bei der ältesten Tochter anzusetzen, vor allem in Anbetracht der Tatsache, dass sie drei Schusswunden hatte, ihre Geschwister aber nur je eine. „Gab es sonst noch etwas, das Ihrer Meinung nach zu einem Mord hätte führen können?" Sie hatte die Theorie des erweiterten Selbstmords noch nicht aufgegeben, doch die Überzeugung der älteren Frau, dass ihr Sohn seiner Familie nie etwas angetan hätte, sorgte dafür, dass Sam die Netze weiter auswarf.

„Nicht dass ich wüsste. Alle waren sehr beliebt bei Kollegen und Schulkameraden. Sie hatten einen großen Freundeskreis. Ich kann mir nicht vorstellen, wer den Wunsch gehabt haben könnte, sie umzubringen."

Es klopfte an der Tür.

„Herein."

Freddie streckte den Kopf in den Raum. „Mrs Blanchets Freundin ist hier."

„Bitte sie herein."

Bertie war eine füllige schwarze Frau, deren Gesicht so jugendlich wirkte, dass nur ihr graues Haar ihr Alter verriet. Die beiden Frauen umarmten einander.

„Danke, dass du gekommen bist", erklärte Graciela unter Tränen.

„Natürlich. Mein herzliches Beileid."

Graciela lehnte den Kopf an die Schulter ihrer Freundin. „Ich weiß nicht, was ich machen soll."

„Das werden wir herausfinden. Ich bleibe bei dir und helfe dir nach Kräften." Zu Sam sagte Bertie: „Was brauchen Sie noch von uns?"

Sam ging die übliche Liste von Routinefragen zum engsten Freundeskreis und zu Verwandten durch, dem üblichen Tagesablauf der Familie und den Schulen der Kinder.

Nach etwa zwei Stunden merkte sie, dass Graciela müde wurde. „Die Gerichtsmedizinerin wird die in einer solchen Situation üblichen Obduktionen durchführen, und dann werden wir die Leichname an ein Bestattungsunternehmen übergeben. Sie müssten eins aussuchen."

„Greenlawn in der Massachusetts Avenue hat sich um die Vorbereitungen und die Beerdigung meines Mannes gekümmert", warf Bertie ein. „Die waren fürsorglich und einfühlsam."

„Das soll mir recht sein", antwortete Graciela.

Sam notierte sich den Namen des Bestattungsunternehmens, das der Familie von Detective Cameron Green gehörte. „Ich werde das weitergeben." Sie schob ihre Visitenkarte über den Tisch. „Wenn Ihnen noch etwas einfällt, das relevant sein könnte, oder wenn ich Ihnen und Ihrer Familie behilflich sein kann, rufen Sie mich an. Meine Handynummer steht auf der Rückseite."

„Vielen Dank."

„Es ist erstaunlich", meinte Bertie und schaute Sam an, als sie die Visitenkarte vom Tisch nahm.

„Was?", fragte Sam, obwohl sie ahnte, was jetzt kommen würde.

„Dass Sie unsere First Lady *und* trotzdem weiter bei der Polizei tätig sind."

Sam zuckte die Achseln. „Ich hatte diesen Beruf schon lange, bevor ich die First Lady geworden bin."

„Sie sind ein großartiges Vorbild für berufstätige Mütter."

„Danke." Sam erwähnte nicht, dass sie Schuldgefühle hatte, weil sie so wenig Zeit für ihre Kinder hatte. „Ich kann jemanden von der Streife bitten, Sie heimzufahren."

„Nicht nötig", erwiderte Bertie. „Ich bin mit dem Auto da und werde Graciela nach Hause bringen und bei ihr bleiben, bis ihr Sohn eintrifft."

Sam begleitete die beiden Frauen hinaus und verabschiedete sich am Haupteingang von ihnen. Als sie sich umdrehte, um ins Großraumbüro zurückzukehren, wartete Chief Farnsworth bereits auf sie.

„Ich habe gehört, du hattest heute einen harten Brocken."

„Schrecklich."

„Erweiterter Selbstmord?"

„Ich bin mir nicht sicher. Wir ermitteln in alle Richtungen."

„Du wirst deine Arbeit wie immer mit aller Gründlichkeit erledigen."

„Während wir mit dieser Sache beschäftigt sind, werden wir die Angelegenheit Stahl erst mal auf Eis legen müssen."

„Okay." Er neigte den Kopf, um sie genauer zu mustern. „Geht es dir gut, Sam?"

Sie merkte, dass speziell diese Frage von ihrem Onkel Joe und nicht von ihrem Vorgesetzten kam. „Ich geb mir alle Mühe."

„Aber?"

„Es ist schon heftig."

„Was?"

„Alles."

„Du hast dir nach Spencers Tod keinerlei Auszeit gegönnt. Vielleicht solltest du dir ein paar Tage freinehmen."

„Dafür ist bei einem neuen Fall keine Zeit."

„Doch, dafür ist immer Zeit. Dein sehr fähiges Team kann für dich einspringen."

„So weit ist es noch nicht."

„Aber wenn es so weit ist, nimm dir frei. Das ist ein Befehl."

„Jawohl, Sir." Er hatte immer ihr Wohlergehen im Blick, wofür sie dankbar war.

„Halt mich über den neuen Fall auf dem Laufenden."

„Ganz bestimmt."

Sam kehrte ins Großraumbüro zurück.

Freddie erhob sich, als sie hereinkam. „Cam ist mit Mobiltelefonen und anderer Elektronik auf dem Weg hierher. Ich habe Archie schon informiert."

„Danke. Hat die Befragung der Nachbarn etwas ergeben?"

„Die Namen von ein paar Freunden. Ich bin gerade dabei, sie aufzuspüren."

„Was ist mit den Türkameras oder Ähnlichem in der Umgebung?"

„Sie selbst hatten keine, und die der Nachbarn erfassen nicht ihr Haus. Archie arbeitet daran, Aufnahmen von unseren eigenen Kameras in der Gegend zu kriegen." Das MPD hatte überall in der Stadt Überwachungskameras positioniert.

Sam bemerkte den auffälligen Mangel an Elan in Freddies Stimme. „Geht es dir gut?"

Er zuckte die Achseln. „Definier ‚gut gehen' nach dem, was wir gerade gesehen haben."

„Stimmt. Es ist schrecklich."

„Warum mussten auch die Kinder sterben? Selbst wenn die Eltern Streit hatten, können sie ja kaum darin verwickelt gewesen sein, oder?"

„Ich weiß es nicht", seufzte Sam. „Solche Dinge ergeben von außen betrachtet meist keinen Sinn. Es ist schwer zu sagen, was Menschen dazu bringt, so etwas zu tun."

„Nehmen wir den Vater unter die Lupe?"

„Seine Mutter ist der festen Überzeugung, dass er seiner Familie niemals etwas angetan hätte. Nach allem, was man hört, war er ein liebevoller Familienmensch. Ich möchte dringend mit den Partnern aus seiner Praxis sprechen."

„Hat seine Mutter noch mehr zu der möglichen Affäre der Frau gesagt?", fragte Freddie.

„Nur dass ihr Sohn den Eindruck hatte, da könnte etwas im Busch sein. Wenn Green die Mobiltelefone bringt, sollten wir unbedingt mit dem der Frau anfangen."

„Ich werde ihm und Archie eine entsprechende Nachricht schicken. Laut einer Nachbarin war die beste Freundin der Frau eine gewisse Kelly Goodson, die zwei Blocks von den Blanchets entfernt wohnt. Die Nachbarin hat erzählt, sie hätten sich auf dem Spielplatz kennengelernt, als ihre ältesten Kinder noch klein waren."

„Lass uns mit ihr und den Kollegen des Ehemanns sprechen."

Freddie schnappte sich seinen Mantel und folgte Sam zum Eingang der Gerichtsmedizin.

Lindsey McNamara empfing sie im Foyer. „Brutal."

„Wie immer, wenn Kinder beteiligt sind", pflichtete Sam ihr bei.

„Erweiterter Selbstmord?"

„Wir ermitteln in alle Richtungen."

„Ich lege los und schicke euch so schnell wie möglich meinen Bericht."

„Danke. Wir haben Dr. Trulo hinzugezogen, der uns bei Bedarf unterstützt. Wenn du ihn brauchst, melde dich."

„Werd ich, danke."

Dr. Byron Tomlinson, der stellvertretende Gerichtsmediziner, schob eine Rollbahre mit einem kleinen Leichensack durch die Tür. Ausnahmsweise hatte er nichts zu sagen, sondern ging nur mit einem stummen Nicken an ihnen vorbei zur Leichenhalle.

„Lieutenant!"

Sam drehte sich um, als sie die vertraute Stimme hörte.

Dr. Anthony Trulo, der Psychiater des MPD, kam mit langen Schritten auf sie zu. „Gut, dass ich Sie noch erwische."

„Hey, Doc." Trulo hatte ihr mehr als einmal nach einem Trauma im Job wieder auf die Beine geholfen, und sie würde ihm für seine Unterstützung und Freundschaft ewig dankbar sein. „Was gibt's?"

„Ich würde mich gerne beim Schichtwechsel mit dem gesamten Team treffen. Mit Ihren Leuten und auch den Gerichtsmedizinern."

Früher hätte sich Sam dagegen gesträubt. Sie hätte erwartet, dass ihre Mitarbeiter sich selbst meldeten, falls sie Hilfe benötigten. Aber sie hatte gelernt, dass das nicht passieren würde, was desaströse Folgen haben konnte. „Ich werde dafür sorgen, dass alle kommen."

„Sehr gut. Bis dann."

KAPITEL 4

Wie alle Tage im Weißen Haus verflog auch dieser mit einer Aneinanderreihung von Sitzungen, Besprechungen, Entscheidungen und nie enden wollenden Forderungen an seine Zeit und Aufmerksamkeit.

Nick verfolgte Christinas Pressekonferenz, während er in seinem an das Oval Office angrenzenden Arbeitszimmer ein spätes Mittagessen zu sich nahm. Kaum dass sie den Raum betreten hatte, bombardierten die Reporter sie schon mit Fragen über seine Mutter.

„Ich habe ein paar Worte zu sagen, dann werde ich einige Fragen beantworten. Zunächst möchte ich jedoch noch einmal unsere Erklärung von vorhin wiederholen: Der Präsident hat keine Beziehung zu seiner Mutter. Auch wenn das die Situation eigentlich ausreichend beschreiben sollte, möchte ich trotzdem näher erläutern, was das tatsächlich bedeutet."

Nick richtete sich auf und fragte sich, worauf das hinauslaufen würde. Christina hatte nicht mit ihm abgesprochen, wie genau sie die Pressekonferenz angehen wollte. Er vertraute ihr bedingungslos, aber seine Mutter war nun mal ein heikles Thema für ihn.

„Die Mutter des Präsidenten war nicht bei seiner Highschool-Abschlussfeier zugegen. Sie war nicht da, als er sein Studium an der Harvard University mit Auszeichnung abgeschlossen hat oder als er den Amtseid als Senator, Vizepräsident oder Präsident abgelegt hat. Der einzige Grund, warum sie bei seiner Hochzeit anwesend war, ist, dass sie einfach aufgetaucht ist und die Braut bewusst darauf verzichtet hat, eine Szene zu machen, die Mr Cappuano nur den Tag verdorben hätte. Nach dem Ende der Zeremonie haben Sicherheitskräfte sie sofort entfernt. Sie hat auch seine Kinder nie kennengelernt. Präsident Cappuano ist seit beinahe zwei Jahrzehnten ein enger Freund von mir. Ich bin seiner Mutter nie begegnet und habe auch nie gehört, dass er sie je erwähnt hat. Sie ist nicht Teil seines Lebens. Daher weiß er auch nichts über ihre Geschäfte, ihren Tagesablauf oder sonst irgendetwas, was mit ihr zu tun hat. Er hört lediglich von ihr, wenn sie Geld braucht."

Ein dicker Kloß bildete sich in seiner Kehle, und die Augen wurden ihm feucht, als er Christina die Fakten seines Lebens aufzählen hörte. Diese emotionale Reaktion ärgerte ihn. Er war einer der mächtigsten Männer der Welt, und doch vermochte ihn die Frau zu verletzen, die ihn geboren hatte. Noch heute zuckte er unwillkürlich zurück, wenn er ihr Parfüm Chanel No. 5 roch, eine Reaktion, die er ebenfalls hasste.

Es klopfte an der Tür, was ihn zwang, sich zusammenzureißen, wenn er sich nicht vor Besuchern blamieren wollte.

„Herein", rief er.

Derek Kavanaugh und Dr. Harry Flynn, zwei seiner engsten Freunde, betraten das Arbeitszimmer. Derek war sein stellvertretender Stabschef, Harry der Leiter der medizinischen Abteilung des Weißen Hauses.

„Man hat uns gesagt, wir könnten dich hier finden", erklärte Derek.

„Was gibt's?"

„Nicht viel", antwortete Harry leichthin. „Wir wollten einfach mal vorbeischauen."

Nick lächelte. Wenn jemand wusste, wie es ihm ging, wann immer seine Mutter auf der Bildfläche erschien, dann waren sie es. Sie hatten ihn im Laufe der Jahre oft genug in üblem Zustand erlebt und ihn früher auch mal im Vollrausch nach Hause gebracht, wenn seine Mutter zurückgekommen war, um ihm Ärger zu bereiten. „Ihr könnt ruhig einfach zugeben, warum ihr tatsächlich hier seid."

„Wir wollen nur nach unserem Freund sehen", erwiderte Derek.

„Danke, das ist lieb von euch, aber es ist alles in Ordnung."

Harry blickte sich um. „Keine Spur von offenen Whiskeyflaschen. Das ist ein gutes Zeichen."

„Ich denke, ich habe im Laufe der Jahre mehrfach unter Beweis gestellt, dass Whiskey keine Probleme löst", entgegnete Nick. „Er macht alles bloß noch schlimmer."

„Es tut uns wirklich leid, dass du dich wieder mit ihr herumschlagen musst, und wir wünschen dir, dass sie verschwindet und nie wiederkommt", meinte Harry.

„Dein Wort in Gottes Ohr", brummte Nick. „Nur wird mir dieses Glück leider nicht vergönnt sein."

„Mir hat Christinas Briefing gefallen", warf Derek ein. „Das war genau richtig."

„Ja."

Nick schaute zum Fernseher, um herauszufinden, wie es im Presseraum lief. Trotz Christinas eigentlich unmissverständlicher Schilderung der Fakten befragten die Reporter sie immer noch über die Verhaftung seiner Mutter und seine Gefühle dazu. „Verdammter Mist", schimpfte er. „Muss ich da persönlich reingehen und der Sache ein Ende bereiten?"

„Damit würdest du nur Öl ins Feuer gießen", warnte Derek.

„Mach dir nicht selbst das Leben schwer", riet ihm Harry. „Lass Christina für dich sprechen. Sie schlägt sich gut."

Christina verwies immer wieder auf ihre anfängliche Aussage und ihre einleitenden Bemerkungen, wenn jemand nach seiner Mutter fragte. Während der halbstündigen intensiven Befragung wich sie kein einziges Mal davon ab. „Um jetzt zu einem anderen Thema zu kommen: Der Präsident hatte ein sehr produktives Treffen mit seiner Taskforce zur Waffenkontrolle. Sie wird in Kürze ihren ersten Bericht vorlegen, der eine Liste von Maßnahmen enthält, die schnell verabschiedet werden können, um die öffentliche Sicherheit zu erhöhen und gleichzeitig die Rechte der Waffenbesitzer gemäß dem zweiten Verfassungszusatz zu schützen."

Während sie ein paar Fragen dazu beantwortete, atmete Nick erleichtert auf, weil die Medienleute endlich vom Thema seiner Mutter abließen. Dennoch ging er nicht davon aus, dass sich die Sache damit erledigt hatte. Die Nachrichten zur Hauptsendezeit würden sich auf die schlüpfrigen Details konzentrieren, würden jedes Interview, das sie je gegeben hatte, und jedes Wort, das sie je öffentlich über ihren Sohn, den Präsidenten, gesagt hatte, wieder aufwärmen.

Das machte ihn krank.

„Was zum Teufel hat sie sich eigentlich dabei gedacht?", wollte

Harry wissen. „Ein Escortservice? Echt jetzt? Das ist das ultimative Klischee."

„Wie heißt es so schön: Sex sells?", erwiderte Nick.

„Trotzdem … Das ist lächerlich."

Harrys Empörung berührte Nick zutiefst. Das waren seine Freunde, die schon für ihn da gewesen waren, als er noch ein unwichtiges Stabsmitglied eines Kongressabgeordneten gewesen war, und die bis zum Ende bei ihm bleiben würden. Sie hatten alles gemeinsam durchgestanden.

„Lasst uns über etwas anderes reden."

„Ich bin mit Roni zusammen", erklärte Derek.

Überrascht sahen Harry und Nick erst einander und dann Derek an.

„Das ist eine große Neuigkeit", meinte Harry schließlich. „Wie geht es dir damit?"

„Ziemlich gut", grinste Derek. „Sie ist fantastisch."

„Das stimmt", bestätigte Nick. „Sam hält große Stücke auf sie."

„Was wirklich bemerkenswert ist", stellte Harry nüchtern fest, „weil sie ja eigentlich keine Menschen mag."

Darüber mussten sie alle lachen.

„Wahre Worte", pflichtete ihm Nick bei. „Sie hat mir allerdings schon vor einer Weile gesagt, sie glaube, dass zwischen euch beiden was läuft."

„Unserer Lieblingsermittlerin entgeht nichts." Derek grinste immer noch.

Es war, überlegte Nick, sehr lange her, dass er seinen Freund so unbeschwert lächeln gesehen hatte wie jetzt, da er ihnen seine große Neuigkeit erzählt hatte. Der Mord an seiner Frau Victoria und die anschließenden Enthüllungen über ihre Machenschaften hatten Derek beinahe in die Knie gezwungen. Er hatte sich aber von diesem furchtbaren Verlust erholt und war heute ein wunderbarer Vater für ihre kleine Tochter Maeve. Nick war so froh darüber, dass Derek mit Roni einen Neuanfang wagen wollte. Trotzdem hatte er Bedenken. „Es ist noch nicht lange her, dass sie ihren Mann verloren hat."

„Nein, und sie erwartet außerdem ein Kind von ihm. Wir lassen uns Zeit mit allem."

„Wie findet Maeve denn das Ganze?", fragte Nick.

„Sie liebt Roni – genau wie umgekehrt. Roni ist toll mit ihr. Es fühlt sich gut an."

„Ich freue mich für dich", antwortete Nick. „Und für Maeve."

„Ich auch, Derek", schloss sich Harry an. „Ich bin ehrlich begeistert."

„Danke euch."

„Apropos", verkündete Harry. „Die Chefin hat gesagt, ich müsse die Hochzeitsfeier organisieren, und ich hatte gehofft, dass ihr beide meine Trauzeugen sein würdet."

„Natürlich. Gerne." Nick erhob sich von seinem Stuhl, um Harry zu umarmen.

„Ich auch", schloss sich Derek an. „Es wäre mir eine Ehre."

„Wir möchten, dass Maeve unser Blumenmädchen wird", fügte Harry hinzu.

„Das wird ihr gefallen", meinte Derek.

„Danke, Leute. Ich kann noch gar nicht glauben, dass das wirklich passiert."

„Wir auch nicht", spöttelte Nick grinsend. „Wir hatten dich schon aufgegeben, aber dann hat Lilia einen ehrlichen Mann aus dir gemacht."

„Sie ist einfach die Beste." Harry strahlte, wie es sich Nick seit Jahren für seinen Freund wünschte. „Ich kann nicht glauben, dass ich das Glück hatte, sie zu finden."

„Ihr seid ein wunderbares Paar", erklärte Nick. „Ihr passt perfekt zusammen."

„Ja, und ich kann unseren großen Tag im Sommer kaum erwarten."

Nick würde im nächsten Sommer gleich zweimal als Trauzeuge fungieren, das zweite Mal für Terry, wenn der Lindsey McNamara heiratete. Diese beiden Ereignisse würden sicherlich für bessere Presse sorgen als die Verhaftung seiner Mutter.

Seine Freunde blieben noch ein paar Minuten, ehe sie an ihre Arbeit zurückkehrten. Nick wusste es zu schätzen, dass sie ihn mit ihrer Freundschaft, ihren Neuigkeiten und ihrem Lachen von dem Drama mit seiner Mutter abgelenkt hatten. Das taten sie nun schon seit vielen Jahren für ihn, und er war für ihre Freundschaft noch nie so dankbar gewesen wie heute.

Er schickte Sam schnell eine SMS. *Gerade war Derek hier, und er hat deinen Verdacht bestätigt, dass er und Roni zusammen sind. Nach allem, was ich höre, ist das Ganze noch sehr neu, und sie wollen nichts überstürzen, doch er hat so glücklich ausgesehen wie schon lange nicht mehr.*

Sam schrieb sofort zurück. *Verdammt! Ich wusste es! Hab ich es gesagt, oder hab ich es gesagt? Wie schön, dass er so glücklich ist. Ist es trotzdem okay, wenn ich mir Sorgen mache, dass es für Roni ein bisschen zu früh ist?*

Ja! Er hat selbst zugegeben, dass der Zeitpunkt nicht ideal ist, deshalb ja das langsame Vorgehen. Auf jeden Fall kommt Roni gut mit Maeve aus, die sie liebt, und es fühlt sich für sie alle richtig an.

Ich freue mich für die beiden. Sie haben nur das Beste verdient.

Genau. Ansonsten hat Harry Derek und mich gebeten, seine Trauzeugen zu sein. Der Sommer könnte hektisch werden.

Natürlich hat er das! Hektisch, aber mit jeder Menge Spaß!

Wie viele Stunden noch, bis dieser Tag vorbei ist?

Ein paar, doch am Ende wird es sich lohnen.

Ich kann's kaum erwarten.

Dito. Ich liebe dich. Halt die Ohren steif.

Ich dich auch. Werd ich.

Als er sich wieder auf das Geschehen im Presseraum konzentrierte, hörte er, wie Christina den inzwischen vertrauten Refrain wiederholte. „Der Präsident hat keine Beziehung zu seiner Mutter, also nein, er wird keine Anrufe von ihr entgegennehmen.“

„Ganz genau, werde ich nicht.“

Nick schaltete den Fernseher aus. Er hatte Besseres zu tun, als sich noch mehr von diesem Quatsch anzuhören.

Sam und Freddie traten in die frostige Luft hinaus, und sofort war sie auf der Hut wegen Glatteis. Das Letzte, was sie gebrauchen konnte, war ein erneuter Sturz auf ihre frisch verheilte Hüfte.

Vernon hielt ihr die Tür des SUV auf.

Freddie stieg auf der anderen Seite ein und nannte Vernon die Adresse von Kelly Goodson.

„Schick den anderen eine Textnachricht, und sag ihnen, wir treffen uns um vier mit Trulo. Anwesenheitspflicht“, verlangte Sam.

„Wird erledigt.“

Sam beobachtete die Welt durch die getönte Scheibe. „Was gibt's Neues von Nicks Mutter?“

Freddie überprüfte sein Handy. „Christina hat während der Pressekonferenz eine Erklärung rausgegeben, die sich rasend schnell in den sozialen Medien verbreitet.“

Sam fragte sich, warum Nick das eben nicht erwähnt hatte. Wahrscheinlich weil er dem Ganzen nicht noch mehr Beachtung zukommen lassen wollte. Und dann begriff sie es: Das war der Grund, warum Harry und Derek ihn besucht hatten. Weil sie wussten, was dieser Mist mit seiner Mutter mit ihm anstellte. „Was hat sie denn gesagt?"

Während Freddie es ihr vorlas, kochte Sam innerlich, weil ihr Mann die Beziehung zu seiner Mutter vor aller Welt ausbreiten musste. „Das macht mich ganz krank."

„Christina hat sehr deutlich herausgestellt, was damit gemeint ist, dass seine Mutter keine Rolle in seinem Leben spielt."

„Ja, aber es macht mich trotzdem traurig. Jedes Mal, wenn seine Mutter auftaucht, bringt ihn das tagelang aus dem Gleichgewicht. Dafür hat er keine Zeit, wo er an so viel anderes denken muss."

„Es tut mir leid, dass sie ihn weiter verletzt, obwohl sie schon mehr als genug Schaden angerichtet hat."

„Das kannst du laut sagen. Es ist absurd, wie sie immer noch eins draufsetzt." Sam zückte den BlackBerry, mit dem sie abhörsicher mit ihrem Mann kommunizieren konnte, und sandte Nick eine kurze Nachricht. *Ich habe von Christinas Statement gehört. Mir gefällt, wie sie das gehandhabt hat, trotzdem tut es mir leid, dass du dir im Detail anhören musstest, wie oft SIE dich im Stich gelassen hat. SIE hat einen Sohn wie dich nicht verdient. WIR lieben dich. Mehr als alles andere auf der Welt. Bis bald.*

Sie ließ den BlackBerry in ihrem Schoß liegen, in der Hoffnung, dass Nick ihr schnell antworten würde, und zwang sich, wieder an den Fall zu denken, obwohl sie eigentlich nur zu ihrem Mann wollte. „Erzähl mir von Kelly Goodson."

„Nach dem, was einer der anderen Nachbarn gesagt hat, hat Liliana Kelly kennengelernt, als Eloise noch ganz klein war. Kellys Sohn Mica ist ein paar Monate älter als Eloise, und die beiden sind beste Freunde, seit sie Babys waren."

Der Gedanke an den zwölfjährigen Mica, der den Verlust seiner Freundin verarbeiten musste, zog Sam schmerzhaft das Herz zusammen. Ein Mord berührte so viele Leben, auch über die unmittelbare Familie des Opfers hinaus.

Vernon parkte in zweiter Reihe vor dem imposanten Haus der Goodsons. Die Einfahrt stand voller Autos, und auch an der Straße war jeder Platz besetzt.

Sam nahm an, dass sich der Mord an den Freunden der Familie

herumgesprochen hatte. Sie starrte lange auf das Haus und konnte sich nicht dazu aufraffen, auszusteigen, hineinzugehen und eine weitere Familie in ihrer Trauer zu stören. Sie tat das ständig, warum also nahm es sie heute so sehr mit?

„Soll ich das machen?", fragte Freddie, der ihre seltsame Stimmung anscheinend spüren konnte.

„Nein, schon in Ordnung."

„Sam."

Sie sah Freddie an.

„Du hast erst vor Kurzem selbst einen schweren Verlust erlitten. Niemand würde es dir verdenken, wenn das im Augenblick zu viel für dich wäre."

Es war ihr tatsächlich zu viel. *Alles* war zu viel. Der Mord an einer ganzen Familie. Dass das FBI Sams Schwiegermutter wegen Prostitution und Geldwäsche verhaftet hatte und ihr Schwager an mit Fentanyl versetzten Schmerzmitteln gestorben war. Doch sie hatte einen Job zu erledigen, und verdammt noch mal, sie würde das jetzt durchziehen, egal, wie sehr es in ihr brodelte. „Gehen wir."

Über eine Steintreppe erreichten sie eine geschlossene Veranda. Sie läuteten. „Man hört sie von draußen nicht mal", stellte Sam fest. „Das ist meine Art Türklingel."

„Funktioniert sie überhaupt?"

Das hatte Sam nicht bedacht, also klopfte sie für alle Fälle kräftig an die Tür, in der Hoffnung, dass jemand sie hören würde.

Nach zwei Minuten öffnete sich die Innentür, und ein Mann trat heraus, der wie die meisten Leute große Augen machte, als er sie erkannte.

Sam war diese Reaktion auf ihr Erscheinen so leid, auch wenn sie wusste, dass sie nun für immer Teil ihres Lebens sein würde. Nachdem sie ihm ihren Ausweis hingehalten hatte, öffnete er ihnen die Tür.

„Lieutenant Holland, Detective Cruz. Wir möchten zu Kelly Goodson."

„Sie ist im Moment leider nicht in der Lage, Besuch zu empfangen", antwortete er.

KAPITEL 5

Sam versuchte die Geduld aufzubringen, die sie für den Umgang mit einer weiteren trauernden Familie brauchen würde. „Wir verstehen, dass dies eine schwierige Zeit für Sie ist, für Sie alle, trotzdem müssen wir mit ihr sprechen. Das können wir hier oder im Hauptquartier tun. Wie sie möchte." Sam hasste das Ganze genauso sehr wie der Mann, der sie anstarrte, aber das konnte sie ihm nicht sagen. „Wir wollen Ihren Schmerz nicht noch vergrößern, doch wir brauchen Antworten im Fall der Familie Blanchet."

„Wir haben gehört, es sei erweiterter Selbstmord gewesen."

Offenbar arbeitete die Gerüchteküche bereits auf Hochtouren. „Die Ermittlungen laufen noch. Können wir bitte mit Kelly sprechen?"

Nach einer langen Pause nickte der Mann und trat zur Seite, um sie reinzulassen. „Warten Sie bitte dort." Er wies in die Richtung eines Wohnzimmers. „Ich hole sie."

Sie nahmen auf einer Couch Platz. Leises Stimmengewirr drang aus anderen Teilen des Hauses. An den Wänden hingen Fotos von drei Kindern: zwei Jungs und ein Mädchen, das ein ganzes Stück jünger war als ihre Brüder. Sam konzentrierte sich auf den älteren Jungen, der dunkles Haar, braune Augen und ein schelmisches Grinsen hatte. Wie traurig er heute sein musste!

Der Mann kam mit einer Frau zurück, die das gleiche dunkle Haar wie ihr Sohn hatte und die gleichen braunen Augen, die jetzt allerdings vom Weinen gerötet waren.

„Kelly, das sind Lieutenant Holland und Detective Cruz", stellte der Mann sie vor. „Sie wollen mit dir über Liliana und ihre Familie sprechen."

Kelly ließ sich ihnen gegenüber in einen Sessel sinken und nahm von dem Mann ein neues Taschentuch entgegen. Jede Bewegung schien ihr Schmerzen zu bereiten.

„Sind Sie Kellys Ehemann?", fragte Sam.

Der Mann nickte.

„Sie heißen?"

„Henry."

Sam notierte sich den Namen. „Tut uns leid, dass wir Sie in Ihrer Trauer stören müssen, aber wie Sie sicher wissen, ist in solchen Fällen Zeit ein entscheidender Faktor bei der Aufklärung."

„Können Sie uns sagen, was genau passiert ist?", fragte Henry.

„Sie wurden erschossen."

Kelly wimmerte leise, woraufhin ihr Mann einen Arm um sie legte.

„Da Sie Lilianas beste Freundin gewesen sind, hatten wir gehofft, Sie könnten uns sagen, was in letzter Zeit bei den beiden los war", wandte sich Sam an Kelly. „Ob irgendetwas anders oder ungewöhnlich war."

„Ich denke darüber nach, seit ich es erfahren habe", antwortete Kelly in einem zögerlichen Ton, „und ich lande immer wieder bei Marcel. Er hat sich plötzlich sehr reserviert verhalten. Liliana wusste nicht, warum, und war aufgebracht darüber. Sie sind bis jetzt immer sehr eng miteinander gewesen."

„Man hat uns mitgeteilt, er habe den Verdacht geäußert, dass sie eine Affäre hatte."

Kelly starrte sie mit offenem Mund an. „Wer behauptet das?", fragte sie scharf. „Das ist eine glatte Lüge. Liliana ist ihm immer treu gewesen."

„Sind Sie sich da ganz sicher?"

„Wir haben einander alles erzählt. Alles. Wenn Liliana eine Affäre gehabt hätte, hätte ich das gewusst. Seit sie Marcel kennengelernt hat, hat sie keinen anderen mehr angesehen. Sie war unsterblich in ihn verliebt."

Sam machte sich Notizen, während Kelly sprach. „Hat sie in letzter Zeit irgendwelche besonderen Probleme oder Schwierigkeiten erwähnt?"

„Es hat für sie einen großen finanziellen Verlust bedeutet, dass er seine Arbeitszeit so drastisch reduziert hat, zudem er sie da vor vollendete Tatsachen gestellt hat. Liliana war nicht glücklich darüber, denn das bedeutete, dass sie sich im Gegenzug stärker in ihrem Job engagieren musste. Ihr Leben war nicht einfach mit den Kindern, all ihren Aktivitäten und Eloises Turnen. Jetzt war zum ersten Mal in ihrer Ehe Geld ein Thema."

„Wir haben gehört, dass auch einer seiner Partner in der Praxis über seine Entscheidung, sich zurückzuziehen, verärgert war. Wissen Sie etwas darüber?"

„Ja, Rory. Liliana sagte, er und Marcel hätten sich deshalb heftig gestritten, aber Marcel war nicht bereit, seine Meinung zu ändern. Ich schätze, die Partner waren genauso überrascht wie seine Frau, als er diese Entscheidung ohne Rücksprache mit irgendwem getroffen hat."

„Wie war die Beziehung zu diesem Partner davor?"

„Sie waren seit Jahren eng mit ihm und seiner Frau befreundet."

„War der Partner wütend genug, um Marcel und seine Familie derart brutal auslöschen zu wollen?"

„Liliana hat den Streit als schlimm beschrieben. Ich habe Rory und seine Frau Brittany schon oft getroffen und kann mir nicht vorstellen, dass er Kinder umbringen würde. Doch andererseits habe ich Probleme, mir vorzustellen, wie überhaupt jemand einen Mord begehen kann." Kelly tupfte sich die Augen ab. „Es ist für mich unbegreiflich, dass sie alle tot sind."

„Wann haben Sie Liliana das letzte Mal gesehen oder gesprochen?", fragte Freddie.

„Letzten Sonntag waren wir brunchen, nur wir beide."

„Hat sie irgendwelche Sorgen geäußert oder etwas gesagt, das Ihnen im Nachhinein auffällig erscheint?"

„Bloß dass sie sich wegen ihrer Finanzen Gedanken machte, da Marcel demnächst nur noch die Hälfte verdienen würde. Liliana hat gescherzt, dass sich der Lebensstil an das Einkommen anpasst und dass sie nun, da ihres zurückging, überlegen müsse, wie sie sich einschränken könnte. Sie meinte, sie hätte nie gedacht, dass sie sich jetzt, wo sie beide beruflich so erfolgreich waren, noch um Geld sorgen müsste."

„Auf welches Gebiet hatte sie sich spezialisiert?", fragte Sam.

„Vertragsrecht."

„In einer Kanzlei, oder war sie selbstständig tätig?"

„Selbstständig. Sie hat von zu Hause aus gearbeitet, um für die Kinder da sein zu können. In einer Kanzlei hätte sie viel mehr Geld verdienen können, aber sie hat sich für diesen Weg entschieden, weil es das Beste für ihre Familie war. Sie war schockiert, als Marcel verkündet hat, er werde auf Teilzeit umsteigen, da er genau wusste, was das für sie bedeuten würde, doch das schien ihn nicht zu kümmern. Er war fest entschlossen, mehr Zeit mit den Kindern zu verbringen, und hat auf die Konsequenzen gepfiffen."

„Hatte sie eine Ahnung, wo dieser plötzliche Wunsch herrührte, so für seine Kinder da zu sein?", erkundigte sich Sam.

„Eloise hat den ersten Platz bei einem wichtigen regionalen Wettkampf belegt, während er ein Baby auf die Welt geholt hat. Er war aufgebracht, dass er das verpasst hatte, und es schien etwas in ihm auszulösen, das zu dieser Entscheidung geführt hat. Das hat Liliana zumindest vermutet. Sie haben praktisch nicht miteinander gesprochen, seit er ihr seinen Entschluss mitgeteilt hat."

Sam konnte sich nicht vorstellen, dass ein Mann, der seine Arbeitszeit drastisch reduziert hatte, um mehr Zeit mit seinen Kindern zu verbringen, sie dann brutal abschlachten würde. Eigentlich schien Marcel das genaue Gegenteil von einem Mann zu sein, der so etwas tat.

„Gibt es sonst noch etwas, das wichtig sein könnte?", fragte sie.

„Ich bin nicht sicher, ob es relevant ist, aber Eloise war gerade dabei, sich beim Turnen einen Namen zu machen. Sie war sehr talentiert, und es gab Dinge im Internet, die Liliana erschreckt haben."

„Was denn?"

„Ekelhafte rassistische Angriffe, die dafür gesorgt haben, dass Liliana darüber nachgedacht hat, Eloise nicht mehr an Wettkämpfen teilnehmen zu lassen. Sie war wütend darüber, wie jeder, der Eloise geliebt hat. Ich war auch empört darüber. Menschen sind furchtbar."

„Wo finden wir diese Dinge?"

„Ich bin nicht sicher, doch es gibt da eine Gruppe auf Facebook, die Ihnen vielleicht mehr Informationen liefern kann. Eine lokale Gymnastikgruppe."

„Hatte Liliana vor, Eloise das Turnen zu verbieten?"

„Nein, denn sie wusste, wie sehr ihre Tochter ihren Sport liebte. Aber sie war wütend über die Missgunst und die Feindseligkeit, die ihr entgegengeschlagen sind. Sie meinte, so etwas erlebt man bei weißen Mädchen nie."

Sam nahm Kellys Informationen zur Kenntnis, entrüstet über das Verhalten gegenüber einem jungen Mädchen, das sie nun nie kennenlernen würde. „Hatte Liliana, soweit Sie wissen, wegen der Posts irgendwelche Auseinandersetzungen mit jemandem?"

„Ich bin nicht sicher. Es gab viele Wettkämpfe und Eltern, die ihre Töchter begleitet haben. Das ist nicht mein Bekanntenkreis, doch ein Paar war wohl besonders bösartig."

Sam notierte sich das, entschlossen, diese Leute ausfindig zu machen. „Wie gut haben Sie Marcel gekannt?"

„Ziemlich gut. Unsere Familien haben viel Zeit miteinander verbracht."

„Wie war Ihre Meinung über ihn?"

„Er war der ultimative Familienmensch, soweit wir das beurteilen können." Kelly warf einen Blick zu ihrem Mann, der nickte. „Er war ganz verrückt nach Liliana und den Kindern."

„Marcel hat sehr darunter gelitten, wie stark seine Arbeit das Familienleben beeinträchtigt hat", warf Henry ein.

„Können Sie das näher erläutern?"

„Seine Arbeitszeiten waren unberechenbar", erklärte Henry. „Babys kommen, wann immer sie bereit sind, und oft musste er von Familienessen, Feiern, Gymnastikwettkämpfen und sportlichen Events der anderen Kinder weg. Es war ihm wichtig, auch für seine Patienten da zu sein, aber je älter die Kinder wurden, desto zerrissener hat er sich gefühlt. Deshalb hat er ja beschlossen, in der Praxis kürzerzutreten. Er sagte, er wolle nicht hinterher feststellen müssen, dass er all die wichtigen Ereignisse im Leben seiner Kinder verpasst habe."

„Wissen Sie von anderen Problemen, die einer der beiden Ehepartner mit jemandem hatte?"

Kelly schüttelte den Kopf. „Nichts, was zu so etwas führen könnte."

„Ich auch nicht", pflichtete ihr Henry bei. „Die Kinder waren so süß, gut erzogen und verdammt klug. Ich kann einfach nicht glauben, dass sie alle tot sind."

„Könnten wir mit Ihrem Sohn Mica sprechen?", fragte Sam.

Henry schüttelte den Kopf, noch ehe sie den Satz beendet hatte. „Tut mir leid. Das können wir heute nicht von ihm verlangen. Er ist am Boden zerstört."

„Das verstehen wir natürlich. Aber als Eloises engster Freund hat er vielleicht Einblicke, die uns weiterhelfen", gab Sam zu bedenken.

„Wir werden mit ihm reden, und wenn es etwas zu ergänzen gibt, melden wir uns."

Sam wusste, dass sie unter den gegebenen Umständen nicht mehr erreichen konnte. „Danke, dass Sie uns trotz Ihres Schocks und Ihrer Trauer zur Verfügung gestanden haben." Sie erhob sich und reichte Henry ihre Karte. „Wenn Ihnen noch etwas einfällt, und sei es ein winziges Detail, rufen Sie mich bitte an. Meine Handynummer steht auf der Rückseite."

„Liliana hätte Sie gern kennengelernt", flüsterte Kelly. „Sie hat Sie und Ihren Mann sehr bewundert."

„Es ist schön, das zu wissen. Danke. Unser aufrichtiges Beileid."

„Wir hoffen, Sie finden heraus, was mit ihnen passiert ist", sagte Kelly.

„Wir werden unser Bestes tun", erwiderte Sam.

Als sie nach draußen traten, war es wie so oft im März dunkel und stürmisch geworden. Sam zog den Reißverschluss ihrer Jacke zu, steckte die Hände in die Taschen und träumte von ihrer und Nicks bevorstehender Reise nach Bora Bora zum Hochzeitstag.

Ein Blick auf die Uhr verriet ihr, dass sie bis zu dem Treffen mit Trulo noch etwas Zeit hatten. „Lass uns den Partner befragen, mit dem Marcel sich gestritten hat."

~

Tage im Weißen Haus vergingen in der Regel wie im Flug, mit Besprechungen zu einer Vielzahl nationaler wie internationaler Themen. Man pflegte Bündnisse und schloss Partnerschaften mit führenden Vertretern der Wirtschaft und des Auslands. Jeder Tag war anders. Nick musste Entscheidungen fällen, die enorme Auswirkungen auf die Umwelt, das Klima, die Wirtschaft und die nationale Sicherheit hatten. Manchmal betraf eine einzige Entscheidung auch all diese Bereiche gleichzeitig.

Das war schon an guten Tagen überwältigend.

Heute war kein guter Tag. Jede Minute war von dem Mist mit seiner Mutter und ihren illegalen Machenschaften überschattet. Wie viel schlimmer würde es noch werden, bis alles aufgedeckt war? Das ungute Gefühl in seinem Magen erinnerte ihn an seine Kindheit, in der er immer darauf gewartet hatte, dass sie auftauchte, und so oft enttäuscht worden war, wenn sie ihn hängen ließ. Er hörte noch, wie seine Großmutter Dinge sagte wie „Warum machst du dir so viele Hoffnungen?" und „Sie ist eine egoistische Zicke, die nur an sich selbst denkt".

All das traf zwar zu, aber sie war seine Mutter, und er hatte sie trotz ihrer Schwächen geliebt. Jedes fünfte oder sechste Mal war sie wie vereinbart erschienen, und sie hatten den Tag zusammen im Park verbracht oder beim Schlittschuhlaufen. Sie waren immer in einen Spielwarenladen und zu McDonald's gegangen, was seine Großmutter ihm nicht erlaubt hatte. Ein Eis war der krönende Abschluss ihrer gemeinsamen Zeit gewesen.

Diese Tage waren die Höhepunkte einer Kindheit gewesen, in der es ansonsten nicht viel Spaß gegeben hatte, abgesehen von dem, was er mit seinen Freunden angestellt hatte, von denen die meisten inzwischen im Gefängnis gesessen hatten.

Ehe sie ging, hatte seine Mutter ihn stets umarmt, geküsst und ihren unauslöschlichen Duft auf ihm hinterlassen. Danach hatte er sich tagelang mit seiner Großmutter gestritten, weil er nicht duschen und seine Kleider, die noch nach ihr rochen, nicht in die Wäsche geben wollte.

„Mr President", sagte Jennifer, eine seiner Assistentinnen, von der Tür aus. „Vizepräsidentin Henderson ist hier, für Ihre wöchentliche Besprechung."

„Danke. Geben Sie mir fünf Minuten, und schicken Sie sie dann herein."

„Jawohl, Sir."

Er betrat das Badezimmer, das ans Oval Office angrenzte, um sich kaltes Wasser ins Gesicht zu spritzen und sich von den ungebetenen Erinnerungen zu befreien. Sie brachten nie etwas Gutes. Früher hatte er oft genug zu Bourbon gegriffen, um sich zu betäuben, wenn seine Mutter mal wieder aus dem Nebel der Vergangenheit aufgetaucht war, um sein Leben auf den Kopf zu stellen.

Da das jetzt nicht möglich war, musste er sich zusammenreißen und dieses letzte Meeting des Tages überstehen, ehe er zu seiner Familie konnte. Dort fühlte er sich immer besser, ganz gleich, was sonst los war. Er zückte den BlackBerry, mit dem er mit Sam kommunizierte, und sah die Nachricht, die sie ihm vor ein paar Stunden geschickt hatte.

Enttäuschung breitete sich in ihm aus, als ihm klar wurde, dass seine Frau vielleicht erst spät nach Hause kommen würde.

Wenn er sich so fühlte, war sie die Einzige, die ihn aufmuntern konnte.

Mir geht es gut, aber es wird mir besser gehen, wenn du wieder da bist.

Bis dann, schrieb er als Antwort. *Sei vorsichtig da draußen. Dein Mann liebt dich sehr.*

Nachdem er die Textnachricht abgeschickt hatte, starrte Nick sein Spiegelbild an. „Du bist der gottverdammte Präsident der Vereinigten Staaten von Amerika. Der Anführer der freien Welt. Sie kann dir nichts anhaben, es sei denn, du lässt es zu."

Das war schon immer das Problem gewesen. Er hatte keinerlei Kontrolle über seine emotionale Reaktion auf sie, und das machte ihn wütender als alles andere. In Augenblicken wie diesen fühlte er sich in die beengte Wohnung in Lowell, Massachusetts, zurückversetzt, mit einer Großmutter, die ihn nicht wollte, und einer Mutter, die kam und ging, ohne sich darum zu kümmern, welche Auswirkungen ihre langen Abwesenheiten auf ihn hatten.

Er atmete ein paarmal tief durch und versuchte, seinen Geist und seine Gefühle zu beruhigen, damit er sich mit der Vizepräsidentin treffen und diesen Tag aus der Hölle endlich hinter sich lassen konnte.

Seine fünf Minuten waren um, und so kehrte er ins Oval Office zurück, gerade als Jenn Gretchen Henderson hereinführte.

Nick setzte ein Lächeln auf und reichte der Vizepräsidentin die Hand. „Schön, Sie zu sehen."

„Ich freue mich auch."

„Kann ich Ihnen etwas anbieten?"

„Nein, danke."

„Danke, Jenn", wandte sich Nick an seine Assistentin.

„Gern, Mr President."

Er und Gretchen saßen einander auf zwei Sofas gegenüber. Sie trug einen eleganten roten Hosenanzug und hatte ihr dunkles Haar hochgesteckt.

„Ich bin mir nicht sicher, was ich zu den neuesten Schlagzeilen sagen soll", begann Gretchen zögernd.

„Gar nichts. Es ist, wie es ist – das ist mein Lebensmotto, wenn es um sie geht."

„Es tut mir leid, dass Sie sich mit solchem Mist herumschlagen müssen."

„Danke, aber ich habe gelernt, mich davon nicht irritieren zu lassen. Wie läuft es bei Ihnen? Haben Sie sich im Naval Observatory eingelebt?"

„Ja. Die Kinder lieben ihr neues Zuhause, auch wenn sie noch nicht sicher sind, was sie von den Secret-Service-Leuten halten sollen."

„Sie werden sie sicher bald als Freunde betrachten."

„Das hoffe ich sehr. Sie sind eigentlich ein bisschen jung dafür, plötzlich von Sicherheitskräften umgeben zu sein."

„Ja." Er versuchte, sich an das Alter ihrer Kinder zu erinnern. Zwölf und vierzehn?

„Wie auch immer", sagte sie. „Ich hatte ja darum gebeten, dass wir uns einmal pro Woche treffen, damit ich mehr darüber erfahre, wie ich Sie bei Ihren Vorhaben unterstützen kann."

„Ich freue mich auf Ihre Mitarbeit, wo immer Sie meinen, etwas erreichen zu können. Haben Sie Ideen dazu, worauf Sie sich konzentrieren möchten?"

„Als erste Vizepräsidentin möchte ich meine Plattform nutzen, um Frauen in jeder erdenklichen Weise zu unterstützen, insbesondere berufstätige Mütter. Es hat mich sehr gefreut, bei Ihrer Rede zur Lage der Nation zu hören, dass die staatlich geförderte Kinderbetreuung eins der wichtigen Gesetzesvorhaben ist, die Sie voranbringen möchten. Eine zuverlässige und erschwingliche Kinderbetreuung zu finden ist ein Hindernis, das viele Frauen, die ansonsten Karriere machen würden, von der Berufstätigkeit abhält."

Die Bemerkung versetzte ihn in die Zeit zurück, als er als kleines Kind in der Tagesbetreuung gewesen war, während seine Großmutter arbeitete. Er erinnerte sich daran, dass alles ziemlich schäbig gewesen war, doch mehr hatten sie sich nicht leisten können.

„Mr President?"

Nick stellte fest, dass er in Gedanken schon wieder in die Vergangenheit abgedriftet war. „Ich denke, dieser Bereich und andere, die Frauen betreffen, etwa die Lohnungleichheit, wären ein ausgezeichnetes Betätigungsfeld für Sie. Meine Frau und ihr Team arbeiten an ähnlichen Themen."

„Ich freue mich, dass Sie einverstanden sind, Sir, und ich hatte gehofft, dass Ihre Frau und ich vielleicht bei einigen dieser Projekte zusammenarbeiten könnten. Natürlich nur, wenn sie das einrichten kann."

„Wie Sie wissen, hat sie grundsätzlich sehr wenig Zeit, aber ich werde sie auf jeden Fall über Ihr Interesse an einer Zusammenarbeit informieren."

„Vielen Dank. Dann werde ich Ihre Zeit jetzt nicht länger in Anspruch nehmen."

Er erhob sich, um Gretchen zur Tür zu begleiten. „Ich freue mich auf die wöchentlichen Treffen. Jenn wird das in meinen Terminplan aufnehmen."

„Das klingt gut. Ich möchte, dass Sie wissen, dass ich jederzeit zur Verfügung stehe, wenn ich Ihnen irgendwie behilflich sein kann. Wir kennen einander noch nicht sehr gut, aber das wird sich hoffentlich im Laufe der Zeit ändern, und Sie werden merken, dass Sie auf mich zählen können, wenn Sie Unterstützung brauchen. Wenn ich irgendetwas für Sie tun kann, zögern Sie nicht, mich zu fragen."

„Danke."

„Sehr gerne. Wir sehen uns spätestens nächste Woche."

„Bis dann."

Er schloss die Tür und lehnte den Kopf für einen Moment dagegen, bevor er zu seinem Schreibtisch zurückkehrte, die Briefing-Ordner zusammenpackte, die er vor dem morgigen Tag durchschauen musste, und durch die Tür zur Kolonnade hinausging, wobei er dem dort stationierten Marine zunickte.

„Einen schönen Abend noch, Mr President."

„Gleichfalls, Sergeant Potts."

Hinter ihm knisterte ein Funkgerät. „POTUS auf dem Weg zur Ostkolonnade."

Wahrscheinlich folgte sein leitender Personenschützer John Brantley junior wenige Schritte hinter ihm. An vielen Tagen ging er zusammen mit Brant „nach Hause", aber heute verspürte er das Bedürfnis, mit seinen aufgewühlten Gedanken allein zu sein.

Während er die frische Luft einatmete und sich auf den Weg zur Residenz machte, fragte er sich, was Gretchen, Sergeant Potts, Brant und der Rest Amerikas wohl denken würden, wenn sie wüssten, dass ihr Präsident jedes Mal in abgrundtiefe Verzweiflung verfiel, wenn seine Mutter wieder einmal auftauchte, um ihn an all den Schmerz zu erinnern, den sie ihm bisher schon zugefügt hatte. Und offenbar war sie noch nicht fertig damit.

KAPITEL 6

Es dauerte länger als erwartet, die aktuelle Adresse von Dr. Rory McInerny herauszufinden, denn er war kürzlich umgezogen, und die Praxis hatte seine neue Anschrift noch nicht in den Akten. Bei einem weiteren Anruf dort, um Dr. Oriana Harvey, die andere Partnerin, zu kontaktieren, meldete sich nur der Anrufbeantworter. „Dr. Harvey ist für den Rest der Woche nicht zu erreichen", erfuhr man. „Sie können uns gerne eine Nachricht hinterlassen, und wir melden uns dann bei Ihnen."

Freddie legte auf.

„Wissen wir, wo sie wohnt?"

„Varnum Street, Northwest, in Petworth", erwiderte Freddie so laut, dass Vernon es verstehen konnte.

„Meine Güte, muss es unbedingt so weit draußen sein?", fragte Sam.

„Erschieß nicht den Boten."

Sie beugte sich vor, um einen Blick auf die Uhr am Armaturenbrett zu werfen. Fast drei. „Nick wird die Sache mit seiner Mutter ganz schön mitgenommen haben. Ich sollte bei ihm sein."

„Ich kann das in Petworth allein erledigen, wenn du lieber nach Hause willst."

„Ist schon okay. Wir machen das gemeinsam, und dann fahren wir zurück zum Hauptquartier für das Treffen mit Trulo." Sowohl Freddie als auch Jeannie McBride waren vor Kurzem in Schwierigkeiten geraten, weil sie Zeugen allein aufgesucht hatten.

Sam wollte nicht, dass er noch einmal irgendwo allein hinging. Aber sie war hin- und hergerissen zwischen dem, was sie tun musste, und dem, was sie tun wollte, nämlich so schnell wie möglich zu Nick zu kommen.

„Was glaubst du, wie schlimm die Sache mit seiner Mutter werden wird?", fragte Freddie.

„Schwer zu sagen. Möglicherweise kennen wir erst die Spitze des Eisbergs."

Dr. Oriana Harvey war zierlich, mit kurzen dunklen Haaren, blauen Augen und einem ernsten Gesichtsausdruck. Als sie die Tür ihres Reihenhauses öffnete, hatte sie ein Baby auf der Hüfte.

Sam und Freddie zeigten ihr ihre Dienstausweise und stellten sich vor.

Sie betrachtete die Ausweise und trat dann zur Seite. „Kommen Sie rein."

Sie folgten ihr in die Küche im rückwärtigen Teil des Hauses. Dr. Harvey setzte das Baby in einen Hochstuhl und streute ein paar Frühstücksflocken auf das Tablett. „Kann ich Ihnen etwas anbieten?"

„Ich hätte gern ein Glas Wasser", antwortete Sam.

„Für mich bitte auch", fügte Freddie hinzu.

Während Dr. Harvey die Gläser füllte, schaute sich Sam in der schicken Küche mit dem Luxusherd um, über dem eine hölzerne Dunstabzugshaube hing. Sie hatte keine Ahnung, wie man so etwas bediente. Die Gebrauchsanweisung war wahrscheinlich ein fünf Zentimeter dicker Wälzer, was bedeutete, dass sie sie nie aufschlagen würde.

„Ich vermute, es dreht sich um Marcel und seine Familie." Dr. Harvey stellte die Getränke vor ihnen auf den Tisch. „Ich stehe noch komplett unter Schock. Da verbringt man so viel Zeit mit jemandem und ahnt nicht, dass er zu etwas Derartigem fähig ist. Er hat seine Kinder sehr geliebt, so schien es mir jedenfalls." Sie seufzte, während sie neben Freddie Platz nahm. „Ich schätze, man kann den Menschen nicht in den Kopf sehen."

„Sie glauben also, er hat erst seine Familie und dann sich selbst getötet?", fragte Sam.

Dr. Harvey starrte sie an. „Ich … Ich weiß nicht. Ich hab nur gedacht … Da die Nachricht von der Klage bald die Medien erreichen wird …"

„Von welcher Klage?"

„O Gott, Sie haben noch nichts davon gehört." Sie rieb sich die

Schläfen, schien nach den richtigen Worten zu suchen. „Vier Frauen haben ihn der sexuellen Belästigung beschuldigt. Er hat sich geweigert, sich außergerichtlich zu einigen, und die ganze Sache wird vermutlich bald an die Öffentlichkeit gelangen, weil in zwei Wochen der Prozess beginnen sollte."

„Von welcher Art sexueller Belästigung sprechen wir genau?", hakte Sam nach.

Oriana fühlte sich sichtlich unbehaglich. „Er hat angeblich auf sie ejakuliert, während sie sediert waren."

Sam, die selbst schon Fruchtbarkeitsbehandlungen durchgemacht hatte, drehte sich der Magen um, als sie sich vorstellte, dass so etwas Frauen passierte, die sich einen lang gehegten Traum erfüllen wollten. Sie räusperte sich. „Glauben Sie, dass er es getan hat?"

„Was ich glaube, ist, dass vier Frauen bemerkenswert ähnliche Geschichten erzählen. Aber nein, vorher hätte ich ihm so etwas niemals zugetraut. Er hat sich immer absolut professionell verhalten, und seine Patientinnen haben ihn geliebt. Sie haben monatelang auf Termine bei ihm gewartet." Sie seufzte tief. „Er war ein enger Freund von mir und ein geschätzter Kollege. Ich kann mir einfach nicht vorstellen, dass er seinen Lebensunterhalt, seinen Ruf, *alles* für einen billigen Nervenkitzel riskieren würde. Das ist ekelhaft."

„Haben die Frauen die Übergriffe bei der Polizei angezeigt?", fragte Sam.

„Ja, und die hat in allen Fällen ermittelt, doch in Ermangelung von Beweisen ist es nicht zu einer Anklage gekommen. Daraufhin haben die Frauen beschlossen, die Angelegenheit zivilrechtlich zu verfolgen. Das hätte garantiert zu einem aufsehenerregenden Skandal geführt. Als ich also gehört habe, was passiert ist, nahm ich an, dass Marcel in einer Kurzschlussreaktion beschlossen hat, sich und seiner Familie diese Schande zu ersparen."

Sam war erschüttert, nachdem sie das von der Klage gehört hatte, und beschloss, es war sehr gut möglich, dass Dr. Harveys Theorie zutraf. „Ich verstehe diese Annahme, aber unsere Aufgabe ist es, alle Möglichkeiten auszuloten."

„Auch Mord?"

„*Alle* Möglichkeiten", wiederholte Sam. „Können Sie uns sagen, wo Sie letzte Nacht gewesen sind?"

Die Frage schien die Ärztin zu schockieren. „Bin ich tatverdächtig?"

„Zum jetzigen Zeitpunkt der Ermittlungen ist das jeder."

„Ich war hier, bei meinem Mann und meiner Tochter. Ich bin gegen sieben Uhr abends eingetroffen und erst heute Morgen gegen halb acht wieder gefahren, um für ein paar Stunden zu arbeiten. Wir haben hier im Haus Kameras und eine Alarmanlage, die das Kommen und Gehen von allen registriert."

Sam warf Freddie einen Blick zu. Er würde sich darum kümmern, einen Durchsuchungsbeschluss zu erwirken. Selbst wenn Dr. Harvey ihnen erlaubte, die Kamera-Aufzeichnungen auch so auszuwerten, wollte sie sich absichern. „Wir haben gehört, dass Marcel und Ihr anderer Partner Rory kürzlich eine größere Meinungsverschiedenheit hatten. Ist das richtig?"

Die Ärztin faltete die Hände auf dem Tisch und starrte sie an. „Wir waren sehr wütend auf ihn, weil er seine Praxisstunden zusammengestrichen hat, und das in einer Zeit, in der die Leute uns seinetwegen absagen, und obwohl sein Terminkalender trotzdem immer gefüllt war. Am meisten hat uns geärgert, dass er das einfach getan hat, ohne es mit uns abzusprechen."

„Denken Sie, Rory war wütend genug, um Marcel etwas anzutun?"

„Gott, nein. Marcel war wie ein Bruder für ihn. Der Streit war heftig, doch sie waren praktisch Familie. Rory war so wütend, wie ich ihn noch nie erlebt habe, aber er hat diese Kinder geliebt, als wären es seine eigenen." Mit Tränen in den Augen fügte sie hinzu: „Ich auch."

„Wie würden Sie Ihre Arbeitsbeziehung zu Marcel vor diesen jüngsten Problemen beschreiben?"

„Sie war ganz ausgezeichnet. Wir haben sieben Jahre lang zusammen praktiziert und sehr gut zusammengearbeitet. Wenn einer von uns andere Verpflichtungen hatte, sind wir füreinander eingesprungen. Wir haben uns gegenseitig vertreten, waren nicht nur Kollegen, sondern echte Freunde. Dass er eine so große Veränderung vornahm, ohne sie vorher mit uns zu besprechen, war gelinde gesagt ungewöhnlich, genau wie das, was seine Patientinnen ihm vorgeworfen haben. Wir waren menschlich zutiefst enttäuscht. Ich war besonders verärgert, weil er genau gewusst hat, wie schwierig alles für mich ist, seit ich meine Tochter habe. Ganz zu schweigen davon, dass der Rechtsstreit Rory und mich schwer belastete, während er relativ ungeschoren davongekommen ist."

„Haben Sie nicht gewollt, dass er sich aus der Praxis zurückzieht, bis der Rechtsstreit beigelegt ist?", fragte Sam.

„Er war mehr als ein Jahr im Voraus terminlich ausgebucht. Seine Erfolgsbilanz war es, die die meisten unserer Patientinnen überhaupt erst in die Praxis gebracht hat."

„War das das einzig Ungewöhnliche, was Ihnen bei ihm in letzter Zeit aufgefallen ist?"

Dr. Harvey dachte eine Minute lang nach.

Sam bemerkte, dass die Uhr auf dem Herd unerbittlich auf halb vier zulief, und sie musste sich zurückhalten, um die andere Frau nicht zu bedrängen.

„Er hat sich in letzter Zeit ziemlich harsch über Liliana geäußert", erklärte Dr. Harvey schließlich.

„Inwiefern?"

„Er meinte, sie habe ihn immer mit Vorwürfen überhäuft, wenn er etwas mit den Kindern verpasste, doch als er dann beschlossen hatte, weniger zu arbeiten, sei sie wegen der finanziellen Konsequenzen ausgeflippt. Deswegen war er wütend auf sie."

„Das hat er Ihnen erzählt, obwohl Sie Streit mit ihm hatten?"

„Es kam während der Auseinandersetzung mit Rory zur Sprache. Marcel fand, alle erwarteten so viel von ihm und er könne es niemandem recht machen. Wir haben ihn gefragt, wen er mit ‚alle‘ meinte, und er sagte, Liliana liege ihm in den Ohren, weil er so wenig Zeit für die Kinder habe. Allerdings genoss sie den Lebensstil durchaus, den er ihr mit seinem Verdienst ermöglicht hat."

„Sie hat doch auch gearbeitet, oder?", fragte Sam.

„Ja, aber er hat eindeutig den größten Teil zum Familieneinkommen beigesteuert. Sie hat ihre Arbeitszeiten an den Terminen der Kinder ausgerichtet, sodass sie in der Beziehung deutlich eingeschränkter war."

„Hat Marcel erwähnt, wie der Lebensunterhalt der Familie nur noch mit der Hälfte seines bisherigen Einkommens bestritten werden sollte?"

„Nicht uns gegenüber." Sie stand auf, um etwas aus einem Schrank zu holen, und kehrte mit einem Gläschen Babynahrung und einem kleinen grünen Löffel zurück.

Ihre Tochter strahlte beim Anblick des Löffels und löste in Sam die altbekannte Sehnsucht aus, die sie in den seltsamsten Momenten überfiel, obwohl sie eine Million andere Dinge beschäftigten, darunter die drei Kinder, deren Mutter sie jetzt war.

„Was können Sie uns noch über seine Beziehung zu Rory erzählen?", erkundigte sich Sam.

„Die beiden waren wie gesagt wie Brüder. Sie waren seit dem Medizinstudium befreundet, und ihre Familien standen einander nahe, doch Rory war sehr verärgert über Marcels Verhalten in dieser Sache. Außerdem haben die Vorwürfe überall in den Kinderwunschgruppen im Netz die Runde gemacht, und die Leute haben Termine bei *uns* abgesagt, aber nicht bei ihm."

„Haben Sie irgendeine Idee, wer den Tod der Familie gewollt haben könnte?"

„Nein, alle haben sie geliebt. Die Kinder …" Ihre Augen füllten sich mit Tränen, als sie den Kopf schüttelte. Sie flüsterte: „Sie waren so entzückend."

Sam legte ihre Visitenkarte auf den Tisch und gab den üblichen Sermon von sich, dass Dr. Harvey sie anrufen solle, falls ihr noch etwas einfiele, das wichtig sein könnte. Dabei hatte sie das Gefühl, durch Treibsand zu waten und nicht zu ihrem gewohnten Rhythmus zu finden.

„Danke für Ihre Zeit", schloss sie.

„Ich hoffe, Sie finden den Täter", erklärte Dr. Harvey.

„Wir werden unser Möglichstes tun."

„Wenn ich das hinzufügen darf … Es war sehr schön, Sie kennenzulernen, auch wenn ich mir wünschte, es wäre unter anderen Umständen geschehen. Mein Mann und ich bewundern Sie und Ihren Gatten sehr."

„Danke, das ist sehr nett."

Draußen stiegen sie in den SUV, und Sam bat Vernon, sie zum Hauptquartier zu bringen.

„Wie läuft's?", fragte Vernon und schaute sie im Spiegel an.

„Der übliche frustrierende Quatsch zu diesem Zeitpunkt einer Untersuchung", antwortete Sam. „Alle haben sie geliebt, die Kinder waren großartig, keiner kann sich einen Grund vorstellen, warum jemand sie hätte töten sollen. Bla, bla, bla."

„Der Rechtsstreit ist eine interessante Wendung", warf Freddie ein. „So etwas hatte ich nicht auf dem Schirm."

„Nein, ich auch nicht." Es war vielleicht eine interessante Wendung, über die sie sich allerdings kein bisschen freuen konnte.

Da ihr im Auto zu warm wurde, öffnete sie ihre Jacke und lehnte den Kopf an das kühle Fenster.

„Geht es dir gut, Sam?", erkundigte sich Freddie leise.

„Ja, ja." Was zum Teufel war bloß los mit ihr? Sie lebte für diesen Job, doch im Augenblick brachte sie offensichtlich nicht die Energie auf, die sie brauchte, um eine derart komplexe Untersuchung zu leiten. Lag es an dem Mist mit Nicks Mutter? Vielleicht. Auch wenn sie sich wieder mit ihm versöhnt hatte, hatte ihr Streit sie verunsichert. Das Unbehagen über die Auseinandersetzung blieb, zumal Averys Nachforschungen sich zu einem Skandal ausgeweitet hatten, den Nick und sein Team irgendwie in den Griff bekommen mussten.

Sie wusste besser als jeder andere, wie schon allein die Erwähnung seiner Mutter auf Nick wirkte, und sie befürchtete, dass er, wenn sich die Wogen geglättet hatten, ihr die Schuld daran geben würde, dass er das alles hatte durchmachen müssen.

Aber das war es nicht allein.

Irgendetwas stimmte nicht mit ihr, und sie hatte keine Ahnung, was. Sie nutzte die Fahrzeit und schrieb ihrer Schwester Tracy eine Nachricht. *Hast du heute schon mit Angela telefoniert? Wie geht's ihr und den Kindern?*

Sam hatte es besser gefallen, als Angela und die Kinder noch bei ihnen im Weißen Haus gewohnt hatten, wo sie sie jeden Tag hatte sehen können. Sie respektierte jedoch Angelas Entscheidung, nach Hause zurückzukehren, wo sie nach dem plötzlichen Tod ihres Mannes daran arbeiten wollte, ihr Leben wieder auf die Spur zu bringen.

Vielleicht machten ihr auch Spencers Tod und die Sinnlosigkeit des Ganzen zu schaffen. Er war Sam mit seiner hohen Meinung von sich selbst oft auf die Nerven gegangen, aber er hatte Angela und die Kinder zweifelsohne von ganzem Herzen geliebt. Sam bewunderte Angela dafür, dass sie mit ihrem Leben weitermachte, während Sam komplett durchdrehen würde, wenn sie Nick verlöre.

Es hieß, man fände immer irgendeinen Weg, so etwas zu verwinden. Doch sie wusste, es würde ihr nicht gelingen, über Nicks Tod hinwegzukommen. Niemals. Schon die Vorstellung reichte aus, dass sie in Schockstarre zu verfallen drohte. Und warum musste sie eigentlich gerade jetzt daran denken? Na ja, wie auch nicht, nach einer solchen Tragödie im engsten Familienkreis? Nie hatte sie ihre Schwester mehr bewundert als in den letzten Wochen, in denen Angela sich darauf eingestellt hatte, Witwe und alleinerziehende Mutter zweier kleiner Kinder zu sein – und des dritten, das unterwegs war.

Ihr Telefon vermeldete das Eintreffen von Tracys Antwort. *Ich habe vorhin mit ihr gesprochen. Jack wollte heute Morgen nicht zur Schule, doch sie haben es schließlich geschafft, sodass er nur ein bisschen zu spät gekommen ist. Sie hat gesagt, er hatte ansonsten einen ganz guten Tag. Ella kriegt wohl Backenzähne, daher ist sie quengelig, und Angela ist übel. Mom ist jetzt gerade dort und kümmert sich um das Abendessen.*

Ich bin froh, dass Mom da ist und hilft.

Sie will für eine Weile bei ihnen bleiben.

Das ist gut.

Ja, finde ich auch. Wie geht es dir?

Neuer Fall. Eltern und vier Kinder, alle tot. Inszeniert, um wie erweiterter Selbstmord auszusehen, aber ich bin nicht überzeugt.

Meine Güte. Ich weiß nicht, wie du das schaffst.

Irgendwer muss es ja tun.

Wie kommt Nick mit dem Mist mit seiner Mutter klar?

Ganz gut, denke ich. Ich kann es kaum erwarten, endlich nach Hause zu können. Muss aber erst noch zu Trulo. Heftiger Tatort vorhin. Obligatorische Seelenklempnerei.

Gut, dass es diese Hilfe für euch gibt. Sei nicht bockig.

Wie bitte? Ich und bockig?

Tracy antwortete mit lachenden Emojis.

Das ist nicht witzig.

DOCH. Ruf mich nachher an.

Vielleicht. Mal sehen.

Das trug ihr ein Augenverdreh-Emoji ein, über das sie laut lachen musste.

„Was ist so lustig?"

„Tracy verdreht über meine Nachricht die Augen."

„Das passiert so oft, dass es mich überrascht, dass du es immer noch lustig findest", stellte Freddie trocken fest.

Vernon räusperte sich immerhin, um sein Lachen zu kaschieren, während Jimmy einfach laut auflachte.

Sam funkelte Freddie an. „Daran werde ich mich bei deinem Jahresgespräch erinnern."

„Ich hab jetzt schon Angst."

„Gut so. Solltest du auch." Das Geplänkel mit ihm und das Lachen mit ihrer Schwester und den Personenschützern halfen Sam, den furchtbaren Tag hinter sich zu lassen. Sie hatte in diesem Job schon so viele schlimme Tage erlebt, deshalb war es schwer zu sagen, warum ihr dieser anders vorkam. Irgendetwas musste mit ihr nicht stimmen, wenn sie sich auf eine Sitzung mit Trulo freute.

„Ist es seltsam, dass Lilianas beste Freundin Kelly nichts von der Klage zu wissen scheint?", wandte sie sich an Freddie.

„Habe ich mich auch gefragt. Ich werde noch mal nachhaken, ob sie wirklich so ahnungslos war."

„Ja, bitte. Ansonsten würde mich interessieren, warum sie nichts gesagt hat."

„Wenn sie es doch wusste, wollte sie vermutlich seinen Ruf schützen."

„Verständlich, aber wir erinnern sie daran, dass jetzt nicht die Zeit für diskrete Zurückhaltung ist."

„Wird gemacht."

Sam lehnte den Kopf gegen den Sitz und schloss die Augen, während sie den Fall durchdachte, so wie er sich ihnen bis jetzt präsentierte. Es war ein Durcheinander aus Bildern, Details und Dingen, die keinen Sinn ergaben, was ihre Frustration nur vergrößerte. Ihre Legasthenie war schon schlimm genug, wenn sie versuchte, etwas zu lesen. Da mussten nicht auch noch ihre Gedanken im Chaos versinken.

Der Wagen hielt an, und sie schreckte hoch. Irgendwie hatte sie es geschafft, einzuschlafen, was auch überhaupt nicht zu ihr passte.

Freddie warf ihr einen aufmerksamen Blick zu, als sie das Polizeigebäude über die Gerichtsmedizin betraten. Sie waren spät dran für das Treffen mit Trulo, sonst hätte sie bei Lindsey vorbeigeschaut. Als sie dem Klang der Stimmen in den Konferenzraum folgten, fanden sie den Rest des Teams bereits um den Tisch versammelt vor, zusammen mit Lindsey, Byron und zwei Technikern aus dem Forensik-Team.

„Tut uns leid, dass wir so spät dran sind", sagte Sam, als sie und Freddie die letzten beiden freien Plätze einnahmen.

„Wir haben gerade erst angefangen", antwortete Dr. Trulo mit einem freundlichen Lächeln für Sam. „Ich danke Ihnen allen, dass Sie am Ende eines langen, schwierigen Tages hier sind", fuhr er dann fort. „Die meisten von Ihnen sind so lange dabei, dass sie schon einiges gesehen haben, doch es ist immer noch mal schwerer, wenn Kinder beteiligt sind. Zumindest höre ich das seit fast dreißig Jahren. Dies ist eine Gelegenheit, in der Gruppe darüber zu sprechen, aber Sie wissen, dass meine Tür auch für Einzelgespräche offen ist. Ich bin Tag und Nacht für Sie da. Wenn Sie etwas loswerden möchten, ist dies ein sicherer Ort dafür, über Ihre Gefühle zu reden. Nichts, was Sie hier oder in den Einzelsitzungen sagen, wird sich auf Ihre Polizeikarriere auswirken. Mein Wort darauf."

Nach einer langen Stille fragte er: „Möchte jemand anfangen?"

Erneutes Schweigen.

„Ich weiß nicht, was es zu sagen gibt, außer dass solche Tatorte die schlimmsten sind", erklärte Gonzo. „Man fragt sich, in was für einer Welt wir leben, wenn jemand unschuldige Kinder in ihren Betten erschießt, an dem Ort, an dem sie am sichersten sein sollten."

„Das ist ein guter Punkt, Sergeant", erwiderte Trulo. „Was denken Sie darüber, Detective Cruz?"

„Dasselbe wie Gonzo. Es ergibt keinen Sinn, dass der Täter auch die Kinder getötet hat. Was könnten sie jemandem getan haben?"

„Nichts", stellte Detective Green fest. „Sie haben niemandem etwas getan. Die Kinder waren Kollateralschaden."

„Glauben wir, dass es der Vater war?", wollte Detective Charles wissen.

„Davon bin ich nicht hundertprozentig überzeugt", entgegnete Sam.

„Er hatte Schmauchspuren an der rechten Hand", gab Lindsey zu bedenken.

„Das ist eine neue Information." Sam blickte ihre Freundin an. „Trotzdem bin ich nicht überzeugt. Alle, mit denen wir gesprochen haben, sagten, er habe seine Frau und seine Kinder über alles geliebt."

„Sie werden mit der Zeit alle Fragen zu diesem Fall beantworten", übernahm Dr. Trulo wieder. „Im Moment sollten wir uns darauf konzentrieren, wie Sie sich als Menschen fühlen, nicht als Ermittler."

„Meine Mutter wurde ermordet, als ich sechs Jahre alt war", verkündete Detective Charles.

Es wurde ganz still im Raum, und aller Augen richteten sich auf die junge Polizistin.

„Ich habe es aus einem Schrank heraus beobachtet. Ein Mann, den ich noch nie gesehen hatte, ist in unser Apartment eingedrungen und hat ihr in die Brust geschossen. Ich glaube, sie war tot, ehe sie auf dem Boden aufschlug. Der Täter hat mich nicht bemerkt und war so schnell wieder weg, wie er aufgetaucht war. Ich hatte solche Angst, dass er zurückkommen würde, dass ich eine Stunde im Schrank ausgeharrt habe, bevor ich den Mut aufbrachte, zu ihr zu gehen. Sie war bereits kalt. Ich wusste, das bedeutete, dass sie tot war, denn wir hatten oft zusammen *Law & Order* geschaut. Sie hat immer erklärt, ich dürfe niemandem sagen, dass sie mir das erlaubte, weil ich eigentlich zu jung dafür sei. Doch es war ihre Lieblingsserie, also haben wir sie angesehen. Man hat ihren Mörder nie gefasst. Ich bin Polizistin geworden, weil ihre Lieblingsserie *Law & Order* war. Es ist aber etwas anderes, wenn echte Menschen sterben, und ich wollte nur, dass ihr wisst, warum es mir so viel bedeutet, hier zu sein. Selbst an Tagen wie diesen würde ich nirgendwo anders sein wollen."

„Neveah", erwiderte Sam. „Das tut mir aufrichtig leid."

„Danke. Das ist schon lange her."

„Ihre Mutter wäre stolz auf Sie", meinte Dr. Trulo.

„Das hoffe ich."

„Danke, dass Sie uns Ihre Geschichte erzählt haben, Detective", fügte Dr. Trulo hinzu.

„Mein Großvater war Apotheker", schloss sich Detective O'Brien an. „Er ist bei einem bewaffneten Raubüberfall auf seine Apotheke ums Leben gekommen. Die Täter wollten bestimmte Medikamente. Er hat nichts herausgerückt, selbst als sie gedroht haben, ihn umzubringen, wenn er ihnen nicht gäbe, was sie wollten. Ich war damals elf, aber ich habe nie vergessen, wie sehr sich die Detectives, die den Fall bearbeitet haben, um uns und ihn gekümmert haben, obwohl sie ihn gar nicht gekannt hatten. Ich bin für ihn hier und für die anderen Opfer sinnloser Verbrechen, die darauf zählen, dass wir Antworten für sie finden."

„Es tut mir so leid, Matt", sagte Sam auch diesmal.

„Danke sehr. Wie Neveah schon meinte: Es ist lange her."

„Trotzdem vergisst man so was nie", wandte Gonzo ein.

„Nein", pflichtete Matt ihm bei.

„Danke, dass Sie uns das erzählt haben, Detective O'Brien", antwortete Dr. Trulo. „Der Verlust Ihres Großvaters tut mir sehr leid. Die Familie Blanchet und die anderen, denen Sie bei Ihrer Arbeit begegnen, können sich glücklich schätzen, dass Sie in ihrem Namen arbeiten. Ich will Sie nicht länger aufhalten, denn Sie haben wichtige Arbeit zu leisten, doch ich möchte Ihnen noch einmal versichern, dass Ihnen meine Tür jederzeit offen steht. Bitte zögern Sie nicht, sich an mich zu wenden, wenn Sie Hilfe brauchen."

„Danke, Doc", erklärte Gonzo, bevor sich alle hastig verabschiedeten.

„Habe ich etwas Falsches gesagt?", fragte Trulo Sam, als sie nur noch zu zweit waren.

„Machen Sie die Tür zu, ja?"

KAPITEL 7

Dr. Trulo griff hinter sich und schloss die Tür. „Was ist los, Sam?“

„Ich bin mir nicht sicher“, sagte Sam. „Irgendwie lauf ich neben der Spur.“

„Inwiefern?“

Sie zuckte die Achseln. „Meine Magie funktioniert nicht mehr. Wir haben einen brandheißen neuen Fall, und ich fühle mich einfach … wie betäubt. Ich habe diese Kinder gesehen, tot in ihren Betten, habe die Fakten zur Kenntnis genommen und einfach weitergemacht. Natürlich will ich wissen, wer sie getötet hat, aber ich spüre nicht die gewohnte Wut, stellvertretend für die Opfer. Es ist merkwürdig.“

„Wie lange genau haben Sie sich nach dem Tod Ihres Schwagers freigenommen?“

„Es geht hier nicht um ihn.“

„Wirklich?“ Bevor Sam antworten konnte, fuhr er fort: „Außer Leuten, mit denen ich hier zusammengearbeitet habe, ist niemand, den ich persönlich kannte, jemals ermordet worden. Dankenswerterweise ist bisher kein Mitglied meiner Familie auf diese Weise umgekommen, kein Freund oder Bekannter. Ich hatte das gewaltige Glück, dass mir diese Hölle bisher erspart geblieben ist.“

Sam hätte gerne gefragt, worauf er hinauswollte, doch sie hatte gelernt, ihn ausreden zu lassen.

„Sie hingegen haben Ihren Vater, Ihren Schwager und einen Ihrer Mitarbeiter durch Mord verloren, und das alles innerhalb der letzten paar Jahre. Sie haben sich noch nicht vollumfänglich von einer ernsthaften Verletzung erholt. Das wäre für jeden viel. Außerdem ist Ihr Ehemann vom Senat ins Weiße Haus gewechselt, und Sie haben drei Kinder aufgenommen, während Sie mit mehreren Jobs gleichzeitig jonglieren. Ich bin überrascht, dass Sie nicht schon viel früher ausgebrannt sind."

„Es gefällt mir nicht, bei Fällen so abgestumpft zu sein."

„Nein, das ist mir klar."

„Was soll ich also tun?"

„Sie können einfach weitermachen, so wie Sie es bisher immer getan haben, und hoffen, dass es wieder besser wird. Oder Sie können sich eine Auszeit nehmen."

„Ich kann mir nicht freinehmen, wenn wir sechs neue Leichen in der Gerichtsmedizin haben."

„Doch, das können Sie. Ihr überaus kompetentes Team kann die Ermittlungen führen." Er stand auf, kam um den Tisch herum, setzte sich neben sie und wandte sich ihr zu. „Wissen Sie, was passiert, wenn wir die Grenzen dessen, was wir verkraften können, überschreiten?"

„Was?"

„Uns unterlaufen Fehler. Folgenreiche Fehler." Nach einer kurzen Pause fuhr er fort: „Ich will nicht erleben, dass Ihnen das passiert, Sam. Genauso wenig, wie ich erleben möchte, dass Sie so am Ende sind, dass Sie Ihren Job überhaupt nicht mehr erledigen können."

Bei dieser Möglichkeit durchzuckte sie ein Anflug von Furcht, was eine echte Erleichterung war. Wenigstens löste die Vorstellung, ihre Karriere zu verlieren, noch etwas in ihr aus.

„Noch mal: Was soll ich tun?"

„Gönnen Sie sich eine Auszeit. Verbringen Sie Zeit mit Ihrer Schwester, während die sich an das Leben als Witwe gewöhnt. Seien Sie für Ihre eigenen Kinder und die Ihrer Schwester da. Kümmern Sie sich um Ihren Mann, solange er Ärger wegen seiner Mutter hat."

„Wie lange?"

„So lange, wie es nötig ist."

„Vielleicht nachdem wir diesen Fall abgeschlossen haben."

„Es wird immer einen neuen Fall geben, einen neuen Grund, keine Pause einzulegen und weiterzumachen, selbst wenn man weiß, dass etwas nicht stimmt."

Das konnte Sam nur schwer bestreiten. „Ich weiß nicht, wie ich kürzertreten soll. Dieser Job ... Er ist ..."

„Extrem fordernd."

„Ja."

„Es ist keine Schande, zuzugeben, dass man Erholung braucht. Niemand würde Ihnen einen Vorwurf machen, wenn Sie sich eine Auszeit nehmen."

Sam lächelte. „Doch. Man würde behaupten, dass ich eine Sonderbehandlung bekomme, dass ich meiner Aufgabe nicht gewachsen sei, dass ..."

„Sam", unterbrach er sie mit einem freundlichen Lächeln. „Wen kümmert es, was die Leute sagen? Sie kennen die Wahrheit. Genau wie ich auch. Joe und Jake hätten ebenfalls volles Verständnis. Ihr Team würde bereitwillig für Sie einspringen, so wie Sie es so häufig für sie getan haben. Was interessiert Sie die Meinung von anderen Leuten?"

Er hatte ein Händchen dafür, sich nicht von Nebensächlichkeiten ablenken zu lassen und direkt zum Kern der Dinge vorzustoßen. „Ich schätze, da haben Sie recht."

Nachdem er seinen Standpunkt dargelegt hatte, schwieg er, um ihr Zeit zu geben, seine Worte zu verarbeiten. Sie hatte in früheren Krisenzeiten gelernt, dass er es für zielführender hielt, wenn die Patienten ihren eigenen Weg durch den Sumpf fanden, als wenn er die ganze Arbeit für sie machte.

„So einfach ist das? Ich lege eine Pause ein?"

„Ja, so einfach kann es sein."

„Was ist mit dem Fall?"

„Übertragen Sie Gonzo die Leitung, oder überlassen Sie Cruz mal die Zügel. Er ist doch so weit, oder?"

„Ja, aber ..."

„Kein Aber. Sie sind ein Mensch wie jeder andere auch. Wenn Sie eine Auszeit brauchen, um den Kopf frei zu bekommen, nehmen Sie sie sich."

Zum ersten Mal, seit sie bei der Polizei war, war sie nicht mit dem Herzen bei der Sache. Trulo hatte recht: Sie musste herausfinden, was der Grund für diese emotionale Abgestumpftheit war. Dass sie ein Haus mit sechs getöteten Menschen, darunter vier Kinder, betreten und dabei nichts empfinden konnte, war der Beweis dafür, dass sie ein echtes Problem hatte.

„Was meinen Sie?", fragte Trulo.

„Ich weiß nicht, was ich davon halten soll. Das ist Neuland für mich."

„Das passiert den Besten von uns."

Sam benötigte eine Minute, um sich zu sammeln. „Es ist viel geschehen, seit mein Vater gestorben ist und ich herausgefunden habe, dass Conklin die ganze Zeit wusste, wer ihn erschossen hat und warum. Stahls Gerichtsverfahren, dass die Zwillinge in unser Leben getreten sind, Nicks neues Amt, Spencers Tod …"

„Mich überrascht eigentlich vor allem, dass das nicht schon früher passiert ist", sagte Trulo. „Wissen Sie, ich habe Sie aus der Ferne im Auge behalten – und damit meine ich nicht: gestalkt."

Sie lächelte. „Schon klar."

„Sam, ich mache mir Sorgen um Sie. Viele von uns tun das. Sie sind ein absoluter Superstar in dieser Abteilung."

„Also, ich weiß ja nicht."

„Aber ich weiß es, und es ist wahr. Niemand arbeitet so effektiv wie Sie, doch auch Superstars haben irgendwann die Grenze ihrer Belastbarkeit erreicht."

„Wie konnte ich diese Kinder tot in ihren Betten sehen und nichts empfinden?"

„Allein dass Sie diese Frage stellen, beweist, dass Sie sehr wohl etwas gespürt haben. Nur eben nicht mit der üblichen Heftigkeit."

„Wahrscheinlich haben Sie recht."

„Sprechen Sie mit Malone. Erzählen Sie ihm, wie Sie sich fühlen und dass ich eine Auszeit empfehle. Hören Sie sich an, was er sagt. Ich kann ihm auch gerne etwas Schriftliches an die Hand geben, wenn das hilft."

„Nein, danke. Ich möchte nichts Schriftliches dazu in den Akten."

„Alles klar. Lassen Sie mich wissen, wie ich Ihnen helfen kann."

„Das haben Sie bereits, Doc. Vielen Dank."

„Ihre Dankbarkeit können Sie mir am besten zeigen, indem Sie gut auf sich aufpassen."

Nachdem Trulo den Konferenzraum verlassen hatte, begab sich Sam direkt zu Malones Büro, da sie befürchtete, sich doch noch davor zu drücken, wenn sie es nicht sofort tat. Sie klopfte an seine offene Tür.

„Immer herein."

Sam trat ein, schloss die Tür hinter sich und lehnte sich mit dem Rücken dagegen.

„Wie war es mit Trulo?"

„Sehr gut. Ich glaube, es hat den Leuten geholfen, darüber zu sprechen." Sie ging weiter in den Raum und nahm auf einem der Besucherstühle Platz. „Haben Sie gewusst, dass Charles Zeugin bei der Ermordung ihrer Mutter war, als sie sechs Jahre alt war?"

„Ja. Der Fall ist nach wie vor ungelöst."

„Bitte sagen Sie mir nicht, dass es einer von Stahls ist."

„Nein, der Hauptermittler war einer von Joes Leuten. Er hat sich den Hintern aufgerissen, um Antworten zu bekommen, allerdings ohne Erfolg."

„Hat Joe deshalb so einen Beschützerinstinkt ihr gegenüber?"

„Das ist einer von mehreren Gründen. Er ist mit ihr in Kontakt geblieben und war ihr Mentor, als sie sich entschieden hat, zur Polizei zu gehen."

„Das klingt ganz nach ihm", sagte Sam.

„Wie weit sind wir mit dem aktuellen Fall?"

Sam berichtete, was sie herausgefunden hatten.

„Also kein erweiterter Selbstmord?"

„Ich bin mir nicht sicher. Lindsey hat Schmauchspuren an seiner rechten Hand gefunden, also hat er entweder die anderen getötet, oder jemand will uns glauben machen, dass er es war."

„Wir sollten es als Mord behandeln, bis wir das Gegenteil beweisen können."

„Das ist der Plan, aber ich habe mich gefragt ..." *Augen zu und durch.* „Was würden Sie davon halten, wenn ich Cruz die Ermittlungen leiten lasse?"

Malone musterte sie mit einem skeptischen Gesichtsausdruck. „Wieso?"

„Dr. Trulo hat mich darauf aufmerksam gemacht, dass ich möglicherweise eine kurze Freistellung brauche, um einige persönliche Angelegenheiten zu regeln."

„Ist alles in Ordnung?"

„Das würde ich gerne glauben, doch einiges deutet darauf hin, dass es angesichts der jüngsten Ereignisse das eine oder andere gibt, was ich möglicherweise nicht richtig verarbeitet habe."

Malone lehnte sich zurück und verschränkte die Hände über dem Bauch. „Spencer."

„Unter anderem."

„Glauben Sie, Cruz ist in der Lage, eine Untersuchung dieser Größe zu leiten?“

„Absolut.“

„Wie wird Gonzales das aufnehmen?“, fragte Malone.

„Er hätte trotzdem das Sagen. Wir würden Cruz die Ermittlungsleitung als Trainingsmöglichkeit übertragen.“

„Ist mir recht. Sie wissen am besten, was Cruz bewältigen kann, und mir gefällt die Idee, ihm die Chance zu geben, mal persönlich die Arbeit an einem Fall zu leiten.“

„Ich werde mit beiden reden, ehe ich gehe.“

„Wissen Sie schon, wie viel Zeit Sie sich nehmen wollen?“

„Noch nicht, aber ich würde Sie auf dem Laufenden halten, wenn das in Ordnung ist. Es dauert vielleicht nur ein oder zwei Tage, bis ich mich wieder gefangen habe.“

„Soweit ich weiß, haben Sie noch etwa drei Monate Resturlaub.“

„So viel? Obwohl ich wegen meiner Hüfte nicht da war?“

Malone tippte auf seiner Tastatur herum. „Hundertacht Tage.“

„Wow.“

„Diese Information finden Sie jederzeit auf Ihrer Gehaltsabrechnung.“

„Welche Gehaltsabrechnung?“

„Die, die Ihnen alle zwei Wochen per Mail zugesandt wird.“

„Ach, die. Ich bin mit meinen Mails ein bisschen im Rückstand.“

Er lachte. „Ach was. Tatsächlich?“

„Das werde ich im Urlaub nachholen.“

„Keine Sorge. Nehmen Sie sich so viel Zeit, wie Sie brauchen. Der Job wird auf jeden Fall noch da sein, wenn Sie wiederhergestellt sind.“

„Haben Sie jemals wie betäubt auf etwas reagiert, das Sie eigentlich ernsthaft hätte verstören sollen? Zum Beispiel vier ermordete Kinder in ihren Betten?“

„Ab und zu. Das kommt vor.“

„Was haben Sie dagegen unternommen?“

„Therapie hat geholfen.“

„Bei Trulo?“

„Er ist verdammt gut in dem, was er tut, wie Sie selbst sehr genau wissen.“

„Ja, das stimmt wohl.“

„Dieser Job verlangt viel von uns. Manchmal mehr, als wir geben können. Wenn das passiert, ist es in Ordnung, um Hilfe zu bitten und einen Schritt zurückzutreten."

„Das hat Trulo vorhin auch gesagt."

„Nehmen Sie sich die Zeit. Arbeiten Sie Ihren Kram auf, und kommen Sie zurück, wenn Sie bereit sind."

„Danke, wie immer, für die Unterstützung", sagte Sam und erhob sich.

„Danke, wie immer, dass Sie mich so gut aussehen lassen."

Sie grinste und erwiderte: „Man tut, was man kann." Dann ging sie ins Großraumbüro, wo sie Gonzales und Cruz in ihr Büro bat. „Schließt die Tür."

„Was ist los?", fragte Freddie.

„Man hat mich darauf aufmerksam gemacht, dass der Tod von Spence und meinem Vater sowie einige andere Ereignisse in letzter Zeit Auswirkungen auf mich gehabt haben könnten. Dr. Trulo hat mir empfohlen, eine Pause einzulegen, um diese Dinge zu verarbeiten, und Captain Malone hat zugestimmt."

„Oh", entfuhr es Freddie verblüfft.

An seiner Stelle wäre sie auch erstaunt. Gewöhnlich setzte ihr der Job nicht auf diese Weise zu, was nur ein weiterer Beweis dafür war, dass etwas nicht stimmte.

„Wir haben beschlossen, dass du, Freddie, unter Gonzos Aufsicht die Leitung des Blanchet-Falls übernehmen wirst."

„Was?", rief Freddie und riss die Augen auf.

„Du bist so weit", antwortete Sam. „Schon seit geraumer Zeit."

„Ich stimme Sam zu", pflichtete ihr Gonzo bei. „Du schaffst das."

„Aber ich … Seid ihr sicher?", stotterte Freddie.

„Unbedingt", versicherte ihm Sam. „Außerdem bin ich nur einen Anruf entfernt, falls ihr mich braucht, und ich möchte natürlich darüber auf dem Laufenden gehalten werden, was vor sich geht."

„Ich, äh … Okay."

Sam hätte gern über seine Fassungslosigkeit gelacht, wusste jedoch, dass ihn das vermutlich gekränkt hätte. „Ich habe vollstes Vertrauen in dich, Cruz."

„Danke, Lieutenant. Ich weiß diese Chance zu schätzen."

„Ich glaube, ich fahre jetzt heim."

„Wenn du etwas brauchst", sagte Gonzo, „weißt du, wo du uns findest."

„Ja, und das ist verdammt wichtig."

Nachdem die beiden sich verabschiedet hatten, schaltete Sam

ihren Rechner aus, schnappte sich ihre Jacke und ihre Handys, schloss ihr Büro ab und verließ das Gebäude durch die Gerichtsmedizin, um nach Hause zu ihrer Familie zu fahren.

Bevor er sich auf den Weg in die Residenz machte, schaute Nick in Christinas Büro vorbei.

Überrascht von seinem plötzlichen Auftauchen sprang sie auf. „Mr President."

„Bitte tu das nicht."

„Ich, äh, kann nicht anders."

„Streng dich ein bisschen an." Er nahm auf ihrem Besucherstuhl Platz, während sie sich wieder hinter ihrem Schreibtisch niederließ. „War ein langer Tag, was?"

„Ja, aber ich denke, wir haben die Krise gemeistert."

„Christina, ich wollte dir für das danken, was du heute bei der Pressekonferenz getan hast."

„Gut. Ich hatte schon befürchtet, ich wäre zu weit gegangen."

„Nein. Du hast nur noch einmal unterstrichen, dass meine Mutter in meinem Leben keine Rolle spielt."

„Ich kenne dich lange genug, um zu sehen, wie sehr es dich jedes Mal mitnimmt, wenn sie ihr hässliches Haupt erhebt. Kommst du klar?"

Nick zuckte die Achseln. „Ich sage mir, es ist eben, wie es ist, doch sie schafft es immer wieder, mich aus dem Gleichgewicht zu bringen."

„Das tut mir so leid. Uns allen."

„Danke. Du solltest jetzt nach Hause fahren, zu Tommy und Alex. Morgen ist auch noch ein Tag."

„Ich wollte gerade aufbrechen. Angela hat darauf bestanden, sich um Alex zu kümmern. Tommy hat ihn gerade bei ihr abgeholt."

„Sie versucht, zur Normalität zurückzukehren, und sie liebt Alex."

„Sie ist eine ganz wunderbare Tagesmutter für ihn, aber ich befürchte, dass sie schon genug am Hals hat, ohne sich noch um ein weiteres kleines Kind kümmern zu müssen."

„Sie würde dir wahrscheinlich sagen, dass Alex Ella beschäftigt, also ist es in gewisser Weise eine Win-win-Situation."

„Vermutlich hast du recht. Ich kann mir nicht mal ansatzweise vorstellen, was sie gerade durchmacht."

„Geht mir genauso. Es ist schrecklich und so tragisch."

„Ich muss die ganze Zeit daran denken, dass mir das Gleiche hätte passieren können, weißt du?", gestand Christina.

„Ja, ich sehe die Parallelen auch."

Tommy Gonzales' Kampf mit der Opioidabhängigkeit, in die er nach dem sinnlosen Mord an seinem Partner Detective Arnold abgerutscht war, war für ihn und alle, die ihn liebten, hart gewesen, insbesondere für Christina.

„Wir hatten so viel Glück", flüsterte sie. „So unfassbar viel Glück."

„Ja, Gott sei Dank."

Christina nickte.

„Ich will dich nicht länger aufhalten", sagte er. „Eigentlich wollte ich mich nur bei dir bedanken."

„Immer."

Sie hatten einander vor vielen Jahren als junge Kongressmitarbeiter kennengelernt, und sie und Tommy gehörten für ihn und Sam praktisch zur Familie. „Dich, Terry, Derek und Harry in dem ganzen Wahnsinn auf meiner Seite zu haben ist für mich wirklich entscheidend. Ich hoffe, ihr wisst das."

„Ja, und wir sind verdammt stolz auf dich."

„Das bedeutet mir viel. Danke. Und jetzt ab nach Hause. Das ist ein Befehl."

„Jawohl, Sir, Mr President."

Er warf ihr einen belustigten Blick zu, bevor er ihr Büro verließ und sich mit Brant auf den kurzen Heimweg machte. „Ein weiterer Tag im Paradies, Brant."

„Ja, Sir."

„Haben Sie etwas über die Situation mit der Frau, deren Name nicht genannt werden soll, gehört?"

„Ein Freund beim FBI hat erwähnt, dass anscheinend weitere Anklagepunkte drohen. Ich bin sicher, dass man Sie darüber informieren wird, sobald das spruchreif ist."

„Darauf freue ich mich schon", erklärte Nick sarkastisch.

„Es tut mir leid, dass Sie sich damit herumschlagen müssen, Sir."

„Mir auch."

Brant begleitete ihn bis zur Treppe. „Schönen Abend noch, Sir."

„Ihnen auch, Brant."

Irgendwann wollte Nick den Leiter der für ihn zuständigen Secret-Service-Mitarbeiter besser kennenlernen, aber nicht heute. Als er den mit rotem Teppich ausgelegten Flur in Richtung ihres Zuhauses betrat, löste er seine Krawatte und öffnete die beiden obersten Knöpfe seines Hemdes.

Er blieb vor Scottys Zimmer stehen und beobachtete, wie der die Lippen bewegte, während er etwas in seinen Laptop tippte. Nick hoffte, dass sein Sohn gerade Hausaufgaben machte. Er klopfte leicht an die Tür.

Als Scotty den Kopf hob und ihn sah, strahlte er auf, was Nicks schrecklichen Tag sogleich verblassen ließ. „Da bist du ja! Ich wollte gerade zu dir."

„Du weißt, dass du das kannst, wann immer du willst."

„Ja, nur wollte ich diesen blöden Aufsatz unbedingt noch vor dem Essen fertig bekommen, damit ich für den Rest des Abends freihabe."

„Guter Plan. Worum geht es?"

„Um die NATO."

„Ah, ein interessantes Thema."

„Wusstest du, dass eine Kriegshandlung gegen ein NATO-Mitglied eine Kriegshandlung gegen alle NATO-Staaten ist?"

„Jap."

„Na ja, das musst du natürlich wissen."

Nick lächelte. „Es ist zumindest hilfreich."

„Ich kann mir nicht vorstellen, wie viele Dinge man in deinem Job verstehen muss."

„Zum Glück bin ich von einem wunderbaren Team umgeben, das einen Großteil des Verstehens für mich übernimmt und mich jeden Tag gut aussehen lässt."

„Die mögen ja toll sein, doch du bist der Typ in der ersten Reihe."

„Was gerade an Tagen wie diesen ein Riesenspaß ist."

„Tut mir leid, dass deine Mutter so furchtbar ist."

„Mir auch."

„Es macht mich wütend, wenn Leute dir und Mom wehtun."

„Danke, aber wir wollen nicht, dass du unsere Kämpfe für uns ausfichtst."

„Zu spät, Dad. Wir sind doch eine Familie! Eure Kämpfe sind meine Kämpfe."

Dass Scotty ihn selbst nach all der Zeit derart rühren konnte, erstaunte Nick immer wieder. „Hab dich lieb, Kumpel."

„Ich dich auch.“
„Lass uns mal nachschauen, was es zum Abendessen gibt.“
„Ich brauche noch zehn Minuten.“
„Keine Eile, und ich lese es nachher gerne gegen.“
„Das wäre toll. Danke dir.“
„Kein Problem.“

KAPITEL 8

Im Schlafzimmer schlüpfte Nick in sein Lieblings-Harvard-T-Shirt und eine Jogginghose. Er atmete tief durch und war dankbar, dass er den Tag weitgehend unversehrt überstanden hatte, auch wenn er emotional immer noch völlig durcheinander war. Er wollte Sam gerade eine Nachricht schreiben, um zu fragen, wann sie da sein würde, als sie ins Badezimmer kam, wo er mit dem Handy in der Hand an ihrem Doppelwaschbecken lehnte. „Da ist ja meine bezaubernde Frau."

Sie trat zu ihm und hüllte ihn in ihre Liebe ein, umarmte ihn genau richtig und erfüllte ihn mit einem überwältigenden Gefühl von Frieden. Es gab nichts, was sie hätte tun können, was ihm mehr bedeutet hätte. Als sie sich nach einer Weile schließlich von ihm löste, musterte sie ihn eindringlich. „Wie geht's dir?"

„Ganz okay."

„Christina hat bei der Pressekonferenz hervorragende Arbeit geleistet", stellte sie fest.

„In der Tat."

„Trotzdem ist es nicht einfach, dass das alles vor der Öffentlichkeit ausgebreitet wird."

„Ich sage mir die ganze Zeit, dass das Ganze nichts mit mir zu tun hat."

„Dennoch ..."

„Ja."

„Ich hasse sie dafür, dass sie dich immer wieder so verletzt."

„Verschwende keine Energie an sie. Das ist sie nicht wert." Nick hob ihr Kinn an und küsste sie auf den Mund. „Lass uns nach den Kleinen schauen und mit den Kindern zu Abend essen."

„Gib mir fünf Minuten, ich muss mich umziehen."

„Lass dir Zeit. Ich hol sie schon."

„Frag doch Celia, ob sie mit uns zu Abend essen möchte."

„Okay." Er küsste sie erneut und verließ sie dann, damit sie sich frisch machen konnte, während er die Treppe hinaufstieg.

Die Tür zu Celias Suite stand offen, und der Klang von Kinderstimmen entlockte ihm ein Lächeln, als er sich näherte. „Klopf, klopf."

„Nick!" Alden kam auf ihn zugerannt, dicht gefolgt von Aubrey.

Gab es etwas Schöneres als eine solche Begrüßung durch seine beiden Kleinen? Er nahm sie in den Arm und küsste sie ab, bis sie sich vor Kichern kringelten. „Hattet ihr einen schönen Tag?"

„Michael hatte Geburtstag, deshalb gab es in der Schule Muffins", antwortete Aubrey.

„Wie lecker. Klingt nach Spaß."

„Sie waren rot!", sagte Alden.

„Umso besser." Nick setzte die beiden ab. „Holt eure Sachen. Zeit fürs Abendessen." An Celia gewandt fügte er hinzu: „Sam und ich würden uns freuen, wenn du mit dabei bist, wenn du möchtest."

„Das wäre schön. Ich komme gleich runter."

Ihre Privatsekretärin und enge Freundin Shelby Faircloth Hill betrat den Raum, und ihr Sohn Noah begrüßte sie genauso überschwänglich wie die Zwillinge gerade Nick. Auf pummeligen Beinchen tapste er auf seine Mutter zu.

Da Shelby mit ihrem zweiten Kind hochschwanger war, beugte sie sich umständlich vor, um ihren Sohn zu umarmen, hob ihn aber nicht hoch. „Wie geht es meinem Großen?"

„Mama."

„Habt ihr noch ein bisschen länger Zeit?", fragte Nick.

„Ja. Avery ist nicht in der Stadt."

Nick vermutete, dass Avery in Ohio war, um sich um das Problem Nicoletta zu kümmern, doch er hatte heute schon genug über sie geredet. „Kommt mit runter, und esst mit uns."

„Danke. Das tun wir gerne, oder, Noah?"

„Mama. Essen."

„Ja, Schatz. Wir essen mit Alden und Aubrey zu Abend."

Noah liebte die beiden. Verdammt, jeder tat das.

Wenige Minuten später, als sich die Menschen, die ihm am

meisten bedeuteten, zu Hähnchen, Kartoffeln, Füllung, grünen Bohnen und Mais um den Esstisch versammelt hatten, hatte Nick zum ersten Mal, seit er am Morgen die Nachricht von der Verhaftung seiner Mutter erhalten hatte, das Gefühl, wieder atmen zu können.

Das Leben mit Sam, ihren Kindern und ihrer liebevollen Großfamilie ließ ihn die Defizite seiner Kindheit häufig vergessen. Diese Menschen und viele andere würden alles für ihn tun, und das bedeutete ihm unendlich viel. Aber hinter alldem lauerte stets die Frau, die ihn auf die Welt gebracht und danach nie auch nur einen Hauch von Interesse an seinem Wohlergehen gezeigt hatte.

Nick hatte erfahren müssen, dass er die Liebe seines Lebens finden, mit ihr eine wundervolle Familie gründen und ins höchste Amt des Landes aufsteigen konnte, dass seine Mutter ihm jedoch trotzdem weiter das Leben zur Hölle machen konnte.

Nicoletta saß in einer überfüllten Zelle und wartete darauf, dass etwas passierte. Sie war sich nicht sicher, wie es weitergehen würde, aber es schien niemanden zu interessieren, dass sie die Mutter des US-Präsidenten war, was beunruhigend war. Wie konnte ihnen das egal sein? Man hatte sie gefragt, ob sie einen Anwalt habe, doch sie kannte keinen.

Daraufhin hatte man ihr mitgeteilt, dann werde ihr ein Pflichtverteidiger gestellt werden.

Deshalb dauerte das alles vermutlich so lange. Der Anwalt ließ auf sich warten.

Ein Mann im Anzug erschien vor ihrer Zelle. Er war sehr attraktiv, mit karamellfarbenem Haar, goldenen Augen und Wangenknochen, für die sie getötet hätte. „Wer sind Sie?"

„Special Agent Avery Hill, FBI."

Er hatte einen Südstaatenakzent, der geradezu unwiderstehlich war. Nicoletta hatte schon immer eine Schwäche für Gentlemen aus den Südstaaten gehabt.

„Was wollen Sie?"

„Hat man schon einen Anwalt für Sie gerufen?"

„Das hat man mir zumindest gesagt."

„Ich rede mit Ihnen, wenn Ihr Anwalt eintrifft."

„Worüber?"

Agent Hill neigte den Kopf. „Die Anklagen, die Ihnen drohen."

„Schickt meine Schwiegertochter Sie?"

„Wer ist denn Ihre Schwiegertochter?"

„Als ob Sie das nicht wüssten."

„Bitte klären Sie mich auf."

„Die First Lady!"

„Der USA?"

„Gibt es eine andere?"

„Nun, jeder Staat hat eine, es sei denn, der Staatschef ist eine Frau. Dann gibt es einen First Gentleman."

„Was hat das mit mir zu tun?"

„Sie haben mich gefragt, ob es noch eine andere First Lady gibt."

Sie hoffte, dass ihr finsterer Blick ihm verriet, was sie von dieser Erwiderung hielt. „Kennen Sie meinen Sohn, Agent Hill?"

„Den Präsidenten? Ja."

„Hat er Sie hergeschickt?"

„Nein. Ich arbeite nicht für den Präsidenten. Nun, technisch gesehen schon, doch zwischen ihm und mir gibt es jede Menge Bürokratie."

„Kennen Sie *sie* auch?"

„Wen meinen Sie?"

„Seine Ehefrau, die niederträchtige Kuh."

„Ja. Sie ist sehr nett."

„Nein, überhaupt nicht. Ich weiß, dass sie hinter alldem steckt."

„Inwiefern?"

„Keine Ahnung. Aber ich werde es herausfinden, und wenn ich es weiß, wird es ihr noch leidtun."

„Sie bedrohen doch nicht etwa die First Lady, oder? Denn wie Sie wahrscheinlich ahnen, müsste ich als Bundesagent etwas dagegen unternehmen. Wenn Sie die First Lady bedrohen, meine ich."

„Ich habe sie nicht bedroht, aber versuchen Sie mir nicht weiszumachen, dass sie keine niederträchtige Hexe ist."

„Gut, dann nicht."

„Ihr Leute aus Washington steckt doch alle unter einer Decke. Es würde mich nicht überraschen, wenn Sie mir sagen würden, dass Sie eine Affäre mit ihr haben."

Der attraktive, sexy Mann wurde sogar noch attraktiver, als er lächelte. „Wenn etwas über Ihren Sohn und seine Frau unverbrüchlich feststeht, dann dass keiner von beiden eine Affäre mit irgendjemandem hat, denn sie sind unsterblich ineinander verliebt."

Nicoletta konnte nicht glauben, dass ihr charmanter, kluger und erfolgreicher Sohn eine solche Mistzicke wie Sam geheiratet hatte. „Was wollen Sie, Agent Hill?"

„Ich wollte nur wissen, wann Ihr Anwalt kommt."

„Hier bin ich." Ein kleiner, kahlköpfiger Mann in einem billigen Anzug eilte auf Agent Hill zu. Ein Mann wie er sollte niemals neben jemandem wie Agent Hill stehen müssen. Das war, als versuche der Mond die Sonne zu überstrahlen.

„Ich bin Roland Ducharme, Ihr Pflichtverteidiger, Mrs Bernadino." Zu Hill sagte er: „Dürfte ich einen Moment allein mit meiner Mandantin sprechen?"

„Natürlich", antwortete Hill. „Ich warte im Verhörraum, bis Sie so weit sind. Sie wissen ja, wie das läuft."

„Natürlich. Wir sind sofort bei Ihnen."

Nachdem Hill weg war, sah sich Roland um, um sich zu vergewissern, dass niemand sie belauschen konnte. „Ma'am, Sie stecken in wirklich großen Schwierigkeiten."

～

Als Avery den Raum betrat, den die Polizei ihm zugewiesen hatte, schickte er Shelby eine kurze Textnachricht. *Muss hier vielleicht übernachten. Sorry.*

Kein Problem. Wir kommen klar, auch wenn wir dich vermissen werden.

Ich vermisse euch auch. Wie geht's dir?

Fühle mich fett wie ein Wal, hab so starkes Sodbrennen, dass man meinen könnte, ich stünde ich in Flammen, und natürlich die üblichen nächtlichen Blähungen.

Wie schade, dass ich das verpasse. Ich habe mich schon den ganzen Tag darauf gefreut.

Ihre Lach-Emojis zauberten ihm ein Lächeln auf die Lippen. *Spinner.*

Ich liebe euch. Sag Noah von Daddy Gute Nacht.

Mach ich. Wir lieben dich auch.

Ich ruf dich an, wenn ich im Hotel bin.

Wenn ich nicht abnehme, schlaf ich schon tief und fest.

Soll ich mich lieber erst morgen früh melden?

Ist vielleicht besser. Wir haben mit S & N zu Abend gegessen und sind gerade heimgekommen. Ich bin todmüde.

Bitte nicht sterben. Ruh dich aus. Vergiss die Alarmanlage nicht.

Ist schon scharf.

Gut. Träum was Schönes.

Du auch!

Er wollte ihr mitteilen, was für ein Miststück Nicks Mutter war, doch das würde er niemals schriftlich festhalten. Aber sie war schon krass … Natürlich kannte er die Geschichten über sie und hatte sie in mehreren Fernsehinterviews in Aktion gesehen, wenn sie ein schlechtes Licht auf den Sohn geworfen hatte, den sie angeblich von ganzem Herzen liebte. Sie persönlich zu treffen hatte ihm bestätigt, dass sie genauso schrecklich war, wie sie immer gewirkt hatte. Niemand brauchte so eine Mutter.

Es stimmte ihn traurig, dass Nick sich ausgerechnet jetzt mit diesem ganzen Quatsch auseinandersetzen musste, wo er das amerikanische Volk gerade langsam dazu brachte, ihn als Präsidenten zu akzeptieren.

Nach allem, was die Ermittler festgestellt hatten, war Nicoletta eine viel beschäftigte Frau, die sich in allem von Prostitution über Drogen bis hin zu Geldwäsche betätigte, und das war nur das, was sie bis jetzt herausgefunden hatten. Es würde ihn überraschen, wenn sie nicht für eine sehr lange Zeit hinter Gittern landen würde.

Die Mutter des Präsidenten der USA.

Es war eigentlich unvorstellbar.

Sein Handy klingelte, und Shelbys Name stand auf dem Display.

„Avery!"

„Was ist?"

„Ich glaube, es ist jemand im Haus."

Avery erstarrte vor Schreck. „Shelby!"

Er hörte Kampfgeräusche, einen spitzen Schrei von Noah, und danach war die Leitung tot. Einen Augenblick lang wusste er nicht, was er tun sollte, dann setzte sein Training ein. Er wählte die Nummer seines Stellvertreters George Terrell.

„Was gibt's?"

„Meine … meine Familie, George. Shelby hat angerufen und gesagt, es sei jemand im Haus."

„Ich bin schon unterwegs und rufe die Kavallerie hinzu."

„George …"

„Ich bin dran, Avery. Versuch, nicht die Nerven zu verlieren. Ich melde mich, sobald ich etwas weiß."

Nachdem das Gespräch beendet war, stand Avery in dem Verhörraum – einer wie all die anderen, die er in seiner Laufbahn betreten hatte. Alles Mögliche schoss ihm durch den Kopf, während er überlegte, was gerade zu Hause geschah. Hatte es jemand auf ihn abgesehen und war enttäuscht gewesen, nur seine Frau und seinen Sohn vorzufinden? Würde er sie je wieder in die Arme schließen können?

Er hatte noch nie solche Panik verspürt wie jetzt, als er aus dem Polizeirevier rannte, vorbei an den erstaunten Beamten, mit denen er gerade eben noch gesprochen hatte. Er sprang in das Dienstfahrzeug, das ihn auf der Rollbahn abgeholt hatte, und befahl dem Fahrer, ihn so schnell wie möglich zum Flughafen zu bringen. Auf dem Weg dorthin versuchte er immer wieder, Shelby zu erreichen, aber niemand nahm ab.

Er sprintete zu dem Regierungsflugzeug, das ihn nach Cleveland gebracht hatte, dicht gefolgt von den beiden Air-Force-Piloten, die ihn hergeflogen hatten. Er hatte keine Ahnung, wo sie so plötzlich herkamen, doch er hatte jetzt keine Zeit, sich darüber Gedanken zu machen.

„Agent Hill?"

„Ich muss sofort zurück nach D. C."

„Jawohl, Sir. Wir bringen Sie so schnell wie möglich in die Luft."

Sein Herz raste vor Furcht und Stress, als er erneut versuchte, Shelby anzurufen. Diesmal landete er direkt auf der Mailbox.

„Was wollen Sie?", fragte Shelby die Frau mit den eingesunkenen grünen Augen, dem wirren braunen Haar und den Einstichspuren an den Armen. Shelby schätzte sie auf Mitte dreißig, aber es war schwer zu sagen.

Sie richtete eine Pistole auf Shelby. „Wo ist Agent Hill?"

„Nicht hier."

„Das sehe ich. Wo ist er?"

Shelby versuchte, nicht in Panik zu verfallen, während sie überlegte, ob es besser wäre, die Wahrheit zu sagen oder die Frau in dem Glauben zu lassen, Avery könnte jeden Moment nach Hause kommen. Sie entschied sich für Letzteres. „Er ist auf dem Weg hierher.“

„Wann ist er da?“

„Da bin ich überfragt.“

Ihr Telefon klingelte unaufhörlich. Sie mochte sich gar nicht vorstellen, was Avery durchmachte, weil er wusste, dass sie in Gefahr waren.

Noah weinte so heftig, dass sein kleiner Körper bebte.

„Bringen Sie ihn zum Schweigen, oder ich tue es.“

„Sie würden einem unschuldigen Kind wehtun?“

„Der Junge bedeutet mir nichts.“

Die Gleichgültigkeit, mit der sie das sagte, jagte Shelby einen Schauer über den Rücken.

Ein Mann betrat den Raum. Er sah genauso ungepflegt aus wie die Frau. Seine Zähne waren so gelblich wie seine Augen. „Wo ist Hill?“

„Offenbar unterwegs.“

Er wandte sich an Shelby. „Wo ist er?“

„Auf dem Weg hierher.“ Dass es zwei Eindringlinge waren, erschreckte sie. „Was wollen Sie?“

„Mit ihm reden. Sorgen Sie dafür, dass der Junge aufhört zu brüllen.“

„Er braucht sein Fläschchen. Ich muss es von unten holen.“

„Wir kommen mit.“

Shelbys Beine waren wie aus Gummi, als sie mit Noah im Arm die Treppe hinunterging und versuchte, ihn nicht fallen zu lassen. Sie sollte ihn nicht tragen. Im dritten Trimester war er zu schwer für sie, doch als die Frau in ihrem Schlafzimmer erschienen war, hatte Shelby Noah ganz eng an sich gezogen.

Sie hielt ihn in einem Arm, während sie die Milch für das Fläschchen anmischte, das er jetzt nur noch zur Schlafenszeit kriegte. Ihre Hände zitterten so sehr, dass sie es kaum schaffte. Würden sie sie und Noah töten, wenn sie nicht bekamen, weswegen sie hier waren? Und wie waren sie überhaupt ins Haus gelangt? Sie mussten schon bei ihrer Ankunft da gewesen sein, aber wie war das möglich? Sie hatte die Alarmanlage scharf gestellt, als sie zur Arbeit aufgebrochen war, oder nicht? Sie hatten verschlafen und waren spät dran gewesen. Hatte sie es in der Eile vergessen? Hatte sie sie deaktivieren müssen, als sie das Haus betreten hatte? Warum konnte sie sich nicht daran erinnern?

Ihr stiegen Tränen in die Augen, doch sie wollte sich nicht von ihnen blenden lassen und wischte sie sich mit dem Ärmel ab. Sie musste sich zusammenreißen, denn Noah brauchte sie. Inzwischen hatte Avery alle Hebel in Bewegung gesetzt, die ihm zur Verfügung standen, und Hilfe konnte nicht mehr weit sein.

Sie ging ins Wohnzimmer, das sie und Avery im Laufe des letzten Jahres nach und nach liebevoll eingerichtet hatten, und setzte sich auf das braune Ledersofa, das er ausgesucht hatte. Hatte sie ihm je gesagt, dass er recht gehabt hatte? Es war wunderschön und hielt der Belastung durch ein Kleinkind perfekt stand.

Shelby hätte am liebsten geschrien vor Empörung über die Fremden in ihrem Haus und weil eine Waffe auf sie, Noah und ihr ungeborenes Kind gerichtet war, während sie Noah seine Flasche gab. In dieser Position wäre es für den Mann ein Leichtes, sie zu erschießen. Die Kugel würde zuerst Noah treffen, ein Gedanke, der Shelby in die Knie gezwungen hätte, wenn sie gestanden hätte.

„Rufen Sie Ihren Mann an. Finden Sie heraus, wann genau er nach Hause kommt."

„Mein … mein Handy liegt oben."

„Hol es, und zwar dalli", verlangte der Kerl von der Frau.

„Leck mich, Willy. Ich arbeite nicht für dich."

„Beweg dich, oder du fängst dir eine Kugel ein."

Shelby verfolgte die Szene mit einem Gefühl des Unglaubens. Geschah das gerade wirklich, oder war es nur einer der lebhaften Träume, die sie bereits von ihrer letzten Schwangerschaft kannte?

Die Frau kam mit Shelbys Handy zurück und reichte es ihr.

„Rufen Sie ihn an. Sagen Sie ihm, das Leben seiner Familie hängt davon ab, dass er seinen Hintern sofort nach Hause schafft. Stellen Sie laut."

Shelby fand Averys Nummer als erste auf ihrer Favoritenliste und rief ihn an.

„Baby", meldete er sich sofort. „Wie geht es dir?"

„Es sind ein paar Leute hier, die dich sprechen wollen. Ich soll dir sagen, dass mein und Noahs Leben davon abhängen, dass du bald nach Hause kommst."

„Ich brauch zwei Stunden."

„Okay."

„Bist du …?"

„Es geht uns gut", unterbrach ihn Shelby mit einem herausfordernden Blick zu dem Mann namens Willy.

„Im Moment", meinte der. „Aber Ihr Alter muss schleunigst hier antraben, bevor ein Unglück geschieht."

Seine Worte versetzten Shelby in Angst und Schrecken, doch sie weigerte sich, ihm das zu zeigen. Sie drückte Noah, der beim Trinken seines Fläschchens eingenickt war, fester an sich und wusste, sie würde alles tun, was nötig war, um ihn und das Baby zu beschützen.

KAPITEL 9

Sam und Nick hatten die Kleinen gerade ins Bett gebracht, als die Zentrale sich meldete. Eigentlich hätte Sam den Anruf nicht annehmen müssen, weil sie beurlaubt war, doch anscheinend hatte das niemand den Disponenten gesagt.

„Holland."

„Lieutenant, wir haben einen Anruf von Agent Hill erhalten, der uns mitgeteilt hat, dass jemand seine Frau und seinen Sohn in ihrem Haus als Geiseln hält."

Es dauerte eine Sekunde, bis Sam den Sinn dieser Worte begriff, dann war sie auf den Beinen und rannte ins Schlafzimmer, um ihren Nachttisch aufzuschließen, in dem sie ihre Dienstwaffe verwahrte.

„Agent Hill ist auf dem Rückflug von Cleveland, und wir haben Spezialeinheiten zur Unterstützung des FBI entsandt, aber er sagte, Sie würden es wissen wollen."

„Er hatte recht. Danke." Sam klappte das Handy zu und legte sich mit zitternden Händen, die ihr nicht so recht gehorchen wollten, das Schulterholster an.

„Was ist denn los?", fragte Nick von hinten.

Sam drehte sich zu ihm um. „Jemand hat Shelby und Noah in ihrem Haus als Geiseln genommen. Avery ist auf dem Rückflug nach D. C., und Spezialeinheiten der Polizei unterstützen das FBI. Avery hat die Zentrale gebeten, mich zu benachrichtigen."

Nick sah sie bestürzt an. „Ich werde dich begleiten."

„Das ist nicht möglich. Aber ich melde mich und erzähle dir, was los ist." Sie küsste ihn schnell, ehe sie aus dem Zimmer lief und sich ihren Mantel schnappte, den sie beim Nachhausekommen über einen Stuhl geworfen hatte. *Verdammt*, dachte sie, als sie die Treppe hinuntereilte. *Ich muss den Secret Service benachrichtigen.* Sie hatte Nick versprochen, nie wieder ohne Bodyguards rauszugehen, und sie hatte vor, dieses Versprechen zu halten.

Unten an der Treppe begegnete sie Nicks leitendem Personenschützer Brant.

„Ich brauche Begleitschutz", unterrichtete sie ihn. „Sofort."

„Natürlich, Ma'am. Geben Sie mir eine Minute."

„So viel Zeit habe ich nicht."

„Alles klar." Er verschwand in einem Zimmer am Ende des Flurs.

Während sie wartete, zwang Sam sich, ruhig weiterzuatmen, und hoffte, dass sie ihre Gefühle unter Kontrolle bringen konnte. Die Gefühllosigkeit von vorhin war einem brennenden Schmerz in der Brust gewichen – Angst um Shelby und Noah, die sie von ganzem Herzen liebte.

Avery drehte gerade sicher fast durch.

Sie klappte ihr Handy auf und rief ihn an.

„Bist du vor Ort?", fragte er.

„Ich bin unterwegs. Was weißt du?"

„Zwei Personen waren im Haus, als Shelby heimgekommen ist."

„Wie ist das möglich? Habt ihr keine Alarmanlage?"

„Doch, aber Shelby muss vergessen haben, sie scharf zu stellen, als sie heute Morgen zur Arbeit gefahren ist. Das passiert ihr manchmal. Sam … Ich kann sie nicht verlieren. Das darf einfach nicht passieren."

Sie hatte Avery noch nie so verzweifelt erlebt. „Das wirst du auch nicht."

„Ich habe keine Ahnung, wer diese Typen sind, doch sie verlangen nach mir."

„Es könnte jeder sein, der mit einem der Hunderte von Fällen, die du im Laufe deiner Karriere bearbeitet hast, in Verbindung steht. Mach dich nicht verrückt damit, dir den Kopf darüber zu zerbrechen, wer es ist. Wir kümmern uns darum."

„Bitte …"

„Ich liebe sie auch. Vertrau mir."

„Danke, Sam. Ich bin in zwei Stunden da."

Sam hörte die Angst in jedem seiner Worte. „Okay, ich halte dich auf dem Laufenden."

„Gut."

Sie klappte knallend das Handy zu. „Brant!"

Er kam mit zwei Personenschützern aus dem Büro, die so jung waren, dass einer der beiden noch Akne hatte. „Das sind Quigley und Wright. Sie werden Sie nach Adams Morgan begleiten."

„Ich will Blaulicht und Sirenen."

„Jawohl, Ma'am", sagte Quigley.

Sie würde sie die Sirenen ausschalten lassen, wenn sie sich Shelbys und Averys Haus näherten, aber es durfte keine weiteren Verzögerungen geben. Ihr Handy klingelte, und sie nahm einen Anruf von Freddie entgegen.

„Weißt du schon das mit Shelby?"

„Ich bin auf dem Weg dorthin."

„Gut, ich auch. Was weißt du?"

„Nur dass sich zwei Personen mit ihr und Noah im Haus befinden."

„Wir sehen uns dort."

Sam schätzte es, dass er nicht emotional reagierte oder sie fragte, wie es ihr ging oder irgendetwas anderes, das sie in einem solchen Moment nur irritieren würde.

„Halten Sie mir nicht die Tür auf", befahl Sam den Personenschützern. „Steigen Sie einfach ein, damit wir loskönnen."

„Jawohl, Ma'am."

Sie verließen das Gelände des Weißen Hauses mit Blaulicht und Sirene, was natürlich die Aufmerksamkeit der Medien erregte, doch das war Sam ausnahmsweise einmal völlig egal, denn Shelbys und Noahs Leben standen auf dem Spiel.

Jeder Muskel in ihrem Körper verkrampfte sich bis an die Schmerzgrenze, als sie sich vorstellte, was Shelby durchmachte. Das war die größte Angst eines jeden Gesetzeshüters: dass jemand, mit dem er beruflich aneinandergeraten war, auf diese Art und Weise Vergeltung übte.

Wenn es ein Gutes hatte, dass Nick Präsident war, dann dass die besten Sicherheitsleute der Welt ihre Familie beschützten.

„Schalten Sie die Sirenen ein paar Blocks von der Adresse entfernt aus", wies Sam die Secret-Service-Männer an.

„Jawohl, Ma'am."

Sam war versucht, ihnen zu befehlen, sie nicht so zu nennen, aber sie wusste, dass das ein hoffnungsloses Unterfangen war. Es hatte Wochen gedauert, Vernon und Jimmy das „Ma'am" auszutreiben.

Sich daran zu erinnern war besser, als sich Gedanken über Shelby und Noah zu machen ... Gott, Noah. Er war so süß und lieb und ...

Sam musste sofort aufhören, sich das Schlimmste auszumalen, sonst würde sie die Fassung verlieren.

Der gesamte Block war von Einsatzfahrzeugen und dunklen FBI-Limousinen gesäumt. Ohne auf die Personenschützer zu warten, stieg Sam aus und sprintete zum Zentrum des Geschehens, wobei sie fast mit Averys Stellvertreter George Terrell zusammenstieß. „Was haben wir?"

„Zwei Personen im Haus bei Mrs Hill und Noah. Eine hat eine Glock und fuchtelt damit herum, ohne sich darum zu kümmern, wer sie dabei durchs Fenster beobachten könnte."

„Haben wir Scharfschützen?"

„Auf dem Weg hierher."

„Ist das der Plan?"

„Das wäre er, wenn wir uns sicher sein könnten, dass es nur eine Waffe gibt."

„Wie lautet Plan B?"

„Daran arbeiten wir gerade mit Ihrem SWAT-Commander."

„Die beiden sind meiner Familie sehr wichtig", erinnerte sie Terrell.

„Das ist mir bewusst."

„Wie kann ich helfen?"

„Aufgrund Ihrer persönlichen Betroffenheit sollten Sie das lieber uns überlassen."

„Ja, wahrscheinlich. Trotzdem wäre ich gerne dabei. Bitte."

Das „Bitte" hatte sie aus purer Verzweiflung hinzugefügt.

„Klar. Was immer Sie wollen."

„Danke, George." Sam folgte ihm zurück zu der Gruppe von Gesetzeshütern, die über einem Plan des Reihenhauses brüteten.

„Mrs Hill und ihr Sohn sind hier", erklärte einer der Beamten und wies auf einen Punkt des Grundrisses. „Der Verdächtige Nummer eins ist bei ihnen im Zimmer und hat die Glock auf sie gerichtet."

Sam verbiss sich ein Aufkeuchen.

„Die Verdächtige Nummer zwei geht im Zimmer ein und aus. Wir konnten noch nicht feststellen, ob sie bewaffnet ist."

Sam hätte sie am liebsten angeschrien, sie sollten endlich *irgendwas* tun. Egal was.

Freddie trat hinter sie und legte ihr beruhigend die Hände auf die Schultern.

Sie wollte sie abschütteln, konnte es aber nicht über sich bringen.

In den nächsten Minuten einigten sich die MPD-Beamten und die FBI-Agenten auf den Plan, durch alle Fenster und Türen gleichzeitig ins Haus einzudringen und die Verdächtigen zu neutralisieren.

„Können wir Shelby vorwarnen?", fragte Sam, besorgt wegen des Zustands ihrer Freundin.

„Leider nein, Ma'am", erwiderte ein Beamter der taktischen Einheit des MPD. „Wir dürfen nicht riskieren, dass die Geiselnehmer etwas davon mitbekommen."

„Wie lange, bis alle in Position sind?"

„Wenige Minuten."

Sam verbrachte diese Zeit damit, den Mann nicht aus den Augen zu lassen, der Shelby und Noah als Geiseln hielt. Er gestikulierte und fuchtelte mit der Waffe herum. Shelby war sicher starr vor Schreck. Sam hatte Angst um sie – und um Noah, der diesen ganzen Albtraum hoffentlich verschlafen würde.

„Sind Sie sicher, dass Scharfschützen nicht effizienter wären?", erkundigte sie sich bei Terrell.

„Was, wenn wir danebenschießen? Er hat eine Waffe auf sie gerichtet."

Er hatte recht, wie Sam genau wusste, doch sie konnte wegen des enormen Kloßes in ihrer Kehle nicht sprechen. Also nickte sie lediglich. Während sie wartete, gingen ihr Erinnerungen an Shelby und Noah durch den Kopf, angefangen mit dem Tag, an dem sie und Nick die zierliche Frau kennengelernt hatten, die eine ihrer besten Freundinnen geworden war, Sams Tinker Bell. Nachdem Shelby die Hochzeit perfekt für sie geplant hatte und sie alle drei gute Freunde geworden waren, hatten sie sie in ihrem Leben behalten wollen und sie gebeten, ihnen mit Scotty zu helfen, als er bei ihnen eingezogen war.

Sie und Noah – und Avery – gehörten praktisch zur Familie.

„Atmen, Sam", flüsterte Freddie. „Alles wird gut."

Natürlich konnte er das nicht wissen, aber sie schätzte seine Zuversicht.

Das Klirren von zerspringendem Glas ließ sie zusammenzucken, obwohl sie gewusst hatte, dass es kommen würde. Sie konnte sich nicht vorstellen, wie erschrocken Shelby sein musste. Jetzt ging alles sehr schnell. Sam hielt den Atem an, bis sie hörte, dass beide Verdächtigen ausgeschaltet waren, dann rannte sie zur Tür. „Lassen Sie mich rein", befahl sie dem Beamten, der dort postiert war. „Mrs Hill gehört zu meiner Familie."

Der Polizist trat zur Seite.

Sam stürmte in den Raum, in dem die Geiselnehmer Shelby und Noah festgehalten hatten.

Shelby lag auf dem Sofa und hielt Noah im Arm, während sie unkontrolliert schluchzte.

Sam legte die Arme um sie und zog sie fest an sich. „Es ist vorbei. Die Gefahr ist vorüber." Den Arm weiter um Shelby gelegt, rief sie Avery an. „Sie sind beide in Sicherheit."

„Gott sei Dank. Sag Shelby, ich bin bald da."

„Wir werden sie ins Krankenhaus bringen, ins GW." Sam fand, dies sei aufgrund von Shelbys fortgeschrittener Schwangerschaft notwendig. „Wir treffen uns dort."

„Sag ihr, ich komme."

„Mach ich."

„Sag ihr auch, dass ich sie liebe." Averys Stimme brach. „Mehr als alles andere auf der Welt."

„Ich richte es ihr aus." Sam klappte ihr Handy zu. „Avery ist auf dem Weg, und er liebt dich mehr als alles andere auf der Welt."

Shelby schluchzte zu sehr, um zu antworten.

Sam nahm ihr Noah ab, damit sich die Sanitäter um Shelby kümmern konnten. Mit dem Kind im Arm folgte Sam ihnen nach draußen.

„Ma'am?", rief ihr der pickelige Personenschützer zu.

„Ich fahre mit ihr. Folgen Sie uns."

„Aber ..."

Sam drehte ihm den Rücken zu, übergab Noah an einen Sanitäter, stieg hinten in den Krankenwagen ein und nahm Noah wieder in Empfang. Glücklicherweise hatte der Kleine den Großteil des Dramas offenbar verschlafen. Er würde allerdings traurig darüber sein, dass er die Einsatzfahrzeuge verpasst hatte, denn er liebte seine Spielzeug-Polizeiwagen und -Feuerwehrautos.

„Wie geht es ihr?", fragte Sam die Sanitäter, während sie zum GW fuhren.

„Ihre Vitalwerte sind gut, aber wir wollen sie so schnell wie möglich an einen fötalen Herzmonitor anschließen."

Sam hoffte und betete, dass das Baby gesund war und Shelby sich von dem schrecklichen Schock erholen würde. Als sie ihr Handy aus der Tasche fischte, stellte sie fest, dass sie den BlackBerry, den sie für ihre Anrufe bei Nick brauchte, nicht dabeihatte. Also wählte sie die Nummer der Telefonzentrale des Weißen Hauses.

„Hier ist Mrs Cappuano. Können Sie mich bitte mit dem Präsidenten verbinden?"

„Es tut mir leid, doch das ist leider nicht möglich."

„Hier spricht Samantha Cappuano. Ich möchte mit meinem Mann reden."

„Wissen Sie, wie viele Anrufe wir jeden Tag von Leuten erhalten, die behaupten, Mrs Cappuano zu sein?"

„Bitte. Jemand hatte unsere Freundin als Geisel genommen. Ich muss Nick mitteilen, dass sie und ihr Sohn in Sicherheit sind. Er wird vor Sorge völlig außer sich sein. Ich habe den BlackBerry leider zu Hause gelassen."

„Ich werde es ausrichten."

„Bitte tun Sie das. Es ist wirklich dringend. Sagen Sie ihm, er soll mich unter meiner normalen Handynummer anrufen."

„Ja, Ma'am."

Als sie auflegte, glaubte Sam, die Frau überzeugt zu haben, dass sie es wirklich war. Sie hoffte inständig, dass ihre Nachricht Nick erreichen würde, denn sonst würde es nach ihrer Rückkehr ins Weiße Haus dicke Luft geben.

Nick war erleichtert, als er die Nachricht von Sam zu Shelby und Noah erhielt, und wollte gerade ins Schlafzimmer gehen, um Sam zurückzurufen, als Brant im Flur erschien.

„Commander Rodriguez bittet um eine Minute Ihrer Zeit. Er sagt, es sei dringend."

Lieutenant Commander Juan Rodriguez war einer der Militärattachés, die Nick zugeteilt waren. Sie kannten die Codes des Atomkoffers.

Da die Kleinen bereits im Bett waren, rief Nick Celia an, um ihr mitzuteilen, dass er kurz ins Büro müsse, die Kinder aber schon versorgt seien.

„Ich schalte das Babyfon ein und habe ein Auge auf sie."

„Vielen Dank, Celia."

„Gern."

Er nahm die Treppe hinunter ins Erdgeschoss und war überrascht, zu sehen, dass Commander Rodriguez in Straßenkleidung am Fuße der Treppe auf ihn wartete.

„Mr President, es tut mir leid, Sie so spät noch zu stören."

„Schon in Ordnung, Juan. Was ist los?"

„Ich bin mir nicht sicher."

Nick hatte den Mann noch nie so beunruhigt erlebt.

„Können wir ins Lagezentrum gehen?", fragte Juan.

Diese Bitte machte Nick noch nervöser, als er ohnehin schon war. „Natürlich."

Nick, Juan und Brant fuhren mit dem Aufzug hinunter in den Keller und begaben sich in den sichersten Raum im gesamten Gebäude. Brant öffnete ihn mit einer Schlüsselkarte und gab Nick und Juan ein Zeichen, einzutreten, während er draußen wartete. Sobald sich die Tür geschlossen hatte und die beiden allein im Raum waren, wandte sich Juan an Nick.

„Ich habe etwas gehört, weiß allerdings nicht, ob es wahr ist."

„Okay ..."

„Wilson führt etwas im Schilde."

Nick hatte Army General Michael Wilson als Vorsitzenden der Vereinigten Stabschefs vom früheren Präsidenten Nelson übernommen. Die Vereinigten Stabschefs waren die ranghöchsten Offiziere aller Streitkräfte und die wichtigsten militärischen Berater des Präsidenten. „Was meinen Sie damit?"

„Das ist ja genau der Punkt: Ich bin mir nicht sicher. Ein Freund im Pentagon hat mir anvertraut, Wilson habe die ganze Woche über Treffen mit hochrangigen Militärs abgehalten, wobei niemand weiß, worum es ging. Er sagte, es gebe Gerüchte – und das ist der Teil, der mich gleich aus mehreren Gründen vor ein Kriegsgericht bringen könnte, also haben Sie es nicht von mir gehört ..."

„Ich würde Sie nie ans Messer liefern", versprach ihm Nick, während er mit Magenschmerzen darauf wartete, dass das nächste Problem über ihn hereinbrach.

„Man munkelt, er versuche, einen Militärputsch zu organisieren."

Nicks Magen ging in den freien Fall über.

„Nach dem, was mein Freund gehört hat, sind Wilson und andere Mitglieder der Vereinigten Stabschefs nicht länger bereit,

Befehle von einem nicht gewählten Präsidenten entgegenzunehmen, der im Namen der Vereinigten Staaten ohne Mandat einen Krieg erklären könnte."

Nick nahm seinen Platz am Kopfende des Tisches ein. Den Platz des Präsidenten. „Ich weiß nicht, was ich darauf erwidern soll."

„Tut mir leid, Ihnen das sagen zu müssen, doch ich hielt es für meine Pflicht, Sie davon zu unterrichten."

„Ich werde nie vergessen, welch großes persönliches Risiko Sie auf sich genommen haben, um mich zu warnen, Juan."

„Sir, ich konnte nicht zulassen, dass die Ihnen das antun, ohne Sie wenigstens zu informieren."

„Was soll ich jetzt tun?" Dass er als Oberbefehlshaber einen Marinekommandanten um einen solchen Rat bat, war gelinde gesagt beschämend. Aber Juan war ihm in den letzten Monaten zu einem Freund geworden, und Nick vertraute ihm, vor allem nachdem er seine Loyalität auf diese außerordentliche Art und Weise bewiesen hatte.

„Rufen Sie Ihren inneren Kreis zusammen, und feuern Sie die Vereinigten Stabschefs. Sie sollten außerdem ein Militärtribunal einberufen, um sie zahlreicher Vergehen anzuklagen, unter anderem wegen möglichen Hochverrats."

„O Gott." Nick fühlte sich nicht bereit, eine so heikle Situation zu handhaben, was die Vereinigten Stabschefs natürlich wussten. Er nahm den Hörer des Telefons auf dem Konferenztisch ab und drückte einen Knopf, der ihn mit dem Mitarbeiter verband, der rund um die Uhr im West Wing Dienst hatte. Sein Team wechselte sich bei den Nachtschichten ab.

„Präsident Cappuano hier. Bitte setzen Sie sich mit Vizepräsidentin Henderson, Außenministerin Sanford, Justizminister Cox, Verteidigungsminister Jennings, Mr O'Connor und Mr Kavanaugh in Verbindung, und bitten Sie sie, sich umgehend im Lagezentrum mit mir zu treffen."

„Jawohl, Sir."

Er legte auf, während ihm die möglichen Folgen dieser Situation durch den Kopf wirbelten. Mit Ausnahme von Cox, der den Ruf eines ehrlichen und anständigen Mannes genoss, und Jennings, der sich bereits Nicks Respekt verdient hatte, hatte er nur Leute eingeladen, die er persönlich ernannt hatte – und die ihm gegenüber loyal waren.

Die Schlagzeilen würden brutal sein, noch schlimmer als die Berichterstattung über seine Mutter und ihre Verbrechen.

„Sie sollten gehen, Juan. Ich möchte Sie da raushalten." Nick stand auf und schüttelte dem Mann die Hand. „Vielen Dank."

„Jederzeit, Sir, Mr President."

„Juan …"

„Ja?"

„Seien Sie vorsichtig. Es ist möglich, dass man Sie beobachtet."

„In Ordnung."

Nachdem Juan den Raum verlassen hatte, klingelte das Telefon auf dem Tisch des Konferenzraums. Der Anruf kam aus der Telefonzentrale.

Nick nahm ab. „Ja?"

„Mr President, die First Lady hat noch einmal angerufen, um Ihnen mitzuteilen, dass sie mit Mrs Hill und ihrem Sohn auf dem Weg zum George Washington Hospital ist."

„Vielen Dank."

„Sie hat außerdem darum gebeten, dass Sie sie unter ihrer normalen Handynummer kontaktieren."

„Können Sie das bitte für mich übernehmen? Ich gebe Ihnen die Nummer." Im Lagezentrum gab es keinen Handyempfang.

„Jawohl, Sir."

„Wollte sie mich sprechen, als sie sich gemeldet hat?"

„Ja, Sir, aber wir bekommen jeden Tag Anrufe von Leuten, die behaupten, sie zu sein und mit Ihnen sprechen zu wollen. Solche Anrufe stellen wir grundsätzlich nicht durch."

„Wir müssen ein Codewort oder etwas anderes ausmachen, mit dem sie mich bei Bedarf erreichen kann."

„Ich werde mit meinem Vorgesetzten darüber sprechen, Mr President."

„Danke."

„Bitte bleiben Sie dran, ich stelle Sie durch."

Nick hörte sich eine Warteschleifen-Aufzeichnung über Führungen durch das Weiße Haus an. Er erfuhr, dass die Teilnahme an dem fünfundvierzigminütigen Rundgang nach dem Windhund-Prinzip erfolgte und dass Kongressmitglieder und Senatoren für die Organisation zuständig waren. Nick erinnerte sich noch, wie er als John O'Connors Stabschef Anfragen für Führungen durch das Weiße Haus erhalten hatte. Es kam ihm vor, als sei das hundert Jahre her, dabei waren es nur etwas mehr als zwei.

Er musste auch Graham anrufen und ihn herbitten. Sein alter Freund würde wissen, wie er diese Situation handhaben sollte.

Nick stellte das Telefon auf Lautsprecher, damit er es hörte, wenn Sam den Anruf entgegennahm, und begab sich zur Tür, um mit Brant zu sprechen. „Bitte lassen Sie Senator O'Connor in Leesburg abholen. Bringen Sie ihn so schnell wie möglich her."

„Jawohl, Sir."

„Nick?" Das reichte, um ihn zu beruhigen – ein einziges Wort von Sam. Egal, welche neue Hölle über ihn hereinbrechen würde, sie würde immer für ihn da sein. Das gab ihm die Art von Trost, die in seinem Leben gefehlt hatte, bevor er sie kennengelernt hatte.

„Wie geht es den beiden?"

„Shelby ist komplett am Ende, und Noah schläft. Ich bleibe bei ihnen, bis Avery in etwa einer Stunde eintrifft."

„Ist mit dem Baby alles in Ordnung?"

„Sie haben Shelby an einen Monitor angeschlossen, und der Arzt sagt, es sei alles bestens."

„Gott sei Dank. Weiß man, wer die Geiselnehmer waren?"

„Bisher nicht. Wir warten noch auf weitere Informationen, doch sie haben nach Avery verlangt."

„Grüß Shelby und Noah von mir, wenn du kannst."

„Mach ich. Wie sieht es bei dir aus?"

„Ich bin gerade im Lagezentrum."

„Igitt. Das sagt alles, oder?"

„Leider ja. Ich weiß nicht, wie lange ich hier brauchen werde, aber ich komme, sobald ich kann."

„Ich werde auf dich warten."

„Ich liebe dich. Wie gut, dass Shelby und Noah in Sicherheit sind."

„Ja, ein Glück. Ich liebe dich auch, Nick."

Nick kontaktierte die Telefonzentrale und bat sie, Senator O'Connor zu benachrichtigen, dass er ihm einen Wagen geschickt hatte.

„Jawohl, Sir."

Als er den Hörer auflegte und sich zurücklehnte, um auf die Ankunft seines Teams zu warten, war er in Gedanken bei Avery Hill. Früher hätte Nick sich nicht vorstellen können, dass er einmal Mitgefühl mit dem Mann empfinden würde, der einst in Sam verliebt gewesen war. Doch nachdem Avery das überwunden hatte, hatten er und Nick Freundschaft geschlossen, um Shelby, die sie beide auf sehr unterschiedliche Weise liebten, zu unterstützen.

Eine Bedrohung für Avery Hills Familie war eine Bedrohung für sie alle, und Nick würde alles tun, was er konnte, um die Sicherheit ihrer Freunde zu gewährleisten.

Die Überlegung, wie er ihnen zur Seite stehen konnte, war auf jeden Fall besser, als sich mit dem Shitstorm zu befassen, der sich in seiner noch jungen Regierung anbahnte.

KAPITEL 10

Sam saß mit Noah im Arm an Shelbys Bett, während ihre Freundin schlief. Die Ärzte hatten ihr ein Beruhigungsmittel gegeben, da ihr Blutdruck erhöht war. Zumindest glaubte Sam, dass sie das gesagt hatten. Bis jetzt waren die Nachrichten über das Baby gut, dem Himmel sei Dank. Shelby war schon vierundvierzig, und damit war es auch ohne die jüngste Bedrohung eine Risikoschwangerschaft. Sam kämpfte gegen die Erschöpfung an, um über die Frau wachen zu können, die zu einer ihrer engsten Freundinnen geworden war. Als die Krankenschwestern Shelby ein Krankenhausnachthemd gebracht hatten, hatte Sam gefragt, ob sie eins in Pink hätten, was der Fall gewesen war.

Sie hoffte, dass ihre Freundin, die die Farbe fast so sehr liebte wie ihren Mann und ihren Sohn, diese Aufmerksamkeit zu schätzen wissen würde. War es wirklich erst ein paar Stunden her, dass Sam Dr. Trulo und Malone getroffen und zugestimmt hatte, sich von der Arbeit freistellen zu lassen?

Nach den Ereignissen des Abends kam es ihr wie mehrere Wochen vor.

Noah rührte sich und protestierte mit einem Quäken, weil sie ihn so fest hielt. Er hob den Kopf, sah Sam und grinste breit, wobei er sechs entzückende Milchzähne enthüllte.

„Pst, Mami schläft", wisperte Sam.

„Ist er wach?", fragte Shelby.

Es waren die ersten Worte, die sie gesprochen hatte, seit sie in der Klinik angekommen waren.

„Ja", sagte Sam. „Willst du ihn haben?"

„Ja, bitte."

Sam reichte den kleinen Kerl seiner Mutter.

Als Shelby ihn im Arm hielt, begannen ihr die Tränen über die Wangen zu strömen.

Sam stand auf und legte ihrer Freundin eine Hand auf die Schulter. „Du bist in Sicherheit. Es ist alles in Ordnung."

„Erinnere mich immer wieder daran."

„Werde ich."

„Avery ..."

„Ist auf dem Weg hierher und müsste jeden Augenblick eintreffen."

„Weißt du, wer die waren?"

„Bisher nicht, aber keine Sorge, alle arbeiten mit Hochdruck daran, es herauszufinden. Ruh dich aus. Das brauchst du jetzt am nötigsten."

„Ich hatte so furchtbare Angst. Weniger um mich als um Noah. Ich hatte Angst, dass sie ihm wehtun, um ihrer Forderung Nachdruck zu verleihen oder so."

„Du hast deinen Sohn beschützt. Das ist alles, was zählt."

Shelby atmete tief ein und langsam wieder aus, wobei sich fast wieder ein Schluchzen einschleichen wollte. „Danke, dass du bei mir geblieben bist."

„Klar bin ich geblieben."

Vor dem Vorhang brach plötzlich Hektik aus, dann war Avery da.

Sam hatte ihn noch nie so zerzaust und mit so wildem Blick gesehen wie jetzt, als er auf Shelby und Noah zustürzte.

Er und Shelby klammerten sich aneinander.

„Dada", sagte Noah.

„Ja, mein Kleiner, ich bin's. Ich bin hier. Ich bin hier."

Sam trat aus der Kabine, um ihnen etwas Privatsphäre zu gönnen, und fand Freddie im Flur vor.

„Wie schaut's aus?", fragte er.

„Sie ist sehr aufgewühlt, doch das war wohl zu erwarten. Jetzt, wo Avery endlich hier ist, wird es ihr bestimmt bald besser gehen."

„Was zum Teufel war das, Sam? Wie konnte das passieren?"

„Ich weiß es nicht. Aber ich bin mir sicher, dass das FBI die Sache im Griff hat. Du kannst gerne nach Hause fahren. Ich werde auch bald aufbrechen."

„Ruf an, wenn du etwas brauchst."

„Mach ich. Danke, dass du heute Abend da warst."

„Natürlich. Sie ist … Na ja, du weißt schon."

„Familie. Sie gehört zur Familie."

„Ja." Freddie sah sie zögernd an. „Du nimmst dir also wirklich eine Auszeit?"

„Zumindest eine kurze."

„Gute Idee. Du hättest dir nach Spencers Tod mehr Zeit gönnen sollen."

„Das behaupten alle, also tu ich ausnahmsweise mal, was man mir sagt. Irgendetwas stimmt nicht mit mir. Ich weiß nicht, ob es daran liegt, doch da ist definitiv was nicht in Ordnung."

„Dann tust du das Richtige. Aber bist du sicher, dass ich den Fall Blanchet leiten soll?"

„Ja, sonst hätte ich ihn dir nicht zugeteilt."

„Sollte Gonzo das nicht tun?"

„Das könnte er, doch wir sind uns einig, dass du so weit bist. Wir wollen dir die Chance dazu geben. Es sei denn, du willst nicht."

„Klar will ich. Hoffen wir, dass du recht damit hast, dass ich bereit bin."

„Bist du, und zwar schon seit einer Weile. Wenn du nicht mein Partner wärst, hätte man dir vermutlich schon längst mehr Verantwortung übertragen. Ich habe dich blockiert."

„Das stimmt doch überhaupt nicht. Der einzige Grund, warum ich gut in diesem Job bin, bist du."

„Netter Einschleimspruch. Daran werde ich mich beim Jahresgespräch erinnern."

„Ich meine das ernst."

„Weiß ich."

„Darf ich mich während des Falls mit dir beraten?"

„Ich wäre enttäuscht, wenn du es nicht tätest."

„Sam, ich hab Angst, dass ich es irgendwie vermassle."

„Wirst du nicht. Gonzo wird ein Auge auf dich haben."

„Okay, dann …"

„Tu, was wir jedes Mal tun. Folge den Hinweisen, wo immer sie dich hinführen. Erledige die Laufarbeit. Sprich mit den Leuten. Zieh deine Schlüsse. Du weißt, wie es geht."

„Ich werde mein Bestes tun, um dich stolz zu machen, Sam."

„Du machst mich jeden Tag stolz, Freddie." Sie drückte ihrem

Partner den Arm. „Wie geht es eigentlich Elin?" Seine Frau hatte vor Kurzem eine Fehlgeburt erlitten.

„Besser. Glaub ich zumindest. Schwer zu sagen. Manchmal schaffen wir einen ganzen Tag ohne Tränen, und der nächste ist dann wieder eine totale Katastrophe."

„Das kommt mir leider bekannt vor. Ich fürchte, so wird es noch eine Weile bleiben."

„Beruhigend zu wissen, dass das normal ist."

„Ist es, und es tut mir leid, dass ihr das auf die harte Tour herausfinden müsst. Die gute Nachricht ist, dass es euch beiden mit der Zeit besser gehen wird. Wenn ihr dann so weit seid, könnt ihr es noch mal versuchen."

„Ja, vermutlich schon. Mal sehen."

„Lass dich von der Trauer nicht von deinem Ziel ablenken. Du und Elin, ihr seid dazu bestimmt, Eltern zu werden. Da bin ich mir sicher."

„Ich hoffe, du hast recht."

„Wann hatte ich je nicht recht?"

Er verdrehte die Augen. „In diesem Sinne ... Lass mal von dir hören, okay?"

„Als ob du nicht wüsstest, wo ich zu finden bin. Fang morgen mit dem anderen Teilhaber in der Praxis an, diesem Rory. Frag ihn nach dem Streit. Du weißt, was zu tun ist, Freddie."

Er nickte. „Nur fürs Protokoll: Ohne dich wird es nicht halb so viel Spaß machen."

„Natürlich nicht."

Wenig überraschend stöhnte er auf. „Bei der Vorlage hatte ich das wohl verdient."

„Absolut. Jetzt hopp, nach Hause. Schlaf ein bisschen. Danke fürs Kommen."

„Fährst du auch heim?"

„Sobald ich Gelegenheit hatte, mit Avery zu sprechen."

~

Avery konnte nicht aufhören, ihre Gesichter zu berühren, sie zu küssen, ihnen übers Haar zu streichen und ihren vertrauten Duft einzuatmen. Er hatte befürchtet, er würde sie nie wiedersehen, und jetzt, wo er sie wieder bei sich hatte, würde er sie vielleicht nie wieder aus den Augen lassen.

Shelby umarmte ihn so fest, dass er kaum atmen konnte. Doch wen kümmerte das, wenn die Liebe seines Lebens wieder in seinen Armen lag, nachdem er befürchtet hatte, sie könnte sterben ... Und Noah ... Der kleine Kerl hatte Tränen in den Augen, wie seine Eltern auch. Zum Glück würde er diesen schrecklichen Abend bald vergessen haben.

Avery und Shelby hingegen würden das nie können.

„Es ist alles in Ordnung, Liebes", flüsterte er. „Ich bin hier, und ihr seid in Sicherheit."

Ihr Körper bebte unter Schluchzern, was ihn so unglaublich wütend machte. Jemand, der meinte, noch eine Rechnung mit ihm offen zu haben, hatte ihr das angetan. Ihnen. Er würde die beiden Geiselnehmer dafür zur Rechenschaft ziehen.

Er blieb bei Shelby und Noah, bis sie in einen unruhigen Schlaf gefallen waren. Dann löste er sich von ihnen, um herauszufinden, wie es zu der Beinahekatastrophe gekommen war.

Sam wartete vor der Kabine auf ihn. „Wie geht es den beiden?"

„Furchtbar, aber sie schlafen." Avery rieb sich den Nacken, der sich so verspannt anfühlte, wie er es noch nie erlebt hatte. „Was weißt du bisher?"

„Wenig. Es waren ein Mann und eine Frau. Er hatte eine Glock. Wir konnten nicht erkennen, ob sie ebenfalls eine Waffe hatte. Sie sind in FBI-Gewahrsam, also wird George mehr Infos haben als ich."

„Danke, dass du mit hergekommen bist."

„Ich hätte nirgendwo anders sein wollen. Da du jetzt allerdings da bist, werde ich nach Hause fahren."

„Gut."

„Sag es mir, wenn ich etwas tun kann."

„Werd ich."

„Ich melde mich morgen."

Er nickte und ging zurück zu seiner Familie. Wie sollte er sie je wieder verlassen, egal aus welchem Grund? Sein Handy klingelte, und er nahm einen Anruf von George entgegen. „Wer sind die beiden?"

„Erinnerst du dich an den Farmington-Fall vor etwa sieben Jahren?"

„Das glaub ich jetzt nicht. Sind sie auf Bewährung raus?"

„Offenbar, und ihr erster Halt war euer Haus."

„Meine Güte." Es handelte sich um zwei Junkies, die in eine FBI-

Ermittlung hineingezogen worden waren, die Avery im Bereich des illegalen Waffenhandels geleitet hatte. Ihm wurde schlecht bei dem Gedanken, dass sie in seinem Haus gewesen waren und seine Frau und seinen Sohn bedroht hatten. Übelkeit stieg in ihm auf. Er beugte sich vor und bemühte sich, tief durchzuatmen.

„Wir halten sie wegen der neuen Anklagepunkte fest und werden sie morgen früh einem Richter vorführen. Ich rechne mit einer sofortigen Aufhebung ihrer Bewährung."

Avery durchforstete sein Gedächtnis nach den Kriminellen, die gerade bei ihm zu Hause eingedrungen waren. Er erinnerte sich an wirre Haare und wilde Blicke, schräge Vorstellungen, den Wunsch, in einem Land ohne Regierung, ohne Gesetze und Regeln zu leben. Solche Menschen hatten seine Frau und seinen Sohn mit einer Waffe bedroht.

Avery bedankte sich bei George für die Information und beendete das Telefonat. Er stand an dem Bett, in dem Shelby mit Noah im Arm schlief, beugte sich über das Bettgitter und küsste sie auf Stirn und Wange. „Es tut mir so leid. So furchtbar leid."

Die Tür zum Lagezentrum öffnete sich, und Justizminister Reginald Cox trat ein. Mit seinen sechzig Jahren hatte Cox noch immer die athletische Statur des Footballspielers, der er einst an der Auburn University gewesen war. Er hatte blondes Haar, das langsam ergraute, und scharfe blaue Augen.

Cox schüttelte Nicks ausgestreckte Hand. „Mr President."

„Danke, dass Sie gekommen sind."

„Das ist doch selbstverständlich. Was kann ich für Sie tun?"

„Ich erwarte noch einige andere Personen, aber ehe die eintreffen, habe ich eine wichtige Frage an Sie."

„Sir?"

„Da Sie schon unter Präsident Nelson Justizminister waren, muss ich Ihnen einen Ausweg bieten, wenn Sie nicht bereit sind, meine Regierung gegen einen möglichen Militärputsch zu verteidigen."

Cox' Miene verfinsterte sich. „Einen Militärputsch?"

„In der Tat."

„Von wem?"

„Von den Vereinigten Stabschefs."

Cox blinzelte ungläubig.

„Ich gebe Ihnen die Chance, mit sofortiger Wirkung Ihr Amt niederzulegen, wenn Sie sich der Situation nicht gewachsen fühlen."

„Ich …" Cox sammelte sich und nahm Blickkontakt mit Nick auf. „Danke, aber ich möchte mein Amt nicht niederlegen, Sir."

„Kann ich mich darauf verlassen, dass Sie die Verfassung der Vereinigten Staaten in dieser Angelegenheit verteidigen werden?"

„Jawohl, Sir."

Nick atmete auf, erleichtert, weil sein oberster Gesetzeshüter ihm den Rücken stärken würde. Da er Nelsons Kabinett geerbt hatte, war er sich nie sicher, wem er vertrauen konnte. Dieser Vorfall bewies, dass er das gleiche Gespräch mit jedem Einzelnen würde führen müssen, der ein Relikt aus Nelsons Zeit als Präsident war. Wenn sie sich weigerten, ihren Amtseid zu erfüllen, würde er sie entlassen.

Als Derek und Terry den Raum betraten, nahm er sie beiseite, um ihnen mitzuteilen, was Juan ihm erzählt hatte, wobei er unerwähnt ließ, woher er davon wusste.

„Was?", fragte Terry entgeistert.

„Verdammt", entfuhr es Derek. „Wie lautet der Plan?"

„Ich werde die Vereinigten Stabschefs mit den Informationen konfrontieren, die ich erhalten habe, und dann weitersehen. Stand jetzt gehe ich davon aus, dass ich von jedem einzelnen den Rücktritt fordere und sie Cox zur strafrechtlichen Verfolgung übergebe. Minister Jennings wird sich um den militärischen Teil der Angelegenheit kümmern."

„Eine potenzielle Anklage wegen Hochverrats gegen die Vereinigten Stabschefs", meinte Derek ungläubig.

„Ja", bestätigte Nick.

„Hat deine Quelle einen Grund genannt?", fragte Terry.

„Ich nehme an, es liegt daran, dass ich nicht gewählt worden bin, und sie haben vielleicht gehofft, eine vorgezogene Neuwahl zu erzwingen."

„Was zum Henker?", stieß Terry aus.

Auch wenn er inzwischen etwas Zeit gehabt hatte, das Ganze zu verarbeiten, empfand Nick immer noch die gleiche Ungläubigkeit, die er auch in Terrys Gesicht las. „Ich habe bereits mit Cox gesprochen. Er hat mir seine Loyalität mir und der Verfassung gegenüber versichert und ist bereit, alles Nötige zu tun."

„Das wird …“, Derek schaute ihn mit weit aufgerissenen Augen an, „die größte Geschichte der Welt.“

Und Nick hatte eigentlich gedacht, die Verhaftung seiner Mutter würde die Geschichte des Tages sein. Aber das war nichts im Vergleich hierzu.

Als Nächstes traf Minister Tobias Jennings ein, ein großer Mann mit grauem Haar, der nur äußerst selten lächelte. Jennings leitete das Pentagon seit fünf Jahren.

Nick schüttelte ihm die Hand und stellte ihm dieselbe Frage, die er Cox gestellt hatte.

„Sir?“ Jennings' Brauen zogen sich leicht zusammen. „Was genau meinen Sie?“

„Mir ist zu Ohren gekommen, dass die Vereinigten Stabschefs möglicherweise einen Staatsstreich planen, um meine Regierung zu stürzen, und ich hätte gerne Ihre Zusicherung, dass Sie in dieser Situation alles Notwendige tun werden, um die Verfassung zu schützen.“

Zum ersten Mal in der Zeit ihrer Bekanntschaft konnte Nick in Jennings' Miene Schock sehen. „Das ist unmöglich.“

„Ich versichere Ihnen, es ist möglich. Die Vereinigten Stabschefs werden jeden Moment eintreffen. Vorher muss ich wissen, ob ich mich in dieser Sache auf Sie verlassen kann.“

Nach einer langen Pause antwortete Jennings: „Ja, Sir. Das können Sie.“

„Sicher?“

„Jawohl, Sir.“

„Vielen Dank.“

„Ich möchte außerdem zu Protokoll geben, dass ich nichts von dieser Sache geahnt habe“, erklärte Jennings. „Sonst hätte ich Sie selbstverständlich darüber informiert, Mr President.“

„Gut zu wissen.“

Die anderen trudelten nach und nach ein, zuerst die Vizepräsidentin, Außenministerin Sanford, General Michael Wilson, der Vorsitzende der Vereinigten Stabschefs, und schließlich die anderen Mitglieder dieses Gremiums. Graham traf als Letzter ein und nahm ebenfalls am Tisch Platz.

Außenministerin Sanford entschuldigte sich für das rote Abendkleid, das sie trug. „Ich war gerade bei einem Abendessen mit meinen leitenden Mitarbeitern“, erklärte sie, während der Duft ihres Chanel No. 5 über den Tisch wehte und den Albtraum dieses Tages für Nick noch verschlimmerte. Der Duft seiner Mutter traf ihn jedes Mal wie ein Faustschlag in die Magengrube.

Da es weitaus Wichtigeres zu erledigen gab, schüttelte er das ab, so gut es ihm möglich war, und stellte sich ans Kopfende des Tisches, in der Hoffnung, Befehlsgewalt und Autorität auszustrahlen. Er würde beides brauchen, um die nächsten Minuten zu überstehen. „Danke, dass Sie alle hier sind. Mir ist zu Ohren gekommen, dass die Vereinigten Stabschefs vorhaben, mich aus dem Amt zu entfernen." Während er sprach, beobachtete er Wilson und bemerkte, dass dessen Blick zu Admiral Goldstein zuckte, dem Chef der Marine, der so klug war, auf den Tisch zu schauen. Dieser eine Blick vom General zum Admiral bestätigte Nick, dass Juans Informationen korrekt waren.

Minister Jennings bat General Wilson um eine Erklärung.

„Ehe Sie etwas sagen, General, denken Sie bitte daran, dass Sie Rechte haben." Nick sah Cox an, dem es ausgesprochen unangenehm zu sein schien, dass er die ranghöchsten Militäroffiziere des Landes in dieser Angelegenheit an ihre Rechte erinnern musste.

Er verfolgte alles mit einem Gefühl von Ungläubigkeit, während ihm durchaus bewusst war, dass dieser Moment Eingang in die Geschichtsbücher finden würde. Noch nie zuvor in der Geschichte der USA hatten sich die Vereinigten Stabschefs verschworen, um die Regierung zu stürzen.

„Kennen Sie diese Rechte?", fragte Cox die Generäle und den Admiral.

„Ja", bestätigten alle.

„General Wilson", übernahm Nick wieder die Gesprächsführung. „Hatten Sie und die anderen Vereinigten Stabschefs vor, mich zu stürzen?"

Wilson zögerte, und sein Blick glitt über seine Kollegen. Nach einer langen, bedeutungsschwangeren Pause antwortete er: „Ich möchte mit meinem Anwalt sprechen."

Nick wandte sich an die anderen Verschwörer. „Hat jemand von Ihnen sonst noch etwas zu sagen?"

Die anderen, die so schockiert aussahen, wie Nick sich fühlte, weil ihre militärischen Karrieren und ihr Leben, wie sie es kannten, der Vergangenheit angehörten, schüttelten den Kopf.

„In diesem Fall enthebe ich Sie alle mit sofortiger Wirkung Ihres Amtes. Mr Cox, nehmen Sie diese Männer in Gewahrsam."

„Jawohl, Sir, Mr President."

Cox zog das FBI hinzu, um die Verhaftung der Stabschefs durchzuführen.

Dass keiner der Verschwörer Einspruch erhob oder seine Unschuld beteuerte, verriet Nick, dass sie alle mit drinsteckten, was unglaublich war. Wie konnte keiner der Vereinigten Stabschefs zu den anderen gesagt haben: *Hey, das ist vielleicht nicht die beste Idee, die wir je hatten?*

Als das FBI alle abgeführt hatte, um sie erkennungsdienstlich zu behandeln, lehnte sich Nick in seinem Sessel zurück. „Was jetzt?"

„Du musst eine Erklärung abgeben." Graham schien genauso geschockt zu sein, wie Nick sich fühlte. „Sofort. Noch heute Abend."

Nick wies Terry an: „Gib bekannt, dass ich in dreißig Minuten im Presseraum eine Stellungnahme verlesen werde."

Terry verließ den Raum, um Nicks Anweisung auszuführen.

Die übrigen Anwesenden schienen darauf zu warten, dass Nick das Schweigen brach. „Das ist eine bedauerliche Entwicklung, aber wir werden die Arbeit fortsetzen, die das amerikanische Volk von uns erwartet. Ich werde neue Stabschefs ernennen, und unsere nationale Verteidigung wird stark bleiben und sich dem Schutz der Verfassung widmen."

„Genau das musst du in deiner Erklärung sagen", bestätigte Graham. „Ganz genau das."

„Ich möchte diese Gelegenheit nutzen, um unsere in der ganzen Welt stationierten Soldaten daran zu erinnern, dass Sie unser Oberbefehlshaber sind", warf Jennings ein. „Wir werden keinen Zweifel daran aufkommen lassen, dass jeder, der Ihre Befehle nicht befolgen will, seine Vorgesetzten benachrichtigen sollte, die ihn dann unehrenhaft entlassen werden."

Nick war dankbar für die Loyalität des Ministers, selbst wenn er Nick als seinen Oberbefehlshaber möglicherweise nicht voll und ganz unterstützte. „Ich möchte Sie noch einmal daran erinnern, dass Sie, wenn Sie sich unsicher sind, ob Sie weiterhin in meiner Regierung ein Amt bekleiden wollen, jederzeit Ihren Rücktritt einreichen können, und danke Ihnen für Ihre Dienste."

„Das wird nicht nötig sein, Sir", antwortete Jennings. „Es ist mir eine Ehre, Ihnen und meinem Land weiter als Verteidigungsminister zu dienen."

„Danke, Herr Minister. Ich bin sicher, Sie haben genug zu tun, wenn Sie sich also verabschieden möchten …"

„Vielen Dank, Mr President." Jennings ging aus dem Lagezentrum und ließ Gretchen, Jessica, Graham und Derek zurück.

„Was zum Teufel ist gerade passiert?", fragte Graham.

„Ich bin zutiefst erschüttert, Mr President", verkündete Gretchen. „Das Ganze ist schändlich und skrupellos."

„Ja, es ist beides", bestätigte Nick. „Passt aber irgendwie zu diesem Tag."

„Was können wir für Sie tun, Sir?", erkundigte sich Derek.

Es störte Nick immer noch, wenn einer seiner engsten Freunde ihn „Sir" nannte, doch gerade im Moment schätzte er Dereks respektvolle Ansprache, vor allem angesichts der jüngsten Ereignisse. „Ich könnte Hilfe bei der Formulierung der Erklärung gebrauchen."

Derek griff nach Block und Stift, da elektronische Geräte im Lagezentrum verboten waren. „Dann mal los."

Als Sam und ihre Personenschützer sich dem Weißen Haus näherten, kam ihnen eine Reihe von FBI-SUVs entgegen, die das Gelände verließen. „Was ist denn hier los?", fragte Sam ihren Fahrer.

„Ich weiß es nicht, Ma'am."

Er hielt vor dem Gebäude, und ein weiterer Bodyguard öffnete die Tür des Wagens für sie. „Warum genau war das FBI hier?", erkundigte sich Sam bei ihm.

„Das kann ich Ihnen nicht sagen, Ma'am."

Drinnen fragte Sam die erste Person, die sie entdeckte, wo sie den Präsidenten finden könne.

„Ich glaube, er ist noch im Lagezentrum, Ma'am", erwiderte Harold, einer der Usher im Weißen Haus.

Vom gesamten Komplex mochte Sam diesen Raum am allerwenigsten, weil Nicks Anwesenheit dort für ihren Geschmack viel zu oft erforderlich war. „Würden Sie ihm ausrichten, dass ich daheim bin?"

„Jawohl, Ma'am. Sofort."

„Danke." Sam stieg die mit rotem Teppich ausgelegte Treppe zum Wohnbereich hinauf, beinahe überwältigt vor Erschöpfung nach dem langen, schwierigen Tag. Sie sah nach den Zwillingen und Scotty, die alle schon schliefen, bevor sie zu ihrer und Nicks Suite ging, um in ihren Pyjama zu schlüpfen. Gerade hatte sie es sich mit einem Glas Wein in der Hand auf dem Sofa gemütlich gemacht, als Nick hereinkam, so gestresst, wie sie ihn noch nie erlebt hatte.

War etwas mit seiner Mutter passiert?

„Ich habe zwei Minuten dafür, dir zu erzählen, was los ist, ehe ich es dem Rest der Welt mitteilen werde."

Seine hastig hervorgestoßenen Worte sorgten dafür, dass Sams Angst wieder aufflammte, die bereits während der Sache mit Shelby fast außer Kontrolle geraten war. Was war nun wieder passiert?

Als er ihr von Juan und den Vereinigten Stabschefs berichtete, begriff sie erst, was er meinte, als er es als „den Versuch eines unblutigen Staatsstreichs" bezeichnete. Sie stellte das Weinglas ab und schlang die Arme um ihn. „Das tut mir so leid, Nick. Du musst dich fühlen, als hätten dich alle …"

„Verraten. Ich fühle mich verraten."

„Zu Recht. Was geschieht jetzt mit ihnen?"

„Das FBI hat sie festgenommen, und man wird sie wegen Verschwörung zum Sturz der Regierung der Vereinigten Staaten, Hochverrat, Aufruhr und zahlreichen anderen Dingen anklagen. Ob die Anklage Bestand haben wird, bleibt abzuwarten."

„Wow."

„Es wird die größte Geschichte, die je aus dem Weißen Haus gekommen ist, und ich werde mittendrin stecken, genau da, wo ich nicht sein will."

„Das wirft doch kein schlechtes Licht auf dich."

„Natürlich tut es das, Sam. Meine höchsten Offiziere haben sich verschworen, um mich aus dem Amt zu entfernen. Das zeigt wohl deutlich, was sie von mir und meiner Präsidentschaft halten."

„Vielleicht ist es auch nur ein deutliches Bild ihres eigenen Machthungers."

„So oder so, die Tatsache, dass es geschehen ist, während ich die Regierungsverantwortung hatte, ist beschämend."

„Du musst dich nicht schämen, denn du hattest nichts damit zu tun. Als Vizepräsident Gooding erkrankt ist, wurdest du gebeten, deinem Land zu dienen und ihn zu ersetzen. Das hast du getan und hast später, als Nelson gestorben ist, auch die Präsidentschaft übernommen. Du hast getan, was man von dir verlangt hat, und mehr kann niemand erwarten."

„Vielleicht sollte ich das sagen, wenn ich der Welt diese Neuigkeit mitteile, in etwa", er schaute auf die Uhr, „sechs Minuten."

„Soll ich mitkommen?"

„Nein, du bist ja schon bettfertig."

„Ich kann mich in zwei Sekunden wieder umziehen. Warte kurz."

„Aber beeil dich."

Sie sprintete zu ihrem begehbaren Kleiderschrank, nahm das erste Kleid, das ihr in die Hände fiel, eins in einem kräftigen Marineblau, und streifte es sich über. Dann eilte sie ins Bad, trug schnell ein Minimum an Make-up auf und steckte sich das Haar hoch. Ehe sie das Schlafzimmer verließ, schnappte sie sich ihren diamantenen Verlobungsring und schob ihn sich zu dem dazu passenden Ehering an den Finger. Rasch schrieb sie noch Celia in einer Textnachricht, dass sie und Nick noch mal für einen Moment nach unten mussten.

Celia antwortete, dass sie die Zwillinge mittels Babyfon im Auge behielt.

Danke vielmals!, erwiderte Sam.

„Drei Minuten", stellte Nick fest, als sie aus dem Bad kam. „Echt gut."

„Ich halte mich eigentlich für ziemlich pflegeleicht."

„Du bist superpflegeleicht", bestätigte er und küsste sie. „Und dafür liebe ich dich – genau wie für eine Million anderer Dinge."

Sie wischte ihm den Lippenstift von der Unterlippe und ergriff seine Hand, als sie das Zimmer verließen. „Ich dich auch. Denk immer daran: Solange wir zusammen sind, können sie uns nichts anhaben."

„Danke für die Erinnerung. Die habe ich nach diesem Tag gebraucht."

„Und dabei haben wir gedacht, der Mist mit deiner Mutter würde die Schlagzeile des Tages sein."

„Ist es seltsam, dass ich plötzlich Sehnsucht nach heute früh habe, als ich noch davon ausgegangen bin, dass sie mir die größten Kopfschmerzen bereiten würde?"

„Sehr seltsam, aber keine Sorge, ich werde es niemandem erzählen."

Als Nick lachte, war sie froh, dass sie bei ihm war. Er brauchte sie, und sie wollte für ihn da sein, so wie er es immer für sie gewesen war. Hand in Hand begaben sie sich zum Presseraum, in dem sich Journalisten und Reporter drängten, obwohl es schon fast zehn Uhr abends war.

Ich schätze, wenn der Präsident ankündigt, er habe etwas mitzuteilen, kommen alle, dachte Sam, während sie Vizepräsidentin Henderson zunickte, die ihnen auf das kleine Podium im vorderen Teil des Raumes folgte.

Nick drückte Sams Hand, dann trat er ans Mikrofon. „Heute

Abend hat man mich darüber informiert, dass die Vereinigten Stabschefs einen Militärputsch gegen meine Regierung planten."

Ein Aufkeuchen lief durch den Raum.

„Nachdem mich diese Information erreicht hatte, forderte ich die Vereinigten Stabschefs auf, im Weißen Haus zu erscheinen, zusammen mit mehreren hochrangigen Mitgliedern meiner Regierung, darunter Vizepräsidentin Henderson, Außenministerin Sanford, Justizminister Cox und Verteidigungsminister Jennings. Als ich die Vereinigten Stabschefs konfrontiert habe, stritten sie nichts ab. Daraufhin habe ich sie von ihren Pflichten entbunden, und Justizminister Cox hat das FBI angewiesen, sie wegen Verbrechen gegen die Vereinigten Staaten von Amerika zu verhaften.

Es versteht sich von selbst, dass dies ein schwerer Schock für mich, Vizepräsidentin Henderson, Minister Jennings und den Rest meiner Regierung war. Ich bin betrübt über dieses Doppelspiel und den Verrat, und ich verwende dieses Wort nicht leichtfertig. Was da vorbereitet wurde, war nichts Geringeres als das, und das Justizministerium wird mithilfe des Verteidigungsministeriums eine umfassende Untersuchung durchführen, um die an dieser Verschwörung Beteiligten zur Rechenschaft zu ziehen.

Minister Jennings plant, sich mit allen Militärangehörigen in Verbindung zu setzen und sie aufzufordern, ihr Entlassungsgesuch einzureichen, wenn sie sich nicht in der Lage sehen, ihrem Oberbefehlshaber mit Loyalität und Treue zur Verfassung und zu allem, wofür sie steht, zu dienen. Wer in diesem Zusammenhang aus dem Militärdienst ausscheiden möchte, erhält eine unehrenhafte Entlassung ohne weitere Vorteile oder Privilegien.

Dies ist ein trauriger Tag für unsere Demokratie, doch wir werden unsere Arbeit fortführen, in der Gewissheit, dass unsere Regierung rechtmäßig ist und jeden Tag im Namen des amerikanischen Volkes handelt. Mein Wort darauf. Als der frühere Präsident Nelson mich bat, den Platz des erkrankten Vizepräsidenten Gooding einzunehmen, tat ich dies in dem Bewusstsein, dass ich möglicherweise an Präsident Nelsons Stelle würde treten müssen. Der Senat hat mich in dieser Funktion vorbehaltlos bestätigt, wissend, dass ich der Nachfolger werden würde, wenn Präsident Nelson im Amt versterben würde. Dass ich jetzt dieses Amt bekleide, ist genau das, was die Väter unserer Verfassung beabsichtigten, als sie sich mit der Frage der

Präsidentennachfolge befasst haben. Ehrlich gesagt bin ich die Bezeichnung ‚unrechtmäßiger Präsident‘ leid. Der Verfassung nach ist meine Präsidentschaft uneingeschränkt rechtmäßig. Ich werde nun ein paar Fragen beantworten."

„Mr President, wie haben Sie von der angeblichen Verschwörung erfahren?"

„Aus einer vertraulichen Quelle."

„Wie haben die Vereinigten Stabschefs reagiert, als Sie sie mit Ihrem Wissen über die Verschwörung konfrontiert haben?"

„Der Vorsitzende Wilson hat nach einem Anwalt verlangt. Die anderen haben sich nicht weiter dazu geäußert, aber niemand hat bestritten, an dem Verrat beteiligt gewesen zu sein."

„Wie ist es um die Sicherheit unseres Landes bestellt, wenn sich unsere militärischen Führer mit einer derartigen Verschwörung befassen?"

„Unsere Militärangehörigen überall auf der Welt wachen heute Abend und jede Nacht sowie jeden Tag über die Sicherheit und den Schutz der Vereinigten Staaten von Amerika und ihrer Bürger. Niemand sollte sich Sorgen um unsere nationale Verteidigung machen oder glauben, es gäbe Schwachstellen, die auf die Umtriebe einiger weniger Menschen zurückzuführen sind, die sich von Machtgier haben verleiten lassen. Unser Land ist heute genauso stark wie früher, bevor wir von diesem ruchlosen Plan Kenntnis erlangt haben."

„Mr President, das war kein guter Tag für Sie und Ihre Regierung."

Was du nicht sagst, du Blödmann, dachte Sam.

„Können Sie uns verraten, wie Sie sich gefühlt haben, als Sie von den Vorgängen erfahren und als Sie von der Verhaftung Ihrer Mutter gehört haben?"

Sam hätte den Reporter am liebsten geohrfeigt. Da ihr das verwehrt war, starrte sie ihn an und hoffte, dass er sich unter ihrem Blick winden würde.

„Es war ein harter Tag, von Anfang bis Ende. Als ich von dem geplanten Hochverrat der Vereinigten Stabschefs erfuhr, war das vorherrschende Gefühl maßlose Enttäuschung. Dass diese hochdekorierten Offiziere ihre Ämter, ihren Ruf, ihre Pension und ihre Freiheit riskieren würden, um mich abzusetzen, war, gelinde gesagt erschütternd. Aber wie immer seit meiner Vereidigung habe ich unverzüglich im Interesse unseres Landes und des amerikanischen Volkes gehandelt. Das werde ich auch weiterhin tun, solange ich dieses Amt bekleide. Um noch einmal zu wiederholen, was Christina Ihnen vorhin über meine Mutter gesagt hat: Ich habe keine Beziehung zu ihr, daher kann ich mich nicht zu ihrer Festnahme oder den gegen sie gerichteten Anschuldigungen äußern. Das war's für heute. Ich werde Sie morgen wieder auf den neuesten Stand bringen."

Die Journalisten riefen Nick weitere Fragen zu, die er ignorierte. Er nahm Sams Hand und führte seine Frau aus dem Raum.

Vizepräsidentin Henderson folgte ihnen.

„Sie haben das so gut gehandhabt, wie es eben möglich ist, Mr President", erklärte sie.

„Hierfür gab es keinen Präzedenzfall", antwortete Nick. „So viel ist sicher."

Wie schon bei früheren Treffen hatte die Vizepräsidentin für Sams Wahrnehmung eine beunruhigende Ausstrahlung. Die Frau war auffallend hübsch, mit glänzendem dunklen Haar, dunklen, auffällig geschminkten Augen und leuchtend roten Lippen. Ein so greller Lippenstift hätte bei einer anderen Frau möglicherweise billig ausgesehen. An ihr wirkte er jedoch elegant und geschmackvoll. Sam wünschte, sie wüsste, warum sie diese sofortige Abneigung gegen eine Person empfand, die ihr nie etwas getan hatte, doch ihr Bauchgefühl trog sie selten. Es warnte sie, dass man Henderson nicht trauen durfte. Wenn das stimmte, konnte Sam nur hoffen, dass sie den Grund eher früher als später herausfinden würden.

„Es war ein langer Tag", sagte Sam zu Nick. „Lass uns zu Bett gehen."

„Bis morgen, Gretchen."

„Gute Nacht, Sir. Schön, Sie wiederzusehen, Mrs Cappuano."

Sam hätte ihr das Du anbieten sollen, aber sie tat es nicht. „Hat mich auch gefreut."

„Frostig", meinte Nick, als sie sich ein Stück von Gretchen entfernt hatten.

„Was denn?"

„Dein Umgang mit ihr."

„Ich war überaus höflich."

„Genau. Das kennt man von dir gar nicht."

„Jetzt bin ich beleidigt."

Er lachte. „Nein, bist du nicht. Was ist dein Problem mit Henderson?"

„Ich weiß es nicht, doch da ist irgendetwas. Glaubst du, sie hat was gemerkt?"

„Nein, dazu kennt sie dich nicht gut genug. Ich hingegen schon."

„Ich hoffe, ich irre mich, was sie betrifft."

„Das wäre mir auch lieber. Ich habe schon genug Probleme. Sie hat übrigens erwähnt, dass sie gerne mit dir zusammenarbeiten würde, wenn es darum geht, Frauen und berufstätige Mütter zu unterstützen."

„Hmm, das überlege ich mir."

„Tu das."

Sie stiegen die Treppe zum Wohnbereich hinauf und nickten den Personenschützern des Secret Service und den sonstigen Bediensteten zu, an denen sie vorbeikamen.

„Glaubst du, die reden alle darüber, dass meine Militärkommandanten sich verschworen haben, um mich aus dem Amt zu jagen?"

„Wenn ja, sollten sie nicht hier arbeiten."

„Ich weiß nicht, wie du das siehst, doch ich habe vom heutigen Tag die Nase gestrichen voll", verkündete Nick.

„Absolut." Und sie hatte ihm noch nicht mal vom Blanchet-Fall, von ihrer emotionalen Taubheit oder ihrer Freistellung erzählt. „Alle Dinge, die heute passiert sind, waren für sich genommen schon mehr als furchtbar. Aber dass das alles an einem einzigen Tag passiert, weckt in mir den Wunsch, die Flucht zu ergreifen."

„Nimm mich mit", bat er.

„Jederzeit."

In ihrer Suite legte er seine Krawatte ab und knöpfte sich das Hemd auf. „Weißt du, was mies ist?"

„Machen wir eine Liste? Die wird ganz schön lang."

„Vor allem eins."

„Nämlich?"

„Selbst wenn ich die Flucht ergreifen wollte, was ich wirklich am liebsten täte, kann ich es gar nicht. Ich bin auf eine Art und Weise gefangen, wie ich es noch nie war, nicht einmal zu der Zeit, als ich Vizepräsident war."

„Ich weiß, das ist kein großer Trost, besonders nach einem Tag wie heute, doch es ist nur für kurze Zeit. Diese ganze Situation ist vorübergehend."

„An einem Tag wie diesem fühlen sich drei Jahre wie ein ganzes Leben an. Ist das wirklich alles passiert? Die Vereinigten Stabschefs haben einen Plan geschmiedet, um mich aus dem Amt zu entfernen?"

Sie trat zu ihm und legte unter dem aufgeknöpften Hemd die Arme um ihn. „Ja, es ist passiert. Und du hast es geregelt, Nick. Du wirst weitermachen und Kurs halten."

Er erwiderte ihre Umarmung und hielt sie, so fest er konnte, als schöpfe er Kraft aus ihr.

Sam wollte ihm von ihrer Beurlaubung erzählen, aber er hatte für einen Tag genug. Das konnte bis morgen warten. Ehe sie ihr Handy auf die Ladestation legte, schrieb sie Avery eine Nachricht, um sich nach Shelby und Noah zu erkundigen.

Sie schlafen beide, zum Glück.

Wie fühlst du dich?

Ich versuche, mich von meiner adrenalingeladenen Panikattacke zu erholen.

Tut mir leid, dass ihr so etwas Furchtbares erleben musstet. Weißt du, wer die Leute waren?

Leider ja. Der Abschaum der Menschheit. Wir hatten großes Glück. Mehr kann ich dazu nicht sagen.

Ich melde mich morgen wieder bei dir. Versuch, dich auszuruhen, und versichere dir so lange, dass alles in Ordnung ist, bis du es glaubst.

Ich werd's versuchen. Danke für alles, Sam.

Hey, ich hab euch echt ins Herz geschlossen.

Wir dich auch.

Als sie ein paar Augenblicke später zu Nick ins Bett kroch, klappte er das Briefingbuch zu, das er sich gerade genommen hatte, und ließ es mit einem lauten Knall zu Boden fallen, worüber Sam lachen musste.

„Der Secret Service wird noch denken, uns greift hier drin jemand an", sagte sie.

„Ich will jetzt an nichts anderes denken als an dich."

„Soll mir recht sein."

In der Mitte des großen Doppelbetts kamen sie zusammen, Arme und Beine ineinander verschlungen, die Lippen in einem langsamen, trägen Kuss vereint, der den Stress des Tages dahinschmelzen ließ, als hätte es ihn nie gegeben. Ja, er würde auch morgen noch da sein, aber im Moment konnten sie so tun, als würde der Rest der Welt nicht existieren.

Nick legte sich auf sie, presste sich eng an ihren Körper, während er sie mit Lippen und Zunge eroberte.

Sie liebte es, wenn er so war, wild und ein wenig durchgedreht nach einem verrückten Tag und bereit, das alles mit ihr zusammen zu vergessen. Oh, wie sehr sie das jetzt brauchte. Niemand konnte die Festplatte ihres stets beschäftigten Geistes löschen wie er. Wenn sie so zusammen waren, konzentrierte sie sich allein auf ihn und das alles verzehrende Verlangen, das sie in seiner Heftigkeit auch nach all der Zeit immer wieder überraschte.

Mit seinen Lippen, seiner Zunge und seinen Händen trieb er sie langsam in den Wahnsinn.

Sie streckte die Arme nach ihm aus, doch er ignorierte es, weil er sie erst noch verwöhnen wollte.

Ihr frustriertes Stöhnen brachte ihn zum Lachen. „Alles zu seiner Zeit, Liebste.“

„Mach schon.“

„Du weißt, was passiert, wenn du mich hetzt.“

Sie stieß ein verärgertes Schnaufen aus und spürte, wie sich seine Lippen an der Innenseite ihres Oberschenkels zu einem Lächeln verzogen. „Hör auf zu lachen“, befahl sie.

„Meine Liebste ist so ungeheuer unterhaltsam.“

„Ich gebe dir gleich unterhaltsam.“

„Oh, wie darf ich mir das vorstellen?“

„Nick!“

Als das Telefon auf dem Nachttisch klingelte, ließ er den Kopf auf ihren Bauch sinken. „Verdammt.“

Sam kamen beinahe die Tränen.

Nick griff über sie hinweg nach dem Hörer und meldete sich mit einem gereizten „Ja?“. Nach einer Pause knurrte er: „Stellen Sie ihn durch.“ Er zog sie an sich und flüsterte: „Es ist der Justizminister. Ich muss rangehen.“

„Kein Problem“, seufzte sie, auch wenn sie es anders empfand. Ihr Körper vibrierte vor Erregung und pochendem Verlangen, das vorerst unbefriedigt bleiben würde. Sie konzentrierte sich auf den leisen Klang seiner Stimme und nicht so sehr auf das, was er sagte, während sie zwischen Wachen und Schlaf schwebte.

Das Gespräch zog sich so lange hin, dass sie eindöste und erst wieder wach wurde, als Nick sie küsste. „Tut mir leid.“

„Schon okay.“

„Nein, ist es nicht, und es tut mir wirklich leid.“

„Das ist ja nicht deine Schuld. Ist denn alles in Ordnung?"

„Ich nehme an, das wird es sein, wenn sich der Staub wieder gelegt hat." Er küsste sie auf die Wange, dann auf die Lippen. „Wo waren wir?"

„Können wir bitte direkt zur Hauptattraktion übergehen? Ich bin müde."

„Wir können das auch morgen fortsetzen, wenn dir das lieber ist."

„Nein." Sie fuhr ihm mit den Fingern durchs Haar. „Du hast mich hängen lassen."

„Die Schuld trifft ganz allein den Justizminister."

„Wir hassen den Justizminister."

„Oh, wir hassen alle."

„Außer den Kindern ..."

„Ja, außer denen."

Lächelnd küsste er sie, während er sich geschickt mit einer Hand seiner Boxershorts entledigte.

Als er in sie glitt, stieß Sam einen tiefen Seufzer aus. „Mmm, das ist das Beste, was mir heute passiert ist."

„Es könnte tatsächlich das *einzig* Gute sein, was heute passiert ist." Als er lachte, lächelte sie. „Wobei, Scottys Aufsatz über die NATO war auch ziemlich gut."

„Die NATO hat in diesem Bett nichts zu suchen."

„Gott sei Dank gibt es dich", flüsterte er an ihren Lippen, während er das Tempo steigerte. „Das wiegt den ganzen Mist irgendwie auf."

„Das ist wohl wahr."

KAPITEL 12

Als Freddie heimkam, drang laute Musik aus dem Zimmer, in dem sich Elin ein kleines Fitnessstudio eingerichtet hatte. Er räumte seine Dienstwaffe, Handschellen und andere Arbeitsutensilien in die Nachttischschublade und ging hin, um nachzusehen, was sie trieb.

Um sie nicht zu erschrecken, öffnete er die Tür ganz vorsichtig, doch bei dem, was sich seinen Augen bot, musste er spontan schlucken. Sie stand in hautenger Trainingskleidung vorgebeugt da, und ihr perfekter Hintern ragte in die Luft.

Elin schaute in den Spiegel, fing seinen Blick auf und lächelte. „Hallo, Schatz. Wie war dein Tag?"

„Er ist gerade deutlich besser geworden."

Freddie war so erleichtert, zum ersten Mal seit der Fehlgeburt ihr echtes Lächeln zu sehen. Eine Weile lang hatte er befürchtet, dass keiner von ihnen je wieder lächeln würde. Aber nach und nach kamen sie wieder auf die Beine, so wie ihre Freunde und ihre Familie es ihnen prophezeit hatten.

Elin richtete sich auf und wischte sich mit einem Handtuch den Schweiß aus dem Gesicht. Dann winkte sie ihn mit gekrümmtem Finger zu sich.

Er trat ein paar Schritte näher zu ihr und wartete ab, was sie vorhatte.

Sie stellte sich auf die Zehenspitzen und küsste ihn.

Freddie legte ihr die Hände auf die Hüften. „Du machst doch nicht zu früh zu viel, oder?"

„Nein, bloß ein paar Dehnübungen. Fühlt sich gut an." Sie

wischte sich erneut übers Gesicht. „Ich habe dem Fitnessstudio mitgeteilt, dass ich morgen wieder arbeiten komme."

„Bist du sicher?"

„Ja. Ich habe gelesen, dass es hilft, zu einer Routine zurückzukehren."

Er wollte, dass sie sich mehr Zeit ließ, um sich auszuruhen und zu erholen, aber diese Entscheidung musste sie selbst treffen. „Rate, was passiert ist."

„Was denn?"

„Sam hat mir die Leitung eines großen neuen Falles übertragen."

„Wow. Toll. Wirst du zur Abwechslung mal ihr Chef sein?"

„Haha! Nein, sie nimmt sich eine Auszeit."

„Warum das?"

„Sie denkt, sie hat nach Spence' Tod vielleicht zu früh wieder angefangen."

„Oh, okay. Ja, das verstehe ich." Elin schaltete die Musik aus. „Ich wollte gerade Abendessen machen."

„Was hältst du davon, wenn wir stattdessen essen gehen?"

„Dazu würde ich nicht Nein sagen. Lass mich nur kurz duschen."

„Keine Eile."

„Freddie."

Er war auf dem Weg aus dem Zimmer, wandte sich jedoch sofort um.

„Du kannst aufhören, mich so besorgt zu mustern. Es geht mir gut."

„Das ist alles, was für mich zählt."

„Ich weiß, und du warst fabelhaft. Ohne dich hätte ich das niemals durchgestanden. Aber ich will versuchen, wieder in die Spur zurückzufinden."

„Was immer du brauchst, Süße."

„Du musst aufhören, mich anzusehen, als ob ich jeden Moment zerbrechen könnte. Das werde ich nämlich nicht. Versprochen."

„Ich liebe dich so verflixt sehr."

„Das war ja beinahe ein Fluch, Freddie Cruz", flüsterte sie entrüstet.

„Es war die Wahrheit."

„Ich liebe dich auch. Wir schaffen das, und in ein paar Monaten werden wir es wieder versuchen, und zwar so lange, bis es klappt."

„Für Versuche bin ich zu haben, wann immer du willst."

Ihr strahlendes Lächeln war das Beste, was Freddie seit Tagen zu Gesicht bekommen hatte. „Ich halte dich auf dem Laufenden."

Während sie duschte, holte er sein Notizbuch aus der Schublade und rief Kelly Goodson an. „Hier ist Detective Cruz vom MPD. Ich habe noch eine Frage."

„Ja, natürlich. Was immer ich tun kann."

„Wussten Sie, dass vier frühere Patientinnen Marcel wegen sexueller Übergriffe während der Behandlung verklagt hatten?"

„Was? Nein, das wusste ich nicht."

„Sie sagten, Liliana habe mit Ihnen über alles gesprochen."

„Das hat sie, doch darüber hat sie nie ein Wort verloren. Wobei …"

„Ja?"

„Vor etwa einem Monat wirkte sie plötzlich irgendwie verändert, aber ich konnte sie nie dazu bringen, mir den Grund zu nennen. Ich frage mich, ob sie es da herausgefunden hatte."

„Inwiefern verändert?"

„Sie war in sich gekehrt, irgendwie abgelenkt und hatte deutlich weniger Zeit für mich. Solche Dinge."

„War das ungewöhnlich?"

„Sehr. Wenn ich sage, dass wir ‚beste Freundinnen' waren, meine ich damit, dass unsere Freundschaft so eng war, dass es unsere Männer nervte, weil wir einander manchmal wichtiger waren als sie. Doch jetzt, wo ich weiß, was bei den beiden los war, macht es wohl Sinn. Das muss ihr furchtbar peinlich gewesen sein. Wie konnte er so etwas tun?"

„Das weiß ich nicht, aber die Klage sollte noch in diesem Monat vor Gericht landen."

„Wie kann ihr Tod nicht damit zusammenhängen?"

„Wir überprüfen jedes mögliche Szenario."

„Wissen Sie, vorhin, als wir uns unterhalten haben, konnte ich nur denken, dass es unmöglich erweiterter Selbstmord gewesen sein kann, weil Marcel ganz verrückt nach Liliana und den Kindern war. Jetzt, wo es so aussieht, als ob ihr Leben wegen etwas, was er getan hat, zu implodieren drohte? Vielleicht war er es doch."

„Vielen Dank für Ihre Einschätzung. Ich melde mich, sollte ich weitere Fragen haben."

„Bitte, jederzeit. Diese Geschichte belastet mich sehr. Ich werde alles tun, was ich kann, um zu helfen."

Nachdem sie aufgelegt hatten, saß Freddie auf dem Bett und

dachte über das nach, was er eben gehört hatte, während im Badezimmer der Föhn lief. Wäre er noch Single gewesen, hätte er jetzt sofort mit Rory McInerny gesprochen, statt bis zum nächsten Tag zu warten. Aber da er mit der umwerfenden Elin Cruz verheiratet war, der es nach ihrem schmerzlichen Verlust endlich wieder besser ging, würde er den Tag mit einem Restaurantbesuch mit seiner Frau ausklingen lassen.

~

„Babe, du musst etwas essen", drängte Cameron Green Gigi Dominguez. „Ich mach mir wirklich Sorgen um dich."

„Ich habe keinen Hunger."

„Dein Körper braucht Nährstoffe. Wie wäre es mit einem Protein-Smoothie? Meinst du, du schaffst das?"

„Ich könnte es versuchen."

Er küsste sie auf die Wange. „Ich bring dir einen." Er hatte sie zu sich geholt, nachdem seine Ex-Freundin Jaycee sich zu Gigis Apartment Zutritt verschafft hatte, sie bedroht und sexuell missbraucht hatte, ehe Gigi sie erschossen hatte.

Cam war sich nicht sicher, welcher Teil des Albtraums Gigi am meisten zu schaffen machte, doch das war auch egal. Sie hatte sich vor einigen Tagen in sein Bett gelegt und es seitdem kaum verlassen, außer um aufs Klo zu gehen oder zu duschen.

Auf seinem Telefon traf eine Nachricht von Gigis Partnerin Dani ein.

Wie ist die Lage?

Unverändert. So langsam kriege ich Angst. Sie will nichts essen. Ich versuche es mit einem Proteinshake. Wenn das nicht klappt, habe ich keine Idee mehr.

Ich hole ihr einen von dem Laden, den sie so mag. Bin gleich bei euch.

Danke.

Gern.

Dani hatte sich seit den Ereignissen mit Jaycee als echte Lebensretterin erwiesen. Sie kam jeden Tag vorbei und brachte etwas mit, wovon sie dachte, Gigi könnte es mögen, von Schokolade über Obst und Bagels bis hin zu ihrem Lieblingssalat. All das lag im Kühlschrank und wartete darauf, dass Gigi Interesse daran zeigte.

Cameron war krank vor Schuldgefühlen wegen dem, was vorgefallen war. Er fühlte sich, als hätte er die grauenhaften

Ereignisse irgendwie in ihr Leben gebracht, indem er sich entschieden hatte, seine Beziehung mit Jaycee zu beenden. Aber jeder, sogar Gigi selbst, versicherte ihm, dass es nicht seine Schuld sei. Er hatte das Recht gehabt, eine Beziehung zu beenden, die ihn nicht glücklich gemacht hatte, und eine neue mit jemandem zu beginnen, die ihn glücklicher machte, als er je gewesen war.

Er wusste, dass sie recht hatten, doch sein Gewissen ließ ihm einfach keine Ruhe.

Dr. Trulo war da gewesen, um mit ihnen zu sprechen, und Cameron hatte mit ihm über die Schuldgefühle geredet. Trulo hatte getan, was er konnte, um ihm zu helfen, mit diesen Empfindungen umzugehen, doch es war ein hartes Stück Arbeit. Cameron landete immer wieder bei der Tatsache, dass Jaycee ohne ihn gar nicht gewusst hätte, wer Gigi war. Sie hätte keinen Grund gehabt, in ihr Haus einzubrechen, sie brutal anzugreifen oder zu zwingen, etwas zu tun, was sie in ihrem Job nie getan hatte: ein Leben zu nehmen, um ihr eigenes zu retten. Jetzt würde die Dienstaufsicht den Schusswaffeneinsatz untersuchen, was das Letzte war, was eine Polizistin gebrauchen konnte.

Die ganze Sache war einfach unerträglich.

Sie hatten einen kniffligen neuen Fall, über den er nachdenken sollte, aber das Einzige, woran er denken konnte, war Gigi und wie er ihr helfen konnte, mit dem Trauma fertigzuwerden.

Es war gut, dass Jaycee tot war, sonst wäre er versucht gewesen, sie persönlich umzubringen, zur Hölle mit den Konsequenzen. Jaycees Mutter war von einem SWAT-Team erschossen worden, nachdem sie Jeannie McBride als Geisel genommen hatte. Dank seiner Ex waren zwei der Menschen, die ihm am nächsten standen, traumatisiert worden. Es fiel ihm schwer, damit zu leben.

Dani teilte per Textnachricht mit: *Ich bin da.*

Cameron ging ihr die Tür öffnen.

„Hey", begrüßte sie ihn, während er zur Seite trat, um sie einzulassen.

„Danke fürs Vorbeischauen."

„Na klar." Dani war groß, blond und umwerfend attraktiv – die Sorte Frau, zu der er sich immer hingezogen gefühlt hatte, bis er zum ersten Mal Gigi gesehen und festgestellt hatte, dass er sich, was seinen Geschmack betraf, offenbar getäuscht hatte.

Weil sie im Dienst war, trug Dani ein Funkgerät an der Hüfte, aus dem ununterbrochen Meldungen drangen. „Ich kann nicht lange bleiben." Sie reichte ihm den Smoothie. „Sag ihr, dass ich da war und dass ich sie lieb habe."

„Werde ich. Sie wird sich über den Smoothie freuen."

„Sag ihr außerdem, sie kann sich bei mir bedanken, indem sie ihn trinkt."

„Ich richte es ihr aus."

„Bei dir alles okay?"

„Wenn ich ehrlich sein soll, kämpfe ich mit meiner Rolle bei dieser Sache."

„Du hattest nichts damit zu tun. Und wenn wir dir das für den Rest deines Lebens vorbeten müssen, werden wir das tun."

„Würdest du dich an meiner Stelle nicht verantwortlich fühlen?"

„Vielleicht, doch ich würde auf die Menschen um mich herum hören, die mir die Wahrheit sagen und mich von der Verantwortung für etwas lossprechen, das ich nicht getan habe und das sich meiner Kontrolle entzieht."

„Ich gehe jede Minute, die ich mit Jaycee verbracht habe, noch mal durch und suche nach Anzeichen dafür, dass sie die Fähigkeit zu solcher Niedertracht und Brutalität in sich hatte, aber da war nichts. Ich hätte das sonst bestimmt gemerkt."

„Na ja, sie hat diese Seite von sich offensichtlich vor dir und anderen Menschen in ihrem Umfeld verborgen, die ebenfalls schockiert sind über das, was sie getan hat."

Das war ihm neu. „Was sagen die denn?"

„Dass die Jaycee, die sie gekannt haben, so etwas nie getan hätte."

„Dann haben sie sie nicht gekannt. Genauso wenig wie ich."

„Du hast gesehen, was sie dich sehen lassen wollte – genau wie die anderen auch."

„Da hast du wohl recht."

„Ich muss los, Cam. Ich habe heute noch viel zu tun, bevor meine Schicht zu Ende ist."

„Danke, dass du den Smoothie vorbeigebracht hast."

Dani überraschte ihn, indem sie ihn auf die Wange küsste. „Sei nett zu dir selbst, Cam. Niemand gibt dir die Schuld, schon gar nicht Gigi."

Damit verschwand sie.

Cam winkte ihr von der Tür aus nach, schloss und verriegelte diese und schaltete das Außenlicht aus. Er brachte Gigi, die auf der Seite lag und die Wand anstarrte, den Smoothie. „Dani war da und hat dir deinen Lieblingssmoothie vorbeigebracht."

„Nett von ihr."

„Sie sagte, du kannst dich bei ihr bedanken, indem du ihn trinkst, und sie lässt ausrichten, sie habe dich lieb."

Das rang Gigi ein kleines Lächeln ab. Sie setzte sich auf und nahm ihm den Becher ab.

Cameron zog das Papier vom Strohhalm ab und steckte ihn hinein.

Gigi wagte einen zaghaften Schluck und dann noch einen. „Lecker."

Cam atmete erleichtert auf, weil sie etwas zu sich nahm.

„Sie weiß, was ich mag."

„Wir alle wollen, dass es dir besser geht."

„Ich arbeite dran."

Cam setzte sich auf die Bettkante. „Willst du darüber sprechen?"

„Nein, aber ich weiß, dass ich es muss."

„Es soll helfen", erklärte er mit einem Lächeln.

Während sie weiter an ihrem Smoothie nippte, schien sie sich zu sammeln. „Ich kann nicht aufhören, darüber nachzudenken, ob ich nicht doch irgendetwas anderes hätte tun können, als sie zu erschießen. Immer wieder gehe ich alles Schritt für Schritt durch und versuche, einen anderen Ausweg zu finden, der nicht mit ihrem Tod endet."

Cameron streichelte ihr die Wange. „Du hast dich gerettet, was jeder in dieser Situation getan hätte. Sie hätte dich nicht am Leben gelassen."

„Nein, aber ich kann nicht aufhören, an den Schuss zu denken, an das Geräusch, als die Kugel sie getroffen hat, oder an ihren Gesichtsausdruck, als ihr klar wurde, dass sie sterben würde." Gigi schauderte. „Ich wünschte, das wäre nicht passiert."

„Glaub mir, das wünsche ich mir auch. Nur, wie uns alle versichert haben, war das ihre Schuld, nicht unsere. Sie ist uneingeladen bei dir aufgetaucht, hat dich mit einem Messer bedroht, dir andere unaussprechliche Dinge angetan und dich gezwungen, dich zu verteidigen."

„Ich weiß, dass ich keine andere Wahl hatte, trotzdem ... Das werde ich nie vergessen."

„Weil du ein so großes, liebevolles Herz hast und nie jemandem so wehtun könntest, wie sie es bei dir versucht hat. Es würde mir Sorgen bereiten, wenn du deswegen nicht aufgebracht wärst.

Trotzdem musst du dich um dich kümmern, während du das verarbeitest. Wir machen uns große Sorgen um dich."

„Tut mir leid. Mir war einfach nicht danach, was zu essen." Sie hielt den Smoothie hoch. „Der schmeckt allerdings echt lecker."

„Gepriesen sei Dani." Cameron strich ihr eine Strähne ihres dunklen Haares hinters Ohr. „Gigi, es tut mir leid, dass das passiert ist. Es wird mir ewig leidtun."

„Von mir wirst du keinen Vorwurf hören, falls das deine Sorge ist."

„Ich habe solches Glück, dich gefunden zu haben."

„Wir haben beide Glück, dass wir einander gefunden haben, und wir dürfen nicht zulassen, dass sie sich zwischen uns drängt, sonst gewinnt sie, selbst vom Grab aus."

Zum ersten Mal seit Tagen hatte Cameron das Gefühl, er könnte sich zu ihr beugen und sie küssen.

Ihre Hand, kalt von dem Smoothie, legte sich an sein Gesicht.

Cam zuckte erschreckt zusammen.

Gigi lachte, und er spürte, wie die Spannung in ihm etwas nachließ. Wenn sie lachen konnte, würden sie es vielleicht schaffen.

„Was habe ich bei der Arbeit verpasst?", fragte sie.

„Nicht viel." Sie brauchte erst mal noch nichts von dem furchtbaren Mord an der Familie zu erfahren.

„Ich habe eine E-Mail erhalten, dass meine Anhörung bei der Dienstaufsicht nächste Woche stattfindet."

„Das ist reine Routine."

„Dennoch", erwiderte sie. „Es ist das erste Mal, dass ich mit der Dienstaufsicht zu tun habe."

„Es wird alles gut werden. Du erzählst einfach wahrheitsgemäß, was passiert ist, und bist wieder im Dienst, sobald du bereit bist."

„Das hoffe ich sehr."

Nicoletta saß in ihrer Zelle, starrte die nackte Mauer an und wartete auf etwas, von dem sie jetzt wusste, dass es nicht passieren würde. Nick würde das nicht für sie in Ordnung bringen, und inzwischen hatte das FBI ihr Büro durchsucht.

Ihr Magen knurrte. Dieser unfähige Anwalt würde sie nicht retten, und für das Leben im Gefängnis war sie ganz sicher nicht geschaffen.

Sie musste hier raus.

Nicoletta stand auf und ging zu den Gitterstäben. „Hallo? Ist da wer?"

„Klappe, du alte Schlampe", rief eine Frau vom anderen Ende des Gangs. „Hier versuchen Leute zu schlafen."

Nicoletta ignorierte sie. „Ist da jemand?", wiederholte sie.

Ein Hilfssheriff näherte sich der Zelle. „Was ist los?"

„Ich muss hier raus – ich habe viel zu tun."

„Haben wir das nicht alle?", fragte die Frau am anderen Ende des Gangs. „Bist du etwa was Besonderes?"

„Ihre Anklageverlesung ist für morgen früh angesetzt", informierte der Hilfssheriff Nicoletta. „Dann können Sie das dem Richter erzählen."

„Aber ich muss mal."

Der Beamte wies auf die Toilettenschüssel in einer Ecke ihrer Zelle. „Da ist Ihre Möglichkeit."

„Ich kann das nicht vor allen Leuten", beschwerte sich Nicoletta.

„Dann müssen Sie wohl einhalten."

Damit verschwand der Mann und überließ sie ihrem Elend. Sie drehte sich um, musterte die Schüssel und wünschte sich, sie könnte den Tag von vorn beginnen, damit sie sich etwas Praktischeres anziehen könnte als ihren roten Seidenmorgenmantel, der sich zudem langsam ziemlich versifft anfühlte.

Sie ging zur Schüssel, drehte sich um, hob ihren Morgenmantel an und brachte sich in Position. Ihre Oberschenkel brannten von der Anstrengung, zu verhindern, dass sie die Toilette berührte. In einer Ecke ihrer Zelle gab es eine Kamera. Sie fragte sich, ob noch vor dem Morgen ein Video von der Mutter des Präsidenten, die in einer Gefängniszelle pinkelte, im Internet auftauchen würde.

Das war alles die Schuld seiner Frau, dieser Mistzicke. Daran hatte Nicoletta nicht den geringsten Zweifel, und wenn sie hier rauskam, würde sie ihr das Leben zur Hölle machen, und wenn es das Letzte war, was sie tat.

KAPITEL 13

Die morgendlichen TV-Nachrichten brachten es auf den Punkt: „Vereinigte Stabschefs planen Putsch gegen die Cappuano-Administration".

Alle Morgensendungen berichteten fieberhaft, und die Bilder der ranghöchsten Offiziere des Landes in orangefarbenen Overalls versetzten die Medien in einen Rausch, wie ihn Washington seit Watergate nicht mehr erlebt hatte.

Sam kam aus dem Schlafzimmer und setzte sich in dem weißen Seidenmorgenmantel, den Nick ihr im Jahr zuvor zum Valentinstag geschenkt hatte, neben ihn aufs Sofa.

„Morgen", begrüßte er sie.

Sie küsste ihn auf die Wange. „Guten Morgen. Wie schlimm ist es?"

„Maximal schlimm. Viele Leute, einschließlich des ehemaligen Außenministers, bezeichnen die Vereinigten Stabschefs als mutige Patrioten, weil sie das zu tun versucht haben, was getan werden muss."

„Ich bin mir sicher, dass viele auch empört sind über die Missachtung der Verfassung."

„Scheint mir ziemlich gleichmäßig verteilt zu sein."

„Das tut mir leid, Nick. Es ist ein so furchtbarer Verrat."

„Richtig, aber ich kann meinen Job nur weiter so gut wie möglich erledigen und das Beste hoffen."

„Niemand würde es dir verübeln, wenn du dich krankmeldest."

„Kann der Präsident das?"

„Ich finde, der Präsident kann tun, was immer er will."

„Das würde bloß weitere Spekulationen hervorrufen, dass ich nicht den Mumm habe, mich zu zeigen, nachdem meine Militärs versucht haben, mich zu stürzen."

„Ich nehme an, das würde die Gerüchteküche nur noch anheizen."

„Warum machst du dich nicht für die Arbeit fertig?", fragte Nick.

„Ich, äh, nun … Ich nehme mir eine kleine Auszeit."

„Wie bitte? Warum das denn? Wann hast du das beschlossen?"

„Gestern, ganz spontan."

„Ich höre, Samantha." Er hasste es, wenn sie ihm Dinge verheimlichte, selbst wenn es nur daran lag, dass er ohnehin schon einen abscheulichen Tag hatte. „Und lass nichts aus."

„Wir haben seit gestern einen neuen Fall. Man hat eine sechsköpfige Familie – Vater, Mutter und vier Kinder – erschossen in ihrem Haus aufgefunden. Soweit wir wissen, war es eine intakte Familie mit erfolgreichen Eltern und lieben Kindern. Die Tatwaffe lag so, dass es den Eindruck machte, als hätte es der Vater getan. Wahrscheinlich handelt es sich um einen erweiterten Selbstmord, doch wir untersuchen es erst mal wie einen Mord, bis wir uns da hundertprozentig sicher sein können. Zumindest wird meine Einheit das tun."

„Aber ohne dich."

Sam nickte. „Nachdem wir gestern den Tatort verlassen hatten, ist mir aufgefallen, dass ich mich irgendwie schlecht gefühlt habe."

„Inwiefern?"

„Ich war innerlich wie abgestumpft. Ich hatte keine Reaktion darauf, dass vier kleine Kinder ermordet in ihren Betten gelegen haben. Es war ein Arbeitstag wie jeder andere, keine große Sache. Als ich Trulo gefragt habe, woran das liegen könnte, hat er die Vermutung geäußert, der Grund dafür könnte sein, dass ich mir nach Spencers Tod nicht genug Zeit genommen habe." Nach einer Pause fügte sie hinzu: „Du weißt ja, dass ich unbedingt den Schuldigen finden wollte, der ihm die gestreckten Tabletten verkauft hatte."

„Du hast dir keinen Raum zum Trauern gelassen."

„So ähnlich, obwohl ich nicht gedacht hätte, dass ich um ihn genauso trauern würde wie um meinen Vater, da wir uns eigentlich nicht besonders nahegestanden haben."

„Er war acht Jahre lang mit deiner Schwester verheiratet, und sie hat ihn geliebt. Er war der Vater deiner Nichte und deines Neffen und gehörte zur Familie. Daher hast du ihm sehr wohl nahegestanden."

„Du weißt, was ich meine."

„Okay, dein Verhältnis zu ihm war nicht so eng wie das zu Mike, aber trotzdem …"

„Vermutlich hast du recht. Es hat mich jedenfalls verwirrt, als ich erkannt habe, dass das tatsächlich dahinterstecken könnte."

Nick legte einen Arm um sie. „Du hast ein paar harte Monate hinter dir. Ich bin nicht überrascht, dass das langsam mal Spuren hinterlässt."

„Tja, ich irgendwie schon."

„Weil du immer weitermachst, als wäre nichts gewesen, dabei hat jeder seine Grenzen, selbst eine Superfrau wie du."

„Ich hasse es, meine Grenzen aufgezeigt zu bekommen."

Nick lachte. „Das ist mir klar."

Sie lehnte den Kopf an seine Brust.

„Was hast du mit deiner unerwarteten Freizeit vor?"

„Keine Ahnung."

„Du könntest mich zur Arbeit begleiten."

„Äh, so verlockend das Angebot auch ist …"

Nick lachte laut los, was sie sehr froh stimmte. Ihre wichtigste Aufgabe als Frau des Präsidenten war es, so viel Leichtigkeit wie möglich in sein Leben zu bringen.

„Wie wäre es, wenn ich dich zwischendurch mal besuche?"

Nick zog sie enger an sich. „Auf dieses ‚zwischendurch' freue ich mich jetzt schon."

Freddie hatte das Team im Konferenzraum zusammengerufen. Er war so nervös, dass er an diesem Morgen nicht gefrühstückt hatte, was für jeden, der ihn kannte, eigentlich unvorstellbar war. Aber er hatte noch nie eine Ermittlung geleitet und wollte Sam und die anderen Führungskräfte auf keinen Fall enttäuschen.

Auf dem Weg zur Arbeit hatte er die Nachrichten über den geplanten Putsch gehört und war stellvertretend für Nick, der mit an Sicherheit grenzender Wahrscheinlichkeit unter der ganzen Sache litt wie ein Hund, entsetzt gewesen. Freddie wünschte, er könnte etwas für ihn tun, doch im Augenblick musste er sich auf den Fall konzentrieren. Er würde Sam nach der Schicht anrufen, um sie auf den neuesten Stand zu bringen und sich zu erkundigen, wie es ihr ging. Der Vortag war für sie alle ziemlich heftig gewesen.

Deputy Chief Jeannie McBride und Captain Malone trafen ein und nahmen Platz.

„Ich habe Dr. McNamara und Lieutenant Archelotta gebeten, sich uns ebenfalls anzuschließen", erklärte Freddie. „Sie werden gleich hier sein. Bis dahin lasst uns durchgehen, was Detective Carlucci über Nacht erreicht hat."

„Können wir vorher über die Schlagzeilen von heute Morgen sprechen?", fragte O'Brien. „Was ist bloß mit den Stabschefs los? Hat jemand mit Sam telefoniert?"

„Noch nicht", erwiderte Freddie. „Ich bin sicher, sie und Nick haben alle Hände voll zu tun, und wir haben sechs Tote in der Leichenhalle, auf die wir uns konzentrieren sollten." Das hätte Sam garantiert auch gesagt. Er wollte dafür sorgen, dass alle ihre Aufmerksamkeit dorthin richteten, wo sie hingehörte. „Zurück zu den Ergebnissen von Carluccis Nachforschungen."

„Sie hat die Finanzen der Familie überprüft und festgestellt, dass sie kaum noch Geld hatten", legte O'Brien los. „Die meisten Konten wiesen Guthaben von weniger als fünfzig Dollar auf, mit Ausnahme des gemeinsamen Girokontos, auf dem dreihundert Dollar sind. Die Kontostände waren viel niedriger als sonst. Carlucci hat die letzten sechs Monate gecheckt und sagt, dass der durchschnittliche Kontostand sonst immer zwischen fünfzehn- und zwanzigtausend gelegen hat."

„Die Reduzierung seiner Arbeitszeit hat also unmittelbare finanzielle Probleme verursacht", schloss Freddie. „Gab es in den letzten Monaten ungewöhnliche Ausgaben?"

„Nicht dass Carlucci etwas aufgefallen wäre", antwortete O'Brien. „Nur die üblichen Haushaltsausgaben, ein paar Überweisungen hier und da auf andere Konten, einige davon gemeinsame und einige solche, die dem einen oder dem anderen Ehepartner gehören. Routinekram."

„Carlucci hat auch die Social-Media-Accounts der Eltern und der ältesten Tochter Eloise durchforstet", ergänzte Green. „Von den jüngeren Kindern hat sie keine aktiven Konten gefunden, der Vater war in den sozialen Medien nur über seine Praxis vertreten, die häufig Fotos von Neugeborenen hochlädt, die viele Likes und Kommentare erhalten. Die Mutter postete hauptsächlich über ihre

Kinder und hier und da lustige Memes sowie Presseberichte über Eloises Wettkämpfe und ein paar Artikel über sie als Olympia-Hoffnung. Eloises Posts befassten sich mit ihren Wettkämpfen, und es gab ziemlich viele Aufnahmen von ihr mit Medaillen. Carlucci hat festgestellt, dass ungewöhnlich viele Leute auf diese Fotos mit einem wütenden Emoji reagiert haben. Dani hat eine Liste dieser Personen. Ihr ist aufgefallen, dass die meisten von ihnen Teammitglieder im gleichen Alter oder deren Eltern waren."

„Die Eltern der anderen Turnerinnen haben auf Eloises Posts mit wütenden Emojis reagiert?", wiederholte Jeannie. „Das ist doch armselig."

„Es ist schon schlimm genug, dass ihre Konkurrentinnen negativ auf sie reagiert haben", sagte Malone. „Aber die Eltern …"

„Ich schlage vor, nachdem wir mit dem anderen Partner aus der Praxis des Vaters gesprochen haben, machen wir damit weiter." Freddie warf einen Blick in die Runde. „Alle einverstanden?"

„Auf jeden Fall", antwortete Green, und die anderen nickten.

„Gonzo? Bist du auch einverstanden?"

„Das ist Ihre Untersuchung, Detective Cruz. Also entscheiden Sie über die Vorgehensweise."

Wären sie allein gewesen, hätte Freddie seinem Freund gesagt, er solle den Mist lassen, so aber teilte er die Namen der Eltern der Turnerinnen zwischen sich, Gonzo, Green, O'Brien und Charles auf. „Ruft an, wenn ihr auf etwas stoßt."

„In Ordnung", erwiderte Green, während er mit den jüngeren Detectives aus dem Raum ging.

„Meldet euch, wenn ich helfen kann", ließ sich Jeannie vernehmen.

„Das gilt auch für mich", schloss sich Malone an. „Die Spurensicherung ist noch im Haus zugange. Ich gebe Ihnen Bescheid, sobald sie was zutage fördern."

Lindsey kam mit einer Tasse Kaffee in der Hand herein. „Tut mir leid, dass ich zu spät dran bin. Wir haben gerade erst die letzte Autopsie abgeschlossen. Ich habe Sam den Bericht gemailt."

„Sie ist für eine Weile weg", informierte Freddie sie. „Kannst du mir eine Kopie schicken?"

„Ist alles okay?", fragte Lindsey besorgt.

„Ja", beruhigte Freddie sie.

Lindsey zückte ihr Smartphone und tippte auf den Bildschirm. „Hab den Bericht an deine E-Mail-Adresse geschickt."

„Vielen Dank.“

„Einige Leute haben ausgesagt, dass bestimmte Dinge, die Marcel Blanchet in letzter Zeit getan hat, völlig untypisch für ihn waren“, meinte Freddie zu Lindsey. „Gibt es medizinische Gründe, die das verursacht haben könnten?“

„Klar, eine ganze Reihe von Dingen. Ich kann noch weitere Tests an ihm durchführen, ehe ich die Leichen dem Bestattungsinstitut übergebe.“

„Das wäre super. Ich bin nicht sicher, ob da etwas dran ist, doch ich habe so ein Gefühl.“

„Eine gute Idee. Es lohnt sich auf jeden Fall, das zu prüfen. Ich melde mich, wenn ich mehr weiß.“

„Vielen Dank, Doc.“

Archie kam herein und sah wie immer abgehetzt und fertig aus. Seine IT-Abteilung war eine der meistbeschäftigten der gesamten Polizei von Washington. „Es geht nur langsam voran, aber wir machen Fortschritte. Wir konzentrieren uns momentan auf die Handys der Eltern und der beiden älteren Kinder. Im Laufe des Tages dürfte ich mehr wissen.“

„Danke.“

„Ich hab gehört, Sam gönnt sich ein paar Tage Urlaub“, meinte Archie. „Stimmt das?“

„Ja.“ Freddie spürte, dass Archie und Lindsey, die beide mit Sam befreundet waren, mehr Informationen wollten, doch die mussten sie sich bei ihr selbst holen.

„Bitte halte Detective Cruz auf dem Laufenden“, bat Gonzo Archie. „Er leitet in Sams Abwesenheit die Ermittlungen.“

„Gut.“ Archie warf den beiden einen neugierigen Blick zu, ehe er den Raum verließ.

„Sag mir Bescheid, wenn es Fragen zu meinem Bericht gibt“, erklärte Lindsey. „Sie sind alle an den Schussverletzungen gestorben. Eloise war das einzige der Kinder, auf das der Täter mehr als einmal geschossen hat, und wie bereits berichtet, hatte der Vater Schmauchspuren an der rechten Hand.“

„Danke für die Information.“

„Behandelt ihr die Sache als erweiterten Selbstmord?“, fragte Lindsey.

„Wir ermitteln in alle Richtungen“, antwortete Freddie.

„Gut. Dann lasse ich euch mal arbeiten.“

Als sie den Raum verließ, wandte sich Freddie an Gonzo: „Es ist nicht meine Aufgabe, zu erklären, wo Sam steckt, oder?"

„Du hast das absolut richtig gemacht. Es sind ihre Freunde, und sie werden sich ohnehin bei ihr melden."

„Genau das habe ich mir auch gedacht. Lass mich einen kurzen Blick auf die Autopsieberichte werfen, dann können wir loslegen."

„Klingt gut, Boss."

„Lass das."

Gonzo grinste. „Warum sollte ich, wenn du dich dabei so unwohl fühlst?"

„Die ganze Sache ist mir unangenehm."

„Zu Recht. Es ist keine Kleinigkeit, zum ersten Mal eine Mordermittlung zu leiten. Viele Leute zählen auf dich."

„Bloß keinen Druck."

„Du schaffst das, Freddie. Du bist bereit, sonst hätte Sam dir nicht die Verantwortung übertragen."

„Sie hätte sie dir übertragen sollen", verkündete Freddie.

„Sam wollte dir eine Chance geben, und ich stimme ihr zu: Es ist an der Zeit."

„Passt du ein bisschen auf, dass ich es nicht vermassle?"

„Das muss ich nicht. Du packst das, Freddie."

„Danke für dein Vertrauen. Das kann ich gut brauchen."

„Genau deshalb geben wir dir diese Chance. Du weißt, was du zu tun hast. Schließlich hast du seit Jahren auf diesen Moment hingearbeitet."

„Ich hatte keine Ahnung, dass er so schnell da sein würde."

„Sam wirft dich aus dem Nest und zwingt dich, deine Flügel auszubreiten."

„Glaubst du, es geht ihr gut?"

„Sie kommt wieder in Ordnung. Das braucht nur ein bisschen."

Als die Kinder in der Schule waren und Nick im Oval Office, wusste Sam nichts mit sich anzufangen. Die Mitarbeiter des Weißen Hauses kümmerten sich so gut um alles, dass es weder Wäsche zu falten noch andere banale Aufgaben zu erledigen gab, mit denen sie ihre Zeit hätte füllen können.

Sie hätte ihren Kleiderschrank aufräumen können, aber sie hatte keine Lust, dieses Projekt heute in Angriff zu nehmen.

Also goss sie sich noch eine Tasse Kaffee ein, nahm sie mit zum

Sofa und schaltete den Fernseher ein, um zu schauen, wie die Berichterstattung über den Putschversuch lief.

Der ehemalige Außenminister Martin Ruskin gab ein Interview in einer der Morgensendungen.

„Wenn Sie mich fragen", sagte er gerade, „haben die Vereinigten Stabschefs mit ihrem Versuch, vorgezogene Neuwahlen zu erzwingen, sehr patriotisch gehandelt."

„Klar, dass du das so siehst", brummte Sam. „Nachdem Nick dich gefeuert hat, weil du mit iranischen Flittchen rumgemacht hast."

„Es ist unbegreiflich, dass wir uns in dieser Situation befinden", fuhr Ruskin fort. „Dass ein Mann, der lediglich in den Senat gewählt wurde, nun das mächtigste Amt der Welt innehat, sollte jeden Amerikaner erschrecken."

Sam hätte am liebsten etwas nach dem Fernseher geworfen.

„Man könnte einwenden, dass Präsident Cappuano das Amt völlig verfassungskonform übernommen hat, nachdem der Senat ihn als Vizepräsidenten bestätigt hatte", gab die Moderatorin zu bedenken. „Wenn Präsident Nelson und der Senat ihm vertraut haben, sollte uns das nicht genügen?"

„Nein", entgegnete Ruskin heftig. „Das amerikanische Volk hat etwas Besseres verdient."

„Könnte möglicherweise die Tatsache, dass der Präsident Sie als Außenminister entlassen hat, etwas mit Ihrer Feindseligkeit ihm gegenüber zu tun haben?"

Ruskin musterte sie herablassend. *Wie können Sie es wagen, mich das zu fragen?* „Nein."

„Klar", erwiderte Sam. „Natürlich nicht."

„Der Mann ist inkompetent und hat im Amt des Präsidenten nichts zu suchen."

„Jüngste Umfragen zeigen, dass über fünfundfünfzig Prozent der Amerikaner mit seiner Arbeit als Präsident zufrieden sind, eine Zustimmungsrate, die in der modernen Demoskopie ohne Beispiel ist. Was würden Sie diesen Menschen sagen?"

„Ich würde ihnen ans Herz legen, hinter die Fassade zu schauen", antwortete Ruskin. „Er wirkt auf den ersten Blick versiert, das gestehe ich ihm zu, nur … was steckt dahinter? Ich möchte nicht warten, bis einer unserer Feinde uns angreift, um herauszufinden, dass er nicht das Zeug dazu hat."

Sam war empört über das, was sie da hörte. Sie schnappte sich den BlackBerry und schrieb Nick eine SMS. *Ruskin attackiert dich. Jemand muss den Mann zum Schweigen bringen.*

Nick reagierte ein paar Minuten später. *Wir arbeiten gerade an einer Erklärung, um der Öffentlichkeit mitzuteilen, warum ich ihn von seinen Aufgaben als Außenminister entbunden habe. Bislang hatten wir uns darüber ausgeschwiegen. Jetzt liefern wir die genauen Gründe nach.*

Gute Idee. Ich bin froh, dass ihr schon dran seid.

Mach dir keine Sorgen um mich. Ich halte das aus.

O doch, ich mach mir Sorgen um dich, und ich hasse Menschen. Vor allem diesen Ruskin.

Haha, ganz ruhig. Was hast du heute vor?

Ich schaue fern. Das tun Menschen angeblich tagsüber, wenn sie nicht arbeiten.

Du kannst ja etwas Zeit in deinem Büro verbringen ... wenn du Lust hast.

Ich geh da später mal vorbei, um Hallo zu sagen.

Prima. Vergiss nicht, auch mir einen Besuch abzustatten.

Natürlich nicht. xo

Ihr anderes Telefon klingelte. Es war ihre Schwester Tracy. „Hey, was gibt's?"

„Ich dachte, es würde dich interessieren, dass mein kleines Mädchen in Princeton angenommen worden ist."

„Wie bitte? Mein Gott! Das sind ja großartige Neuigkeiten! Ich bin so stolz auf sie."

„Das bin ich auch. Wenn ich daran denke, wie es noch vor nicht allzu langer Zeit um sie stand ... Und jetzt das."

„Sie muss völlig aus dem Häuschen sein."

„Das ist sie, allerdings aus den falschen Gründen."

Sam lächelte. Brooke wollte im Herbst von der University of Virginia nach Princeton wechseln, damit sie mit ihrem Freund Nate vom Secret Service zusammen sein konnte, der als Leiter von Elijahs Bodyguards fungierte. „Nate ist ein großartiger Typ. Er ist es wert, dass sie ihr Leben auf den Kopf stellt, damit sie zusammen sein können."

„Das hoffe ich."

„Er ist ein guter Mensch. Wir alle mögen ihn."

„Das ist wichtig für sie – und für mich auch. Bist du gerade bei der Arbeit?"

„Nein. Ich bin daheim."

„Ich dachte, ihr hättet gestern einen großen neuen Fall bekommen."

„Haben wir. Freddie leitet die Ermittlungen."

„Warum das denn? Was ist los?"

„Es wurde festgestellt, dass ich mir nach dem Tod von Spence nicht genug Zeit genommen habe und vielleicht nicht in der richtigen Verfassung bin, um den Job wie gewohnt zu erledigen."

„Wer hat das festgestellt?"

„Trulo und ich."

„Wirklich? Du hast dir freiwillig eine Auszeit genommen? Haben dich Aliens entführt oder so?"

Sam lächelte. „Ganz so schlimm ist es nicht. Ich hatte nur so ein merkwürdiges Gefühl der Abgestumpftheit, und da habe ich mich gefragt, was wohl los ist. Und lege nun eine Pause ein."

„In der du was tust?"

„Das versuche ich gerade selbst herauszufinden. Fernsehen ist übrigens nicht so toll. Da durfte ich verfolgen, wie der ehemalige Außenminister Ruskin behauptet, dass Nick zwar eine glänzende Fassade hat, aber unter der Oberfläche vielleicht nichts zu finden ist."

„Er ist ein verbitterter Mistkerl. Hör nicht auf ihn. Er hat uns fast in einen Krieg mit dem Iran gestürzt."

„Nicks Team arbeitet gerade an einer Presseerklärung, um den Leuten das mitzuteilen, doch ich hasse es, wenn jemand so über ihn spricht."

„Sie sprechen von der Person, die ein Amt bekleidet, das sie alle gerne hätten. Sie reden nicht unbedingt über deinen Mann."

„Ich nehme an, das stimmt."

„Das tut es. Wie wäre es, wenn wir zum Mittagessen zu Angela fahren und schauen, wie es ihr geht?"

„Das ist der bisher beste Vorschlag des heutigen Tages. Treffen wir uns dort gegen halb eins?"

„Klingt gut."

„Ich werde meine Freunde, die Usher, bitten, etwas Leckeres für uns zu organisieren."

„Juhu, ich kann es kaum erwarten. Bis dann."

KAPITEL 14

Sam duschte, zog sich Jeans und einen Pullover an und wählte die Nummer des Chief Ushers Gideon Lawson.

„Guten Morgen, Sam", begrüßte er sie zu ihrer großen Freude mit ihrem Vornamen.

„Woher haben Sie geahnt, dass ich es bin?"

Sein leises Lachen drang durch das Telefon. „Der Anruf kommt aus dem Wohnbereich, und ich weiß zufällig, dass Sie noch nicht zur Arbeit aufgebrochen sind."

„Mit anderen Worten, Sie unterhalten ein ausgeklügeltes Überwachungssystem."

„‚Überwachung' ist ein so hässliches Wort für aufmerksames Beobachten."

„Verstehe", sagte Sam mit einem Grinsen. Sie mochte den Mann. „Ich habe mich gefragt, ob Sie und die Küchenfeen wohl ein kleines Picknick für drei Erwachsene und ein paar Kinder zaubern könnten."

„Das könnten wir in der Tat. Haben Sie irgendwelche besonderen Wünsche?"

„Meine Schwestern werden Salat wollen, und ich denke schon seit Tagen an das Hähnchensalat-Sandwich von letzter Woche. Die Kinder würden sich über Hühnchen und Mac 'n' Cheese freuen."

„Alles klar. Wir werden es zur Mittagszeit für Sie fertig haben."

„Sie sind der Beste. Vielen Dank."

„Gehen Sie heute nicht zur Arbeit?"

„Ich nehme mir mal einen Tag frei. Vielleicht sogar ein paar Tage. Wir werden sehen."

„Schön für Sie. Genießen Sie die Pause. Bis um zwölf dann."

„Vielen Dank, Gideon."

„Es ist mir wie immer ein Vergnügen."

Wie viel Glück sie hatten, dass sie sich an so großartige Menschen wenden konnten, wenn sie etwas brauchten! Das gesamte Personal im Weißen Haus war unglaublich nett und zuvorkommend. Die Mitarbeiterinnen und Mitarbeiter machten das Leben hier zu einer überaus angenehmen Erfahrung. Sam musste gestehen, dass sie sich vor ihrem Einzug nicht hatte vorstellen können, dass es so fantastisch sein würde, aber das Personal hatte dafür gesorgt, dass sie sich wirklich wie zu Hause fühlten. Die Mühe, die die Angestellten sich hier jeden Tag gaben, wusste sie sehr zu schätzen.

Sie ging die Treppe hinunter und stutzte, als sie merkte, dass Vernon unten auf sie wartete. „Huch. Ich wusste doch, ich hab was vergessen."

„Ich hab mich schon gefragt, wo Sie bleiben."

„Tatsächlich gönne ich mir eine kurze Auszeit von der Arbeit."

„Ist alles in Ordnung?"

„Offenbar habe ich mir nach dem Tod meines Schwagers nicht genug Zeit genommen." Sie zuckte die Achseln. „Also ist jetzt mal eine Pause angesagt."

„Ich verstehe. Falls es hilfreich ist: Ich halte das für eine gute Idee."

„Wenn es von Ihnen kommt, ist das auf jeden Fall hilfreich", erwiderte Sam mit einem herzlichen Lächeln für den Personenschützer, der ihr ein echter Freund geworden war. „Ich möchte kurz nach zwölf Uhr zu meiner Schwester Angela."

„Alles klar. Wir werden bereitstehen."

„Vielen Dank."

„Gern, Ma'am."

Sam funkelte ihn für das „Ma'am" gespielt verärgert an, eine Anrede, bei der sie sich hundert Jahre alt fühlte, auch wenn sie sie täglich hörte, seit Nick Präsident geworden war. Sie ging zu ihrem Büro im East Wing und dachte kurz, sie hätte Lilia vielleicht vorwarnen sollen, dass sie vorbeikommen würde.

Ach, na ja, dachte sie. *Jetzt ist es ohnehin zu spät ...*

~

Der Empfangsdame fielen fast die Augen aus dem Kopf, als Sam die Räumlichkeiten betrat. Sie stand so abrupt auf, dass sie beinahe ihren Kaffee verschüttete. „Mrs Cappuano! Wie schön, Sie hier zu sehen!"

„Gleichfalls. Sind Sie neu?"

„Ja. Mein Name ist Kaitlyn. Ich freue mich sehr, Sie kennenzulernen."

Sam schüttelte Kaitlyn die ausgestreckte Hand. „Ich mich umgekehrt auch. Ich wollte mal bei Lilia reinschauen."

„Sie wird begeistert sein, dass Sie da sind."

„Hey, Sam!", sagte Roni Connolly, die gerade das Büro betrat.

Sam umarmte ihre Freundin kurz. „Du siehst gut aus", stellte sie fest und bemerkte, dass sich Ronis Schwangerschaft bereits abzeichnete.

„Vielen Dank. Ich passe nicht mehr in meine Klamotten, aber sonst ist alles prima."

„Ich wollte kurz zu Lilia. Kommst du mit?"

„Na klar", antwortete Roni und folgte Sam in Lilias Büro.

Ihre Stabschefin strahlte bei Sams Anblick überrascht auf, woraufhin diese sich wieder einmal vornahm, ihr häufiger eine Stippvisite abzustatten.

„Sam", begrüßte Lilia sie. „Was für eine schöne Überraschung."

„Ich hoffe, es ist okay, dass ich einfach so reinschneie."

Roni schloss die Tür, während Sam sich in einem von Lilias gepolsterten Besucherstühlen niederließ. Alles in Lilias Umkreis war elegant, sogar ihre Bürostühle.

„Was führt dich an einem Arbeitstag hierher?", fragte ihre Stabschefin sie.

„Ich nehme mir eine kleine Auszeit", erklärte Sam. „Die letzten Wochen waren sehr anstrengend."

„In der Tat", pflichtete ihr Lilia bei. „Ich finde es richtig, dass du dir eine Pause gönnst. Wie geht es Angela?"

„Ganz gut, glaube ich. Tracy und ich fahren heute Mittag mal bei ihr vorbei."

„Ich muss die ganze Zeit an sie denken", seufzte Lilia.

„Ja, ich auch", schloss sich Roni an.

„Danke. Sie hat das Glück, von Familie und Freunden so wundervoll unterstützt zu werden."

„Bitte richte ihr aus, dass wir an sie denken", bat Lilia.

„Mach ich. Also, was läuft hier so?"

„Wir arbeiten an einigen Social-Media-Posts für dich und nehmen Medienanfragen zu der Sache mit Nicks Mutter entgegen."

„Wir werden das auf keinen Fall kommentieren", stellte Sam klar.

„Genau das haben wir auch gesagt", meinte Roni.

„Was gibt's Neues von ihr? Habt ihr schon etwas gehört?", wollte Sam wissen.

„Nur dass sie auf die Anklageerhebung wartet", antwortete Lilia.

„Ich finde es super, dass sie die Nacht in einer Zelle verbracht hat", gestand Sam. „Macht mich das zu einem schlechten Menschen?"

„In Anbetracht dessen, was sie sich in der Vergangenheit geleistet hat, würde ich behaupten, dieses Gefühl ist nur zu menschlich", bemerkte Lilia.

„Sehe ich genauso", pflichtete ihr Roni bei. „Was auch immer jetzt geschieht, hat sie sich ganz allein zuzuschreiben."

„Wie schlimm ist der Vorfall mit dem Putsch?", erkundigte sich Sam.

„Das ist eine richtig große Sache", erwiderte Lilia. „So was ist noch nie da gewesen. Im West Wing ist die Hölle los. Heute besteht die Hauptaufgabe darin, dem Rest der Welt zu versichern, dass die Cappuano-Regierung handlungsfähig ist und die Urheber dieses Plans ihre gerechte Strafe erhalten werden."

Sam verzog das Gesicht. „Ich kann nicht fassen, dass das wirklich passiert ist."

„Es ist unfassbar", gab ihr Lilia recht. „Ich hoffe, sie landen alle für den Rest ihres Lebens hinter Gittern."

Sam nickte. „Das wäre wünschenswert. Aber wird es dazu kommen?"

„Die Leute fänden es gut", warf Roni ein.

„Leute aus beiden politischen Lagern?"

„Überraschenderweise ja. Die Verfassung ist sehr klar in Bezug auf die Nachfolgeregelung für den Fall, dass ein Präsident stirbt, und der Senat hat deinen Mann als Vizepräsident bestätigt. Da gibt es keine zwei Meinungen."

„Es wurde auch erst kompliziert, als der Präsident verstorben ist", erinnerte Sam sie. „Und der nicht gewählte Vizepräsident dann nachrückte."

„Ja." Das kam von Lilia. „Doch es steht völlig außer Frage, wer der Präsident ist oder sein sollte. Die Vereinigten Stabschefs hatten nicht das geringste Recht zu dem, was sie vorhatten."

„Ich vermute, die Leute werden sich trotzdem fragen, ob sie im Recht waren." Diese Sorge plagte Sam, seit sie zum ersten Mal von den Machenschaften der Stabschefs erfahren hatte. „Wenn die obersten Militärs der Nation kein Vertrauen in die Regierung haben, warum dann normale Bürger?"

„Das könnte zunächst ein paar Wellen schlagen", räumte Lilia ein. „Aber Nicks Umfragewerte sind seit seiner Rede zur Lage der Nation außergewöhnlich positiv, und da beide Seiten die Pläne der Vereinigten Stabschefs auf keinen Fall billigen, sollte am Ende alles gut ausgehen."

„Sollte am Ende alles gut ausgehen" war Sam nicht genug. „Deshalb war ich so froh, als er sich entschieden hat, keinen Vorwahlkampf zu bestreiten." Sam wusste, bei diesen beiden Frauen musste sie kein Blatt vor den Mund nehmen und konnte sich alles von der Seele reden. „Ich hasse es, dass die Leute ihn unter Beschuss nehmen, obwohl er in einer enorm schwierigen Situation sein Bestes gibt."

„Er macht das großartig", sagte Roni. „Und die Menschen auf der Straße erkennen das auch. Was die Vereinigten Stabschefs versuchen wollten, ist ein Bruch ihres Eides, die Verfassung zu schützen. Trevor, Christina und die Kommunikationsabteilung leisten hervorragende Arbeit, um den Fokus dort zu halten, wo er hingehört: bei ihnen und dem, was sie getan haben."

„Gut. Es ist bloß so ermüdend. Alles ist so anstrengend." Sam schaute gerade rechtzeitig hoch, um mitzukriegen, dass Lilia und Roni einen Blick wechselten. „Tut das nicht. Es geht mir gut. Ehrenwort. Es ist nur gerade alles sehr viel."

„Ja, das stimmt wohl", bestätigte Lilia.

Sam verbrachte die nächste Stunde damit, anstehende Verpflichtungen, Social-Media-Posts und andere Details im Zusammenhang mit ihrer Rolle als First Lady zu besprechen, einschließlich der bevorstehenden Rede, die sie im Mai bei der TOP-COPS-Veranstaltung der National Association of Police Organizations halten sollte.

„Hast du die E-Mail gesehen, die ich dir weitergeleitet habe, dass du offiziell für einen TOP COPS Award nominiert bist?", fragte Lilia.

„Ich habe sie überflogen. Mir wäre es immer noch lieber, sie würden jemand anderen auswählen."

„Es ist eine große und wohlverdiente Ehre", gab Roni zu bedenken.

„Wenn ihr meint." Sam war dennoch allein die Vorstellung von der Aufmerksamkeit unangenehm, die mit der Auszeichnung verbunden sein würde.

„Ja, das meinen wir", versicherte Lilia ihr mit einem Lächeln.

„Ich bin dankbar für alles, was ihr für mich tut."

„Es ist uns eine Freude, dich zu unterstützen", erklärte Lilia.

„Wie geht es mit den Hochzeitsplänen voran?", fragte Sam.

Lilia errötete. „Bestens. Da du schon mal hier bist: Ich wollte dich fragen, auch im Namen von Harry, der gesagt hat: ‚Bitte frag Sam, denn sie ist wie eine Schwester für mich, und du liebst sie auch', ob du eine meiner Brautjungfern sein möchtest. Würdest du es in Betracht ziehen, wenn ich verspreche, die Anproben auf ein Minimum zu beschränken und jegliche Art von albernen Spielen beim Junggesellinnenabschied zu unterbinden?"

„Lilia", antwortete Sam amüsiert und gerührt zugleich. „Es ist mir eine Ehre." Sie würde auch an der Hochzeit von Lindsey und Terry teilnehmen, da Nick Terrys Trauzeuge war. Nick würde mit seiner Vorhersage recht behalten, dass es ein hektischer Sommer werden würde.

„Danke. Wobei es mir schwerfällt, zu glauben, dass der Präsident und seine Frau tatsächlich zu meiner Hochzeit kommen."

„Glaub es ruhig. Wir haben dich und Harry aufrichtig gern und freuen uns, an eurem großen Tag dabei zu sein. Ich kann mich darauf verlassen, dass ihr mir Bescheid gebt, wenn ich bei irgendwas behilflich sein kann, oder?"

„Klar doch."

„Gott sei Dank hab ich euch."

Ein paar Minuten später erhoben sich Sam und Roni, um sich zu verabschieden.

„Roni, kann ich dich kurz sprechen?", bat Sam.

„Natürlich." Roni führte sie in ihr Büro, in dem auf einem Regal eine alte Schreibmaschine und mehrere Auszeichnungen standen, die Sam genauer betrachtete.

„Die stammen aus meiner Zeit bei der College-Zeitung."

„Sehr beeindruckend." Sam drehte sich zu ihrer Freundin um. „Derek hat Nick erzählt, dass ihr offiziell zusammen seid, und ich wollte dir nur sagen, wie wunderbar ich das finde."

„Oh, danke", erwiderte Roni mit einem kleinen Lächeln. „Es ist so seltsam, weißt du?" Sie legte eine Hand auf ihren Babybauch. „Seit Patricks Tod hat sich alles verändert, und wahrscheinlich ist es noch viel zu früh, aber", sie zuckte die Achseln, „Derek bringt mich wieder zum Lächeln."

„Das freut mich für dich. Für euch. Ihr habt beide schon so viel hinter euch."

„Mit ihm war es leichter, den nächsten Schritt zu tun, weil er wie kein anderer nachempfinden kann, was ich durchmache."

„Ich bin so froh, dass du diese Unterstützung hast."

„Er war großartig, genau wie die Wilden Witwen. Ich wundere mich immer wieder, dass plötzlich all diese neuen Leute in mein Leben getreten sind, und einige, von denen ich dachte, sie würden ewig da sein, sind irgendwie verschwunden."

„Die Leute wissen nicht, wie sie mit einem Verlust wie dem deinen umgehen sollen."

„Ihr Pech. Was denken die denn, wie *ich* mich fühle?"

„Da hast du recht. Ich bin froh, dass du dich mit Menschen umgibst, die dir den Weg in die Zukunft weisen können. Derek ist ein toller Mann, und Maeve ist einfach entzückend."

„Ich hab sie wahnsinnig lieb."

Sam umarmte ihre Freundin. „Ich freue mich für euch und wünsche euch alles Gute."

„Danke. Ich fürchte, einige Leute werden nicht verstehen, wie ich mich so kurz nach Patricks Tod mit Derek einlassen kann."

„Sie müssen das auch nicht verstehen. Was zählt, ist, dass es für dich funktioniert."

„Das sage ich mir auch, und es ist momentan eigentlich nicht mehr als eine sehr enge Freundschaft."

„Du machst das toll, und ich bin stolz auf dich, weil du etwas überlebt hast, woran die meisten Menschen zerbrochen wären."

„Ich bin daran zerbrochen und tue es jeden Tag aufs Neue. Nach dem, was mir meine Witwenfreundinnen berichten, wird das auch immer so bleiben. Aber Patrick würde nicht wollen, dass sein Tod mein Leben ruiniert, also versuche ich, das nicht zuzulassen."

„Wunderbar. Halt mich auf dem Laufenden darüber, wie es mit Derek weitergeht."

„Werde ich. Danke, dass du dich danach erkundigt hast."

„Absolut nicht. Ihr beide und Maeve, ihr seid mir sehr wichtig."

„Danke."

„Wir sprechen uns bald."

„Ich freue mich schon darauf."

~

Sam verließ den East Wing mit dem Gefühl, dass die Dinge dort dank ihrer wunderbaren Mitarbeiterinnen unter Kontrolle waren. Ohne sie hätte sie ihre Arbeit beim MPD als First Lady unmöglich fortsetzen können. Dank der sozialen Medien konnte sie aktiv und engagiert wirken, auch wenn sie es nicht war. Jedenfalls nicht so richtig.

Sie nahm den ihr inzwischen vertrauten Weg zum West Wing, wo man sie wie immer mit großer Ehrerbietung begrüßte. Andernorts hätte sie sich darüber amüsiert, doch es war nur eine weitere Erinnerung daran, wie sehr sich ihr Leben verändert hatte.

„Hat er kurz Zeit?", fragte Sam die Verwaltungsangestellte vor dem Oval Office.

„Ja, Ma'am. Gehen Sie einfach rein."

„Verraten Sie mir noch mal Ihren Namen."

„Ich bin Ginger."

Ach ja, daran hätte sie sich aus Nicks Zeit als Vizepräsident erinnern müssen. „Danke."

„Gern, Ma'am."

Es war offenbar mal wieder ein *Ma'am*-Tag. Das hatte sie nun davon, dass sie zu Hause geblieben war.

Sam klopfte kurz an die Tür zum Oval Office, trat ein und schloss die Tür hinter sich.

Nick schaute von der Arbeit hoch, und die Freude in seinem Gesicht war wahrscheinlich das Beste, was sie an diesem Tag sehen würde. Als er vom Resolute Desk aufstand, um zu ihr zu kommen, war Sam wieder einmal erstaunt über die Schmetterlinge, die sie immer im Bauch hatte, wenn er in der Nähe war.

„Hallo, Mrs C", begrüßte er sie und küsste sie. „Wie läuft dein freier Tag?"

„Ganz gut. Wie läuft dein Tag in der Hölle?"

„Könnte schlimmer sein, denke ich."

Sam lächelte und streichelte sein Gesicht. „Kann ich etwas tun, damit es besser wird?"

„Das hast du schon, indem du durch diese Tür gekommen bist."

KAPITEL 15

Nick presste sie so fest an sich, dass es eigentlich hätte wehtun müssen, doch das tat es nicht.

„Ich wollte gerade eine Kleinigkeit essen. Willst du mir Gesellschaft leisten?"

Sie hatte noch etwa eine Dreiviertelstunde Zeit, bis sie sich mit ihren Schwestern treffen wollte. „Klar."

Nick nahm sie bei der Hand und führte sie durch sein Wohnzimmer neben dem Oval Office in einen privaten Speiseraum.

„Ich hatte keine Ahnung, dass es hier so was gibt", bekannte Sam.

Nick rückte ihr den Stuhl zurecht und beugte sich vor, um ihr seine Lippen auf den Nacken zu pressen. „Das liegt daran, dass du mittags nie hier bist."

„Das tut mir leid", sagte sie, während er neben ihr Platz nahm.

„Was? Wieso?"

„Ich bin nie zu Hause, um mit dir zu Mittag zu essen."

„Das ist schon in Ordnung, Sam", beruhigte er sie und schenkte ihr dieses Lächeln, das ihr Leben jedes Mal komplett machte. „Ich esse ohnehin nur selten hier."

„Hast du heute Zeit dafür?"

„Nein, aber ich tue es trotzdem, weil ich ein paar Minuten mit meiner wunderschönen Frau verbringen möchte."

„Wie kommst du klar?"

„So weit ganz gut. Vorhin war die Anklageverlesung meiner Mutter, und der Richter hat eine Freilassung auf Kaution abgelehnt, da offenbar Fluchtgefahr besteht. Es scheint, als hätte er ihren Schwachsinn glatt durchschaut."

„Gut so. Wenigstens kann sie keinen Shitstorm lostreten, solange sie im Knast ist."

„Genau, obwohl es mir immer noch schwerfällt, zu glauben, dass meine Mutter tatsächlich in Haft ist."

Roland, einer der Usher des Weißen Hauses, betrat den Raum mit einem Tablett und stellte es auf den Tisch. „Guten Tag, Ma'am. Ich habe gehört, Sie werden heute mit dem Präsidenten zu Mittag essen?"

Wie schafften es die Bediensteten, immer über alles im Bilde zu sein, ohne aufdringlich zu wirken? Offenbar war das eine besondere Begabung. „Sie haben richtig gehört, Roland."

„Was darf ich Ihnen bringen?"

„Wie wäre es mit einem Salat mit gegrilltem Hähnchen und italienischem Dressing?" Das konnte sie essen und trotzdem noch mit ihren Schwestern eine Kleinigkeit zu sich nehmen.

„Ohne Zwiebeln, richtig?"

Sam grinste. „Richtig. Sie haben ein gutes Gedächtnis."

„Es ist meine Aufgabe, mich daran zu erinnern, was Sie mögen, Ma'am."

„Sie machen das sehr gut."

Rolands Lächeln ließ sein Gesicht strahlen. „Ist mir ein Vergnügen. Der Salat kommt sofort."

„Einige Aspekte des Lebens im Weißen Haus sind gar nicht so übel", räumte Sam ein.

„Stimmt."

„Fang ruhig schon an, während ich auf meinen Salat warte."

Er nahm die Haube von seinem Teller, auf dem ein Putensandwich und Pommes frites lagen, die er großzügig mit Ketchup bedeckte.

Sam klaute sich eine Pommes und steckte sie sich in den Mund, bevor ihr all die Gründe einfielen, warum sie das lieber nicht tun sollte. Leider schmeckte die so gut, dass sie sich gleich eine zweite und danach noch eine dritte mopste.

Nick schob seinen Teller näher zu ihr, damit sie sich leichter bedienen konnte.

Sam schob ihn zurück.

Er schob ihn wieder halb zu ihr.

Sam nahm sich mehr Pommes und warf Nick einen bösen

Blick zu.

Er grinste. „Greif zu, Babe."

„Darf ich eigentlich nicht. Die wandern bei mir direkt auf den Hintern."

„Ich liebe deinen Hintern, und meine Meinung ist die einzige, die zählt. Ich stimme für mehr Hintern."

„Nein, auf keinen Fall. Es gibt schon mehr als genug davon."

„Davon kann es nie genug geben."

„Was hört man eigentlich von den Flitterwöchnern?" Sie meinte Elijah und Candace.

„Er hat mir eine Textnachricht zum Thema Vereinigte Stabschefs geschrieben und hält es für einen Riesenskandal. Ich habe mich erkundigt, ob er zur Uni geht, und er hat geantwortet, dass sie tatsächlich ab und zu zum Luftholen auftauchen."

Sam lächelte. „Sie müssen so glücklich sein, endlich wieder zusammen zu sein."

Candace' Eltern hatten Elijah, den älteren Bruder der Zwillinge, wegen Unzucht mit einer Minderjährigen angezeigt, als er siebzehn und Candace fünfzehn gewesen war. Nachdem sie drei Jahre lang keinerlei Kontakt zueinander gehabt hatten, waren sie seit Candace' achtzehntem Geburtstag wieder zusammen und hatten zum Erstaunen aller direkt geheiratet.

„Ich glaube, sie sind superhappy. Er hat geschrieben, er freue sich darauf, uns in den Frühjahrsferien zu sehen."

„Und ich kann es kaum erwarten, sie wieder bei uns zu haben."

Roland kam mit einem weiteren Tablett und stellte Sams Mittagessen auf den Tisch. Das Besteck war in eine Stoffserviette eingerollt. „Ich habe mir erlaubt, auch den Eistee mitzubringen, den Sie so gerne mögen."

„Sie verwöhnen mich zu sehr, Roland."

Roland lächelte und stellte einen Teller mit den Schokoladenkeksen auf den Tisch, nach denen sie und Nick verrückt waren, seit sie sie zum ersten Mal probiert hatten. Nach dem ersten Genuss hatte Sam die Usher angewiesen, sie möglichst weit, weit weg von ihr aufzubewahren. „Für Sie, Mr President", sagte er mit einem Augenzwinkern in Richtung Sam.

„Geschickt eingefädelt, Roland", lobte Nick.

„Melden Sie sich, wenn ich noch etwas für Sie tun kann."

„Danke", antwortete Nick.

„Ja, danke, Roland", schloss sich Sam an. „Ich rufe Sie, wenn meine Kleidung nicht mehr passt.“

„Wir können Ihnen jederzeit neue besorgen, Ma'am.“

Sam und Nick lachten immer noch, als er den Raum verließ.

„Er ist wirklich nett“, meinte Nick.

„Das sind sie alle.“

„Es macht Spaß, hier zu leben.“

„Ja“, sagte Sam, während sie die kleinstmögliche Menge Dressing auf ihren Salat gab. „Trotzdem werden diese Kekse eines Tages mein Tod sein.“

„Aber was für ein Abgang.“ Nick legte eine Hand auf ihre. „Ich hatte keine Ahnung, wie sehr ich das gebraucht habe, bis du reingeschneit bist und es mir gezeigt hast.“

„Immer gern zu Diensten.“

„Es ist erstaunlich, wie ich den beschissensten Tag in der Geschichte beschissener Tage haben kann, als der erste Präsident aller Zeiten, dessen Stabschefs versuchen, ihn abzusetzen, und dann kommst du, und es ist, als wäre nichts davon von Bedeutung. Es gibt nur noch dich.“

„Sie wissen, wie man ein Mädchen zum Dahinschmelzen bringt, Mr President.“

Er nahm seine Hand weg, um sie mit einer weiteren Pommes zu füttern.

„Ich habe darüber nachgedacht, dass ich möglicherweise weniger arbeiten sollte, damit ich öfter für dich da sein kann“, gestand sie zögernd.

Seine Hand erstarrte, eine Pommes schwebte vor seinem Mund in der Luft. „Wie bitte?“

Sam zuckte die Achseln. „Ich meine ja bloß … Du bist hier irgendwie in der Hölle gefangen, und wenn es dir besser geht, wenn ich da bin, sollte ich das vielleicht öfter sein.“

Er aß die Pommes, ohne den Blick von ihrem Gesicht abzuwenden. „Du würdest es hassen.“

„Nicht so sehr, wie ich es hasse, dass du gestresst bist.“

„Ich werde immer gestresst sein, egal, ob du hier bist oder nicht, und ich werde besonders gestresst sein, wenn du unglücklich bist, was du ohne deinen Job wärst.“

„Vielleicht auch nicht.“

„Was ist los mit dir, Sam?“

„Ich bin mir nicht sicher.“

„Muss ich mir irgendwie Sorgen machen?“

„Absolut nicht."

„Ja, genau. Du erklärst mir, du verbringst deine Tage lieber im Weißen Haus als bei der Arbeit, aber ich soll mir keine Sorgen machen?"

„Ich will dir nicht noch mehr aufbürden. Du hast schon genug um die Ohren."

„Und ich würde alles beiseiteschieben, wenn meine Frau mich braucht, und das weiß sie."

„Das weiß sie, doch du musst hier am Ball bleiben."

„Ich bin ein unglaublich geschickter Multitasker, wie meiner Frau bewusst sein sollte."

Sam grinste über die sexy Anspielung. „Stimmt. Trotzdem muss ich mir noch über ein paar Aspekte meines Jobs klar werden. Das muss ich erst abschließen, bevor ich etwas entscheide."

„Woher kommt das denn jetzt plötzlich?"

„Ich glaube nicht, dass es plötzlich kommt. Es ist eine ganze Reihe von Dingen, die sich zu einer Art Existenzkrise angehäuft haben. Stahl, der zweimal versucht hat, mich zu ermorden, Arnolds Tod, die dauernden Auseinandersetzungen mit Ramsey, der Tod meines Vaters, Conklin, der auf Informationen gesessen hat, mit denen sich der Fall meines Vaters viel früher hätte lösen lassen, die Ungerechtigkeiten, die wir mit den ungeklärten Fällen aufgedeckt haben, meine gebrochene Hüfte, Spencers Tod ..." Als sie ihn anschaute, sah sie, dass er sie aufmerksam betrachtete. „All das zusammen hat den Glanz etwas verblassen lassen. Das passiert anderen Leuten in diesem Job ständig."

„Aber nicht dir."

„Nein, mir nicht. Früher habe ich sogar über die Leute gespottet, die davon geredet haben, dass sie ausgebrannt seien. Wie kann man bei einem Job, der einem so viel Spaß bereitet, ausbrennen?"

„Du bist der einzige Mensch, der glaubt, dass Mörderjagd etwas mit Spaß zu tun hat."

„Nein, bin ich nicht. Die Menschen in meinem Job sind anders gestrickt. Wir denken anders. Darum können wir das überhaupt schaffen, ohne wegen all dem durchzudrehen, was wir jeden Tag sehen. Es gibt so was wie einen Schutzschild, der uns vor den emotionalen Auswirkungen schützt, und in letzter Zeit habe ich das Gefühl, dass mir mein Schild abhandengekommen ist. Dr. Trulo vermutet, Spencers Tod könnte dafür verantwortlich sein."

„Das halte ich durchaus für möglich. Du auch?"

„Ja, schon."

„Du hast wie eine Besessene versucht, Antworten für Angela und die Kinder zu finden, und dir keine Sekunde Zeit gelassen, um den Verlust eines Menschen, den du so lange gekannt hast, emotional zu verarbeiten."

„Nein. Ich habe versucht, das von dem Fall zu trennen, und als wir aufgedeckt hatten, was geschehen war, hat es mich überrollt wie ein Tsunami. Angelas Mann ist *tot*. Jacks und Ellas Vater ist *tot*. Spencer ist *tot*. Angela erwartet ihr nächstes Kind. Es ist alles so … viel."

„Ja, und es zwingt dich dazu, darüber nachzudenken, was du tun würdest, wenn es dir passieren würde."

Sam hielt sich die Ohren zu. „Sprich das nicht aus."

Er zupfte an dem Arm, der näher bei ihm war. „Ich rechne nicht damit, dass mir etwas zustößt. Was ich meinte, war, wenn deine Schwester ihren Mann verliert, erlebst du unmittelbar mit, wie das ist."

„Da könntest du recht haben", seufzte Sam. „Ich denke wieder und wieder an die Stunden im Krankenhaus, als sich herauskristallisierte, dass er es nicht schaffen würde. Das kriege ich nicht aus dem Kopf."

„Das ist deine größte Angst, die sich direkt vor deinen Augen abgespielt hat."

„Ist es schlimm, wenn ich einräume, dass mich das daran am meisten beunruhigt?"

„Natürlich nicht. Wir alle wissen, dass du Spencer vor allem deswegen geschätzt hast, weil du wusstest, wie gut er zu Angela und den Kindern war."

„Richtig."

„Es ist vermutlich völlig normal, dich in ihre Lage zu versetzen und dich zu fragen, wie du an ihrer Stelle damit umgehen würdest."

„Ich weigere mich, mir oder anderen diese Frage zu stellen. Ich würde es nicht überleben."

„Doch."

„Nein."

„Doch, das würdest du. Genau wie ich, wenn dir etwas zustieße. Es wäre furchtbar, aber wir würden einen Weg finden, denn wir haben Kinder, die uns brauchen, genau wie Angela auch."

Sam schüttelte den Kopf. „Ich glaube nicht, dass ich weiterleben könnte, wenn es dich nicht mehr gäbe."

„Natürlich könntest du das, Sam."

„Ich würde es aber nicht wollen."

„So geht es mir auch, trotzdem würden wir das für unsere Kinder tun."

„Können wir aufhören, darüber zu sprechen?" Sam schob die Reste ihres Salats beiseite. „Allein von dem Gedanken wird mir schlecht."

„Mir auch, Liebste. Könnte nicht das der Grund sein, warum du dich so seltsam fühlst?"

„Schon möglich." Sie zwang sich zu einem Lächeln, damit er sich keine Sorgen machte. „Ich bin sicher, dass ich es bald abschütteln werde."

„Nimm dir alle Zeit, die du brauchst. Deine Kollegen werden eine Weile ohne dich auskommen."

„Ich habe Freddie mit seinem ersten Fall betraut."

„Wow, wie aufregend für ihn."

„Ich kann's kaum erwarten, ihn brillieren zu sehen."

Ich bin ein Totalversager, dachte Freddie, während er und Gonzo den Vater einer von Eloises Turnrivalinnen verfolgten. Der Kerl hatte einen Blick auf sie geworfen, sie als Cops identifiziert und hatte die Flucht ergriffen. *Ich muss außerdem mehr trainieren.* Sie hatten Rory McInerny nicht zu Hause angetroffen – oder er hatte sich entschieden, ihnen nicht zu öffnen –, also hatten sie beschlossen, mit der Familie Cortez zu sprechen, da sie ohnehin in der Gegend waren.

Freddies Beinmuskeln brannten von der Anstrengung, an Pascal Cortez dranzubleiben, während sie ihm, interessiert beobachtet von mehreren Schaulustigen, durch das Viertel McLean Gardens nachjagten. Beim Rennen ging Freddie im Kopf durch, was sie über Pascal wussten. Seine Tochter Lacey war Leistungsturnerin. Cortez und seine Frau Gia hatten erklärt, Eloise sei „aus dem Nichts" aufgetaucht und habe in diesem Jahr alle großen Wettbewerbe gewonnen.

Sam hätte ihn den Kerl überprüfen lassen, ehe sie ihn aufgesucht hätten. Das hatte er versäumt, und jetzt mussten sie jemandem hinterherhetzen, der möglicherweise ein gefährlicher Gewaltverbrecher war.

Aber er und Gonzo holten immerhin auf.

Gonzo hechtete an Freddie vorbei und riss Pascal Cortez zu Boden. Zum Glück hatten sie alle wegen der Kälte dicke Kleidung an, sonst hätten beide Männer vermutlich Schürfwunden erlitten.

„Das ist Polizeigewalt!", schrie Cortez, als Gonzo ihm Handschellen anlegte.

„Ich wünschte, ich hätte einen Dollar für jedes Mal, wenn ich das höre", entgegnete Gonzo. „Dann könnte ich vorzeitig in Rente." Er zog den Mann hoch und führte ihn zum Dienstwagen.

„Ich will einen Anwalt."

„Das haben wir auch noch nie gehört, was, Cruz?"

Freddie, der weiter um Atem rang, nickte. „Du sagst es."

„Sie dürfen mich nicht ohne Anwalt vernehmen. Ich kenne meine Rechte."

„Ach, sind die Ihnen schon das eine oder andere Mal verlesen worden?", wollte Gonzo wissen.

Das brachte ihn zum Schweigen.

Nachdem Gonzo ihn auf den Rücksitz des Autos verfrachtet hatte, ging Freddie zu Cortez' Haus und klingelte. Ein Mädchen kam an die Tür.

„Ist deine Mutter zu Hause?", fragte Freddie durch die Sturmtür.

Sie hob einen Finger, um ihm zu bedeuten, dass er warten solle, und schloss die Tür.

Freddie fragte sich, ob das Lacey gewesen war.

Die Innentür öffnete sich und gab den Blick auf eine dunkelhaarige Frau mit tiefen Augenringen frei.

Freddie zeigte ihr seinen Dienstausweis.

Sie öffnete ihm die Sturmtür.

„Sind Sie Gia Cortez?"

„Ja."

„Ich möchte, dass Sie mich, meinen Partner und Ihren Mann, der sich in unserer Obhut befindet, ins Hauptquartier begleiten."

„Worum geht es denn überhaupt?", fragte sie mit vor Angst geweiteten Augen.

„Darüber reden wir dort."

„Ich kann die Kinder nicht allein zu Hause lassen."

„Gibt es jemanden, den Sie herbitten können, damit er auf sie aufpasst?"

„Ich … äh … ich könnte meine Nachbarin fragen."

„Warum tun Sie das dann nicht einfach?"

Freddie folgte ihr in die Küche, wo sie die Nachbarin anrief und sie bat, die Kindern zu beaufsichtigen.

„Ich weiß nicht, wie lange ich weg sein werde", sagte sie mit einem argwöhnischen Seitenblick zu Freddie. „Kannst du sofort rüberkommen?" Nach einer Pause beendete sie das Gespräch mit „Vielen Dank". Dann wandte sie sich an Freddie. „Sie wird gleich hier sein."

„Hervorragend."

„Bin ich festgenommen?"

„Haben Sie denn ein Verbrechen begangen?"

„Nein!"

„Warum ist Ihr Mann abgehauen?"

„Er, äh ... Ich bin mir nicht sicher."

Freddie konnte erkennen, dass Gia log. „Wir brauchen nur fünf Minuten, um es herauszufinden, also könnten Sie uns diese Zeit sparen, indem Sie es mir einfach erzählen."

„Es liegt möglicherweise ein Haftbefehl gegen ihn vor."

„Weswegen?"

„Er ... wegen Fahrerflucht."

„Warum hat er das getan?"

„Weil unsere Versicherung abgelaufen war und er Angst vor einer Festnahme hatte." Als sich ihre Augen mit Tränen füllten, wandte sie den Blick ab. „Wir hatten ein paar finanzielle Probleme."

„Mom, was ist denn los?" Das Mädchen, das Freddie die Tür geöffnet hatte, kam in die Küche.

Gia streckte die Hand nach ihr aus. „Nichts, mein Schatz. Mommy und Daddy müssen nur was erledigen. Wir sind bald wieder da. Mrs Gersh wird bei dir und den Jungs bleiben."

Das Mädchen musterte Freddie misstrauisch.

Mrs Gershs Ankunft gab ihm einen Vorwand dafür, die Küche zu verlassen, während Gia alles für die Kinder regelte.

Auf der Veranda bedeutete er Gonzo, dass sie gleich aufbrechen könnten.

„Keine Ahnung, warum der Typ geflüchtet ist", sagte Gonzo. „Er ist nicht aktenkundig."

Interessant, dachte Freddie. Der Mann hatte also Fahrerflucht begangen und war damit davongekommen, wusste das aber offenbar nicht. Freddie erzählte Gonzo, was die Frau ihm gesagt hatte.

„Ah, das erklärt es. Lustig, dass wir das nie erfahren hätten, wenn seine Frau es uns nicht verraten hätte."

Als Gia aus dem Haus trat, ließ Freddie sie auf dem Rücksitz neben Pascal Platz nehmen.

„Was ist hier los, Pascal?", fragte sie unter Tränen. „Und warum blutest du?"

„Die Cops haben mich zu Boden geworfen."

„Vergessen Sie nicht, zu erwähnen, dass Sie vor uns die Flucht ergriffen haben", erinnerte ihn Gonzo, während er sich in den Verkehr einfädelte.

„Wir wollen einen Anwalt", wiederholte Pascal.

„Wen sollen wir für Sie anrufen?", erkundigte sich Freddie.

„Woher soll ich das wissen? Ich hab noch nie einen Anwalt gebraucht."

„Ich werde das Büro des Pflichtverteidigers benachrichtigen, die sind allerdings ziemlich überlastet. Es wird wahrscheinlich morgen oder übermorgen werden, bis die sich um Sie kümmern können."

„So lange können wir unmöglich warten", widersprach Gia. „Wir haben Kinder zu Hause."

„Tut mir leid", antwortete Freddie. „Aber sobald Sie einen Anwalt beantragt haben, können wir in keiner offiziellen Funktion mit Ihnen sprechen, bis jemand Sie juristisch vertritt. Soll ich nun das Büro des Pflichtverteidigers kontaktieren?"

„Nein!", erwiderte Gia. „Wir haben nichts verbrochen und auch nichts zu verbergen."

„Wenn Sie Ihren Antrag auf einen Anwalt zurückziehen", entgegnete Freddie, „können wir die Sache hoffentlich zügig erledigen."

Cortez quittierte die Äußerung mit eisigem Schweigen.

„Pascal!", rief seine Frau. „Sag ihnen, wir brauchen keinen Anwalt. Wir haben nichts verbrochen!"

„Da war der Unfall …"

„Darum geht es nicht", versicherte ihm Freddie.

„Worum dann?", fragte Gia. „Was wollen Sie von uns?"

„Das erklären wir Ihnen im Hautquartier", wiederholte Freddie. „Sofern Sie Ihren Antrag auf einen Anwalt zurückziehen."

„Also gut", willigte Pascal ein. „Keinen Anwalt."

„Pascal …"

„Halt den Mund, Gia."

KAPITEL 16

Den Rest der Fahrt brachten sie schweigend hinter sich. Nachdem sie am Hauptquartier angehalten hatten, führten sie das Paar durch den Eingang über die Gerichtsmedizin direkt in einen Verhörraum.

Freddie startete das Aufnahmegerät in der Tischmitte. „Vernehmung von Pascal und Gia Cortez durch Detective Cruz und Sergeant Gonzales in Bezug auf den Fall Blanchet."

Gia hob fast von ihrem Stuhl ab. „Damit haben wir nichts zu tun! Wir haben die Blanchets ja kaum gekannt!"

Gonzo legte ihr Ausdrucke von Facebook-Posts mit hervorgehobenen Kommentaren vor.

Gia: *Woher kommt diese Kleine plötzlich, und wie kann sie Mädchen in den Schatten stellen, die jahrelang trainiert haben?*

Pascal: *Das wüsste ich auch gerne.*

Ein anderer Beitrag zeigte Eloise auf einem Siegerpodest zusammen mit zwei weiteren Mädchen. Eloise stand mit einer Goldmedaille in der Mitte, die beiden anderen zu ihren Seiten, eine mit einer Silber-, die andere mit einer Bronzemedaille.

Freddie wies auf die Silbermedaillengewinnerin. „Ist das nicht Ihre Tochter?"

„Doch", antwortete Gia. „Aber was …"

„Haben Sie hier gepostet, dass Ihre Tochter ‚beraubt' worden sei von jemandem, der den Sieg ‚nicht verdient' habe?"

Gia starrte auf den markierten Kommentar. „Ich, äh … Ja, das habe ich geschrieben, allerdings habe ich nur ausgesprochen, was alle dachten. Sehen Sie nur, andere Eltern haben das Gleiche gesagt!"

„Mit denen werden wir ebenfalls noch reden."

„Blanchet hat seine Familie getötet", erklärte Pascal. „Es war ein erweiterter Selbstmord."

„Das ist bisher nicht bestätigt", wandte Freddie ein.

„Nun, *wir* waren es nicht", erwiderte Gia. „Wir haben sie vielleicht nicht gemocht, bloß heißt das ja nicht, dass wir sie umgebracht haben. Das werfen Sie uns doch nicht etwa vor, oder?"

„Wo waren Sie vorletzte Nacht, Mrs Cortez?"

„Zu Hause!" In Gias Stimme schlich sich ein leicht hysterischer Unterton ein. „Bei unseren Kindern. Wir wussten nicht mal, wo die Blanchets gewohnt haben, bis wir gestern in den Fernsehnachrichten gesehen haben, dass sie tot aufgefunden wurden."

„Wie haben Sie sich gefühlt, als Sie gehört haben, dass sie tot sind?", fragte Freddie.

„Schrecklich", sagte Gia. „Wir haben uns schrecklich gefühlt, wie jeder anständige Mensch es täte."

„Waren Sie froh, dass Eloise nicht länger eine Bedrohung für die Bestrebungen Ihrer Tochter sein würde?", erkundigte sich Gonzo.

„Wir waren bestürzt, dass jemand vier Kinder ermordet hat", antwortete Pascal leise, als versuche er, seine Wut zu zügeln. „Wir haben ganz sicher nicht ans Turnen gedacht."

„Wirklich?", hakte Gonzo nach. „Sie haben keine Sekunde daran gedacht, dass jemand die Rivalin Ihrer Tochter ausgeschaltet hat?"

„Nein", stritt Gia ab. „Wir waren schockiert und traurig. Lacey war völlig am Boden zerstört, als sie erfahren hat, dass Eloise tot ist."

„Waren die beiden denn befreundet?"

„Außerhalb des Turnens hatten sie keinen Kontakt", entgegnete Gia. „Die beiden waren auf verschiedenen Schulen."

„Aber Lacey betrachtete ein Mädchen, das alle Wettbewerbe gewonnen hatte, als Freundin?"

„Ja."

„Weiß sie, was Sie von Eloise gehalten haben?"

„Wir hatten nichts gegen sie persönlich", betonte Gia.

„Es fällt mir schwer, das zu glauben", meinte Gonzo. „Ihre Posts legen etwas anderes nahe."

„Wir waren sehr verärgert über *die Situation*", stellte Gia klar.

„Eloise hat vor zwei Jahren mit dem Turnen begonnen. Lacey trainiert, seit sie drei Jahre alt war. Sie hat viel Zeit und Arbeit investiert. Das war unfair."

„Damit ich das richtig verstehe", fasste Gonzo zusammen, „Eloise war neu in diesem Sport, also hatte sie nicht das Recht, sich darin hervorzutun?"

„Das habe ich so nie gesagt!"

„Ach, wirklich? Haben Sie ihr nicht gerade erst das Recht auf den Sieg abgesprochen, weil sie erst seit zwei Jahren an Wettbewerben teilnahm und nicht schon seit zehn?"

„Nein. Ich hab erklärt, es sei unfair."

„Wer entscheidet denn, was fair ist?", fragte Freddie.

Gia warf ihm einen ungläubigen Blick zu. „Was ist das bitte für eine Frage? Jemand, der zehn Jahre lang hart gearbeitet hat, gegen jemanden, der das nicht getan hat?"

„Also war es Eloises Schuld, dass sie mehr Talent hatte?"

Gias Miene verhärtete sich. „Sie hatte nicht mehr Talent. Das stimmt nicht. Lacey war das talentierteste Mädchen im Team. Das sagen alle."

„Bis Eloise aufgetaucht ist und alles ruiniert hat?", beharrte Freddie.

„Was werfen Sie uns vor?" Gia schaute nervös ihren Mann an.

„Haben Sie Eloise und ihre Familie ermordet, um den Weg für Ihre Tochter frei zu machen?"

„Was?", schrie Gia. „Nein!"

„Wenn wir die Überwachungsvideos aus dem Haus der Blanchets bekommen, werden wir Sie darauf sehen?", wollte Gonzo wissen. Das war ein Bluff, denn es gab kein Bildmaterial aus dem Haus.

„Nein!", rief Pascal. „Wir waren noch nie in der Nähe ihres Hauses."

„Äh …", stotterte Gia, „doch. Ich war mal da. Ein einziges Mal. Vor etwa zwei Wochen."

Pascal drehte sich zu seiner Frau um. „Was zum Teufel hast du dir dabei gedacht, Gia?"

„Ich wollte mit Mrs Blanchet sprechen, von Mutter zu Mutter", antwortete Gia verlegen.

„Worüber?"

Freddie freute sich, dass Pascal die Fragen für sie stellte.

„Es drehte sich nur darum, wie die Dinge im Verein liefen."

„Wie kam das bei Mrs Blanchet an?", mischte sich Gonzo ein.

„Sie hat mich aufgefordert, wieder zu gehen und kein rassistisches Miststück mehr zu sein."

Freddie wünschte, er könnte Mrs Blanchet für diese treffende Bemerkung ein Lob aussprechen.

„Es war nicht rassistisch", sagte Gia. „Das war überhaupt nicht der Punkt."

„Sind Sie sich da sicher?", fragte Gonzo. „Für uns hat es irgendwie schon einen rassistischen Touch."

„Das ist es aber nicht! Wir sind nicht so! Wir haben keine Vorurteile."

„Außer gegen schwarze Mädchen, die Ihre Tochter in Wettbewerben deklassieren, die sie eigentlich gewinnen sollte?", hakte Freddie nach.

„Das ist eine Gemeinheit", beschwerte sich Gia, und ihre Augen schleuderten Blitze auf Freddie.

„Die Wahrheit tut weh, hm?", bemerkte Gonzo.

„Ist das alles, weswegen Sie uns hierhergeschleppt haben?", erkundigte sich Pascal. „Um zu fragen, ob wir Rassisten sind, die eine ganze Familie ausgelöscht haben, weil ihre Tochter unsere im Turnen geschlagen hat?"

„So ziemlich", antwortete Gonzo. „Uns sind schon schlechtere Mordmotive begegnet."

„Wir haben sie nicht umgebracht", erklärte Pascal. „Wenn Sie keine Beweise haben, dass wir es getan haben, würden wir jetzt gerne gehen."

Gonzo schaute Freddie an, dem diese Entscheidung oblag.

„Das steht Ihnen natürlich frei", verkündete der. „Doch bleiben Sie bitte vor Ort, falls wir weitere Fragen haben. Hier ein Tipp vom Fachmann: Wenn wir das nächste Mal wissen wollen, ob Sie jemals irgendwo waren, lügen Sie nicht."

Pascal und Gia Cortez erhoben sich und verließen den Raum ohne ein weiteres Wort.

Freddie folgte ihnen. „Pascal, ehe Sie gehen, ist da noch die Sache mit der Fahrerflucht."

Das Paar blieb stehen, drehte sich aber nicht um.

„Wenn Sie eine Meldung über Ihre Beteiligung an dem Unfall abgeben möchten, werden wir Sie nicht wegen unerlaubten Entfernens vom Tatort belangen", bot Freddie an. „Das können Sie in der Lobby erledigen. Der Beamte am Schalter kann Ihnen beim Ausfüllen helfen."

Mit durchgedrücktem Rücken gingen sie weiter.

„Ich werde dafür sorgen, dass sie den Bericht wirklich einreichen", erbot sich Gonzo.

„Danke dir."

Freddie begab sich in den Konferenzraum und schrieb die wenigen Informationen, die sie gerade erhalten hatten, ans Whiteboard. Er setzte sich an den Tisch und starrte auf die je zwei Fotos der Opfer – eins aus der Zeit, als sie noch gelebt hatten, und das andere von der Autopsie. Er stellte erneut fest, dass der Täter Eloise in Stirn, Gesicht und Hals geschossen hatte, im Gegensatz zu ihren Geschwistern, die nur jeweils eine Kugel in die Stirn bekommen hatten. Was bedeutete es, dass der Mörder auf Eloise mehrere Schüsse abgegeben hatte? In Anbetracht des Gesprächs mit Gia und Pascal Cortez fragte sich Freddie, ob die ganze Tragödie tatsächlich auf einer Rivalität zwischen zwei jungen Turnerinnen beruhen konnte. Doch sosehr er sich auch bemühte, er konnte sich nicht vorstellen, dass das ein Motiv für die Ermordung einer ganzen Familie sein könnte.

„Wie läuft's?"

Freddie schreckte auf, als er die Stimme von Captain Malone hinter sich hörte. „Okay, denke ich." Er erzählte dem Captain, was sich bei dem Verhör eben herausgestellt hatte. „Sie haben Eloises Erfolg beim Turnen am lautesten geschmäht, also dachten wir, das wäre ein Gespräch wert. Nachdem der Vater zunächst vor uns getürmt ist, haben sie beteuert, sie hätten nichts damit zu tun, auch wenn sie sich darüber geärgert haben, dass Eloise erst vor Kurzem mit dem Turnen angefangen und dennoch ihr Kind vom Thron gestoßen hatte."

„Warum ist der Vater weggerannt?"

„Er hatte eine Fahrerflucht begangen und nahm an, es läge ein Haftbefehl gegen ihn vor. Wir zwingen ihn gerade, den Unfall zu melden."

„Glauben Sie, dass die beiden mit den Morden zu tun haben?"

„Sie leugnen eisern jegliche Beteiligung. Ich weiß nicht, was ich glauben soll. Wenn man sich die Beweise ansieht, die wir bisher haben, hat der Vater den Verstand verloren und erst seine Familie und danach sich selbst umgebracht. Vielleicht ist es ja wirklich so einfach." Freddie fuhr sich mit den Fingern durchs Haar. „Es ist nur so, dass die Großmutter – die Mutter des Vaters – sich absolut sicher ist, dass er so etwas nie getan hätte. Sie ist felsenfest davon überzeugt. Angeblich hat er seine Familie mehr als alles andere geliebt und hatte tatsächlich sogar gerade seine Arbeitszeit reduziert, um häufiger bei seinen Kindern zu sein."

„Außerdem hatten ihn vier Frauen wegen sexueller Belästigung angezeigt", informierte sie Archie, der in diesem Moment eintrat und Freddie einen Ausdruck reichte. „Das ist sein E-Mail-Archiv. Ich habe die Teile hervorgehoben, die für die Anzeige relevant sind. Vor drei Wochen hat er einem Anwalt zwanzigtausend Dollar gezahlt, der ihn in der Sache vertreten sollte."

„Wir wussten von der Anklage, aber die zwanzigtausend könnten erklären, warum die Blanchets so knapp bei Kasse waren." Freddie las den Mail-Verkehr zwischen dem Arzt und seinem Anwalt, in dem Marcel vehement bestritt, je etwas Unangemessenes getan zu haben. „Ich frage mich, warum das nicht in Carluccis Finanzübersicht auftaucht."

„Könnte das Geld aus der Praxis stammen?", fragte Malone.

„Das ist denkbar", sagte Freddie.

Sie versuchen, mich zu ruinieren, hatte Marcel dem Anwalt *geschrieben. Warum? Ich habe mich während der komplizierten Fruchtbarkeitsbehandlungen bestmöglich um sie gekümmert. Keine der vier hat mir gegenüber jemals irgendeine Art von Unbehagen oder Beunruhigung zum Ausdruck gebracht. Das ist ein totaler Schock für mich.*

„Wenn er tatsächlich vor dem beruflichen Ruin stand, wäre das ein Motiv für einen Selbstmord?", überlegte Malone laut. „Ich will wissen, warum die Frauen nicht versucht haben, Strafanzeige zu erstatten."

„Haben sie." Archie zog einen weiteren Stapel Papiere hervor, den er Freddie reichte. „Die Sondereinheit für Sexualdelikte hat die Anschuldigungen untersucht, und die Staatsanwaltschaft hat sich dagegen entschieden, Anklage zu erheben, da es keinerlei Beweise für unangemessenes Verhalten gab. Es stand das Wort der Frauen gegen das des Arztes."

„Wer hat in dem Fall ermittelt?", erkundigte sich Malone.

„Ramsey", antwortete Freddie.

„Natürlich. Sind das alle Unterlagen?"

„Alles, was ich finden konnte", erwiderte Archie.

„Gute Arbeit wie immer, Archie", lobte Malone. „Cruz, reden Sie mit Erica Lucas, und finden Sie heraus, woran sie sich im

Zusammenhang mit dieser Untersuchung noch erinnert. Ich würde lieber nicht direkt mit Ramsey darüber sprechen, wenn wir das vermeiden können."

Ramsey war gegen Kaution auf freiem Fuß und wartete auf seinen Prozess, nachdem er Sams Secret-Service-Fahrzeug mit seinem Auto gerammt hatte.

„Jawohl, Sir." Freddie nahm die Treppe hinauf zur Special Victims Unit und war erleichtert, als er Erica entdeckte. „Hey, Detective Lucas."

„Hallo. Was gibt's?"

„Sie haben von dem Fall Blanchet gehört?"

„Der erweiterte Selbstmord?"

„Das steht noch nicht endgültig fest, aber wir wissen, dass Ihre Einheit gegen den Vater wegen möglicher sexueller Übergriffe gegenüber Patientinnen ermittelt hat."

„Lassen Sie mich mal sehen." Erica drehte sich zu ihrem Rechner um. „Ich habe gehört, der Tatort sei nichts für schwache Nerven gewesen."

„Das ist ja immer so, wenn Kinder beteiligt sind."

„Stimmt." Sie tippte weiter. „Ich sehe, Ramsey hat ermittelt und konnte keine ausreichenden Beweise für eine Anklage vorlegen."

„Wir haben seinen Bericht, doch können Sie sich an irgendetwas im Zusammenhang mit dieser Untersuchung erinnern?"

„Nicht, dass ich wüsste. Erwägen Sie das als mögliches Motiv?"

„Wir sind uns nicht sicher und hatten gehofft, Ramsey nicht direkt befragen zu müssen."

Erica verzog das Gesicht. „Kann ich Ihnen nicht verdenken. Ich habe gehört, er bereitet wegen des Todes seines Sohns eine Klage gegen die Polizei vor."

„Das passt zu ihm." MPD-Scharfschützen hatten Sergeant Ramseys Sohn Shane erschossen, nachdem der eine Frau in einem Park als Geisel genommen hatte. Sie hatten Shane davor mit zahlreichen Vergewaltigungen und Morden in Verbindung gebracht. „Soll er klagen. Der Schuss war zweifelsfrei gerechtfertigt."

„Das wissen wir beide, aber lassen Sie das Ramsey nicht hören." Sie schaute zu ihm hoch. „Wie geht es Sam?"

Freddie wusste, dass Sam Erica als Freundin betrachtete. „Im Vertrauen?"

„Natürlich."

„Ich glaube, sie hat ganz schön zu kämpfen. Sie hat sich eine Auszeit genommen, was sie nach dem Tod ihres Schwagers noch nicht wirklich getan hatte."

„Klingt nach einer guten Idee. Ich verstehe nicht, wie sie und ihr Mann damit zurechtkommen, dass ständig so viel von allen Seiten auf sie einprasselt. Diese letzte Sache mit dem Putschversuch ist einfach verrückt."

„Das stimmt, ganz abgesehen von seiner Mutter und alldem."

„Was für eine furchtbare Frau."

„Soweit ich weiß, war sie das schon immer. Nun, danke, dass Sie das für mich geprüft haben. Wenn Ihnen noch was einfällt, wissen Sie ja, wo Sie mich finden."

„Klar. Grüßen Sie Sam von mir, wenn Sie sie sprechen."

Er nickte und ging wieder nach unten, um Rory McInerny aufzuspüren und dann mit den Frauen zu sprechen, die Marcel Blanchet angezeigt hatten.

Als Sam bei Angela eintraf, saß die bereits mit Tracy am Küchentisch. Sam erkannte den Kräutertee, den Angela immer trank, wenn sie schwanger war, und zog eine Grimasse. Wenn es etwas Gutes daran gab, dass sie nicht schwanger wurde, war es, dass sie immerhin nicht auf Koffein verzichten musste.

Sie stellte die mitgebrachten Tüten auf den Küchentresen. „Mittagessen, mit freundlichen Grüßen aus dem Weißen Haus."

„Lecker", freute sich Tracy und öffnete die Tüten, um nachzusehen, was darin war.

„Es gibt Kaffee, Sam", sagte Angela. „Gerade frisch gekocht."

„Wie gut." Sam bediente sich.

„Was machst du mitten am Tag hier?", wollte Angela wissen.

„Ich nehme mir eine kleine Auszeit."

„Seit wann denn?"

„Ich habe gestern gemerkt, dass ich dringend eine Pause brauche."

Aus dem Augenwinkel sah sie, wie Angela Tracy einen Blick zuwarf, die die Achseln zuckte.

„Laut Trulo hat mich der Tod deines Mannes mehr getroffen, als ich zunächst gedacht habe."

„Hattest du überhaupt Zeit, darüber nachzudenken, wo du doch so unentwegt hinter den Leuten her warst, die ihm gestreckte Tabletten verkauft hatten?", fragte Angela.

„Nein. Nennen wir es eine verzögerte Reaktion. Nicht, dass ich nicht von Anfang an am Boden zerstört gewesen wäre."

„Ich weiß, was du meinst. Du warst so damit beschäftigt, *warum* es passiert ist, dass du gar keine Zeit gehabt hast, dich richtig damit auseinanderzusetzen."

„So ähnlich. Du weißt ja, wie gerne ich zum Seelenklempner gehe, aber ich muss zugeben, dass der gute Doc auf der richtigen Spur war. Also mache ich gerade Pause, obwohl wir einen neuen Fall mit sechs Opfern haben, darunter vier Kinder."

„Ich habe davon gehört", sagte Tracy. „Wer kann seinen eigenen Kindern so etwas antun?"

„Wir sind nicht überzeugt, dass es der Vater war. Seine Mutter besteht darauf, dass er sie mehr geliebt hat als sein eigenes Leben. Wer weiß, was wirklich vorgefallen ist? Mein Team arbeitet daran und wird es herausfinden. Freddie leitet die Ermittlungen."

„Wie aufregend für ihn." Tracy verteilte Salat und Brötchen mit Hähnchensalat.

„Er ist so weit", bemerkte Sam. „Wenn ich aus dem Weg bin, hat er endlich mal die Chance, seine Fähigkeiten unter Beweis zu stellen."

„Ich bin sicher, dass er das lieber mit dir an seiner Seite tun würde als ohne dich", erwiderte Angela mit einem Lächeln.

„Er ist nervös, hat aber alles im Griff. Doch genug von mir. Wie geht es dir und den Kindern?"

„Wir kommen zurecht, haben eine Routine gefunden und schlagen uns durch. Natürlich vermissen wir Spencer. Der arme Jack weint jede Nacht, in manchen schlimmer als in anderen."

Sams Herz schmerzte vor Mitgefühl mit ihrem süßen Neffen, der seinem Vater so nahegestanden hatte. „Ich wünschte, wir könnten etwas für ihn tun."

„Er beginnt nächste Woche mit Therapie."

„Das ist gut", meinte Tracy. „Es wird ihm helfen."

„Das hoffe ich", erwiderte Angela. „Seine Trauer nimmt mich genauso mit wie meine eigene. Es ist schwer, ihn jeden Tag so bedrückt zu sehen."

„Ich könnte zur Schlafenszeit vorbeikommen und ihm vorlesen und mit ihm kuscheln, bis er einschläft, wenn das hilft", sagte Sam.

„Du hast doch deine eigenen Kinder zu kuscheln", antwortete Angela.

„Für Jack würde ich es sofort tun."

„Das weiß ich, aber wir müssen unseren eigenen Weg finden, einen Schritt nach dem anderen. Nach allem, was ich gelesen habe, wird diese Phase nicht ewig andauern." Sie trank einen Schluck Tee. „Ich habe überlegt, Roni anzurufen."

„Sie würde sich sicher freuen, von dir zu hören", erklärte Sam. „Und ich wollte dich für morgen Abend zur Trauerselbsthilfegruppe im Hauptquartier einladen."

„Ich komme ebenfalls", fügte Tracy hinzu. „Mike wird auf die Kinder aufpassen."

„Das wäre gut", seufzte Angela. „Ich brauche die Unterstützung von Menschen, die ähnliche Tragödien erlebt haben, um mich zurechtzufinden."

„Ich habe Ronis Gruppe der Wilden Witwen kennengelernt", berichtete Sam. „Du würdest sie lieben. Sie sind so unverwüstlich optimistisch."

„Ein wenig Optimismus täte mir vermutlich gut."

„Du würdest Roni eine große Freude machen, wenn du dich bei ihr melden würdest", versicherte ihr Sam. „Sie hat es schon wiederholt angeboten."

„Ich weiß, und ich weiß das auch zu schätzen. Aber ich war einfach noch nicht bereit. Mir wird langsam klar ... dass ich drei Kinder alleine großziehen muss, und es ist einfach ... Es ist überwältigend."

„Natürlich." Tracy legte ihre Hand auf die von Angela. „Doch du wirst niemals allein sein. Ich hoffe, das weißt du."

„Ja, und ich bin euch und allen anderen, die sich für uns eingesetzt haben, so dankbar. Aber am Ende des Tages stehe ich trotzdem hier mit meinen bald drei Kindern. Ich hätte mir nie träumen lassen, dass mein Leben so aussehen würde."

Sam wäre über die schiere Ungerechtigkeit des Ganzen am liebsten in Tränen ausgebrochen. Ein verletzter Rücken hatte bei Spencer zu einer Schmerzmittelabhängigkeit geführt, infolge deren er sich nicht anders zu helfen gewusst hatte, als sich illegal mit Nachschub zu versorgen, da die Ärzte ihm keine Rezepte mehr ausstellen wollten. Er war an mit Fentanyl versetzte Tabletten geraten, die sein Leben plötzlich und für alle, die ihn liebten, viel zu früh beendet hatten.

Sam würde diesen fürchterlichen Morgen in Camp David nie vergessen, als Angela in ihre Hütte gerannt gekommen war und geschrien hatte, ihr Mann wache nicht auf. Sie konnte es kaum ertragen, daran zu denken, selbst wenn sie eines Tages vor Gericht dazu würde aussagen müssen. Dieser Tag lag allerdings noch in weiter Ferne. Hoffentlich würde sie sich bis dahin bereit fühlen, im Namen Spencers, Angelas und ihrer Familie für Gerechtigkeit zu kämpfen.

„Wir würden alles dafür geben, es ungeschehen zu machen", erklärte Tracy unter Tränen.

„Ich weiß, und ich bin so dankbar für alles, was ihr für mich und die Kinder getan habt. Mir wird es irgendwann schon wieder besser gehen – und ihnen auch. Es wird nur eine Weile dauern."

„Wir sind da für alles, was du brauchst, wann immer du es brauchst", versicherte ihr Sam. „Wenn du willst, dass ich zur Schlafenszeit herkomme, um Jack vorzulesen, bin ich da, und wenn du sie mal für ein Wochenende zu uns ins Weiße Haus schicken willst, sind wir dafür offen."

„Das würde ihnen bestimmt gefallen. Sie erzählen immer wieder, wie schön es dort gewesen ist."

„Dann lass uns das demnächst mal planen. Meine Kinder fänden es ebenfalls super. Wir werden auch Abby und Ethan einladen." Die beiden waren Tracys jüngere Kinder. „Familien-Pyjamaparty."

„Danke, Leute", seufzte Angela. „Für die ganze Unterstützung."

„Für dich tu ich doch alles, Kleines", antwortete Tracy, und Sam nickte.

KAPITEL 17

Belinda Cane wohnte in einem Penthouse in Georgetown mit Blick auf den Campus der Georgetown University und den Potomac. Es war eine der schönsten Aussichten, die Freddie in seiner Zeit bei der Polizei bisher gesehen hatte.

Belinda führte ihn und Gonzo zu einer Sitzecke an den Fenstern und bot ihnen etwas zu trinken an.

„Nein, danke", sagte Gonzo.

Sie hatte langes blondes Haar, große himmelblaue Augen und eine makellose blasse Haut, die Freddie an Nicole Kidman erinnerte. Ein seltsamer Gedanke, aber der Vergleich passte.

„Geht es um Dr. Blanchet?", fragte sie. „Ich habe gehört, was mit ihm und seiner Familie passiert ist. Was für eine schreckliche Tragödie."

„Ja", bestätigte Freddie. „Deswegen sind wir hier." Er musste sich immer wieder in Erinnerung rufen, dass Sam nicht da war, um die Gesprächsführung zu übernehmen. „Wir haben erfahren, dass Sie und mehrere andere Frauen ihn wegen sexueller Belästigung angezeigt haben?"

„Ja."

„Was können Sie uns dazu sagen?"

„Wie Sie sich vermutlich vorstellen können, ist es sehr schwierig für mich, darüber zu sprechen."

„Tut uns leid, dass wir Sie damit konfrontieren müssen", entgegnete Freddie. „Aber wir versuchen, einige Unklarheiten auszuräumen, um herauszufinden, warum sechs Menschen bei sich zu Hause erschossen wurden."

„Das verstehe ich, und es tut mir so unfassbar leid um seine Familie. Letzte Nacht konnte ich deswegen gar nicht schlafen. Mir war regelrecht übel. Dass unser Rechtsstreit ihn dazu getrieben haben könnte, so etwas zu tun ... Das ist schwer zu verkraften, wissen Sie?"

„Wir wissen bisher nicht mit Sicherheit, was passiert ist", erinnerte Gonzo sie.

„Oh, na ja ...",

„Können Sie uns die Einzelheiten Ihres Rechtsstreits mitteilen?"

Sie trank einen Schluck Eiswasser und schien um Worte zu ringen. „Er war mehrere Jahre lang mein Arzt, während ich versucht habe, schwanger zu werden", erzählte sie schließlich zögernd. „Es ist ein schwieriger Weg, und Dr. Blanchet hat mich die ganze Zeit unglaublich unterstützt und mir immer Mut zugesprochen. Mein Mann hat gewitzelt, ich sei in ihn verknallt, womit er nicht ganz unrecht hatte. Ich hab mich darauf verlassen, dass er mich zuverlässig durch die nicht enden wollenden Tests, Behandlungen und Verfahren begleitet. Dr. Blanchet war so gut zu mir. Bis er vor etwa einem Jahr ... Ich war leicht sediert, und ... ich dachte, ich würde träumen ... als ich sah, wie er seinen Penis aus der Hose zog und auf mich ejakulierte."

Heilige Scheiße, dachte Freddie, während er sich Notizen machte. „Haben Sie ihn damit konfrontiert?"

„Zuerst nicht, denn ich war mir nicht sicher, ob es wirklich passiert war oder ob ich es geträumt hatte. Ich war verwirrt. Hatte ich mir das nur eingebildet, weil mein Mann gesagt hatte, ich sei in ihn verknallt? Ich war sehr aufgewühlt und habe mehrere Wochen lang niemandem davon erzählt. Mein Mann glaubte, die Hormone brächten meine Gefühle durcheinander, also hat er sich nicht viel dabei gedacht. Es war nichts Neues, dass ich während der gesamten Prozedur emotional angegriffen war. Ich beschloss, mit Dr. Blanchet darüber zu sprechen, ehe ich vor lauter Zweifeln, ob es wirklich passiert war, den Verstand verlor. Also machte ich einen Termin und fuhr zur Praxis. Im Wartezimmer saß ich neben einer anderen Frau namens Leslie. Sie zitterte stark, sodass ich sie fragte, ob alles in Ordnung sei. Sie brach in Tränen aus, und die ganze Geschichte sprudelte aus ihr heraus. Es war genau das Gleiche wie das, was mir widerfahren war. Ich nahm sie an der Hand und verließ mit ihr die

Praxisräume. Wir gingen in ein Café und haben uns lange unterhalten."

Belinda griff nach einem Papiertaschentuch aus einer Box auf dem Couchtisch und wischte sich die Tränen weg. „Es war eine große Erleichterung, zu wissen, dass ich nicht verrückt war, aber auch furchtbar, zu begreifen, dass es tatsächlich passiert war. Wir beschlossen, in einer örtlichen Online-Selbsthilfegruppe für Unfruchtbarkeit eine allgemeine Anfrage zu stellen und Patientinnen von Dr. Blanchet zu bitten, sich mit uns in Verbindung zu setzen. Wir sprachen mit mehreren Frauen, und zwei weitere berichteten von ähnlichen Vorfällen. Daraufhin haben wir die Polizei informiert."

„Die mit einer Untersuchung begonnen hat", antwortete Freddie.

Belinda nickte. „Ein gewisser Sergeant Ramsey hat unsere Aussagen aufgenommen und mit Dr. Blanchet gesprochen, der alles abgestritten hat. Er war entrüstet, dass man ihm so etwas vorwarf, wo er so intensiv mit uns daran gearbeitet hatte, unseren Kinderwunsch zu verwirklichen. Er war zutiefst beleidigt und wollte uns nicht mehr weiterbehandeln."

Ihre Hände zitterten, als sie nach einem weiteren Taschentuch griff. „Das war nach der ganzen Tortur, die wir hinter uns hatten, als würde er uns erneut zum Opfer machen. Außerdem mussten wir jetzt mit neuen Ärzten, die beinahe ein Jahr im Voraus ausgebucht waren, von vorne anfangen. Nicht dass eine von uns zu ihm zurückwollte, aber das war ein neues emotionales Minenfeld, zusätzlich zu allem anderen."

Freddie war froh, dass Sam die Geschichte dieser Frau nicht hören musste, nachdem sie selbst so viele vergebliche Versuche unternommen hatte, schwanger zu werden.

„Sergeant Ramsey meinte, er habe unsere Vorwürfe nach bestem Wissen und Gewissen untersucht, doch ohne Beweise für unsere Geschichten glaubte er nicht, dass eine Strafverfolgung erfolgreich sein würde, selbst wenn vier von uns bereit waren auszusagen."

Freddie gab es ungern zu, aber er das sah wie Ramsey: Ohne DNA-Beweise wären die Vorwürfe schwer zu beweisen gewesen.

„Daraufhin haben wir beschlossen, Dr. Blanchet zu verklagen. Wir haben ihn außerdem bei der Ärztekammer angezeigt."

„Wie war der Stand der Dinge?", fragte Freddie.

„Wir haben uns auf den Prozess in ein paar Wochen vorbereitet.

Für April war eine Anhörung angesetzt, und die Sache stand kurz davor, öffentlich zu werden."

Das hätte Dr. Blanchet zumindest ein Motiv dafür geliefert, seine Familie und sich selbst zu töten: Er hatte dem Albtraum entgehen wollen, der über ihn – und damit auch über sie – hereinzubrechen drohte. Tatsächlich könnten sie den Fall mit diesen Informationen vermutlich abschließen. Er war sehr gespannt, was Gonzo dazu sagen würde.

„Es tut uns sehr leid, dass Sie eine so schwere Zeit durchgemacht haben", erwiderte Freddie.

„Danke, aber es ist ja noch nicht vorbei. Ich warte weiter auf einen Termin bei meinem neuen Arzt und hoffe, dass ich irgendwann ein Kind austragen kann." Ihre Augen füllten sich wieder mit Tränen, und sie brauchte ein weiteres Taschentuch. „Das ist alles, was ich mir je gewünscht habe, wissen Sie? Mutter zu sein … Ich hätte nie gedacht, dass es so schwierig werden würde, noch verschlimmert durch einen perversen Arzt, der mich und andere Frauen, die verzweifelt schwanger werden wollten, missbraucht hat."

„Wäre es möglich, dass eine der Frauen, die an Ihrer Klage beteiligt waren, wütend genug war, um ihn zu ermorden?"

„O Gott, nein! Sie sind alle viel zu verletzt und emotional angegriffen, um überhaupt die Energie dafür aufzubringen, jemanden zu töten, erst recht Kinder. Wir sind am Boden zerstört wegen unserer Unfruchtbarkeit … Es ist schwer zu erklären, es sei denn, man hat es selbst erlebt."

„Was ist mit ihren Ehegatten oder Partnern?"

„Ich kenne sie nicht so gut wie die Frauen, doch ich kann mir nicht vorstellen, dass ein Mann, der um ein eigenes Kind kämpft, die Kinder eines anderen ermordet, selbst wenn er ihn verachtet."

„Leider müssen wir Sie fragen, wo Sie vorgestern Abend waren."

Ihre Miene verriet Schock und Wut. „Ich war vorgestern die ganze Nacht mit meinem Mann hier."

„Können Sie uns seine Telefonnummer geben?"

„Ist das wirklich nötig? Selbst wenn ich Blanchets Tod gewollt hätte, hätte ich ganz sicher nicht seine gesamte Familie umgebracht. Ich hätte ihn überfahren. Seine Kinder haben mir nichts getan, genauso wenig wie seine Frau. Ich hatte Mitleid mit ihr."

„Die Nummer Ihres Mannes?", beharrte Freddie.

Sie nannte sie ihm mit zusammengebissenen Zähnen.

„Haben Sie auch die Kontaktdaten der anderen Frauen, die an der Klage beteiligt waren?"

„Werden Sie ihnen verraten, dass Sie das von mir haben?"

„Nein."

„Das ist ein Albtraum, der nicht enden will", flüsterte sie, bevor sie zu ihrem Handy griff, um die Nummern der anderen drei Frauen herauszusuchen.

Freddie notierte sie sich. „Danke, dass Sie sich die Zeit dafür genommen haben, uns Ihre Geschichte zu erzählen." Er und Gonzo erhoben sich, um zu gehen, und er reichte ihr seine Visitenkarte. „Wenn Ihnen noch etwas einfällt, das von Bedeutung sein könnte, rufen Sie mich bitte jederzeit an. Meine Handynummer steht da drauf."

Sie nickte und begleitete sie schweigend zur Tür.

„Wow", seufzte Gonzo, während sie auf den Fahrstuhl warteten. „Was zum Teufel …?"

„Nachdem ich das gehört habe, tendiere ich eher zur Hypothese mit dem erweiterten Selbstmord. Wie steht es mit dir?"

„Seh ich ganz genauso."

„Wir müssen trotzdem die anderen beteiligten Frauen befragen und Mrs Canes Alibi überprüfen", bemerkte Freddie.

„Würde ihr Mann es uns sagen, wenn sie in dieser Nacht irgendwo anders war, oder würde er sie decken?"

„Wir könnten uns einen Durchsuchungsbeschluss für die Überwachungskameras im Gebäude besorgen."

„Mal schauen, was Malone meint, doch ich neige dazu, ihr zu glauben, dass sie ihn eher überfahren hätte, als seinen Kindern etwas anzutun. Jemand, der sich so sehr Kinder wünscht wie sie, wird nicht die anderer Leute umbringen, egal wie sehr sie ihren Vater hasst."

„Ich halte sie auch nicht für eine Massenmörderin."

„Absolut nicht."

„Dennoch müssen wir gründlich arbeiten und alle Details überprüfen, wie Sam uns sagen würde."

„Richtig."

Als sie zum Hauptquartier zurückfuhren, rief Gonzo Mr Cane an, der bestätigte, dass weder er noch seine Frau zwei Abende zuvor das Haus verlassen hatten. „Er hat mir versichert, dass sie ihn vielleicht ruinieren, aber keinesfalls töten wollte. Wenn sie ihn hätte umbringen wollen, hätte sie es getan, als sie die Bestätigung für den sexuellen Missbrauch hatte. Er meinte, sie sei total wütend und durcheinander gewesen, und als sie erfahren hat, dass andere Frauen die gleiche Erfahrung gemacht hatten, sei sie fast erleichtert gewesen, dass sie nicht die Einzige war."

Auf dem Rückweg zum Hauptquartier nahm Gonzo Kontakt zu den drei anderen Frauen auf, die an der Klage beteiligt waren. Alle zeigten sich bestürzt über den Tod des Arztes und seiner Familie.

„Ich war mehr als bereit, ihn vor Gericht zu bringen", gab eine der Frauen an. „Aber alles, woran ich jetzt denken kann, sind die armen Kinder. Was auch immer passiert ist, sie hatten nichts damit zu tun. Wie konnte man ihnen so was antun?"

Der Grundtenor war bei allen Frauen ähnlich, alle brachten ihre Anteilnahme wegen des Todes der Kinder zum Ausdruck.

„Ich glaube nicht, dass eine der Frauen in die Sache verwickelt ist", verkündete Gonzo, nachdem er mit der letzten gesprochen hatte. „Sie haben alle ein Alibi, wirken aufrichtig bestürzt über die Wendung, die die Ereignisse genommen haben, und haben spontan und ohne Aufforderung ihre Trauer um die toten Kinder zum Ausdruck gebracht."

„Das heißt trotzdem nicht, dass sie ihn und seine Familie nicht umgebracht haben können."

„Nein, doch ich habe keinerlei Häme oder Schadenfreude bei ihnen wahrgenommen", antwortete Gonzo. „Im Gegenteil bin ich, nachdem ich das alles gehört habe, mehr denn je überzeugt, dass es sich um Selbstmord gehandelt hat. Sein Leben stand kurz davor, ihm um die Ohren zu fliegen. Jeder hätte erfahren, was er diesen Frauen angetan hatte. Seine Praxis wäre ruiniert gewesen."

„Sein *Leben* wäre ruiniert gewesen."

Freddies Handy klingelte. Es war Lindsey McNamara. „Hey, Doc."

„Ich weiß, dass ihr die Sache von allen Seiten beleuchtet, aber ich wollte mich vergewissern, dass euch nicht entgangen ist, dass ich auch an Mrs Blanchets Hand Schmauchspuren gefunden habe."

Freddie war bei der Lektüre der Berichte bisher nicht so weit gekommen. Er spürte, wie ihm die Luft wegblieb. Wie war es möglich, dass die Frau ebenfalls Schmauchspuren an der Hand hatte, wenn Marcel alle getötet hatte?

„Danke für die Vorab-Info. Ich hatte die Berichte noch nicht ganz gelesen." Wie schaffte Sam das alles, neben ihren

Verpflichtungen als First Lady und während sie drei Kinder großzog?

„Ich dachte, das könnte von besonderem Interesse sein."

„Ist es. Danke für den Anruf."

„Gern. Momentan arbeite ich daran, aufgrund deiner Vermutungen ein postmortales MRT für Marcel Blanchet zu veranlassen. Ich halte dich auf dem Laufenden."

„Danke." Freddie beendete das Telefonat mit einem mulmigen Gefühl. Vielleicht war er doch nicht so bereit, wie Sam und Gonzo gedacht hatten.

„Was ist los?"

„Sie wollte sichergehen, dass ich die Schmauchspuren an Mrs Blanchets Hand nicht überlese."

„Verdammt."

„Ich habe die Autopsieberichte noch nicht ganz durch, sonst wäre mir das sicher aufgefallen."

„Irgendwann wärst du dazu gekommen."

„Aber wie viel Zeit hätten wir in der Zwischenzeit damit verbracht, in die falsche Richtung zu ermitteln?"

„Jede Ermittlung ist ein Fortschritt. Wir haben gerade vier potenzielle Verdächtige mehr oder weniger ausgeschlossen und können mit einem genaueren Blick auf die Ehefrau neu beginnen. Ich will wissen, wie es sich auf die Beziehung der Blanchets ausgewirkt hat, dass diese Beschuldigungen ihr Leben auf den Kopf zu stellen drohten. Sie war sicher nicht sehr gut auf ihn zu sprechen. Vielleicht hatte sie einen Scheidungsanwalt beauftragt oder es zumindest in Betracht gezogen."

„Ihre beste Freundin wusste nichts davon."

„Das zeigt nur, wie traumatisierend das alles für Mrs Blanchet gewesen sein muss. Und dann war da noch, dass ihr Mann vermutete, sie könnte eine Affäre haben."

„Richtig. Nachdem wir mit McInerny gesprochen haben, werde ich die Autopsieberichte aufmerksam zu Ende lesen und die Auswertung ihres Handys durchsehen."

„Klingt gut, aber arbeite nicht die ganze Nacht durch."

„Werd ich nicht. Lindsey überprüft gerade noch eine andere Möglichkeit, nämlich dass mit Marcel etwas nicht in Ordnung war, das seine Persönlichkeit verändert haben könnte."

„Interessante Theorie. Sie würde erklären, warum ein Arzt, dem seine Patientinnen voll vertrauten, ihnen gegenüber plötzlich sexuell übergriffig geworden ist."

„Ja, und warum er seine Arbeitszeit reduziert hat, ohne die Leute zu konsultieren, die neben ihm selbst von dieser Entscheidung am meisten betroffen waren."

„Auch das. Eine gute Idee."

„Schauen wir mal, ob sie uns weiterbringt."

Dr. Rory McInerny wohnte in Glover Park, in der Nähe des Wohnsitzes der Vizepräsidenten im U. S. Naval Observatory und der Georgetown University. McInernys dreistöckiges Haus am 40th Place Northwest war nur etwa drei Kilometer vom Wohnsitz der Blanchets entfernt.

Freddie klingelte.

Der Mann, der zur Tür kam, sah aus, als hätte er ein mehrtägiges Trinkgelage hinter sich. Sein hellbraunes Haar stand in alle Richtungen ab, er war unrasiert, und seine Augen waren blutunterlaufen.

Freddie und Gonzo zeigten ihre Dienstmarken.

McInerny stieß die Sturmtür auf. „Kommen Sie rein."

„Ich bin Detective Cruz, das ist Sergeant Gonzales. Wir ermitteln im Fall der Morde an der Familie Blanchet."

„Ja, ich hatte schon vermutet, dass es darum geht." Er führte sie in eine Küche, in der sich Geschirr in der Spüle stapelte. Es roch, als hätte seit Tagen niemand den Müll rausgebracht. „Entschuldigen Sie das Chaos. Wir stehen völlig unter Schock."

„Ist Ihre Frau zu Hause?"

„Sie ist oben."

„Würden Sie sie dazubitten?"

„Äh, klar." McInerny stellte sich an die Treppe. „He, Brit? Kannst du runterkommen? Zwei Polizisten sind hier, wegen Marcel und seiner Familie." Er kehrte in die Küche zurück. „Sie wird in einer Minute unten sein. Möchten Sie Wasser oder etwas anderes? Ich weiß nicht, was wir sonst noch dahaben."

„Nein, danke", sagte Freddie.

Eine dunkelhaarige Frau mit traurigen braunen Augen betrat die Küche. Sie trug ein übergroßes Georgetown-Sweatshirt und eine Jogginghose.

„Das ist meine Frau Brittany."

„Detective Cruz. Das ist Sergeant Gonzales. Danke für Ihre Hilfe."

„Was immer wir tun können", versicherte Brittany McInerny, während sie sich neben ihren Mann an den Tisch setzte und nach seiner Hand griff. „Wir sind untröstlich über den Verlust unserer lieben Freunde und ihrer wunderbaren Kinder." Sie blinzelte, als ihr Tränen in die Augen stiegen. „Die vier waren wie eigene Kinder für uns. Wir waren auf jeder Geburtstagsparty, bei jeder Ballettaufführung, jeder Schulaufführung und jedem Turnfest."

„Haben Sie selbst auch Kinder?"

Brittany McInerny schüttelte den Kopf. „Als junge Frau hatte ich Gebärmutterkrebs und musste eine Hyserektomie vornehmen lassen. Wir haben über Adoption nachgedacht, doch noch nicht damit begonnen. Bis dahin waren die Blanchet-Kinder auch unsere. Wir haben sie so geliebt. Der kleine Gus … Er war mein Liebling." Ihre Tränen liefen über, und sie wischte sie sich weg. „Ich kann einfach nicht glauben, dass ihnen jemand so etwas angetan hat."

„Unser aufrichtiges Beileid."

„Danke", flüsterte Brittany. „Es waren ein paar schreckliche Tage."

Rory zog ihre Hand, die in seiner lag, auf seinen Schoß.

Sie lehnte sich an ihn und legte ihren Kopf an seine Schulter, als könnte sie ihn nicht länger aufrecht halten.

Wenn diese Menschen nicht in tiefer Trauer waren, würde Freddie seine Dienstmarke an den Nagel hängen.

KAPITEL 18

„Tut mir leid, dass wir Sie in dieser schwierigen Zeit stören müssen, doch wir haben ein paar Fragen an Sie", sagte Freddie.

„In Ordnung", antwortete Rory. „Uns ist klar, dass Sie Ihre Arbeit machen müssen."

„Wir haben gehört, Sie und Marcel hätten sich heftig gestritten, weil er seine Arbeitszeit reduzieren wollte", begann Freddie.

„Ja, das stimmt", bestätigte Rory seufzend. „Ich war wütend auf ihn, weil er eine so wichtige Entscheidung getroffen hatte, ohne sich mit mir oder Oriana abzusprechen. Vor allem in Anbetracht des bevorstehenden Prozesses und der negativen Auswirkungen auf unsere Praxis. Das war ziemlich viel auf einmal."

„Waren Sie überrascht von den Anschuldigungen der Frauen, die die Klage eingereicht haben?", wollte Freddie wissen.

„Ich war bestürzt. Das waren wir alle. Marcel war mein Mentor. Er hat mir alles beigebracht, was ich über die Medizin und das Leben weiß. Ich habe in allem zu ihm aufgeschaut. Es war für mich unvorstellbar, dass er so etwas getan haben könnte."

„Haben Sie den Frauen geglaubt?"

„Um ehrlich zu sein, dachte ich zuerst, es sei nichts dran. Ich habe vermutet, dass es Frauen waren, bei denen die Behandlung nicht das gewünschte Ergebnis gebracht hatte und die ihre Enttäuschung an dem Arzt auslassen wollten. Aber sie waren zu viert. Es ist schwer, die Augen zu verschließen, wenn vier Leute das Gleiche berichten."

„Haben Sie ihn damit konfrontiert?"

„Natürlich", erwiderte Rory. „Er hat es geleugnet, behauptet, es sei eine Hexenjagd von Frauen, deren Behandlung fehlgeschlagen sei. Und es stimmt: Bei allen vieren war die Behandlung fehlgeschlagen, ehe sie ihn der sexuellen Belästigung beschuldigt haben. Ich gebe zu, ich habe seinen Widerspruch anfangs für plausibel gehalten, doch die Frauen waren einfach überzeugend. Als ich die Anklage las, war ich mir sehr sicher, dass es die Wahrheit war, und das habe ich ihm auch gesagt. Er war wütend und meinte, nach allem, was er für mich getan habe, verdiene er mehr Loyalität von mir. Es war extrem schwierig, da mein eigener Ruf mit seinem verbunden ist und unsere Praxis in Gefahr war ..."

„Rory war ganz krank vor Sorge", fiel ihm Brittany ins Wort. „Er hat einen Monat lang kaum geschlafen. Er war so hin- und hergerissen zwischen seiner Freundschaft und Bewunderung für Marcel und dem Abscheu vor dem, was er hilflosen Patientinnen angetan hatte. Ganz zu schweigen von anderen merkwürdigen Dingen, wie zum Beispiel, dass Geld aus der Portokasse in der Praxis fehlte und Marcel anzügliche Witze machte, die allen peinlich waren. Er hat sich plötzlich so seltsam verhalten."

„Sie müssen das verstehen", sagte Rory. „Unsere berufliche Karriere hing an dieser Praxis. Oriana und ich sind eingestiegen, weil wir großen Respekt vor Marcel hatten. Dass er diesen Frauen das angetan und uns mit in den Abgrund gerissen hat, ist einfach ..." Er schüttelte den Kopf und seufzte tief. „Ich war noch nie im Leben so aufgewühlt und hin- und hergerissen. Ich wollte Marcel beistehen. Er war mein bester Freund, langjähriger Mentor und Geschäftspartner. Brit und ich waren eng mit seiner Familie befreundet. Es war eine furchtbare Situation. Als meine Patientinnen begannen, Termine abzusagen, auf die sie monatelang gewartet hatten, musste ich sogar anfangen, angstlösende Medikamente zu nehmen. Die ganze Sache hatte sich in der Facebook-Gruppe herumgesprochen, in der die Frauen waren, und plötzlich war unsere einst boomende Praxis wie radioaktiv verseucht – außer für Marcel. Wir waren fassungslos, dass die Frauen weiter ihre Termine bei ihm wahrnahmen, aber sein Ruf, gute Ergebnisse zu erzielen, war unübertroffen. Oriana und ich hatten dagegen immer mehr mit Absagen zu kämpfen. Ironisch, nicht? Seine Termine sorgten dafür, dass Geld reinkam und wir wenigstens eine kleine Chance hatten, die Praxis zu retten, während der Sturm tobte, und er dachte, das sei ein geeigneter Zeitpunkt dafür, seine Arbeitszeit zu reduzieren?"

Brittany legte einen Arm um ihren Mann. „Es war furchtbar für Rory. Und für mich war es schlimm, ihn so leiden zu sehen."

„Ich verstehe nicht, warum jemand, der alles hatte, der auf dem Gipfel seiner beruflichen Laufbahn stand, etwas so Dummes getan und sich und uns alles kaputtgemacht hat. Oriana und ich werden für immer mit ihm in Verbindung gebracht werden. Jeder weiß, dass er unser Mentor und Chef war."

„Sie glauben, man wird Ihnen an dem, was er getan hat, eine Mitschuld geben?", fragte Gonzo.

„Das geschieht bereits. Die Leute denken, wir müssten gewusst haben, wozu er fähig war, aber wir waren völlig ahnungslos. Und wir waren genauso entsetzt wie alle anderen. Er war uns gegenüber immer total professionell gewesen, ein engagierter Mediziner, ein liebevoller Familienvater, und dann kam ja noch hinzu, dass er seine Arbeitszeit ausgerechnet in dem Moment verringert hat, als die Praxis ins Trudeln geriet. Die Leute, die sich verzweifelt nach einem Baby sehnten, wollten von dem Mann mit dem erwiesenen Erfolg behandelt werden, auch wenn man ihn unsäglicher Dinge beschuldigte. Als die Polizei die Ermittlungen eingestellt hat, war sein Terminkalender sofort wieder voll. Wir brauchten ihn, um die Dinge am Laufen zu halten. Stattdessen beschloss er, nur noch Teilzeit zu arbeiten, und das, ohne sich mit uns abzusprechen."

„Was hat er gesagt, als Sie ihn damit konfrontiert haben?"

„Er müsse tun, was für seine Familie am besten sei. Ich fragte ihn, was mit Orianas und meiner Familie sei. Mit den Vorwürfen, die wir wegen der gegen ihn erhobenen Anschuldigungen einstecken mussten. Er antwortete, er könne nicht glauben, dass ich ihm wirklich diesen Unsinn vorwerfen würde, wo er doch offensichtlich zu Unrecht beschuldigt werde. Es war die hitzigste Auseinandersetzung, die ich je mit ihm hatte. Mir wurde ganz anders, weil ich merkte, dass er nur an sich selbst dachte."

„War das untypisch für ihn?", erkundigte sich Freddie.

„Völlig. Er hat uns bisher immer so bereitwillig unterstützt, dass es für uns beide ein Schock war, als er sagte, wir seien ihm egal. Ihn interessierten bloß noch er selbst und seine Familie. Ich meine, *er* hatte uns in diese Lage gebracht. Es war gelinde gesagt erschütternd, dass er uns einfach so mitteilte, er werde uns nicht helfen, da wieder rauszukommen."

„Das muss Sie wütend gemacht haben", vermutete Gonzo.

„Die ganze Situation hat mich wütend gemacht. Falls Ihre nächste Frage allerdings lautet, ob ich ihn und seine Familie ermordet habe, können Sie sich das sparen. Marcel war für mich wie ein Bruder. Selbst nach allem, was passiert war. Ich wollte ihm helfen, einen Ausweg zu finden und zur Normalität zurückzukehren. Nie hätte ich ihm, Liliana und den Kindern etwas antun können. Ich hätte vielmehr alles getan, um sie zu beschützen."

„Rory war sehr beunruhigt über die Veränderungen bei Marcel", sagte Brittany. „Nichts ergab mehr Sinn."

„Hatte er möglicherweise psychische Probleme?", fragte Gonzo.

„Das haben Oriana und ich auch überlegt. Aber wenn man schon mal damit zu tun hatte, weiß man, dass es schwierig sein kann, jemanden darauf anzusprechen, dass er psychische Probleme haben könnte. Sicherlich würde das vieles erklären, zum Beispiel wie ein liebender Ehemann und Vater und renommierter Mediziner dazu kam, sich an seinen Patientinnen zu vergehen. Das werde ich nie verstehen."

„Uns ist bewusst, dass sein Leben auf spektakuläre Weise zu implodieren drohte." Freddie wählte seine Worte mit Bedacht. „Halten Sie es für möglich, dass er erweiterten Selbstmord begangen hat, um sich und seiner Familie die Schande zu ersparen?"

„Nein", widersprach Brittany entschieden. „Absolut nicht. Er hat seine Familie so geliebt. Wenn Sie ihn mit den Kindern erlebt hätten, wüssten Sie, es ist ausgeschlossen, dass er so etwas getan haben könnte." Sie holte ihr Handy heraus und scrollte, bis sie fand, was sie suchte. „Das ist Marcel mit den Kindern an Weihnachten."

Freddie nahm das Handy und lehnte sich zur Seite, damit Gonzo ebenfalls zuschauen konnte, wie Marcel Klavier spielte und die Kinder mit ihm „Stille Nacht" sangen. Seine Freude an seinen Kindern und seine Liebe zu ihnen waren nicht zu übersehen.

„So war er", meinte Brittany, nachdem Freddie ihr das Handy zurückgegeben hatte. „Er freute sich an allem, was sie taten und sagten."

„Absolut", bekräftigte Rory. „Es ist völlig undenkbar, dass er seinen Kindern etwas angetan hätte."

„Wie hat seine Frau auf die Anschuldigungen und die Klage reagiert?", erkundigte sich Freddie. „Wir haben mit ihrer Freundin Kelly gesprochen, die nichts davon wusste."

„Lili war deswegen sehr aufgebracht", erklärte Rory. „Wie alle anderen, die Marcel gut kannten, konnte sie nicht verstehen, warum er so etwas getan haben sollte."

„Sie hat den Frauen geglaubt?"

„Lili empfand wie ich. Zuerst dachte sie, das könnte unmöglich wahr sein, doch schließlich waren es vier Frauen mit der gleichen Geschichte. Wie hätte sie ihnen nicht glauben können? Ihr Verhältnis zu Marcel war schon seit Monaten angespannt, seit den ersten Anschuldigungen."

„Wir haben Spannungen in ihrem Chatverlauf festgestellt", sagte Freddie.

„Soweit wir wussten, drehte sich ihre gesamte Kommunikation nur noch um die Kinder", berichtete Brittany. „All unsere üblichen Treffen hatten ein Ende. Es war ein einziges Chaos."

„Fällt Ihnen jemand ein, der so wütend auf ihn war, dass er ihn und seine Familie auslöschen wollte?"

„Ich kann mir niemanden vorstellen, der diesen süßen Kindern etwas antun würde", antwortete Rory, während ihm Tränen in die Augen stiegen.

„Das kann ich auch nicht", pflichtete ihm Brittany bei. „Jeder, der Lili und die Kinder kannte, hat sie geliebt."

„Wer hat ihn anwaltlich vertreten?", fragte Freddie.

„Ed Leery. Seine Kanzlei ist in der Nähe der National Mall."

Freddie notierte sich den Namen des Anwalts, wollte aber erst Marcels E-Mails an ihn zu Ende lesen, bevor er sich mit ihm in Verbindung setzte.

„Ich muss Sie fragen, wo Sie vorgestern Abend waren."

„Wir waren übers Wochenende bei meinen Eltern in Roanoke und sind erst gestern Abend zurückgekommen", erwiderte Brittany. „Ich kann Ihnen ihre Nummer geben, falls Sie sie wegen einer Bestätigung kontaktieren wollen."

„Das wäre toll." Freddie schrieb mit, während sie sie ihm diktierte. „Das war sehr hilfreich." Er legte seine Visitenkarte auf den Tisch. „Wenn Ihnen noch etwas einfällt, rufen Sie mich an. Das kleinste Detail kann ausschlaggebend sein."

„Okay, machen wir", versprach Rory. „Danke für alles, was Sie für sie tun. Die Blanchets haben uns sehr viel bedeutet."

~

Als sie Angelas Haus verließ, bat Sam Vernon, die Bodyguards der Zwillinge darüber zu unterrichten, dass sie sie selbst von der Schule abholen würde, um mit ihnen Eis zu essen.

Scotty hatte noch Eishockeytraining, also würde er erst später heimkommen.

Sam freute sich darauf, an einem Tag, an dem sie normalerweise hätte arbeiten müssen, Zeit mit den Zwillingen zu verbringen. Dieses Nicht-Arbeiten hatte auch seine Vorteile.

Sie wartete im Auto, während Vernon und Jimmy sich mit den Personenschützern der Zwillinge absprachen, um sie in ihr Auto statt in ihr übliches Fahrzeug zu lotsen. Sie begann gerade, sich über die Verzögerung zu ärgern, da öffnete sich die Tür, und zwei niedliche kleine Gesichter tauchten auf, die breit grinsten, als sie sahen, wer sie da abholte.

Sam umarmte sie innig. „Wer will ein Eis?"

Die Zwillinge kreischten vor Aufregung, und nachdem sie sie angeschnallt hatte, erzählten sie ihr alles, was an diesem Tag in der Schule passiert war, auch von einem Jungen in Aldens Klasse, der seine eigenen Popel aß.

Sam erinnerte sich genau, wer in ihrer Grundschulklasse dafür bekannt gewesen war, Popel zu essen, sich in die Hose zu pinkeln und zu kotzen. So etwas vergaß man nie.

Sie wies Vernon den Weg zum Capital Candy Jar, wo sie und ihre Schwestern immer mit Ethan, Abby und Jack hingegangen waren, als die drei noch klein gewesen waren. Dort angekommen warteten sie mehr als fünfzehn Minuten, bis die Personenschützer ihren Besuch hinreichend abgesichert hatten, während Sam versuchte, geduldig zu sein und die Kinder zu unterhalten.

„Wann können wir endlich rein, Sam?", fragte Aubrey und drückte ihre Nase ans Fenster, damit sie den Laden sehen konnte.

„Sobald die Bodyguards uns signalisieren, dass es sicher ist."

„Das dauert ja ewig", maulte Alden.

„Ja." Sam wollte gerade aussteigen und Vernon bitten, die Sache voranzutreiben, als er die Autotür öffnete.

„Alles bereit", verkündete er und half den aufgeregten Kindern aus dem SUV.

Sam bemerkte, dass die Personenschützer der Zwillinge ebenfalls dort waren und dass sie die Aufmerksamkeit aller Anwesenden auf sich zogen, als sie den Laden betraten, wo die in Schock erstarrten Angestellten darauf warteten, sie zu bedienen.

„M… Mrs Cappuano", begrüßte eine der jungen Frauen sie. „Es ist mir eine große Ehre."

„Vielen Dank, dass wir kommen durften. Entschuldigen Sie bitte die Störung."

„Ist das Ihr Ernst? Das ist der spannendste Moment meines Lebens! Oh, Aubrey und Alden sind auch da!"

„Und die beiden möchten ein Eis", sagte Sam. „Worauf habt ihr Lust, Kinder?"

Aubrey liebte alles mit Erdnussbutter, während Alden auf Schokokekse stand. Das kleine Mädchen entschied sich für Erdnussbutter-Crunch und ihr Bruder für Cookie Dough mit Schoko-Chips.

„Was willst du, Sam?", fragte Alden.

„Ich glaube, ich nehme eine Kugel Schoko-Karamell", antwortete Sam. „Stört es Sie, wenn wir das hier essen?", wandte sie sich an die Frau, nachdem sie bezahlt hatte. Weitere Kunden betraten die Eisdiele, was für Sam eine Erleichterung war, auch wenn alle sie anstarrten. Sie hatte das Geschäft nicht wegen drei Bechern Eis dichtmachen lassen wollen.

„Aber nein."

„Danke."

Sie setzte sich mit den Kindern an einen Tisch und lehnte sich zurück, um den Augenblick zu genießen. Ausnahmsweise erwartete niemand von ihr, dass sie Mörder jagte, und sie konnte für ein paar Stunden „nur Mutter" sein. Schon ironisch, dass das, was sie sich am meisten gewünscht hatte, der Teil ihres Lebens war, für den sie am wenigsten Zeit hatte. Sam wünschte, sie könnte das ändern, doch solange sie das Morddezernat des MPD leitete, war das vermutlich aussichtslos. Daher musste sie die Zeit mit den Kindern bestmöglich nutzen und darauf achten, Pausen einzulegen, wenn sie sie brauchte.

Nachdem sie ihr Eis gegessen hatten, kauften sie noch etwas Karamell für Scotty und ein paar schokoladenüberzogene Oreos mit Bildern des Weißen Hauses für Nick. Sie posierten für ein Foto mit dem Personal des Ladens, bevor sie zum Auto zurückgingen.

„Danke für das Eis, Sam", sagte Aubrey. „Das war schön."

„Ja, fand ich auch."

„Warum bist du nicht bei der Arbeit?", erkundigte sich Alden mit ernster Miene.

„Ich habe mir einen Tag freigenommen."

„Oh. Warum?"

„Damit ich mehr Zeit mit euch verbringen kann."

„Werden wir Celia heute noch sehen?", wollte Aubrey besorgt wissen.

„Auf jeden Fall." Sam fand es schön, dass die Zwillinge Celia so sehr liebten, wie sie selbst das tat. „Sie freut sich bestimmt schon auf euch."

„Gut. Wir mögen sie, und Shelby auch. Wir treffen sie und Noah jeden Tag nach der Schule."

„Shelby ist heute nicht im Weißen Haus, also werdet ihr sie wahrscheinlich erst morgen wiedersehen." Sam hoffte, dass Shelby sich schnell von dem Trauma erholen würde, befürchtete jedoch, dass es eine Weile dauern könnte.

„Hat sie sich auch einen Tag freigenommen?", fragte Alden.

„Ja."

„Heute ist alles seltsam", verkündete er.

Sam lächelte. Dies war der seltsamste und beste Tag seit Langem, und er war genau das, was sie gebraucht hatte.

～

Nachdem Freddie und Gonzo ins Hauptquartier zurückgekehrt waren, hielten sie mit den anderen Ermittlern eine Lagebesprechung ab. Die, die mit den anderen Eltern gesprochen hatten, die sich in den sozialen Medien über Eloise geäußert hatten, hatten keine neuen Erkenntnisse zu berichten.

„Sie waren definitiv verärgert, als sie vor zwei Jahren aufgetaucht ist, nachdem die anderen Mädchen schon seit Jahren zusammen trainiert hatten. Aber sie haben wasserdichte Alibis, und alle haben glaubhaft ihre Bestürzung über den Tod von vier unschuldigen Kindern ausgedrückt", erklärte Green.

„Ich denke, das ist eine Sackgasse", verkündete Gonzo. „Die Eltern haben sich über Eloise geärgert, doch sie haben sie nicht getötet."

„Sehe ich genauso." Freddie erzählte, was sie über die Frauen, die Dr. Blanchet verklagt hatten, erfahren hatten, und informierte sie über das, was sie von seinen Kollegen gehört hatten. „Im Autopsiebericht steht, dass Mrs Blanchet ebenfalls Schmauchspuren an der Hand hatte, also werden wir sie morgen genauer unter die Lupe nehmen."

„Ich komme immer noch nicht darüber hinweg, dass er auf seine

Patientinnen masturbiert haben soll", sagte Detective O'Brien mit einem Schaudern.

„Das ist ekelhaft", antwortete Detective Charles. „Ein unfassbarer Übergriff."

„Wir verdächtigen aber keine von ihnen, mit einer Waffe ins Haus des Arztes eingedrungen zu sein, oder?", fragte Detective Green.

„Nicht wirklich", erwiderte Freddie. „Sie haben sich alle sehr bestürzt über den Tod der Kinder gezeigt und waren bereit für ihren Tag vor Gericht."

„Sein Leben stand kurz vor einer Katastrophe", meldete sich Gonzo zu Wort. „Wenn jemand sie ermordet hat, wie kann das nicht zusammenhängen? Was wissen wir über die Waffe?"

„Sie gehörte Blanchet", vermeldete Charles. „Er hat sie vor zwei Jahren ganz legal erworben."

Freddie seufzte. „Wir landen immer wieder bei ihm."

„Ja, das stimmt. Trotzdem könnte es sein, dass uns jemand weismachen will, dass er es war", gab Green zu bedenken.

„Stimmt", pflichtete ihm Freddie bei. „Fahrt jetzt erst mal alle nach Hause, und ruht euch aus. Morgen geht es weiter."

Nachdem die anderen sich verabschiedet hatten, setzte sich Freddie an seinen Schreibtisch, fest entschlossen, die Autopsieberichte zu Ende zu lesen, bevor er sich ebenfalls eine Pause gönnte.

Da rief Elin an. „Hey, Babe. Wie war dein Tag?", fragte er.

„Er ist noch nicht vorbei. Sie haben mich gebeten, heute Abend einen Spinning-Kurs zu übernehmen, weil der Trainer krank ist. Ist es okay, wenn ich später nach Hause komme?"

„Gar kein Problem. Ich muss auch länger arbeiten."

„Ich hole etwas zum Abendessen, und wir sehen uns gegen acht?"

„Super. Ich liebe dich, Elin."

„Ich dich auch."

Damit hatte er jetzt Zeit genug, um sich dem Bericht zu widmen, alles durchzugehen, was sie bisher erfahren hatten, und sich Notizen für den nächsten Tag zu machen.

„Du musst etwas essen, Schatz", sagte Avery, der an Shelbys Krankenbett stand. Ihre Schwester war gekommen, um Noah abzuholen, nachdem die Ärzte ihn entlassen hatten. Sie waren besorgt über Shelbys seelischen Zustand und hatten beschlossen, sie für eine weitere Nacht dazubehalten.

Shelby hatte versucht, sich Noah zuliebe zusammenzureißen, aber jetzt, wo er nicht mehr da war, erschreckte Avery der leere Ausdruck in ihren Augen. Es war, als sei ihr Feuer erloschen, und ohne das …

„Schatz, bitte …“ Er küsste sie auf den Handrücken. „Rede mit mir.“

Sie starrte die gegenüberliegende Wand an. Wenn sie ihn gehört hatte, ließ sie es sich nicht anmerken.

Averys Handy summte. Es war eine Nachricht von Sam. *Wie geht's Shelby?*

Schlecht. Sie steht irgendwie komplett neben sich.

Aufgrund von Medikamenten?

Sie hat keine genommen.

Oh … Machst du dir Sorgen?

Sehr. Ich weiß nicht, was ich tun soll.

Ich ruf mal kurz wo an und melde mich gleich wieder.

Avery hatte keinen Schimmer, wen sie kontaktieren wollte, doch Sam liebte Shelby und würde versuchen, ihr zu helfen. Er saß neben dem Bett, immer noch in demselben Anzug, den er in Cleveland getragen hatte.

Was dort passiert war, schien ein Jahrzehnt her zu sein, nicht nur einen Tag. Seit er im Krankenhaus eingetroffen war, hatte er nicht mal ein Update zum Fall Bernadino oder zu irgendetwas anderem erhalten. Soweit er wusste, konnte Nicks Mutter sehr gut wieder auf freiem Fuß sein.

Er hielt die Hand seiner Frau in beiden Händen, neigte den Kopf und wünschte sich, er hätte die richtigen Worte, um zu ihr durchzudringen.

Sein Telefon klingelte. Es war noch einmal Sam. „Hey.“

„Ich habe mit Dr. Trulo gesprochen, unserem Polizeipsychiater, der auch ein Freund von mir ist. Er sagte, er kann vorbeischauen, wenn das okay ist. Er ist sehr gut in dem, was er tut.“

„Ich nehme jede Hilfe, die ich kriegen kann.“

„Dann gebe ich Dr. Trulo grünes Licht und komme später auch selbst noch mal vorbei.“

„Danke.“

„Für meine Tinker Bell tue ich alles – und für dich. Bis dann.“

„Wir sind hier."

Obwohl er Shelby eigentlich auf keinen Fall von der Seite weichen wollte, brauchte er dringend einen Kaffee und was zu essen. Er beugte sich über das Bett und küsste sie auf die Stirn. „Ich bin gleich wieder da."

Sie reagierte nicht darauf, dass er den Raum verließ.

Er ging in die Toilette im Flur, spritzte sich Wasser ins Gesicht und kämmte sich das Haar mit den Fingern. Dann fuhr er mit dem Aufzug nach unten, holte sich einen Kaffee und ein Eiersandwich und war zehn Minuten später wieder in ihrem Zimmer.

Shelby hatte sich nicht von der Stelle gerührt.

Ihr Blick war weiter starr auf die Wand gerichtet.

Das war alles seine Schuld. Den Abschaum, der sie und Noah als Geiseln genommen hatte, hatte er ins Haus geholt. Es waren Leute, die er hinter Gitter gebracht hatte. Sie waren zu ihm nach Hause gekommen, um sich dafür zu rächen, und hatten seine Frau und seinen Sohn in Angst und Schrecken versetzt. Wer hatte sonst noch etwas gegen ihn und würde vielleicht eines Tages vor seiner Haustür auftauchen und seine Liebsten bedrohen?

Mehr Menschen, als er zählen konnte. An die meisten von ihnen erinnerte er sich nicht mal, aber sie erinnerten sich an ihn. Sie würden ihn nie vergessen, genauso wenig wie die Prozesse, die er gegen sie angestrengt hatte und die sie in vielen Fällen für Jahre ins Gefängnis gebracht hatten. In Zukunft würde er dafür sorgen, dass man ihn benachrichtigte, wenn einer der Straftäter, die seinetwegen verurteilt worden waren, entlassen wurde. Er würde mit seiner Familie in ein sichereres Haus umziehen, eins hinter hohen Toren, eine uneinnehmbare Festung.

Eine Stunde später erschien Dr. Trulo.

Avery schüttelte ihm die Hand. „Vielen Dank, dass Sie den Weg auf sich genommen haben."

„Sams Freunde sind auch meine Freunde."

„Hat sie Ihnen am Telefon erzählt, was passiert ist?"

„Ja, und es tut mir leid." Er warf einen Blick auf Shelby und bedeutete Avery, mit ihm in den Flur zu kommen. „Ist sie schon seit der Einlieferung so?"

„Ich bin ein paar Stunden später hier eingetroffen, und die einzige Reaktion, die sie bisher gezeigt hat, war die auf unseren Sohn. Sie hat ihn im Arm gehalten und geschluchzt, aber seit ihre

Schwester ihn geholt hat, hat sie kaum noch geblinzelt. Sie reagiert nicht auf mich, wenn ich mit ihr spreche. Sie isst nicht …"

„Ihre Frau ist traumatisiert. Es wird einige Zeit dauern, bis sie sich von dem Kampf-oder-Flucht-Modus erholt, in den ihr Gehirn während des Ereignisses geschaltet hat. Ich würde ihr gerne Medikamente verschreiben, um die Symptome zu lindern. Sobald sie bereit und in der Lage ist, zu sprechen, können wir mit einer intensiven Therapie beginnen."

„Was immer Sie für richtig halten."

„Ich würde mich gerne mit ihrem Arzt abstimmen und dann entscheiden."

Erleichtert nannte Avery ihm den Namen des Arztes, der Shelby behandelt hatte.

„Ich weiß, das ist sehr beunruhigend, doch es ist eine normale Reaktion auf etwas, das für das Gehirn zu viel ist. In den meisten Fällen handelt es sich um einen vorübergehenden Zustand."

Avery versuchte, sich nicht auf die Worte „in den meisten Fällen" zu konzentrieren. Er hatte Sam viel Gutes über Dr. Trulo sagen hören und fühlte sich besser, weil er wusste, dass er da war, um Shelby durch das Trauma zu helfen. Aber das mulmige Gefühl in Averys Magen würde erst verschwinden, wenn Shelby sich gefangen hatte und wieder ganz die Alte war.

Als Brooke den Tisch für sich und Nate fertig gedeckt hatte, war sie so aufgeregt, dass sie befürchtete, Opfer einer spontanen Selbstentzündung zu werden, noch bevor er eintraf.

Bei dem Gedanken musste sie lachen. Sie wurde manchmal so albern, wenn es um ihn ging, aber er brachte sie dazu, Dinge zu empfinden, die sie nie für möglich gehalten hatte, bis er aufgetaucht war und alles verändert hatte. Darum konnte sie es auch kaum erwarten, ihm zu sagen, dass sie in Princeton angenommen worden war. Das bedeutete, sie würden das ganze nächste Jahr gemeinsam verbringen können, bis Elijah seinen Abschluss machte und vermutlich zurück nach D. C. zog, um näher bei seinen Geschwistern zu sein.

Sie würde noch ein weiteres Jahr in Princeton bleiben müssen, nachdem Elijah die Uni verlassen und Nate, den Chef seiner Personenschützer, mitgenommen hatte. Aber dieses eine Jahr hätten sie erst mal, und der Rest würde sich dann schon irgendwie ergeben. Zumindest hoffte sie das.

Sie wollte für immer mit dem sexy Bodyguard zusammen sein, der ihr Leben auf die bestmögliche Weise auf den Kopf gestellt hatte. Ihre Mitbewohner waren für die Frühjahrsferien nach Florida gefahren, doch sie hatte sich entschieden, mit ihm in Charlottesville zu bleiben, denn Nate hatte sich die Woche freigenommen. Sie hatten darüber geredet, irgendwohin zu fahren, wo es warm war, und vielleicht würden sie das auch tun, doch im Augenblick hatten sie keine weiteren Pläne als diese eine Woche ganz für sich.

Sie konnte es kaum erwarten.

Zum gefühlt neunhundertsten Mal überprüfte sie seinen Standort auf der Karten-App, stellte fest, dass er nicht mehr weit entfernt war, und sprintete unter die Dusche. Als sie in ihrem neuen roten Kleid, das sie sich extra für ihn gekauft hatte, aus dem Schlafzimmer kam, trennten sie nur noch drei Kilometer.

„Ganz ruhig, sonst hyperventilierst du am Ende noch."

Sie lachte über sich selbst, aber sie hatte ihn seit einer ganzen Weile nicht mehr gesehen und war mehr als bereit für diese Woche mit ihm. Er hatte gerade die Hand gehoben, um zu klopfen, als sie ihm die Tür öffnete.

Lachend zog sie ihn ins Haus.

Nate ließ sein Gepäck fallen und riss sie für einen dieser heißen, sexy Küsse, nach denen sie süchtig geworden war, in seine Arme.

Er stöhnte, als ihre Zungen einander fanden.

Ehe sie sichs versah, umfasste er ihren Hintern, ohne den Kuss zu unterbrechen, und hob sie hoch, um sie in Richtung ihres Zimmers zu tragen. Er stellte sie neben dem Bett ab und zog ihr das Kleid so schnell aus, dass sie kaum Zeit zum Luftholen hatte, bevor er ihr mit weiteren dieser Küsse, nach denen sie sich so sehnte, den Kopf verdrehte.

Seine Fähigkeit, sich auch während leidenschaftlichen Knutschens aller Klamotten zu entledigen, gehörte zu den bemerkenswerteren seiner vielen Talente.

Sie ließ sich aufs Bett sinken, und er legte sich auf sie, lehnte sich ein Stück zurück und betrachtete ihr Gesicht, um sich zu vergewissern, dass alles in Ordnung war.

Sie mochte es, wie er sich immer Sorgen machte, dass er Erinnerungen an eine längst vergangene Nacht auslösen könnte, die sie am liebsten vergessen würde.

Als er aufstehen wollte, um ein Kondom zu holen, hielt sie ihn zurück. „Ich hab mir die Spritze geben lassen."

„Die was?"

„Die Verhütungsspritze. Wir sind startklar."

„O Gott. Willst du etwa sagen …?"

Brooke lachte über seinen Gesichtsausdruck. „Ich will damit sagen, wir brauchen kein Kondom."

„Ich habe es noch nie ohne getan."

„Aber dir gefällt die Vorstellung?"

„Sie gefällt mir sogar sehr."

„Sollen wir ausprobieren, wie es ist?"

Der Laut, den er von sich gab, war irgendetwas zwischen einem Ächzen und einem Wimmern. „Es könnte schnell vorbei sein."

„Schnell ist prima." Sie konnte nicht aufhören, in sein attraktives Gesicht zu starren. Er hatte blaue Augen und dunkles Haar, was ihre Mitschülerinnen dazu veranlasst hatte, ihm den Spitznamen „McDreamy" zu geben. Er war das und noch so viel mehr, und als er in sie eindrang, durchströmte sie sofort wieder die Leidenschaft, die sie jetzt schon mehrfach mit ihm erlebt hatte.

Sie biss sich auf die Lippe, um nicht über das Gesicht zu lachen, das er machte, als sie zum ersten Mal ohne Kondom Sex hatten.

„Heilige Scheiße."

„Ja?"

„O Gott, ja." Als er die Augen schloss und den Kopf in den Nacken legte, wusste Brooke, dass es für sie nie einen anderen Mann als ihn geben würde. Er war der Richtige für sie. Der Einzige.

Wie prophezeit war das erste Mal schnell vorbei, aber er sorgte trotzdem dafür, dass sie vor ihm kam. Für ihn stand sie immer an erster Stelle, was ein weiterer Grund war, ihn zu lieben.

„Verdammt", stöhnte er, während sich sein Atem langsam beruhigte. „Das war unbeschreiblich." Er wurde wieder hart, als er sich weiter in ihr bewegte. „Das Beste, was ich je hatte."

„Geht mir genauso."

„Brooke …"

„Ja?" Sie öffnete die Augen und stellte fest, dass er sie auf diese durchdringende Art und Weise anschaute, die sie daran erinnerte, womit er sein Geld verdiente.

„Ich liebe dich. Und ich will alles mit dir erleben. Diese ganze Sache war bisher ziemlich verrückt, und es ist wahrscheinlich zu früh, aber …"

Brooke legte die Hände um sein Gesicht und küsste ihn. „Ich will auch alles mit dir erleben. Natürlich. Ich liebe dich, Nate."

„Ich war noch nie so glücklich wie jetzt, wo ich bei dir bin – und selbst wenn ich nicht bei dir bin", erklärte er. „Ich liebe es einfach, dass du ein Teil meines Lebens bist."

„Das gilt für mich umgekehrt genauso", erwiderte sie und lächelte. „Ich habe noch andere Neuigkeiten." Sie hatte vorgehabt, es ihm beim Abendessen zu sagen, doch sie konnte nicht länger warten. Er wusste zwar, dass sie sich in Princeton beworben hatte, aber nicht, dass sie akzeptiert worden war.

„Was für Neuigkeiten?"

„Princeton hat mich für das nächste Jahr angenommen."

Nate hob den Kopf und fixierte sie. „Wirklich?"

Brooke nickte.

„Das ist die beste Nachricht überhaupt", antwortete er. „Stand jetzt bin ich allerdings nur noch ein Jahr dort. Du hast zwei weitere Jahre vor dir."

„Stimmt. Trotzdem haben wir so jetzt erst mal das nächste Jahr zusammen, und danach müssen wir nur noch meine letzten beiden Semester durchstehen. Während ich das sage, wird mir klar, dass ich gerade ziemlich viel voraussetze, was uns beide betrifft, und vielleicht sollte ich das nicht tun."

Er küsste sie zärtlich. „Nein, du liegst völlig richtig. Ich kann es kaum erwarten, jeden Tag mit dir zusammen zu sein. Du kannst bei mir einziehen. Natürlich nur, wenn du möchtest."

„Würdest du das denn wollen?"

„Gott, ja, natürlich. Und seien wir ehrlich: Es wäre dumm von dir, für eine Wohnung zu zahlen, wenn wir ohnehin die ganze Zeit zusammen sein wollen."

„Das stimmt."

„Eli hat vor, den gesamten Sommer über in Princeton zu bleiben, weil er ein Praktikum macht und ein paar Kurse belegen will, also kannst du kommen, sobald das Semester vorbei ist. Verbring den Sommer mit mir. Jetzt, wo sich die Zwillinge bei den Cappuanos gut eingelebt haben, spricht Eli sogar von einem Aufbaustudium."

„Das wäre toll."

„Das fand ich nicht, bis du mir deine Neuigkeiten erzählt hast. Jetzt ist es die beste Idee, die Eli je hatte."

Brooke grinste ihn an. „Ist das so, ja?"

„Na, und ob."

Sie legte den Kopf an seine Brust, während er sie in seine Liebe einhüllte. Jetzt hatten sie noch mehr, worauf sie sich freuen konnten.

~

„McDougal hat um ein Treffen gebeten", teilte Terry Nick am nächsten Morgen mit.

„Muss ich fragen, warum der Mehrheitsführer des Senats mich

sehen will?“, erkundigte sich Nick. „Lass mich raten: Es dreht sich um die Vereinigten Stabschefs.“

„So was in der Art.“

„Sag mir nicht, er findet, ich hätte sie nicht abservieren sollen.“

„Das Gefühl hatte ich nicht. Du hättest nicht anders reagieren können, und das weiß er.“

„Was will er dann?“

„Vielleicht besprechen, wie es weitergeht?“

„Wir haben die für die einzelnen Waffengattungen zuständigen Staatssekretäre gebeten, Ersatzleute zu benennen.“

„Ich habe bereits von der Luftwaffe und der Navy gehört. Auf die Army, das Marine Corps, die Nationalgarde und die Space Force warte ich noch. Vielleicht möchte McDougal darüber sprechen, dass der Senat den neuen Vorsitzenden deiner Wahl schnell im Amt bestätigen wird.“

„Geh zu dem Treffen mit ihm, und finde heraus, was er will“, ordnete Nick an.

„Okay.“

„Sag Cox, ich möchte wissen, wie es um die Anklage gegen die Verräter steht.“

„Apropos“, meinte Terry. „Es gibt Widerstände in der Richtung.“

„Inwiefern?“

„Die Überlegung ist, dass eine strafrechtliche Verfolgung mehr Schaden als Nutzen bringen würde.“

„Die hatten vor, mich zu stürzen.“

„Aber sie haben es nicht getan.“

„Weil ich rechtzeitig gewarnt wurde, nicht weil sie sich plötzlich dagegen entschieden hätten.“

„Ich verstehe deine Entrüstung, und glaub mir, ich empfinde genauso. Doch ein Prozess, der sich ewig hinzieht, wird dafür sorgen, dass diese Angelegenheit für die Dauer deiner Präsidentschaft in der Presse und im Bewusstsein der Bevölkerung bleiben wird.“

„Das entscheiden nicht wir, sondern allein Cox als Justizminister.“

„Ein Teil des Widerstands kommt von ihm. Er ist nicht sicher, ob es genug Beweise für eine Anklage gibt. Die meisten Diskussionen der Stabschefs über diese Angelegenheit haben von Angesicht zu Angesicht stattgefunden, sodass es keinerlei Unterlagen gibt. Nichts, worauf man einen Fall aufbauen könnte.“

„Sie haben es mir gegenüber praktisch gestanden."

„Aber sie haben es nicht direkt gesagt. Cox meint, es würde allerdings reichen, um sie unehrenhaft zu entlassen und ihnen die Pension zu streichen."

„Welche Botschaft sendet das an den nächsten General oder Admiral, der mit dem Präsidenten nicht einverstanden ist und plant, ihn abzusetzen?" Nick schüttelte entschieden den Kopf. „Ich weiß, ich soll mich aus den Angelegenheiten des Justizministeriums heraushalten, trotzdem denke ich, er sollte sie anklagen. Selbst bei einem Freispruch würde der Prozess klarstellen, dass die Planung eines Militärputschs Konsequenzen hat."

„Verstanden. Dann gebe ich das so weiter."

„Bitte lass ihn wissen, dass ich seine Entscheidung, wie auch immer sie ausfällt, selbstverständlich in vollem Umfang anerkennen und respektieren werde."

„Das werde ich ebenfalls ausrichten."

Nick lehnte sich in seinem Stuhl zurück. Er fühlte sich geistig und emotional ausgelaugt, und dabei hatte sein Tag gerade erst begonnen. „Was hast du zu meiner Mutter gehört?"

„Seit der Anklageerhebung nichts Neues. Der Pflichtverteidiger scheint ein Trottel zu sein. Ich bin nicht sicher, ob er überhaupt in der Lage ist, mit so einer Anklage umzugehen."

„Erinnere mich daran, dass es nicht meine Aufgabe ist, ihr einen vernünftigen Anwalt zu besorgen."

„Es ist nicht deine Aufgabe, ihr einen vernünftigen Anwalt zu besorgen, und ich würde dir im Gegenteil dringend raten, dich aus der Sache komplett herauszuhalten."

„Ja, ich dachte mir, dass du das sagen würdest. Dennoch ... Ich stelle mir vor, wie sie im Gefängnis sitzt, während ich die Annehmlichkeiten des Weißen Hauses genieße, und trotz allem gefällt mir dieses Gefühl nicht."

Terry nahm auf einem der Stühle neben dem Resolute Desk Platz. „Ich bin sicher, es fühlt sich beschissen an, Nick, doch du darfst dich da keinesfalls einmischen. Das wäre fatal. Die Sache mit den Stabschefs ist schon ein schwerer Schlag, und das Allerletzte, was wir jetzt brauchen, ist mehr Presse über das, was deiner Mutter zur Last gelegt wird."

„Ist mir klar." Nick sah Terry an und wünschte sich von ganzem Herzen, dass er dieses Gespräch nicht führen müsste. „Aber lass mich dich Folgendes fragen: Wie wird es auf Mütter wirken, wenn sie aus dem Gefängnis kommt und der Welt erzählt, dass ihr Sohn, der Präsident, sie im Knast hat schmachten lassen, weil sie sich keinen anständigen Anwalt leisten konnte, da man ihr gesamtes Vermögen eingefroren hat?"

„Das ist ein stichhaltiges Argument. Es ändert nur nichts daran, dass du dich von ihr fernhalten solltest. Wir können nur hoffen, dass die Mütter Amerikas Mitgefühl mit dir haben, weil sie sich nie um dich gekümmert hat, und verstehen, dass du ihr nichts schuldest. Zum Teufel, die Hälfte dieser Mütter ist wahrscheinlich in dich verliebt."

„Hör auf. Sind sie nicht."

„O doch. Lindsey hat mir erzählt, dass alle Freundinnen, die sie je hatte, von der Highschool über das College bis hin zum Medizinstudium, sie gefragt haben, ob du in echt genauso sexy bist wie im Fernsehen."

„Nein, das glaub ich nicht."

„Ich schwöre es bei Gott", beteuerte Terry lachend. „Wir beratschlagen bereits mit dem Secret Service, wie wir am besten verhindern, dass dich bei unserer Hochzeit Groupies belästigen."

„So viel zu meinem Bemühen, ein seriöser Präsident zu sein."

„Du *bist* ein seriöser Präsident, und auf lange Sicht werden deine Taten das beweisen. Deine Bilanz wird für sich sprechen. Das tut sie bereits jetzt. Deine Umfragewerte nach der Rede zur Lage der Nation sind immer noch hervorragend. Du hast da mit deinen eigenen Worten genau den richtigen Ton getroffen."

„Ich nehme jede gute Nachricht, die ich kriegen kann."

„Außerdem haben Derek und ich gestern über Bora Bora geredet."

Nick setzte sich ein wenig aufrechter hin. „Was ist damit?"

„Wir finden, dies ist nicht der richtige Zeitpunkt dafür, mit der Air Force One zu einem Luxusurlaub nach Französisch-Polynesien zu fliegen."

Nicks Laune rauschte in den Keller, dabei hatte er eigentlich geglaubt, sie könnte nicht tiefer sinken. Er zählte die Minuten bis zu seiner Woche mit Sam außerhalb des goldenen Käfigs des Weißen Hauses. „Ach, komm schon. Das ist seit Monaten geplant. Der Secret Service hat bereits die Vortour gemacht."

„Ich weiß, aber Nick … Du hast gerade die Stabschefs bei der Planung eines Regierungsumsturzes erwischt. Alle sind nervös, und du solltest den Leuten keinen Grund liefern, an deinem Engagement für dein Amt zu zweifeln."

„Ich habe mich diesem Amt voll und ganz verschrieben."

„Wir beide wissen das. Trotzdem sind wir der Ansicht, dass du die Reise entweder verschieben oder absagen solltest."

„Unser Hochzeitstag ist am sechsundzwanzigsten März."

„Weiß ich. Und es tut mir leid, dir das antun zu müssen, doch ich halte es für besser, wenn du in der nächsten Zeit vor Ort bleibst."

Nick stöhnte, als er daran dachte, Sam diese Nachricht beibringen zu müssen. „Was ist mit der Europareise?"

„Für den Augenblick ebenso auf Eis gelegt. Wir brauchen dich hier, an vorderster Front, damit du deine Arbeit erledigst und präsent bist."

„Okay", sagte Nick, obwohl er innerlich stinksauer war. Das ließ er sich Terry gegenüber allerdings nicht anmerken, denn der machte schließlich nur seinen Job. Außerdem war es natürlich das Richtige, aber es musste ihm nicht gefallen. „Du kannst den Secret Service und jeden anderen, der es wissen muss, darüber informieren, dass wir also nicht nach Bora Bora fliegen werden."

„Rede erst mit Sam. So was spricht sich herum, egal wie viel Mühe wir uns geben, es unter Verschluss zu halten."

„Stimmt. Ich rede heute Abend mit ihr. Du kannst es den anderen morgen sagen."

Er fürchtete sich vor diesem Gespräch. Sie zählten den Countdown für die Flucht seit Monaten herunter, und sie enttäuschen zu müssen brach ihm das Herz. Nie hatte er diesen gottverdammten Job mehr gehasst als in diesem Moment.

Die Gegensprechanlage des Tischtelefons erwachte zum Leben. „Mr Donnelly und Mrs Gonzales für Sie, Mr President."

„Schicken Sie sie herein."

Trevor und Christina betraten den Raum und setzten sich zu ihnen, auf die Stühle um den Schreibtisch.

„Was gibt's, Leute?", fragte Nick.

„Ruskin war heute in allen Morgensendungen und hat sich billigend über das Vorhaben der Vereinigten Stabschefs geäußert, das Land vor einem nicht gewählten Präsidenten zu retten." Trevor reichte ihm Ausdrucke der Aussagen des ehemaligen Außenministers. „Auf deine Bitte hin haben wir eine Erklärung verfasst, in der wir mitteilen, dass du Ruskin wegen unangemessenen Verhaltens während einer offiziellen diplomatischen Reise in den Iran entlassen hast, durch das er das Leben von mehr als zwei Dutzend amerikanischen Bürgern gefährdet hatte."

Nick sah Terry an, um dessen Meinung zu erfahren. Bislang hatten sie das nicht öffentlich gemacht und alle in dem Glauben gelassen, Ruskin sei zusammen mit mehreren Mitgliedern des ehemaligen Kabinetts von Präsident Nelson zurückgetreten, die Nicks Regierung nicht angehören wollten. Diese Rücksichtnahme hatte Ruskin in den Wochen seit Nicks Entlassung hemmungslos ausgenutzt.

„In Ordnung", sagte Nick. „Ruskin soll schwitzen, während er darüber nachdenkt, ob wir als Nächstes die Bilder veröffentlichen, auf denen er sich mit nackten Frauen vergnügt."

„Ja, Sir, Mr President", antwortete Trevor.

KAPITEL 20

„Ich möchte noch einmal mit Marcel Blanchets Mutter sprechen“, sagte Freddie zu Gonzo. „Sie lebt in Bowie, Maryland, also lass uns dort hinfahren und sehen, was sie über den Prozess weiß.“

„Kann ich mitkommen?“, fragte Sam von hinten.

Freddie wandte sich überrascht um. „Was machst du denn hier?“

„Ich bin wieder da.“

„Du bist beurlaubt.“

„Ich *war* beurlaubt. Das ist vorbei.“

„Es war ein Tag.“

Sam zuckte die Achseln. „Das hat gereicht. Also, was hab ich verpasst?“

Freddie war sich nicht sicher, wie er auf diese Wendung der Ereignisse reagieren sollte. Bedeutete Sams Rückkehr, dass es nicht mehr sein Fall war? Einem Teil von ihm wäre das eigentlich ganz recht, aber der andere Teil war irgendwie enttäuscht.

„Wir haben mit Blanchets Partner Rory McInerny und dessen Ehefrau Brittany gesprochen sowie mit den vier Patientinnen, die Dr. Blanchet verklagt haben.“

„Du kannst mich auf dem Weg nach Bowie auf den neuesten Stand bringen.“

„Wenn du dabei bist, muss ich nicht unbedingt mitkommen“, bemerkte Gonzo. „Ich würde mir gern das Handy der Ehefrau und ihre Textnachrichten genauer ansehen, denn Lindsey hat an ihrer Hand ebenfalls Schmauchspuren gefunden.“

„Interessant“, meinte Sam. „Damit hab ich nicht gerechnet.“

„Wir auch nicht", räumte Freddie ein. „Das hat unserer Theorie, er hätte erst seine Familie und danach sich selbst getötet, den Garaus gemacht."

„Was gibt's Neues von der Spurensicherung?", erkundigte sich Sam. „Irgendwelche verirrten Kugeln, die auf einen Kampf um die Waffe hindeuten und die Schmauchspuren auf der Hand der Mutter erklären könnten?"

„Ich warte noch auf den Bericht", antwortete Freddie.

„Ruf Haggerty direkt an", schlug Sam vor. „Lass dir erzählen, was er bisher weiß."

„Das mache ich von unterwegs, es sei denn, du willst es sofort erledigen."

„Warum sollte ich? Es ist dein Fall. Ich fahre nur mit."

„Oh. Gut. Nun, dann auf nach Bowie."

Als sie sich der Gerichtsmedizin näherten, kam Lindsey durch die automatischen Türen und blieb kurz stehen, als sie Sam entdeckte. „Ich dachte, du wärst beurlaubt."

„War ich. Jetzt bin ich wieder da."

„Schön, dich zu sehen. Alles in Ordnung?"

„So weit, so gut. Und bei dir so?"

„Auch." Lindsey musterte sie skeptisch. „Bist du sicher, dass es dir gut geht?"

„Absolut. Ich habe eine Verschnaufpause gebraucht. Die hatte ich und bin jetzt wieder bereit, mitzuspielen."

Lindsey blickte Freddie an.

Er zuckte die Achseln. Was hätte er auch sagen sollen? Sam war seine Vorgesetzte. Wenn sie bereit war zurückzukommen, dann war das so.

„Schönen Tag noch, Doc", verabschiedete sich Sam.

„Dir auch." An Freddie gewandt fügte Lindsey hinzu: „Wir schaffen Marcel Blanchets Leichnam heute zum MRT ins GW. Bald wissen wir mehr."

„Danke, Doc."

„Gerne doch."

Freddie folgte Sam zu ihrem Secret-Service-SUV.

Vernon sprang vom Fahrersitz und hielt ihnen die Hintertür auf. „Wohin soll's gehen?"

Sam sah Freddie an.

Er nannte die Adresse in Bowie.

„Das GPS sagt, etwa vierzig Minuten", teilte ihnen Vernon mit.

„Nutzen wir die Zeit, um mich auf den neuesten Stand zu bringen", meinte Sam zu Freddie. „Warum ein postmortales MRT bei Marcel?"

„Ehe ich diese Frage beantworte – bist du dir sicher, dass du nicht zu früh zurückgekommen bist?"

„Ja."

„Was hast du gestern gemacht?"

„Mich mit meinem Stab im Weißen Haus besprochen, mit Nick zu Mittag gegessen, mit meinen Schwestern abgehangen, mit den Zwillingen eine Eisdiele besucht, Scotty bei den Hausaufgaben geholfen und mit den Kindern einen Film geschaut. Ich fühle mich besser."

„Freut mich zu hören. Ich war besorgt."

„Dazu besteht kein Anlass. Jeder braucht mal eine Pause. Ich bin heute Morgen aufgewacht und fühlte mich bereit, wieder mitzumischen, deshalb bin ich hier. Was hat es mit dem MRT auf sich, und was ist mit den Frauen und der Klage?"

„Das MRT findet statt, weil Lindsey einer Vermutung von mir nachgeht. Jeder, mit dem wir geredet haben, hat erwähnt, dass Marcels Verhalten im letzten Jahr oft untypisch war. Ich hab recherchiert, was außer einer Midlife-Crisis der Grund dafür sein könnte, und gelesen, dass ein Hirntumor, ebenso wie andere Erkrankungen, beispielsweise gewisse Formen von Demenz, solche Persönlichkeitsveränderungen verursachen kann."

„Das ist ein hervorragender Ansatz, den weiterzuverfolgen sich lohnen könnte."

„Ich bin froh, dass du das denkst."

„Und was habt ihr in Bezug auf die Klage herausgefunden?"

Freddie erzählte es ihr, und Sam verzog das Gesicht. „Puh, das ist heftig."

„In der Tat. Nach allem, was wir so gehört haben, war sein Leben kurz davor, komplett den Bach runterzugehen."

„Da muss es einen Zusammenhang geben."

„Das hab ich mir auch gedacht. Aber seine Mutter beharrt darauf, dass er den Kindern nie etwas angetan hätte. Ich möchte wissen, ob sie etwas von der Klage wusste."

„Das würde ich auch überprüfen."

„Freut mich, dass ich deiner Meinung nach auf dem richtigen Weg bin. Das ist alles ganz schön viel."

„Das ist manchmal so."

„Ehrlich gesagt habe ich ganz neuen Respekt davor, wie du mit so vielen Dingen jonglierst, ohne ins Schwitzen zu kommen.“

„Ich schwitze innerlich.“

„Das merkt man dir aber nicht an.“

„Egal, was ich tue, es gibt immer etwas anderes, das ich im selben Augenblick gerade erledigen sollte. Das erdrückt mich manchmal fast.“

„Das kann ich mir denken.“

„Das gestern mit den Zwillingen war lustig. Sie meinten, es wäre ein ‚seltsamer Tag‘, weil ich sie von der Schule abgeholt habe und Shelby nicht da war. Da wurde mir klar, dass ich mich mit Schuldgefühlen herumplage, weil ich nicht jeden Tag nach der Schule bei ihnen sein kann, dabei haben sie mit Celia eine Routine, die für sie alle wunderbar funktioniert. Und im Büro der First Lady haben Lilia, Roni und die anderen ebenfalls alles unter Kontrolle.“

„Ich hoffe, das beruhigt dich ein wenig.“

„Schon. Trotzdem wünschte ich mir, ich könnte die Zwillinge jeden Tag von der Schule abholen.“

„Alle berufstätigen Mütter wollen das, doch das geht einfach nicht.“

„Für die meisten nicht. Sie sind auf das Einkommen aus ihrer Tätigkeit angewiesen. Das bin ich nicht. Natürlich ist es schön, das Gehalt zu haben, aber Nick verdient genug für uns alle. Schon seit geraumer Zeit.“

„Dass du das Geld nicht brauchst, heißt noch lange nicht, dass du den Job nicht brauchst.“

Sam sah ihn lächelnd an. „Genau so ist es. Ich brauche den Job für mich.“

„Und das ist völlig in Ordnung. Sag mir, dass du das weißt, Sam.“

„Ich schon. Es ist nur etwas komplizierter, seit die Kinder in mein Leben getreten sind. Ich habe so lange davon geträumt, Babys zu haben, und mir ist klar geworden, dass ich gar nicht in der Lage wäre, den Rest meines Lebens komplett herunterzufahren, um mich um ein Neugeborenes zu kümmern.“

„Es ist interessant, dass du das jetzt erkennst.“

„Das Zusammenleben mit Scotty und den Zwillingen in unserem Haushalt hat mir so einiges vor Augen geführt. Doch vor allem das.“

„Elin und ich haben darüber gesprochen, was wäre, falls wir ein Baby hätten.“

„*Wenn* ihr eines habt, nicht *falls*. Da bin ich mir ganz sicher. Ihr werdet Eltern werden – irgendwie, auf irgendeine Weise. Es wird passieren."

„Es ist schön, das zu hören. Wir haben uns darauf geeinigt, dass sie am Wochenende im Fitnessstudio arbeitet und unter der Woche mit dem Baby daheim ist. Wir müssten dann zwar finanziell ziemlich zurückstecken, doch eine vernünftige Kinderbetreuung würde uns noch deutlich mehr kosten."

„Angela würde ganz bestimmt für euch auf das Baby aufpassen und dafür keine Unsummen von euch verlangen."

„Sie hat so schon genug zu tun."

„Aber sie liebt Kinder und Babys. Bis euer Kind da ist, hat sie die ersten Phasen der Trauer hinter sich und hat eine neue Routine gefunden. Ich wette, sie würde nur zu gern auf euer Baby aufpassen – und es könnte ihrem Nachwuchs Gesellschaft leisten."

„Schon dieses Gespräch zu führen heißt, den zweiten Schritt vor dem ersten zu machen."

„Ach was, du planst nur mit genug Vorlauf. Das ist klug."

Sams Handy klingelte, und sie nahm den Anruf von Faith Miller, einer der stellvertretenden Staatsanwältinnen, über die Freisprechanlage entgegen. „Hey, Faith. Was kann ich für Sie tun?"

„Ich wollte Ihnen mitteilen, dass die erste Anhörung für Javier Lopez für Montag in einer Woche angesetzt ist. Ich dachte, Sie möchten vielleicht dabei sein."

„Richtig gedacht. Haben Sie Lenore Bescheid gegeben?"

„Die rufe ich als Nächstes an."

„Darf ich das übernehmen?"

„Ich habe nichts dagegen. Die Anhörung findet um vier Uhr nachmittags statt."

„Gut, ich werde es ihr sagen. Danke für die Information."

„Gern."

Sam wählte die Nummer von Lenore Worthington.

„Hey, Sam. Wie geht es Ihnen?"

„Gut, und Ihnen?"

„Es war ein seltsamer Monat. Ich dachte, wenn ich herausfinde, warum Calvin sterben musste, würde sich alles klären. Doch dadurch ändert sich eigentlich nichts, denn letzten Endes ist er immer noch tot."

„Die Trauerselbsthilfegruppe trifft sich heute Abend. Wir mussten sie auf Mittwoch verlegen, weil Dr. Trulo einen Terminkonflikt hatte. Ich hoffe, Sie können kommen."

„Ich freue mich schon darauf. Ich brauche das dringend."

„Lenore, ich habe gerade von der stellvertretenden Staatsanwältin gehört, dass die erste Anhörung am Montag in einer Woche um sechzehn Uhr stattfindet."

„Wir werden da sein."

„Ich plane auch, zu kommen. Dann sehen wir uns heute Abend?"

„Ja. Danke für alles, Sam. Sie ermitteln, haben die Trauerselbsthilfegruppe ins Leben gerufen, kümmern sich um die Familien der Opfer. Das ist sehr wertvoll."

„Danke. Es tut gut, das zu hören."

„Rufen Sie mich an, wann immer Sie moralische Unterstützung brauchen. Ich bin jederzeit für Sie da."

„Mach ich. Bis nachher."

„Alles in allem klingt sie recht gefasst", meinte Freddie.

„Wie wir beide wissen, ändert die Aufklärung eines Falls nichts an der Realität für die Familien der Opfer."

„Nein, tut es nicht." Er zückte sein Mobiltelefon. „Ich melde mich mal bei Lieutenant Haggerty."

„Schreite zur Tat, Boss."

Er verdrehte die Augen und rief den Leiter der Spurensicherung an, den er auf Lautsprecher stellte, damit Sam alles mitverfolgen konnte. „Hier Detective Cruz, es geht um den Fall Blanchet."

„Ich habe gehört, dass Sie die Ermittlungen leiten. Ist alles in Ordnung mit Holland?"

„Ja, ich bin hier", warf Sam ein. „Ich gebe dem kleinen Freddie nur eine Chance, das Steuer zu übernehmen."

„Verstehe. Wir sind heute Morgen im Haus fertig geworden, und ich sollte Ihnen bald einen kompletten Bericht vorlegen können. Das einzig Interessante war ein Einschussloch in der Deckenleiste in der Küche, das auf einen Kampf um die Waffe hindeuten könnte."

„Das könnte die Schmauchspuren an der Hand der Frau erklären", erwiderte Freddie.

„Möglicherweise", bestätigte Haggerty. „Alles andere war unauffällig, soweit man das sagen kann."

Vier Kinder, die erschossen in ihren Betten lagen, waren für ihn *unauffällig*. Freddie wurde bei der Vorstellung körperlich übel, dass jemand unschuldige Kinder mit chirurgischer Präzision tötete. „Danke für die Auskunft, Lieutenant."

„Ich werde Ihnen in Kürze meinen vollständigen Bericht vorlegen."

„Danke."

Freddie beendete das Telefonat mit Haggerty und fragte Sam: „Wie kann ein angeblich liebender, hingebungsvoller Vater seinen eigenen Kindern so etwas antun?"

„Vielleicht sah er darin eine Möglichkeit, sie vor dem sich anbahnenden Skandal zu schützen", antwortete Sam. „Stell dir vor, du bist in der Mittelstufe, und Patientinnen beschuldigen deinen Vater, während einer Narkose auf sie ejakuliert zu haben. Das würde dein Leben genauso zugrunde richten wie seins."

„Stimmt, und es gab Anzeichen eines Kampfes in der Küche. Mrs Blanchet hat versucht, den Täter zu entwaffnen." Nach einer Pause fügte Freddie hinzu: „Wenn ich es aus dem Blickwinkel betrachte, dass er sie vor dem schmutzigen Skandal schützen wollte, kann ich mir fast vorstellen, wie er über ihren Betten stand und sie erschoss."

„Er wäre am Boden zerstört gewesen. Hätte geschluchzt. Sich bei ihnen entschuldigt."

„Waren die Kinder wach?", fragte Freddie.

Nach kurzem Nachdenken meinte Sam: „Nein, sie haben nichts geahnt. Das hätte er nicht gewollt."

„Hätten sie nicht die Auseinandersetzung im Erdgeschoss gehört? Den Streit ihrer Eltern um die Waffe? Die Schüsse? Die wären doch laut gewesen."

„Vielleicht hat er sie betäubt, oder sie haben tief geschlafen. Wir scherzen manchmal, dass selbst eine Atombombe es nicht schaffen würde, Scotty aufzuwecken. Wenn wir in ein paar Wochen den Tox-Screen vorliegen haben, wissen wir mehr."

„Kinder schlafen wirklich sehr tief", bestätigte Freddie. „Ich habe gelesen, dass manche Leute sogar ihre Rauchmelder mit der Stimme der Mutter der Kinder programmieren, weil sie die aus irgendeinem Grund registrieren, obwohl sie alle anderen Signale überhören."

„Gut möglich, dass sie alles verschlafen haben. Außerdem könnte Marcel sie getötet haben, während seine Frau außer Haus war, und als sie nach Hause kam, hat er sie attackiert. Es ist möglich, dass sie bereits tot waren, als sie starb."

„Hätte er ihr gesagt, dass er die Kinder getötet hat?", fragte Freddie.

„Das kann ich mir nicht vorstellen. Warum hätte er sie so quälen sollen?"

„Dieses Szenario leuchtet mir ein, aber was, wenn jemand will, dass wir genau das glauben: dass er sich von dem drohenden Prozess so gedemütigt fühlte, dass er seine Familie und sich selbst zu töten beschloss, um ihnen die Schande zu ersparen."

„Das ist natürlich möglich", erwiderte Sam. „Doch damit das Sinn ergibt, hätte die betreffende Person von der Klage wissen müssen. Ich glaube, das war noch nicht allgemein bekannt."

Gerade als er gedacht hatte, er hätte eine Arbeitshypothese … „Stimmt."

„Was genau willst du von Dr. Blanchets Mutter?", erkundigte sich Sam.

„Ich möchte herausfinden, was sie über die Klage wusste, und dann schauen wir weiter."

„Alles klar."

Fünfzehn Minuten später erreichten sie Graciela Blanchets Haus in Bowie. Freddie ging vor Sam her zur Tür des gepflegten weißen Einfamilienhauses und klingelte.

„Na so was", meinte Sam. „Wieder mal eine Türklingel, die man von draußen nicht hört."

Als Mrs Blanchet öffnete, wirkte sie überrascht, sie zu sehen. Sie entriegelte die Sturmtür und stieß sie auf. „Haben Sie herausgefunden, wer meine Familie ermordet hat?"

„Wir arbeiten noch daran", antwortete Freddie. „Wir haben noch einige Fragen und wüssten gern, ob Sie ein paar Minuten für uns erübrigen könnten."

„Kommen Sie rein", sagte sie matt und vom Kummer gezeichnet.

Bei derart schrecklichen Fällen fragte Freddie sich immer, wie Menschen so etwas überleben konnten. „Tut uns leid, dass wir Sie in einer so schwierigen Zeit stören", begann er.

„Ist schon in Ordnung. Sie machen ja nur Ihre Arbeit." In der Küche stellte Mrs Blanchet ihnen ihre Schwestern und Cousinen vor. Der Tisch und der Küchentresen waren mit Essen und Blumen beladen, die Lilien verströmten einen intensiven Duft. Die Frauen starrten Sam neugierig an.

„Wenn wir ein paar Minuten allein mit Ihnen sprechen könnten?", bat Freddie.

Mrs Blanchet warf einer ihrer Verwandten einen Blick zu, die daraufhin die anderen aus dem Raum führte.

Sam schloss die Küchentür und setzte sich neben Freddie an den Tisch.

„Wussten Sie von einem Prozess, in den Marcel verwickelt war?", fragte Freddie.

Mrs Blanchet runzelte die Stirn. „Was für ein Prozess?"

„Wir haben erfahren, dass vier ehemalige Patientinnen Marcel wegen sexueller Übergriffe verklagt haben."

„Das ist unmöglich", rief Mrs Blanchet entrüstet. „Mein Sohn war ein angesehener Experte. Paare haben oft monatelang auf einen Termin bei ihm gewartet. Er hat ihre Träume wahr gemacht."

„Wir haben mit den vier Frauen gesprochen, die ihn verklagt haben", erwiderte Freddie. „Ihre Geschichten waren erschreckend ähnlich. Sie beschuldigten ihn, auf sie ejakuliert zu haben, während sie unter leichten Sedativa standen."

Bei ihrem schockierten Keuchen drohte sich ihm der Magen umzudrehen. Er hasste es, Menschen, die Angehörige durch Gewalt verloren hatten, über unangenehme Dinge informieren zu müssen, von denen sie bisher nichts geahnt hatten.

„Woher wollen sie das wissen, wenn sie unter Narkose waren?", hakte sie nach.

„Sie waren nur sediert und nicht unter Vollnarkose", erklärte Freddie, „und waren ruhiggestellt, aber bei Bewusstsein. Zuerst dachten alle vier, es müsse sich um einen seltsamen Traum handeln, aber als sie mit den anderen Frauen gesprochen haben, erfuhren sie, dass dem nicht so war. Sie meldeten den Vorfall der Sondereinheit für Sexualdelikte des MPD, die auch ermittelt hat. Allerdings war der zuständige Beamte der Ansicht, dass die Beweise nicht ausreichten, um ein Strafverfahren auszulösen, und so schlossen sich die vier Frauen zu einer Zivilklage zusammen, die noch in diesem Monat vor Gericht gehen sollte."

„Davon hat er mir nichts erzählt", sagte Mrs Blanchet unter Tränen. „Ich hatte keine Ahnung."

„Unsere Theorie ist, dass er seine Familie ermordet hat, um ihnen die Schande zu ersparen."

„Auf keinen Fall", flüsterte sie. „Er liebte seine Familie mehr als alles andere. Marcel sprach immer nur von seinen Kindern und davon, wie stolz er auf sie war, wie sie ihn zum Lachen und Nachdenken gebracht haben." Mrs Blanchet blickte ihn beschwörend an. „Sie werden mich nie davon überzeugen, dass er der Täter war. Alle Schande der Welt hätte ihn nicht dazu gebracht, ihnen so etwas anzutun." Sie legte ihre Hand auf Freddies Arm. „Ich habe meinen Sohn gekannt. So gut, wie ich mich selbst kenne. Wir haben zwei- oder dreimal am Tag telefoniert, die Gespräche drehten sich fast immer um die Kinder und darum, was sie taten. Sie waren der Mittelpunkt seiner Welt."

Freddie war hin- und hergerissen. Er glaubte ihr, doch er glaubte auch den Beweisen, die darauf hindeuteten, dass Marcel einen guten Grund gehabt hatte, ein unvorstellbares Verbrechen zu begehen. „Ihre Sicht auf die Tragödie ist für uns überaus hilfreich."

„Was soll das heißen? Werden Sie behaupten, dass er seine Familie tatsächlich selbst getötet hat?"

„Wir haben bisher keine abschließende Entscheidung getroffen. Wir sammeln weiter Beweise."

„Bitte … Machen Sie das alles nicht noch schlimmer für mich, indem Sie meinem Sohn die Schuld daran geben. Er stand in letzter Zeit unter so viel Stress, weil er mehr für seine Kinder da sein wollte … Er war nicht er selbst."

Freddie hakte nach: „Wie meinen Sie das?"

„Es war nicht seine Art, die Arbeit hintanzustellen, um Zeit mit seinen Kindern zu verbringen. Er wusste, wie sehr seine Patientinnen auf ihn zählten. In letzter Zeit schien es allerdings eher eine Last für ihn zu sein als eine Berufung."

Freddie fragte sich, ob dies zu seiner Vermutung über eine mögliche Erkrankung passte.

„Er hätte vielleicht sich selbst umgebracht, aber nicht die Kinder. Niemals."

„Wir werden alles tun, was in unserer Macht steht, um die Wahrheit herauszufinden", versicherte ihr Freddie. „Darauf gebe ich Ihnen mein Wort."

Als sie aufstanden, um zu gehen, folgte ihnen Mrs Blanchet zur Tür. „Wenn Sie feststellen, dass er es wirklich getan hat, werden Sie es mir mitteilen, ehe Sie die Nachricht veröffentlichen?"

„Ja", sagte Freddie. „Versprochen."

„Vielen Dank."

„Es tut mir leid, wenn unsere Untersuchung diese Tragödie für Sie noch schlimmer macht. Das liegt nicht in unserer Absicht."

„Ich weiß. Und ich will genauso sehr Antworten wie Sie. Ich hoffe nur, dass Sie über den Tellerrand hinausblicken."

„Das werden wir."

„Um mehr bitte ich Sie gar nicht."

KAPITEL 21

„Das ist unerträglich“, seufzte Freddie, als sie im SUV auf dem Weg zurück nach D. C. waren.

„Ja, ist es“, pflichtete ihm Sam bei. „Aber du hast das genau richtig gehandhabt. Du hast ihr gesagt, dass wir den Fall aus allen Blickwinkeln betrachten, einschließlich der Möglichkeit, dass ihr Sohn nicht der ist, für den sie ihn bislang gehalten hat.“

„Wie soll sie damit leben, wenn sich wirklich herausstellt, dass er es gewesen ist?“

„Das weiß ich nicht.“ Sam versuchte vergeblich, sich vorzustellen, dass sie eines Tages eine solche Information über ihren Mann oder ihre Söhne akzeptieren müsste. „Menschen verbergen ihr wahres Ich sogar vor denen, die ihnen am nächsten stehen.“

„Ich nicht, und du auch nicht.“

„Jeder behält Sachen für sich.“

„Nein, nicht jeder. Was Elin nicht über mich weiß, weißt du, und ich bin sicher, dass du für Nick, mich und deine Schwestern insgesamt auch ein ziemlich offenes Buch bist.“

„Mag sein. Doch manche Menschen haben eine Seite an sich, die niemand je zu Gesicht bekommt. Denk nur an einige der berühmtesten Serienmörder und daran, dass Menschen, die ihnen nahestanden, ausgesagt haben, sie hätten niemals geahnt, dass sie zu so etwas fähig wären.“

„Mrs Blanchets Gewissheit, dass ihr Sohn es nicht war, belastet mich trotzdem.“

„Ja, mich auch. Oft erzählen Familienmitglieder, dass jemand in letzter Zeit ein wenig abwesend war oder dass alles irgendwie seltsam war oder so. Seine Mutter ist felsenfest davon überzeugt, dass er so etwas nie getan haben könnte."

„Andererseits würde eine Mutter natürlich immer behaupten, dass ihr Sohn zu so etwas nicht fähig ist", gab Freddie zu bedenken. „Meine würde das zumindest tun."

„Eben. Sie hatte außerdem keine Ahnung von der anhängigen Klage, was bedeutet, sie konnte den Druck, unter dem ihr Sohn stand, oder wie sehr er sich davor gefürchtet haben könnte, dass diese Informationen an die Öffentlichkeit gelangen, nicht richtig einschätzen."

„Stimmt auch wieder. Was jetzt?"

„Jetzt fangen wir wieder von vorne an. Gehen alles noch einmal von Anfang an durch, beginnend mit den Überwachungsvideos aus dem Haus, den Textnachrichten, E-Mails, Social-Media-Posts, Autopsien und dem Tatort. Jedes Mal, wenn du dir das alles anschaust, wirst du etwas Neues oder anderes entdecken. Zumindest ist das bei mir so. Arbeite an dem Fall, folge Hinweisen, tu, was wir sonst auch tun – und wenn am Ende des Tages alle Wege zu Marcel führen, dann ist das so."

„Ich habe ein wenig Sorge, dass wir Zeit verschwenden, indem wir das Offensichtliche nicht akzeptieren", erwiderte Freddie.

„Wir haben mindestens fünf Opfer, möglicherweise sechs, wenn er es nicht selbst war", wandte Sam ein. „Es ist unsere Aufgabe, das Offensichtliche nicht zu schnell zu akzeptieren, um die Wahrheit aufzudecken, was auch immer die ist."

Freddie nickte. „Bist du immer noch sicher, dass ich der Richtige dafür bin, eine so große Untersuchung zu leiten?"

„Absolut. Verlass dich auf deine Kollegen. Delegiere. Sei offen für die Meinungen und Gedanken von anderen. Du weißt, was zu tun ist."

„Es ist viel leichter, dir dabei zuzusehen."

Sam, Vernon und Jimmy brachen in Gelächter aus.

„Ganz bestimmt", sagte Sam. „Aber *mir* macht es Spaß, *dir* dabei zuzusehen."

„Darauf wette ich."

„Es ist, als würde man ein Kind großziehen, auf das man sehr stolz ist, und es dann aufs College schicken."

Vernon lächelte, als er Sams Blick im Spiegel auffing.

Sie war froh, dass sie zur Arbeit zurückgekehrt war. Die

Zusammenarbeit mit Freddie – und auch mit Vernon und Jimmy – fühlte sich wie Normalität an, und die brauchte sie. Die Dumpfheit war zwar nicht ganz verschwunden, doch sie verspürte deutlich mehr Elan als vor zwei Tagen. Es hatte ihr geholfen, Zeit mit ihren Lieben zu verbringen, und Freddie die Leitung des Falls zu überlassen hatte ihr eine gewisse Last von den Schultern genommen.

Sam musste in diesen für sie und Nick schwierigen Zeiten ihren eigenen Rat befolgen: Sie musste delegieren und sich auf ihr Team und vor allem auf den Partner verlassen, den sie ausgebildet und vorbereitet hatte, sowie auf den Sergeant, der empfand wie sie. Außer Nick und ihren Schwestern waren Freddie und Gonzo ihre engsten Freunde, die ihr immer den Rücken stärken würden, egal was passierte.

Im Hauptquartier begaben sich Sam und Freddie in den Konferenzraum und vertieften sich in die Aktenberge, die sich bereits zu dem Fall angesammelt hatten.

Sie begann mit den Chats und E-Mails von Marcel und Liliana Blanchet, wobei sie sich von den neuesten Nachrichten aus zurückarbeitete. Als berufstätige Eltern von vier aktiven Kindern hatten die beiden meist Routinenachrichten ausgetauscht. Sie hatten Fahrdienste koordiniert und einen Anruf erörtert, den sie von der Kindertagesstätte ihres Sohnes erhalten hatten, weil er dazu neigte, andere Kinder zu treten, wenn er ein bestimmtes Paar Stiefel trug. Außerdem hatten sie darüber gesprochen, wer was zum Abendessen besorgen würde, sowie über andere Haushaltsangelegenheiten.

Während sie die Nachrichten las, bemerkte Sam das Fehlen von Wärme und Humor, die jeden Austausch zwischen Nick und ihr prägten. Sie scherzten immer, neckten einander, machten Witze. Bei diesen beiden ging es dagegen stets sachlich zu. Sie blätterte einen Monat zurück und suchte nach Anzeichen dafür, dass sie ein glücklich verheiratetes Ehepaar gewesen waren und nicht bloß Hausgenossen mit gemeinsamen Kindern.

„Freddie.“

„Hm?“

„Marcel und Liliana haben kaum wirklich miteinander geredet.“

„Was bringt dich zu dieser Einschätzung?“

„Lies die Textnachrichten. Es geht nur um die Kinder, das Haus, das Auto, das einen Ölwechsel braucht, die Fußball-Fahrgemeinschaft, die Kita des Sohnes.“

„Was ist daran nicht in Ordnung?"

„Lies mir die letzten fünf Nachrichten zwischen dir und Elin vor."

„Was?"

„Mach schon, aber bitte nichts, was mich für immer traumatisieren würde."

„Dein Ernst?"

„Du liest mir deine vor, danach ich dir meine, und dann vergleichen wir sie mit denen der Blanchets." Mit einer Geste forderte sie Freddie auf anzufangen.

„Von Elin gestern Abend: ‚Wann kommst du heim?' Von mir: ‚Warum? Vermisst du mich?' Sie: ‚Das weißt du doch. Ich fühle mich viel besser.' Ich: ‚Wirklich? Wie viel besser?' Sie: ‚Richtig, richtig gut.' Ich: ‚Ich komme.' Sie: ‚Noch nicht, aber bald.'"

„Pikant", meinte Sam. „Jetzt unsere. Von Nick gestern Abend: ‚Bist du noch wach? Ich bin auf dem Weg nach Hause.' Ich: ‚Klar, ich hab auf dich gewartet.' Er: ‚Das hatte ich gehofft. Ich brauche meine Frau nach diesem Tag in der HÖLLE.' Ich: ‚Deine Frau ist für dich da.' Er: ‚Bin auf der Treppe. Zieh dich aus.'"

„Du hast gesagt: nichts Traumatisierendes!"

„Wieso ist das traumatisierend?"

Freddie verzog das Gesicht.

„Hör dir dagegen das an." Sie las die Nachrichten der letzten vier Tage zwischen den Blanchets vor. „Merkst du den Unterschied? Es gibt nicht mal einen Anflug von dem anzüglichen, lustigen Ton, in dem wir jeden Tag unseren Partnern schreiben. Bei ihnen dreht es sich nur um die Kinder, das Haus, Essen und andere praktische Dinge."

„Liliana hat doch sicher von der Klage gewusst, oder?", fragte Freddie. „Der Gerichtstermin stand kurz bevor."

„Ich bin sicher, dass sie davon wusste. Ich gehe die Nachrichten durch und suche nach dem letzten Mal, dass sie herzlicher zueinander waren." Sie überflog die Ausdrucke. „Vor fünf Wochen hat sie etwas über ein geplantes Date am Abend geschrieben und praktisch mit ihm geflirtet. Seine Mutter wollte kommen und auf die Kinder aufpassen, damit die Eltern zur Geburtstagsfeier eines Freundes konnten. Er hat sie gefragt, ob sie sich ein Hotelzimmer nehmen sollten, und sie schrieb, sie sei dafür."

„Irgendwann danach erfuhr sie von der Klage, und die Eiszeit setzte ein."

„So interpretiere ich das auch. Ich will mit ihren Freundinnen reden." Sam blätterte weitere Papiere durch und suchte nach Nachrichten von anderen Personen. „Außer Kelly gibt es noch jemanden namens Cara, mit der sie viel hin- und herschreibt. Ich sehe keine Einzelheiten über die Klage, aber sie und Cara hatten jeden Tag Kontakt. Im Chat mit ihrer Schwester geht es fast ausschließlich um ihre demenzkranke Mutter. Ich habe nicht den Eindruck, dass zwischen ihnen ein besonders enges Verhältnis bestand. Wo sind Lilianas Anruflisten?"

Freddie reichte sie ihr.

Sam überprüfte sie und suchte nach der Nummer, die zu Caras Handy gehörte. „Sie hat Cara fast jeden Abend angerufen und mehr als eine Stunde mit ihr geredet. Wenn jemand wusste, was zwischen den Blanchets lief, dann sie. Bitte Archie, die Nummer zu checken und Nachnamen und Adresse herauszufinden."

Kaum hatte sie die Nummer vorgelesen, unterbrach sie sich. „Tut mir leid. Es ist dein Fall. Du bist der Chef."

„Es ist *unser* Fall, und du hast mir einen Faden geliefert, an dem ich ziehen kann." Er stand auf, griff nach dem Telefon in der Mitte des Tisches und rief Archie an. „Er meldet sich, sobald er was weiß."

Detective Charles klopfte an die Tür des Besprechungsraums. „Schön, Sie wiederzusehen, Lieutenant."

„Danke, das freut mich. Was gibt's?"

„Ich habe mir die Finanzen der Blanchets angeschaut und etwas Interessantes gefunden."

„Was denn?", fragte Freddie.

„Eine Zahlung in Höhe von zehntausend Dollar vor einigen Monaten an den Mann einer der vier Frauen, die ihn verklagt haben."

Freddie warf Sam einen verwirrten Blick zu. „Damit hätte ich jetzt nicht gerechnet."

„Ich auch nicht", gab Sam zu. „Warum hat er das getan?"

„Vielleicht hat er versucht, den Mann dazu zu bringen, seiner Frau die Klage auszureden?", mutmaßte Charles.

„Das würde aber die anderen drei nicht davon abhalten, damit weiterzumachen", gab Sam zu bedenken.

Detective Charles reichte Freddie ein Stück Papier. „Name und Adresse des Manns, der die Zahlung erhalten hat."

„Gute Arbeit, Neveah", lobte Sam.

„Danke. Ich werde weitergraben und Bescheid geben, wenn ich noch etwas finde."

Das Telefon läutete.

Freddie nahm ab. „Vielen Dank, Archie." Er notierte die Informationen. „Okay, dann reden wir als Nächstes mit Cara Quinn in Adams Morgan. Danach können wir Gordon LeBlanc im Penn Quarter einen Besuch abstatten."

„Ich bin dabei, Detective Cruz", sagte Sam und folgte ihm in die Gerichtsmedizin.

~

Cara Quinn wohnte in einer Doppelhaushälfte in der Belmont Road Northwest.

Freddie klingelte an der Tür.

Als niemand öffnete, rief er Cara an und stellte das Gespräch laut, damit Sam mithören konnte.

„Hallo?"

„Ms Quinn, hier ist Detective Cruz von der Metro Police von D. C."

„Was kann ich für Sie tun?"

„Wir arbeiten am Fall Blanchet und möchten gerne mit Ihnen sprechen. Wir stehen gerade bei Ihnen vor der Haustür."

„Ich dachte, es sei ein erweiterter Selbstmord gewesen."

„Das steht noch nicht abschließend fest."

„Wurde Marcel nicht mit der Waffe in der Hand gefunden?"

Woher wusste Cara Quinn das?

Sam forderte Freddie mit einer Geste auf, zur Sache zu kommen.

„Haben Sie Zeit für ein Gespräch, Ma'am?"

Nach einer langen Pause antwortete sie: „Ich bin in ein paar Minuten zu Hause."

„Wir warten. Vielen Dank."

Die Leitung war tot, ehe Freddie das Gespräch beenden konnte. „Wie konnte sie wissen, dass wir ihn mit der Waffe gefunden haben?"

„Eine sehr gute Frage. Du solltest mit den Streifenbeamten sprechen, die als Erste vor Ort waren, um herauszufinden, ob die Info von ihnen stammt."

„Okay. Die Großmutter könnte es ihr auch erzählt haben."

„Warum sollte sie? Sie ist überzeugt, dass ihr Sohn es nicht getan hat."

„Die Nachbarin der Großmutter wusste es, und vielleicht hat sie jemandem verraten, dass wir in diese Richtung denken, und der Betreffende hat es einem Kollegen gegenüber erwähnt, und so weiter. Du weißt ja, wie sich solche Dinge verbreiten."

„Möglich." Sam zog den Reißverschluss ihrer Jacke zu. „Ich habe echt die Nase voll vom Winter." Zu dieser Jahreszeit ließ der Wind selbst die wärmsten Tage kühl erscheinen.

„Ich bin überrascht, dass das so lange gedauert hat, vor allem nachdem du ausgerutscht bist und dir die Hüfte gebrochen hast."

„Dieses Jahr habe ich früher als sonst die Nase voll."

„Wann fliegt ihr nach Bora Bora?"

„Am fünfundzwanzigsten März. Ich zähle die Tage bis dahin, bin allerdings auch ein bisschen gestresst."

„Weswegen?"

„Die Leute werden ausflippen, wenn wir nach Bora Bora fliegen, obwohl wir das jedes Jahr tun."

„Jeder Präsident nimmt Urlaub, und jeder Präsident muss dafür büßen."

„Aber die anderen Präsidenten waren gewählt. Meiner nicht, also ist alles, was er tut, noch viel konfliktträchtiger, und jetzt die Sache mit den Stabschefs ..."

„Das war ungeheuerlich. Alle sind dieser Ansicht."

„Nein, Freddie, nicht alle. Viele halten die Stabschefs für Patrioten, weil sie versuchen wollten, das Land von einem nicht gewählten Präsidenten zu befreien."

„Viele finden es unerhört, Sam. Nelson hat Nick zu seinem Vizepräsidenten gemacht. Der Senat hat ihn bestätigt. Der Vizepräsident ist dafür da, einzuspringen, wenn der Präsident stirbt oder arbeitsunfähig ist. Wie man es auch dreht und wendet, er ist rechtmäßig ins Amt gekommen."

„Mich freut deine Loyalität ihm und mir gegenüber, doch wenn er nicht mein Mann und dein Freund wäre, würden wir uns vielleicht auch darüber aufregen, wie es gelaufen ist. Ich spiele hier nur des Teufels Advokatin."

„Nein, das ist Blödsinn, dabei bleibe ich. Ich hoffe, die Stabschefs landen wegen Hochverrats vor Gericht."

„Wir werden sehen. Nick meinte, das liege in der Hand des Justizministers. Er muss sich da raushalten, um sich nicht dem

Vorwurf auszusetzen, er versuche, das Justizministerium zu beeinflussen."

„Hat er dir das vor oder nach eurem Schäferstündchen gesagt?"

„Danach", antwortete Sam mit einem Zwinkern und grinste. Sie nickte in Richtung einer Frau, die auf sie zukam. „Da ist sie."

Cara Quinn war eine hübsche Frau mit hellbraunem Haar, die sich mit gerunzelter Stirn der Haustür näherte, an der sie warteten. Sie hatte sich einen bunten Wollschal doppelt um den Hals gewickelt.

Sam und Freddie traten beiseite, damit sie die Treppe hinaufgehen und die Tür aufschließen konnte, und folgten ihr dann ins Haus.

„Es tut uns leid, dass wir uns in dieser schwierigen Zeit an Sie wenden müssen", begann Freddie in dem verbindlichen Tonfall, der bei Menschen, die sie im Rahmen ihrer Arbeit trafen, immer gut ankam.

„Ich stehe unter Schock. Gerade war ich bei meiner Therapeutin. Ich hatte gehofft, sie könnte mir einen Rat dazu geben, wie ich ohne Lili und die Kinder weiterleben soll." Ihre Stimme brach, während sie Schal und Mantel ablegte und beides an einen Haken hinter der Tür hängte. „Sie waren auch meine Kinder. Ich war ihre Patin, ihre Adoptivtante, ihre Freundin, ihre Cheerleaderin. Dementsprechend bin ich komplett am Boden zerstört."

„Herzliches Beileid", sagte Freddie.

„Es ist mir einfach unbegreiflich, was passiert ist. Ich weiß nicht, was ich mit mir anfangen soll."

Sie folgten ihr in ein gemütliches Wohnzimmer voller Kissen mit inspirierenden Sprüchen, Kerzen und gerahmten floralen Kunstwerken. Auf Sam wirkte es wie das Wohnzimmer einer Frau, die sich nicht nach dem Geschmack anderer richten musste.

Cara machte es sich auf einem Sessel bequem und zog sich eine Decke über den Schoß.

Sam und Freddie ließen sich auf der Couch nieder.

„Wie lange haben Sie Liliana gekannt?"

„Wir haben uns am College an der UVA kennengelernt. Drei unserer vier Jahre dort und fünf Jahre nach dem College haben wir zusammengewohnt, während sie an der American Law School studierte und ich am Graduiertenkolleg war. Liliana war meine beste Freundin, von dem Tag an, an dem wir uns begegnet sind, bis …" Tränen traten ihr in die Augen und liefen ihr über die Wangen.

„Ich habe meinen Verlobten bei einem Unfall verloren, als ich sechsundzwanzig war, und habe nie geheiratet. Lilis Familie war für mich wie meine eigene."

Sam hatte Mitleid mit ihr. Die arme Frau hatte in ihrem Leben schon viel zu viel verloren.

„Was können Sie uns über Lilianas Beziehung zu ihrem Ehemann sagen?", fragte Freddie.

„Sie haben sich auf den ersten Blick ineinander verliebt. Die beiden haben sich über einen gemeinsamen Freund an der UVA kennengelernt. Sie waren von dieser ersten Nacht an zusammen. Die beiden waren das Paar, das Leute zu hassen lieben, wissen Sie?"

Sam vermutete, dass sie auch eine Hälfte eines solchen Paares war, aber sie würde nichts ändern wollen.

„Die Kinder kamen, und es wurde hektisch, da sie ihre Jobs und die Betreuung von vier kleinen Kindern unter einen Hut bringen mussten. Das war ziemlich viel. Irgendwann zeigten sich dann die ersten Risse in ihrer Beziehung."

„Wie lange ist das her?"

„Ungefähr drei Jahre. Es war das erste Mal, dass ich hörte, wie sie sich unzufrieden über ihn äußerte. Sie hatte das Gefühl, er beteilige sich nicht an der Erziehung. Ich entgegnete, er könne nichts dafür, dass er rund um die Uhr zu Entbindungen gerufen werden konnte, doch sie sagte, es sei mehr als das. Er sei wie abgekoppelt von ihr und den Kindern, selbst wenn er zu Hause war. Ich muss gestehen, ich war schockiert, als sie mir das erzählte, denn ich hatte nie Anzeichen dafür bei ihm gesehen, und ich habe viel Zeit mit ihnen verbracht."

„War Marcel für Sie auch ein enger Freund?"

„Ja, aber nicht so eng wie sie. Sie war meine beste Freundin. Wenn ich mich für eine Seite hätte entscheiden müssen, was nie eintrat, hätte ich immer sie gewählt. Er wusste das und scherzte manchmal, dass ich ihr anderer Ehepartner sei – derjenige, den sie tatsächlich mochte."

„Eine interessante Aussage", meinte Freddie.

„Ja. Ich dachte, es sei der Druck von zwei anstrengenden Jobs und vier Kindern, begann allerdings langsam zu ahnen, dass die Unzufriedenheit tiefer ging als das. Dann erfuhr sie von dem Gerichtsverfahren. Wissen Sie davon?"

„Ja", antwortete Freddie.

„Ich war noch nie in meinem Leben so entrüstet. Lili war

entsetzt und am Boden zerstört. Dass vier Frauen ihm das Gleiche vorwarfen … Sie konnte es nicht fassen. Das konnten wir alle nicht."

„Sie, Mrs Blanchet und wer noch?"

„Ihre anderen Freundinnen. Wir sind eine Gruppe von sechs Frauen, die zusammen auf dem College waren, und sie hat es uns erzählt, damit wir es nicht von jemand anderem erfahren. Wir waren bestürzt. Marcel wirkte immer so professionell und wie der ultimative Familienmensch, und das passte einfach nicht zu dem Mann, den wir kannten."

„Bei der Durchsicht ihrer Textnachrichten aus den letzten Monaten war eine deutliche Abkühlung in der Beziehung bemerkbar", sagte Freddie. „Würden Sie das auch so beschreiben?"

„Definitiv. Die beiden haben kaum noch miteinander geredet. Nachdem Lili von der Klage erfahren hatte, sprach sie ausschließlich über die Kinder mit ihm, und dann beschloss er, ausgerechnet als ihre Ausgaben wegen der Anwaltskosten und anderem stiegen, seine Arbeitszeit zu reduzieren, und sie war wütend. Vor einer Woche hat sie ihm vorgeschlagen, er solle ausziehen."

Sams zog sich das Herz zusammen. Konnte das vielleicht zu dieser Wahnsinnstat geführt haben?

„Könnte ihn eine solche Bitte zu einem Mord getrieben haben?", fragte Freddie, der ihre Gedanken gelesen haben musste.

„Ich weiß es nicht", erwiderte Cara. „Das frage ich mich auch die ganze Zeit, doch ich kann mir nicht vorstellen, dass er deswegen seine Kinder erschossen hätte. Lili vielleicht, aber nicht die Kinder. Niemals."

Mehrere Personen, die Marcel nahestanden, hatten ausgesagt, er hätte seinen Kindern niemals etwas angetan.

„Selbst was Lili angeht … Er wusste, dass alles, was passierte, seine Schuld war, nicht ihre. Deshalb kann ich mir auch nicht vorstellen, dass er eine Waffe auf sie gerichtet hat."

„Gab es noch jemanden im Leben der beiden, der vielleicht wütend genug war, um so etwas zu tun?", fragte Freddie.

„Nur die Frauen, die ihn verklagt haben, und vielleicht die Eltern, die Eloise ihren Erfolg beim Turnen so sehr missgönnten. Das war wirklich fies."

„Jemand Bestimmtes?"

„Die Cortez waren die Schlimmsten von allen."

„Mit denen haben wir schon gesprochen."

„Sie machten Eloise und ihren Eltern das Leben schwer mit ihrem offenen Rassismus und ihren Äußerungen, Eloise verdiene den Sieg nicht. Das war für alle, die sie liebten, sehr verstörend. Sie fragte immer: ,Warum sind die so gemein?', und keiner von uns konnte ihr eine andere Antwort geben als die, dass die Menschen manchmal einfach so sind."

„Fällt Ihnen noch etwas ein, das wichtig sein könnte? Oft hilft eine unbedeutend scheinende Kleinigkeit dabei, einen Fall aufzuklären. Wir erleben das immer wieder."

„Ich zerbreche mir schon die ganze Zeit den Kopf, seit ich die schreckliche Nachricht erhalten habe, und ich kann mir nichts vorstellen, was ihn zu so einer Tat verleitet haben könnte. Doch ich muss auch immer wieder an den enormen Druck denken, unter dem Marcel wegen dieses Prozesses stand, der seine Praxis und sein Leben zu ruinieren drohte … Wer weiß? Vielleicht ist er wirklich durchgedreht."

„Wir wissen Ihre Unterstützung sehr zu schätzen." Freddie reichte ihr seine Visitenkarte. „Wenn Ihnen noch etwas einfällt, und sei es die kleinste Kleinigkeit, rufen Sie mich an. Meine Nummer steht auf der Karte."

Cara nahm sie. „Das werde ich." Sie sah Sam an. „Lili hätte sich gefreut, Sie kennenzulernen. Sie ist ein großer Fan von Ihnen und Ihrem Mann gewesen und war begeistert, dass Sie weiter arbeiten, obwohl Sie First Lady sind."

„Das freut mich. Danke."

„Ich hoffe, Sie finden heraus, wer das getan hat, selbst wenn es Marcel war. Es würde helfen, die Wahrheit zu kennen."

„Ich leite eine Trauerselbsthilfegruppe für Opfer von Gewaltverbrechen", wandte sich Sam noch einmal an Cara. „Normalerweise treffen wir uns jeden zweiten Dienstag im Monat im Gebäude des MPD, doch wir haben es diesen Monat ausnahmsweise auf Mittwoch verlegt, also auf heute Abend. Sie sind herzlich eingeladen, wenn Sie sich dazu bereit fühlen."

Cara begleitete sie zur Tür. „Danke für die Einladung. Ich behalte das im Hinterkopf."

„Passen Sie auf sich auf", meinte Freddie zum Abschied.

„Werde ich."

Schweigend gingen die beiden zum SUV zurück.

Vernon hielt ihnen die Tür auf. „Wohin jetzt?"

Freddie nannte ihm die Adresse von Gordon LeBlanc.

„Sie tut mir wirklich leid", sagte Sam, als sie auf dem Weg zum Penn Quarter waren.

„Mir auch. Es ist ein schwerer Verlust für sie, vor allem nach dem Tod ihres Verlobten vor Jahren."

„Manche Menschen bekommen mehr als ihren gerechten Anteil vom Schicksal ab."

„Absolut."

„So habe ich mich in letzter Zeit auch gefühlt", gestand Sam.

„Das kann dir niemand verübeln."

„Trotzdem führe ich in vielerlei Hinsicht ein absolut privilegiertes Leben."

„Jeder Mensch erleidet Verluste, egal wie großartig der Rest ist."

„Vermutlich hast du recht. Aber es ist komisch. Ich hätte mir gewünscht, dass mein Vater ewig lebt."

„Ich auch."

Sam lächelte, dankbar für seine tiefe Zuneigung zu ihrem Vater. „Was ist unser nächster Schritt, Boss?"

„Wir sprechen mit dem Mann, der die zehn Riesen von den Blanchets erhalten hat, und dann will ich die Unterlagen weiter durchgehen. Ich habe mir die Social-Media-Posts und den Rest der Textnachrichten und E-Mails noch nicht persönlich angesehen."

„Okay. Ich muss sagen, ich genieße es irgendwie, als Beifahrerin dabei zu sein. Das muss ich häufiger machen."

„Nein."

„Doch."

„Nein."

„Doch."

„Kinder", mahnte Vernon. „Nicht streiten."

„Aber wir streiten uns immer", warf Sam ein.

„Das macht einen Teil unseres Charmes aus", fügte Freddie hinzu.

Die Personenschützer lachten.

„Was auch immer Sie tun, es hilft Ihnen", antwortete Vernon. „Sie haben einen furchtbaren Job zu erledigen und schaffen es, nebenbei auch ein bisschen Spaß zu haben."

„Ich hoffe, Sie wissen, dass es allein unsere Respektlosigkeit ist, die dafür sorgt, dass wir nicht komplett den Verstand verlieren", erwiderte Sam.

„Das ist mir durchaus klar", bestätigte Vernon.

KAPITEL 22

Gordon LeBlanc betrieb seine psychologische Praxis von zu Hause aus. Er öffnete die Tür mit einem Sandwich in der Hand und einer verblüfften Miene. LeBlanc war kräftig gebaut, hatte schütteres dunkles Haar und braune, ein wenig zu eng stehende Augen.

Freddie stellte sich und Sam vor, während sie ihm ihre Ausweise zeigten.

„Ich weiß, wer Sie sind. Was wollen Sie von mir?"

„Wir würden gerne mit Ihnen über Marcel Blanchet sprechen", antwortete Freddie.

LeBlanc runzelte die Stirn, als er den Namen hörte. „Muss das sein?"

„Ich fürchte schon."

„Kommen Sie rein. Ich mache gerade Pause, habe aber nur etwa zwanzig Minuten Zeit bis zum nächsten Patienten."

„Es wird nicht lange dauern."

„Was möchten Sie wissen?", fragte LeBlanc, als sie in einem elegant eingerichteten Wohnzimmer Platz genommen hatten.

„Ihre Frau Leslie war eine der Klägerinnen gegen Dr. Blanchet", begann Freddie.

„Korrekt."

Sam erkannte, dass der Mann von sich aus kein Wort sagen würde. Sie würden ihm alles aus der Nase ziehen müssen.

„Was haben Sie dabei empfunden?"

„Nun", erwiderte er mit einem bitteren Unterton in der Stimme,

„wie würden Sie sich fühlen, wenn sich ein perverser Arzt an Ihrer Frau vergeht, während sie sediert ist?"

„Ich wäre ziemlich wütend", entgegnete Freddie.

„Richtig, ich war ziemlich wütend."

„Unsere Recherchen haben ergeben, dass Sie von Dr. Blanchet eine Zahlung über zehntausend Dollar erhalten haben. Würden Sie uns verraten, wofür?"

„Es war eine Rückerstattung für das, was wir ihm gezahlt hatten, damit er uns half, ein Kind zu bekommen. Nun, das haben wir immer noch nicht, obwohl wir ihm unsere Ersparnisse anvertraut haben. Die zehn Riesen waren nur ein Bruchteil dessen, was er uns schuldete. Er hat versprochen, uns alles zurückzuzahlen."

„Hat er Sie gebeten, die Klage gegen diese Zahlung fallen zu lassen?"

„Das wurde angesprochen, aber Leslie hat sich geweigert. Ich habe mich nach ihr gerichtet. Sie war es, der dieser widerliche Typ das angetan hatte."

„Hatte es den Anschein, als wollte er etwas gutmachen, indem er Ihnen einen Teil des Geldes zurückgab, das die Behandlung gekostet hat?"

„Vielleicht hat er das geglaubt, für uns war es allerdings eine leere Geste. Wir haben uns auf unseren Tag vor Gericht gefreut – und darauf, danach nie wieder über ihn reden zu müssen." Er wandte den Blick ab, die Zähne zusammengebissen. „Sie können sich nicht vorstellen, was wir hinter uns haben."

„Doch", widersprach Sam. „Und ich kann mir vorstellen, dass es noch schrecklicher ist, wenn der Arzt übergriffig wird."

„Ganz genau", sagte LeBlanc und sah sie an. „Stimmt. Sie haben das auch schon durchgemacht. Dann kennen Sie das ja."

„Es tut mir leid, dass Leslie das passiert ist – und Ihnen", versicherte ihm Sam.

„Danke."

„Ich hoffe, Sie verstehen, dass wir Sie fragen müssen, wo Sie am Sonntagabend waren", übernahm Freddie wieder die Gesprächsführung.

LeBlanc keuchte auf. „Sie glauben, ich hätte ihn und seine Familie ermordet? Das ist ungeheuerlich! Sein abscheuliches Verhalten wäre demnächst durch die Presse gegangen. Wollen Sie wirklich das Geld der Steuerzahler dafür verschwenden, nach einem anderen Täter zu suchen?"

„Wir sind nicht überzeugt davon, dass er es war", antwortete Freddie.

„Wie soll er es nicht gewesen sein?", fragte LeBlanc.

„Wir folgen den Spuren, und die Spuren führen nicht zu ihm."

LeBlanc verschränkte die Arme. „Sie werden mich nie im Leben davon überzeugen, dass es jemand anders als er selbst getan hat."

„Das mag sein, aber wo waren Sie denn nun am Sonntagabend?"

„Ich habe mit ein paar Kumpels gepokert und bin dann nach Hause gefahren."

„Wann?"

„Gegen dreiundzwanzig Uhr."

„Kann Ihre Frau das bestätigen?"

„Ja", erwiderte er mit einem frostigen Blick zu Freddie.

„Wir brauchen die Namen und Telefonnummern Ihrer Freunde."

„Was zum Teufel soll das? Wollen Sie sie tatsächlich anrufen?"

„Auf diese Weise überprüfen wir Alibis."

LeBlanc verdrehte die Augen und seufzte, um seinen Unmut auszudrücken, bevor er das Notizbuch und den Stift von Freddie entgegennahm, sein Handy herausholte und die gewünschten Informationen aufschrieb. „Werden Sie meinen Freunden sagen, dass Sie mich verdächtigen, den Arzt, der meine Ehefrau sexuell belästigt hat, getötet zu haben – und seine gesamte Familie?"

„Wir verdächtigen Sie nicht", stellte Freddie richtig. „Sollten wir?"

LeBlanc starrte ihn an. „Nein, natürlich nicht. Ich habe es nicht getan, doch ich weine diesem kranken Hurensohn ganz sicher keine Träne nach."

„Was ist mit seinen Kindern?", erkundigte sich Freddie. „Haben Sie Mitleid mit denen?"

„Selbstverständlich. Worum auch immer es ging, sie waren nicht schuld daran. Ich verstehe ohnehin nicht, wie jemand Kinder verletzen kann. Oder Hunde. Menschen, die Hunden und Kindern wehtun, machen mich krank."

Freddie überließ ihm seine Visitenkarte und erzählte ihm das Übliche: dass er anrufen solle, falls ihm noch etwas einfiel. „Vielen Dank für Ihre Zeit."

„Wenn er es nicht war, hoffe ich, dass Sie den Täter fassen, der diesen Kindern das angetan hat."

„Wir tun unser Bestes", versicherte ihm Freddie.

„Es war cool, Sie kennenzulernen, Mrs Cappuano."

„Im Einsatz bevorzuge ich ‚Lieutenant Holland', aber danke."

„Meine Frau sagt, Sie seien richtig krass, weil Sie First Lady und zugleich Polizistin sind."

„Richten Sie ihr meinen Dank aus, und alles Gute für Ihre Fruchtbarkeitsbehandlung."

„Vielen Dank. Das ist eine echte Tortur."

„Ja."

„Hoffen Sie immer noch auf ein Baby?", fragte er sie.

„Nicht so wie früher. Wir sind sehr glücklich mit unserer Familie."

„Es ist gut, zu wissen, dass es Hoffnung gibt."

„Die gibt es immer", entgegnete Sam. „Viel Glück."

„Ihnen auch. Sagen Sie Ihrem Mann, er soll die Ohren steifhalten. Er hat viele Unterstützer."

„Das hört er sicher gern."

Als sie zum Auto zurückgingen, in dem Vernon und Jimmy auf sie warteten, meinte Sam: „Am Anfang mochte ich ihn nicht, aber zum Ende hin hat er deutlich gewonnen."

„Auf jeden Fall", pflichtete ihr Freddie mit einem Lachen bei. „Ich fühle mit ihm und den anderen, die sich unbedingt Kinder wünschen und stattdessen Opfer eines Arztes werden."

„Es ist schrecklich. Was nun, Boss?"

„Wir müssen mit dem Anwalt reden, der Marcel bei der Klage vertreten hat, einem gewissen Ed Leery."

„Na dann los."

Leerys Kanzlei befand sich zwei Blocks vom Kapitol entfernt in einem Stadthaus aus rotem Backstein.

Freddie klingelte und wartete, während Sam sehnsüchtig das Viertel betrachtete, in dem sie praktisch ihr ganzes Leben verbracht hatte – bis vor Kurzem. Sie waren drei Blocks von der Ninth Street entfernt, so nah war sie ihrem alten Zuhause seit Wochen nicht mehr gekommen. Vor der lang ersehnten Reise nach Bora Bora würde sie herfahren müssen, um sich Sommerkleider zu holen, worauf sie sich freute. Es war erst ein paar Monate her, dass sie ans andere Ende der Stadt gezogen waren, doch es schien ihr, als sei es eine Ewigkeit her, dass sie in der Ninth gewohnt hatten.

„Warum rufst du ihn nicht an?", schlug sie schließlich vor.

Freddie fand die Nummer, wählte und stellte sein Smartphone laut.

„Ed Leery."

„Detective Cruz, Metro PD. Ich stehe vor Ihrer Kanzlei und müsste ein paar Minuten Ihrer Zeit in Anspruch nehmen."

„Äh, sicher. Moment."

Der Mann, der zur Tür kam, war groß und schlank, mit zerzaustem grauen Haar. Er trug ein Hemd unter einem anthrazitfarbenen Kaschmirpulli mit V-Ausschnitt. „Bitte treten Sie ein. Entschuldigen Sie. Ich will die Türklingel schon lange reparieren lassen." Als er Sam hinter Freddie stehen sah, stellte er fest: „Oh. Sie sind die First Lady."

„Lieutenant Holland", berichtigte sie ihn und zeigte ihm ihren Ausweis, während Freddie seinen zückte.

„Was kann ich für Sie tun?" Leery starrte Sam auf eine Weise an, die ihr unbehaglich war.

Warum verdammt noch mal taten die Leute das?

„Wir haben gehört, Sie haben Marcel Blanchet im Zusammenhang mit der von vier ehemaligen Patientinnen eingereichten Klage vertreten", begann Freddie.

„Ja", bestätigte er und seufzte, als er sich dankenswerterweise Freddie zuwandte. „Kommen Sie rein."

Er führte sie in ein Büro, in dem überquellende Bücherregale den gesamten verfügbaren Platz an der Wand einnahmen. Ein Laptop auf seinem Schreibtisch war unter einem Berg von Akten und Papieren begraben. Er räumte einen Stapel von einem kleinen Sofa. „Nehmen Sie doch Platz. Ich habe mich schon gefragt, ob Sie sich bei mir melden würden. Allerdings hatte ich nicht damit gerechnet, die First Lady persönlich zu treffen", fügte er mit einem kleinen Grinsen hinzu, das Sam kolossal nervte.

„Was können Sie uns über Dr. Blanchets Geisteszustand in den letzten Wochen erzählen?", fragte Freddie.

Sam war ihm aufrichtig dankbar, dass er die Bemerkung über die First Lady einfach ignorierte.

„Wie Sie sich vorstellen können, war er extrem aufgebracht über die Klage. Er hatte sein Leben lang daran gearbeitet, sich einen tadellosen Ruf aufzubauen, den diese vier Frauen nun einfach so zerstören wollten. Ich habe mich um ihn gesorgt und ihm das auch gesagt, als ich ihn das letzte Mal gesehen habe."

„Was hat er geantwortet?"

„Dass er so gut wie möglich damit zurechtkomme und sich energisch gegen die haltlosen Anschuldigungen wehren werde.“

„Haben Sie ihm geglaubt, als er behauptete, er sei unschuldig?“

„Ja.“

„Wie erklären Sie sich, dass sich vier verschiedene Frauen mit der gleichen Geschichte über das, was er ihnen angeblich angetan hat, gemeldet haben?“

„Wie soll ich es vorsichtig ausdrücken …“ Wieder schaute er Sam mit demselben kleinen Lächeln an, das ihr zuvor schon nicht gefallen hatte. „Frauen, die so verzweifelt ein Kind wollen, sind häufig etwas hysterisch …“

„An dieser Stelle muss ich Sie leider unterbrechen.“ Sam hatte genug von dem Kerl. „Die vier Frauen sind nicht hysterisch wegen der vielen Enttäuschungen, die mit anhaltender Unfruchtbarkeit verbunden sein können. In diesem Fall sind sie *wütend*, weil ihr Arzt ihre Lage ausgenutzt hat, als sie am verletzlichsten waren.“

„In dieser Frage stand ihr Wort gegen seins.“

„Wir glauben den Frauen“, teilte Sam ihm mit und durchbohrte ihn mit ihrem besten Polizistinnenblick.

Er blinzelte zuerst. „Meine Aufgabe war es, ihn gegen diese Vorwürfe zu verteidigen. Das habe ich getan.“

„Indem Sie den Klägerinnen psychische Probleme unterstellten?“, fragte Freddie.

„Was immer nötig war, um meinen Klienten und seinen Ruf zu schützen.“

„Wie schlafen Sie nachts?“, erkundigte sich Sam.

„Ziemlich gut. Wie Sie habe ich eine Aufgabe zu erfüllen. Ist es immer ein Zuckerschlecken? Nein, aber jeder hat eine ordentliche Verteidigung verdient, vor allem, wenn es um sein Lebenswerk geht.“

„Hat Dr. Blanchet angegeben, warum er sein Lebenswerk durch das, was er diesen Frauen angetan hat, aufs Spiel gesetzt hat?“, wollte Freddie wissen.

„Dr. Blanchet stritt vehement ab, sich je gegenüber einer seiner Patientinnen unangemessen verhalten zu haben. Er war entrüstet über die Vorwürfe.“

„Kam er Ihnen selbstmordgefährdet vor?“, fragte Freddie.

„Überhaupt nicht. Auf mich wirkte er entschlossen, ja fast so, als freute er sich auf die Gelegenheit, sich vor Gericht zu verteidigen.“ Leery beugte sich vor und stützte sich mit den Ellbogen auf den

Schreibtisch. „Glauben Sie, dass er es getan hat? Dass er zuerst seine Familie und dann sich selbst getötet hat?"

„Wir untersuchen alle Möglichkeiten."

„Er war es auf keinen Fall. Alles, worum er sich sorgte, waren seine Kinder, seine Frau und wie sich das alles auf sie auswirken würde. Das hat ihn ganz krank gemacht. Er hat seine Familie mehr als alles andere geliebt, das hat er mir oft gesagt. Ich kann mir kein Szenario vorstellen, in dem er der Täter sein könnte."

„Haben Sie uns noch irgendetwas anderes mitzuteilen, das wichtig sein könnte?", erkundigte sich Freddie.

„Die Leute, die ihn verklagt haben – die Frauen und ihre Partner –, waren sehr wütend. Die sollten Sie genauer unter die Lupe nehmen."

„Das haben wir bereits." Freddie reichte ihm seine Visitenkarte. „Bitte rufen Sie mich an, wenn Ihnen noch etwas einfällt."

„Ich hoffe wirklich, Sie finden heraus, was passiert ist, denn ich kann nicht aufhören, an die armen Kinder zu denken."

„Wir auch nicht", erwiderte Freddie. „Deshalb arbeiten wir so hart, wie wir können. Wir finden selber raus."

Als sie in die Kälte hinaustraten, schloss Sam ihre Jacke und atmete tief die frische Luft ein. „Von dem Typen krieg ich Gänsehaut."

„Weil er dich ständig so angestarrt hat?"

„Zum einen. Aber auch dass er Marcel gegen die Vorwürfe der Frauen verteidigt und ihm tatsächlich geglaubt hat, ist ekelhaft."

„Man darf allerdings nicht vergessen: Als Anwalt hat er die Aufgabe, Marcel zu glauben und ihn in dem Prozess zu verteidigen", gab Freddie zu bedenken.

„Es ist trotzdem ekelhaft, vor allem wenn er alle unfruchtbaren Frauen in einen Topf wirft und als hysterisch bezeichnet."

„Ich hatte kurz befürchtet, du würdest ihm an die Kehle springen, als er das gesagt hat", meinte Freddie lachend.

„Wäre ich auch am liebsten."

„Ich bewundere deine Zurückhaltung."

„Danke. Ich auch."

„Lieutenant Holland zeigt Zurückhaltung?", fragte Vernon, der ihnen die Autotür aufhielt.

„Es gab eine Bemerkung darüber, dass Frauen, die unter Unfruchtbarkeit leiden, hysterisch seien", erklärte Freddie.

„Ich wette, Sie hätten ihm am liebsten einen Tritt verpasst", meinte Vernon.

Sam lächelte. „Ich liebe Sie jeden Tag mehr, Vernon."

„Das beruht auf Gegenseitigkeit."

Das Geplänkel vermittelte ihr ein warmes, wohliges Gefühl, das sie an die Zeit mit ihrem Vater erinnerte und mit Wehmut erfüllte. Sie wandte sich ab, um aus dem Fenster zu schauen, damit Freddie die Tränen in ihren Augen nicht bemerkte. Je länger Skip tot war, desto mehr vermisste sie ihn. Doch sie konnte nicht leugnen, dass Vernons väterliche Zuneigung ihr half, die Leere ein wenig zu füllen. Es war schon verrückt. Skip war tot, und Vernon war in ihr Leben getreten.

Und das Leben ging weiter.

„Alles in Ordnung?", fragte Freddie. „Dieser Fall muss dich doch ohne Ende triggern."

„Schon okay." Sie nahm ihr Handy und schickte ihm eine SMS.

Vernon hat mich gerade gerührt. Ich musste an Skippy denken und daran, wie sich eine Tür schließt ... usw.

Vernon schätzt dich sehr.

Das beruht auf Gegenseitigkeit. Ich mag ihn – genau wie Jimmy.

Mit den beiden hält man es gut aus.

Absolut. So, das war's. Ich bin drüber hinweg.

LOL

„He, Jimmy", wandte sich Sam an ihren jüngeren Personenschützer. „Sie haben mal erwähnt, Sie seien verheiratet, aber Sie haben mir bisher keinerlei Details verraten. Raus damit."

„Oh, äh, meine Frau heißt Liz, und wir sind seit der neunten Klasse zusammen."

„Natürlich", sagte Sam. „Das ist ja total süß. Was macht sie beruflich?"

„Sie ist Erzieherin in dem Kindergarten, der der Malcolm-X-Grundschule in Southeast Washington angegliedert ist."

„Ah, super. Haben Sie ein Foto von ihr?"

Er reichte ihr sein Mobiltelefon. „Das sind Liz und ich in der neunten Klasse, das nächste ist von unserer Hochzeit, und das danach ist vom letzten Wochenende."

Sam sah zunächst das Foto eines jungen Pärchens ganz am Anfang seiner Beziehung, danach eine atemberaubende Braut mit ihrem Bräutigam und schließlich das Bild eines glücklich verheirateten Ehepaares. „Sie sind ganz bezaubernd zusammen."

„Vielen Dank. Diesen Sommer erwarten wir unser erstes Kind."

„Herzlichen Glückwunsch", antworteten Sam und Freddie gleichzeitig.

„Wissen Sie schon, was es wird?", wollte Sam wissen.

„Ein Junge."

„Sehr schön. Ich kann es kaum erwarten, Liz und Ihren Sohn kennenzulernen."

„Das würde ihr sehr gefallen. Sie ist einer Ihrer vielen Fans."

„Ich habe Fans?", fragte Sam.

Die drei Männer im Auto lachten.

„Sie hat echt keine Ahnung", sagte Freddie.

„Und das soll auch so bleiben", erklärte Sam. „Was gibt's Neues von den Vereinigten Stabschefs und Nicks Mutter?"

Freddie zückte sein Smartphone. „Nicks Mutter sitzt nach wie vor, es wurde keine Kaution festgesetzt. Der Staatsanwalt befürchtet Fluchtgefahr."

„Das tröstet mich. Ich war in Sorge über das Chaos, das sie anrichten könnte, wenn sie freikommt."

„Man geht davon aus, dass die Justiz die Stabschefs nicht strafrechtlich verfolgen wird, sondern dass sie nur unehrenhaft aus dem Militärdienst entlassen werden und ihnen die Pension gestrichen wird."

„Wie kann es sein, dass man sie nicht wegen Hochverrats anklagt?", erkundigte sich Sam, in der Empörung aufwallte.

„Ich schätze, sie waren clever genug, um keine Spuren zu hinterlassen. Alle Absprachen fanden von Angesicht zu Angesicht statt, und es wurde nichts aufgezeichnet."

„Aber haben sie es nicht zugegeben?", hakte Sam nach.

„Nicht wirklich", erwiderte Freddie. „Es war eher so, dass sie das Gerücht, das Nick gehört hatte, nicht dementiert haben."

„Ach so", meinte Sam. „Man kann also so etwas tun und weiter frei herumlaufen, und wegen einer Million kleinerer Gesetzesverstöße landen die Leute im Gefängnis."

Sie dachte voller Mitgefühl an Nick, der von den Menschen, die ihm eigentlich den Rücken hätten freihalten sollen, so schrecklich hintergangen worden war.

„Wenn ich etwas sagen darf …", mischte sich Vernon ein und sah sie im Spiegel an.

„Bitte. Immer frei von der Leber weg.“

„Im Laufe der Zeit wird Ihr Mann den Menschen zeigen, was in ihm steckt. Es wird vielleicht Hindernisse auf dem Weg geben, wie diese Sache mit den Stabschefs, doch am Ende werden die Menschen die Wahrheit über ihn kennen.“

„Danke. Das hilft mir.“

„Jeder Präsident wird durch die Mangel gedreht, ob gewählt oder nicht“, fuhr Vernon fort. „Dies ist zwar schlimmer als das, womit die meisten zu kämpfen haben, aber letztlich auch nichts anderes. Jedes Mal, wenn jemand den Höhepunkt seiner Karriere erreicht, sind Neider zur Stelle, um ihn niederzumachen. Sie haben das ja selbst schon erlebt.“

„Ja“, pflichtete ihm Sam bei. „Das stimmt wohl.“

„Menschen sind schrecklich“, stellte Jimmy fest.

„Genau, und ich weiß Ihre Unterstützung sehr zu schätzen. Doch genug von Nicks Feinden. Vernon, jetzt müssen Sie mir von Ihrer Frau und Ihrer Familie erzählen.“

„Meine Frau Evelyn und ich sind seit sechsundzwanzig Jahren verheiratet und haben vier Töchter im Alter von siebzehn bis vierundzwanzig.“

„Wow“, meinte Freddie. „Da haben Sie bestimmt einige Geschichten auf Lager.“

„Ich könnte Sie den ganzen Abend lang mit den Abenteuern unterhalten, die einen erwarten, wenn man vier Mädchen im Vorschul- und Teenageralter großziehen darf.“

„Kein Wunder, dass Sie nicht die Nerven verlieren, weil Sie mich ertragen müssen“, flachste Sam.

„Das haben Sie gesagt.“

Sam lachte zusammen mit Freddie und Jimmy. Vor wenigen Monaten hatte sie sich noch dagegen verwahrt, überhaupt Bodyguards zu haben. Vernon und Jimmy gestalteten das Ganze allerdings so angenehm für sie, dass sie es jetzt tatsächlich vorzog, sich von ihnen fahren zu lassen. Wer behauptete eigentlich, dass sie nicht lernen und wachsen konnte?

Im Hauptquartier begaben sich Sam und Freddie in den Besprechungsraum und setzten sich.

„Ich will ehrlich sein“, begann Freddie.

„Nichts anderes erwarte ich von dir.“

„Ich habe das Gefühl, dass wir mit diesem Fall Zeit verschwenden, die wir besser damit verbringen könnten, Stahls

Desaster zu beseitigen."

Sam lehnte sich gegen den Konferenztisch. „Ich gebe dir recht. Langsam scheint es plausibel, dass jemand, der ein großartiger Ehemann und Vater war, unter enormem Druck etwas getan hat, was nicht seinem Charakter entsprach."

„Das seh ich auch so. Die Klage hätte ihn ruiniert. Die gesamte Familie wäre in einen Riesenskandal verwickelt worden. Wie du gesagt hast: Stell dir vor, du müsstest Kindern im Mittelstufen-Alter erklären, dass Daddy auf seine Patientinnen ejakuliert hat. Der Spott ihrer Mitschüler wäre ihnen gewiss gewesen, und Eloise stand ohnehin schon unter großem Druck."

Sam schauderte. „So ein Druck kann selbst den stabilsten Menschen durchdrehen lassen."

„Was mich interessiert, ist, warum ein Mann, der alles hat, so etwas überhaupt tut", meinte Freddie. „Er hat sich im Laufe der Jahre mit den sehr persönlichen medizinischen Problemen von Tausenden von Patientinnen befasst. Was hat ihn dazu verleitet, plötzlich etwas so Abartiges zu tun?"

„Das wüsste ich auch gerne", gab ihm Sam recht. „Dass wir uns weiter solche Fragen stellen, bedeutet allerdings, dass wir nicht hundertprozentig von der Theorie des erweiterten Selbstmords überzeugt sind. Dann können wir den Fall auch noch nicht zu den Akten legen."

„Morgen fahren wir zur Praxis und sprechen mit seinen Mitarbeitern", schlug Freddie vor. „Ich bin bereit, noch einen Tag abzuwarten und dann zu sehen, wo wir stehen."

„Das klingt nach einem guten Plan", stimmte Sam zu.

„Aber du bist mit mir der Ansicht, dass es einen Zeitpunkt gibt, zu dem wir auf die erdrückende Beweislast vertrauen müssen, die in eine ziemlich deutliche Richtung weist?"

Sam fächelte sich das Gesicht.

Freddie runzelte die Stirn. „Was ist?"

„Mein kleiner Padawan benutzt Ausdrücke wie ‚erdrückende Beweislast'."

„Klappe, Sam. Ich meine es ernst."

„Ich auch."

Er schnaubte verärgert. „Pflichtest du mir nun bei?"

„Ja."

„Warum sagst du das dann nicht einfach?"

„Weil es viel lustiger ist, dich zu aufzuziehen."

„Für dich vielleicht."

„Jetzt ist es zu spät, dich über meinen Humor zu beschweren."

„Lies die restlichen Nachrichten und E-Mails, und sprich mich erst wieder an, wenn du etwas Nützliches zu sagen hast."

„Jawohl, Sir", erwiderte Sam und salutierte vor ihm.

„Leck …"

„Freddie! Du hättest fast böse Wörter benutzt!"

„Du treibst mich dazu, Sam."

Deputy Chief Jeannie McBride erschien in der Tür zum Konferenzraum. „Störe ich?"

„Wir haben uns nur gekabbelt", antwortete Sam.

Jeannie grinste. „Ah, also alles wie immer?"

„Ganz genau. Was gibt's denn, Chief?" Es machte Sam verdammt stolz, ihren ehemaligen Detective in der Uniform des stellvertretenden Chiefs zu sehen. Unter dem weißen Uniformhemd zeichnete sich bereits Jeannies Schwangerschaft ab.

„Ich habe mit Green und Lucas an dem Davies-Fall gearbeitet."

„Frisch mein Gedächtnis auf", bat Sam.

„Eric Davies wurde vor sechzehn Jahren wegen Vergewaltigung verurteilt. Er hat die Vorwürfe die ganze Zeit vehement bestritten. Stahl hat ermittelt, brachte ihn mit dem Verbrechen in Verbindung und sagte vor Gericht aus. Davies hat immer darauf beharrt, dass Stahl die Beweise gefälscht habe, damit es den Anschein hatte, als sei er schuldig. Angesichts dessen, was wir jetzt über Stahl wissen, haben wir den Fall neu aufgerollt."

„Dabei stoßen wir überall auf Unregelmäßigkeiten", ergänzte Cameron Green, der sich zu ihnen gesellte, einen Aktenordner in der Hand. „Wir finden keinen einzigen der sogenannten Beweise, die zur Verurteilung von Mr Davies geführt haben. Das Vergewaltigungskit ist auf magische Weise verschwunden, das angebliche Opfer wird vermisst, und ich habe eine Beschwerde gefunden, die Mr Davies nach einem Verkehrsvorfall gegen Stahl eingereicht hat, als der noch Streife gefahren ist."

„O Gott", seufzte Sam.

„So habe ich auch reagiert", pflichtete ihr Jeannie bei. „Es ist unglaublich."

„Ich denke, es ist an der Zeit, die Staatsanwaltschaft in diese Angelegenheit mit einzubeziehen", bemerkte Cameron.

„Dafür ist es sechzehn Jahre zu spät." Sam empfand Schuldgefühle gegenüber dem Mann, der für ein abscheuliches

Verbrechen, das er wahrscheinlich gar nicht begangen hatte, lange Jahre seines Lebens im Gefängnis verbracht hatte.

„Ich wollte deine Meinung hören, ehe ich Forrester anrufe", sagte Jeannie zu Sam.

„Warum? Du bist stellvertretende Polizeichefin."

Jeannie lachte. „Trotzdem will ich in solchen Augenblicken deine Meinung hören."

„Meine Meinung kriegst du immer gratis. Bevor du die Staatsanwaltschaft anrufst, würde ich den Chief informieren."

„Alles klar. Übrigens, Green und Lucas haben bei der Überprüfung dieses Falles ausgezeichnete Arbeit geleistet."

„Zur Kenntnis genommen." Nachdem Jeannie sich verabschiedet hatte, fragte Sam: „Bin ich die Einzige, der jetzt schlecht ist?"

„Nein", antwortete Green. „Mir geht es schon so, seit ich die Beschwerde gefunden habe, die Davies gegen Stahl eingereicht hat, der ihn bei einer routinemäßigen Verkehrskontrolle verprügelt hatte. Man hat Stahl damals für drei Tage ohne Bezahlung suspendiert."

„Er hat sich gerächt, sobald er konnte", mutmaßte Freddie und schüttelte den Kopf.

„Ausgerechnet mit dem Vorwurf einer Vergewaltigung", fügte Sam hinzu. „Abgesehen von Mord die schlimmste Anschuldigung, die es gibt."

„Wie es aussieht, hat Stahl eine Frau überredet, Davies zu verführen und der Vergewaltigung zu bezichtigen. Wir glauben, dass der Frau eine Anzeige wegen Drogenbesitzes drohte, die Stahl fallen gelassen hat, nachdem sie mit Davies geschlafen hatte."

Sam hörte seine Worte, hatte jedoch Probleme, die möglichen Konsequenzen des Ganzen zu verarbeiten.

„Das wird ein weiterer großer Skandal", prophezeite Freddie.

„Was?", fragte Malone, der gerade den Konferenzraum betrat.

Sam forderte Green mit einem Blick auf, den Captain auf den neuesten Stand zu bringen.

Nachdem Cameron ihm alles erklärt hatte, wirkte Malone schockiert und empört. „Weiß der Chief schon Bescheid?"

„Jeannie wollte ihn informieren, bevor sie das Büro des Staatsanwalts anruft", erwiderte Sam.

Malone setzte sich auf einen der Stühle und schien in sich zusammenzusinken. „Gerade als wir dachten, wir wüssten über den ganzen Dreck Bescheid, den Stahl am Stecken hat …"

„Finden wir mehr", brachte Sam seinen Satz zu Ende.

„Genau." Malone fuhr sich mit den Fingern durchs Haar. Er schien sich zu sammeln und erhob sich. „Ich muss sofort mit Joe reden."

~

Von Empörung und Sorge getrieben eilte Jake Malone vom Großraumbüro zum Büro des Chiefs. „Darf ich?", fragte er Helen, die Sekretärin des Chiefs, während er auf die geschlossene Tür zu Joes Büro zeigte.

„Nur zu."

Sie konnte wahrscheinlich erkennen, dass er kurz davor stand, zu explodieren, als sie ihn durchwinkte.

Er klopfte einmal an und trat ein. Deputy Chief Jeannie McBride saß auf einem der beiden Besucherstühle.

Der Chief blickte zu Jake, als der eintrat, sein Gesichtsausdruck war ernst. „Ich nehme an, Sie haben es schon gehört."

„Ja."

Jake nahm neben Jeannie Platz. „Wie lautet der Plan?"

„Ich wollte gerade Forrester informieren." Joe nahm den Hörer seines Tischtelefons ab und bat Helen, den Staatsanwalt für ihn zu kontaktieren, wobei er ihr sagte, sie solle das Wort „dringend" benutzen. Sie warteten schweigend.

Eine Minute später summte das Telefon. „Tom Forrester auf Leitung eins für Sie, Sir."

Joe nahm den Anruf entgegen und stellte ihn laut. „Hallo, Tom. Ich sitze hier mit Deputy Chief McBride und Captain Malone."

„Was gibt's denn?", fragte Tom mit dem typischen New Yorker Akzent, für den er bekannt war.

„Wir haben ein Problem. Ich lasse Sie von Deputy Chief McBride ins Bild setzen."

Jeannie erläuterte die Tatsachen, die sie bei der Untersuchung des Falls Davies zutage gefördert hatten. Nachdem sie geendet hatte, schwieg Forrester eine halbe Minute lang.

„Dieser verdammte Mistkerl", sagte er schließlich. „Lassen Sie mich mit meinem Team reden. Ich melde mich so schnell wie möglich zurück."

„Vielen Dank."

„Bitte versprechen Sie mir, dass wir Stahl in weiteren Punkten anklagen werden", knurrte Jake, nachdem der Chief aufgelegt hatte.

„Aber sicher", antwortete der Chief. „Auch wenn er bereits eine lebenslange Haftstrafe ohne Aussicht auf Bewährung verbüßt, werden wir ihn für jeden Verstoß anklagen, den er begangen hat, während er eine Polizeimarke hatte, und sei es nur, um allen anderen klarzumachen, dass wir kriminelles Verhalten in den eigenen Reihen nicht dulden."

„Was glauben Sie, wie viele es noch gibt?", erkundigte sich Jake.

„Ich denke, wir werden weitere ähnliche Fälle finden", mutmaßte Jeannie.

„Verdammter Drecksmist", flüsterte Jake.

„Wenigstens ist das passiert, bevor ich Chief geworden bin", sagte Joe. „Also können sie mir nicht die Schuld dafür zuschieben."

„Das werden sie trotzdem tun", warnte Jake.

„Sowieso, aber ich vertraue darauf, dass zumindest anerkannt wird, dass wir das Richtige getan haben, als wir die Unregelmäßigkeiten entdeckt haben."

„Das wollen wir hoffen", meinte Jake, als er aufstand. „Halten Sie mich auf dem Laufenden darüber, was Forrester sagt."

„Wird gemacht", erwiderte Joe.

Als Jake in sein Büro zurückkehrte, wartete dort schon Lieutenant Archelotta auf ihn. „Was gibt's, Archie?"

Der hielt einen USB-Stick hoch. „Ich glaube, ich habe herausgefunden, wer damals die Berichte für Stahl archiviert hat."

„Wer denn?"

„Erinnern Sie sich noch an Lieutenant Gibbons?"

„Der die IT-Abteilung vor Ihnen geleitet hat? Ja, natürlich."

„Ich glaube, er hat sich selbst Zugang auf Captain-Ebene erteilt, damit er Stahls Befehle ausführen konnte."

„Können Sie das beweisen?", fragte Malone und deutete auf den Stick.

„Allerdings."

Malone fand sich damit ab, dass dieser Tag völlig den Bach runtergehen und sie einen weiteren früheren Beamten eines Verbrechens bezichtigen würden, und sagte: „Zeigen Sie mir, was Sie haben."

~

Sam und Freddie verbrachten den Rest ihrer Schicht damit, die Ausdrucke durchzusehen, die das Team aus den Kontoauszügen der Blanchets, ihren Aktivitäten in den sozialen Medien und weiterer E-Mails und Nachrichten von den Telefonen und Computern der Eltern zusammengestellt hatte.

„Es ist erstaunlich, was für einen Berg von Papier so ein Paar produziert, oder?", meinte Freddie, während er die Social-Media-Posts studierte.

„Die Leute berücksichtigen einfach nicht, dass Gesetzeshüter ihre Nachrichten vielleicht eines Tages bei der Untersuchung eines Verbrechens überprüfen müssen. Würden sie sonst so offen ihr Gefühlsleben per Textnachricht oder E-Mail mitteilen?"

„Wahrscheinlich nicht", räumte er ein. „Ich habe immer im Hinterkopf, dass jemand eines Tages meine eigenen Worte gegen mich verwenden könnte."

„Denkst du wirklich immer daran?"

„Das solltest du auch, denn deine öffentlichen Kommentare und Beiträge werden in Nicks Präsidentenbibliothek für die Geschichte archiviert werden."

Als Sam ihm gerade mit einem Schaudern übermitteln wollte, was genau sie davon hielt, klingelte der BlackBerry. Nick rief an.

„Hey", meldete sie sich. „Wenn man vom Teufel spricht und so. Wie läuft's?"

„Einfach wunderbar", bemerkte Nick mit einem Hauch von Sarkasmus. „Ich sitze mit den Kindern hier, und wir überlegen, ob wir mit dem Abendessen auf dich warten sollen."

„Nein, fangt an. Ich schaue noch beim Treffen der Trauergruppe vorbei, ehe ich nach Hause komme."

„Ach, richtig, das ist ja heute. Du hattest erwähnt, dass du da hinwillst."

„Kein Problem. Ich bin sicher, du hattest einen langen Tag, seit wir darüber gesprochen haben."

„Ich füttere sie ab und warte dann mit dem Essen auf dich."

„In Ordnung. Ich werde nicht allzu lange bei dem Treffen bleiben. Es geht nur darum, mein Gesicht zu zeigen, um Trulos Bemühungen zu unterstützen."

„Vielleicht solltest du dieses Mal bleiben und dich aktiv beteiligen."

„Mal sehen."

„Was immer gut für dich ist, Babe."

„Ich schreibe eine SMS, wenn ich mich auf den Heimweg mache."

„Ich liebe dich."

„Ich dich auch, Nick."

„Wie geht's Nick?", fragte Freddie, nachdem Sam den BlackBerry wieder auf den Tisch gelegt hatte.

„Er klingt ziemlich fertig."

„Ich nehme an, das ist zu erwarten, wenn die höchsten Militärs des Landes seinen Sturz planen", antwortete Freddie, „während seine Mutter wegen Geldwäsche im Gefängnis sitzt und sein in Ungnade gefallener ehemaliger Außenminister ihn bei jedem, der es hören will, anschwärzt."

Sam seufzte tief. „Das ist ganz schön viel auf einmal."

„Es ist ein echt heftiger Sturm."

„Ja. Ich befürchte, dass Nick irgendwann unter der Last zusammenbricht."

„Nein, das wird er nicht. Er ist hart im Nehmen und weiß, wie er sich zu verhalten hat, sogar in Situationen wie dieser."

„Das hoffe ich."

„Er hat das im Griff. Mach dir keine Sorgen."

„Tu ich aber."

Freddie erhob sich, um sich zu strecken, und kehrte dann an seinen Platz zurück. „Ich schaue mir gerade Lilianas Instagram-Posts an. Sie bestätigen alles, was die Großmutter erzählt hat." Er legte die Ausdrucke vor Sam auf den Tisch. Die Fotos zeigten Marcel mit seinen Kindern: beim Spielen im Garten, beim Anschubsen auf der Schaukel, beim Bemalen einer Leinwand auf einer Staffelei mit dem kleinen Gus.

Sam betrachtete das letzte Foto intensiv und griff nach dem Autopsiebericht.

„Was?", fragte Freddie.

„Zeig mir den Rest der Insta-Fotos."

Er reichte sie ihr.

Sam blätterte sie durch, bis sie eins fand, auf dem Marcel Eloise bei den Hausaufgaben half. „Siehst du?" Sie deutete auf die Hand, die den Stift hielt, und danach auf das Foto, auf dem er einen Pinsel führte.

„Was denn?"

„Marcel war Linkshänder. Im Autopsiebericht stand aber, er hatte Schmauchspuren an der rechten Hand." Sie fand den Hinweis in dem Bericht, unterstrich ihn mit einem Textmarker und schaute zu Freddie.

„O mein Gott. Er war tatsächlich Linkshänder."

„Wir sollten uns das sofort von seiner Mutter bestätigen lassen", sagte Sam.

Freddie stellte sein Smartphone laut und wählte die Nummer, die er in sein Notizbuch geschrieben hatte.

„Hallo?"

„Mrs Blanchet, hier ist noch mal Detective Cruz. Es tut mir leid, dass ich Sie störe, doch ich habe eine Frage: War Ihr Sohn Rechts- oder Linkshänder?"

„Linkshänder", antwortete sie. „Der einzige in unserer Familie."

„Das ist sehr hilfreich. Danke vielmals."

„Gern."

„Ich melde mich wieder." Freddie beendete das Telefonat. „Jemand hat ihm die Pistole in die rechte Hand gegeben und abgedrückt, was der Erweiterter-Selbstmord-Theorie wohl endgültig die Grundlage entziehen dürfte."

Sam war seltsam erleichtert, dass Marcel nicht seine Frau und seine Kinder umgebracht hatte. „Dann müssen wir jetzt nur noch herausfinden, wer die ganze Familie tot sehen wollte."

KAPITEL 24

Sam begegnete Dr. Trulo vor dem Raum im zweiten Obergeschoss, in dem sich die Trauerselbsthilfegruppe traf. „Wie geht es Shelby, Doc?"

„Etwas besser. Als ich vor einer Stunde nach ihr geschaut habe, hat sie ein paar Worte geredet, was eine deutliche Verbesserung gegenüber gestern Abend ist."

„Vielen Dank, dass Sie nach ihr gesehen haben."

„Ich wünschte, ich könnte sagen, es war mir ein Vergnügen, aber sie ist wirklich schwer traumatisiert."

„Zweifellos. Avery ist auch sehr mitgenommen."

„Die Tatsache, dass er seine Familie durch seine Arbeit in Gefahr gebracht hat, lastet schwer auf ihm."

„Ich kann mir nicht mal ansatzweise vorstellen, wie er sich fühlen muss. Im Anschluss hieran werde ich die beiden besuchen." Sam hatte sich damit abgefunden, noch später heimzukommen. „Viel los heute Abend."

Trulo blickte in Richtung des Zimmers, aus dem Stimmengewirr auf den Flur drang. „Es werden jeden Monat mehr. Wir werden uns möglicherweise bald einen neuen Treffpunkt suchen müssen."

„Ich hoffe nicht." Es gefiel Sam, dass das Treffen im Obergeschoss des Gebäudes stattfand, sodass sie nicht noch woandershin musste.

„Ich behalte das im Auge. Machen Sie sich keine Gedanken." Er hielt ihr die Tür auf, als sie den Raum betraten und in lauter bekannte Gesichter schauten.

Sam war erfreut, ihre Schwestern zu entdecken, und ging zu ihnen, um sie zu umarmen. „Wie schön, dass ihr es geschafft habt."

„Es stand bis zur letzten Minute auf der Kippe", verkündete Tracy und legte einen Arm um Angela, als fürchtete sie, ihre Schwester würde die Flucht ergreifen, sobald sie sie losließ.

„Ich bin nicht sicher, ob ich das kann", gestand Angela. „Doch Tracy hat mich davon überzeugt, es zu versuchen."

„Ich bin froh, dass du das tust", erklärte Sam. „Und wenn es dir zu viel wird, kannst du jederzeit verschwinden. Du bist nicht verpflichtet, bis zum Ende durchzuhalten."

„Gut zu wissen. Vielen Dank."

„Für dich immer und alles."

Roni Connolly kam zu ihnen, um Hallo zu sagen.

„Hey, Roni", begrüßte Sam sie. „Du erinnerst dich an meine Schwestern Tracy und Angela?"

„Klar. Schön, Sie wiederzusehen. Angela, wäre es okay, wenn ich Sie umarme?"

„Sicher", antwortete die mit einem schüchternen Lächeln.

Die beiden Frauen hielten einander lange im Arm, und als sie sich voneinander lösten, hatten beide Tränen in den Augen.

Roni nahm Angelas Hand und entfernte sich mit ihr. „Ich kümmere mich um Sie."

Sam hielt Tracy am Arm zurück, als ihre ältere Schwester Roni und Angela folgen wollte. „Überlass das Roni."

„Bist du sicher?"

„Absolut. Roni weiß mehr darüber, wie Angela empfindet, als wir je wissen könnten. Hoffe ich zumindest."

„Es ist brutal, hilflos mit anschauen zu müssen, wie sehr sie leidet." Tracy wirkte so erschöpft, wie Sam sie noch nie erlebt hatte. „Absolut brutal."

„Wer passt auf die Kinder auf?"

„Sie sind bei uns, und Mike kümmert sich um sie."

„Es ist lieb von euch, ihr zu ermöglichen, hier zu sein."

„Ich hoffe, es hilft."

Als sie gegenüber von Roni und Angela Platz genommen hatten, schickte Sam Nick eine kurze SMS.

Angela ist bei der Trauerselbsthilfegruppe aufgetaucht, also werde ich bleiben und danach noch kurz Shelby besuchen. Warte nicht mit dem Essen auf mich.

Gut, dass sie sich dafür entschieden hat. Ich habe mehr als genug zu tun, bis meine fabelhafte Frau nach Hause kommt.

„Alles in Ordnung?", fragte Tracy, als Sam den BlackBerry wegsteckte.

„Ja."

Dr. Trulo wandte sich an die mehr als fünfzig Personen, die in einem engen Kreis saßen. „Willkommen zu unserem monatlichen Treffen. Ich wünschte, ich könnte sagen, ich freue mich, Sie zu sehen, aber das ist nicht der Fall. Was für ein einschneidendes Ereignis auch immer Sie zu uns geführt hat, es tut mir leid, und ich hoffe, Sie finden etwas Trost, indem Sie unter Menschen sind, die Sie verstehen."

Sam war überrascht, als Cameron und Gigi Händchen haltend durch die Tür traten.

„Möchte jemand beginnen?", erkundigte sich Dr. Trulo.

Lenore Worthington hob die Hand. „Danke Ihnen, Dr. Trulo und Sam, dass Sie diese Gruppe ins Leben gerufen haben. Die Treffen und die Freunde, die ich hier gefunden habe, sind für mich in letzter Zeit zu einer Art Rettungsanker geworden." Sie knetete ein Taschentuch in den Händen. „Ich habe vor Kurzem die Antworten bekommen, nach denen ich mich fünfzehn Jahre lang gesehnt habe, und stelle fest, sie bringen mich nicht wirklich weiter. Ich weiß nicht, was ich dachte, was passieren würde, wenn ich der Person, die mir meinen Sohn genommen hat, ein Gesicht geben könnte, wenn ich wüsste, *warum*, doch ich hatte gehofft … Nun, der Tag danach war nur ein weiterer Tag ohne meinen Jungen. Er wäre jetzt ein erwachsener Mann", fügte sie mit einem Lachen unter Tränen hinzu. „Fast zweiunddreißig. Vielleicht hätte er eine Frau, Kinder, einen Job und ein Haus mit Hypothek. Er hatte viel vor im Leben, mein Calvin, und ich vermisse ihn mehr denn je. Das ist alles, was ich sagen wollte."

„Ihr Mut ist eine Inspiration für uns alle", erwiderte Dr. Trulo. „Danke, dass Sie Ihre Gefühle mit uns teilen und uns daran erinnern, dass sich der Sieg der Gerechtigkeit für die Hinterbliebenen letztendlich oft hohl anfühlt."

Sam hörte, wie andere Menschen ähnliche Erfahrungen beschrieben, und wie es für sie gewesen war, zu erfahren, dass die lang ersehnten Antworten weniger zufriedenstellend waren, als sie erwartet hatten. Sie verstand das. Zu wissen, wer ihren Vater getötet hatte, brachte ihn nicht zurück und änderte auch nichts daran, dass er die letzten Jahre seines Lebens mit einer Querschnittslähmung hatte leben müssen. Wenn überhaupt, hatten die Antworten in seinem Fall zu noch mehr Herzschmerz geführt.

„Sie sollen wissen, dass ich genau wie Sie fühle, Lenore und alle anderen." Sam sagte es, ohne sich bewusst dafür entschieden zu haben. „Selbst als Teil des Teams, das hilft, die Täter ihrer gerechten Strafe zuzuführen, bin ich mir immer bewusst, dass all das nichts an der grundlegenden Realität Ihres Verlusts ändern wird. Für mich jedenfalls hat es das nicht. In vielerlei Hinsicht hat das Wissen, wer auf meinen Vater geschossen und ihn damit letztlich getötet hat, alles nur noch schlimmer gemacht. Was aber hilft, ist, zu wissen, dass andere das verstehen, und dafür danke ich Ihnen."

Lenore nickte und schenkte Sam ein warmes Lächeln. „Ich sehe das ganz genauso. Danke für alles, was Sie getan haben, um für Gerechtigkeit zu sorgen, und für diese Chance, gemeinsam zu trauern. Das bedeutet mir sehr viel."

„Wir haben heute Abend eine Reihe von neuen Leuten hier, und ich möchte ihnen gerne die Möglichkeit geben, das Wort zu ergreifen, falls sie das wünschen", erklärte Dr. Trulo.

Sam bemerkte, dass Angela den Blick senkte, während Cam und Gigi einander anschauten.

„Ich will etwas sagen", meldete sich Gigi zu Wort. „Ich bin Detective Gigi Dominguez, und ich bin unlängst bei zwei Gelegenheiten Opfer eines Gewaltverbrechens geworden. Das hat mich völlig verändert. Zuerst hat mich mein Ex-Freund angegriffen, und dann ..."

„Ist meine ehemalige Freundin bei Gigi eingebrochen und hat sie angegriffen, sodass sie gezwungen war, sich mit einem tödlichen Schuss aus ihrer Dienstpistole zu verteidigen", beendete Cameron mit grimmiger Miene ihren Satz. „Mein Name ist Detective Cameron Green."

„Wir kämpfen beide mit schweren Schuldgefühlen und Reue", fuhr Gigi fort, „was eine Menge Druck auf unsere noch ganz frische Beziehung ausübt, in der wir sehr glücklich waren, bis dieses jüngste Ereignis alles auf den Kopf gestellt hat."

„Ich mache mir große Vorwürfe, weil ich diese Frau in Gigis Leben gebracht habe, wo sie doch bereits damit zu kämpfen hatte, das zu verarbeiten, was ihr Ex ihr angetan hat", ergänzte Cameron. „Jetzt steht ihre Karriere auf dem Spiel, während das Department die tödlichen Schüsse untersucht. Es ist zum Verrücktwerden."

„Und mich belastet, dass ich keine andere Wahl hatte, als einen Menschen zu töten, um mein Leben zu retten", schloss Gigi. „Cameron trifft keinerlei Schuld an dem Geschehenen, auch wenn er das anders sieht, und will ich auf keinen Fall, dass er sich dafür verantwortlich fühlt, dass sie mir wehgetan hat."

Während sie abwechselnd sprachen, bemerkte Sam mit Erleichterung, dass sie einander fest an den Händen hielten und als Paar auftraten, auch wenn sie offensichtlich Angst um ihre neue Beziehung hatten.

„Es ist oft schwierig, die Folgen zu akzeptieren, die sich aus den Handlungen anderer ergeben", sagte Dr. Trulo. „Das Wichtigste ist, dass Sie nicht vergessen, dass Sie keine Kontrolle darüber hatten. Sie haben nur in der Hand, wie Sie darauf reagieren. Da ich einen Einblick in beide Vorfälle habe, der über das hinausgeht, was Sie hier berichtet haben, weiß ich, dass Sie alles getan haben, was Sie konnten, um beide Situationen zu deeskalieren, bevor sie in Gewalt ausarteten."

„Dennoch haben wir beide das Gefühl, dass wir mehr hätten tun können und sollen", antwortete Cam.

„Was zum Beispiel?", fragte Dr. Trulo.

„Genau darüber zerbrechen wir uns den Kopf, wenn wir nachts wach liegen", erwiderte Gigi.

„Man muss einen Weg finden, die Schuldgefühle loszulassen." Gonzos Stimme, die hinter ihr erklang, überraschte Sam, da sie ihn nicht hatte hereinkommen sehen. „Ich habe das auf die harte Tour gelernt, und ich will nicht, dass jemand, der mir etwas bedeutet, so leidet wie ich, weil ich mich mit Vorwürfen für Dinge gequält habe, die ich nicht ändern konnte. Durch viel Therapie und Sitzungen mit Dr. Trulo habe ich gelernt, dass Schuld wie ein Krebsgeschwür ist. Sie frisst einen innerlich auf, ohne dass sich etwas ändern würde."

„Danke, dass Sie uns das erzählen, Tommy", entgegnete Dr. Trulo. „Ich hoffe, Sie haben nichts dagegen, wenn ich anmerke, wie stolz ich auf die Fortschritte bin, die Sie seit dem sinnlosen Mord an Ihrem Partner gemacht haben. Sie sind einer meiner Starpatienten."

„Nichts für ungut, Doc, doch ich wünschte, es gäbe andere Gründe, aus denen Sie stolz auf mich sein könnten. Ich lerne langsam, mich damit abzufinden, dass ich nur bedingt Kontrolle über das habe, was um mich herum geschieht."

„Tatsächlich bin ich aus vielen Gründen stolz auf Sie, Sergeant", erklärte Dr. Trulo. „Am stolzesten bin ich auf Ihren Weg durch die Trauer und darauf, dass Sie anderen ein gutes Beispiel geben."

„Was tut man, wenn man so wütend auf den Menschen ist, der gestorben ist, dass man kaum an etwas anderes denken kann?" Die Worte schienen plötzlich förmlich aus Angela herauszuplatzen. „Wie geht man damit um?"

Sam war verblüfft über die Heftigkeit, mit der ihre Schwester das sagte.

„Er hat mich in einem Albtraum zurückgelassen, mit zwei kleinen Kindern, schwanger, und selbst das Wissen, dass er krank war, macht diesen Albtraum nicht erträglicher. Ich bin wütend auf ihn, weil er mir das angetan hat."

„Ihre Gefühle sind berechtigt", erwiderte Dr. Trulo. „Sie dürfen so empfinden."

„Werde ich Spencer ewig böse sein?"

„Nein", antwortete eine Frau, die Sam nicht kannte. „Ich bin Hilda, und mein Mann ist bei einem bewaffneten Raubüberfall ums Leben gekommen. Er war allerdings derjenige, der den Raub begangen hat, also war es wohl nur das, was er verdient hat. Zumindest meinen die Leute das. ‚Du spielst das Spiel, du zahlst den Preis', sagen sie. Ich hatte drei Kinder unter zehn und war danach viele Jahre blind vor Wut. Aber die Wut hält nicht ewig. Das kann sie gar nicht. Sie haben Kinder, an die Sie denken müssen, und die werden Ihnen den Weg aus der Dunkelheit und zurück ins Licht zeigen. Lassen Sie sich von ihnen führen."

„Vielen Dank." Angela schenkte der Frau ein Lächeln. „Genau das musste ich hören."

„Ich würde gern behaupten, dass es mir ein Vergnügen war, doch ich wünsche das, was ich erlebt habe, niemandem", meinte Hilda. „Aber vergessen Sie bitte nicht: Sie sind nicht allein."

„Das erkenne ich langsam auch", bemerkte Angela. „Es hilft, zu wissen, dass andere einen verstehen."

„Das tun wir", versicherte ihr Hilda. „Wir verstehen Sie nur zu gut."

Einige andere berichteten von ihren jüngsten Problemen, von ihrer Trauer, ihrer Erbitterung über das träge Strafrechtssystem, aber auch von den Segnungen, die sich aus dem Kontakt mit neuen Menschen ergeben hatten.

Wie immer fühlte sich Sam durch das Treffen gleichzeitig

ermutigt und tief berührt. Hinterher wartete sie mit Tracy an der Tür auf Angela.

„Sie hat meine Nummer", sagte Roni, als sie mit Angela bei ihnen ankam. „Deine Schwester hat versprochen, sich bei mir zu melden, falls sie jemanden zum Reden braucht."

Angela umarmte Roni. „Ich danke dir sehr."

„Nichts zu danken."

Roni zog erst Sam und dann Tracy an sich und verabschiedete sich anschließend.

„Es ist merkwürdig, eine andere Frau zu treffen, die auch das Baby ihres verstorbenen Mannes erwartet", erklärte Angela und legte eine Hand auf ihren Babybauch.

Sie würden beide im Juni ihr Kind kriegen.

„Wenn sie einem sagt, man solle sich bei ihr melden, meint sie das wirklich", erinnerte Sam ihre Schwester. „Ihre Gruppe, die Wilden Witwen, ist unglaublich. Ich glaube, du würdest sie mögen."

„Ganz sicher, nur bin ich noch nicht so weit. Das verstehst du hoffentlich."

„Natürlich. Es ist alles ganz allein deine Entscheidung. Was immer du brauchst, wann immer du es brauchst."

„Danke, dass du mich heute Abend hergeschleppt hast, Trace. Das hat mir sehr geholfen."

Zu dritt untergehakt verließen sie das Gebäude. Sam umarmte ihre Schwestern zum Abschied und versprach, sie am nächsten Tag anzurufen.

„Tut mir leid, dass es so spät geworden ist", entschuldigte sich Sam bei Vernon, als er ihr die hintere Tür des SUV aufhielt.

„Kein Problem."

„Doch, und ich weiß Ihren Einsatz zu schätzen. Ich würde gerne noch für ein paar Minuten im GW vorbeischauen."

„Klar."

Auf dem Weg zur Klinik schrieb Sam Nick eine SMS.

Ich verlasse jetzt das Hauptquartier, mache einen kurzen Zwischenstopp, um nach Shelby zu sehen, und dann komm ich nach Hause. Tut mir leid, dass ich so spät dran bin.

Kein Problem. Die Zwillinge sind noch wach. Ich glaube, sie könnten sich was eingefangen haben ...

Alle beide?

Ja.

Oje. Bin gleich da.

Begleitet von Vernon und Jimmy betrat sie das GW durch den Haupteingang und nahm den Aufzug zu dem Stockwerk, in dem Shelby lag.

„Das ist die richtige Zeit für Besuche", erklärte Sam. „Niemand starrt mich an."

Vernon lachte, als er mit ihr aus dem Aufzug trat, während Jimmy die Nachhut bildete.

Auf dem Weg zu Shelbys Zimmer kam eine Frau auf sie zugelaufen. „Die First Lady! O mein Gott!"

Vernon hob die Hand, um die Frau davon abzuhalten, sich Sam weiter zu nähern.

„Was ist denn? Ich wollte nur Hallo sagen."

„Bitte treten Sie zurück", beharrte Vernon.

„Oh, ich verstehe", antwortete die Frau und runzelte die Stirn. „Sie sind jetzt zu gut für normale Leute."

„Was?", fragte Sam. „Sie sind aus dem Nichts aufgetaucht und auf mich zugestürzt. Meine Personenschützer erledigen bloß ihre Arbeit. Wieso macht mich das zu gut für normale Leute?"

„Ich wollte nur Hallo sagen", wiederholte sie geknickt.

„Dagegen hat niemand etwas, aber wenn Sie auf jemanden losstürmen, der unter dem Schutz des Secret Service steht, wird der betreffende Mitarbeiter seine Zielperson schützen. Immer. Verstanden?"

„Tut mir leid."

„Entschuldigung angenommen."

„Ich bin ein Riesenfan von Ihnen und Ihrem Mann."

„Vielen Dank. Das freut uns."

„Ma'am?", versuchte Vernon, sie zum Weitergehen zu bewegen.

„Schönen Abend noch", wünschte Sam der Frau.

„Ihnen auch."

„Da hab ich wohl den Tag vor dem Abend gelobt", meinte Sam, nachdem sie sich ein Stück von der Frau entfernt hatten.

„Ja, scheint so", bestätigte Vernon. „Danke, dass Sie uns verteidigt haben."

„Jederzeit."

Sam klopfte an die Tür von Shelbys Zimmer und steckte den Kopf hinein. Avery stand neben dem Bett seiner Frau. Er hatte noch immer die Sachen an, die er getragen hatte, als Sam ihn das letzte Mal gesehen hatte. Allerdings hatte er sein Jackett ausgezogen und die Ärmel seines weißen Oberhemds hochgekrempelt. Er wirkte erschöpft und aufgewühlt, und wer konnte ihm das verdenken?

„Nur herein, Sam", flüsterte Shelby.

Sam betrat den schwach beleuchteten Raum, kam ans Bett und nahm die Hand ihrer Freundin. „Wie geht's dir?"

„Ein bisschen besser. Dr. Trulo war mir eine große Hilfe. Danke, dass du ihn gebeten hast, sich um mich zu kümmern."

„Ich bin froh, dass er dir helfen konnte."

„Er hat mir Stimmungsaufheller verschrieben, die anscheinend auch anschlagen."

„Das sind doch gute Neuigkeiten."

„Ich versuche, Avery dazu zu bringen, nach Hause zu fahren und sich auszuruhen, aber er weigert sich."

„Ich bleibe bei dir, Kleines", beharrte ihr Mann müde.

„Kann ich etwas für euch oder Noah tun?"

„Er ist bei meiner Schwester", teilte ihr Shelby mit. „Gott sei Dank hat er von alldem kaum was mitgekriegt."

„Du stehst das durch. Dafür werden wir sorgen."

Shelby nickte, und ihre Augen füllten sich mit Tränen. „Danke für deinen Besuch."

„Ich hab dich lieb", erklärte Sam.

Shelby drückte die Hand ihrer Freundin. „Ich dich auch."

„Ich melde mich morgen wieder, ja? Lasst es mich wissen, wenn wir irgendetwas für euch tun können."

„In Ordnung", sagte Avery. „Danke."

„Wie geht es ihr?", fragte Vernon, als Sam wieder auf den Flur kam.

„Ein bisschen besser, allerdings immer noch aus der Bahn geworfen, wie es jeder andere auch wäre."

„Klar." Vernon hielt Sam die Fahrstuhltür auf. „Und ich kann mir kaum vorstellen, was er durchmacht. Dass seine Arbeit seine Familie so in Gefahr gebracht hat …"

„Die Sorge plagt jeden Gesetzeshüter. Heutzutage, wo jeder bewaffnet ist, umso mehr."

„Es ist eine beängstigende Welt", meinte Jimmy.

„Deshalb bin ich besonders dankbar für Sie und Ihre Kollegen, die meine Familie beschützen", antwortete Sam. „Wenigstens muss ich nicht befürchten, dass das, was Avery und Shelby passiert ist, auch uns widerfährt."

„Nein."

„Doch für meine Kollegen gilt das durchaus.“

„Ja“, seufzte Vernon. „Vielleicht sollten Sie ihnen raten, die Sicherheitsvorkehrungen in ihren Häusern zu verstärken.“

„Das werde ich. Diese Sache ist ein Weckruf für uns alle.“ Die Vorstellung, dass ein weiterer Polizist aufgrund seiner Arbeit zu Schaden kommen könnte, war für Sam fast unerträglich, vor allem nachdem Detective Arnold sein Leben in einem Akt sinnloser Gewalt verloren hatte. Sie arbeiteten so hart daran, für die Sicherheit ihrer Mitbürger zu sorgen, aber das Risiko war hoch und stieg immer weiter.

KAPITEL 25

Als Sam heimkam, fand sie Nick im Bett vor, Aubrey und Alden waren an ihn gekuschelt. „Wie geht es den beiden?", flüsterte sie.

„Sie sind endlich eingeschlafen, aber beide haben Fieber."

Sam legte Alden eine Hand auf die Stirn und stellte erschreckt fest, wie heiß sie sich anfühlte. „Sollen wir Harry anrufen?"

„Hab ich schon. Er war vorhin hier und hat gesagt, er glaube, es sei nur ein Virusinfekt. Er hat ihnen Paracetamol verschrieben und wird morgen früh wieder nach ihnen sehen."

„Das ist ein weiterer Grund, warum das Weiße Haus gar nicht so schlecht ist: Man hat immer einen Arzt greifbar."

„Ja, echt, oder?"

„Sollen wir sie in ihr Zimmer bringen?"

„Wir können es ja mal versuchen."

Sam hob Alden hoch, während Nick Aubrey trug. Zum Glück schliefen die Kinder weiter, als sie sie in das Bett legten, das sie sich noch immer teilten, obwohl sie beide jeweils ein eigenes Zimmer hatten. Sie zogen es vor, zusammen bei Alden zu schlafen, was nach dem Verlust ihrer Eltern auch verständlich war.

„Harte Nacht." Nick rieb sich den verspannten Nacken. „Aubrey hat geweint und nach ihrer Mommy verlangt, das hat mir fast das Herz gebrochen."

Als sie wieder in ihrer Suite waren, legte Sam die Arme um ihn.

Er ließ den Kopf auf ihre Schulter sinken. „Das Beste, was mir passiert ist, seit wir das letzte Mal zusammen waren."

„Danke, dass du dich heute Abend um unsere Kleinen gekümmert hast. Tut mir leid, dass ich nicht hier war."

„Du hattest andere wichtige Dinge zu erledigen."

„Ich wäre trotzdem lieber bei euch gewesen."

„Na klar, das wissen wir."

„Ich hatte vorhin einen echten Durchbruch bei unserem Fall." Sam berichtete ihm, dass Marcel Linkshänder war, die Schmauchspuren sich jedoch an seiner rechten Hand befunden hatten.

„Wow", sagte Nick. „Was bedeutet das?"

„Dass der Tatort wahrscheinlich inszeniert war, um es wie einen Selbstmord aussehen zu lassen. Zumindest wissen wir jetzt, dass es sich lohnt, nach anderen Spuren zu suchen, aber trotzdem stehen wir damit auch wieder am Anfang."

„Ich hab nicht den geringsten Zweifel, dass du den Mörder finden wirst."

„Das freut mich." Sie löste sich von ihm und musterte ihn aufmerksam. „Wie ist es heute bei dir gelaufen?"

„Ein weiterer Tag im Paradies", antwortete er mit dem schiefen Grinsen, das sie so liebte.

„Geht's dir gut?"

„Mir geht's immer dann gut, wenn es dir und den Kindern gut geht. Heute Abend geht es unseren Kleinen nur leider nicht so gut."

„Ich sollte morgen bei ihnen bleiben."

„Nein, du musst zur Arbeit. Celia wird sich um sie kümmern, und das ist die nächstbeste Lösung."

„Bist du sicher?"

„Ja, Sam. Wir haben sie genau aus diesem Grund gebeten, hier bei uns mit einzuziehen. Damit sie auf die Kinder aufpassen kann, wenn es nötig ist."

Sie machten sich bettfertig und trafen sich wie jeden Abend in der Mitte ihres Kingsize-Betts.

„O Mann, ich kann Bora Bora kaum erwarten", seufzte Sam. „Ich zähle schon die Tage."

„Was das betrifft …"

„Ja?"

Als sie sich von ihm lösen wollte, zog er sie enger an sich. „Terry und Derek denken, dass es nach allem, was gerade passiert ist, ein schlechter Zeitpunkt dafür wäre, weg zu sein."

„Nein!", heulte sie lang gezogen und wäre am liebsten in Tränen ausgebrochen. Andererseits wusste sie, dass er ebenso enttäuscht war wie sie, und wollte es ihm nicht noch schwerer machen.

„Es tut mir so leid. Ich habe mit ihnen gestritten, sie daran erinnert, dass sogar Präsidenten mal in den Urlaub fahren dürfen und wir jedes Jahr verreisen." Nicks tiefer Seufzer verriet alles. „Sie haben es nicht direkt gesagt, aber ich glaube, sie haben Angst davor, was passieren könnte, wenn ich nicht da bin."

„Also auch keine Europareise?"

„Momentan nicht."

„Ich hasse alles und jeden außer dir und den Menschen, die wir lieben."

„Geht mir genauso. Glaub mir."

„Du tust mir noch mehr leid als ich selbst. Du musst doch verrückt werden, wenn du hier jeden Tag eingesperrt bist."

„Ein bisschen."

„Wenn wir nicht nach Bora Bora können, brauchen wir bald ein Date", erklärte Sam. „Ich sehe dich jeden Tag, und trotzdem vermisse ich dich, so seltsam das vielleicht auch klingen mag."

„Ich dich auch, und ich weiß genau, was du meinst. Versprochen: Ich werde bald etwas für uns planen."

„Allerdings nicht, solange die Kinder krank sind."

„Ich bin mir sicher, dass das in ein paar Tagen ausgestanden ist."

„Hoffentlich."

„Wirst du mich eines Tages dafür hassen, dass ich uns unser schönes Leben mit diesem Amt aus der Hölle versaut habe?", fragte er.

„Ich werde dich niemals hassen. Aber ich hasse die Stabschefs und deine Mutter und alle anderen, die gemeine Dinge über dich sagen. Ich würde jeden Einzelnen von ihnen persönlich mit meinem rostigen Steakmesser erstechen, wenn ich könnte."

Als er leise lachte, musste sie lächeln. „Meine wilde Präsidentengattin ist die sexyeste Frau des Universums."

„Quatsch."

„Doch, ist sie, und ich liebe sie wie verrückt."

„Du hast auf jeden Fall erst mal jede Menge gutzumachen." Sie presste sich an ihn. „Ich habe von Tagen ohne Klamotten und Schirmchen-Drinks geträumt."

„Ich werde es so oft wiedergutmachen, bis du mir verzeihst."

„Das wird dich *einiges* an Mühe kosten."

Nick drückte seine Erektion gegen sie. „Ich bin mehr als bereit dafür."

„Das merke ich. Willst du nur darüber reden, oder kann ich Taten erwarten?"

Er bewegte sich so schnell, dass sie im Handumdrehen unter ihm lag und der attraktivste Mann der Welt sie mit seinen wunderschönen haselnussbraunen Augen ansah.

„Aber hallo", sagte sie.

„Wie fühlt sich das an?"

Sie schlang ihm die Beine um die Hüften und hob sich ihm entgegen. „Sehr gut, und es wird immer besser."

„Mmm, das sehe ich ganz genauso, Babe." Er glitt mit einem einzigen tiefen Stoß in sie, der fast ausreichte, um sie sofort kommen zu lassen. „Nein, noch nicht."

Sam stieß einen Laut aus, der zu gleichen Teilen aus Frustration und Verlangen bestand. „Keine Spielchen."

„Ich *liebe* Spielchen, und du bist meine Lieblingsspielgefährtin." Er schob ihr mit dem Kopf das T-Shirt hoch, um ihre Brüste zu entblößen. Seine Zunge strich über eine ihrer Brustspitzen. Das trieb sie jedes Mal fast in den Wahnsinn, was er natürlich genau wusste.

„Ich war heute in einer Besprechung über den neuesten Arbeitsmarktbericht und musste dabei an dich und das hier denken." Er biss sie sanft in die Brust, was ihr ein Aufkeuchen entlockte. „Ich liebe es, wie du mich ablenkst, selbst wenn du gar nicht in der Nähe bist."

Er verwöhnte sie mit allem, was er zu bieten hatte, und wie immer war es die Kombination, die es ihr antat. Niemand konnte das so wie er. Aus irgendeinem Grund musste sie an Angela denken, die nun ohne ihren Liebsten leben musste, und plötzlich liefen ihr die Tränen über das Gesicht.

„Babe … Was ist los?"

Sie klammerte sich an ihn. „Gar nichts. Hör bloß nicht auf."

Zum Glück tat er, was sie verlangte, und brachte sie so beide in kürzester Zeit ans Ziel.

Als er wieder zu Atem gekommen war, hob er den Kopf und küsste ihr die Tränen von den Wangen. „Was war denn los?"

„Ich musste plötzlich an Angela denken und daran, wie sie ihren

Nick verloren hat. Das hat mich eine Sekunde lang aus der Bahn geworfen."

„Das tut mir leid, Schatz."

„Es ist, als würde ich meiner Schwester dabei zusehen, wie sie meine größten Ängste durchlebt, und das gibt mir das Gefühl, völlig egozentrisch zu sein. Es geht schließlich nicht um mich, sondern um sie und die Kinder."

„Doch, es geht *auch* um dich. Der Verlust, den wir beide am meisten fürchten, ist jemandem direkt aus unserer eigenen Familie passiert. Und das führt dazu, dass wir versuchen, uns das Unvorstellbare vorzustellen."

„Genau", sagte sie mit einem Seufzer der Erleichterung. Nick hatte es verstanden. Er verstand sie immer.

„Es ist nicht falsch, sich mit dem Was-wäre-wenn zu beschäftigen. Manchmal denke ich, wir bereiten uns durch solche Gedanken auf den Ernstfall vor, falls er je eintreten sollte. Was nicht passieren wird."

„Das wissen wir nicht."

„Nein, das wissen wir nicht. Aber die Chancen stehen ziemlich gut, dass zwei gesunde Menschen es gemeinsam schaffen."

„Ich bin nicht so gesund, wie ich sein könnte", gab Sam zu bedenken. „Jedes Mal, wenn ich jemanden verfolgen muss, merke ich, wie unfit ich bin."

„Hier gibt es ein Fitnessstudio."

„Sei still."

Unter seinem Lachen erbebte sein ganzer Körper – und ihrer, da er immer noch mit ihr vereint war. „Meine Frau ist schon echt eine Marke."

„Das höre ich ziemlich oft, ob du es glaubst oder nicht."

„Ich liebe sie, wie sie ist. In meinen Augen ist sie absolut perfekt."

„Gut, dass ich dich wiedergefunden habe, denn du bist der einzige Mann auf der Welt, der es mit mir aushält."

Nick küsste sie zärtlich. „Dich ertragen zu müssen ist das Beste, was mir je passiert ist."

Die Kinder waren morgens noch fiebrig, also setzte Sam sie mit *PAW Patrol* vor den Fernseher im Wohnzimmer ihrer Suite, rief in der Schule an, um Bescheid zu sagen, dass sie zu Hause bleiben würden, und telefonierte dann mit Freddie. „Ich werde mich verspäten, aber ich stoße auf jeden Fall irgendwann am Vormittag zu dir."

„Ich halte dich auf dem Laufenden darüber, wo ich bin."

„Nimm Gonzo mit. Ich will nicht, dass jemand allein unterwegs ist." Sie wollte nicht schon wieder erleben, dass einer ihrer Freunde und Kollegen in tödliche Gefahr geriet.

„Jawohl, Ma'am. Ich bin mitten in der Nacht aufgewacht und hatte eine Idee."

„Ich bin so stolz auf dich."

„Wieso?", fragte er.

„Weil dich der Fall sogar in den Schlaf begleitet."

„An dieser Aussage ist so viel falsch, dass ich gar nicht weiß, wo ich anfangen soll."

Sam lächelte. „Was deine nächtliche Eingebung angeht …"

„Lilianas Freundin Kelly meinte, sie habe auf keinen Fall eine Affäre gehabt. Aber sie wusste nichts von der Klage, also hat sie vielleicht auch nichts von einer Affäre gewusst."

„Gutes Argument. Sprich mit der anderen Freundin … Wie hieß die noch mal?"

„Cara Quinn. Ich habe sie nicht nach einer potenziellen Affäre gefragt, weil Kelly so sicher war, dass es keine gab. Vielleicht gab es Dinge, die Liliana der einen Freundin erzählt hat, der anderen aber nicht, warum auch immer."

„Klingt einleuchtend."

„Ich hätte Cara nach der Affäre fragen sollen."

„Das kannst du ja nachholen, kein Problem. Ich komme später nach."

„Bis dann."

Danach rief Sam Avery an, um sich nach Shelby zu erkundigen.

„Es geht ihr gut", sagte er. „Sie werden sie heute entlassen, aber sie will nicht zu uns."

„Bring sie hierher", bot Sam an, ohne zu zögern. „Wir haben genug Platz, und sie kann sich ausruhen und entspannen, bis sie sich in der Lage fühlt, nach Hause zurückzukehren."

„Ist das dein Ernst? Bei euch ist doch jede Menge los."

„Ja, natürlich. Die Mitarbeiter des Weißen Hauses werden sie verwöhnen, und genau das braucht sie jetzt."

„Dann nehme ich das Angebot dankend an. Ich habe schon

überlegt, ob ich uns in einem sicheren Haus des FBI unterbringen könnte."

„Es gibt keinen sichereren Ort als das Weiße Haus, also bleibt sie bei uns, bis ihr wisst, wie es weitergeht."

„Danke, Sam, das hilft uns sehr."

„Immer gerne", antwortete sie.

Nick stand vor ihr und band sich die Krawatte, als sie sich von Avery verabschiedete. „Das ist eine gute Idee."

„Sie muss erst einmal wohin, wo sie sich sicher fühlt", erklärte Sam. „Das ist ein weiterer Vorteil von La Casa Blanca."

„Du entdeckst in letzter Zeit eine Menge Vorteile am Leben im Weißen Haus", bemerkte Nick.

„Fang nicht an, eine Liste zu führen oder so."

„Würde ich so etwas tun?"

„Ja, und dann würdest du mich damit daran erinnern, warum du dich um eine Wiederwahl bemühen solltest."

„Ich habe nach wie vor nicht vor, darum zu kämpfen."

„Triff diese Entscheidung besser noch nicht jetzt."

Nick hob überrascht die Brauen. „Wie bitte?"

„Ich will damit sagen, du sollst keine voreiligen Entscheidungen treffen. Du bist erst seit ein paar Monaten im Amt."

„Die grausam waren."

„Ja, aber du hast sie überstanden. Wir gewöhnen uns ein. Im Großen und Ganzen läuft alles."

„Wer sind Sie, und was haben Sie mit meiner missmutigen, schwierigen, wenn auch unfassbar sexy Frau gemacht?"

„Haha." Sam lachte, während sie sich das Haar hochsteckte. „Was soll ich sagen? Mir gefällt es eben, einen Leibarzt zu haben."

„Den hast du auch, wenn ich nicht mehr Präsident bin. Harry würde jederzeit angerannt kommen. Das weißt du doch."

„Aber er müsste erst zu uns fahren. Hier ist er fast den ganzen Tag vor Ort. Das ist ein echter Pluspunkt. Genauso wie der Zimmerservice, die zahllosen Gästezimmer und das Personal, das kocht, putzt und die Wäsche macht, während du quasi von zu Hause aus arbeitest. Es ist also nicht total ätzend."

Nick kam zu ihr herüber und legte ihr die Hand auf die Stirn.

„Hör auf", sagte sie lachend. „Ich hab kein Fieber."

„Trotzdem bin ich irritiert über diese neue, zugängliche Version meiner First Lady."

Sam stellte sich auf die Zehenspitzen, um ihn zu küssen.

„Genieße sie, solange du kannst. Die normale Version ist sicher bald wieder zurück."

„Du weißt, dass ich jede Version liebe, oder? Die süße, die sexy, die aufmüpfige, die herrische, die …"

Sam küsste ihn ein weiteres Mal. „Das sind mehr als genug Versionen."

„Die ich alle liebe."

„Dafür bin ich tagtäglich dankbar."

„Heute Abend möchte ich mit meiner Frau auf den Dachboden."

„Ja, bitte."

„Wir werden oben zu Abend essen. Ich arrangiere das."

„Ich kann's kaum erwarten."

„Dann gehe ich jetzt mal zu meinem täglichen Briefing über all das Furchtbare auf der Welt. Wünsch mir Glück."

„Viel Glück, Nick, und einen schönen Tag. Ich schicke dir eine SMS, wenn ich an Celia übergebe."

„Sag ihr, sie soll mich anrufen, wenn sie mich braucht."

„Ja, und ich werde Gideon Bescheid geben, dass Shelby, Avery und Noah für eine Weile bei uns unterkommen."

„Gut." Nick stahl sich einen weiteren Kuss. „Pass gut auf meine Frau auf. Sie bedeutet mir alles."

„Okay, und du auf meinen Präsidenten. Er ist der sexyeste Amtsinhaber in der Geschichte von ansonsten nicht sexy Präsidenten."

Das Grinsen, das auf sein attraktives Gesicht trat, war ihr das Liebste überhaupt.

„Na ja, da war JFK, und du sagtest, Barack sei ebenfalls irgendwie heiß."

„Sie waren nichts gegen meinen Präsidenten."

Sam und Nick gingen ins Wohnzimmer, um nach den Kleinen zu sehen, die es sich unter ihrer Lieblingsdecke gemütlich gemacht hatten.

Nick setzte sich neben sie aufs Sofa, wo auch Skippy sich eingefunden hatte. Wenn Scotty in der Schule oder sonst wie aus dem Haus war, waren die Kleinen die nächste Anlaufstation des Hundes. „Wie fühlt ihr euch?"

„Okay", erwiderte Alden.

„Heiß", fügte Aubrey hinzu.

Sam deckte sie auf und schüttelte das Sofakissen unter ihrem Kopf auf. „Wie wäre es mit Frühstück?"

„Können wir Haferbrei haben?", fragte Alden.

„Ihr könnt haben, was immer ihr wollt", antwortete Sam.

„Ich will Fruit Loops." Aubrey nutzte die Gunst der Stunde, um nach den zuckerhaltigen Frühstückscerealien zu fragen, die sie normalerweise nicht so einfach bekam.

„Haferbrei und Fruit Loops sollen es sein."

Nick küsste sie auf die Stirn und versprach, er werde bald nach ihnen sehen.

Sam griff nach dem Telefon, um bei den Butlern das Frühstück für die Zwillinge zu bestellen, und fügte ein Eiweiß-Omelett und Kaffee für sich selbst hinzu. „Wenn außerdem Rosinen im Haferbrei wären, wäre Alden bestimmt sehr dankbar", meinte sie.

„Kein Problem, Mrs Cappuano. Ich kümmere mich sofort darum."

„Danke."

„Gern."

„Frühstück ist auf dem Weg", erklärte sie den Zwillingen. Dann rief sie Gideon an.

„Guten Morgen", meldete der sich.

„Hallo. Ich wollte Ihnen mitteilen, dass Mrs Hill, Agent Hill und Noah eine Weile bei uns wohnen werden. Können wir ihnen eine der Suiten im dritten Obergeschoss zuteilen?"

„Natürlich. Ich leite alles Notwendige ein."

„Und können Sie bitte Dr. Flynn mitteilen, dass Mrs Hill aus dem Krankenhaus kommt?"

Ein Klopfen an der Tür ertönte, und Harry streckte den Kopf herein.

„Vergessen Sie das. Er ist hier. Ich erzähle es ihm selbst."

„Ich bereite alles für die Hills vor."

„Wir müssen sie im Weißen Haus nach Strich und Faden verwöhnen."

„Ich werde dafür sorgen."

„Vielen Dank, Gideon."

„Gern."

Sam legte auf und begrüßte Harry mit einer Umarmung. „Danke, dass du da bist."

„Ich habe gerade Nick gesehen, der mir gesagt hat, dass unsere Kleinen immer noch nicht ganz auf dem Damm sind."

„Stimmt", bestätigte Sam. „Müssen wir uns Sorgen machen?"

„Ich habe mich bei der Schulkrankenschwester erkundigt, und

sie meinte, dass eine Virusinfektion umgeht, die Fieber, Körperschmerzen und allgemeines Unwohlsein mit sich bringt, was ihren Symptomen entspricht. Die gute Nachricht ist, dass es bloß ein paar Tage anhält, die schlechte, dass es ziemlich ansteckend ist."

„Na toll", antwortete Sam mit einer Grimasse.

„Lass mich nur kurz einen Blick auf sie werfen", bat er.

Harry hatte die Kleinen mit seiner humorvollen Art und seiner Schlagfertigkeit im Nullkommanichts um den Finger gewickelt. „Morgen werdet ihr euch viel besser fühlen", versprach er ihnen und fügte an Sam gewandt hinzu: „Ihr könnt ihnen weiterhin alle zwei Stunden abwechselnd Paracetamol und Ibuprofen geben, um das Fieber zu senken."

„Ich habe ihnen vorhin Paracetamol gegeben, und ich werde Celia Bescheid sagen." Sie würde ihrer Stiefmutter auch eröffnen müssen, dass die Zwillinge ansteckend waren. Vielleicht würde sie sich dann lieber nicht um die beiden kümmern wollen. „Danke, dass du vorbeigekommen bist."

„Kein Problem."

Sam schrieb Celia eine Nachricht mit den Informationen, die Harry ihr gegeben hatte, und dass Shelby, Avery und Noah für eine Weile bei ihnen wohnen würden.

Ich war gestern bei den Zwillingen, also hatte ich bereits Kontakt mit dem Virus. Keine Sorge, als zähe alte Krankenschwester bin ich normalerweise ziemlich immun. Ich bin froh zu hören, dass Shelby und ihre Familie zu uns kommen. Sie muss sich erst einmal wirklich sicher fühlen können. Ich bin gleich unten, um dich abzulösen, damit du zur Arbeit kannst.

Danke, schrieb Sam zurück. *Du bist die Beste, Celia.*

Ich liebe euch über alles.

Es war Freddies brillante Idee gewesen, Celia zu bitten, mit ihnen ins Weiße Haus zu ziehen, und es hatte sich für alle Beteiligten als perfekte Lösung erwiesen. Celia hatte ihr erst vor Kurzem erzählt, wie sehr ihr der Tapetenwechsel und die neue Routine nach Skips letztlich doch unerwartetem Tod halfen. Sie hatte sich nach dessen Verletzung rührend um Sams Vater gekümmert, und Sam war dankbar, dass ihre Stiefmutter noch immer Teil ihres täglichen Lebens war.

Reginald, einer der Butler, kam mit dem Frühstück, das die Kinder mit Begeisterung verzehrten.

Als sie fertig waren, streckte Aubrey die Ärmchen nach ihr aus, und Sam nahm sie auf den Schoß, um mit dem kleinen Mädchen vor dem Fernseher zu kuscheln. Sie hatte eine Million Dinge zu tun, und der Tag hatte nicht genug Stunden dafür, alles zu schaffen, doch für den Moment war sie genau da, wo sie hingehörte.

253

KAPITEL 26

„Ich verlange zu erfahren, wann ich aus diesem Höllenloch entlassen werde", sagte Nicoletta zu dem Aufseher, der ihr das Frühstück gebracht hatte, falls man den Brei auf dem Tablett denn so nennen konnte.

„Der Richter hat keine Kaution festgesetzt, was bedeutet, dass Sie hier vorerst nicht rauskommen."

„Ich könnte einen besseren Anwalt engagieren."

„Die US-Staatsanwaltschaft hat Ihr Vermögen im Zuge der Ermittlungen eingefroren."

„Mein Sohn ist Präsident der Vereinigten Staaten! Wenn er herausfindet, wie man mich hier behandelt, sind Sie alle Ihre Jobs los."

„Nach dem, was ich gelesen habe, interessiert ihn nicht, was mit Ihnen geschieht."

„Das werden Sie mir büßen, und wenn es das Letzte ist, was ich tue."

„Nur zu", antwortete er im Gehen über die Schulter.

Nicolettas Empörung wuchs mit jedem Tag, den sie in diesem elenden Loch verbringen musste. Wie konnte ihr Sohn, der mächtigste Mann der Welt, zulassen, dass seine eigene Mutter im Gefängnis verrottete, wo er sie doch mit einem einzigen Telefonanruf hätte herausholen können?

Man hatte ihr erlaubt, mit einer Traube anderer Frauen zu duschen, und sie hatte ihren unterdessen vollkommen verdreckten roten Seidenmorgenmantel gegen einen orangefarbenen Overall eingetauscht, der ihr zu klein war. Ständig scheuerte er sie zwischen den Pobacken, was ihre Erbitterung nur vergrößerte.

„Ist dein Sohn wirklich der Präsident der Vereinigten Staaten?", wollte eine der anderen Frauen wissen.

„Ja."

„Wieso bist du dann noch hier?"

Nicoletta nahm neben der Frau Platz. Sie war die erste, die mit ihr sprach, eine dralle Rothaarige mit großen grünen Augen. „Wir verstehen uns nicht besonders gut."

„Trotzdem, du bist seine Mutter. Er sollte etwas Respekt zeigen."

„Das finde ich auch, aber was kann ich von hier aus schon tun?"

„Ich kenne einen Anwalt, der deinen Fall kostenlos übernehmen würde, um ins Rampenlicht zu kommen."

„Wirklich? Wie heißt er?"

„Sein Name ist Collins Worthy, und er ist ein absoluter scharfer Hund. Wenn du Aufmerksamkeit für deine Situation willst, brauchst du ihn in deinem Team."

„Du hast doch gehört, was der Wachmann gesagt hat. Der Richter hat keine Kaution festgesetzt, und mein Geld ist eingefroren."

„Er würde einen Fall wie deinen garantiert pro bono übernehmen, und er kann eine neue Kautionsanhörung für dich erwirken."

„Warum erzählst du mir das?"

„Weil ich ebenfalls Mutter bin, und auch meine Kinder kümmern sich nicht um mich. Wir müssen zusammenhalten."

„Das stimmt. Wie kann ich Worthy für meinen Fall gewinnen?"

„Bitte die Wachleute, ihn für dich zu verständigen."

„Werden die das tun?"

„Das müssen sie sogar."

„Woher weißt du das alles so genau?"

„Ist nicht mein erstes Mal, Süße."

„Und was springt für dich dabei heraus?", fragte Nicoletta, argwöhnisch gegenüber allem, was zu schön schien, um wahr zu sein.

„Vielleicht hast du ja einen Platz für mich, wenn du wieder im Geschäft bist."

„Hast du schon mal in diesem Bereich gearbeitet?"

„Ab und zu, aber nicht mit dem Erfolg, den du gehabt hast."

„Du hast gewusst, wer ich bin, bevor ich meinen Sohn erwähnt habe?"

„Na klar. Du bist eine Legende in der Gegend hier."

„Tatsächlich?" Nicoletta setzte sich aufrechter hin. „Schön zu hören."

„Wir müssen dich hier rausholen, damit du wieder das tun kannst, wozu du geboren bist."

„Dein Wort in Gottes Ohr. Wie heißt du?"

„Amber Richmond."

„Freut mich."

„Mich auch. Sag den Wachen, sie sollen Collins für dich anrufen. Er wird dich hier rausholen und dafür sorgen, dass es deinem Sohn leidtut, dass er dich nicht mit mehr Respekt behandelt hat."

„Okay."

„Kann ich mich bei dir melden, wenn ich hier rauskomme?"

„Ich bitte sogar darum."

Freddie begann den Tag mit einem Anruf bei Cara Quinn. „Hier spricht Detective Cruz. Ich habe noch eine Frage."

„Was immer ich tun kann, um Ihnen zu helfen ..."

„Sie sagten, Sie hätten täglich mit Liliana telefoniert, richtig?", fragte er, obwohl er das schon von den Daten auf Liliana Blanchets Handy wusste.

„Ja, wir haben kaum einen Tag ausgelassen."

„Hat sie irgendetwas von einer Affäre erwähnt, die sie möglicherweise hatte?"

Nach einer langen Pause erwiderte Cara: „Nein."

„Es hat lange gedauert, bis Sie die Frage beantwortet haben, Ms Quinn. Sind Sie sicher?"

„Ich, äh ... Lili war ein guter Mensch. Der beste, den ich je kannte. Sie hätte alles für jeden getan."

„Aber?"

„Kein Aber", antwortete Cara und klang jetzt, als kämpfte sie mit den Tränen. „Sie war so gut zu allen."

„Ich verstehe, dass das sehr schwierig für Sie ist, doch wir versuchen herauszufinden, was ihr und ihrer Familie widerfahren ist."

„Es war Marcel. Da bin ich mir ganz sicher."

„Wir haben Beweise, die dagegensprechen."

„Beweise?"

„Es steht mir leider nicht frei, Ihnen mehr darüber mitzuteilen. Ich wüsste wirklich gerne, ob es in Lilianas Leben noch einen anderen Mann als Marcel gab."

„Wenn ich es Ihnen sage, wird das dann allgemein bekannt?"

„Ich werde mein Bestes tun, um das zu verhindern."

„Aber Sie können es nicht versprechen."

„Nicht bei einer Morduntersuchung."

„Ich kann es immer noch nicht fassen. Wie können sie alle tot sein?"

„Ich bedaure sehr, dass ich Ihnen in Ihrer Trauer nun auch noch Fragen stelle, die Sie lieber nicht beantworten würden."

Ihr tiefer Seufzer hallte durchs Telefon. „Es war keine sexuelle Sache."

„Okay …"

„Es ist wichtig, dass Sie wissen, dass Lili nie mit ihm geschlafen hat."

„Bitte erklären Sie mir das genauer."

„Sie hat sich mit einem der Väter in Gus' Kindergarten angefreundet. Die beiden lernten einander kennen, während sie auf die Kinder warteten. Eins führte zum anderen, und irgendwann haben sie täglich telefoniert. Er ist alleinerziehend, also war es für ihn kein Problem. Aber Lili hat sehr starke Gefühle für ihn entwickelt."

„Kennen Sie den Namen des Mannes?"

„Keenan. Den Nachnamen kenne ich nicht."

„Das ist sehr hilfreich, Ms Quinn. Vielen Dank."

„Bitte schützen Sie den Ruf meiner Freundin, wenn Sie diese Informationen verwenden. Sie war eine wunderbare Ehefrau und Mutter. Der Rechtsstreit hat sie am Boden zerstört. Sie hat diesen Frauen geglaubt und ist zu der Erkenntnis gelangt, dass sie Marcel verlassen musste, was niederschmetternd war. Sie waren so lange so glücklich miteinander."

Freddie machte sich Notizen, während Cara sprach. „Sollten wir noch etwas wissen? Irgendetwas?"

„Nein, das war's."

„Sicher? Das Zurückhalten von Informationen bei einer Mordermittlung ist ein Verbrechen."

„Dessen bin ich mir bewusst."

„Nochmals vielen Dank."

„Ich hoffe, dass Sie denjenigen finden, der für den Tod von Lili und ihren Kindern verantwortlich ist, und ihn seiner gerechten Strafe zuführen."

„Wir tun unser Möglichstes."

Freddie legte auf und suchte nach dem Speicherauszug von Lilianas Handy, wobei er sich auf längere Anrufe am späten Abend konzentrierte, da er davon ausging, dass viel beschäftigte Eltern dann am ehesten Zeit zum Reden hätten. Es gelang ihm, die Nummern von Kelly, Cara und Lilianas Schwester Esme auszuschließen. Damit blieb eine Handynummer übrig, von der er annahm, dass sie Keenan gehörte.

Er sprintete die Treppe hoch zur IT-Abteilung. „Du musst mir einen Gefallen tun", sagte er zu Archie.

„Nämlich?"

Freddie kreiste die Nummer ein und hielt Archie sein Notizbuch hin. „Ich brauche einen Namen und eine Adresse zu dieser Handynummer."

Archie nahm es, tippte auf seinem Rechner herum und hatte in Sekundenschnelle den Namen Keenan Coleman gefunden. „Er wohnt in Berkley, Meadow Road." Nachdem er die Adresse neben die Nummer geschrieben hatte, reichte er Freddie das Notizbuch zurück.

„Danke dir."

„Wie läuft's?"

„Langsam, aber sicher in die richtige Richtung."

„Du glaubst nicht, dass es der Vater war?"

„Wir sind uns beinahe sicher, dass er es nicht war." Er erzählte Archie von den Schmauchspuren an Marcels rechter Hand, obwohl er Linkshänder gewesen war.

„Wow, was für ein Fund."

„Das verdanken wir unserem Lieutenant."

„Geht es Sam gut?"

„Ich denke schon. Sie ist nach der kürzesten Beurlaubung der Geschichte wieder bei der Arbeit."

Archie grinste. „Ich wusste, sie würde es nicht lange ohne uns aushalten."

„War mir auch klar. Vielen Dank noch mal für die Hilfe."

„Immer gern."

Freddie eilte wieder nach unten, um Gonzo zu informieren. „Ich habe eine Spur zu einem Mann, mit dem Liliana Blanchet eine platonische Affäre hatte."

„Was zum Teufel ist eine platonische Affäre?"

„Eine ohne Sex."

„Wozu soll das denn gut sein?"

„Sie hat eine schwere Zeit durchgemacht, als die Klage ihr Leben zu zerstören drohte. Ich schätze, der andere Typ hat sie unterstützt und getröstet."

„Spannend. Dann hören wir uns mal an, was der Mann zu sagen hat."

Jake Malone hatte die ganze Nacht wach gelegen und über die Aufgabe nachgedacht, die an diesem Morgen vor ihm lag. Eigentlich hätte er jemand mitnehmen sollen, doch diese Sache war so persönlich, dass er beschlossen hatte, sie allein zu erledigen. Nachdem er eine zweite Tasse Kaffee getrunken hatte, verließ er das Haus und fuhr in seinem Dienst-SUV zu der vertrauten Adresse in der Grove Street in Petworth.

Er war schon oft dort gewesen, bei Partys, Pokerabenden und anderen Zusammenkünften von Freunden, die wie eine zweite Familie für ihn gewesen waren, mit denen er jeden Tag zusammengearbeitet hatte.

Das war der Teil der Situation, der ihm am meisten zusetzte.

Bill Gibbons war für ihn, Joe, Skip und viele andere, die mit ihnen durch die Ränge aufgestiegen waren, wie ein Bruder gewesen. Gibbons hatte es geliebt, für die IT-Abteilung zuständig zu sein. In dieser Beziehung erinnerte er Jake an Sam, die völlig zufrieden damit war, die Mordkommission zu leiten, ohne den Wunsch, weiter die Karriereleiter zu erklimmen.

Genau so war Bill auch gewesen. Er hatte sich gegen jeden Vorschlag gewehrt, eine andere Aufgabe bei der Polizei zu übernehmen. Wie Archelotta jetzt war Gibbons der Beste in seinem Fach gewesen und hatte sich mit jeder neuen technologischen Entwicklung vertraut gemacht, um den anderen die Arbeit zu erleichtern. Im Zuge des Übergangs ins elektronische Zeitalter war er stets ihr Ansprechpartner gewesen, wenn ein PC zu Hause oder ein Polizeirechner gemuckt hatte.

Gibbons hatte für seine Kollegen Seminare über den Einsatz neuer Technologien zur Lösung ihrer Fälle geleitet.

Und der verdammte Mistkerl hatte Len Stahls kriminelle Aktivitäten gedeckt.

Jake hatte vierundzwanzig Stunden Zeit dafür gehabt, die Informationen zu verdauen, die Archie ihm gegeben hatte. Trotzdem konnte er immer noch nicht fassen, dass es ausgerechnet Gibbons gewesen war, der Stahls gefälschte Berichte über Untersuchungen archiviert hatte, die nie stattgefunden hatten.

Aber die Beweise waren unwiderlegbar.

Er hätte bei Gibbons anfangen sollen, dem Technikgenie der Abteilung, der einzigen Person, die in der fraglichen Zeitspanne dort gearbeitet hatte und wusste, wie sie sich Zugang auf Captain-Level verschaffen konnte, was für die Archivierung von Berichten über inaktive Fälle erforderlich war. So hatte Stahl die Ermittlungen zu Calvin Worthington und Carisma Deasly begraben, zwei schwarzen Teenagern, die nach ihrer Ermordung beziehungsweise Entführung nur einen Bruchteil der Aufmerksamkeit erhalten hatten, die ihnen gebührt hätte.

Jakes Blut kochte wegen des unverhohlenen Rassismus, der Stahl dazu gebracht hatte, Fälle zu ignorieren, die schon vor Jahren hätten gelöst werden können. Er wollte wissen, was zum Teufel Gibbons sich dabei gedacht hatte, diesem Mistkerl zu helfen, damit durchzukommen.

Er parkte vor Gibbons' Reihenhaus und starrte eine Weile die Tür an, durch die er schon oft gegangen war, bevor er die Kraft aufbrachte, aus dem SUV zu steigen, um im Namen der Polizei, der er fast dreißig Jahre lang ehrenvoll gedient hatte, weiteres Chaos zu beseitigen. Er hatte die Nase voll von der Fäulnis, die immer wieder in den eigenen Reihen auftauchte, früher wie heute.

Nachdem er tief ein- und langsam wieder ausgeatmet hatte, um seine Wut unter Kontrolle zu bringen, klingelte er an der Tür.

Der Bill Gibbons, der ihm die Tür öffnete, war grauer und stärker untersetzt, als Jake ihn in Erinnerung hatte. Ein breites Lächeln erhellte sein Gesicht. „Hey! Was für eine angenehme Überraschung. Immer rein mit dir."

Jake folgte ihm in das warme, behagliche Haus, das er mit seiner Gattin Elaine bewohnte. Ihre vier Kinder waren inzwischen erwachsen und lebten nicht mehr hier. Einst waren Jake und seine Frau Val mit ihren Kindern hier gewesen, um Geburtstage und

Abschlüsse zu feiern. Gibbons' Sohn Billy war auf der Highschool mit Jakes Tochter Mel zusammen gewesen, und sie hatten damals gescherzt, dass sie eines Tages gemeinsame Enkel haben würden.

„Wie geht's Val?", fragte Gibbons.

„Gut. Hat sich vom Unterrichten und aus ihren Ehrenämtern zurückgezogen. Wie sieht's bei Elaine aus?"

„Das ist ein bisschen kompliziert. Wir leben aktuell getrennt. Sie ist bei ihrer Schwester in Baltimore."

„Das tut mir leid."

Gibbons zuckte die Achseln. „Wir haben festgestellt, dass wir nicht mehr viel gemeinsam haben."

„Das ist jammerschade."

„Danke dir. Es ist, wie es ist. Möchtest du Kaffee?"

„Nein, danke. Ich hatte schon meine zwei Tassen."

Gibbons goss sich selbst etwas ein. „Ich hoffe, du hast meine Nachricht erhalten, als Skip gestorben ist. Ich hab mich furchtbar gefühlt, weil ich nicht für dich und Joe und die Familie da sein konnte. Aber ich war in San Diego bei der Beerdigung meiner Mutter, als ich davon erfahren habe."

„Ich habe die Nachricht erhalten, und es tut mir leid, das mit deiner Mutter zu hören."

„Sie war zweiundneunzig und hat nach eigener Aussage keinen Tag bereut."

„Gut für sie. Sie war eine tolle Frau."

„Ja. Wir vermissen sie sehr. Und das mit Skips Schwiegersohn … Was für eine Tragödie."

„In der Tat. Dieses verdammte Fentanyl ist eine Geißel, wie wir sie noch nie gesehen haben."

Gibbons erschauerte. „Ich vermisse den Job wie verrückt, aber so was und dann noch die Waffen überall? Da erscheint der Ruhestand plötzlich richtig attraktiv. Solltest du auch mal versuchen."

„Ja, eines Tages." Jake sagte sich, dass er endlich auf den Punkt kommen musste. Was er tun musste, würde durch Aufschieben nicht einfacher werden. „Der Grund für meinen Besuch ist, dass wir einige von Stahls alten Fällen überprüft haben und dabei auf ein paar Unregelmäßigkeiten gestoßen sind."

„Ich hab gehört, dass ihr mehrere gelöst habt. Kaum zu glauben, dass ihr Carisma Deasly gefunden habt."

„Was auch kaum zu glauben ist: wie einfach wir sie und Calvin Worthingtons Mörder gefunden haben, nachdem wir wussten, was

Stahl mit den Akten gemacht hatte, mit denen er nicht mehr arbeiten wollte."

Jake beobachtete Gibbons so genau, dass er zusehen konnte, wie der begriff, warum sein alter Freund da war. Sein Adamsapfel hüpfte auf und ab, als er schwer schluckte.

„Du weißt, wovon ich spreche, oder?", fragte Jake und hielt den Blick fest auf Gibbons gerichtet.

„Ja", flüsterte der.

„Was ich wissen will, ist, warum? Warum hast du diesem Drecksack geholfen?"

„Er hatte was gegen mich in der Hand."

„Was?"

„Die Sorte Information, die Ehen beendet und dafür sorgt, dass Männer ihre Kinder nie wiedersehen."

„Ich fürchte, du musst etwas deutlicher werden."

„Ich habe eine von meinen Detectives außerhalb der Arbeit getroffen", antwortete Gibbons, den Blick auf den Tisch gerichtet. „Erinnerst du dich an Trish Linney?"

Jake blieb vor Überraschung der Mund offen stehen. „War sie nicht auch verheiratet und hatte Kinder?"

„Ja, ihre waren noch klein, als wir zusammen waren. Ihr Mann war ein totaler Mistkerl. Er hat ihr bei nichts geholfen."

„Wie lange ging das?"

„Rund vier Jahre."

„Stahl wusste davon."

„Ja", bestätigte Gibbons. „Ich habe nie herausgefunden, woher. Wir waren extrem vorsichtig."

„Wie ist es dazu gekommen, dass du die Akten für ihn archiviert hast?"

„Er sagte, er würde Elaine und Trishs Mann von der Affäre erzählen, wenn ich nicht täte, was er wollte."

„Du warst bereit, ein Verbrechen zu begehen, um die Affäre geheim zu halten?"

„Meine Kinder waren damals noch zu Hause. Trishs waren Babys. Ich hatte Angst, wir würden beide das Sorgerecht verlieren, wenn das herauskäme, ganz zu schweigen von dem Vorwurf, dass ich mich mit einer Untergebenen eingelassen hatte."

„Meine Güte, Bill. Was zum Teufel hast du dir bloß dabei gedacht?"

Gibbons ließ den Kopf in die Hände sinken. „Meine Ehe war fast von Anfang an furchtbar. Ich war unglücklich. Trish hat mich glücklich gemacht. Bei ihr habe ich Hoffnung geschöpft, dass nicht mein ganzes Leben beschissen sein würde. Der Gedanke, sie aufzugeben, war unerträglich. Ich habe dumme Entscheidungen getroffen, zugegeben, aber ich wollte niemandem schaden."

„Nun, dabei hast du verdammt noch mal auf ganzer Linie versagt. Calvin Worthingtons Mutter hat *fünfzehn Jahre* auf Gerechtigkeit für ihren Sohn gewartet. Carisma Deasly hat die ganze Zeit in der Hölle verbracht. Wenn du sie gesehen hättest, nachdem wir sie aus dem dreckigen Loch befreit hatten, in dem sie gefangen saß ... Und das alles nur, weil du nicht wolltest, dass deine Affäre auffliegt?"

Gibbons brach in Schluchzen aus. „Es tut mir so leid. Ich habe mich damals dafür gehasst, und seitdem treibt es mich um, vor allem seit ich gelesen habe, dass diese Fälle gelöst sind."

„Es tut mir leid, dir sagen zu müssen, dass du das Recht hast, zu schweigen. Du hast das Recht auf einen Anwalt ..."

Gibbons sah schockiert zu ihm hoch. „Moment. Du *verhaftest* mich?"

Jake legte die Handschellen, die er zuvor eingesteckt hatte, auf den Tisch. „Da hast du verdammt noch mal recht."

KAPITEL 27

Keenan Coleman wohnte im zweiten Obergeschoss eines Apartmenthauses in Berkley, einem Stadtviertel, das an Cathedral Heights angrenzte. Freddie klopfte an die Tür zu 3C. Ein großer, gut aussehender Schwarzer öffnete. Er hatte AirPods in den Ohren und wirkte verärgert über die Störung.

Als Freddie und Gonzo ihre Dienstausweise vorzeigten, sagte Keenan: „Ich rufe zurück", und nahm sich die AirPods aus den Ohren.

„Detective Cruz. Das ist Sergeant Gonzales. Haben Sie ein paar Minuten Zeit für uns?"

„Ich, äh, arbeite gerade, aber ja, klar. Kommen Sie rein."

Sie folgten ihm in ein aufgeräumtes Wohnzimmer, in dem Spielzeug in bunten Behältnissen an der Wand gestapelt war. Ein großer Monitor stand auf einem Schreibtisch in einer Ecke des Raumes.

„Was machen Sie beruflich?"

„Ich verkaufe Bourbon an Bars und Restaurants. Worum geht es?"

Freddie war überrascht, dass er so tat, als wüsste er es nicht. „Wir sind wegen Liliana Blanchet hier."

Bei der Erwähnung des Namens stiegen Keenan die Tränen in die Augen. Er setzte sich aufs Sofa und ließ den Kopf in die Hände fallen. „Wie haben Sie mich gefunden? Wir sind so vorsichtig gewesen."

„Sie hat einer Freundin Ihren Vornamen verraten", antwortete Freddie. „Danach war es nicht schwer, Sie zu finden."

„Ich kann nicht glauben, dass sie tot ist – und die Kinder ... Ich habe sie angefleht, Marcel zu verlassen, ehe er so etwas tut, doch sie wollte nicht auf mich hören."

„Hatte sie Angst vor Marcel?"

„Wissen Sie von der Klage?"

„Ja."

„Sie hatte Angst davor, was geschehen würde, wenn die Details an die Öffentlichkeit drangen. Lili war angewidert von dem, was er diesen Frauen angetan hatte. Der Stress war beinahe unerträglich."

„Hatte sie Angst, dass er ihr oder den Kindern etwas antun würde?", fragte Freddie.

„Nein, aber sie machte sich Sorgen darum, was mit ihnen allen passieren würde, wenn das mit der Klage bekannt würde, was jeden Moment zu geschehen drohte."

„Welche Art von Beziehung hatten Sie zu Liliana?"

„Wir haben uns über den Kindergarten kennengelernt, den unsere Jungs besuchen. Eines Tages haben wir draußen auf sie gewartet und sind ins Gespräch gekommen. Ein paar Wochen lang haben wir uns jedes Mal unterhalten, wenn wir die Kinder abgeholt haben, und schließlich haben wir Telefonnummern ausgetauscht. Ich glaube, sie brauchte dringend einen Freund, der zu hundert Prozent auf ihrer Seite war, wissen Sie?" Er sah zu ihnen hoch, als wollte er sichergehen, dass sie ihn verstanden. „Selbst ihre engsten Freunde waren auch die von Marcel. Die wenigen Leute, die von dem Prozess wussten, konnten kaum glauben, dass er so etwas getan hatte. Sie versuchten immer wieder, es zu leugnen, was ihr nicht geholfen hat."

Nach einer Pause fügte er hinzu: „Können Sie sich vorstellen, wie beschämend das für sie als seine Frau war? Dass er seinen Patientinnen etwas so Abscheuliches angetan hatte, als sie am verletzlichsten waren?"

„Sie waren mit Liliana also nur befreundet?", hakte Freddie nach.

„Es war kompliziert."

„Inwiefern?"

„Wir hatten Gefühle füreinander und hofften, dass mehr daraus werden könnte, sobald sie ihn verlassen hatte."

„Was war ihr Plan?", fragte Freddie.

„Sie hatte mit einem Scheidungsanwalt gesprochen und plante,

Marcel innerhalb des nächsten Monats zu verlassen und die Kinder mitzunehmen. Es lief alles."

„Hat Marcel das gewusst?"

Coleman schüttelte den Kopf. „Sie wandelte auf einem schmalen Grat, um sich selbst und die Kinder zu schützen und kein Öl ins Feuer zu gießen. Als er seine Arbeitszeit reduziert hat, um mehr Zeit mit den Kindern zu verbringen, während sie in Anwaltsrechnungen ertranken, dachte ich, sie würde ihn umbringen. Nicht, dass sie so etwas je wirklich hätte tun können, aber ich glaube, sie wollte es."

„Ich werde Ihnen etwas erzählen, was sonst niemand weiß, und ich möchte, dass es unter uns bleibt, okay?", sagte Freddie.

„Detective, ich kenne sonst niemanden aus ihrem Umfeld. Es gibt niemanden, dem ich es verraten könnte."

„Jemand hat sich große Mühe gegeben, es so aussehen zu lassen, als hätte Marcel seine Familie und danach sich selbst erschossen. Doch wir haben Beweise, die das widerlegen. Besteht die Möglichkeit, dass Liliana ausgerastet ist?"

„Auf gar keinen Fall. Sie hat die Kinder mehr geliebt als ihr eigenes Leben. Sie wäre für sie durchs Feuer gegangen. Es gab nichts, und ich meine wirklich *nichts*, was sie nicht für sie getan hätte."

„Was hat sie denn für sie getan?", fragte Freddie, der ahnte, dass Keenan mitteilsamer sein würde, wenn er ihm die richtigen Fragen stellte.

„Sie, äh … sie hat sich mit diesen abscheulichen Cortez angelegt, die Eloise online und persönlich nach Wettkämpfen beleidigt haben."

„Sich mit ihnen angelegt? Wann und wie?"

„Nach dem letzten Turnier haben sie sich auf dem Parkplatz gestritten. Sie hat sie als rassistische Schweine bezeichnet."

„Wir haben mit Pascal und Gia Cortez geredet. Die beiden haben nichts dergleichen erwähnt."

„Würden Sie den Leuten verraten, dass jemand Sie als rassistisches Schwein beschimpft hat?"

„Vermutlich nicht." Freddie dachte daran, wie Pascal Cortez vor ihnen weggelaufen war, angeblich wegen eines Unfalls mit Fahrerflucht. Hatte er Angst vor einer Festnahme wegen eines sehr viel größeren Verbrechens gehabt? „Was war das Ergebnis der Konfrontation?"

„Die Cortez sagten ihr, sie solle sich beruhigen, sonst würden sie die Polizei rufen. Sie antwortete, das könnten sie ruhig tun. Sie werde den Beamten nur zu gerne schildern, wie zwei erwachsene Menschen ein Kind mobben."

Freddie verbiss sich gerade noch ein „Bravo". „Hatte sie noch mit jemand anderem in ihrem Leben Probleme?"

Keenan Coleman schüttelte den Kopf. „Die Klage gegen Marcel und das Mobbing ihrer Tochter durch Leute, die es besser hätten wissen müssen, waren schon mehr als genug. Ich habe mir ernsthaft Sorgen um sie gemacht. Deshalb habe ich versucht, sie zu überreden, Marcel zu verlassen, doch sie sagte, sie sei noch nicht so weit. Sie versuchte, eine Wohnung zu finden, aber alles war so teuer, und was sie sich leisten konnte, war weit von den Schulen der Kinder entfernt."

„Warum hat sie nicht ihn gebeten, auszuziehen?"

„Das hat sie. Marcel hat sich geweigert. Er ließ sie wissen, er wolle auf keinen Fall von seinen Kindern getrennt leben."

„Das hat er genau so gesagt?", fragte Gonzo. „Auf keinen Fall?"

„So hat Liliana es mir erzählt. Als ich hörte, was ihr und den Kindern zugestoßen ist … war ich nicht so überrascht, wie ich hätte sein sollen. Ihr Leben war in letzter Zeit wie eine Dynamitstange, die nur darauf wartete, zu explodieren. Ich wünschte nur, ich hätte sie und die Kinder da rausholen können, bevor es passiert ist."

Freddie gab ihm seine Visitenkarte und bat wie üblich, er solle ihn anrufen, wenn ihm noch etwas einfiele.

„Ich hoffe, Sie finden denjenigen, der ihr und den Kindern das angetan hat", meinte Keenan, während er sie zur Tür brachte. „Sie war ein wunderbarer, liebevoller Mensch, der es nicht verdient hat, so zu sterben, und ihre Kinder auch nicht."

„Danke für Ihre Hilfe."

„Ich wünschte, ich könnte mehr tun."

Freddie folgte Gonzo die Treppe hinunter und hinaus in die feuchte Kälte. „Ich weiß nicht, wie es dir geht, aber ich möchte noch einmal mit den Cortez sprechen."

„Ganz deiner Meinung."

~

Zwanzig Minuten später klopften sie an die Haustür der Familie Cortez. Freddie warf einen Blick durch das Fenster neben der Tür, um nach Lebenszeichen Ausschau zu halten.

„Die sind weg", erklärte eine Frau, die auf dem Bürgersteig stand.

Freddie drehte sich um und erkannte Mrs Gersh von neulich. Sie war zierlich und hatte ein Tuch um ihr graues Haar gebunden, in dem offenbar Lockenwickler steckten. „Wohin?"

Mrs Gersh zuckte die Achseln. „Als sie von der Polizei zurück waren, haben sie die Kinder ins Auto geladen und sind verschwunden. Seither habe ich sie nicht mehr gesehen."

„Haben Sie mitbekommen, ob sie Gepäck dabeihatten?"

„Ein paar Koffer."

„In was für einem Fahrzeug sind sie weggefahren?"

„Einem preiselbeerfarbenen Nissan-SUV. Es war ein älterer, den sie gebraucht gekauft haben."

Manchmal, dachte Freddie, waren neugierige Nachbarn durchaus nützlich.

„Haben sie Verwandte, die sie mit dem Auto erreichen können?"

„Ihre Eltern leben bei Hershey in Pennsylvania. Seine Mutter wohnt in Maryland."

„Danke." Freddie reichte ihr eine Visitenkarte. „Würden Sie mich bitte kontaktieren, wenn sie wieder auftauchen sollten?"

„Stecken sie in Schwierigkeiten?"

„Nicht unbedingt. Wir würden nur gerne noch einmal mit ihnen reden."

„Ich gebe Ihnen Bescheid." Mrs Gersh schaute zum Haus der Cortez. „Wenn Sie mich fragen: Mit ihr hat irgendwas nicht gestimmt."

„Inwiefern?"

„Gia ist unzufrieden mit ihrem Leben. Sie ist sehr unglücklich und will, dass jeder das weiß. Ich glaube, er hat sich für sie als Enttäuschung erwiesen, das Muttersein ist nicht so, wie sie es sich vorgestellt hat, und nichts lief, wie sie es wollte. Bis auf das Turnen ihrer Tochter. Das war das Einzige, was sie zum Strahlen brachte, wenn sie darüber redete."

Wäre Sam dabei gewesen, hätte sie vielleicht gesagt, ihr laufe dieser Schauer über den Rücken, der immer dann auftrat, wenn sie auf eine vielversprechende Spur stießen.

„Ihre Auskünfte sind sehr hilfreich. Nochmals vielen Dank."

„Ist es schwer, für Ihre Chefin zu arbeiten?"

„Was?", fragte Freddie. „Nein, gar nicht. Sie ist eine unserer besten Freundinnen."

„Gut zu wissen. Ich hatte gehofft, dass die beiden so authentisch sind, wie sie im Fernsehen wirken."

„Das sind sie. Nochmals vielen Dank, Mrs Gersh."

Als sie zu Gonzos Charger gingen, sagte Freddie: „Ein Hoch auf neugierige Nachbarn, was?"

„Das habe ich auch gerade gedacht."

„Müssen wir nach Hershey fahren?" Das war der letzte Ort, wo Freddie jetzt hinwollte.

„Nein, wir schicken da Leute vorbei. Das ist das Schöne am Leiten einer Untersuchung. Man kann den Mist, den man nicht selbst machen will, delegieren."

„Ich bin nicht sicher, was ich davon halten soll, Kollegen hinter einem Kerl herzuschicken, der schon einmal vor uns geflohen ist."

„Die schaffen das schon."

„Wen schicken wir?"

„Cam und Matt."

„Gut." Er sah Gonzo an. „Bist du sicher, dass es okay ist, sich nicht selbst darum zu kümmern?"

Gonzo drehte sich zu ihm um. „Du musst dich fragen, wie wir unsere Zeit als diejenigen, die diese Untersuchung leiten und die zu jedem Zeitpunkt die meisten Informationen über den Fall haben, am sinnvollsten einsetzen. Tun wir das, indem wir stundenlang im Auto sitzen und nach Pennsylvania fahren, oder wäre es besser, hierzubleiben und den Fall weiter zu bearbeiten, während andere die Cortez aufspüren?"

„Wenn du es so ausdrückst ..."

„So trifft man als leitender Ermittler Entscheidungen. Man überlegt, wie man die begrenzte Zeit aller Beteiligten am sinnvollsten nutzen kann, und setzt das dann um."

„Danke für diesen Tipp. Es ist neu für mich, das Ganze so zu betrachten. Bei Sam wirkt es so einfach, wenn sie an einem Tag mal locker tausend Entscheidungen treffen muss."

„Weil sie das schon seit Jahren tut und es für sie mittlerweile selbstverständlich ist. Da kommst du auch noch hin."

Auf dem Rückweg zum Hauptquartier dachte Freddie über das nach, was Gonzo über die Befehlskette und das Delegieren gesagt hatte. „Kann ich dir etwas anvertrauen?"

„Na klar."

„Ich habe mir nie vorgestellt, dass ich in diesem Job für irgendetwas verantwortlich sein würde. Bisher war ich immer nur *dabei*, eine Arbeitsbiene, kein Chef. Ich habe das einfach überhaupt nicht erwartet, also war ich auch null darauf vorbereitet."

„Das liegt daran, dass zwei Leute über dir stehen, die nur wenige Jahre älter sind als du und die in nächster Zeit nirgendwohin gehen werden. Also hast du es dir als eine der Arbeitsbienen bequem gemacht."

„Ja, genau."

„Es ist gut, bei diesem Job auf alles vorbereitet zu sein, damit man bei Bedarf einspringen kann. Ich bin froh, dass Sam dir die Chance gegeben hat, die Leitung dieses Falls zu übernehmen. Das ist eine Erfahrung, über die du später froh sein wirst."

„Ich bin nicht sicher, ob ich diesen Job möchte, wenn ich ihn nicht mit ihr zusammen erledigen kann."

„Das verstehe ich. Ich bin mir auch nicht sicher, ob ich diesen Job ohne sie würde haben wollen. Aber – und das ist ein sehr großes *Aber* – sie könnte den Punkt erreichen, an dem sie nicht mehr alles unter einen Hut bringt. Und wenn sie etwas aufgeben muss, werden es nicht ihre Kinder oder der Job als First Lady sein, verstehst du?"

„Ja. Trotzdem kann ich sie mir nur mitten in unserem Team vorstellen, wie sie sich ein Bein ausreißt, Spuren folgt und dafür sorgt, dass Dinge geschehen."

„Genau da möchte sie auch sein, doch manchmal kommt das Leben dem in die Quere, was man will und was man tun muss."

„Du machst mir Angst."

„Sie wird uns in nächster Zeit schon noch erhalten bleiben. Wir müssen nur realistisch bleiben, weißt du? Sie ist die gottverdammte First Lady der Vereinigten Staaten. Ich meine, wann ist das denn passiert?"

„Manchmal wache ich morgens auf und habe vergessen, dass es so ist. Dann erinnere ich mich, und es ist einfach riesengroß."

„Stell dir vor, wie sie und Nick sich erst fühlen müssen", sagte Gonzo, während er den Charger auf dem Rückweg zum Hauptquartier durch den Verkehr lenkte.

„Das kann ich nicht. Ich stolpere durch die Gegend und versuche, eine Mordermittlung zu leiten. Wie um alles in der Welt kann jemand, den wir gut kennen, das *ganze Land* leiten?"

„Genau. Und das, obwohl um ihn herum ständig nur Mist geschieht."

„Ja, oder? Ich weiß nicht, wie Nick das aushält."

„Diese Sache mit den Stabschefs …", sagte Gonzo. „Das ist in vielerlei Hinsicht ein harter Schlag. Dass sie die Frechheit haben, so etwas zu tun, ist einfach nur verachtenswert."

„Es ist schlimm, wenn man bedenkt, dass die Leute ihn hassen, bloß weil er den Job macht, mit dem Nelson ihn für den Fall betraut hatte, dass das Schlimmste eintritt."

„Richtig. Vor allem, weil wir wissen, dass er ein hervorragender Präsident sein kann, wenn man ihm nur die Chance dazu gibt. Er hat bisher schon ausgezeichnete Arbeit geleistet."

Freddie versuchte, nicht zu sehr an den enormen Druck zu denken, dem seine besten Freunde ununterbrochen ausgesetzt waren. Er fand es unerträglich, dass so viele Menschen, die sie eigentlich gar nicht kannten, sie allein deswegen hassten, weil Nick jetzt Präsident der Vereinigten Staaten von Amerika war.

Im Hauptquartier setzte sich Freddie an den Rechner, um das Kennzeichen des preiselbeerfarbenen SUV der Cortez herauszufinden. Als Nächstes suchte er nach Pascals und Gias Heiratsurkunde, um Gias Mädchennamen in Erfahrung zu bringen, und ermittelte die Adresse ihrer Eltern in Hershey. Dann rief er die Polizei in Derry an, die für Hershey, Pennsylvania, zuständig war, und bat um einen Gefallen. „Können Sie bitte zu folgender Adresse fahren und überprüfen, ob dieses Fahrzeug in der Einfahrt steht?" Er ratterte Anschrift und Kennzeichen herunter.

„Klar, mach ich. Hey, kennen Sie die Frau des Präsidenten persönlich?"

„Sie ist meine Vorgesetzte."

„Oh, wow. Das muss interessant sein."

„Sie ist die beste Polizistin, mit der ich je zusammengearbeitet habe. Lassen Sie mich wissen, was Sie herausgefunden haben?"

„Natürlich. Ich melde mich."

Fünfzehn Minuten später rief der Sergeant aus Hershey zurück. „Das Fahrzeug ist da."

„Ich schicke ein paar Detectives, um die Eigentümer für eine Befragung abzuholen. Könnten Sie jemanden dafür abstellen, das Haus diskret im Auge zu behalten, bis sie eintreffen? Wenn sie irgendwo hinfahren, folgen Sie ihnen bitte."

„Weshalb suchen Sie sie?"

„Ich bin noch nicht sicher. Es könnte alles sein, von nichts bis zu mehrfachem Mord."

„Alles klar. Wir werden sie im Auge behalten. Ihre Detectives sollen sich melden, bevor sie sich den Zielpersonen nähern. Wir werden sie unterstützen."

„Das gebe ich gern weiter. Danke für die Hilfe."

„Kein Problem."

Freddie ging zu Cams Arbeitsplatz. „Du und Matt, könnt ihr Pascal und Gia Cortez bei dieser Adresse in Hershey, Pennsylvania, abholen?" Er informierte sie über die Sachlage und darüber, was sie bisher über die Cortez wussten.

„Verstanden. Matt, wir fahren sofort los."

„Danke, Cam."

„Klar doch."

„Gonzo lässt ausrichten, wir dürfen in diesem Fall Überstunden machen."

„Toll", erwiderte Cam.

„Wenn ihr dort seid, kontaktiert bitte diesen Sergeant der örtlichen Polizei. Er sagt, sie schicken Verstärkung. In der Zwischenzeit behalten sie alles im Auge."

Cameron nahm den Zettel mit dem Namen und der Telefonnummer an sich. „Ich melde mich, wenn wir sie in Gewahrsam haben."

„Sie haben Kinder, also nehmt Rücksicht."

„Okay."

Nachdem Cam und Matt aufgebrochen waren, begab sich Freddie in den Besprechungsraum, um sich die an der Klage beteiligten Personen genauer anzusehen.

Eine Minute später erschien Captain Malone in der Tür. „Die Presse dreht durch und will wissen, was mit Blanchet los ist. Können Sie sie informieren?"

Das war eine weitere Sache, die zu tun er sich nie hatte vorstellen können, auch wenn er es schon einmal übernommen hatte. Würde ihm das je leichtfallen? Wahrscheinlich nicht. „Natürlich. Aber ich hab noch eine Frage."

„Nämlich?"

„Wir wissen mit Sicherheit, dass es kein Selbstmord war, doch das sollte ich noch nicht erwähnen, oder?"

„Weshalb?"

„Weil ich den Mörder im Unklaren darüber lassen möchte, dass wir das herausgefunden haben. Der Tatort war inszeniert."

„Genau richtig."

„Gut, danke. Ich lerne langsam, meinem Instinkt zu vertrauen, aber ich bin noch nicht ganz so weit."

„Sie machen das sehr gut."

„Ich habe eine hervorragende Ausbildung genossen."

„Das merkt man."

„Vielen Dank. Das von Ihnen zu hören bedeutet mir sehr viel. Ich gehe in ein paar Minuten raus, um die Presse zu informieren."

„Kommen Sie bei mir vorbei. Ich begleite Sie dann."

Nachdem der Captain weg war, nahm sich Freddie eine Minute Zeit, um seine Notizen durchzusehen und im Kopf zusammenzufassen, was er sagen würde. Als er sich gut vorbereitet fühlte, holte er Malone ab und begab sich mit ihm nach draußen, um sich den Medienvertretern zu stellen, die den größten Teil ihres Tages damit verbrachten, auf Neuigkeiten zu warten, auch wenn die oft genug ausblieben. Jedes Mal, wenn Freddie meinte, sein Job sei beschissen, dachte er an die Presseleute. Ihrer war viel beschissener, als seiner je sein könnte.

„Am Montagmorgen haben wir die Leichen von Dr. Marcel Blanchet, zweiundvierzig, seiner Frau Liliana, ebenfalls zweiundvierzig, und ihren vier Kindern Eloise, zwölf, Abigail, zehn, Violet, sechs, und August, genannt Gus, vier, leblos in ihrem Haus in Cathedral Heights aufgefunden. Alle wiesen tödliche Schussverletzungen auf. Dr. Blanchet war Gynäkologe und Geburtshelfer, spezialisiert auf Fruchtbarkeitsbehandlungen. Mrs Blanchet war Rechtsanwältin. Ihre Kinder besuchten öffentliche Schulen in D. C., und die älteste Tochter Eloise Blanchet war eine erfolgreiche Turnerin, die mehrere lokale und regionale Turniere gewonnen hatte. Wie immer in solchen Fällen haben wir mit dem persönlichen Umfeld der Familie gesprochen und versuchen, herauszufinden, was sich im Haus der Blanchets zugetragen hat. Das ist alles, was wir im Augenblick haben. Wir werden ein weiteres Briefing durchführen, sobald uns mehr Informationen vorliegen. Wenn jemand Hinweise zu diesem Fall hat, rufen Sie bitte unsere Hotline an." Er wiederholte die Telefonnummer zweimal.

„War es ein erweiterter Selbstmord?"

„Wo ist die First Lady?"

„Glauben Sie, die Morde stehen im Zusammenhang mit der Klage gegen den Vater?"

„Wir haben im Moment keine weiteren Auskünfte für Sie", unterrichtete Freddie sie. „Schönen Tag noch."

„Gut gemacht", lobte Captain Malone, als sie wieder drinnen waren.

„Finden Sie?", fragte Freddie.

„Ich hätte es nicht gesagt, wenn ich es nicht so meinen würde."

„Danke."

„Ich musste gerade den früheren Lieutenant Gibbons verhaften, weil er für Stahl die Fällen archiviert hat, bei denen er nicht ermitteln wollte." Malone rieb sich den Nacken. „Einen Mann, den ich seit dreißig Jahren kenne."

„Mist", entfuhr es Freddie. „Wie hat er es aufgenommen?"

„Er war schockiert."

„Hat er erklärt, warum er es getan hat?"

„Stahl hat ihn erpresst, weil er ein Verhältnis mit einer Untergebenen hatte, einem weiblichen Detective. Er drohte, das herumzuerzählen, wenn Gibbons seine Anweisungen nicht befolgte."

„Wow. Immer, wenn man denkt, es könnte nicht schlimmer werden, was Stahl betrifft, kommt noch mehr ans Tageslicht."

„Ich schwöre bei Gott, ich werde jeden Polizisten verhaften – ob pensioniert oder aktiv –, der irgendetwas mit Stahl und seinen Machenschaften zu schaffen hatte, und wenn es das Letzte ist, was ich tue."

„Es ist schwer zu glauben, dass ihm überhaupt irgendjemand geholfen hat."

„Die meisten haben es vermutlich getan, weil Stahl sie unter Druck gesetzt hat, trotzdem entschuldigt das nicht, dass sie ihn bei seinen kriminellen Handlungen unterstützt haben."

„Nein, allerdings nicht."

„Ich muss den Chief über Gibbons' Verhaftung informieren. Bis später."

„Danke für die Hilfe da draußen."

„Gern geschehen."

Als Freddie ins Großraumbüro zurückkehrte, sah er zu seiner Überraschung, dass in Sams Büro Licht brannte. „Hey", begrüßte er sie.

„Hallo, du", sagte sie. „Wie läuft's?"

„Ganz gut, denke ich. Captain Malone hat mir gerade mitgeteilt, dass er den pensionierten Lieutenant Gibbons verhaftet hat, weil er Stahl bei der Archivierung der Fallakten geholfen hat."

„Verdammt. Das kann doch nicht wahr sein! Er war der Archie vor Archie. Mein Vater hat eng mit ihm zusammengearbeitet und immer gesagt, er sei ein guter Mann."

„Offenbar hat Stahl ihn mit Informationen über eine Affäre mit einer Untergebenen erpresst."

„O Gott. Hat Stahl eigentlich überhaupt keine Skrupel?"

„Nicht dass ich wüsste. Wie geht's den Kindern?"

„Etwas besser. Nick ist raufgekommen, um bei ihnen zu bleiben, bevor ich hergefahren bin. Er nimmt von unserem Wohnbereich aus an seinen Meetings teil."

„Unglaublich, wie ihr diese Riesenaufgabe meistert."

„Man tut, was man kann. Und jetzt berichte mir die neusten Entwicklungen im Fall Blanchet. Wo stehen wir?"

KAPITEL 28

Während sie darauf warteten, dass Cam und Matt mit den Cortez zurückkehrten, widmeten sich Freddie, Sam und Gonzo den Frauen, die an der Klage gegen Dr. Blanchet beteiligt waren. Sie überprüften die Social-Media-Konten der vier sowie die ihrer Partner. Die anderen Detectives der Einheit hatten bei den vier Hauptklägerinnen ohnehin schon die Postings des letzten Monats überprüft, aber jetzt weiteten sie das aus.

„Seht euch das an", sagte Gonzo, eine Stunde nachdem sie begonnen hatten.

Sam und Freddie standen auf, kamen um den Tisch im Besprechungsraum herum und beugten sich vor, um einen drei Monate alten Facebook-Post eines Mannes namens Robert Cauley zu lesen, des Ehemanns von Misty Cauley, einer der vier Frauen, die geklagt hatten. *Wenn mächtige Menschen andere ausnutzen, wenn jemand, der einem Traum nachjagt, zum Opfer wird, wenn etwas so grundlegend falsch läuft, muss jemand das korrigieren. Koste es, was es wolle.*

Dem Post hatte er das Foto einer erhobenen Faust beigefügt.

„Hm, ich denke, wir sollten mal mit ihm reden", meinte Freddie.

„Ich habe geahnt, dass du das sagen würdest", erwiderte Gonzo.

„Was wissen wir über ihn?", fragte Sam.

Gonzo überflog den Bericht, den Detective Charles über alle Klägerinnen und ihre engsten Familienangehörigen zusammengestellt hatte. „Er arbeitet als Ingenieur für die NASA in der Einrichtung in Greenbelt, Maryland."

„Es könnte schwierig sein, dort zu ihm durchzudringen."

„Schwierig, aber nicht unmöglich", entgegnete Gonzo. „Probieren wir's."

„Ich bleibe hier und grabe weiter", erklärte Sam. „Ich will mich genauer mit Liliana befassen. Wir haben uns lange ausschließlich auf Marcel konzentriert. Vielleicht suchen wir an der falschen Stelle."

Freddie berichtete ihr, was sie von Lilianas Freund Keenan erfahren hatten.

„Wir hatten also recht damit, dass sie wegen des Prozesses aufgebracht war und daran dachte, ihren Mann zu verlassen", stellte Sam fest. „Ich bin nicht sicher, wie das mit den anderen Dingen zusammenhängt, die wir erfahren haben, doch ich werde dem nachgehen."

„Bis später", verabschiedete sich Freddie, bevor er sich mit Gonzo zu dessen Wagen aufmachte.

„Wolltest du dir nicht ein neues Auto zulegen?", fragte Gonzo ihn.

„Ich bin gelähmt vor Unentschlossenheit. Ich will etwas Cooles, aber Funktionales."

„Nimm so einen", riet Gonzo und deutete auf seinen Charger.

„Das kann ich mir nicht leisten."

„Doch, klar."

„Elin und ich sparen, um ein Haus zu kaufen, deshalb kann ich mir im Moment keine hohen Raten für ein Auto erlauben."

„Ah, verstehe. Ein gutes Ziel."

„In ein paar Jahren dürften wir genug für die Anzahlung haben."

„Großartig. Bei dem Tempo, das *wir* vorlegen, werden wir ewig zur Miete wohnen müssen. Meine Erkrankung hat uns finanziell ziemlich zurückgeworfen. Ein Entzug ist nicht billig."

„Aber er war jeden Cent wert."

„Das war er, trotzdem waren es insgesamt ziemlich viele Cents. Dass Christina wieder Vollzeit arbeitet, hilft, trotzdem wird es Jahre dauern, bis wir uns aus dem Loch, in das ich uns gebracht habe, wieder herausgeschaufelt haben."

„Ihr schafft das schon."

„Irgendwann." Gonzo zuckte die Achseln, während er vom Parkplatz auf den Baltimore-Washington Parkway fuhr. „Doch wie du richtig festgestellt hast: Was für eine Wahl hatten wir? Ich bin jeden Tag dankbar, dass ich wieder clean bin. Trotzdem haben wir in jeder Hinsicht einen hohen Preis dafür bezahlt."

„Du und Christina, ihr seid noch fest zusammen, oder?"

„Ja, aber manchmal merke ich, wie sie mich misstrauisch beobachtet, als hätte sie Angst, dass ich einen Rückfall erleide. Und wer könnte ihr das verdenken? Ich habe sie und alle, denen ich etwas bedeute, durch die Hölle geschickt."

„Das ist nicht unser erster Gedanke, wenn wir dich heute anschauen", beruhigte ihn Freddie. „Ich sehe in dir einen Mann, der um sein Leben, seine Karriere, seine Familie und seine Freunde gekämpft hat und am Ende als Sieger dasteht. Einen Mann, der jeden Tag hart arbeitet, um gesund zu bleiben, damit er für seine Lieben und Kollegen da sein kann."

„Es tut gut, das zu hören."

„Das ist mein voller Ernst."

„Ich weiß, und ich bin so dankbar, dass du mich bei alldem unterstützt hast. Du, Sam und die meisten Leute bei der Arbeit, ihr habt einen großen Teil zu meiner Genesung beigetragen."

„Cam hat mir erzählt, dass du ihm und Gigi gestern Abend in der Trauergruppe eine große Hilfe warst."

„Das freut mich. Ich finde es furchtbar, was sie durchmachen müssen."

„Jetzt weißt du, wie wir uns gefühlt haben, als wir zuschauen mussten, wie du dich nach Arnolds Tod gequält hast."

„Ja. Es ist schwierig, dass Leute, die eigentlich immer das Richtige tun, in so einen Mist reingeraten."

„Die Dienstaufsicht wird sie entlasten, oder?", fragte Freddie.

„Vermutlich ja. Es war eindeutig Notwehr, doch wir wissen beide, wie Anwälte solche Dinge verdrehen können."

Das weckte in Freddie Angst um Gigis Zukunft bei der Polizei, obwohl sie eine ausgezeichnete Ermittlerin und ein toller Mensch war.

„Cam überhäuft sich mit Selbstvorwürfen", fügte Gonzo hinzu. „Auch wenn er niemals hätte verhindern können, was passiert ist, kriegt man das bei ihm nicht in den Kopf. Er sieht lediglich, dass Jaycee tot ist, dass Gigi sie erschossen hat, dass das SWAT-Team Jaycees Mutter ausgeschaltet hat, und führt das alles darauf zurück, dass er mit Jaycee Schluss gemacht hat."

„Was ihm freistand."

„Natürlich, und in Anbetracht der dunklen Seite ihrer

Persönlichkeit war es keine Sekunde zu früh. Aber wie soll er mit dem leben, was danach passiert ist? Das bereitet mir Sorgen.“

„Im Großen und Ganzen scheint er klarzukommen.“

„Das ist ja gerade das, was mich mit Sorge erfüllt“, antwortete Gonzo. „Wenn es Leuten gut zu gehen scheint, ist leider oft das Gegenteil der Fall.“

„Trulo hat ein Auge auf die beiden, und wir auch. Wir tun, was wir können.“

„Ich hoffe, das reicht“, bemerkte Gonzo.

Freddies Sorgen hatte sich nicht gelegt, als sie in der NASA-Einrichtung in Greenbelt ankamen, ihre Dienstausweise vorzeigten und um ein Gespräch mit Robert Cauley baten.

„Worum geht es?“, fragte der Wachmann, klang aber nicht so, als interessiere es ihn wirklich.

„Um einen Fall, in dem wir gerade ermitteln. Können Sie uns zu Mr Cauley bringen?“

„Einen Moment bitte.“

Während sie warteten, checkten beide Männer ihre Handys und bearbeiteten ein paar E-Mails und Textnachrichten.

Gonzo sah zu dem Wachmann. „Wir haben nicht den ganzen Tag Zeit.“

„Noch eine Minute.“

„Mehr haben wir auch nicht.“

Siebenundfünfzig Sekunden später kam der Wachmann aus seinem Häuschen, um sie zu dem Gebäude zu bringen, in dem Cauley arbeitete. „Der Sicherheitsdienst wird Sie abholen und begleiten.“

„Danke.“

Die Schranke hob sich. Gonzo fuhr hindurch und bog rechts ab, um die angegebene Gebäudenummer zu finden.

„An einem solchen Ort könnte ich unmöglich arbeiten“, meinte Freddie und deutete auf die meist fensterlosen Gebäude. „Da würde ich glatt durchdrehen.“

„Geht mir genauso.“

„Sosehr unser Job an manchen Tagen auch nervt, wenigstens sehen wir die Sonne und atmen frische Luft.“

„Die meisten Leute würden uns für irre halten, weil wir die Jagd auf Mörder dem vorziehen, was sie hier tun.“

„Ich ziehe unsere Art von Irrsinn der Arbeit in einer Zementkiste vor.“

Kaum dass sie geparkt hatten und ausgestiegen waren, kam ein Sicherheitsbeamter auf sie zu. „Könnte ich bitte einen Blick auf Ihre Dienstausweise werfen?"

Sie ließen ihre goldenen Detective-Marken aufblitzen.

„Hier entlang bitte."

Der Wachmann führte sie ins Gebäude und forderte sie auf, ihre Waffen für die Dauer ihres Aufenthalts auf dem Gelände abzugeben.

Genau wie Sam hasste Freddie es, seine Waffe während der Arbeit ablegen zu müssen, aber wenn sie nicht wollten, dass die Anfahrt reine Zeitverschwendung war, hatten sie keine andere Wahl, als sie beim Sicherheitsdienst zu deponieren.

Nachdem sie den Inhalt ihrer Taschen durch ein Röntgengerät hatten laufen lassen und durch den Metalldetektor gegangen waren, erklärte der Sicherheitsbeamte: „Folgen Sie mir."

Vor einer Reihe von Aufzügen blieb er stehen und drückte den Pfeil nach oben.

Cauleys Büro befand sich in der dritten Etage.

Der Wachmann zeigte auf eine geschlossene Tür. „Hier ist es."

„Danke", erwiderte Freddie.

„Ich warte bei den Aufzügen auf Sie."

Freddie klopfte an.

„Herein."

Der Mann in dem Büro war jünger, als Freddie erwartet hatte, höchstens Anfang dreißig, mit braunem Haar, blauen Augen und einem Gesicht, das die meisten Menschen als attraktiv bezeichnet hätten.

Sie zeigten ihre Dienstausweise und stellten sich vor.

Seine Miene verriet Erschrecken. „Was will denn die Polizei von mir?"

Sie traten ein, schlossen die Tür hinter sich und nahmen auf den Besucherstühlen vor seinem Schreibtisch Platz, der, genau wie der Mann, dem er gehörte, ordentlich und aufgeräumt wirkte.

„Ihre Ehefrau hat Dr. Marcel Blanchet verklagt", begann Freddie.

„Stimmt."

„Ich nehme an, Sie wissen, was ihm und seiner Familie widerfahren ist."

„Ja", bestätigte Cauley mit ernstem Gesicht. „Ich kann einfach nicht glauben, dass Dr. Blanchet seine ganze Familie getötet hat."

„Warum sagen Sie das?", fragte Gonzo.

„War es nicht so?", entgegnete Cauley und schaute vom einen zum anderen.

„Wir gehen aktuell nicht davon aus", antwortete Freddie.

„Oh. Nun … Wir haben gehört, man habe ihn mit der Waffe in der Hand gefunden."

„Von wem genau haben Sie das gehört?", erkundigte sich Freddie.

„Eine der anderen Prozessbeteiligten muss es meiner Frau erzählt haben, die es mir dann so weitergegeben hat."

„Das ist interessant, weil diese Informationen nicht veröffentlicht wurden. Ich bin mir also nicht sicher, wie jemand das hätte erfahren sollen, es sei denn, die Person hätte Insiderwissen darüber, was zur Zeit der Morde im Hause Blanchet geschah."

Cauley hob abwehrend die Hände. „Moment mal! Ich habe ganz sicher kein Insiderwissen. Ich habe lediglich das Gerücht gehört, es sei ein erweiterter Selbstmord gewesen."

„Das haben Sie nicht gesagt", wandte Gonzo ein. „Vielmehr haben Sie gesagt, ich zitiere: ‚Wir haben gehört, man habe ihn mit der Waffe in der Hand gefunden.' Das ist eine sehr spezifische Information."

„Hören Sie", protestierte Cauley, der sichtlich zu schwitzen begann. „Ich weiß nicht, was Sie hier versuchen …"

„Wir ermitteln zu einem mehrfachen Mord", unterbrach ihn Freddie, „und durch die Bemerkung gerade haben Sie sich ziemlich verdächtig gemacht."

„Was? Wie bitte? Weil ich ein *Gerücht* erwähnt habe?"

„Wo waren Sie am Sonntagabend?"

„Daheim, bei meiner Frau."

„Den ganzen Abend?"

„Ja." Er rutschte auf seinem Stuhl herum.

Freddie hätte es nicht unbedingt als Zappeln bezeichnet, doch er bewegte sich definitiv unruhig hin und her.

„Warten Sie … Ich habe gegen einundzwanzig Uhr kurz das Haus verlassen, bin aber sofort zurückgekommen. Meine Frau kann das bezeugen. Sie hat sich geärgert, dass ich so spät noch Bier holen war."

„Wo finden wir Ihre Frau?"

„Sie arbeitet bei einer Bank in Northwest." Er nannte den Namen und die Adresse der Bank. „Misty hat mit alldem nichts zu tun. Genauso wenig wie ich. Doch nach dem, was Blanchet uns angetan hat, war keiner von uns traurig, als wir von seinem Tod erfahren haben.“

„Können Sie uns genau sagen, was er Ihnen angetan hat?“, erkundigte sich Freddie.

„Sie wissen von der Klage, nehme ich an.“

„Ja“, bestätigte Freddie. „Aber wir würden es gerne von Ihnen selbst hören.“

Cauley seufzte und lehnte sich in seinem Stuhl zurück. Er wirkte mittlerweile nicht nur verschwitzt, sondern zunehmend gehetzt. „Dr. Blanchet war unsere letzte Hoffnung darauf, ein Baby zu kriegen. Wir hatten uns mit den Behandlungen und Eingriffen finanziell so gut wie ruiniert. Bekannte, die sich bei ihm einer Fruchtbarkeitsbehandlung unterzogen und Zwillinge bekommen hatten, hatten ihn uns empfohlen. Wir haben acht Monate auf einen Termin bei ihm gewartet, und er hat uns viel Hoffnung gemacht. Ich weiß nicht, ob Sie Erfahrung mit einem unerfüllten Kinderwunsch haben. Es ist deprimierend.“

„Wir haben es bei Freunden miterlebt“, antwortete Gonzo. „Daher wissen wir, wie schwer das sein kann.“

„Als Misty von ihrem Termin nach Hause kam und mir erzählte, was geschehen war, habe ich ihr zuerst nicht geglaubt. Schließlich hatte sie unter leichter Narkose gestanden, also woher wollte sie das wissen? Doch sie beharrte darauf, dass ihre Erinnerung zu klar sei, als dass es nicht wirklich passiert sein könnte. Sie ging in ein lokales Online-Forum für Frauen, die mit Unfruchtbarkeit zu kämpfen hatten, um zu fragen, ob noch jemand schlechte Erfahrungen mit Dr. Blanchet gemacht hatte, und traf so auf die anderen drei Klägerinnen. Deren Beschreibungen der Vorfälle waren schockierend ähnlich. Ich bin sicher, Sie kennen die Details …“

„In der Tat“, erwiderte Gonzo.

„Als der Polizist, der den Fall bearbeitet hat, erklärte, er habe nicht genug, um Dr. Blanchet im Namen des Staates gerichtlich zu belangen, beschlossen die Frauen, ihn privat zu verklagen. Ihre Ehepartner und Lebensgefährten haben sie dabei unterstützt.“

Freddie legte einen Ausdruck des Social-Media-Posts, der sie zu Cauley geführt hatte, auf den Schreibtisch. „Können Sie uns sagen, ob das mit Dr. Blanchet zusammenhängt?“

Der Mann rieb sich mit einer zitternden Hand das Kinn. „Zum Teil. Ich habe ein Problem mit Leuten in Machtpositionen, die Schwächere ausnutzen. Wie ein Arzt, der sich um Frauen kümmert, die verzweifelt schwanger werden wollen, und sie auf so widerliche Weise sexuell missbraucht."

„Es muss Sie wütend gemacht haben, dass er Misty das angetan hat", sagte Gonzo.

„Ich war wütend, ja. Sie hatte schon so viel gelitten: vier gescheiterte künstliche Befruchtungen, zwei Fehlgeburten, eine Eileiterschwangerschaft. Es war einfach zu viel für uns."

„Waren Sie so wütend, dass Sie ihn und seine Familie umgebracht haben?", fragte Freddie.

Cauley starrte sie einen Augenblick lang mit offenem Mund an. „Ich habe ihn nicht umgebracht, und wenn ich es getan hätte, hätte ich sicher nicht seine gesamte Familie getötet. Ständig muss ich an diese armen Kinder denken. Was auch immer jemanden zum Mord getrieben hat, wie konnte der Betreffende sie ebenfalls erschießen?"

„Was ist mit den anderen Klägerinnen und ihren Ehemännern? War jemand von denen wütend genug, um einen Mord zu begehen?"

„Sie waren eher traurig als wütend. Für viele von uns war Dr. Blanchet die letzte Hoffnung. Dass so etwas passieren konnte, ist weiter einfach unglaublich."

Freddie legte seine Visitenkarte auf den Schreibtisch und bat Cauley, ihn anzurufen, falls ihm noch etwas einfiele.

„Natürlich. Ich hoffe, Sie finden den Täter."

„Das werden wir", verkündete Freddie und versuchte dabei etwas von Sams innerer Zuversicht auszustrahlen. „Danke, dass Sie sich Zeit für uns genommen haben."

Sie verließen Cauleys Büro, trafen bei den Aufzügen den Wachmann, der sie zurück zum Sicherheitskontrollpunkt begleitete, wo sie ihre Waffen erhielten. Draußen sah Freddie Gonzo an. „Eindrücke?"

„Ich hätte ihn fast verhaftet, als er sagte, wir hätten Blanchet mit der Waffe in der Hand gefunden."

„Das war auch meine erste Reaktion", erklärte Freddie. „Ich dachte: Hallo, Volltreffer. Und doch habe ich ihm geglaubt, als er meinte, er hätte niemals den Kindern etwas antun können."

„Ja, genau. Aber ich will ihn trotzdem genauer unter die Lupe nehmen. Diese Aussage sticht wirklich heraus. Wie konnte er oder irgendjemand wissen, dass Marcel die Waffe in der Hand hatte, obwohl wir dieses Detail nie veröffentlicht haben?"

„Eine sehr gute Frage."

„Weißt du", fuhr Gonzo fort, „ich hatte da eine Idee. Vier Frauen verklagen ihn, okay. Bloß was, wenn da noch mehr sind? Ich meine, wenn ein Kerl wie er vier Frauen so etwas antut, wer sagt dann, dass es nicht noch einen Haufen anderer da draußen gibt, denen dasselbe widerfahren ist?"

„Wie finden wir sie, wenn es sie gibt?"

„Wir könnten eine Warnung an seine Patientinnen herausgeben und alle, die Unregelmäßigkeiten im Umgang mit ihm erlebt haben, bitten, sich zu melden."

„Das ist eine gute Idee", erwiderte Freddie und wünschte, er hätte daran gedacht. „Ich komme immer wieder auf dieselbe Sache zurück: Wie könnte es nicht jemand von denen gewesen sein, an denen er sich angeblich vergangen hatte?"

„Absolut. Nichts anderes, nicht einmal die Sache mit den Cortez, kommt mir wie ein mögliches Motiv für so etwas vor. Ich kann mir vorstellen, dass eine wütende Patientin oder ihr Partner denkt: Du hast mir die Chance genommen, Kinder zu kriegen, also nehme ich dir deine. Vielleicht hat man ihn gezwungen zuzusehen, wie seine Kinder starben."

„Ich werde mit der Abteilung für Öffentlichkeitsarbeit darüber sprechen, wie wir einen Aufruf an andere Patientinnen starten können."

„Wir sollten auch mit seinen Angestellten in der Praxis reden."

„Lass uns das gleich erledigen."

KAPITEL 29

Sam war gerade dabei, den Berg von Berichten und Unterlagen zu dem Fall durchzusehen, als sie einen Anruf von Scottys Schule erhielt.

„Mrs Cappuano, wir wollten Ihnen mitteilen, dass wir Scotty mit seinen Personenschützern nach Hause schicken, weil er Fieber hat."

„Oje. Aber danke für den Anruf."

„Wir hoffen, es geht ihm bald wieder besser."

„Das hoffe ich auch."

Sam klappte ihr Handy zu und fasste einen Entschluss. Sie machte sich auf den Weg zu Malone.

„Hey, was gibt's?"

„Meine Kinder sind krank. Ich wollte den Nachmittag über eigentlich hier arbeiten, doch jetzt ist auch Scotty mit Fieber aus der Schule heimgeschickt worden. Ein paar Sachen kann ich von zu Hause aus erledigen, aber ich wollte Sie informieren, wo ich sein werde."

„Vielen Dank. Ich habe gerade einen Anruf von Faith Miller erhalten, dass eine Anhörung angesetzt wurde, um die jüngsten Entwicklungen im Fall Eric Davies zu besprechen."

„Das ist gut. Hoffe ich zumindest mal."

„Ich treffe mich mit dem Chief und McBride, um einen Plan dafür zu entwickeln, wie wir den Shitstorm, den das auslösen wird, vermeiden können."

„Hervorragende Idee. Melden Sie sich, wenn ich irgendwie helfen kann."

„Wir werden Sie vielleicht bitten, die Presse zu unterrichten, wenn Sie bereit sind, sich von uns so schamlos benutzen zu lassen. Die Leute interessieren sich einfach sehr für Sie, und ich habe das Gefühl, es ist vielleicht leichter verdaulich, wenn es von Ihnen kommt – von jemandem, der selbst schon mit Stahl zu tun hatte."

„Natürlich werde ich alles tun, was nötig ist, um den Chief und die Abteilung zu schützen."

„Ich habe geahnt, dass Sie das sagen würden."

„Halten Sie mich auf dem Laufenden."

„Mach ich. Hoffentlich geht es den Kindern bald besser."

„Das hoffe ich auch, und ich hoffe außerdem, dass wir es uns nicht ebenfalls einfangen. Was auch immer es ist, es scheint extrem ansteckend zu sein."

„Puh, das braucht niemand."

„Ich melde mich morgen."

„Wir sehen uns."

Auf dem Heimweg mit Vernon und Jimmy verschickte Sam eine SMS, in der sie das Team über die Krankheit der Kinder informierte und alle bat, sie anzurufen, falls sie Neuigkeiten hätten.

Während sie darauf wartete, dass Scottys Personenschützer mit ihm im Weißen Haus eintrafen, erhielt sie einen Anruf von Freddie.

„Hey", meldete sie sich. „Wie ist die Lage?"

„Wir kommen gerade von einem Besuch bei Robert Cauley in Greenbelt." Freddie erzählte ihr, dass der Mann gesagt hatte, sie hätten Blanchet mit der Waffe in der Hand aufgefunden.

„Woher weiß er das denn bitte?"

„Er behauptet, er habe es von seiner Frau gehört, die es offenbar von einer der anderen Prozessbeteiligten hatte. Wir haben ihm geglaubt, als er erklärt hat, dass er unschuldigen Kindern nie etwas hätte antun können, aber die Aussage über die Waffe ist uns aufgefallen, sodass wir ihn genauer unter die Lupe nehmen werden. Ich habe Charles mit der Untersuchung seiner Finanzen und seiner Posts in den sozialen Medien beauftragt."

„Was ist mit einem Durchsuchungsbeschluss für sein Handy?", fragte Sam.

„Ich bin nicht sicher, ob wir dafür schon genug haben."

„Viel mehr brauchst du nicht. Er hatte nach allem, was mit seiner Frau passiert ist, und seinem wütenden Social-Media-Post eindeutig ein Motiv."

„Sollen wir zurückfahren und ihn herbringen?"

„Das ist deine Entscheidung. Du warst im selben Raum mit ihm. Vertrau deinem Bauchgefühl."

„Mein Bauchgefühl – und das von Gonzo – sagt Nein."

„Dann mach weiter, bis du mehr weißt. Trotzdem bin ich auch dafür, ihn genauer unter die Lupe zu nehmen."

„Wir hatten noch eine andere Idee, nämlich dass es vielleicht mehr Patientinnen gibt, die ähnliche Erfahrungen mit Blanchet gemacht haben, auch wenn sie nicht zu den Klägerinnen gehören."

„Gute Idee."

„Wir sind gerade unterwegs zu seiner Praxis, um die Angestellten zu befragen, und wir überlegen, durch die Abteilung für Öffentlichkeitsarbeit einen Aufruf an seine Patientinnen richten zu lassen."

„Klingt vernünftig."

„Ich bin froh, dass du das findest."

„Tu ich", meinte Sam. „Hast du gehört, dass die Staatsanwaltschaft im Fall Davies eine Anhörung angesetzt hat?"

„Das hatte ich bisher nicht mitbekommen, doch es freut mich."

„Mich ebenfalls, auch wenn ich mir Sorgen über die Folgen mache."

„Was würde dein Vater dazu sagen?", fragte Freddie.

„Dass man das Richtige tun muss, egal, welche Folgen es hat."

„Genau."

„Danke für diese Erinnerung. Ich muss auflegen. Scottys Eskorte ist im Anflug."

„Ich schick dir eine SMS, wenn sich etwas Neues ergibt."

Sam klappte das Handy zu und lief mit Skippy nach draußen, um ihren Sohn in Empfang zu nehmen. Sie warf einen Blick auf sein blasses, verkniffenes Gesicht und erkannte, dass er offenbar wirklich krank war.

„Ich hoffe, es geht dir bald besser, Scotty", erklärte seine leitende Personenschützerin Debra.

„Vielen Dank."

„Danke, Debra", sagte auch Sam.

„Nichts zu danken."

Sam nahm ihrem Sohn seinen schweren Rucksack ab und legte ihm einen Arm um die Schultern. „Du fühlst dich nicht gut, was?"

„Mir ist wahnsinnig heiß."

„Genau wie bei den Kleinen."

„Was tust du denn hier?"

„Meine Kinder sind krank, also bin ich heimgekommen."

„Ich bin froh, dass du da bist."

Sam drückte Scottys Schulter. „Ich auch." Es gab keinen Ort, an dem sie lieber gewesen wäre.

~

Die Praxis Blanchet, McInerny & Harvey in Georgetown belegte den gesamten ersten Stock eines Gebäudes in der M Street, über einer Reihe exklusiver Boutiquen.

„Ich frage mich, ob jemand da sein wird, wo doch ein Arzt tot ist und die beiden anderen nicht in der Praxis sind", meinte Freddie.

„Jemand muss sich ja trotzdem um die Belange der Patientinnen kümmern."

„Vermutlich schon."

Als sie die Tür zum Büro verschlossen vorfanden, klopfte Freddie an.

Einige Minuten später öffnete eine Frau mit grauem Haar und Headset die Tür. „Kann ich Ihnen helfen?"

Sie zeigten ihre Dienstmarken.

„Ich rufe zurück", sagte sie zu der Person am Telefon und nahm das Headset ab. „Kommen Sie rein. Die Telefone klingeln ununterbrochen, weil Patientinnen einen neuen Termin wünschen. Es hat ja niemand damit gerechnet, dass alle drei Ärzte ausfallen. Mit dieser ganzen Sache hat niemand gerechnet." Während sie sprach, kämpfte sie mit den Tränen. „Ich habe die Blanchet-Kinder aufwachsen sehen. Es ist unbegreiflich, dass sie tot sein sollen. Selbst jetzt, Tage später, kann ich nicht fassen, dass so etwas passieren konnte."

Sie führte sie in einen Besprechungsraum und schaltete das Licht ein. „Ich würde Ihnen ja etwas zu trinken anbieten, aber ich habe nur Wasser da."

„Wir brauchen nichts", sagte Freddie. „Ich bin Detective Cruz. Das ist Sergeant Gonzales."

„Sie arbeiten mit der First Lady zusammen."

„Richtig. Wie heißen Sie?"

„Oh, Verzeihung. Ich bin Nancy Lee, die Praxismanagerin."

„Wie lange sind Sie schon für Dr. Blanchet tätig, Mrs Lee?"

„Über fünfzehn Jahre. Seit er seine erste Praxis eröffnet hat."

„Wie würden Sie Ihre Beziehung zu ihm beschreiben?"

„Er und Lili waren für mich wie Familie. Ich habe nie geheiratet, und meine Verwandten leben in Pittsburgh, also habe ich viele Feiertage mit ihnen verbracht, ebenso wie die Geburtstage der Kinder, Schulveranstaltungen und Turnfeste. Sie haben mich wie eine Tante behandelt, und ich habe sie alle sehr geliebt." Sie zog ein Taschentuch aus einer Box auf dem Konferenztisch und wischte sich die Augen ab. „Tut mir leid. Ich stehe immer noch unter Schock."

„Unser aufrichtiges Beileid", sagte Freddie.

„Danke."

„Wie würden Sie Dr. Blanchets Beziehung zu seinen Patientinnen beschreiben?"

„Sie haben ihn vergöttert. Nun, die meisten von ihnen."

„Aber Sie wissen von der Klage?"

„Ja", erwiderte sie mit zusammengebissenen Zähnen, während ihre Augen vor Empörung blitzten. „Ich werde niemals glauben, dass er das getan hat. In all den Jahren, in denen ich ihn gekannt habe, habe ich nie erlebt, dass er sich unangemessen verhalten hätte, schon gar nicht einer Patientin gegenüber. Er war stets der perfekte Gentleman und unglaublich professionell. Dr. Blanchet hat so vielen Paaren geholfen, Eltern zu werden. Ich könnte Ihnen Hunderte Personen nennen, die ihn in den höchsten Tönen loben würden. Es haben zahllose ehemalige Patientinnen angerufen, die über dieses sinnlose Verbrechen bestürzt sind." Sie legte sich eine Hand aufs Herz. „Als Frau weiß ich, dass ich den Patientinnen, die diese Anschuldigungen erheben, glauben sollte, und ich unterstütze ihr Recht, ihre Wahrheit zu schildern. Doch ich kannte Dr. Blanchet. Ich kannte sein Herz, und daher kann ich einfach nicht glauben, dass er getan hat, was sie behaupten."

„Wenn vier Frauen das exakt Gleiche schildern", wandte Freddie ruhig ein, „dann glauben wir ihnen."

„Das ist es, was mich immer daran gestört hat", antwortete Nancy Lee. „Sie haben genau das Gleiche erzählt. Ich hatte immer das Gefühl, dass das alles erfunden ist, und ich möchte hinzufügen, dass ich ehrenamtlich in einem Zentrum für Vergewaltigungsopfer arbeite. Dort setze ich mich dafür ein, dass man Opfern sexueller Gewalt glaubt und sie unterstützt. Aber das …", sie schüttelte den Kopf, „das werde ich niemals glauben."

„Welches Motiv hätten sie, so etwas zu erfinden?", fragte Gonzo.

„Ich habe lange und intensiv darüber nachgedacht, und ich weiß, dass Marcel das auch getan hat. Das Einzige, was uns eingefallen ist, war, dass sie eine finanzielle Entschädigung wollten, weil sie nicht das Kind bekommen hatten, das sie sich erhofft hatten, als sie ihn aufgesucht haben."

„Ich gehe davon aus, dass die Patientinnen Papiere unterschreiben, die die Ärzte und die Praxis von jeglicher Haftung befreien, falls sie nicht schwanger werden oder das Kind nicht austragen können", meldete sich Gonzo erstmals zu Wort.

„Natürlich. Wir haben Standard-Formulare zu diesem Zweck. Schließlich können wir keine Wunder bewirken. Es besteht immer die Möglichkeit, dass es nicht klappt. Doch das macht etwas mit den Menschen."

„Was genau meinen Sie?", hakte Freddie nach.

„Die Enttäuschung ist erdrückend", erklärte Nancy. „Dr. Blanchet war dafür bekannt, dass er selbst in den schwierigsten Fällen Ergebnisse erzielte. Wenn die Behandlungen erfolglos geblieben sind, wie bei allen vier Frauen, die die Klage angestrengt haben, erleben die Patientinnen mehr als nur fehlgeschlagene Fruchtbarkeitsbehandlungen. Es ist das Ende ihres Traums, ein eigenes Kind auszutragen. Manche reagieren verbittert. Wir haben das einige Male erlebt. Sie wollen jemandem die Schuld geben, und der Arzt ist eine geeignete Zielscheibe. Es ist eine seltene Reaktion, aber sie kommt vor."

Freddie glaubte ihr, doch alles in ihm wehrte sich dagegen, dass gescheiterte Fruchtbarkeitsbehandlungen die Frauen dazu gebracht haben sollten, Dr. Blanchet der Dinge zu beschuldigen, die er angeblich getan hatte. „Tut mir leid", meinte er. „Ich kann mir beim besten Willen nicht vorstellen, dass eine Frau eine Geschichte wie die in der Klage erfindet, nur weil ein Arzt etwas nicht vollbracht hat, wovon sie wusste, dass er es nicht garantieren konnte."

„Dem kann ich mich nur anschließen", pflichtete ihm Gonzo bei.

„Auf keinen Fall hätte er die Dinge getan, die man ihm nachsagt", beharrte Nancy eindringlich. „Ich kannte ihn seit fünfzehn Jahren, habe die ganze Zeit über eng mit ihm zusammengearbeitet, stand seiner Familie nahe. Kein einziges Mal habe ich gesehen oder gehört, dass er sich Frauen gegenüber unangemessen verhalten hätte. Aufgrund meiner Erfahrung im Krisenzentrum weiß ich, wie man Sexualverbrecher erkennt. Er war keiner."

„Haben sich jemals andere Patientinnen über ihn beschwert?", wollte Freddie wissen.

„Nie."

„Das waren also die einzigen vier Patientinnen, die sich in all den Jahren seiner Praxis jemals in dieser Richtung geäußert haben?"

„Die einzigen, von denen ich gehört habe. Haben Sie Marcel Blanchet jemals getroffen?", fragte sie.

„Nein", antwortete Freddie für Gonzo mit.

„Ich habe ihn in den letzten fünfzehn Jahren beinahe jeden Tag gesehen. Dieser Mann war kein Sexualverbrecher. Selbst Ihr Detective von der Special Victims Unit hat festgestellt, dass die Beweise nicht reichten, um ihn anzuklagen."

Hätte jemand anders als Ramsey ermittelt, hätte Freddie bei diesem Schluss ein besseres Gefühl gehabt.

„Wir wissen Ihre Meinung durchaus zu schätzen", versicherte er ihr. „Fällt Ihnen sonst jemand ein, der mit Marcel oder Liliana einen so heftigen Streit hatte, dass er zu den Morden an ihrer gesamten Familie geführt haben könnte?"

„Ich denke über nichts anderes nach, seit ich die schreckliche Nachricht gehört habe." Nancy Lee griff nach einem weiteren Taschentuch. „Ich kann mir niemanden vorstellen, der in der Lage gewesen wäre, diesen goldigen Kindern etwas anzutun."

Freddie reichte ihr seine Visitenkarte mit den üblichen Anweisungen.

Als sie die Praxis verlassen hatten, sagte Freddie: „Ich habe keine Ahnung, was ich von alldem halten soll."

„Da bin ich ganz deiner Meinung. Es ist unmöglich, dass vier Frauen eine solche Geschichte erfinden und damit an die Öffentlichkeit gehen, wenn sie nicht tatsächlich passiert ist."

„Ich meine, es wäre möglich, dass sie sich das ausgedacht haben, aber wie ich es auch drehe und wende, ich kann nicht erkennen, *warum* sie das getan haben sollten. Elin wollte kaum mit mir über das reden, was uns gerade passiert ist. Bei Sam war es immer genauso, wenn sie einen Rückschlag erlitten hatte. Ich kann mir nicht vorstellen, dass sie ihre Enttäuschung an dem Arzt auslassen, indem sie ihn einer so ungeheuerlichen Tat beschuldigen."

„Sie hätten das nie getan, wenn es nicht tatsächlich passiert wäre", pflichtete ihm Gonzo bei. „Ich verstehe, dass Nancy Lee eine treue Freundin und Angestellte von Blanchet war, doch sie ist in dieser Angelegenheit nicht objektiv. Wie seine Mutter verteidigt sie ihn natürlich, besonders jetzt, wo er tot ist. Sie wollen sein Andenken schützen."

„Ich hasse diesen Fall", gestand Freddie.

„Ich auch. Mehr als die meisten anderen. Vor allem hasse ich, dass vier unschuldige Kinder sterben mussten."

„Genau. Wie machen wir jetzt weiter?"

„Lass uns zurück zum Hauptquartier fahren und noch mal alles rekapitulieren. Wir haben den Cortez-Ansatz, dem wir weiter nachgehen können, also sollten wir die Hoffnung nicht aufgeben."

„Ich versuche es, aber im Moment scheinen alle Spuren ins Nichts zu führen."

„Wir kriegen unsere Chance. Früher oder später."

„Mir wäre früher lieber."

~

Im Hauptquartier suchte Gonzo Green und O'Brien auf, während Freddie die Tür zum Besprechungsraum hinter sich schloss, um Sam anzurufen.

„Wie läuft's?"

„Ich bin extrem frustriert." Freddie informierte sie über das Gespräch mit Nancy Lee.

„Da bin ich deiner und Gonzos Meinung. Es ist unmöglich, dass diese Frauen sich mit so etwas an die Polizei gewandt haben, wenn es nicht wirklich passiert ist. Sieh dir Ramseys Bericht über seine Ermittlungen genauer an. Das könnte etwas Licht ins Dunkel bringen."

„Werde ich."

„Verfolge weiter alle Spuren, und tu, was wir immer tun. Irgendwann wird sich etwas ergeben."

„Es wäre schön, wenn das bald geschähe."

„Ich habe volles Vertrauen in dich und den Rest des Teams."

„Das freut mich. Wie geht's den Kindern?"

„Ganz okay, und bisher haben zum Glück weder Nick noch ich Fieber. Ich arbeite mich durch Lilianas E-Mails, SMS, Social-Media-Posts und ihren Arbeitskram. Wenn mir etwas auffällt, melde ich mich."

„Danke für deine Hilfe."

„Bis morgen früh."

„Ja, bis dann."

Cameron und Matt kehrten um achtzehn Uhr mit Pascal und Gia Cortez ins Hauptquartier zurück.

„Was für ein reizendes Paar", knurrte Matt, nachdem er sie in Befragungsraum eins gesetzt hatte, wo ein Streifenbeamter ein Auge auf sie hatte.

„Sie haben sich die ganze Zeit quergestellt", fügte Cam hinzu. „Ihre Mutter hat gedroht, einen Anwalt anzurufen und uns wegen Belästigung zu verklagen. Wir haben gesagt, sie soll sich keinen Zwang antun."

„Danke, dass ihr das auf euch genommen habt", erwiderte Freddie. „Haben sie nach einem Anwalt gefragt?"

„Nein", antwortete Cam. „Die einzige Erwähnung von Anwälten kam von ihrer Mutter, von wegen der Belästigung. Wir haben sie über ihre Rechte aufgeklärt – zweimal."

„Gute Arbeit", lobte Freddie. „Wir übernehmen ab jetzt. Ich warte nur darauf, dass eine der Miller-Schwestern erscheint, ehe wir weitermachen."

„Hier bin ich", verkündete die stellvertretende Staatsanwältin Hope Miller.

„Großartig", erklärte Freddie. „Ich rufe Captain Malone an, und dann unterhalten Gonzo und ich uns noch einmal mit den beiden."

KAPITEL 30

Während Malone und Hope alles von nebenan verfolgten, betraten Freddie und Gonzo den Verhörraum.

„So sieht man sich wieder", begrüßte Freddie das Ehepaar Cortez.

„Das ist hier doch reine Schikane", beschwerte sich Pascal. „Wir haben Ihnen bereits gesagt, dass wir keine Ahnung haben, was sich bei diesen Leuten zugetragen hat."

„Es ist auf jeden Fall interessant, dass Sie überhaupt nicht erwähnt haben, dass Liliana Blanchet Sie ein paar Tage vor ihrem gewaltsamen Tod als ‚rassistische Schweine' bezeichnet hat", antwortete Freddie.

„Inwiefern tut das etwas zur Sache?", fragte Gia mit einem nervösen Blick zu ihrem Mann.

„Als wir Sie gefragt haben, ob Sie uns noch etwas über Ihre Beziehung zu den Blanchets erzählen könnten, ist dieser Vorfall nicht zur Sprache gekommen", erklärte Freddie.

„*Deswegen* haben Sie uns von einem Besuch bei der Familie hierher verschleppt?", erkundigte sich Pascal entrüstet.

„Wie gesagt, bei einer Mordermittlung zählt jedes Detail", meinte Freddie. „Warum haben Sie die Stadt verlassen, nachdem Sie das letzte Mal gehen durften?"

„Wir wollten Gias Mutter besuchen."

„Obwohl wir Ihnen dringend nahegelegt hatten, hierzubleiben?", wollte Gonzo wissen. „Ihrer Nachbarin zufolge war Ihr Aufbruch überstürzt. Sie hat angegeben, dass Sie eine knappe halbe Stunde nach Ihrer Ankunft zu Hause schon wieder verschwunden waren."

„Weil wir bereits spät dran waren", behauptete Gia.

„Sie haben ein ziemlich wichtiges Detail ausgelassen, als wir mit Ihnen gesprochen haben", kehrte Freddie zum Thema zurück. „Ein bedeutendes Detail, das ein Motiv für einen Mord darstellen könnte."

„Wir haben sie nicht getötet, und Sie werden uns das nicht anhängen", beharrte Pascal.

Gias Hände zitterten so stark, dass sie sie von der Tischplatte nahm und sich in den Schoß legte. „Für was für Menschen halten Sie uns?", flüsterte sie.

„Für Menschen, die ein junges Mädchen online mobben, weil es besser turnt als das eigene Kind", antwortete Gonzo.

„Deshalb sind wir noch lange keine *Mörder*", rief Pascal.

„Es muss Sie doch wütend gemacht haben, dass Liliana Blanchet Sie als rassistische Schweine bezeichnet hat, besonders vor den anderen Eltern", sagte Freddie.

„Wir sind keine Rassisten", stellte Pascal klar. „Wir fanden es nur nicht gut, dass alle Eloise als das nächste große Talent behandelt haben, obwohl sie nicht so viel Zeit in die Turnmannschaft investiert hatte wie die anderen Mädchen. Das hatte nichts mit ihrer Hautfarbe zu tun."

„Natürlich nicht." Gonzo klappte den mitgebrachten Laptop auf. „Ich habe ein paar Recherchen über die fraglichen Wettkämpfe angestellt, mir Eloises Leistungen angesehen und sie mit denen Ihrer Tochter verglichen. Sollen wir uns das mal anschauen?"

„Nicht nötig", knurrte Pascal.

„Tun Sie mir den Gefallen." Gonzo drückte auf „Play" bei einem Video, das Eloise bei einer anspruchsvollen und makellosen Darbietung sowie eine weit weniger ausgefeilte Vorführung von Lacey Cortez zeigte. „Ich habe noch nie in meinem Leben einen Turnwettkampf verfolgt, aber selbst mein ungeschultes Auge erkennt, dass Eloise ein Rohdiamant war, während Ihre Tochter zwar talentiert ist, doch ganz klar nicht in der gleichen Liga turnt wie Eloise."

„Lacey ist viel begabter, als sie war!", widersprach Gia. „Da können Sie jeden fragen!"

„Haben Sie die Blanchets getötet, um Eloise aus dem Weg zu räumen?", fragte Freddie.

Pascal fielen fast die Augen aus dem Kopf. „Nein! Wir haben niemanden getötet!"

„Brauchen wir einen Anwalt?", erkundigte sich Gia. „Pascal, wir brauchen einen Anwalt."

„Wen sollen wir für Sie anrufen?", erbot sich Freddie.

„Wir kennen keinen", entgegnete Gia.

„Dann informieren wir das Gericht. Es wird ein oder zwei Tage dauern, bis die einen Pflichtverteidiger benennen, so lange bleiben Sie in Untersuchungshaft."

„Wir müssen zurück zu unseren Kindern!", protestierte Gia.

„Bis wir unser Gespräch beendet haben, sind Sie unsere Gäste", sagte Freddie. „Soll ich bei Gericht anrufen?"

„Was wollen Sie noch wissen?", fragte Pascal.

„Sobald Sie nach einem Anwalt verlangen, können wir nicht mehr mit Ihnen über den Fall sprechen", erklärte Freddie. „Soll ich einen Pflichtverteidiger anfordern, oder haben Sie den Namen eines Anwalts, den ich kontaktieren soll?"

„Wir kennen keine Anwälte", wiederholte Pascal.

„Also gut. Dann werde ich das Gericht informieren. Ein uniformierter Kollege wird Sie nach unten bringen, bis Ihr Anwalt eintrifft."

„Unsere Kinder …", wandte Gia ein. „Was wird aus ihnen?"

„Ich nehme an, sie sind bei ihrer Großmutter gut aufgehoben?"

„Ja, schon, aber …"

„Kein Aber. Solange wir nicht wissen, wo Sie sich zur Tatzeit aufgehalten haben, bleiben Sie hier." Sie mussten ihnen ja nicht verraten, dass man sie ohne konkrete Anklage nur achtundvierzig Stunden festhalten konnte.

Er und Gonzo verließen den Verhörraum und trafen Malone und Hope Miller auf dem Flur.

„Was meinen Sie?", wandte sich Freddie an die beiden.

Kaum hatte er die Worte gesagt, drangen laute Stimmen aus dem Verhörzimmer zu ihnen. Die vier eilten in den Beobachtungsraum und schalteten den Ton ein.

„Was zum Teufel sollen wir jetzt tun?", brüllte Pascal Gia an, die zusammengekauert auf einem Stuhl am Tisch saß. „Sieh dir an, wo du uns hingebracht hast: auf ein verdammtes Polizeirevier, wo man uns des Mordes beschuldigt! Du hättest Eloise in Ruhe lassen sollen, als ich dir letztes Jahr dazu geraten habe."

„Wie konnte ich, wo sie Laceys Leben ruiniert hat?"

„Sie hat ihr Leben *nicht* ruiniert. Die beiden waren zwölf, verdammt noch mal. Ich hätte mich nie von dir dazu überreden lassen sollen."

„Halt die Klappe", zischte Gia. „Sie hören wahrscheinlich zu."

„Was zum Teufel …?", flüsterte Freddie.

„Gut, sollen sie ruhig hören, dass es deine Idee war. Ich werde ihnen gerne alles erzählen."

„Das wagst du nicht", keuchte Gia. „Ich weiß, was du für Leichen im Keller hast."

Freddie und Gonzo schauten einander an.

„Wovon sprichst du?", fragte Pascal und schien wirklich verwirrt zu sein.

„Glaubst du, ich wüsste nicht, was du mit Colleen getrieben hast?"

„Was denn?"

„Bitte … Als ob du das nicht wüsstest."

„Ich habe keine Ahnung, wovon du redest."

„Du verbringst so viel Zeit mit ihr, und dann wird ihr Mann plötzlich ‚vermisst'? Willst du mir erzählen, dass du keine Ahnung hast, was mit ihm passiert ist?"

„Das habe ich tatsächlich nicht! Ich habe unserer Freundin in einer schwierigen Zeit beigestanden. Seit wann ist das ein Verbrechen? Versuch nicht, die Sache auf mich abzuwälzen. Deine kranke Besessenheit von einem Kind hat dafür gesorgt, dass wir des Mordes verdächtigt werden!"

„Ich bereue nichts." Gia verschränkte die Arme und warf ihm einen trotzigen Blick zu.

„Wo ist meine Waffe?", fragte Pascal.

„Das brauchst du nicht zu wissen."

„Wenn sie die Waffe zu mir zurückverfolgen können, werde ich dir das nie verzeihen."

„Niemand kann sie zu dir zurückverfolgen. Sie ist unregistriert, schon vergessen?"

„Ich habe genug gehört", erklärte Hope.

„Sie können Gedanken lesen, Frau Staatsanwältin", meinte Malone. „Verhaften Sie die Frau wegen sechsfachen Mordes, und bringen Sie ihre Fingerabdrücke ins Labor, damit man sie mit der am Tatort gefundenen Waffe abgleichen kann. Finden Sie außerdem heraus, wer zum Teufel Colleen ist und was mit ihrem Mann los ist."

„Jawohl, Sir", antwortete Freddie, während er sich fragte, ob es das war. Hatten sie ihren Mörder gefunden?

Er und Gonzo kehrten in den Verhörraum zurück.

Freddie ging auf Gia zu und legte ihr Handschellen an, ehe sie wusste, wie ihr geschah. „Gia Cortez, ich verhafte Sie wegen der Morde an Marcel, Liliana, Eloise, Abigail, Violet und August Blanchet. Sie haben das Recht, zu schweigen. Alles, was Sie sagen, kann und wird vor Gericht gegen Sie verwendet werden."

Bis Gia mitbekam, was los war, hatte Freddie bereits die gesamte Rechteerklärung heruntergebetet.

„Was soll das?", beschwerte sie sich lautstark, während sie sich gegen die Handschellen wehrte. „Ich habe niemanden getötet!"

„Wissen Sie noch, dass die Detectives Green und O'Brien Sie daran erinnert haben, dass Sie das Recht haben, zu schweigen, als sie Sie hergebracht haben?" Freddie wies auf die Kamera in der Ecke des Verhörraums. „Das gilt zu jeder Zeit."

„Sie haben uns belauscht?", fragte Pascal. „Das war ein Privatgespräch."

„So was gibt es nicht, wenn Sie in Polizeigewahrsam sind, es sei denn, Ihr Anwalt ist dabei", klärte ihn Gonzo auf. „Wer ist Colleen, und was ist mit ihrem Mann los?"

Pascal blieb für einen Moment der Mund offen stehen. „Sie … Ich …" Er schloss den Mund. „Ich will einen Anwalt."

Im Gegensatz zu seiner Frau war er im Fall Blanchet bisher nicht offiziell beschuldigt worden und wurde von Gonzo zu den U-Haft-Zellen gebracht, während Freddie Gia zur Abnahme von Fingerabdrücken und Fotos und zur offiziellen Anklage wegen sechsfachen Mordes begleitete.

Ausgehend von dem Mitgehörten vermutete er stark, dass Gia mit Pascals Waffe ins Haus der Blanchets eingedrungen war und Marcel gezwungen hatte, seine eigene Waffe zu holen und sich selbst mit rechts zu erschießen. Dann hatte sie seine Waffe benutzt, um die Kinder zu töten und zwei zusätzliche Kugeln in Eloise zu jagen. Er war sich nicht sicher, ob sie Liliana erschossen hatte, bevor oder nachdem sie Marcel umgebracht hatte. Bevor sie den Tatort verließ, hatte sie auf jeden Fall seine Waffe neben seine rechte Hand gelegt.

Gia weinte so heftig, dass sie kaum sprechen konnte. „Ich war das nicht!", brachte sie zwischen Schniefen und Schluchzen heraus.

„Erzählen Sie das dem Richter."

Als Cameron nach Hause kam, fand er Gigi in der Küche vor. Aus dem Bluetooth-Lautsprecher drang Musik, und etwas, das auf dem Herd kochte, duftete köstlich. Eine Sekunde lang war er so verblüfft, sie dort zu sehen, dass er nach Worten suchen musste.

Sie lächelte ihn an, wie sie es vor der Katastrophe getan hatte. „Wie war dein Tag, Schatz?"

Er lehnte sich gegen den Türrahmen und betrachtete ihr seidiges dunkles Haar, ihre olivfarbene Haut und ihre großen braunen Augen mit den dichten geschwungenen Wimpern. Sie trug einen geblümten Seidenmorgenmantel, den sie an der Taille locker zugeknotet hatte, und an der Art, wie er sich an ihre Kurven schmiegte, erkannte Cam, dass sie darunter nichts anhatte. „Er wird gerade deutlich besser."

Gigi schlang Cam die Arme um die Taille und legte den Kopf an seine Brust. „Für mich auch."

„Was hat diesen Energieschub ausgelöst?"

„Ich hatte zum ersten Mal seit Tagen wieder Hunger, also dachte ich, ich koche uns was."

„Aber ich hatte nichts eingekauft. Woher hast du die Lebensmittel?"

„Von Instacart." Sie warf ihm ein keckes Lächeln zu. „Das ist diese moderne Erfindung, die einem Lebensmittel direkt an die Tür liefert."

Er war so erleichtert, ihre Augen wieder strahlen zu sehen, dass er kaum atmen konnte. Die Gefühle schnürten ihm die Kehle zu, als er sie an sich drückte.

„Alles gut?", fragte sie.

„Wenn es dir gut geht, geht es mir auch gut."

„Ich habe beschlossen, nicht noch einen Tag im Bett zu verbringen und mich selbst zu bemitleiden. Als Gonzo es gestern gesagt hat, habe ich es endlich verstanden: Nichts davon war unsere Schuld. Wir müssen einen Weg finden, mit dem zu leben, was passiert ist." Sie löste sich von ihm und blickte zu ihm hoch. „Kannst du das?"

„Ich versuche es. Das schwöre ich. Es ist nur einfach so schwer zu akzeptieren, dass jemand aus meinem Leben dich und deine Karriere in solche Gefahr gebracht hat."

„Ich kann mir vorstellen, wie es sich anfühlen würde, wenn die

Rollen vertauscht wären und Ezra zu dir gekommen wäre. Aber ich will, dass wir versuchen, dorthin zurückzukehren, wo wir waren, bevor das alles geschehen ist. Denn wo wir waren … ist der beste Ort, an dem ich je war, und alles, was ich will, ist mehr davon."

Cameron schaute in ihr süßes Gesicht, das schönste auf der Welt. „Als ich dich das erste Mal gesehen habe, nachdem ich im Team angefangen hatte, habe ich mich gefühlt, als hätte ich einen Schlag in die Magengrube gekriegt oder so. In dieser Sekunde hat sich alles verändert. Ich habe Cruz nach dir gefragt, und er sagte, du hättest seit der Highschool denselben Freund. Noch nie war ich so enttäuscht wie in diesem Augenblick, in dem gleichzeitig die Sache mit Jaycee für mich vorbei war. Nachdem ich dich getroffen hatte, war das zwischen uns nie mehr das Gleiche."

„Das hast du mir noch nie erzählt", erwiderte sie leise.

Cam strich ihr die Haare aus dem Gesicht. „Sie wusste, dass sich etwas verändert hatte, aber sie hatte keine Ahnung, was es war. Ich hab mich deswegen furchtbar gefühlt. Damals war ich schon ein Jahr mit ihr zusammen, und wir hatten eine schöne Zeit. Doch ich habe in einem Jahr nicht das für sie empfunden, was ich in dieser einen Sekunde für dich empfunden habe."

Gigi zog ihn an sich und küsste ihn.

Cameron vertiefte den Kuss, presste sich an sie und drückte sie gegen die Wand. Nichts in seinem Leben war vergleichbar mit dem Glück, das er bei ihr gefunden hatte, und sie wieder in seinen Armen zu haben, nachdem er befürchtet hatte, dass das nie wieder geschehen könnte, war wie eine Heimkehr an den Ort, an dem er immer sein wollte.

Sie schob eine Hand zwischen ihre Körper und machte sich an seinem Gürtel zu schaffen.

Er kam lange genug zur Besinnung, um zu begreifen, was sie vorhatte. „Gigi. Bist du dir sicher?"

„Absolut. Bitte … Ich will dich."

Das war alles, was Cam hören musste. Er öffnete den Knopf und den Reißverschluss seiner Hose und hatte sie sich in Sekundenschnelle abgestreift.

Als sie den Bindegürtel ihres Morgenmantels löste, stellte er fest, dass er recht gehabt hatte, sie war darunter nackt.

Der Laut, der tief aus seinem Inneren aufstieg, ein tiefes, raues Knurren, überraschte sie beide.

Ihr leises Lachen erfüllte ihn mit Freude, denn es zeigte ihm, dass seine Gigi wieder da war.

Er umfasste ihren Po und hob sie auf seine Erektion.

Als sich ihre Körper vereinigten, atmete Cameron erleichtert auf. Das Gefühl war so heftig, so überwältigend. Nach dem Trauma von Jaycees Überfall hatte er sich tagelang gefragt, ob sie sich je wieder so lieben würden. Das hier sorgte dafür, dass seine Liebe zu ihr nur noch größer wurde.

Er musste im Geiste bis hundert zählen, um nicht zu früh zu kommen. Nicht bevor sie ihren Höhepunkt gehabt hatte. Nie vor ihr.

„Cameron", stöhnte sie. „Härter."

Verdammt. Seine Selbstbeherrschung hing ohnehin nur noch an einem seidenen Faden, und dann sagte sie so was.

Der Höhepunkt war für sie beide explosiv. Seine Beine zitterten, und Befriedigung erfüllte jede Faser seines Körpers.

Sie presste ihre Lippen auf seinen Hals, was ihn wie ein Blitz durchzuckte. „Ich liebe dich so sehr."

„Ich dich noch mehr."

„Kann gar nicht sein."

Er zog sie eng an sich, während die Nachbeben ihn in Sekundenschnelle wieder hart werden ließen. „O doch."

Ein lautes Klingeln ertönte. „Das Essen ist fertig."

Sie lachten, und Cameron entspannte sich zum ersten Mal seit Tagen. Solange sie noch lachen und einander lieben konnten, würden sie auch einen Weg aus diesem Albtraum heraus finden.

Nach dem Dinner aus gegrillten Käse-Sandwiches für ihre kranken Kinder gesellte sich Sam im Wintergarten im dritten Obergeschoss zu ihnen, um zum gefühlt neunhundertsten Mal „Iron Man" zu sehen, denn das war der Film, den Alden immer aussuchte, wenn er mit Auswählen an der Reihe war.

„Vielleicht könnten wir uns das nächste Mal einen der anderen Iron-Man-Filme angucken", schlug Scotty vor, während er mit Skippy kuschelte.

„Ich mag den hier." Alden stand ausschließlich auf Teil eins.

„Was du nicht sagst", meinte Scotty, und Aubrey lachte über seinen Gesichtsausdruck.

Sams Handy klingelte. Es war Freddie, daher nahm sie an. „Hey, was liegt an?"

„Wie geht es den Kindern?"

„Heute Abend etwas besser. Aber sie bleiben morgen noch mal zu Hause."

„Richte ihnen gute Besserung von mir aus."

„Mach ich."

„Also, weshalb ich anrufe: Wir haben Gia Cortez für die Blanchet-Morde verhaftet."

KAPITEL 31

Sam setzte sich ein wenig aufrechter hin. „Wow. Das habe ich nicht kommen sehen."

„Ich auch nicht." Freddie berichtete ihr, was im Verhörraum vorgefallen war. „Ich habe ihre Fingerabdrücke ins Labor geschickt, um sie mit denen auf der Waffe und anderen am Tatort gefundenen vergleichen zu lassen. Wir warten auf den Pflichtverteidiger, ehe wir mit Pascal darüber sprechen, wer Colleen ist und was mit ihrem Mann los ist."

„Das ist ein beeindruckendes Update. Wie beurteilst du die Entwicklung?"

„Ich bin mir nicht sicher."

„Warum genau nicht?"

„Ich möchte wirklich gern, dass es so einfach ist. Gia Cortez hatte ein Motiv und Zugang zu einer Waffe, die jetzt offenbar verschwunden ist. Und sie hat Eloise mit einer Leidenschaft gehasst, die sie zum Äußersten getrieben haben könnte."

„Genau. Aber?"

„Ich weiß nicht. Irgendwie empfinde ich nicht das gleiche Prickeln wie bei einem Volltreffer."

„Ja, ich weiß, was du meinst."

„All das wegen einer Kinderturnmannschaft? Außerdem: Wie hat sie es gemacht? Hat sie Marcel mit einer Waffe bedroht, ihn dazu gebracht, seine eigene Waffe zu holen, und das Ganze so inszeniert, dass es wie ein erweiterter Selbstmord aussah?"

„Da ist was dran. Ich schätze, du wartest am besten auf die

Laborergebnisse und entscheidest danach über die nächsten Schritte.“

„Können wir noch über ein paar andere Dinge sprechen, die heute passiert sind?“

„Na klar.“

Er berichtete ihr, dass sie alle an der Klage Beteiligten unter die Lupe genommen hatten. „Abgesehen von dem einen empörten Posting von Cauley fällt bei keinem von ihnen etwas auf. Viele Posts über den Schmerz bei Kinderlosigkeit und über ihren Weg zur Elternschaft. Zwei haben mittlerweile adoptiert. Ihre jüngsten Beiträge sind voller Glück und Hoffnung, und das ist schön.“

Sams Blick schweifte über die drei Kinder, die sie unter so unwahrscheinlichen Umständen zur Mutter gemacht hatten. „Das kann ich gut nachfühlen.“

„Das dachte ich mir schon. Ich will ehrlich sein: Es ist schwer zu glauben, dass die Morde nichts mit dem Vater zu tun haben, mit seinem auf dem Spiel stehenden Ruf und dem Prozess, durch den sein Leben ruiniert worden wäre. Nach allem, was man hört, ist seine Ehe deshalb in die Brüche gegangen, und er stand unter enormem Druck. Kannst du dir vorstellen, wie es für ihn gewesen sein muss, darauf zu warten, dass die Bombe platzt und die Nachricht über den Prozess an die Öffentlichkeit dringt?“

„Es muss unerträglich gewesen sein, vor allem weil er wusste, dass er etwas Ekelhaftes getan hatte und dafür auf die denkbar öffentlichste Art und Weise bezahlen würde.“

„Richtig. Und vielleicht wollte er seiner Frau und seinen Kindern den Skandal ersparen.“

„Außer … dass er Linkshänder war.“

„Ja, und das widerlegt all meine Theorien. Ganz zu schweigen davon, dass seine Praxismanagerin, die seit über fünfzehn Jahren für ihn arbeitet, geschworen hat, dass der Mann, den sie kannte, niemals getan hätte, was diese Frauen ihm vorwerfen.“

„Das ist interessant, aber es war wohl zu erwarten, dass die Menschen, die ihm am nächsten stehen, ihn gegen die Vorwürfe verteidigen.“

„Ist es seltsam, dass seine Frau das nicht getan hat?“

„Ich habe über sie nachgedacht – ihre Arbeit, ihr Leben, ihre Mandanten. Vielleicht konzentrieren wir uns auf die falsche Person, wenn wir nach einem Motiv suchen.“

„Wie im Fall Beauclair“, sagte Freddie und bezog sich auf den angenommenen Namen, unter dem die Zwillinge und ihre Eltern gelebt hatten, nachdem ein ehemaliger Geschäftspartner ihren Vater, einen Milliardär, bedroht hatte. Der Mörder war am Ende jemand gewesen, mit dem seine Frau nach einem Verkehrsunfall aneinandergeraten und der daraufhin in ihre Wohnung eingebrochen war. Während der Ermittlungen hatten sie sich lange auf die Bedrohung des Vaters konzentriert, bis die Beweise in eine ganz andere Richtung gewiesen hatten.

„Ja." Sam fuhr Alden mit den Fingern durchs Haar. „Wir waren uns so sicher, dass es mit ihm zu tun hat. Wie hätte es anders sein können?"

„Ich gehe heute Abend den Rest ihrer Social-Media-Posts, Textnachrichten und E-Mails durch."

„Tut mir leid, dass ich nicht alles geschafft habe."

„Kein Problem. Ich gebe Bescheid, wenn ich etwas finde."

„Du machst das richtig, Freddie, wenn du nicht aufhörst zu ermitteln, obwohl du Verdächtige hast. Verfolge einfach weiter alle Spuren."

„Fürs Protokoll: Es ist einfacher, wenn du mir sagst, welche Spuren ich verfolgen soll."

Sam lächelte. „Da bin ich mir sicher, aber das ist eine tolle Lernerfahrung für dich."

„Wenn du meinst."

„Ich meine, und ich bin deine Chefin."

Neben ihr lachte Scotty auf.

Sam grinste ihren Sohn an. „Fahr nach Hause", wies sie Freddie an, „und gönn dir eine Pause. Morgen ist auch noch ein Tag."

„Das werde ich vielleicht sogar tun."

„Das war ein Befehl."

„Nach Feierabend bist du nicht mehr meine Chefin."

„Ach, mein kleiner Padawan, wie kommst du denn auf diese Idee?"

„Puh … Ich bin dann mal weg."

Sam lachte immer noch, als die Leitung schon längst tot war. „Sehr witzig. Nach Feierabend bin ich nicht mehr seine Chefin. Von wegen. Ich bin *immer* seine Chefin."

„Er würde es nicht anders wollen", versicherte ihr Scotty.

„Und was ist mit dir? Wie siehst du das?"

„Ich hätte mich ja nicht von dir adoptieren lassen müssen. Der arme Freddie hingegen hatte keine Wahl. Er hat dich am Hals."

„Sehr witzig." Sam liebte ihren Sohn so sehr. „Ich bin echt froh, dass du dich entschieden hast, dich von mir adoptieren zu lassen, auch wenn ich weiß, dass es dabei hauptsächlich um meinen Mann ging."

„Nein, das stimmt nicht", antwortete Scotty, jetzt todernst. „Es ging mir um euch beide."

„Wirklich?", fragte Sam mit plötzlich dünner Stimme.

„Klar. Sosehr ich ihn auch liebe, und ich liebe ihn sehr, hätte ich nie zugestimmt, bei ihm zu leben, wenn ich seine Frau nicht genauso lieben würde. Ich kann nicht glauben, dass du denkst, es sei nur um ihn gegangen."

„Er ist ziemlich toll", sagte Sam mit einem kleinen Lächeln.

„Ja, aber das bist du auch, selbst wenn du so von dir eingenommen rüberkommst wie gerade eben gegenüber Freddie."

„Das ist bloß unsere Art, zu kommunizieren. Das weißt du doch."

„Ja, und aus irgendeinem seltsamen Grund liebt er dich ebenfalls."

„Ich bin eben extrem liebenswert."

Scotty prustete vor Lachen, was ihm einen spielerischen Klaps von seiner Mutter einbrachte.

„Was ist daran so lustig?"

„Du hasst Menschen und behauptest trotzdem, du seist liebenswert. Tut mir leid, Mom, aber du kannst nicht beides haben."

Zu gleichen Teilen entsetzt und amüsiert korrigierte ihn Sam: „Ich hasse Menschen, die anstrengend sind und mir bei der Arbeit in die Quere kommen. Menschen im Allgemeinen hasse ich nicht."

„Doch, tust du."

„Gar nicht."

„Wohl."

„Hey", mischte sich Nick ein, der sich, in seine Feierabend-Uniform aus einer Jogginghose und seinem abgetragenen Lieblings-Harvard-T-Shirt gekleidet, zu ihnen gesellte. „Worüber streiten wir?"

„Darüber, dass Mom die Leute nicht hassen und gleichzeitig behaupten kann, sie sei liebenswert."

„Das ist ein echtes Dilemma." Nick warf ihr einen Blick aus seinen haselnussbraunen Augen zu, während er neben ihr auf der Couch Platz nahm. Aubrey und Alden ließen sich auf seinem Schoß nieder, und er schlang die Arme um sie. „Einerseits hasst sie

Menschen im Allgemeinen. Andererseits lieben viele Menschen sie. Jetzt, wo sie die First Lady ist, erst recht."

Sam schnitt eine Grimasse, um ihrem Mann mitzuteilen, was sie davon hielt, auch wenn sie es liebte, ihn von den Kindern umgeben zu sehen, die ihn liebten. Er hatte so lange darauf gewartet, die Familie zu haben, die sie zusammen geschaffen hatten …

Nick lachte über ihren gespielt finsteren Blick. „Stimmt doch."

„Das ist alles deine Schuld."

„Ja, aber ich kann nichts dafür, dass die Leute dich lieben. Ich meine, wenn das jemand versteht, dann ich."

„Seid nicht so eklig", mahnte Scotty. „Kranke Kinder hören zu."

Sam und Nick bissen sich auf die Lippen, um nicht zu lachen.

Er hob über die Köpfe der immer schläfriger werdenden Kleinen hinweg vielsagend die Augenbrauen.

Als „Iron Man" zu Ende war, brachten sie die Kinder nach unten. Scotty protestierte lautstark, da er der Meinung war, er sollte nicht zur gleichen Zeit ins Bett müssen wie die Zwillinge. „Mein höheres Alter sollte Privilegien mit sich bringen", murrte er.

„Du hast bereits viele Privilegien", erinnerte ihn Sam, während sie auf den Hund deutete, der ihm nie von der Seite wich. „Nachdem du mit Skippy Gassi warst, kannst du fernsehen oder lesen, doch du brauchst Ruhe, damit du gesund wirst."

„Muss ich morgen auch zu Hause bleiben?"

„Ja, da du dann noch keine vierundzwanzig Stunden fieberfrei bist."

„Oh", sagte er und schien enttäuscht zu sein.

„Was ist los? Ich dachte, du würdest dich freuen, wenn du Schule verpasst."

„Ja, schon. Manchmal macht sie allerdings auch Spaß."

„Moment", antwortete Sam. „Nick, ruf sofort Harry an. Mit Scotty stimmt was nicht."

Ihr Sohn verdrehte genervt die Augen.

„Tut mir leid, aber hast du gerade gesagt, Schule macht manchmal *Spaß*?"

„Vergiss es."

„Zu spät. So was kann ich nicht vergessen. Ich traue meinen Ohren nicht."

„Gute Nacht, Mom", beendete er das Thema, während er mit Skippy die Treppe runterlief, um nach draußen zu gehen.

Sam und Nick brachten die Zwillinge ins Bett, lasen ihnen eine Geschichte vor und gaben ihnen einen Gutenachtkuss.

„Ich hoffe, ihr fühlt euch morgen besser", erklärte Sam.

„Müssen wir morgen in die Schule?", fragte Aubrey.

„Nein", widersprach Sam. „Wir werden den Rest der Woche zu Hause verbringen und nutzen dann das Wochenende, um uns auszuruhen und zu erholen."

„Bleibst du morgen wieder bei uns, Sam?", wollte Alden wissen.

„Ich bin mir noch nicht sicher. Wir klären das bis morgen früh und sagen dann, wie es weitergeht, okay?"

„Okay." Aubrey steckte sich den Daumen in den Mund.

Nick zog sanft an ihrer Hand. „Wir lutschen nicht mehr am Daumen, schon vergessen?"

„Ach ja", erwiderte sie lächelnd, während sie den Daumen aus dem Mund nahm und die Hand unter ihr Kissen steckte.

„Braves Mädchen." Nick küsste sie auf die Stirn. „Schlaft gut, ihr Süßen."

Auf dem Flur umarmte Sam ihren Mann. „Du weißt, dass ich dich immer liebe, oder?"

„Das hoffe ich doch sehr."

„Es ist so, aber ich liebe dich zehn Fantastilliarden Mal mehr, wenn du im Papa-Modus bist. Das machst du so toll."

„Sie und du, ihr seid das Beste, was mir je passiert ist."

„Haben wir heute Abend noch Zeit für einen Abstecher unters Dach?"

„Das ist das Einzige, woran ich den ganzen Tag denken konnte."

„Wohl kaum. Der Anführer der freien Welt hat ganz sicher andere Dinge im Kopf."

Nick presste seine Erektion gegen Sams Bauch. „Der Anführer der freien Welt denkt mehr an dich als an alles andere."

„Das darf niemals nach außen dringen", scherzte sie und lächelte ihn an. „Das wäre ein weiterer Skandal."

„Wenigstens wäre meine reizende Frau darin verwickelt."

„Ich bin dir schon gänzlich verfallen. Das weißt du, oder?"

Nick küsste sie mit der Begierde eines ganzen Tages.

Sam schlang ihm die Arme um den Hals und ließ sich in den sexy Kuss fallen, den Scotty und Skippy unterbrachen, als sie vom Gassigehen zurückkehrten.

„Um Gottes und aller Heiligen willen, würdet ihr zwei bitte damit aufhören?"

„Er wird doch bald eine Freundin haben, oder?", fragte Nick, den Mund dicht an ihren Lippen.

„Oder einen Freund", sagte Sam. „Beides wäre okay."

„Freundin", stellte Scotty in dem herablassenden Tonfall klar, den er immer häufiger anschlug, seit er vierzehn war. „Und an so etwas habe ich im Moment kein Interesse. Es gibt viel wichtigere Dinge, auf die ich mich konzentrieren muss, zum Beispiel Eishockey."

„Wir werden sehen", antwortete Nick und grinste seinen Sohn an.

„Von mir aus. Gute Nacht."

„Gute Nacht, mein Sohn", erwiderte Nick. „Deine Eltern lieben dich."

„Mhm. Ich euch auch." Die Tür knallte hinter ihm zu.

„War es etwas, das wir gesagt haben?", erkundigte sich Nick.

„Ich glaube, es war eher etwas, das wir *gemacht* haben."

„Können wir gleich noch viel mehr davon machen?"

„Klar."

Er tätschelte ihr den Hintern, damit sie sich in Richtung Treppe bewegte.

„Warte, ich muss mich erst umziehen."

„Nein. Für die Party, die ich geplant habe, braucht man keine Klamotten."

„Das ist meine liebste Art von Party."

Er reichte ihr die Hand und machte sich auf den Weg ins dritte Obergeschoss.

„Moment! Wir brauchen noch das Babyfon für die Zwillinge. Bin gleich wieder da." Sie eilte in ihr Schlafzimmer, um es zu holen, damit sie es mitkriegten, wenn die Kinder aufwachten. Das taten sie zwar selten, aber da es ihnen nicht gut ging, war es nicht unmöglich.

Als sie zurückkam, stand Nick genau da, wo sie ihn zurückgelassen hatte, und reichte ihr erneut die Hand.

Sie schlang die Finger um seine und schaute ihn an, blickte in seine atemberaubenden Augen, die jede ihrer Bewegungen beobachteten. Nachdem sie einander vor über zwei Jahren endlich wiedergefunden hatten, konnte sie immer noch nicht glauben, dass sie so viel Glück gehabt hatten, sich zweimal im Leben zu begegnen.

Sie hatte sich nach der ersten gemeinsamen Nacht nach ihm gesehnt, doch sie hatte geglaubt, er hätte beschlossen, sie nicht mehr anzurufen, nachdem er von einer Überseereise zurückgekehrt war.

Durch die Intrigen ihres späteren Ehemannes hatten sie sechs Jahre verloren, aber sie hatten die verlorene Zeit mehr als wettgemacht, seit sie wieder zusammen waren. Keiner von ihnen würde den anderen jemals als selbstverständlich betrachten, nachdem sie so viele Jahre damit verbracht hatten, sich das zu wünschen, was sie jetzt hatten.

„Was geht dir durch den Kopf?", fragte Nick, als sie die Treppe hinaufstiegen.

„Ich denke daran, wie viel Glück wir haben."

„Wir sind die vom Glück begünstigtsten Menschen, die wir kennen."

„Da bin ich mir nicht so sicher. Schau dir an, wo wir leben."

„Menschen verkaufen ihre Seele an den Teufel, um hier zu leben", erinnerte er sie. „Wir mussten das nicht tun, um die coolste Adresse in Amerika zu bekommen. Und du magst ihre Vorzüge. Das hast du selbst zugegeben."

„Schon, aber wir müssen auch ein Maß an öffentlichem Interesse ertragen, das die meisten Menschen nie erleben werden."

„Tja", erwiderte er achselzuckend. „Sollen sie sich doch für uns interessieren. Was sagen wir immer? Sie können uns nichts anhaben, es sei denn, wir lassen es zu."

„Du bist heute Abend sehr im Reinen mit dir, Mr President."

„Ich habe ja auch eine Verabredung mit meiner besten Freundin. Was kümmert mich da alles andere?" Er tippte den Code für ihr spezielles Zimmer ein – sechsundzwanzig-null-drei, ihr Hochzeitsdatum – und trat zur Seite, um sie vorgehen zu lassen. Der Duft ihrer Lieblingskokosnusskerzen begrüßte sie, dann sah sie den für zwei Personen gedeckten Tisch.

Sie wandte sich um. „Da hat jemand etwas vorbereitet."

„Es schien mir angebracht, nachdem ich dich mit der Absage unserer Reisen enttäuschen musste."

Sie legte das Babyfon zur Seite und strich ihm mit den Händen über die Brust. „Du könntest mich niemals enttäuschen, Nick."

„O doch."

„Nein. Nie im Leben. Du musst einfach nur für den Rest unseres Lebens mein Mann bleiben."

„So einfach ist das?", fragte er lächelnd, während er sich eine ihrer Haarsträhnen um den Finger wickelte.

„Ja, tatsächlich. Solange ich diese Gewissheit habe – und dich –, werde ich nie enttäuscht sein."

Er schlang die Arme um sie. „Ich habe so viel von dir verlangt. Deshalb wollte ich eine Auszeit schaffen, nur für uns."

„Wenn das hier hinter uns liegt, haben wir alle Zeit der Welt dafür, zusammen durchzubrennen, wohin wir wollen. Obwohl Eli und Candace bei ihnen gewesen wären, hatte ich ein wenig Sorge dabei, die Zwillinge für eine Woche allein zu lassen, wo sie sich hier ja gerade erst eingewöhnen." Eli hatte zugestimmt, in den Frühjahrsferien nach Hause zu kommen, um auf die Kinder aufzupassen, während sie verreisten.

„Ich auch."

„Na also. Jetzt werden wir unsere Kinder nicht vermissen, und ich hatte auch kein gutes Gefühl dabei, eine romantische Reise zu machen, während Angela sich noch in ihr Witwen-Dasein einfindet."

„Dann trifft es sich ja ganz gut, dass die Vereinigten Stabschefs unsere Pläne durchkreuzt haben."

„Nein, kein Quäntchen Dankbarkeit für die. Wir hassen sie abgrundtief."

Er erwiderte ihren Blick, und seine Augen funkelten vor Vergnügen. „Ja, das tun wir. Aber jetzt haben wir genug über Leute geredet, die nicht hier in diesem Raum sind."

KAPITEL 32

Seine Lippen fanden ihre in einem zärtlichen Kuss, und sie schmiegte sich an ihn.

„Zuerst essen", sagte er. „Dann spielen."

„Warum können wir nicht zuerst spielen?"

„Weil wir zum Spielen Energie brauchen."

„Das stimmt, und ich bin tatsächlich ziemlich hungrig. Was gibt's denn?"

„Ich habe die Butler gebeten, uns zu überraschen."

„Also, äh, sie waren hier drin?"

„Nein. Sie haben alles an die Tür geliefert, und ich habe es reingeholt."

„Gut. Sie müssen nicht wissen, was wir hier drin machen."

„Ich glaube, um das zu erraten, braucht man nicht viel Fantasie, Babe."

„Nein, niemand ahnt was. Ende der Diskussion."

„Du möchtest also nicht, dass der arme Reginald sich vorstellt, wie die First Lady auf Händen und Knien …"

Sam hielt ihm mit einer Hand den Mund zu. „Noch ein Wort, und du wirst die First Lady nie wieder auf Händen und Knien erleben."

„Und das wäre eine wahre Schande." Er umfasste ihren Hintern mit beiden Händen. „Das ist nämlich eine meiner größten Freuden auf der ganzen Welt."

„Groß ist er. Ja, das stimmt."

„Was habe ich dir über die Diskriminierung des sexy Hinterns meiner Frau gesagt?"

„Machen wir ihn noch größer, indem wir etwas essen." Sie hob die Speiseglocke von einem Teller und entdeckte darauf Filet Mignon mit winzigen Kartoffeln und Spargel. Der Duft ließ ihr das Wasser im Munde zusammenlaufen. „Köstlich."

Während des Abendessens erzählte er ihr von den neuesten Entwicklungen in Bezug auf die Vereinigten Stabschefs. „Cox wird morgen bekannt geben, dass wir sie nicht strafrechtlich belangen."

„So ein Quatsch."

„Es ist die richtige Entscheidung, wenn ihm die Beweise dafür fehlen, eine Anklage zu rechtfertigen", erklärte Nick. „Ich sage mir, es reicht, sie unehrenhaft aus dem Militärdienst zu entlassen und ihnen hoffentlich die Pension zu streichen, wenn wir wenigstens das hinkriegen, ohne ihnen Hochverrat nachzuweisen."

„Ich bin sicher, Cox hätte sie angeklagt, wenn er genügend Beweise gehabt hätte. Auf jeden Fall zeigt es anderen klar auf, dass sie einen bequemen Ruhestand aufs Spiel setzen, wenn sie den Sturz der Regierung planen."

„Das tut es."

„Gibt es Neuigkeiten in der anderen Sache?" Sam weigerte sich, in seiner Gegenwart die Wörter „Mutter" oder „Nicoletta" zu verwenden.

„Ich habe gehört, sie hat einen halbseidenen Anwalt vor Ort angerufen. Er ist ganz scharf auf Medienrummel und wird ihren Fall wahrscheinlich in der Öffentlichkeit breittreten und behaupten, ihr Sohn, der Präsident, lasse seine Mutter lieber hinter Gittern verrotten, als ihr irgendeine Art von Hilfe anzubieten."

„Du musst jetzt stark bleiben."

„Ja, das sagen alle."

Jedes Anzeichen von Verspieltheit und Spaß war verschwunden, und er war wieder der verletzte kleine Junge von früher. Sam hasste Nicoletta für das, was sie ihm angetan hatte und weiterhin antat. „Und was sagst *du*?"

Er stocherte mit der Gabel im Essen auf seinem Teller herum und schien gedanklich ganz weit weg zu sein. „Ich könnte ihr einen richtigen Anwalt besorgen. Andy zum Beispiel." Andy war einer von Nicks engsten Freunden und Anwalt.

Sam hätte am liebsten „Nein!" gerufen, aber sie biss sich auf die Zunge und ließ ihn weiterreden.

„Ich stehe wie ein totaler Mistkerl da, weil ich sie im Gefängnis schmoren lasse, obwohl ich ihr helfen könnte."

Sie presste die Lippen zusammen, um zu verhindern, dass ihr Worte rausschlüpften, die seinen Schmerz noch verstärken könnten.

„Was denkst du?", fragte er und sah zu ihr.

Der Kummer in seinen Augen machte sie so unglaublich wütend. „Ich kann dir nicht sagen, wie du damit umgehen sollst. Du musst tun, was du für das Richtige hältst." Sie griff über den Tisch und nahm seine Hand. „Du bist der beste Mann, dem ich je begegnet bin."

„Skip war der beste Mann, dem du je begegnet bist."

Sam schüttelte energisch den Kopf. „Er war ein erstaunlicher Mann, doch selbst er hat Dinge getan, mit denen ich nicht einverstanden war, zum Beispiel Cameron Fitzgerald mit einem Mord durchkommen zu lassen, weil er die Witwe seines toten Partners schützen wollte. Ich verstehe, warum er es getan hat, aber er hätte nicht seine eigene Karriere und seinen Ruf riskieren dürfen, um sie zu schützen. Das hättest du niemals getan."

„Das können wir nicht wissen."

„Du tust immer das Richtige, auch bei Menschen, die es nicht verdient haben." Sie hielt inne und wählte ihre nächsten Worte mit Bedacht. „Das Einzige, woran ich dich erinnern möchte, ist, dass du es jedes Mal bereust, wenn du sie in dein Leben lässt, weil du dann gezwungen bist, dich erneut mit der Tatsache auseinanderzusetzen, dass sie nur an sich selbst denkt. Sie wird nie so für dich da sein, wie es eine Mutter sein sollte, und jedes Mal, wenn du dir das wieder vor Augen führen musst, verlierst du ein Stück von dir selbst. Ich ertrage es nicht, das mit anzusehen." Sie trank einen Schluck von ihrem Wein. „Das war jetzt schon mehr, als ich eigentlich dazu sagen wollte."

Nick lächelte, allerdings war es nicht das Strahlen, das sie gewohnt war. „Du hast recht, Sam. Wie immer."

„Es fällt dir schwer, sie zu ignorieren, denn selbst nach allem, was sie dir angetan hat, bist du immer noch ein guter, loyaler Sohn, der das Gefühl hat, es einer Mutter recht machen zu müssen, die nie etwas für ihn getan hat."

„Genau."

„Ich habe keine Ahnung, wie du es geschafft hast, zu dem netten, liebevollen, empfindsamen Mann zu werden, der du bist, wo du doch in gewisser Weise unter Wölfen aufgewachsen bist. Sie hat dich nicht verdient."

„Nein."

„Aber wenn du das Bedürfnis hast, ihr zu helfen, werde ich dich nicht dafür verurteilen, und ich werde nie schlecht von dir denken. Versprochen."

„Danke. Das ist mir sehr wichtig."

„Man muss immer mit sich selbst leben können."

„Das ist der Teil, den ich schwierig finde. Schau, wo ich bin, während sie in einer Zelle sitzt."

„Du bist hier, weil du in deinem Leben die Weichen anders gestellt hast als sie – und zwar absolut nicht mit ihrer Unterstützung. Du hast es aus dem Nichts bis hierher geschafft, dank deines Mutes, deiner Entschlossenheit und jahrelanger harter Arbeit, die niemand je gewürdigt hat. Währenddessen hat sie Wege gefunden, zu stehlen, zu betrügen und ihr einziges Kind um Geld zu prellen, nur weil sie sich einbildet, die Welt schulde ihr etwas. Das ist der Unterschied zwischen euch, und die jetzigen Umstände beruhen auf euren jeweiligen Entscheidungen."

„Das stimmt."

„Bitte versichere mir, dass du weißt, dass du in keiner Weise für sie verantwortlich bist."

„Das weiß ich, doch letzten Endes bin ich, wie du gesagt hast, ihr einziges Kind."

„Was willst du tun?"

„Ich möchte am liebsten vergessen, dass ich sie überhaupt kenne."

„Aber?"

Nicks tiefer Seufzer sprach Bände.

Sam stand auf, ging um den Tisch herum und bedeutete ihm, ihr Platz auf seinem Schoß zu machen.

Er schlang die Arme um sie, vergrub sein Gesicht in ihrem Haar und atmete ihren Duft ein.

„Tu, was du tun musst, Nick. Niemand, der dich näher kennt, würde je dein Bedürfnis, ihr zu helfen, infrage stellen. Wir wissen um dein großes Herz. Wir verstehen dich."

„Ich hasse mich für den Drang, ihr zu helfen. Was für ein Masochist bin ich, dass ich immer wieder zu ihr zurückkehre, obwohl ich weiß, wer und was sie ist?"

„Jedenfalls kein Masochist. Du bist ein Sohn, der eine Mutter liebt, die ihn nicht verdient. Trotz allem liebst du, statt zu hassen, auch wenn dir niemand Vorwürfe machen würde, wenn es anders wäre."

„Danke für dein Verständnis."

„Du sprichst fließend Samantha, Nick. Ich würde gerne glauben, dass ich auch fließend Nicholas spreche."

Er wich zurück, um ihr ins Gesicht sehen zu können. „Das tust du, Sam. Niemand hat je so fließend Nicholas gesprochen wie du."

„Das hoffe ich doch."

Diese Antwort trug ihr ein echtes Lächeln ein. „Danke, Babe."

„Ich liebe dich so sehr, und ich hasse sie genug für uns beide."

Nick lachte, als er sie küsste. „Meine wilde Tigerin."

„Genau das bin ich. Du tust, was du tun musst, aber gnade ihr Gott, wenn ich sie je in die Finger kriege."

„Ich werde dafür sorgen, dass Vernon aufpasst, damit es nicht zu einem weiteren Skandal kommt, weil die Ehefrau des Präsidenten seiner Mutter die Augen auskratzt."

Sam war erleichtert, dass er auf ihre Scherze einstieg, anstatt sich mit seinem Seelenschmerz zu beschäftigen. Sie fühlte mit ihm und wünschte sich wirklich, seine Mutter würde einfach verschwinden und aufhören, ihm wehzutun. Da das jedoch eher nicht passieren würde, war sie entschlossen, ihm zu helfen, damit fertigzuwerden.

„Ich wäre dann bereit für den nächsten Punkt der Tagesordnung."

Er legte die Arme um sie und hob sie hoch, als er aufstand.

„Verheben Sie sich nicht, Mr President."

„Du bist ein totales Federgewicht."

Ihr Schnauben brachte auch Nick zum Lachen.

„Ich liebe jeden weichen, sexy Quadratzentimeter meiner bezaubernden Frau, und ganz besonders ihre üppigen Kurven."

„Ihre Kurven werden immer üppiger, seit wir hier eingezogen sind."

„Da hab ich nichts dagegen." Er setzte sie neben der Doppelliege ab, die sie an die in ihrem Resort in Bora Bora erinnerte.

Sam war so traurig, dass sie dieses Jahr nicht zu ihrem Hochzeitstag dorthin fliegen konnten, aber sie verstand natürlich, warum es im Moment für ihn nicht günstig wäre, eine halbe Welt weit von zu Hause entfernt zu sein. Sie hasste die ehemaligen Stabschefs fast so sehr wie Nicoletta, doch sie war fest entschlossen, Nick zu helfen, sich von all seinen Problemen abzulenken.

Sie zog ihm das T-Shirt über den Kopf und schob ihm Jogginghose und Boxershorts herunter. Dann versetzte sie ihm einen sanften Stoß, damit er sich auf die Liege setzte. Als er das getan hatte, ließ sie sich vor ihm auf die Knie fallen.

„Was wird das?"

Sam schenkte ihm ein keckes Lächeln. „Ein bisschen hiervon", antwortete sie und knabberte an seinem Hals, „und ein bisschen davon." Sie küsste sich an seinem Schlüsselbein entlang, während sie ihn dazu brachte, sich zurückzulegen.

Er stützte sich auf die Ellbogen, während sie den Blick über ihn schweifen ließ und sich vorbeugte, um seine Brust und seinen wie gemeißelt wirkenden Bauch mit Küssen zu übersäen. „Wie schaffst du es, so gut in Form zu bleiben, wo du die ganze Zeit hier gefangen bist?"

„Das Weiße Haus hat einen der besten Fitnessräume, die mir je untergekommen sind."

„Wann hast du dafür Zeit?"

„Meist mitten in der Nacht."

„Nick ..."

„Besser, als die Decke anzustarren, wenn ich nicht schlafen kann."

„Mir wäre es lieber, du würdest schlafen, aber ich muss sagen, die Zeit im Fitnessstudio ist sehr gut investiert." Sie berührte mit der Zunge seinen Waschbrettbauch. „Wenn die Frauen dieses Landes sehen könnten, was ich sehe, würden sie die Tore stürmen."

„Ach, jetzt übertreib nicht", wehrte er ab, verlegen wie immer, wenn sie ihm ein Kompliment über seine extreme Attraktivität machte.

„Ich spreche lediglich die Wahrheit aus." Sie schloss eine Hand um seine Erektion.

Ihm stockte der Atem, was sie nur weiter erregte.

Sam liebte es, die Einzige zu sein, die ihn je so zu Gesicht bekam, die ihn lieben, ihn berühren und ihr Leben mit ihm teilen durfte, und sie beschloss, ihm das mitzuteilen. „Bei dir habe ich das Gefühl, das glücklichste Mädchen der Welt zu sein, weil du mich liebst."

Er wand sich in ihrem geübten Griff, während sie ihn liebkoste. „Im Moment bin ich auch ziemlich glücklich."

Lächelnd beugte sie sich vor, um ihn in den Mund zu nehmen.

„Das Glück wird von Minute zu Minute größer."

Sam wandte jeden Trick an, den sie kannte, und genoss es, wie sich seine Finger in ihr Haar gruben, während sich seine Hüften im von ihr vorgegebenen Rhythmus hoben und senkten.

„Sam …"

Die Warnung entging ihr nicht, aber statt sich von ihm zu lösen, setzte sie ihre intimen Liebkosungen fort, bis er aufkeuchte und in ihrem Mund kam. Sie hätte das für niemand anders auf der Welt getan, doch dieser Mann … Es gab nichts, was sie nicht für ihn tun würde.

~

Nick konnte nicht fassen, wie sie seinen Kopf von allem außer ihr, ihnen beiden und der Liebe, die er für sie empfand, befreite, obwohl seine Welt vor lauter Skandalen und Kontroversen in Flammen stand. Sobald er wieder zu Atem gekommen war, zog er sie auf sich und küsste ihre geschwollenen Lippen. „Danke. Ich könnte den Rest meines Lebens ohne dich, uns und unsere Familie nicht mehr ertragen."

„Ich auch nicht, und du brauchst mir nicht zu danken."

„Doch, das muss ich." Er fuhr ihr mit beiden Händen durchs Haar. „Ich habe dich überredet, dich mit einem frischgebackenen Senator einzulassen, und sieh dir an, wo wir gelandet sind. Ich sollte dir für jeden einzelnen Tag danken."

Sam schüttelte den Kopf. „Das ist nicht nötig. Wir hätten von mir aus auch auf dem Mond landen können. Solange du bei mir bist, würde ich einen Weg finden, dass es funktioniert."

„Ich weiß nicht, was schlimmer ist – der Mond oder das Weiße Haus."

Sam lächelte. „Das Weiße Haus ist gar nicht so übel. Alle hier machen es uns sehr leicht, und die Kinder haben sich inzwischen gut eingelebt. Ich kann mich nicht beklagen, und du weißt, dass ich das selten sage. Natürlich finde ich es nicht gut, dass du ständig so im Mittelpunkt des öffentlichen Interesses stehst, aber du und dein tolles Team geht gut damit um. Alles paletti."

„Das freut mich ungemein, denn ich hab ständig die Sorge, dass ich zu viel von dir verlange."

„Niemals", erklärte sie und beugte sich vor, um ihn zu küssen, während sie sich über seiner wiedererwachten Erektion in Position brachte.

Er umklammerte ihre Hüften, während er langsam in sie

eindrang. Wieder einmal war in seinem Verstand nur Platz für Sam, für sie beide und die intensive Verbindung, die sein Leben vervollständigte.

Sam setzte sich auf und blickte ihm tief in die Augen, als sie sich über ihn beugte.

Während er sie beobachtete, prägte er sich jede Sekunde ein, wollte sich für immer daran erinnern. Seine Hände wanderten von ihren Hüften zu ihrem Busen, und er fuhr mit den Daumen über ihre Brustspitzen.

Sie warf den Kopf zurück, während sich ihre inneren Muskeln um ihn herum zusammenzogen.

Beide erreichten den Höhepunkt in einem explosiven Moment perfekter Harmonie, die ihn jedes Mal wieder in Erstaunen versetzte. Wie konnte es nach all der Zeit immer noch besser werden? Doch irgendwie wurde es das, und als er sie in die Arme schloss, dankte er dem Universum, dass es sie ein zweites Mal zu ihm geführt hatte.

„Das habe ich wirklich gebraucht", gestand er, als sie aus dem unglaublichen Rausch, den sie gemeinsam erlebt hatten, langsam wieder auftauchten.

„Nicht nur du."

Seine Finger zeichneten träge Kreise auf ihren Rücken. „Was sollen wir statt Bora Bora machen? Wir haben trotz allem eine Woche Urlaub."

„Was haben wir für Möglichkeiten?"

„Wie letzten Sommer ein Haus am Strand von Delaware mieten?", fragte er.

„Das wäre im März vermutlich nicht so schön."

„Alles, was wir brauchen, sind ein Bett und ein Kamin, damit es schön wird."

„Das ist wohl wahr", pflichtete sie ihm bei. „Also gut. Soll ich nachsehen, ob das gleiche Haus noch frei ist?"

„Gern. Vielleicht können wir für das zweite Wochenende die ganze Familie einladen?"

„Das wäre lustig."

„Ich denke an einen Tapetenwechsel für Angela und die Kinder", erklärte er.

„Ja, super. Lass uns das so machen."

„Das Haus ist groß genug, dass wir alle bei uns unterbringen können. Zu der Jahreszeit sollte es kein Problem sein, es zu bekommen, und der Secret Service hat es bereits gecheckt."

„Klingt nach einem Plan."

„Das mit Bora Bora tut mir immer noch leid", meinte er entschuldigend.

„Wir haben den Rest unseres Lebens Zeit, dorthin zu reisen – oder wo auch immer wir hinwollen."

„Ich freue mich auf diesen Rest unseres Lebens."

KAPITEL 33

Freddie war am nächsten Morgen schon um sechs Uhr im Hauptquartier, um einen Bericht über ihre Ermittlungen zu schreiben, damit sie einen Durchsuchungsbefehl für die Handydaten der Cortez beantragen konnten. Wenn sie in der Lage wären, über ihre Handys ihren Aufenthalt am Tatort nachzuweisen, würde das die offenen Fragen klären, die ihm immer noch unter den Nägeln brannten.

Ja, Gia Cortez war wegen der Sache mit dem Turnen ein bisschen durchgedreht und hätte vielleicht Eloise aus dem Weg räumen wollen, aber es fiel ihm schwer, sich vorzustellen, dass sie die ganze Familie ausgelöscht hatte. Für einen mehrfachen Mord gab es in der Regel ein starkes Motiv, und Turnwettkämpfe von Kindern waren keins, ganz gleich, wie lange er darüber nachdachte.

„Wie läuft's?", fragte Malone, der zu Freddie kam.

„Gut, denke ich."

„Hat der Pflichtverteidiger etwas über die beiden Cortez gesagt?"

„Bisher nicht." Freddie ließ einen Stift zwischen seinen Fingern kreisen, während er auf die Datei auf seinem Monitor starrte, in der er den Stand der Ermittlungen gegen Pascal und Gia Cortez zusammengefasst hatte.

„Was ist los?"

Freddie sah den Captain an. „Ich glaube nicht, dass sie es waren."

„Wieso nicht?"

„Das Motiv ist für mich nicht überzeugend. Sechs Tote wegen eines Turnwettbewerbs in der Mittelstufe?"

„Die Bezeichnung ‚rassistische Schweine‘ könnte den Ausschlag gegeben haben."

„Möglich", meinte Freddie, weiter nicht überzeugt. „Ich habe den Durchsuchungsbeschluss für ihre Handydaten vorbereitet."

„Das wird hoffentlich Klarheit bringen. Ich werde ihn beantragen."

„Gut."

Freddie war überrascht, als er Sam das Großraumbüro betreten sah. „Was willst du denn hier?"

„Soweit ich weiß, arbeite ich hier. Nick macht heute Vormittag Homeoffice. Was gibt's Neues?"

Freddie informierte sie über die Beantragung des Durchsuchungsbeschlusses und teilte ihr seine Bedenken zum vermeintlichen Tatmotiv mit.

„Die Handydaten werden es zeigen."

„Jap. Wie geht's den Kindern heute?"

„Viel besser. Am Montag können sie wieder in die Schule."

„Du hättest heute nicht reinkommen müssen."

„Doch. Ich möchte dich beim Abschluss des Falls unterstützen."

„Danke. Ich arbeite viel lieber mit dir als ohne dich."

„Du meinst, du ziehst es vor, dass ich dir sage, was du tun sollst, statt das selbst entscheiden zu müssen."

„Genau das."

Sam lachte. „Nach allem, was ich höre, hast du eine schwierige, komplexe und emotional aufreibende Ermittlung hervorragend geleitet."

„Echt?"

Sie lächelte. „Warum klingst du so überrascht?"

„Ich weiß nicht. Vermutlich sehe ich mich immer noch als Nachwuchs-Detective, der hofft, eines Tages in der ersten Liga mitspielen zu dürfen."

„Freddie, du spielst schon seit Jahren in der ersten Liga und bist bereit für das hier. Ehrlich gesagt bist du das schon seit einer ganzen Weile." Ihr Lächeln verwandelte sich in ein Stirnrunzeln. „Ich mache mir manchmal Sorgen, dass die Arbeit mit mir dich davon abhält, karrieretechnisch voranzukommen."

„Nein, Unsinn. Wohin sollte meine Karriere sich denn weiterentwickeln, außer zu deinem Job oder einer anderen Abteilung, was ich hassen würde? Ich liebe es, mit dir und unserem Team zu arbeiten, und das weißt du genau."

„Ja, aber irgendwann könnte es für dich besser sein, deinen eigenen Weg einzuschlagen."

„Darüber will ich nicht sprechen. Ich habe im Moment genug anderes um die Ohren. Mir gefällt der Status quo, und wenn ich nie mehr als Detective sein werde, ist das für mich völlig in Ordnung."

„Du könntest viel mehr sein als Detective, und ich möchte nicht, dass du dir aus Loyalität zu mir Chancen entgehen lässt."

„Ich lasse mir nichts entgehen."

„Freddie …"

„Ich habe gehört, was du gesagt hast, und ich schätze deine ‚Wenn du etwas liebst, lass es frei'-Einstellung, aber ich bin zufrieden mit dem Ist-Zustand. Jetzt müssen wir herausfinden, wer Colleen ist und was aus ihrem Mann geworden ist."

„Na, dann los."

～

Sie ließen sich das Mittagessen liefern, während sie die Handydaten und den Papierkram durchforsteten, um mehr über diese Frau herauszufinden.

Sam schaute gerade die Informationen durch, die die Spurensicherung im Haus der Blanchets gesammelt hatte, als sie auf eine Mappe mit der Aufschrift „Vertraulich" stieß. Sie überprüfte das Inventarverzeichnis, das die Beamten den Dokumenten beigefügt hatten, die sie aus dem Haus mitgenommen hatten. Der Ordner, in dem sich die Mappe befand, stammte aus einem Aktenschrank in Marcel Blanchets Büro.

„Was ist das denn?" Sam hielt die Mappe hoch, um sie Freddie zu zeigen. „Laut Inventarliste stammt sie aus Marcels Büro."

„Die habe ich noch nie gesehen. Wo war sie?"

„Bei dem Kram von der Spurensicherung." Sam schlug die Mappe auf und las den Inhalt. „Wussten wir, dass die Blanchets einen Adoptivsohn hatten, den sie zurück ans Jugendamt überstellt haben, nachdem er ihren anderen Kindern gegenüber gewalttätig geworden war?"

„Wie bitte? Nein. Davon habe ich noch nie ein Wort gehört."

Während Sam ein Schauer über den Rücken lief, machte sich ihre Legasthenie bemerkbar, die die Wörter auf der Seite für sie wild durcheinanderwirbelte. „Verdammte Legasthenie. Lies mir das vor." Sie reichte Freddie das Blatt.

„Es ist datiert auf den zehnten Oktober vor vier Jahren. ‚Das Familiengericht des District of Columbia annulliert hiermit die Adoption von Isaiah Blanchet (geb. Wiley), dreizehn Jahre alt. Isaiah Wiley wird zur Unterbringung in einer Pflegefamilie an das Jugendamt zurückverwiesen. Alle elterlichen Rechte und Privilegien, die Marcel und Liliana Blanchet zuvor hatten, sind hiermit aufgehoben.'" Freddie schaute sie erschüttert an. „Wen kennen wir beim Jugendamt?"

„Dolores Finklestein." Sie war die Sozialarbeiterin, die die Zwillinge nach der Ermordung ihrer Eltern betreut hatte. Nick hatte sie Ms Pichelstein genannt, und Sam hatte immer Angst gehabt, die Frau eines Tages aus Versehen tatsächlich so anzusprechen.

Sie starrten einander eine Sekunde lang wortlos an, in der stummen Übereinkunft, die sich einstellte, wenn man an einem Fall arbeitete und eine Spur fand, die die sprichwörtliche Nadel in einem sehr großen Heuhaufen sein konnte.

„Ich rufe sie an", sagte Sam. „Du redest mit der Großmutter." Auf dem Weg aus dem Besprechungsraum blieb sie noch einmal stehen und drehte sich zu ihm um. „Das heißt ... wenn du mit diesem Plan einverstanden bist."

„Bin ich. Leg los."

Sam begab sich in ihr Büro und setzte sich hinter den Schreibtisch. Der Name Dolores Finklestein löste bei ihr fast so was wie eine posttraumatische Reaktion aus, weil er sie daran erinnerte, wie die Zwillinge in ihre Familie gekommen waren und welche erheblichen Hindernisse sie in Bezug auf Dolores' Behörde hatten überwinden müssen. Letztlich war die Frau ihnen eine große Hilfe gewesen, aber ihr Name weckte Erinnerungen an eine Zeit, die Sam lieber vergessen hätte.

Sie rief Dolores auf deren Privathandy an.

„Mrs Cappuano. Was für eine Überraschung! Ist mit den Zwillingen alles in Ordnung?"

„Ja", antwortete Sam. „Es geht ihnen gut. Ich melde mich heute als Lieutenant Holland wegen eines Falls bei Ihnen."

„Was kann ich für Sie tun?"

„Haben Sie von den Morden an der Familie Blanchet gehört?"

„Ich bin gerade von einer Kreuzfahrt zu den Bahamas mit meinen Schwestern zurück und nicht auf dem Laufenden."

„Sagt Ihnen denn der Name Blanchet etwas?"

„Sollte er?"

„Sie haben vor vier Jahren ein adoptiertes Kind in ihre Obhut zurückgegeben. Der Junge heißt Isaiah Wiley."

„O Gott", seufzte Dolores Finklestein. „Bitte nicht."

„Ihre Reaktion verrät mir, Sie kennen den Namen."

„Ja, und nachdem Sie meinem Gedächtnis auf die Sprünge geholfen haben, erinnere ich mich auch an die Familie. Isaiah war ein zutiefst gestörtes Kind, das durch die Hölle des Systems ging, bevor die Blanchets ihn adoptiert haben. Im gesamten Jugendamt herrschte Partystimmung, als er sein endgültiges Zuhause gefunden hatte, aber das Arrangement hat sich von Anfang an als problematisch erwiesen. Trotz intensiver Familientherapie widersetzte er sich den von seinen neuen Eltern aufgestellten Regeln, und als weitere Kinder kamen, verhielt er sich ihnen gegenüber offen feindselig. Die Blanchets versuchten alles, um ihn zu integrieren, doch sie fürchteten um die Sicherheit ihrer anderen Kinder."

Sams Herz brach. Wieder ein Kind, das im Leben nie eine Chance gehabt hatte. „Was wurde aus ihm, nachdem er sie verlassen hatte?"

„Er lebte in mehreren Pflegefamilien, ehe er in einer Wohngruppe gelandet ist. Ich habe schon eine Weile nichts mehr von ihm gehört, aber ich könnte bei meiner Kollegin, die seine Betreuerin ist, nachfragen, wenn Sie möchten."

„Das wäre sehr hilfreich."

„Soll Therese Sie unter dieser Nummer anrufen?"

„Ja. Danke vielmals."

„Kein Problem, und wenn ich das sagen darf ... Das Vorgehen der Vereinigten Stabschefs ist ein Skandal. Sie repräsentieren nicht normale Amerikaner wie mich, die finden, dass Ihr Mann einen fabelhaften Job macht."

„Oh." Sam war noch nie so überrascht gewesen, und das wollte etwas heißen. „Sehr freundlich von Ihnen. Ich werde es meinem Mann ausrichten. Es wird ihn sehr freuen."

„Sagen Sie ihm, er soll hart bleiben. Das amerikanische Volk steht hinter ihm."

„Danke, Dolores."

„Ich geb Therese Bescheid, dass sie sich bei Ihnen melden soll."

Sams BlackBerry summte. Es war eine SMS von Nick. *Es geht*

heute allen viel besser, aber wir sind noch vorsichtig, damit sie es nicht übertreiben.

Gute Entscheidung. Ich habe gerade mit Ms Pichelstein gesprochen. Sie sagt, du sollst den Vereinigten Stabschefs gegenüber hart bleiben. Das Volk stehe hinter dir.

Wow! Damit habe ich nicht gerechnet. Warum hast du mit ihr telefoniert?

Wegen des Falls.

Oh, puh. Du hast mich für eine Sekunde erschreckt.

Entschuldigung.

Schon gut.

Ich wette, Pichelstein denkt immer noch an den Tag zurück, an dem sie dich nach dem Training schweißtriefend und halb nackt gesehen hat.

Tut sie nicht!

Den Anblick hat sie direkt bei ihren Wichsvorlagen abgelegt.

OMG, hast du das wirklich gerade geschrieben? Haben Frauen überhaupt Wichsvorlagen? Und hab ich diese Frage gerade wirklich gestellt?

Hahaha, ja.

Danke, dass du mir dieses Bild in den Kopf gepflanzt hast.

Man tut, was man kann.

LOL. Arbeitest du den ganzen Tag?

Wir haben gerade eine heiße neue Spur. Könnte ein Weilchen dauern.

Nimm dir Zeit. Ich habe alles im Griff. Noah spielt im Wintergarten mit den Kleinen.

Hast du Shelby heute schon gesehen?

Nein.

Okay, lass mich bitte wissen, wie es ihr geht, wenn du ihr begegnest.

Sicher. Pass auf meine sexy Polizistin auf. Sie ist die Sonne, der Mond und die Sterne für mich.

Wenn du so weitermachst, schmelze ich gleich dahin wie Butter in besagter Sonne. Ich liebe dich.

Ich liebe dich noch mehr.

Das ist absolut unmöglich.

O doch.

Lass uns später darüber streiten, okay?

Klar.

Lächelnd legte Sam den BlackBerry weg und griff zu ihrem Klapphandy, auf dessen Display eine Washingtoner Nummer stand. „Holland", meldete sie sich.

„Hallo, hier spricht Therese Andrews vom Jugendamt. Dolores hat mich gebeten, Sie zu kontaktieren."

„Vielen Dank."

„Sie haben nach Isaiah Wiley gefragt?"

„Ja."

„Der junge Mann ist durch die Hölle gegangen."

„Das hat Dolores Finklestein auch schon gesagt. Könnten Sie das weiter ausführen?"

„Ich bin seit sechzehn Jahren mit seinem Fall betraut. Zum ersten Mal bin ich ihm begegnet, als er ein Jahr alt war und mit einem Schädelbruch im Krankenhaus lag, den Körper übersät mit Zigarettenverbrennungen."

Sam zuckte zusammen und schloss die Augen, um sich für das zu wappnen, was sie noch hören würde.

„Seitdem hat er immer wieder in Pflegefamilien gelebt und alle nur denkbaren schrecklichen Erfahrungen gemacht. Sexueller, körperlicher und emotionaler Missbrauch. Obwohl wir uns nach Kräften bemühen, den Kindern in unserer Obhut ein gutes Zuhause zu besorgen, können wir nicht verhindern, dass ältere Kinder sich an jüngeren vergreifen oder Mobbing in Gewalt umschlägt. Isaiah hat einen sehr, sehr harten Weg hinter sich."

„Können Sie mir etwas über seine Erfahrungen mit der Familie Blanchet erzählen?"

Ihr tiefer Seufzer war laut und deutlich zu vernehmen. „Sie haben sich sehr darum bemüht, dass das mit ihm funktioniert, und eine Zeit lang hat es auch geklappt. So glücklich hatte ich ihn noch nie erlebt, obwohl er sich heftig gegen die Struktur wehrte, die sie ihm beizubringen versuchten. Ich hatte großes Interesse an dem Fall und habe nach der Adoption den Kontakt gehalten. Alles lief im Großen und Ganzen gut, bis die Blanchets leibliche Kinder bekamen. Isaiah war von Anfang an in intensiver Therapie, und der Psychologe versuchte, seine Abneigung gegen die vermeintliche Konkurrenz zu mildern, aber sie wurde ständig heftiger, bis die Blanchets um die Sicherheit ihrer leiblichen Kinder fürchteten. Der Therapeut befürwortete schließlich eine Aufhebung der Adoption."

Sam litt mit einem jungen Mann, den sie nie kennengelernt hatte. „Wo ist er aktuell?"

„Ich weiß es nicht. Er ist vor ein paar Wochen aus der Wohngruppe verschwunden, in der er gelebt hat, und wir haben ihn bisher nicht gefunden."

„Glauben Sie, er könnte den Blanchets etwas angetan haben?“

„Ich wünschte, ich könnte das eindeutig verneinen, doch er ist nie über das mit ihnen hinweggekommen. Er hat sie geliebt und gleichzeitig gehasst.“

Freddie erschien an der Tür von Sams Büro.

„Moment bitte, Therese.“

„Natürlich.“

Sam legte die Hand übers Mikro des Telefons. „Was gibt's?“

„Die Großmutter hat erzählt, Isaiah sei vor zwei Wochen zu den Blanchets gekommen und habe um eine weitere Chance gebeten, Teil ihrer Familie zu werden. Marcel sei untröstlich gewesen, ihn abweisen zu müssen, aber er sagte, er könne einfach nicht riskieren, dass sich das, was zuvor passiert war, wiederholte.“

„Wir müssen Isaiah dringend finden.“ Sam wandte sich wieder an ihre Anruferin und fragte: „Haben Sie eine Ahnung, wo er sein könnte?“

„Ich wünschte, ich wüsste es. Der Streifendienst des MPD sucht seit seinem Verschwinden erfolglos nach ihm.“

„Haben Sie ein aktuelles Foto von ihm?“ Von ihr würde sie es schneller bekommen, als wenn sie erst die Beamten ausfindig machen müsste, die mit dem Fall beschäftigt waren.

„Ja. Soll ich es Ihnen schicken?“

„Das wäre klasse.“ Sam nannte ihr die Mailadresse. „Haben Sie auch seine Handynummer und die letzte Adresse?“

Therese teilte ihr das Gewünschte mit.

„Ich weiß Ihre Hilfe sehr zu schätzen.“

„Ach, ich wünschte, ich könnte mehr tun. Ich bete, dass Isaiah mit dem, was den Blanchets passiert ist, nichts zu tun hat.“

Das tat Sam auch, aber wenn sie auf das mulmige Gefühl in ihrem Inneren hörte, hatte Isaiah vielleicht *alles* damit zu tun.

„Wie lautet der Plan?“, fragte Freddie, nachdem Sam ihn darüber ins Bild gesetzt hatte, was sie von Therese erfahren hatte.

„Du bist der Chef.“

„Sie sagte, die uniformierten Kollegen suchen seit einigen Wochen vergeblich nach ihm?“

„Ja.“

„Dann würde ich gerne Jesse Best und die U.S. Marshals einschalten."

„Das würde ich an deiner Stelle auch tun."

„Na dann."

„Na dann", erwiderte Sam. „Ruf ihn an."

„*Ich* soll ihn anrufen?"

„Ja, Freddie, du sollst Jesse anrufen."

„Wird er meinen Anruf überhaupt entgegennehmen?"

Sam bemühte sich, nicht über seine entsetzte Miene zu lachen. „Tja, es gibt nur eine Möglichkeit, das rauszukriegen." Sie konnte es sich gerade noch verkneifen, ihm einen Schubs in Richtung seines Arbeitsplatzes zu geben. Zum Glück drehte er sich schließlich von selbst um und ging Jesse anrufen.

KAPITEL 34

Captain Malone betrat ihr Büro. „Ich hörte, Sie hätten eine vielversprechende neue Spur.“

Sam informierte ihn über das, was sie bisher wusste. „Reicht das, um einen Durchsuchungsbeschluss für seine Handydaten zu erwirken?“

„Versuchen wir's. Schreiben Sie einen Antrag.“

Sam verbrachte die nächste Stunde damit, die Informationen, die sie über Isaiah gesammelt hatten, zusammenzufassen, und las alles noch einmal durch, ehe sie den Text zur Korrektur an Freddie schickte. Er war immer bereit, ihre Arbeit gegenzuchecken, was sie sehr schätzte. Die Legasthenie stellte sie täglich vor Probleme und ließ sie immer wieder an sich selbst zweifeln, wenn es um schriftliche Dokumente ging.

Freddie kam an die Tür. „Ich habe gerade deinen Antrag auf einen Durchsuchungsbefehl gelesen. Was dieser Junge durchgemacht hat ...“

„Ja, ich weiß. Furchtbar. Was sagt es über mich aus, dass ich Mitleid mit ihm habe, obwohl er möglicherweise sechs Menschen getötet hat?“

„Jeder, der ein Herz hat, hätte Mitleid mit ihm.“

„Das könnte einer dieser Fälle sein, bei denen wir den Täter finden und uns trotzdem nicht gut fühlen.“

„Ganz sicher. Obwohl ... Das ist wenigstens ein Motiv, das Sinn ergibt. Er wollte zur Familie gehören. Sie haben ihn abgewiesen – ein weiteres Mal –, und er hat beschlossen, dass sie nicht ohne ihn weiterleben dürfen, wenn er nicht Teil ihrer Familie sein kann."

„Das ist zumindest überzeugender als eine Mutter, die ausrastet und sechs Menschen tötet, weil ein anderes Kind besser turnt als ihres. Wie weit sind wir mit dem Durchsuchungsbeschluss für die Handydaten der Cortez?", fragte Sam.

„Wir warten auf den Richter."

„Könnte er sich bitte beeilen, verdammt?"

„Aber echt. Ich werde die Anfrage wegen Isaiahs Handydaten prüfen und sie an Captain Malone weiterleiten."

„Er wartet schon darauf."

„Was tun wir, während wir warten?"

„Wenn ich die Ermittlungen leiten würde, würde ich alles wissen wollen, was es über Isaiah Wiley zu wissen gibt, angefangen mit dem Ort, an dem er bis vor ein paar Wochen gewohnt hat. Doch das hängt natürlich von dir ab."

„Ich habe mir gedacht, ich könnte mit dem Ort beginnen, an dem er gelebt hat, bis er abgehauen ist."

„Siehst du? Du hast alles im Griff."

Sie grinsten beide und holten ihre Jacken.

Als sie mit Vernon und Jimmy im SUV saßen, nannte Sam ihnen die Adresse von Isaiahs Wohngruppe im Südosten der Stadt.

„Ich kann nicht aufhören, über die Dinge nachzudenken, die seine Sozialarbeiterin mir erzählt hat", meinte sie. „Wiley hatte nie eine Chance."

„Nein."

„Nach allem, was wir über Marcel und Liliana Blanchet erfahren haben, scheinen sie ihr Bestes gegeben zu haben, damit das mit ihm funktioniert."

„Die Großmutter sagte, sie seien untröstlich gewesen, dass sie die Adoption annullieren mussten."

„Was für eine unmögliche Situation. Ich bin sicher, dass sie ihn geliebt haben, aber sie waren um die Sicherheit ihrer anderen Kinder besorgt. Was wäre gewesen, wenn Scotty schlecht auf die Kleinen reagiert hätte? Wir wären nicht in der Lage gewesen, sie zu behalten, obwohl wir sie schon ins Herz geschlossen hatten." Sam schauderte allein bei dem Gedanken.

Gott sei Dank war es nicht so weit gekommen.

Manche Menschen hatten das Glück, Kinder in ihrem Leben zu haben. Andere nicht. Es tat ihr weh, was Marcel und Liliana durchgemacht haben mussten, als sie die Adoption eines Kindes annullieren mussten, das sie davor lange geliebt hatten.

„Die Leute sagen immer: Warum adoptieren Sie nicht, wenn Sie keine eigenen Kinder haben können, und nehmen eins auf, das ein gutes Zuhause braucht?", erwiderte Sam. „Keiner spricht darüber, was passiert, wenn es nicht klappt."

„Ich versuche, mir vorzustellen, wie es für sie gewesen sein muss, ihn wegzuschicken. Mrs Blanchet hat erklärt, es sei ein Albtraum gewesen. Das war das Wort, das sie benutzt hat."

„Das glaube ich gern. Was verrät es über mich, dass ich nicht will, dass er es getan hat?"

„Mir geht es genauso. Ich will auch nicht, dass er unser Täter ist."

„Kontaktiere die uniformierten Kollegen, und finde heraus, was sie bisher getan haben. Äh … Wenn du meinst, dass das ein kluger Schachzug ist."

Freddie lachte. „Du darfst immer noch Anweisungen geben."

„Das ist dein Fall, und ich möchte, dass du ihn zu Ende führst."

„Ich werde mich mal bei den uniformierten Kollegen melden, um zu sehen, was sie bisher getan haben, um den Jungen zu finden."

„Tolle Idee."

„Sie beide sind echt witzig", warf Vernon ein.

„Wir tun, was wir können", entgegnete Freddie.

„Dieser Satz ist urheberrechtlich geschützt", rügte Sam, „und du bist nicht befugt, ihn zu verwenden."

Die drei Männer lachten, was sie freute.

Freddies Smartphone meldete den Eingang einer Nachricht. „Lieutenant Dawkins schreibt, sie hätten das Übliche getan: Sie haben mit seinen Freunden, den anderen Bewohnern des Hauses, seinem Arbeitgeber in einer örtlichen Pizzeria und seinen Lehrern gesprochen. Seit mehreren Wochen hat niemand mehr etwas von ihm gehört."

„Haben sie sein Handy geortet?"

„Bisher nicht. Das wäre der nächste Schritt."

„Sag ihm, wir übernehmen die Sache. Es könnte eine Verbindung zu unserem Fall bestehen."

„Ich habe es ihm schon geschrieben, und er hat mir ein Daumen-hoch geschickt."

„Ich wette, er ist froh, wenn er ein vermisstes Pflegekind los ist." Kaum hatte Sam die Worte ausgesprochen, bedauerte sie sie auch schon. „Tut mir leid, das war unfair. Ich kenne Dawkins überhaupt nicht und habe keine Ahnung, was ihm wichtig ist."

„Aber ich verstehe, woher der Satz kam", erwiderte Freddie. „Seit wir herausgefunden haben, dass Stahl so gut wie nichts getan hat, obwohl er einen Gehaltsscheck kassiert hat, sind wir jedem gegenüber misstrauisch."

„Ich hebe mir meine Wut lieber für Leute auf, die sie verdienen, zum Beispiel Ramsey." Sie wandte sich an Vernon. „Haben Sie schon gehört, ob er angeklagt wird, weil er uns gerammt hat?"

„Das FBI bearbeitet den Fall, und ich erwarte, dass man ihn wegen mehrerer Straftaten vor einem Bundesgericht anklagen wird", antwortete Vernon.

„Ausgezeichnet", erwiderte Sam zufrieden. „Was immer nötig ist, um ihn vom Job und von uns fernzuhalten."

Sie erreichten die Adresse der Wohngruppe im Südosten der Stadt, wo Isaiah bis zu seinem Verschwinden gelebt hatte. Sam warf einen Blick aus dem Fenster auf das heruntergekommene Haus. „Warum bringen sie die Kinder in ihrer Obhut eigentlich an den bedrückendsten Orten der ganzen Stadt unter?"

„Weil sie am billigsten sind", vermutete Freddie.

„Was verrät das über uns als Gesellschaft? Dass die gefährdetsten Kinder in unserer Stadt bei jeder Gelegenheit den Kürzeren ziehen."

„Ich glaube nicht, dass das nur hier so ist."

„Na, da fühle ich mich doch gleich viel besser."

Sie traten durch ein eisernes Tor, das einmal schwarz gewesen war, bevor die Farbe größtenteils abgeblättert war, und stiegen die Eingangsstufen zu einem dreistöckigen braunen Reihenhaus hoch.

„War Braun im Farbengeschäft im Angebot?", fragte Sam, als sie den Knopf drückte, um einen Mitarbeiter zu rufen.

„Du bist heute ja richtig gut drauf."

„Nachdem ich gehört habe, was dieser Junge durchgemacht hat, habe ich das Gefühl, er sollte im Buckingham Palace oder so leben."

„Oder im Weißen Haus?", fragte Freddie und hob eine Augenbraue.

Sam hätte Isaiah sofort mitgenommen, wäre da nicht die lästige Möglichkeit gewesen, dass er mehrere Morde begangen hatte. „Nein, ich habe einfach Mitleid mit ihm."

„Ich auch."

Sam drückte erneut auf den Knopf und klopfte an die Tür, um die Tatsache zu unterstreichen, dass sie eingelassen werden wollte.

Die Metalltür schwang auf und gab den Blick auf einen älteren Schwarzen frei.

Sam und Freddie zeigten ihre Dienstausweise.

Der Mann erkannte Sam sofort.

„Wir sind wegen Isaiah Wiley hier", unterrichtete sie ihn und unterband damit jegliche Kommentare zum Thema First Lady.

„Aber ich habe den anderen Polizisten doch schon gesagt, dass wir seit drei Wochen nichts mehr von ihm gesehen oder gehört haben. Was hat er angestellt?"

„Nichts, wovon wir wüssten", antwortete Freddie. „Wir möchten nur gerne mit ihm reden."

„Ich habe den anderen Polizisten bereits die Namen seiner Freunde gegeben und die Information dazu, wo er arbeitet. Ich weiß nicht, was ich sonst noch tun kann."

„Dürfen wir uns sein Zimmer anschauen?"

„Brauchen Sie dafür nicht einen Durchsuchungsbeschluss?"

„Nur wenn Sie uns nicht helfen wollen, einen Minderjährigen zu finden, der unter Ihrer Aufsicht verschwunden ist", konterte Sam.

Der Mann funkelte sie böse an. „Haben Sie eine Ahnung, wie schwierig es ist, sich um Teenager zu kümmern, die meinen, das wäre komplett unnötig? Die meisten bringen hier bloß die Zeit rum, bis sie achtzehn sind. Sie glauben, dass dann alles besser wird, aber wir wissen, dass das leider nicht stimmt, was? Ich liege nachts wach und mach mir Sorgen darüber, was aus ihnen wird, wenn sie uns verlassen."

„Es tut mir leid", entschuldigte sich Sam, als sie erkannte, dass ihm die Kinder, die er betreute, wirklich am Herzen lagen. „Ich kann mir nicht mal vorstellen, wie schwer Ihr Job sein muss."

„Mir geht es umgekehrt genauso", erwiderte er. „Kommen Sie rein. Ich zeige Ihnen Isaiahs Zimmer."

„Wie heißen Sie?", erkundigte sich Freddie.

„Chuck Dempsey."

„Hat Isaiah je über seine frühere Familie gesprochen?", fragte Freddie.

Sie folgten ihm ins Haus, in dem es nach gebratenen Zwiebeln, Schweiß und Erdnussbutter roch.

„Die ihn adoptiert und dann zurückgegeben haben?"

„Ja."

„Selten. Außer dass er sie immer noch vermisst. Er war dort glücklich, auch wenn er sich nicht unter Kontrolle hatte, was ihre anderen Kinder betraf. Isaiah hat mir erzählt, er habe versucht, sie nicht mehr als Feinde zu betrachten, es jedoch nicht geschafft. Es war eine sehr traurige Situation für alle Beteiligten."

„Wussten Sie, dass er kürzlich bei den Blanchets zu Hause war und sie gebeten hat, ihm noch eine Chance zu geben?"

Dempsey blieb stehen und wandte sich zu ihnen um. „Das hat er nicht erwähnt. Was haben sie ihm geantwortet?"

„Sie wünschten, sie könnten es, aber sie dürften nicht die Sicherheit ihrer anderen Kinder riskieren."

Dempsey seufzte. „Ich fühle mit beiden Seiten. Es war eine ausweglose Situation."

„Haben Sie gehört, dass man die Blanchets und ihre vier Kinder Anfang der Woche in ihrem Haus ermordet hat?"

„Was? Nein … Ich war so mit den Kindern beschäftigt, dass ich kaum einen Blick auf die Nachrichten geworfen habe." Mit einem Mal wurde ihm klar, warum Sam und Freddie gekommen waren. „Glauben Sie … glauben Sie, er hat es getan?"

„Das wissen wir nicht", erwiderte Freddie. „Wir haben erst heute überhaupt von seiner Existenz erfahren."

„Er hat die Blanchets geliebt", erklärte Chuck.

„Doch sie haben ihn abgewiesen", wandte Sam ein. „Zweimal sogar. Wegen seiner gewalttätigen Neigungen."

„Er hätte ihnen nie etwas angetan. Sie waren die einzige Familie, die er je gehabt hat."

Dem Zimmer, in dem Isaiah gewohnt hatte, fehlte jede persönliche Note. Es gab ein Bett, eine Kommode, einen Kleiderschrank und einen Schreibtisch. Sam erinnerte sich, dass Nick ihr erzählt hatte, Scotty habe in dem Haus in Richmond, in dem er gewohnt hatte, bevor er bei ihnen eingezogen war, keine Poster aufhängen dürfen. Daher hatten sie ihn immer ermutigt, das bei ihnen überall in seinem Zimmer zu tun, sogar an der Decke, wenn er das wollte.

„Darf ich?", fragte sie und wies auf die Kommode.

Chuck bedeutete ihr, sie zu öffnen.

In den Schubladen fand sie drei Paar Boxershorts, vier T-Shirts, eine Jogginghose und ein Sweatshirt der Washington Capitals.

„Isaiah liebt diese Mannschaft", bemerkte Chuck. „Er sieht sich all ihre Spiele an."

Im Schrank hingen drei Polohemden auf Bügeln, und auf dem Regalbrett lag eine Jeans.

„Sind das all seine Besitztümer?"

„Ja", bestätigte Chuck.

Tiefe Traurigkeit überkam Sam, als sie an die Dinge dachte, die Scotty schätzte und die ihm Spaß bereiteten, und ihr klar wurde, dass Isaiah außer ein paar einfachen Kleidungsstücken nichts besaß, was er sein Eigen nennen konnte.

„Hat er einen Rucksack?"

„Ja", antwortete Chuck. „Er ist das Einzige, was fehlt."

„Ich weiß, dass Sie den anderen MPD-Beamten die Namen seiner Freunde schon gegeben haben", übernahm Freddie wieder die Gesprächsführung. „Aber wenn Sie sie uns ebenfalls aufschreiben könnten, wären wir Ihnen dankbar."

„Gern."

Kurze Zeit später waren sie mit Informationen über Isaiahs Freunde, seine Schule und seinen Job wieder unterwegs und versuchten den Rest des Tages über vergeblich, ihn ausfindig zu machen.

„Spielen die Caps heute?", erkundigte sich Sam.

„Um sieben."

„Vielleicht müssen wir da hin."

„Könnte er sich denn ein Ticket leisten?"

„Isaiah hatte einen Job. Er könnte etwas Geld gespart haben."

„Es ist wohl einen Versuch wert, selbst wenn das die Suche nach einer Nadel im Heuhaufen ist."

„Ja, doch die Caps sind außer den Blanchets das Einzige, wovon Chuck sagte, dass Isaiah es liebt."

Freddies Smartphone klingelte. „Jesse Best ruft zurück." Er nahm den Anruf an. „Hallo, Jesse."

Während Freddie den U.S. Marshal über den Fall aufklärte und darüber, warum Isaiah Wiley dringend gefunden werden musste, meldete sich Sam bei Nick, um zu fragen, wie es den Kindern ging.

Alles ruhig. Ich schaue mir einen Film an. Wie läuft's bei dir?

Der übliche Frust. Wir suchen nach einem Jugendlichen, der möglicherweise die Familie getötet hat, nachdem sie gezwungen war, seine Adoption zu annullieren, weil er ihren anderen Kindern gegenüber gewalttätig war.

Wie furchtbar.

Ja.

Glaubst du wirklich, dass er es getan hat?

Wir wissen nicht recht, was wir davon halten sollen. Wir gehen heute

Abend zum Spiel der Caps, weil der Junge ein großer Fan ist. Danach komme ich heim.

Du solltest Vernon vorwarnen, dass du planst, an einer großen öffentlichen Veranstaltung teilzunehmen.

Ach ja …

Sam.

Daran hätte ich auch noch gedacht. Irgendwann.

Nein, hättest du nicht.

Wohl!

Nein!

Ein weiterer Streit, den wir von Angesicht zu Angesicht zu Ende austragen sollten.

Ich kann's kaum erwarten. Pass auf meine Liebste auf. Ich liebe sie sehr.

Alles klar. Ich liebe dich noch sehrer.

Das ist kein richtiges Wort.

Klugscheißer.

Ja, ja …

„Ich habe Jesse alles erzählt, was wir über Isaiah Wiley wissen, und ihm mitgeteilt, dass wir später bei den Caps nach ihm Ausschau halten werden. Er sagte, sie seien dran." Freddies Smartphone klingelte erneut. Diesmal rief Malone an. „Captain, was gibt's?"

Sam beobachtete, wie Freddie verwirrt die Stirn runzelte. „Echt? Sind Sie sicher?" Nach einer Pause: „Das hätte ich nicht erwartet. Jawohl, Sir, geht in Ordnung."

Freddie beendete das Gespräch. „Beide Cortez-Handys waren um die von Lindsey angegebene Todeszeit in der Nähe des Hauses der Blanchets eingeloggt, und Archie hat ein Video ausfindig gemacht, das ihr Auto in der Tatnacht dort zeigt."

„Echt?"

„Genau das habe ich auch gesagt."

„Hm."

„Das war's dann, oder? Sie hatten ein Motiv, so fadenscheinig es auch wirken mag, und wir können beweisen, dass sie zur Tatzeit am Tatort waren."

„Es reicht jedenfalls vermutlich, um sie beide anzuklagen. Informiere Hope, und hör mal, was sie dazu meint." Die Staatsanwältin würde den Fall vor Gericht vertreten müssen, daher sollte sie entscheiden, ob sie mehr brauchte.

Während Freddie Hope anrief, kontaktierte Sam Vernon. „Wir

haben vor, heute Abend beim Spiel der Caps nach einer vermissten Person zu suchen.“

„Äh … Ich glaube nicht, dass das eine gute Idee ist.“

„Es ist für den Fall.“

„Wir brauchen Zeit, um so etwas vorzubereiten, um den Ort zu sichern und uns einen Plan dafür zurechtzulegen, wie wir dafür sorgen können, dass Ihnen nichts zustößt. Wäre es möglich, dass Sie jemand anders hinschicken?“

Sie wollte von einem Mitglied ihres Teams nicht verlangen, etwas zu tun, was sie nicht selbst tun konnte, aber sie mochte Vernon und schätzte es, dass er seinen Job machte, nämlich für ihre Sicherheit zu sorgen.

„Okay, ich schicke jemanden.“

„Danke sehr.“

„Gern. Bitte merken Sie sich diese Geste des guten Willens.“

„Zur Kenntnis genommen“, erwiderte Vernon.

„Sind Sie mir gegenüber zufällig gerade frech?“

„Bin ich das je gewesen?“

„Ja!“

Vernon lachte. „Ich bin ein absoluter Profi.“

„Gut. Ich komme in ein paar Minuten raus, dann will ich nach Hause.“

„Bereit, wenn Sie es sind.“

„Danke sehr.“ Sie klappte ihr Handy zu.

„Hope sagt, was wir haben, sei genug, um auch Pascal anzuklagen“, berichtete Freddie. „Sie will morgen alles mit uns durchsprechen, um sicherzugehen, dass sie den vollen Durchblick hat.“

„Du solltest ohne mich zum Spiel der Caps fahren“, teilte ihm Sam mit. „Frag Gonzo oder Matt, ob sie dich begleiten können. Versuchen wir, Isaiah zu finden.“

„Wollen wir das immer noch?“

„Ja.“ Sam wollte wissen, wo sich der Junge aufhielt, und sicherstellen, dass mit ihm alles in Ordnung war. Wie könnte sie mit dem Wissen über sein bisheriges Leben weitermachen, ohne diese Lücke zu schließen? „Rein aus persönlichem Interesse.“

KAPITEL 35

Freddie verbrachte die Stunden bis zum Spiel damit, den Bericht zu verfassen, mit dem er die Anklage gegen das Ehepaar Cortez wegen sechsfachen Mordes und anderer Vergehen begründen wollte. Er hatte Gonzo und Matt eine Textnachricht geschrieben, und beide hatten sich bereit erklärt, sich mit ihm zum Spiel der Caps zu treffen, um dort nach dem Jungen Ausschau zu halten. Es war ein Schuss ins Blaue, doch auf jeden Fall einen Versuch wert.

Während er an dem Bericht arbeitete, der den Fall Blanchet zusammenfasste, versuchte er, das nagende Gefühl zu ignorieren, etwas Wichtiges übersehen zu haben.

Aber was?

Mehrere der anderen Turneltern konnten bezeugen, dass Liliana Blanchet Gia und Pascal Cortez als rassistische Schweine bezeichnet hatte. Gias Posts und Kommentare in den sozialen Medien belegten eine rassistisch gefärbte Kampagne gegen Eloise Blanchet. Laut ihren Handydaten hatten sie sich am Tatort befunden, ihr Auto war auf einem Video aus der Nachbarschaft zu erkennen. In einer Welt, in der eindeutige Fälle selten waren, schien dieser genau das zu sein.

Und trotzdem hatte er das Gefühl, etwas übersehen zu haben.

Sam rief an, um sich nach dem Stand der Dinge zu erkundigen. „Wie läuft's bei dir?“

„Alles an diesem Ergebnis fühlt sich falsch an.“

„Beweise lügen nicht, Freddie. Daran musst du glauben.“

„Das tu ich ja, nur kann ich einfach nicht glauben, dass jemand wegen eines Turnwettbewerbs von Kindern eine ganze Familie auslöschen würde."

„Ich stimme dir zu, es ist unwahrscheinlich. Andererseits sind uns schon die verrücktesten Gründe für einen Mord untergekommen. Wie oft ergeben Motive einen Sinn?"

„Selten", antwortete er mit einem Seufzen.

„Du suchst nach einem Sinn, der für uns als Menschen, die nicht verstehen, wie jemand überhaupt einen Mord begehen kann, vor allem an vier unschuldigen Kindern, niemals nachvollziehbar sein wird."

„Ja."

„Du hast gute Arbeit geleistet, bist den Spuren gefolgt und hast eine Beweiskette zusammengestellt, die vor Gericht Bestand haben wird."

„Schön, dass du das denkst."

„Das tue ich."

„Die beiden haben dem Pflichtverteidiger mitgeteilt, dass sie sich einen eigenen Anwalt nehmen werden. Ich habe die drei, die sie genannt haben, kontaktiert. Bisher keine Antwort. Ich sage es nur ungern, doch sie werden nicht viele Anwälte finden, die bereit sind, Leute zu vertreten, die Kinder in ihren Betten erschießen."

„Stimmt." Dann setzte sie mit ihrer offiziellen Vorgesetztenstimme hinzu: „Das haben Sie hervorragend gemacht, Detective. Ich bin sehr stolz auf Sie."

„Danke. Du weißt, was mir das bedeutet."

„Schließ deinen Bericht ab, und fahr heim."

„Jawohl, Ma'am."

„Bis morgen früh."

Freddie legte auf und fühlte sich nach dem Gespräch mit Sam etwas besser. Wenn sie mit dem Ergebnis zufrieden war, sollte er es auch sein. Er ging die Treppe hinunter zu den Arrestzellen, wo die beiden Hauptverdächtigen untergebracht waren. Archies Team überwachte die Kamera, die auf ihre Zelle gerichtet war, da sie hofften, dass die beiden miteinander reden und dabei etwas verraten würden, das half, den Fall gegen sie zu untermauern.

Sie merkten sofort auf, als sie Freddie entdeckten.

„Lassen Sie uns frei?", fragte Pascal.

„Im Gegenteil. Ich bin gekommen, um Ihnen mitzuteilen, dass wir auch Sie, Pascal, des Mordes an den Blanchets beschuldigen. Morgen früh ist die Anklageerhebung."

Pascal wurde aschfahl. „Das ist ungeheuerlich. Wir waren das nicht!"

„Wir haben Ihre Social-Media-Posts, die Ihren Hass auf Eloise beweisen. Dank Ihrer Handydaten können wir belegen, dass Sie im Haus waren, Ihr Auto wurde in der Mordnacht von mehreren Überwachungskameras in der Nachbarschaft aufgenommen, und Sie hatten ein Motiv, weil Mrs Blanchet Sie als rassistische Schweine bezeichnet hatte."

„Wie können Sie das tun, wo wir es doch nicht waren?", fragte Gia in einem hohen Jammerton. „Sag's ihm, Pascal! Wir waren das nicht! Was ist mit unseren Kindern?"

„Wir sehen uns morgen früh." Freddie hoffte, dass ein Rechtsanwalt ihren Fall übernehmen würde, damit sie sie so schnell wie möglich vor Gericht bringen konnten.

Während er sich entfernte, schrie Gia weiter, sie wolle nach Hause zu ihren Kindern. Freddie ignorierte sie und kehrte nach oben zurück, um seinen Bericht abzugeben.

Er wollte sich endlich wieder mit Stahls Fällen befassen, da er erwartete, weitere Unregelmäßigkeiten zu finden.

Außerdem wollte er unbedingt zu dem Eishockeyspiel, Isaiah suchen und dann nach Hause zu Elin, die die Einzige war, die ihn einen weiteren langen und frustrierenden Arbeitstag vergessen lassen konnte.

Collins Worthy ließ Nicoletta einen ganzen Tag warten, bevor er sie mit seiner Anwesenheit beehrte.

Ein Hilfssheriff führte sie in Hand- und Fußfesseln in einen privaten Raum. Als sie eintrat, stockte sie, denn dort wartete ein außergewöhnlich gut aussehender Mann auf sie: ein braun gebrannter Silver Ager in einem eleganten maßgeschneiderten Anzug, der seinen durchtrainierten Körper höchst vorteilhaft betonte.

Nicoletta lief bei seinem Anblick das Wasser im Mund zusammen.

Das war noch nie vorgekommen. Sie benutzte Männer, seit sie als Teenager ihre Macht als Frau begriffen hatte, und hatte nie aufgehört, sie zu manipulieren. Nicht ein einziges Mal hatte sie sich wirklich zu einem hingezogen gefühlt.

Bis jetzt. Und das musste ausgerechnet passieren, wenn sie in Fesseln war, einen orangefarbenen Overall trug, ihr Haar unfrisiert und ihr Gesicht ungeschminkt war. Sie hoffte, dass die Koloration von letzter Woche die grauen Haare überdeckte, die kurz nach ihrem fünfzigsten Geburtstag aufgetaucht waren.

Die Begegnung mit einem Mann, der ihr das Wasser im Mund zusammenlaufen ließ, während sie wie eine veritable Vogelscheuche aussah, war eine weitere Sache, die sie ihrem Miststück von Schwiegertochter ankreidete.

„Nehmen Sie bitte Platz", sagte Worthy.

Nicoletta ärgerte sich sehr über das Klirren der Ketten, als sie sich auf den Weg zum Tisch machte, wo an ihrem Platz eine Flasche Wasser stand. Sie hob die gefesselten Hände, um das angenehm gekühlte Wasser zu öffnen, und trank gierig. Eiskaltes Wasser war eins ihrer Lieblingsgetränke. Ohne dieses und so viele andere Dinge des täglichen Bedarfs leben zu müssen, seit sie in diesem Höllenloch war, war ein Albtraum. Es schauderte sie bei dem Gedanken, was für einen Anblick ihr Gesicht wohl ohne ihre allnächtliche Pflegemaske bieten musste.

„Danke für das Wasser."

„Gern geschehen." Er nahm ihr gegenüber Platz und faltete die Hände auf dem Tisch. „Das ist ja ein schöner Schlamassel, in dem Sie sich da befinden."

„Können Sie mich hier rausholen?"

„Ich kann es versuchen, aber zuerst müssen Sie ehrlich zu mir sein. Sind Sie schuldig?"

Nicoletta schaute kurz zu den Überwachungskameras in allen Ecken des Raumes.

„Sie können uns sehen, jedoch nicht hören. Was Sie hier drin erzählen, bleibt unter uns."

„Ich, äh …" Ehrlichkeit war nicht ihre Stärke, aber als sie den Blick zu seinen unwiderstehlichen stahlblauen Augen hob, beschloss sie, ihm die Wahrheit zu sagen. „Ich habe den Escortservice ins Leben gerufen, weil auch ältere Frauen ein Recht auf Zuneigung und Zärtlichkeit haben. So viele von ihnen haben mich aufgesucht, nachdem sie verwitwet waren oder ihre Ehemänner sie sitzen gelassen hatten. Sie wollten wieder auf die Piste, und sie mussten genug verdienen, um zu überleben. Für mich war es ein Dienst an der Gemeinschaft."

Während sie sprach, machte er sich mit einem teuer wirkenden

Stift Notizen. Höchstwahrscheinlich ein Montblanc. Ihr Vater hatte einen besessen, den er sehr geschätzt hatte.

„Was ist mit der Anklage wegen Geldwäsche?"

„Ich bin Miteigentümerin von Carl's Place."

„Der Laden hat einen Nettoertrag von vier Millionen Dollar pro Jahr?"

„Es ist eine angesagte Bar."

Worthy legte den Stift weg und faltete wieder die Hände.

Bei der Vorstellung, wie diese starken, fähigen Hände über ihre Haut glitten, bekam Nicoletta eine Gänsehaut.

„Ich will ehrlich zu Ihnen sein, Ms Bernadino."

„Bitte nennen Sie mich Nicoletta."

„Nicoletta … Sie stecken in großen Schwierigkeiten. Die Anklage wegen Prostitution ist weniger gravierend, darüber kann man sich leicht einigen. Aber niemand glaubt, dass Carl's Place vier Millionen im Jahr einnimmt. Die Bundespolizei hat Sie – und Carl – wegen Geldwäsche im Visier, was der schwerwiegendste Teil des Puzzles ist."

„Wissen Sie, wer mein Sohn ist, Mr Worthy?"

„Ja, doch der wird Ihnen nicht helfen. Er hat deutlich gemacht, dass er keine Beziehung zu Ihnen hat oder hatte."

„Das stimmt nicht! Es ist sein Miststück von Ehefrau, das ihn dazu bringt, so etwas zu behaupten. Wir hatten eine fabelhafte Beziehung, seit er ein kleiner Junge war."

Worthy warf ihr einen ungläubigen Blick zu. „Sie wollten ehrlich zu mir sein, schon vergessen?"

Nicoletta schämte sich, und Scham war ein Gefühl, das ihr nicht gut zu Gesicht stand. „Na schön, vielleicht war ich nicht die beste Mutter der Welt, aber ich habe ihn immer geliebt und mich um ihn gekümmert. Ich habe dafür gesorgt, dass er ein gutes Zuhause hatte und alles bekam, was er brauchte. Er ist zum Präsidenten aufgestiegen. Glauben Sie, das passiert einfach so, ohne Unterstützung?"

„Ich habe jedes Wort gelesen, das je über ihn – und über Sie – in der Presse stand, und habe ein sehr klares Bild davon, wie das gelaufen ist. Sie hatten nichts damit zu tun."

Plötzlich wirkte er nicht mehr ganz so anziehend auf sie.

„Wenn Sie aus dieser Sache als freie Frau herauskommen wollen, empfehle ich Ihnen, sich an die Fakten zu halten und nicht zu versuchen, die Geschichte umzuschreiben. Niemanden interessiert es, ob Sie die Mutter des Präsidenten sind, schon gar nicht Ihren Sohn. Es ist im Gegenteil sogar ganz sicher nicht in seinem Interesse, mit Ihnen in Zusammenhang gebracht zu werden, solange Sie in einer Gefängniszelle sitzen."

Nicoletta wünschte, sie könnte aufstehen und aus dem Zimmer stürmen. Sie hätte auch mit der Tür geknallt, wenn sie gekonnt hätte.

„Ich kann Ihnen helfen, aber nur, wenn Sie die Verantwortung für Ihre Taten übernehmen und bereit sind, den Preis dafür zu zahlen. Sie müssen Ihren Escortservice einstellen, Ihre Anteile an Carl's Place verkaufen und die Steuern zahlen, die Sie durch die Geldwäsche in der Bar hinterzogen haben."

„Wie soll ich das machen, wenn mein Vermögen eingefroren ist?"

„Sie nehmen eine legale Arbeit an und begleichen dann nach und nach Ihre Schuld gegenüber der Gesellschaft."

„Und wie soll ich leben, während ich das tue?"

„So wie alle anderen auch: Sie arbeiten und bezahlen Ihre Rechnungen."

„Amber sagte, Sie wären ein netter Kerl und ein Ass, das mir das alles ersparen würde", erklärte Nicoletta unter Tränen. „Ich glaube, Sie sind weder das eine noch das andere."

Ein Lächeln trat auf sein attraktives Gesicht. „Ich bin beides, und mein Ziel ist es, Sie mit einem Deal hier herauszuholen, der Ihnen ein Gerichtsverfahren erspart und Sie so schnell wie möglich wieder nach Hause bringt. Ich vermute, das ist auch Ihr Ziel."

„Ja, aber was dann? Ich werde weder mein Haus noch irgendetwas von meinem Besitz behalten können. Was für ein Leben wäre das?"

„Was für ein Leben führen Sie denn hier drin?"

„Es muss doch eine Möglichkeit geben, einen Teil des Geldes zu behalten. Können wir das nicht in den Deal aufnehmen?"

„Ich kann es versuchen, allerdings ist das bei illegal erworbenen Gewinnen schwierig."

„Sie sind nicht illegal erworben, sondern durch harte Arbeit und Entschlossenheit. Wir haben nie jemanden gezwungen, etwas zu tun, was er nicht wollte. Alle Beteiligten waren freiwillig dabei."

„Das mag sein. Die fraglichen Aktivitäten verstoßen allerdings trotzdem gegen das Gesetz."

„Nun, das sollten sie aber nicht."

„Da müssen Sie sich an Ihren Kongressabgeordneten wenden."

„Das werde ich."

„Wenn Sie in der Zwischenzeit bereit sind, sich auf einen Deal einzulassen, könnte ich Sie in ein paar Tagen hier herausholen."

Der Gedanke, noch einmal ganz von vorne anzufangen, war fast zu überwältigend, um darüber nachzudenken. „Ich brauche einen Teil des Geldes. Ich bin bereit, mich schuldig zu bekennen, wenn ich wenigstens die Hälfte meines Vermögens behalten darf, um vernünftig leben zu können. Letztes Angebot."

„Ich werde sehen, was ich für Sie tun kann."

Er stand auf und packte seine Sachen in eine elegante Ledertasche, in die in Gold seine Initialen eingeprägt waren. CMW. Sie fragte sich, wofür das M stand.

„Kommen Sie wieder?"

„Ja, Nicoletta", versicherte er mit einem Lächeln, das an den wichtigsten Stellen ein Kribbeln bei ihr auslöste. „Unbedingt."

Wenigstens hatte sie jetzt etwas, worauf sie sich freuen konnte.

Als Gonzo und Matt im Hauptquartier eintrafen, um Freddie zum Spiel der Caps abzuholen, sagte der ihnen, er wolle unterwegs noch einen Zwischenstopp einlegen.

„Wo denn?"

„Beim Haus der Blanchets."

Das war ihm vor einer Stunde eingefallen, als er den Papierkram erneut durchgesehen und dabei versucht hatte, sich in Isaiah Wileys Lage zu versetzen. Wo würde er selbst hingehen, wenn er keine andere Möglichkeit hätte? Nach Hause zu seiner Mutter. Würde Isaiah dasselbe tun, auch wenn seine „Mutter" nicht mehr da war?

„Es ist ein Schuss ins Blaue, aber es lohnt sich, es zu checken."

„Wir stehen hinter dir, Boss", sagte Gonzo und erntete ein Augenverdrehen von Freddie.

Gonzo war der Ranghöhere von ihnen beiden und damit immer der Boss, wenn sie zusammen unterwegs waren, was auch alle wussten.

Freddie schätzte es, dass die anderen auf ihn als den mit den Ermittlungen betrauten Beamten hörten, doch er würde froh sein, wenn er endlich wieder ein normaler Detective wäre, der einfach Sams und Gonzos Anweisungen befolgte.

Den Zugangscode zum Haus hatte er von Lieutenant Haggerty

von der Spurensicherung erhalten. Sie brachten an jeder Tür zu Tatorten, an denen die Spurensicherung gewesen war, ein Codeschloss an, bis die Ermittlungen beendet waren und sie die Immobilie wieder an die Eigentümer übergeben konnten. Er fragte sich, wem das Haus nun gehörte, da die Blanchets und ihre Kinder tot waren. Vermutlich Marcels Mutter.

Freddie wies Gonzo an, einen Block entfernt zu parken. „Wir sollten uns trennen und systematisch überprüfen, ob jemand sich darin aufhält."

Sie nutzten Funkgeräte mit Ohrstöpseln, um miteinander in Kontakt zu bleiben, während sie sich dem Haus aus unterschiedlichen Richtungen näherten.

„Auf der Rückseite kann ich das Flackern eines Fernsehers erkennen", meldete Matt.

Freddie und Gonzo eilten zu ihm, um selbst einen Blick darauf zu werfen.

Adrenalin schoss durch Freddies Adern, weil er einer Ahnung gefolgt war, die sie möglicherweise zu dem Gesuchten geführt hatte.

„Wie lautet der Plan?", fragte Gonzo.

Ehe Freddie antworten konnte, öffnete sich eine Tür im unteren Teil des Hauses, und eine Person trat heraus. Die Flamme eines Feuerzeugs beleuchtete sein Gesicht und bestätigte seine Identität. Eine Minute später wehte der Geruch von Marihuana zu ihnen herüber.

„Sollte es wirklich so einfach sein?", flüsterte Freddie.

„Sieht so aus", meinte Gonzo.

„Ihr geht auf die andere Seite", befahl Freddie. „Wir treffen uns in der Mitte."

Als sie in Position waren, sagte Gonzo über Funk: „Bereit."

„Dann los", erwiderte Freddie.

Mit gezückter Waffe lief er dicht an der Hecke entlang, um bis zur letzten Sekunde verborgen zu bleiben.

Der junge Mann war von den Polizisten umringt, ehe er wusste, wie ihm geschah. Er streckte seine Hände in die Luft, eine davon hielt noch immer den Joint.

„Mach den aus", verlangte Freddie.

Isaiah drückte den Stummel in einem benutzten Aschenbecher aus.

„Ich habe ihnen nichts getan", sagte er. „Ich habe sie geliebt."

„Unterhalten wir uns drinnen", ordnete Freddie an und deutete mit seiner Waffe auf die Tür.

Sie folgten Isaiah in einen geräumigen Keller und schalteten das Licht ein, woraufhin sofort klar war, dass dort jemand wohnte: Kleidung war verstreut, Fast-Food-Behälter standen auf einem Couchtisch, und Turnschuhe lagen auf dem Boden. Isaiah hatte hellbraune Haut, braune Augen und dunkles, lockiges Haar. Er war etwa eins achtzig groß, mit breiten Schultern und einem attraktiven Gesicht. Außerdem wirkte er deutlich reifer als der Junge auf dem Foto, das Freddie gesehen hatte.

„Wie lange bist du schon hier?", fragte Freddie.

„Seit Jahren immer wieder."

„Was?", wunderte sich Freddie. „Man hat uns gesagt, deine Adoption sei schon vor langer Zeit annulliert worden."

„Das stimmt, aber ich bin in der Nähe geblieben. Es gibt einen Kellerraum, den sie nie betreten haben. Sie wussten nicht mal, dass er existiert."

„Zeig ihn mir", forderte Freddie.

Sie folgten Isaiah in einen Flur mit mehreren geschlossenen Türen. In einem der dahinterliegenden Räume befand sich eine Tür, die zu einem weiteren kleinen Raum führte, in dem eine Luftmatratze auf dem Boden lag. Hier fanden sie alle persönlichen Gegenstände, die in Isaiahs Zimmer bei der Wohngruppe, das sein offizielles Zuhause war, gefehlt hatten. An der Wand hingen Fotos von ihm mit den Blanchets sowie Poster der Capitals und der Washington Feds.

„Wie bist du hineingelangt?", wollte Freddie wissen.

„Sie haben den Code für die Kellertür nie geändert und die Alarmanlage nur selten benutzt. Wenn die Alarmanlage eingeschaltet war, bekam ich aus der Zeit, als ich noch hier gewohnt habe, immer eine Benachrichtigung auf mein Handy." Er warf ihnen einen wachsamen Blick zu. „Ich weiß, wie das für Sie aussehen muss, aber ich habe die Blanchets geliebt. Ich wollte in ihrer Nähe sein."

„Warst du in der Tatnacht hier?"

Isaiah zögerte, dann nickte er.

„Hast du etwas beobachtet?"

„Ich habe einen Teil davon auf Video."

Freddie wurde fast schwindelig, als er diese Worte hörte. „Warum hast du nicht die Polizei gerufen?"

„Es ging alles so schnell. Im Grunde war es vorbei, bevor es richtig begonnen hatte. Ich hatte schreckliche Angst. Mehr Angst, als ich je zuvor gehabt hatte."

„Und trotzdem hattest du die Geistesgegenwart, es aufzunehmen?", fragte Gonzo und kam Freddie damit zuvor.

„Es ist seltsam, denn ich kann mich gar nicht erinnern, dass ich die Kamera gestartet habe. In der einen Minute hab ich durch einen Spalt in der Esszimmertür gespäht, und in der nächsten war sie tot, und ich hatte solche Angst, dass sie mich als Nächstes finden würden. Also bin ich runtergelaufen und hab mich versteckt, bis die Leute nicht mehr da waren."

„Hast du die Leute erkannt, die sie getötet haben?"

„Nein, die hatte ich noch nie zuvor gesehen."

„Zeig uns das Video", bat Freddie.

Isaiah zog sein Handy aus der Hosentasche und setzte sich auf einen Sessel. Freddie, Gonzo und Matt umringten ihn, als er auf „Play" drückte. Das Video zeigte, wie Liliana Blanchet mit Einkaufstüten von draußen hereinkam. Sie war schockiert, als sie Gia Cortez mit einer Waffe in der Hand in ihrer Küche vorfand, und ließ die Tüten fallen.

„Was zum Teufel machen Sie hier?"

„Ihr Mann hat mich hereingelassen."

„Das hätte er auf keinen Fall getan."

„Schon komisch, was man so tut, wenn eine Waffe auf einen gerichtet ist."

„Was wollen Sie?" Lilianas Stimme zitterte.

Gia deutete zur Decke. „Moment …"

Das dreifache Knallen von Schüssen ließ Liliana schreiend auf Gia zulaufen.

Gia stieß sie weg.

Pascal erschien mit einer weiteren Pistole in der Hand in der Küche.

„Leg sie um", sagte Gia.

„Was habt ihr mit meinen Babys getan?", schrie Liliana und versuchte, Pascal die Waffe zu entwinden.

Ein Schuss löste sich, doch Liliana zuckte nicht einmal zusammen. Das war wahrscheinlich die Kugel, die in der Zierleiste an der Küchendecke gelandet war.

Pascal versetzte ihr einen heftigen Stoß, und Liliana stürzte zu Boden.

„Dachtet ihr, ihr könntet uns vor allen Leuten als rassistische Schweine bezeichnen und danach einfach so tun, als wäre das nie passiert?", brüllte Gia sie an. „Dein Mann ist tot. Deine Kinder auch. Jetzt bist du an der Reihe."

Lilianas Schreie gellten durch die Küche.

„Tu es, Pascal. Ich habe die Schnauze voll von ihr."

Pascal richtete die Waffe auf Liliana und jagte ihr eine Kugel in die Stirn.

„Mein Gott", flüsterte Gonzo.

„Wir brauchen dein Handy, und wir müssen dich mitnehmen." Freddie klang zutiefst erschüttert.

„Warum?", fragte Isaiah.

„Weil du bezeugen musst, was du beobachtet hast."

„Wer waren die Leute, die meine Familie getötet haben?" Isaiah hatte Tränen in den Augen.

„Ihre Tochter hat mit Eloise geturnt", antwortete Freddie, angewidert von dem, was er in dem Video gesehen hatte. „Sie waren neidisch auf ihren Erfolg."

„Echt jetzt? Deshalb haben sie sie umgebracht?"

„Ja", bestätigte Freddie.

„Was für eine total abgefuckte Scheiße ist das denn?"

„Das frage ich mich auch."

KAPITEL 36

Als Freddie Isaiah an einen sicheren Ort gebracht hatte, wo er bis zu seiner Aussage bleiben würde, und der Papierkram zur neuesten Entwicklung erledigt war, war es halb vier Uhr morgens.

Er schrieb Sam eine SMS, um ihr von Isaiah und dem Video zu berichten, das ihre Anklage gegen die Cortez untermauern würde.

Selbst nachdem er alles in dem Video gesehen hatte, konnte Freddie immer noch nicht glauben, dass blanker Neid und eine öffentliche Beleidigung zu den Morden an sechs Menschen, darunter vier Kinder, geführt hatten. Es war natürlich möglich, dass Gia psychisch krank war. Wer wusste schon, was Menschen zu so etwas trieb?

Er überlegte, ob er nach Hause fahren sollte, beschloss aber, sich für ein paar Stunden auf eine Couch in der Lobby zu legen. Nachdem er seinen Wecker auf sieben gestellt hatte, um Graciela Blanchet zu informieren, ehe die Nachricht an die Öffentlichkeit gelangte, schlief Freddie ein.

Er erwachte, als ihn jemand an der Schulter rüttelte, und öffnete die Augen. Sam stand vor ihm.

„So weit ist es also schon gekommen? Du schläfst auf dem Sofa in der Lobby?"

„Ich war erst um halb vier fertig", erklärte er und setzte sich auf. Er rieb sich mit der Hand übers Gesicht und massierte sich den steifen Nacken.

„Du hast Isaiah gefunden, ehe die Marshals die Chance hatten, loszulegen", stellte Sam mit Stolz in der Stimme fest.

„Ich hab ganz vergessen, Jesse Bescheid zu geben.“

„Alles erledigt. Ich hab auf dem Weg hierher mit ihm gesprochen.“

„Vielen Dank.“

„Falls ich vergessen haben sollte, es zu sagen: Gute Arbeit. Du machst mich sehr stolz.“

Er nahm die Hand, die sie ihm hinhielt, und ließ sich von ihr hochziehen. „Das war mein einziges Ziel.“

„Gerechtigkeit für die Blanchets war das einzige Ziel.“

„Du hattest dein Ziel, ich hatte meins.“

„Übernimmst du das Presse-Briefing?“, fragte sie.

„Muss ich?“

„Ja. Es war schließlich dein Fall. Geh da raus, und bring ihn zu Ende.“

„Was soll ich über Isaiah erzählen?“

„Dass er zur Tatzeit im Haus war und den Mord an Liliana Blanchet auf Video festgehalten hat.“

„Was antworte ich auf die Frage, warum er nicht versucht hat, ihr zu helfen?“

„Er war so verängstigt, dass er sich nicht regen konnte. So steht es in deinem Bericht, oder?“

„Das hat er ausgesagt. Er hat angegeben, er könne sich nicht daran erinnern, die Kamera überhaupt eingeschaltet zu haben, und dass es vorbei gewesen sei, bevor es richtig begonnen hatte. Es ging alles sehr schnell.“

„Der arme Junge. Und seitdem lebt er in diesem Haus. Ich kann nicht glauben, dass die Spurensicherung sein geheimes Zimmer nicht gefunden hat.“

„Es war sehr gut versteckt, und er ist dort geblieben, bis alle weg waren.“

„Haben die beiden Beschuldigten inzwischen einen Anwalt?“

„Sie haben bei mehreren Nachrichten hinterlassen, allerdings noch keine Antwort erhalten.“

„Freddie, ich möchte dabei sein, wenn du ihnen mitteilst, dass es ein Video gibt“, sagte Sam.

„Dann werde ich das so einrichten.“

„Ich bin so stolz“, wiederholte Sam. „So unfassbar stolz.“

„Vielen Dank. Ich wünschte, es würde mir mit dem Ergebnis unserer Ermittlungen besser gehen.“

„Wir sind nie glücklich mit dem Ergebnis. Mord ergibt eigentlich nie Sinn, aber für diesen Fall gilt das ganz besonders."

„Du sagst es."

„Ruf Blanchets Mutter und die anderen Familienmitglieder an, um sie auf den neuesten Stand zu bringen, und dann bereite dich auf das Briefing vor."

„Genau das hatte ich vor." Freddie begab sich an seinen Arbeitsplatz und trank den Rest einer warm gewordenen Cola vom Vorabend. Er kramte in seiner obersten Schreibtischschublade, fand eine ungeöffnete Packung seiner Lieblings-Donuts mit Puderzucker und aß alle sechs in unter einer Minute.

Gonzo erschien mit einem großen Kaffee, den er auf Freddies Schreibtisch stellte.

„Gott segne dich, Mann."

„Hast du hier übernachtet?"

„Ja. Die Couch in der Eingangshalle ist gar nicht so schlecht."

„Das ist ein Initiationsritual. Herzlichen Glückwunsch!"

„Danke. Alles okay im Safe House?"

„Ich habe heute Morgen nachgefragt, und sie sagten, Isaiah habe etwas geschlafen und gut gefrühstückt."

„Vielleicht sollten wir Chuck von der Wohngruppe wissen lassen, dass er in unserer Obhut ist."

„Ich erledige das."

„Vielen Dank."

„Kann ich dir sonst noch irgendwie helfen?"

„Lust auf eine Pressekonferenz?", fragte Freddie hoffnungsvoll.

„Haha, nein. Das ist dein Bier."

„Ich habe geahnt, dass du das sagen würdest."

Deputy Chief Jeannie McBride kam ins Großraumbüro und sah Freddie strahlend an. „Da ist ja der Mann der Stunde. Hervorragende Arbeit, Detective."

„Danke, Chief."

Offenbar hatte sich herumgesprochen, dass sie den Fall geknackt hatten, denn als die Tagschicht ihren Dienst antrat, schauten alle, mit denen er regelmäßig zusammenarbeitete, vorbei, um ihm zu gratulieren.

Er antwortete auf eine Guten-Morgen-SMS von Elin.

Die Leute sind ziemlich begeistert, dass ich den Fall abgeschlossen habe. Dein Mann bekommt viel Lob.

Ich bin so stolz auf dich! Wir feiern heute Abend. Ich lass mir was Besonderes einfallen.

Ich kann es kaum erwarten.

Ich habe dich letzte Nacht vermisst. Ich hasse es, allein zu schlafen.

Ich habe dich mehr vermisst.

Niemals!

O doch! Bis bald.

Küsschen.

Er schickte seiner Mutter eine Nachricht, um ihr mitzuteilen, dass er den Fall abgeschlossen hatte und in den nächsten Minuten im Fernsehen erscheinen würde.

Herzlichen Glückwunsch! Dein Dad und ich schauen es uns an!

Sam, Elin und seine Eltern stolz zu machen war definitiv das Beste daran, dass er den Fall gelöst hatte. Na ja, und für Gerechtigkeit zu sorgen. Mit diesem Gedanken im Hinterkopf rief er Graciela an.

„Hallo, Detective Cruz vom Metro PD."

„Gibt es etwas Neues?"

„Ja. Wir haben Pascal und Gia Cortez wegen der Morde an Ihrer Familie verhaftet. Die Tochter der beiden hat zusammen mit Eloise an Turnwettkämpfen teilgenommen. Ein paar Tage vor den Morden hat Liliana die beiden vor mehreren anderen Eltern als rassistische Schweine bezeichnet. Wir glauben, dass Wut und unverhohlener Rassismus, gepaart mit Eifersucht auf Eloises sportlichen Erfolg, das Motiv für den Mord waren."

„O Gott ..."

„Ich wollte Ihnen außerdem mitteilen, dass Isaiah unbemerkt in einem versteckten Raum im Keller gehaust hat und gekommen und gegangen ist, egal ob jemand zu Hause war oder nicht. Er war Zeuge des Mordes an Liliana und hat ein Video, das uns helfen wird, die Täter zu überführen."

„Warum hat er nicht versucht einzugreifen?"

„Er sagte, er sei zu entsetzt gewesen und habe nicht glauben können, was er da sah. Isaiah kann sich nicht daran erinnern, die Handykamera eingeschaltet zu haben. Ich glaube, er war außerdem besorgt, weil er ohne Erlaubnis im Haus war, und hat befürchtet, dass er deswegen Schwierigkeiten bekommen könnte. Ganz zu schweigen davon, dass er angesichts seines gewalttätigen Hintergrunds möglicherweise spürte, dass es ratsam war, sich herauszuhalten."

„Isaiah hat ein Video von dem Mord."

„Ja, und er wird aussagen, was er gesehen hat. Er befindet sich im Gewahrsam des MPD."

„Ich … ich glaube, ich würde ihn gerne treffen, wenn das möglich ist. Wir haben ihn alle geliebt und waren untröstlich über das, was mit ihm passiert ist. Vielleicht … vielleicht kann ich ihm helfen."

„Ich werde es ihm ausrichten und Ihnen Bescheid geben."

„Danke für alles. Es ändert zwar nichts, aber zumindest leben die Täter nicht einfach fröhlich weiter, während ich mich mit den Vorbereitungen für die Beerdigung meines Sohns, meiner Enkel und meiner Schwiegertochter beschäftigen muss."

„Nochmals mein herzliches Beileid. Wenn Sie so weit sind, denken Sie an die Trauerselbsthilfegruppe für Opfer von Gewaltverbrechen hier im Hauptquartier. Ich glaube, Sie würden es tröstlich finden, mit Menschen zusammen zu sein, die Sie verstehen."

„Irgendwann schaffe ich es vielleicht dorthin."

„Rufen Sie mich jederzeit an, wenn ich Sie irgendwie unterstützen kann, und ich halte Sie über die Gerichtstermine auf dem Laufenden."

„Ich hoffe, Ihre Mutter ist stolz auf den tollen jungen Mann, den sie großgezogen hat."

„Danke sehr, Ma'am. Ist sie. Wir bleiben in Kontakt."

Nachdem er aufgelegt hatte, staunte er über Mrs Blanchets lobende Worte ihm gegenüber. Dass sie im dunkelsten Moment ihres Lebens an so was dachte, bewies ihre innere Größe.

Sam kam aus ihrem Büro. „Die Hyänen haben Schaum vorm Maul und wollen ein Update. Bist du bereit?"

„So bereit, wie ich eben sein kann." Freddie suchte seine Notizen zusammen, schnappte sich seine Jacke und streifte sie sich wegen der ungewöhnlich niedrigen Temperaturen über. „Du freust dich sicher schon auf Bora Bora. Das Wetter hier ist zum Weglaufen."

„Wir fliegen nicht."

„Wie bitte? Warum nicht?"

Sam erklärte es ihm.

„Ach verdammt. Das ist ja doof."

„Ist es, aber es ist auch die richtige Entscheidung. Wir wollen unseren Urlaub nicht von der Presse zerpflücken lassen. Nächstes Jahr um diese Zeit wird Nick fast achtzehn Monate im Amt sein. Das ist dann deutlich besseres Timing."

„Du bist bestimmt am Boden zerstört.“

„War ich. Inzwischen bin ich drüber weg. Wir fahren für ein paar Tage allein zu dem Ferienhaus in Dewey Beach, und dann kommt die Familie nach. Du und Elin, ihr solltet ebenfalls dabei sein.“

„Gerne. Ich bin froh, dass ihr eine Alternative gefunden habt, selbst wenn es nicht Französisch-Polynesien ist.“

„So gern ich dort bin, der Flug ist selbst in den bestausgestatteten Maschinen eine Tortur.“ Sie waren im Vorjahr mit der Air Force Two gereist. „Es tut mir nicht leid, diesen Teil zu verpassen. Außerdem sage ich mir immer wieder, dass die Gesellschaft ausschlaggebend ist, nicht der Ort.“

„Das stimmt.“

An der Doppeltür, die zum Innenhof führte, wo sich die Pressevertreter drängten, blieb Freddie stehen und sah Sam an. „Danke, dass du mir da draußen den Rücken stärkst.“

„Ich stehe immer hinter dir, Freddie.“

„Das bedeutet mir viel.“

Sie tätschelte ihm den Arm. „Geh und mach sie fertig.“

Als sie durch die Tür traten, fingen die Reporter sofort an, Fragen zu rufen.

Freddie folgte Sams Beispiel und wartete, bis sie sich wieder beruhigt hatten, ehe er begann, methodisch die Beweise darzulegen, die sie gegen Pascal und Gia Cortez in der Hand hatten. „Wir haben einen Augenzeugen, einen Teenager, den das Ehepaar Blanchet als Kind adoptiert hatte. Die Adoption wurde später leider wegen einiger Probleme innerhalb der Familie annulliert. Ohne dass die Blanchets etwas davon ahnten, hatte sich der junge Mann durch eine selten benutzte Kellertür Zutritt zum Haus verschafft und war auch im Haus, als die Morde stattfanden.“ Er schilderte Isaiahs Angst und seine unbewusste Entscheidung, eine Aufnahme zu starten.

„Als Ergebnis seiner Handlungen haben wir den Mord an Liliana Blanchet auf Video, genau wie die Geständnisse der Cortez zu den anderen Morden. Wir glauben, dass der Auslöser für die Tat eine Äußerung war, die Mrs Blanchet gegenüber Gia Cortez vor anderen Eltern gemacht hat, die mit der Turnmannschaft ihrer Töchter zu tun hatten. Dabei bezeichnete Mrs Blanchet das Ehepaar Cortez als ‚rassistische Schweine‘. Mr und Mrs Cortez droht eine Anklage wegen sechsfachen Mordes.“

„Wer vertritt sie?“, fragte ein Journalist.

„Das wissen wir noch nicht. Sie haben mehrere Rechtsanwälte kontaktiert, allerdings bisher von keinem von ihnen eine Erwiderung erhalten. Die Anklageerhebung erfolgt, sobald diese Frage geklärt ist."

„Ich möchte sicher sein, dass ich das richtig verstehe", sagte Darren Tabor. „Gia und Pascal Cortez neideten Eloise Blanchet ihren Erfolg als Turnerin, haben sich in den sozialen Netzwerken mit ihr und ihren Eltern gestritten und dann die Familie umgebracht, nachdem Mrs Blanchet sie vor anderen Eltern als ‚rassistische Schweine' bezeichnet hatte?"

„Im Wesentlichen ja. Wir waren genauso skeptisch, als sich die Puzzleteile in diesem Fall langsam zusammenfügten. Es schien unglaublich, dass zwei Eltern kleiner Kinder wegen einer Beleidigung, die sie für ihre Taten mehr als verdient hatten, einen mehrfachen Mord begangen haben. Aber wir hatten sie bereits im Fokus, bevor wir mit dem Video den entscheidenden Hinweis erhielten."

Er beantwortete mehrere weitere Fragen, ohne auf seine Notizen zurückgreifen zu müssen. Als er fertig war, bedankte er sich bei den Reportern für ihre Zeit und verließ das Podium, bevor sie ihn den ganzen Tag dort festhalten konnten.

„Gute Arbeit", lobte ihn Sam, als sie wieder drinnen waren. „Du hast dich an die Fakten gehalten und ihnen keine Gelegenheit gegeben, auf andere Themen zu sprechen zu kommen. So macht man das."

Sein Smartphone summte. Es war eine Nachricht von seinen Eltern. *Wir sind so, so stolz. Unser Sohn war im Fernsehen! Wir können es kaum erwarten, alles darüber zu hören.*

Danke fürs Zuschauen. Abendessen am Wochenende?

Gern!

Chief Farnsworth kam auf sie zu und schüttelte Freddie die Hand. „Gute Arbeit, Detective."

„Danke."

„Ich habe gehört, Sie haben die ganze Nacht hier verbracht."

„Das stimmt, Sir."

„Machen Sie die Berichte fertig, und gehen Sie heim. Wir sehen uns dann am Montag."

„Jawohl, Sir. Vielen Dank noch mal."

Freddie entfernte sich und fühlte sich großartig, weil er seine erste Untersuchung erfolgreich abgeschlossen hatte.

Gonzo passte ihn im Großraumbüro ab. „Wir haben Colleen ausfindig gemacht. Sie und Pascal hatten bis vor sechs Monaten eine Affäre. Ihr Mann hat davon erfahren, sie verlassen und lebt jetzt in Texas. Ich habe gerade mit ihm telefoniert, um zu erfahren, wo er sich aufhält."

„Danke, dass du diese offene Frage geklärt hast."

„Na klar."

Freddie begab sich zu seinem Rechner und verfasste rasch den Abschlussbericht, da er unbedingt nach Hause wollte, um mit Elin zu feiern.

~

„Sie strahlen wie eine stolze Mama, Lieutenant", sagte der Chief, nachdem Freddie in Richtung Großraumbüro verschwunden war.

„So fühle ich mich auch. Freddie hat einen tollen Job gemacht."

„Er hatte die beste Ausbilderin." Nach einem kurzen Moment fragte er: „Hast du einen Augenblick Zeit?"

„Klar." Sam nickte Helen zu, als sie dem Chief in sein Büro folgte und die Tür hinter sich schloss. „Was gibt's denn?" Sie nahm auf einem der Besucherstühle Platz.

„Du hast das von Gibbons gehört?"

„Ja. Tut mir leid. Ich weiß, dass das für dich und Captain Malone etwas Persönliches ist."

„Sehr persönlich. Er war ein enger Freund und Kollege." Er lehnte sich in seinem Schreibtischsessel zurück. „Ich brauche jemanden, der bei diesem Fall und der Davies-Sache die Medien informiert. Da du dich bereits mit Stahls Fällen befasst hast, wollte ich wissen, ob du dazu bereit wärst."

„Klar." Das würde ihn davor bewahren, das Gesicht eines weiteren Polizeiskandals zu sein. „Ich werde mich auf den neuesten Stand bringen, und dann übernehme ich die Pressekonferenz."

„Danke", sagte er erleichtert. „Ich glaube, es macht mehr Eindruck, wenn es von dir kommt."

Da Stahl zweimal versucht hatte, sie zu ermorden, weswegen er nun eine lebenslange Haftstrafe verbüßte. „Ich verstehe das."

Er warf ihr den durchdringenden Blick zu, den er so gut beherrschte. „Ich habe gehört, du hast dir diese Woche einen Tag freigenommen. Alles in Ordnung?"

„Jetzt wieder. Ich hatte in meinem Privatleben einige Dinge zu klären."

„Wie geht es Angela?"

„Ganz okay. Neulich war sie bei der Trauerselbsthilfegruppe, was ich als positives Zeichen werte."

„Ich denke dauernd an sie und die Kinder."

„Ja, ich auch."

„Ich will dich nicht aufhalten. Was die Presse betrifft: Sei ganz offen. Es hat keinen Sinn, Details zu verheimlichen."

„Für dich tue ich doch alles, Onkel Joe." Mit einem Lächeln verließ sie ihn und begab sich zurück ins Großraumbüro, um sich auf die Pressekonferenz vorzubereiten.

Aufmerksam las sie die Berichte, die Archie und Captain Malone im Fall Gibbons und Green und Lucas im Fall Davies verfasst hatten. Als sie sich bereit fühlte, zog sie ihren Mantel über und ging nach draußen. Sie überraschte die versammelten Journalisten, indem sie zur zweiten Pressekonferenz des Tages erschien.

„Ich bin hier, um Sie über den Stand der Dinge zu informieren, die den in Ungnade gefallenen ehemaligen Lieutenant Leonard Stahl betreffen. Wie Sie wissen, haben wir mit einer Überprüfung seiner früheren Ermittlungen begonnen, nachdem wir Unregelmäßigkeiten in den Fällen Worthington und Deasly entdeckt hatten. Bei dieser Überprüfung sind wir auf weitere Unregelmäßigkeiten gestoßen."

Sie ging den Fall Davies Punkt für Punkt durch, von der Verkehrskontrolle, die dazu geführt hatte, dass man Stahl für drei Tage vom Dienst suspendierte, bis hin zu der fingierten Anklage, die er gegen Davies erhoben und die dafür gesorgt hatte, dass der wegen falscher Anschuldigungen sechzehn Jahre im Gefängnis gesessen hatte. Sam ließ nichts aus – die Frau, die Stahl angeheuert hatte, um Davies zu verführen, das Vergewaltigungskit, das Davies mit der Frau in Verbindung gebracht hatte, und den ganzen Rest der schmutzigen Geschichte.

Ein kollektives Aufkeuchen lief durch die Menge.

„Wir arbeiten mit der Staatsanwaltschaft und dem Bezirksgericht zusammen, um Davies' Verurteilung aufzuheben. Wir hoffen, dass wir in Kürze weitere Neuigkeiten für Sie haben werden. Außerdem haben wir erfahren, dass der damalige Detective Stahl in vielen Fällen Berichte mit Informationen von Zeugen eingereicht hat, die entweder nicht existierten oder die er nie befragt hatte, und dass viele seiner eigentlich noch offenen Fälle in dem für abgeschlossene reservierten System archiviert wurden."

„Wäre er in der Lage gewesen, das selbst zu tun?", fragte ein Journalist.

„Nein, und das führt zum zweiten Teil dieser Pressekonferenz. Die Staatsanwaltschaft hat William Gibbons, den ehemaligen Lieutenant unserer IT-Abteilung, wegen seiner Rolle bei der Vertuschung von Stahls Unkorrektheiten in zwei Fällen wegen Behinderung der Justiz angeklagt. Wir gehen im Moment davon aus, dass noch weitere Anklagen gegen Gibbons erhoben werden, sobald unsere vollständige Überprüfung von Stahls Fällen abgeschlossen ist."

„Warum hat Gibbons das getan?", fragte ein anderer Reporter.

„Stahl verfügte über Informationen aus Gibbons' Privatleben, die ihm zu Hause und am Arbeitsplatz Probleme bereitet hätten, und hat das benutzt, um Gibbons davon zu überzeugen, seine Anweisungen zu befolgen. Die Detectives Cameron Green und Erica Lucas haben im Fall Davies mustergültige Arbeit geleistet, während Lieutenant Archelotta und Captain Malone den Fall Gibbons bearbeitet haben."

Sam schaute von ihren Notizen hoch. „Ich möchte betonen, dass wir derzeit behördenweite Anstrengungen unternehmen, um diese Verfehlungen unserer ehemaligen Kollegen zu korrigieren. Die Staatsanwaltschaft wird weitere Anklagen gegen die Beschuldigten in diesen und anderen Angelegenheiten erheben, die wir im Zuge der Ermittlungen womöglich noch aufdecken werden. Persönlich möchte ich anmerken, dass die Männer und Frauen des Metro PD mit nur ganz wenigen Ausnahmen jeden Tag unermüdlich für die Bürger unserer Stadt arbeiten. Es wäre ein Fehler, die gesamte Polizei aufgrund der Handlungen einer geringen Anzahl schwarzer Schafe zu beurteilen. Das ist alles. Danke für Ihre Zeit und Aufmerksamkeit."

Sie riefen ihr Fragen nach, aber Sam ignorierte sie und rettete sich ins Gebäude.

„Das war sehr geschickt", lobte Chief Farnsworth.

„War das Fernsehen live dabei?"

„Jedes Mal, wenn du etwas tust, ist das Fernsehen live dabei."

„Das war mir nicht klar."

„Sie sind eine große Nummer, Lieutenant. Eine sehr große Nummer."

Sam hoffte, dass ihr Blick ihm unzweideutig zu verstehen gab, was sie davon hielt.

Sein Lachen bestätigte, dass ihre Botschaft angekommen war.

„Danke, dass du dich so für das Team einsetzt", sagte er.

„Immer wieder gerne."

KAPITEL 37

Freddie wartete im Großraumbüro auf sie. „Möchtest du mich nach unten begleiten, um Gia und Pascal Cortez die Nachricht zu überbringen, dass es ein Video gibt, auf dem Pascal Liliana Blanchet tötet?"

„Auf jeden Fall", erklärte Sam.

Sie stiegen die Treppe zu den Arrestzellen hinunter, nickten dem diensthabenden Beamten zu und begaben sich zu der Zelle, in der das Paar saß.

„Können wir jetzt gehen?", fragte Gia hoffnungsvoll.

„Nein", antwortete Freddie. „Sie werden sogar für eine ganze Weile unsere Gäste sein."

Sam merkte, dass es ihm Genugtuung verschaffte, den beiden das zu sagen, was für sie okay war. Das hatte er sich verdient.

„Was meinen Sie damit?", wollte Pascal wissen. „Wir haben Rechte."

„Natürlich", erwiderte Freddie. „Und wir werden dafür sorgen, dass jedes einzelne davon gewahrt bleibt. Aber Sie sollten wissen, dass wir ein Video haben, das zeigt, wie Sie Liliana erschießen und darüber sprechen, wie Sie die anderen ermordet haben. Erinnern Sie sich an Ihre Unterhaltung in der Küche der Blanchets? Als Sie Liliana mitgeteilt haben, dass ihre Familie tot sei?"

Sam erfüllte es mit tiefer Befriedigung, wie beide erbleichten und verstummten, als ihnen die Bedeutung von Freddies Worten klar wurde. „Moderne Technik", warf sie ein. „Man muss sie einfach lieben."

„Oder in diesem Fall hassen", ergänzte Freddie.

„Stimmt", pflichtete ihm Sam bei. „Du solltest den beiden das Video zeigen."

„Gerne."

Augenblicke nachdem Freddie auf „Play" gedrückt hatte, brach Pascal der Schweiß aus. „Wo haben Sie das her?"

„Das werden Sie bei der Verhandlung erfahren", entgegnete Freddie.

„Wir müssen nach Hause zu unseren Kindern", beharrte Gia mit einem hysterischen Unterton in der Stimme.

„Das wird in nächster Zeit eher nicht passieren", sagte Freddie.

Sam musterte Gia genau, wobei sie darauf achtete, nicht zu blinzeln. „Was ich nie verstehen werde, ist, wie man sich über Turnwettbewerbe in der Mittelstufe so aufregen kann, dass man sechs Menschen tötet."

„Das ist alles so kleingeistig", fügte Freddie hinzu. „Die Tochter der Blanchets war eine bessere Turnerin als Ihre, also haben Sie beschlossen, sie mit einer widerlichen Online-Attacke voller rassistischer Untertöne niederzumachen. Es muss Sie mit großer Wut erfüllt haben, dass es Ihnen nicht gelungen ist, Eloise aus den Wettkämpfen zu verjagen. Sie ist einfach immer wieder aufgetaucht und hat gewonnen."

„Lacey war eine Million Mal besser als sie", ereiferte sich Gia. „Sie hat es *verdient*, zu gewinnen. Sie hat *jahrelang* daran gearbeitet."

„Und dann besaß Liliana die Frechheit, vor den anderen Eltern deutliche Worte über Sie beide zu sprechen, und das hat Sie noch mehr erzürnt", übernahm Sam von Freddie.

Gia wollte gerade etwas erwidern, als Pascal an ihrem Arm zog. „Sag nichts, was sie gegen uns verwenden können."

„Sie sollten wissen, dass wir nicht glauben konnten, dass etwas so Harmloses wie ein Turnwettkampf zu einem Massenmord geführt haben könnte", ließ sich Freddie wieder vernehmen. „Wir haben wirklich intensiv nach einem anderen Motiv gesucht. Doch die Beweise lügen nicht, und jetzt werden andere Ihre Kinder großziehen, nur weil Sie es nicht ertragen konnten, dass ein talentierteres schwarzes Mädchen gegen Lacey gewonnen hat. Wir sehen uns vor Gericht."

Sie drehten sich um und gingen.

„Verdammt, das hat Spaß gemacht", meinte Freddie.

„So viel wie schon lange nichts mehr bei der Arbeit."

Als sie das Großraumbüro betraten, kam Lindsey ihnen von der anderen Seite entgegen. „Jackpot für die Vermutung über mögliche gesundheitliche Probleme bei Marcel." Sie begleitete sie in den Besprechungsraum, wo sie mehrere Ausdrucke auf den Tisch legte.

„Dies ist das MRT, das zeigt, dass Marcel Blanchet einen langsam wachsenden Tumor im Frontallappen hatte, der für die Persönlichkeitsveränderungen verantwortlich sein könnte, von denen mehrere Zeugen berichtet haben. Die Kugel hat ihn verfehlt, sodass die Geschwulst auf dem MRT intakt ist. Nach Angaben der Amerikanischen Gesellschaft für Hirntumore kann bei Hirntumorpatienten eine Reihe genereller psychiatrischer Symptome auftreten, darunter Verhaltensweisen wie körperliche Gewalt, Aggression, Streitsucht, Impulsivität und Enthemmung, das heißt Handeln ohne Rücksicht auf mögliche Konsequenzen."

„Wow", meinte Freddie. „Das erklärt vieles."

„Tiefgreifende Persönlichkeitsveränderungen sind ein weiteres Symptom", fuhr Lindsey fort, „ebenso wie gewalttätige Angriffe. Gute Idee, Detective. Ich bin sicher, dass es seine Angehörigen trösten wird, zu hören, dass die unangemessenen Dinge, die er getan hat, höchstwahrscheinlich auf den Tumor zurückzuführen sind."

„Ja", pflichtete er ihr bei. „Auf jeden Fall."

„Gute Arbeit, Freddie", lobte Sam.

„Danke dir. Es ist gut, eine Erklärung für das eigentlich Unerklärliche zu haben."

„Du solltest seine Mutter und seine Partner anrufen und sie über die neuen Erkenntnisse unterrichten", sagte Sam. „Das ist die Art von Information, die trauernden Familienmitgliedern Trost spenden kann."

„Das werde ich. Vielen Dank, Lindsey."

„Gern. Interessanter Ausgang eines komplizierten Falls. Ich wünsche euch noch einen schönen Tag."

„Dir auch, Lindsey." Sam wandte sich wieder an Freddie. „Es ist immer wieder erstaunlich, dass wir denken, wir hätten ein vollständiges Bild von einer Situation, nur um dann festzustellen, dass die Realität ganz anders aussieht."

„Es wirkte zunächst wie ein typischer erweiterter Selbstmord."

„Deshalb gehen wir immer allen Spuren nach, denn wir hatten schon so manchen vermeintlichen Volltreffer, der einer näheren Betrachtung nicht standgehalten hat."

„Das ist korrekt", bestätigte Freddie. „Soll ich den Klägerinnen ebenfalls mitteilen, was wir herausgefunden haben?"

„Ja, ich denke schon. Es könnte sie beruhigen, zu wissen, dass der Arzt, dem sie so sehr vertraut haben, krank war und nicht pervers, selbst wenn das den Schrecken dessen, was ihnen widerfahren ist, nicht mindert. Soll ich diese Anrufe für dich übernehmen?"

„Das wäre schön."

„Also los. Ich habe heute Abend eine Kinderparty mit meinen Nichten und Neffen. Da darf ich auf keinen Fall zu spät kommen, sonst verlässt mich Nick."

Freddie lachte auf, bevor er sich abwandte, um seine Anrufe zu erledigen.

~

Ehe sie Feierabend machte, versammelte Sam ihr Team im Besprechungsraum. „Das war ein harter Fall", sagte sie. „Großes Lob an Detective Cruz für seine hervorragende Arbeit."

Der Applaus brachte Freddie in Verlegenheit.

„Danke für all die Unterstützung, Leute", übernahm er. „In diesem Team ziehen wirklich alle an einem Strang."

„So ist es", bestätigte Sam. „Und ich möchte euch außerdem danken, dass ihr eingesprungen seid, als ich eine Pause gebraucht habe. Zu wissen, dass ich hier so tolle Kollegen habe, ermöglicht es mir überhaupt erst, mein kompliziertes Leben zu führen."

„Kompliziert", wiederholte Gonzo grinsend. „Ist das die offizielle Sprachregelung?"

Sam lachte zusammen mit den anderen. „Bis uns ein besseres Wort einfällt. Aber hört zu, der Hauptgrund, warum ich mich mit euch treffen wollte, ist, dass ihr ja alle wisst, was neulich meiner Freundin Shelby Hill passiert ist."

Alle verliehen ihrer Sorge um Shelby und ihrer Fassungslosigkeit Ausdruck.

„Ihr geht es gut, doch dieser Vorfall und der bei Gigi erinnern uns daran, wie schnell die Dinge eskalieren können, manchmal aufgrund der vielen Gefahren, die unser Beruf mit sich bringt. Wir schicken Menschen ins Gefängnis, woran sie uns oft genug die Schuld geben, statt die Verantwortung für ihr Tun zu übernehmen. Hinzu kommt, dass das enorme Medieninteresse an meiner neuen Position auch euch ins Rampenlicht rückt, weil ihr mit mir zusammenarbeitet. Ich hasse das, aber es ist nun mal nicht zu vermeiden. Allerdings bin ich von erstklassigen Sicherheitsleuten umgeben, während ihr anderen das nicht seid."

Sie nahm mit jedem Teammitglied Blickkontakt auf. „Ich möchte, dass ihr euch die Sicherheitsvorkehrungen in eurem Zuhause genau anseht. Wenn sie nicht ausreichend sind, ändert das. Tut alles, was notwendig ist, um euch und eure Familien zu schützen."

„Wird erledigt", sagte Gonzo stellvertretend für alle.

„Wenn euch die Kosten für verstärkte Sicherheitsmaßnahmen zu hoch sind, kommt zu mir", fuhr Sam fort. „Das ist mein Ernst. Bitte seid bei allem, was ihr tut, besonders wachsam, sowohl bei der Arbeit als auch außerhalb. Eure Sicherheit hat für mich oberste Priorität. Okay, das war's. Ich wünsche euch eine gute Nacht – und danke noch mal für alles."

„Danke, Lieutenant", verabschiedete sich Detective Charles, als sie den Raum verließ.

Die anderen folgten ihr, bis nur noch Gonzo und Freddie übrig waren.

„War das in Ordnung?", fragte Sam die beiden.

„Es war eine gute Erinnerung daran, dass wir vorsichtiger sein müssen", erklärte Freddie. „Unser Mietvertrag läuft im Herbst aus. Ich werde mich nach etwas Sichererem umsehen."

„Das gilt für mich genauso", schloss sich ihm Gonzo an.

Sam nickte. „Ich bin froh, das zu hören. Und da ich euch beide gerade dahabe, möchte ich mich noch einmal dafür bedanken, dass ihr diese Woche eingesprungen seid, als ich mal durchschnaufen musste. Zu wissen, dass ihr da seid, wenn ich ausfalle, ist enorm wichtig für mich."

„Wir sind immer für dich da", versprach Gonzo. „So wie du für uns. So ist das in einer Familie."

Freddie zeigte mit dem Daumen auf Gonzo. „Was er sagt."

„Ich wünsche euch ein schönes Wochenende", meinte Sam, als sie sich vor der Gerichtsmedizin trennten.

„Dir auch", erwiderte Gonzo.

Sam rief Vernon auf ihrem Handy an. „Sie müssen mir bitte einen Gefallen tun."

„Nämlich?"

„Ich muss in einem Fahrzeug, das nicht leicht als zum Secret Service gehörig identifizierbar ist, einen Besuch machen. Geht das?"

„Lassen Sie mich kurz telefonieren, ich rufe gleich zurück."

„Vielen Dank."

Es dauerte ein paar Minuten, bis er sich wieder meldete.

„Ein Fahrzeug ist unterwegs. Es wird in zehn Minuten hier sein."

„Danke, Vernon."

„Klar doch."

Das Fahrzeug war ein weißer Mercedes-SUV.

„Schick", meinte Sam, als sie hinten einstieg.

„Ich bin froh, dass er Ihnen gefällt", antwortete Vernon. „Er gehört mir. Meine Frau nennt ihn mein Midlife-Crisis-Auto."

Sam lächelte. „Ich glaube, ich würde Ihre Frau mögen."

„Oh, ganz bestimmt, und andersherum auch."

Sie erkannte, dass die Aussage, seine Frau würde sie mögen, eines der größten Komplimente war, die er ihr hätte machen können.

„Wohin?", fragte er, als er auf dem Fahrersitz Platz nahm. Neben ihm auf der Beifahrerseite saß Jimmy.

Sam nannte ihm die Adresse, die sechs Blocks von ihrem Haus in der Ninth Street entfernt lag. „Passen Sie auf, dass uns niemand folgt, okay?"

„Tu ich immer."

Als Vernon vom Parkplatz fuhr, warf sie einen langen Blick auf das Gebäude, in dem sich so viel von ihrem Leben abspielte, und empfand Genugtuung, weil ein weiterer schwieriger Fall abgeschlossen war und die Männer und Frauen, mit denen sie zusammenarbeitete, gute Arbeit geleistet hatten.

Hatten sie immer alles richtig gemacht? Sicher nicht, doch solange sie weiterhin bei jedem ihrer Opfer ihr Bestes gaben, während sie versuchten, das Chaos der Vergangenheit zu beseitigen, konnten sie nachts ruhig schlafen.

Mehr konnten sie nicht von sich verlangen, denn sie widmeten sich jeden Tag einer Aufgabe, die die meisten Menschen als abstoßend empfinden würden. Zum Teufel, *sie* fand sie an vielen Tagen abstoßend. Aber jemand musste das tun. Sie sperrten Leute weg, die die gräulichsten Verbrechen begangen hatten, und ihre Arbeit diente hoffentlich auch als Abschreckung für andere, die mit dem Gedanken an Ähnliches spielten.

Vernon brachte den Wagen vor einem ihm bekannten Haus zum Stehen. Sam erinnerte sich daran, dass sie dort während einer früheren Untersuchung Selina Ramirez untergebracht hatten.

„Es dauert nicht lange", sagte sie zu ihm, als er ihr die Tür aufhielt.

„Lassen Sie sich Zeit, Ma'am."

Sam stieg die Treppe hinauf und zeigte dem diensthabenden Beamten ihren Ausweis.

Der Mann öffnete ihr die Tür.

Drinnen fragte Sam einen anderen Beamten, ob sie mit Isaiah sprechen könne.

„Er ist im Wohnzimmer und schaut sich gerade einen Film an."

„Vielen Dank."

Sam folgte dem Geräusch des Fernsehers in das Zimmer, in dem der junge Mann auf einer Couch saß, eine Schüssel Popcorn im Schoß und eine Flasche Cola auf dem Tisch vor sich.

Er setzte sich auf, als er sie bemerkte, und riss die Augen auf. „Verdammt", meinte er. „Sie haben die oberste Chefin geschickt."

„Man hat mich nicht geschickt", stellte sie mit einem Lächeln richtig, von dem sie hoffte, es würde beruhigend auf den Jungen wirken. „Ich bin aus eigenem Antrieb hier." Sie zeigte auf einen Stuhl. „Darf ich mich setzen?"

Mit unsicherer Miene nickte Isaiah und hielt den Film an. „Stecke ich in Schwierigkeiten? Ich weiß, ich hätte nicht im Haus sein dürfen …"

„Nein, du bist nicht in Schwierigkeiten, Isaiah. Ich bin hier, weil ich dir helfen will."

Jetzt wirkte er verwirrt. „Mir helfen? Inwiefern?"

„Ich habe deine Akte gelesen."

„Oh."

„Es tut mir leid, dass du so viele Schwierigkeiten hattest."

Er zuckte die Achseln, als wäre das keine große Sache, dabei war es die größte der Welt.

„Erinnerst du dich an Mr Blanchets Mutter?"

„Grammy B? Ja. Sie war immer sehr nett zu mir."

„Ich soll dir ausrichten, sie würde dich gerne treffen und dir vielleicht bis zu deinem Schulabschluss eine Unterkunft anbieten. Was hältst du davon?"

„Hat sie das echt gesagt?"

Sam nickte.

„Sie muss so traurig sein, dass alle tot sind."

„Das ist sie, und sie dachte, dass ihr beide euch vielleicht gegenseitig helfen könntet. Möchtest du sie sehen?"

Isaiah dachte eine Sekunde lang nach. „Schätze schon."

„Ich gebe ihr Bescheid und vereinbare einen Besuchstermin."

„Wie lange muss ich noch hierbleiben?"

„Wir sprechen mit der stellvertretenden Staatsanwältin darüber, wie wir deine Aussage vor der Verhandlung aufnehmen können, damit wir dich so schnell wie möglich woanders unterbringen können. Also es dauert vielleicht noch ein bisschen, okay?"

Er nickte. „Die wollen, dass ich ihnen erzähle, was ich beobachtet habe?"

„Ja. Ist das okay für dich?"

„Wenn es bedeutet, dass die Leute, die meine Familie getötet haben, ins Gefängnis wandern, schon."

„Das bedeutet es."

„Ich habe sie immer noch geliebt, wissen Sie?"

„Ja, ich weiß. Deshalb wolltest du auch in ihrer Nähe bleiben."

„Ich hätte eingreifen sollen, als ich sah, was da vor sich ging. Ich denke ständig darüber nach, was ich hätte machen können."

„Wenn die beiden geahnt hätten, dass du da bist, hätten sie dich ebenfalls getötet."

„Glauben Sie?"

„Ich *weiß* es. Sie wollten niemanden lebend in diesem Haus zurücklassen. Dein Video und deine Aussage werden uns helfen, Gerechtigkeit für deine Familie zu erreichen."

„Das ist gut."

Sam legte ihre Visitenkarte vor ihm auf den Tisch. „Wenn du je irgendetwas brauchst – egal was –, ruf mich an."

Er musterte sie verwirrt. „Wieso?"

„Weil jeder ein paar zusätzliche Freunde gebrauchen kann. Ich möchte, dass du etwas aus deinem Leben machst, Isaiah, dass du den Schmerz deiner Vergangenheit hinter dir lässt und dir eine Zukunft aufbaust, die vollkommen anders aussieht als deine Kindheit."

„Das wäre schön."

„Du kannst das schaffen. Aber du musst die Highschool abschließen und vielleicht ein College oder eine Berufsschule besuchen oder sonst etwas tun, was dich interessiert. Alles ist möglich, wenn du es nur genug willst."

„Ist es wirklich okay, wenn ich Sie anrufe?"

„Ja."

Isaiah schenkte ihr den Hauch eines Lächelns. „Vielen Dank."

„Gern. Ich hab auch deine Nummer. Du hörst von mir."

„Cool."

Sam stand auf, um sich zu verabschieden, und reichte ihm die Hand. „Es war schön, dich kennenzulernen."

„Gleichfalls. Danke fürs Vorbeikommen."

„Gern geschehen."

Auf dem Weg nach draußen sagte sie zu dem Beamten an der Tür: „Passen Sie gut auf ihn auf."

„Wird gemacht."

Sam trat aus dem Haus und knöpfte ihren Mantel zu.

Vernon hielt ihr die hintere Tür auf.

„Dann können wir jetzt nach Hause fahren, Vernon."

„Jawohl, Ma'am."

EPILOG

Als Sam nach Hause kam, tobte dort der Wahnsinn.

Nick war im Flur als Zeitmesser tätig, während Alden, Aubrey, Jack, Ella, Abby und Ethan um die Wette liefen und Noah auf wackeligen Beinchen hinter ihnen herstolperte. Als Nick Sam auf der Treppe sah, rief er ihr eine Warnung zu, sie solle aufpassen, dass sie nicht umgerannt würde.

Jack rannte schreiend auf sie zu. „Bal-SAM-ico!"

Sam lachte laut auf. „Der war gut, Zwangs-JACK-e."

Sein Kichern, als sie ihn hochhob und an sich drückte, machte sie glücklich. „Was hast du denn bitte gegessen? Du bist auf einmal so schwer." Die Erkenntnis, dass sie ihn nicht mehr lange würde hochheben können, war erstaunlich schmerzhaft.

„Mom meint, ich hätte einen Wachstumsschub."

„Das würde ich auch behaupten." Sie übersäte sein Gesicht mit Küssen, während er kreischte und versuchte, sich von ihr zu befreien.

„Ekelhaft! Mädchen-Bazillen!"

Es war schön, ihn lachen, scherzen und Spaß haben zu sehen, nachdem er seinen Vater so plötzlich verloren hatte.

Sie setzte ihn ab, um den anderen die gleiche Aufmerksamkeit zu schenken, bis sie schließlich zu Nick vordrang, der ihr einen schnellen Kuss gab. „Wo ist Scotty?"

„Ein Freund hat ihn nach dem Eishockeytraining zum Pizza-Essen eingeladen."

„Kennen wir den Freund?"

„Es ist Kyle aus seiner Mannschaft. Debra hat mir versichert, dass die Eltern okay sind. Er wird um acht wieder zu Hause sein."

„Ich mag es nicht, dass er ein Leben außerhalb unserer Familie führt."

„Wir sollten uns darauf vorbereiten, dass das in Zukunft häufiger vorkommen wird."

„Passt mir trotzdem nicht."

Nick grinste und zog sie an sich, während er den Kindern dabei zuschaute, wie sie laut krakeelend hinter Ethan herrannten, den Gang entlang und wieder zurück.

„Was gibt es zum Abendessen?", fragte Sam.

„Heute ist Pizzaabend", antwortete Nick. „Reginald hat alles besorgt, was wir brauchen. Zum Nachtisch gibt es dann ein Eisbuffet."

„Ich fange an, mich hier wirklich wohlzufühlen."

„Das höre ich gern."

Avery und Shelby gesellten sich aus dem dritten Obergeschoss zu ihnen, um mit ihnen zu Abend zu essen.

Sam umarmte ihre Freundin. „Du siehst schon viel besser aus, Shelby."

„Ich fühle mich auch besser. Es ist schön, in dieser Festung zu sein, wo niemand an uns rankann, es sei denn, wir wollen es."

„Was auch immer nötig ist, damit du dich sicher fühlst."

„Das ist vermutlich ein Prozess, der noch nicht abgeschlossen ist."

Avery legte den Arm um sie. „Das wird schon, Schatz."

„Mama", krähte Noah, der zu Shelby lief. „Spaß. Rennen."

Shelby lächelte, als sie sich runterbeugte, um ihren Sohn zu küssen. „So viel Spaß, mein Kleiner."

Noah tapste los, um zu sehen, was Jack, Ethan und Alden trieben. Er folgte den anderen wie ein kleiner Welpe, und die Jungs waren alle sehr lieb zu ihm.

„Ihr könnt so lange bei uns bleiben, wie ihr wollt", sagte Nick. „Wir sind froh, euch hierzuhaben."

„Wir sind auch froh, hier zu sein", erwiderte Shelby, während sie sich in Averys Arme schmiegte.

∼

Die Kinder belegten jede Menge Mini-Pizzen, während die Erwachsenen einige größere zubereiteten, die sie mit einem gemischten Salat als Beilage gemeinsam verzehrten. Nach dem Essen gingen sie in den Wintergarten im dritten Obergeschoss, wo das Eisbuffet aufgebaut war.

„O mein Gott", rief Abby staunend und mit großen Augen, während sie sich umschaute. „Fantastisch."

„Hier kann man wirklich viel Spaß haben", verkündete Jack in einem Ton der Autorität, der Sam amüsierte. Nach dem Tod seines Vaters hatte er mit seiner Mutter und seiner Schwester eine Weile hier bei ihnen gewohnt. „Warte, bis du die Bowlingbahn und den Pool siehst. Furcht-SAM, dürfen wir schwimmen?"

Sam lachte über den Namen. „Da hat wohl jemand gegoogelt."

Bei Jacks Grinsen wurde ihr das Herz ganz weit. „Na klar."

„Ja, ihr dürft in den Pool."

Scotty gesellte sich, nachdem er heimgekommen war, zu ihnen, während sie noch im Schwimmbad waren. Er vollführte eine Arschbombe mitten zwischen die anderen und löste damit wildes Gelächter aus.

„Was geht?", fragte er, während die Kinder ihn nass spritzten.

Er tauchte unter und zog Jack an den Beinen, um ihn unterzutauchen.

Jack kam vor Lachen prustend hoch.

„Großartig", sagte Sam zu Nick, mit dem sie vom Beckenrand aus alles im Auge behielt. „Das müssen wir unbedingt wiederholen."

„Ja. Nichts lindert den Stress einer grausamen Woche so gut wie ein Haufen kreischender Kinder, die sich amüsieren wie nie zuvor."

„Das stimmt."

Nach dem Schwimmbad war die Bowlingbahn an der Reihe, bis die Kleinen schließlich zu gähnen begannen.

Ella war die Erste, die einschlief.

Sam trug sie zu dem Bett im zweiten Obergeschoss, das sie sich mit Abby teilte, die auf ihre jüngere Cousine aufpassen sollte.

Jack und Ethan bekamen das Zimmer nebenan.

Sam deckte sie mit ein wenig Kitzeln und Lachen zu. „Schlaft gut, und macht keinen Blödsinn, hört ihr?"

„Wir hören dich, Füg-SAM", erwiderte Jack mit einem Grinsen.

„Jetzt wird geschlafen, JACK-pot."

Sie beugte sich über ihn und gab Ethan einen Kuss. „Du hast das Sagen, Boss. Halt ihn im Zaum."

„Geht klar."

Sam gab Aubrey und Alden einen Gutenachtkuss.

„Das hat so viel Spaß gemacht", verkündete Alden glücklich. „Wann können sie wiederkommen?"

„Ganz bald." Angelas Kinder für eine Übernachtung zu entführen war etwas, womit sie ihrer Schwester helfen konnten – und es freute auch Sams eigene Kinder. „Schlaft gut, ihr Lieben."

Sie klopfte an Scottys Tür. „Darf ich reinkommen?"

„Sicher doch." Wie immer verfolgte er das Spiel der Caps.

„Hattest du eine gute Zeit mit Kyles Familie?"

„Ja, es war cool."

„Schön, dass du Spaß hattest."

„Spaß hatte ich auch mit den Kids hier."

„Es war wundervoll." Sie beugte sich vor, um Scotty auf die Stirn zu küssen. „Bleib nicht zu lange auf."

„Mom, es ist Wochenende. Da müssen Teenager lange aufbleiben."

„Wenn du meinst."

„Meine ich."

In ihrer Suite ließ sich Sam neben ihrem Mann nieder. „So ist das also mit sieben Kindern. Acht, wenn man Noah mitzählt."

Er lächelte. „Noah zählt definitiv. Ich habe jede Minute genossen."

„Das habe ich gemerkt. Ich liebe es, dich inmitten von kreischenden Kindern und Familie zu sehen."

„Mit euch zusammen zu sein lässt mich vergessen, wie es war, niemanden zu haben."

Sie lehnte den Kopf an seine Schulter. „Das freut mich."

„Ich habe viel über unser Gespräch von neulich Abend nachgedacht, über meine Mutter, den Anwalt und all das."

„Und?"

„Ich habe beschlossen, mich da komplett rauszuhalten. Wie man sich bettet, so liegt man. Soll sie selbst eine Lösung finden."

Bis er das gesagt hatte, war Sam gar nicht bewusst gewesen, dass sie einen harten Stressknoten in der Brust gehabt hatte, seit Nick ihr erklärt hatte, dass er in Betracht zog, an der Beziehung zu seiner Mutter zu arbeiten. Sie atmete tief aus, während sie den Kopf hob und ihn anblickte. „Ich bin froh, das zu hören."

„Du hast recht. Es führt zu nichts Gutem, wenn ich mich darauf einlasse, und im Moment kann ich mir den Shitstorm nicht leisten, den es gäbe, wenn herauskäme, dass ich meinen Einfluss geltend gemacht habe."

„Genau. Du tust das Richtige."

„Mir ist immer noch übel, aber nicht mehr so sehr wie am Anfang der Woche."

„Das freut mich."

„Ich möchte, dass du weißt, dass ich eine Woche wie diese niemals überlebt hätte, wenn ihr alle, du und unsere Familie, mir nicht gezeigt hättet, worauf es ankommt."

„Wir sind für dich da, in guten wie in schlechten Zeiten."

„Dann kann ich alles schaffen", erklärte er, küsste sie und lehnte die Stirn an ihre.

Sams Handy klingelte. „Tut mir leid." Sie nahm den Anruf von Captain Malone entgegen. „Hey, Cap. Was gibt's?"

„Entschuldigen Sie, dass ich so spät noch störe, aber ich dachte, es würde Sie interessieren, dass wir erfahren haben, dass Jaycee Patricks Familie beabsichtigt, Cam, Gigi und die Polizei wegen der Tötung von Jaycee und ihrer Mutter auf einhundertfünfzig Millionen zu verklagen."

„Verdammt."

NACHWORT

So weit erst mal. 2024 wird mit „State of Bliss – Unser Traum von Liebe" der nächste Band der Reihe erscheinen, der genau dort anknüpft, wo dieser aufgehört hat.

Wir begleiten Sam und Nick auf ihrer Reise zum Hochzeitstag nach Dewey Beach, wo sie sich einen kleinen Urlaub von allem gönnen, um etwas Zeit allein zu verbringen, bevor die Familie nachkommt. Es wird Spaß machen, eine reine Liebesgeschichte nur für die beiden zu schreiben!

Im nächsten Band „State of Suspense – Zwei Seelen, ein Herz" stehen dann viele interessante Dinge an, darunter die Gerichtsverhandlung wegen Spencers Tod und die Anzeige wegen Mordes, die die Familie Patrick gegen Cam, Gigi und die Polizei von Washington, D. C., erstattet hat. Wie immer geht es bei Sam und Nick drunter und drüber, so wie es uns allen am besten gefällt.

„State of Denial – Riskantes Spiel mit dir" ist der einundzwanzigste Roman um Sam und Nick, und ich schreibe sie nach wie vor unglaublich gerne und mit wachsender Begeisterung. Die beiden leben in mir wie echte Menschen, meine engsten Freunde und Lieblingsfiguren. Ich habe mehr Zeit mit ihnen verbracht als mit jeder anderen Figur in meinen mittlerweile 101 Büchern, und ich liebe sie, als gehörten sie zur Familie. Es werden noch viele Bände über sie folgen, machen Sie sich also schon mal auf was gefasst. Die First-Family-Reihe hat gerade erst begonnen.

Ich bringe mal alles ein bisschen durcheinander und bedanke mich diesmal an erster (und nicht wie sonst letzter) Stelle bei meinen Leserinnen, die Sams und Nicks Geschichte genauso lieben wie ich und immer wieder nach weiteren Büchern über sie verlangen. Ich kann Ihnen nicht genug für Ihre Unterstützung und Begeisterung danken. Sie bedeuten mir alles.

Ein Riesendankeschön auch an das hervorragende Team, das mich hinter den Kulissen unterstützt: Julie Cupp, Lisa Cafferty, Jean Mello, Nikki Haley, Ashley Lopes und Rachel Spencer. An Gwen Neff, die mir bei der Serienkontinuität hilft: Zwei Gehirne sind definitiv besser als eins! Vielen Dank für alles, was du tust. Meinen Testleserinnen Anne Woodall, Kara Conrad und Tracey Suppo, ohne die ich das alles nicht machen könnte: Danke, dass ihr immer da seid. Das gilt auch für meine Lektorinnen Joyce Lamb und Linda Ingmanson, die stets ein offenes Ohr für mich haben, wenn ich sie brauche. Ich liebe die Zusammenarbeit mit euch!

Ich schreibe diese Reihe seit siebzehn Jahren mithilfe von Captain Russell Hayes vom Newport Police Department, der zwar mittlerweile im Ruhestand ist, aber immer zur Verfügung steht, wenn ich eine Frage zur Polizeiarbeit habe oder mich mit Experten in Verbindung setzen möchte, um die Ermittlungen so authentisch wie möglich zu gestalten. Ohne Russ könnte ich Sam nicht schreiben, und ich schätze ihn und seine Expertise sehr.

Vielen Dank an die Beta-Leserinnen der Fatal- und First Family-Reihe, die helfen, die Kontinuität in den Bänden zu wahren, was mit jedem neuen Buch eine größere Herausforderung wird. Ich bin für die Unterstützung von Jennifer, Mona, Maricar, Elizabeth, Karina, Kelly, Juliane, Gina, Jennifer, Ellen, Irene, Kelley, Amy und Viki unglaublich dankbar.

Dan, Emily und Jake, euch danke ich für eure unermüdliche Unterstützung meiner Karriere als Schriftstellerin und dafür, dass ihr mir in meinem restlichen Leben so viel Freude bereitet. Ich liebe unsere Familie!

Außerdem liebe ich meinen Job und danke aus tiefstem Herzen allen, die es mir ermöglichen, jeden Tag meinen Traum zu leben.

XOXO

Marie

SAMANTHA HOLLAND CAPPUANO

EHEFRAU, MUTTER, POLIZISTIN UND FIRST LADY. IN DIESER REIHENFOLGE

Darren Tabor

Wenn man sie in ihrem Element erlebt, würde man nicht vermuten, dass sich etwas geändert hat. Metro Police Lieutenant Samantha Holland Cappuano sitzt zwischen den Detectives des Morddezernats, das sie leitet, und tauscht Gedanken und Ideen mit ihnen aus, während sie die Akten des in Ungnade gefallenen ehemaligen Lieutenants Leonard Stahl durchgehen – des Ex-Polizeibeamten, den das Gericht wegen zwei Mordversuchen an ihr verurteilt hat.

Holland Cappuano, wie ich sie auf ihre eigene Bitte hin in diesem Artikel nennen werde, und ihr Team sind entschlossen, Stahls alte Fälle zu überprüfen, nachdem sie herausgefunden haben, dass der momentan seine Haftstrafe absitzende einstige Polizeibeamte für mannigfaltiges Fehlverhalten verantwortlich ist, das katastrophale Folgen hatte.

„Wir haben bei vielen seiner alten Fälle schwerwiegende Unregelmäßigkeiten entdeckt", sagt sie. „Nun werden wir jeden einzelnen unter die Lupe nehmen und alles tun, was wir können, um die Sache in Ordnung zu bringen."

Es ist ein normaler Tag im Leben von Amerikas bekanntester

berufstätiger Mutter. Nach einem vollen Arbeitstag beim MPD fährt sie nach Hause zum Weißen Haus, wo sie mit Präsident Nick Cappuano und ihren Kindern, Scotty, 14, und den Zwillingen Aubrey und Alden, 6, lebt. Den älteren Bruder der Zwillinge, Elijah, 20, Student in Princeton, betrachten sie als ihren „Bonussohn".

„Die Kinder haben sich gut im Weißen Haus eingelebt", erzählt Holland Cappuano. „Sie lieben den Pool, die Bowlingbahn und das Kino sowie die Schokoladenkekse, denen der Präsident und ich tapfer zu widerstehen versuchen."

Auf die Frage, ob ihnen das gelingt, antwortet sie lachend: „Nicht wirklich. Die Kekse sind *so* gut. Das Personal des Weißen Hauses ist unglaublich. Es kümmert sich unfassbar gut um uns. Diese Frauen und Männer ermöglichen es überhaupt erst, dass ich weiterhin als Polizeibeamtin arbeiten und gleichzeitig Mutter und First Lady sein kann."

Als First Lady setzt Holland Cappuano Schwerpunkte bei Erleichterungen für berufstätige Mütter, der Reform des Strafrechts, der Rückenmarksforschung sowie der Aufklärung über Unfruchtbarkeit und Adoption – alles Themen, die ihr selbst sehr am Herzen liegen. Ihr Vater, der ehemalige stellvertretende MPD-Chief Skip Holland, starb im vergangenen Oktober, fast vier Jahre nach einer Querschnittslähmung infolge einer im Dienst erlittenen Schussverletzung. Sein Schicksal hat sie und ihre Familie für die Probleme sensibilisiert, die mit Rückenmarksverletzungen einhergehen.

„Ich habe gesehen, wie mein Vater damit zu kämpfen hatte, sich an seine neue Realität anzupassen, und dabei erlebt, welche Folgen solche Verletzungen für einen Patienten und seine gesamte Familie haben", berichtet sie. „Es ist mir wichtig, auf diese Probleme aufmerksam zu machen und zu Spenden für Organisationen aufzurufen, die sich um neue Behandlungsansätze und Therapien für gelähmte Menschen bemühen."

Nachdem sie jahrelang unter Unfruchtbarkeit litt, ist Holland Cappuano auch zur Fürsprecherin für mehr Forschung zu den Ursachen von Infertilität und für die Unterstützung von Patientinnen geworden, die sich den oft unangenehmen Behandlungen unterziehen müssen. „Sie jagen einem Traum hinterher, der für manche Menschen so leicht zu verwirklichen ist", bemerkt sie. „Ich erlebe das ja selbst. Meine Schwestern werden bald insgesamt sechs Kinder haben. Zwei meiner engsten Freundinnen sind schwanger. Ich habe mich damit abgefunden, dass ich kein leibliches Kind bekommen kann, aber das nimmt mir und so vielen anderen nicht den Schmerz wegen dem, was wir hinter uns haben."

Die Mutter von Scotty und den Zwillingen zu sein ist für sie das Beste, was ihr je passiert ist. „Sie haben unsere Familie vervollständigt, und wir könnten nicht glücklicher sein, ihre Eltern und Erziehungsberechtigten zu sein."

Holland Cappuano und der Präsident haben die Zwillinge bei sich aufgenommen, nachdem ihre Eltern Jameson und Cleo Armstrong im letzten Herbst bei einem Überfall in ihrem eigenen Haus getötet wurden.

„Sie sind schnell zu einem wichtigen Teil unserer Familie geworden", erklärt Holland Cappuano über die Zwillinge und ihren älteren Bruder. „Wir sind sehr glücklich, sie und Scotty in unserem Leben zu haben."

Sie dankt ihrer Stabschefin im Weißen Haus, Lilia Van Nostrand, und ihren übrigen Mitarbeitern, die es ihr ermöglicht haben, ihren Verpflichtungen als First Lady nachzukommen und gleichzeitig einen Vollzeitjob außerhalb des Weißen Hauses zu haben.

Der Aufstieg ihres Mannes vom Vizepräsidenten zum Präsidenten ist nicht immer glatt verlaufen, aber Holland Cappuano legt Wert auf die Feststellung, dass sie stolz darauf sei, wie er die Situation gemeistert hat. „Das amerikanische Volk weiß vielleicht noch nicht, was für ein Glück es hat, Nick im Oval Office zu haben, doch ich denke, das wird sich schon bald ändern. Nick ist einer der seltenen Menschen, die immer das Richtige tun und mit dem Herzen denken. Ich kann es kaum erwarten, zu sehen, was er und sein Team in den nächsten drei Jahren erreichen werden."

Auf die Frage, ob er sich zur Wiederwahl stellen werde, antwortet sie zurückhaltend. „Er hat bereits in der Vergangenheit seine Abneigung gegen einen langen Wahlkampf bekundet, und das hat sich nicht geändert, seit er Präsident ist. Nick hat sein ganzes Leben lang darauf gewartet, eine eigene Familie zu haben, und er möchte das Aufwachsen seiner Kinder nicht komplett verpassen. Die nächste Wahl ist noch ein paar Jahre entfernt, also denken wir im Moment nicht wirklich darüber nach." Sie lacht, als sie hinzufügt: „Wir haben auch ohne das schon mehr als genug zu tun."

Im Mai wird die National Association of Police Organizations Holland Cappuano mit einem TOP COPS Award auszeichnen. Außerdem wird sie bei der jährlichen Versammlung der

Organisation die Hauptrednerin sein. Die Frage, wie sie zur Verleihung des TOP COPS Award steht, ist ihr erkennbar unangenehm.

„Es gibt so viele großartige Gesetzeshüterinnen und Gesetzeshüter, die jeden Tag für die Sicherheit der Bürger dieses Landes sorgen", sagt sie. „Deshalb fühlt sich diese Ehrung seltsam an. Aber ich bin dankbar für die Anerkennung der harten Arbeit meines Teams. Niemand macht einen Job wie meinen allein. Ich habe das Glück, mit einigen der besten Leute zusammenzuarbeiten, die ich je kennengelernt habe, und nehme den Preis in ihrem Namen entgegen."

Das Präsidentenpaar wird bald seinen zweiten Hochzeitstag feiern. Auf die Frage, wie sie die ersten beiden Jahre ihrer Ehe zusammenfassen würde, erwidert sie: „Es war die aufregendste Zeit meines Lebens – und von seinem."

WEITERE TITEL VON MARIE FORCE

First Family

State of Affairs – Liebe in Gefahr, Band 1

State of Grace – Für alle Ewigkeit, Band 2

State of the Union – Du und ich gemeinsam, Band 3

State of Shock - Meine Liebe, mein Leben, Band 4

State of Denial – Riskantes Spiel mit dir, Band 5

Wild Widows

Someone like you – Neues Glück mit dir

Someone to hold – Nur mit deiner Liebe

Die Fatal Serie

One Night With You – Wie alles begann (Fatal Serie Novelle)

Fatal Affair – Nur mit dir (Fatal Serie 1)

Fatal Justice – Wenn du mich liebst (Fatal Serie 2)

Fatal Consequences – Halt mich fest (Fatal Serie 3)

Fatal Destiny – Die Liebe in uns (Fatal Serie 3.5)

Fatal Flaw – Für immer die Deine (Fatal Serie 4)

Fatal Deception – Verlasse mich nicht (Fatal Serie 5)

Fatal Mistake – Dein und mein Herz (Fatal Serie 6)

Fatal Jeopardy – Lass mich nicht los (Fatal Serie 7)

Fatal Scandal – Du an meiner Seite (Fatal Serie 8)

Fatal Frenzy – Liebe mich jetzt (Fatal Serie 9)

Fatal Identity – Nichts kann uns trennen (Fatal Serie 10)

Fatal Threat – Ich glaub an dich (Fatal Serie 11)

Fatal Chaos – Allein unsere Liebe (Fatal Series 12)

Fatal Invasion – Wir gehören zusammen (Fatal Serie 13)

Fatal Reckoning – Solange wir uns lieben (Fatal Serie 14)

Fatal Accusation – Mein Glück bist du (Fatal Serie 15)

Fatal Fraud – Nur in deinen Armen (Fatal Serie 16)

Fatal Serie Bände 1-6

Fatal Serie Bände 7-11

Miami Nights

Bis du mich küsst

Bis du mich berührst

Bis du mich liebst

Bis du mich verzauberst

Bis du mit mir träumst

Die McCarthys

Liebe auf Gansett Island (Die McCarthys 1)

Mac & Maddie

Sehnsucht auf Gansett Island (Die McCarthys 2)

Joe & Janey

Hoffnung auf Gansett Island (Die McCarthys 3)

Luke & Sydney

Glück auf Gansett Island (Die McCarthys 4)

Grant & Stephanie

Träume auf Gansett Island (Die McCarthys 5)

Evan & Grace

Küsse auf Gansett Island (Die McCarthys 6)

Owen & Laura

Herzklopfen auf Gansett Island (Die McCarthys 7)

Blaine & Tiffany

Rückkehr nach Gansett Island (Die McCarthys 8)

Adam & Abby

Zärtlichkeit auf Gansett Island (Die McCarthys 9)

David & Daisy

Verliebt auf Gansett Island (Die McCarthys 10)

Jenny & Alex

Hochzeitsglocken auf Gansett Island (Die McCarthys 11)

Owen & Laura

Gansett Island im Mondschein (Die McCarthys 12)

Shane & Katie

Sternenhimmel über Gansett Island (Die McCarthys 13)

Paul & Hope

Festtage auf Gansett Island (Die McCarthys 14)

Big Mac & Linda

Im siebten Himmel auf Gansett Island (Die McCarthys 15)

Slim & Erin

Verzaubert von Gansett Island (Die McCarthys 16)

Mallory & Quinn

Traumhaftes Gansett Island (Die McCarthys 17)

Victoria & Shannon

Schneeflocken auf Gansett Island

Geliebtes Gansett Island (Die McCarthys 18)

Kevin & Chelsea

Blütenzauber auf Gansett Island (Die McCarthys 19)

Riley & Nikki

Sommernächte auf Gansett Island (Die McCarthys 20)

Finn & Chloe

Verführung auf Gansett Island (Die McCarthys 21)

Deacon & Julia

Magie auf Gansett Island (Die McCarthys 22)

Jordan & Mason

Sonnige Tage auf Gansett Island (Die McCarthys 23)

Versuchung auf Gansett Island (Die McCarthys 24)

Cooper & Gigi

Neubeginn auf Gansett Island (Die McCarthys 25)

Jace & Cindy

Sturmwolken über Gansett Island (Die McCarthys 26)

Die Green Mountain Serie

Alles was du suchst (Green Mountain Serie 1)

Endlich zu dir (Green Mountain Serie 1/Story *1*)

Kein Tag ohne dich (Green Mountain Serie 2)

Ein Picknick zu zweit (Green-Mountain-Serie/Story 2)

Mein Herz gehört dir (Green Mountain Serie 3)

Ein Ausflug ins Glück (Green-Mountain-Serie/Story 3)

Schenk mir deine Träume (Green-Mountain Serie 4)

Der Takt unserer Herzen (Green-Mountain-Serie/Story 4)

Sehnsucht nach dir (Green-Mountain Serie 5)

Ein Fest für alle (Green-Mountain-Serie 5/Story 5)

Öffne mir dein Herz (Green-Mountain-Serie 6/Story 6)

Jede Minute mit dir (Green-Mountain-Serie 7)

Ein Traum für uns (Green-Mountain-Serie 8)

Meine Hand in deiner (Green-Mountain-Serie 9)

Mein Glück mit dir (Green-Mountain-Serie 10)

Nur Augen für dich (Green-Mountain-Serie 11)

Jeder Schritt zu dir (Green-Mountain-Serie 12)

Ganz nah bei dir (Green-Mountain-Serie 13)

Meine Liebe für dich (Green-Mountain-Serie 14)

Eine Ewigkeit für uns (Green-Mountain-Serie 15)

Die Neuengland-Reihe

Vergiss die Liebe nicht (Neuengland-Reihe 1)

Wohin das Herz mich führt (Neuengland-Reihe 2)

Wenn das Glück uns findet (Neuengland-Reihe 3)

Und wenn es Liebe ist (Neuengland-Reihe 4)

Für immer und ewig du (Neuengland-Reihe 5)

Die Quantum Serie

Tugendhaft (Quantum-Serie 1)

Furchtlos (Quantum-Serie 2)

Vereint (Quantum-Serie 3)

Befreit (Quantum-Serie 4)

Verlockend (Quantum-Serie 5)

Überwältigend (Quantum-Serie 6)

Unfassbar (Quantum-Serie 7)

Berühmt (Quantum-Serie 8)

Andere Bücher

Sex Machine – Blake und Honey

Sex God – Garrett und Lauren

Five Years Gone – Ein Traum von Liebe

One Year Home – Ein Traum von Glück

Mein Herz für dich

Nicht nur für eine Nacht

Take-off ins Glück

The Fall – Du und keine andere

Dieses Mal für immer

Helden küsst man nicht

Küsse für den Quarterback

Gilded Serie

Die getäuschte Herzogin

Eine betörende Braut

ÜBER DIE AUTORIN

Marie Force ist New-York-Times-Bestseller-Autorin von zeitgenössischen Liebesromanen und Romantic Suspense. Zu ihren Büchern gehören unter anderem die beliebten Reihen „Fatal", „First Family", „Gansett Island", „Butler Vermont", „Neuengland", „Miami Nights" und „Wild Widows" sowie die erotische „Quantum"-Serie. Ihre Bücher haben sich weltweit bislang mehr als zehn Millionen Mal  verkauft, wurden in ein Dutzend Sprachen übersetzt und standen über dreißigmal auf der New-York-Times-Bestseller-Liste. Außerdem ist sie USA-Today- und #1-Wall-Street-Journal-Bestseller-Autorin und in Deutschland Spiegel-Bestseller-Autorin.

Ihre Ziele im Leben sind einfach: Bücher zu schreiben, solange sie kann, ihre beiden Kinder weiter dabei zu unterstützen, glückliche, gesunde und produktive junge Erwachsene zu werden, und niemals in einem Flugzeug zu sitzen, das Schlagzeilen macht.

Tragen Sie sich in Maries Mailingliste ein, um alles Wichtige über neue Bücher und Veranstaltungen zu erfahren. Folgen Sie ihr auf Facebook und auf Instagram.

9 781958 035580